HEYNE <

Das Buch

Hartmann von Aue: 1160 wird er in einer stürmischen Nacht unter Schmerzen geboren. Noch weiß niemand, wie sehr der spätere Dichter und Sänger die Damen an den Fürstenhöfen und die Ritter auf den Schlachtfeldern mit seiner Kunst in den Bann schlagen wird. Er singt von der großen Liebe, die sich für ihn noch nicht erfüllt hat. Mit seinen Liedern kann er zwar Judiths Herz gewinnen, sie aber nicht aus dem Kerker befreien. Doch genau das ist seine Aufgabe.
Eine stürmisch-romantische Mittelaltersaga von einer neuen Stimme im Genre des historischen Romans für alle Leser von Wolf Serno und Peter Prange.

Zum Autor

Tim Pieper, geboren 1970 in Stade, studierte nach einer Weltreise Neuere und Ältere deutsche Literatur und Recht. Sein Hauptinteressengebiet ist die deutsche Geschichte. *Der Minnesänger* ist sein Debütroman. Tim Pieper lebt in Berlin, wo er an seinem zweiten historischen Roman arbeitet.

Tim Pieper

Der Minne Sänger

Historischer Roman

WILHELM HEYNE VERLAG
MÜNCHEN

FSC
Mix
Produktgruppe aus vorbildlich bewirtschafteten Wäldern und anderen kontrollierten Herkünften

Zert.-Nr. SGS-COC-1940
www.fsc.org
© 1996 Forest Stewardship Council

Verlagsgruppe Random House FSC-DEU-0100
Das für dieses Buch verwendete FSC-zertifizierte Papier
Holmen Book Cream liefert Holmen Paper, Hallstavik, Schweden.

Originalausgabe 02/2010

Printed in Germany 2010
Umschlaggestaltung: Nele Schütz Design, München, unter Verwendung des Gemäldes *The Lute Player* © Giovanni de Busi Cariani (c. 1485–1547) / Musee des Beaux-Arts, Strasbourg, France / Giraudon / The Bridgeman Art Library
Satz: Buch-Werkstatt GmbH, Bad Aibling
Druck und Bindung: GGP Media GmbH, Pößneck
ISBN: 978-3-453-47099-6

www.heyne.de

Für meine Eltern

Hartmann von Aue hat tatsächlich gelebt!
Alles, was wir über ihn wissen,
stammt aus literarischen Zeugnissen.
Dieser Roman erzählt sein Leben.
T. P.

Erster Teil:

Von der Adlerburg ins Kloster

Im Jahre des Herrn 1160

1.

Nach einem Festgelage lag Dankwart von Aue auf einer Strohmatte im Steinsaal. Ein Traum gaukelte ihm vor, dass sein Knecht durch das Portal trat. *Was führt ihn her?,* dachte er. *Sucht er nach mir? Hat er eine Botschaft?* Da streckte der Knecht die Hand nach ihm aus. Mehrere Male krümmte sich sein Zeigefinger und wurde wieder lang. *Ich soll ihm folgen!* Die Erkenntnis leuchtete so klar, dass Dankwart die Augen aufschlug.

In der Dunkelheit zeichneten sich Gewölbestützen ab. *War da nicht …?* Im Mund rollte er seine Zunge, die von einem pelzigen Geschmack belegt war – dann erinnerte er sich. Ächzend schlug er das Schafsfell zurück und stemmte sich hoch. Er setzte seine Fußsohlen auf den kalten Stein und hielt Ausschau. Überall um sich herum erkannte er Männer und Frauen, deren Brustkörbe sich regelmäßig hoben und senkten. Er hörte ihr Schnarchen, Seufzen und Schmatzen. Nur von seinem Knecht fehlte jede Spur.

Dankwart raufte sich das helle Haar. Nur langsam begriff er, dass sein Knecht ihm nicht leibhaftig erschienen war. Vor vielen Jahren hatte ihn seine Mutter gelehrt, dass Träume Botschaften waren. Sie hatte ihm auch erklärt, wie man die Bilder deutete, aber das Wissen des alten Volkes hatte den Knaben zu sehr geängstigt. Dankwart ließ seinen Kopf los. Auch ohne Kenntnis der Geheimlehre begriff er die Botschaft: Er hatte seinem Knecht folgen sollen. Offen blieb nur, wohin, und vor allem, warum.

Sogleich musste er an seine Ehefrau denken. Sie war auf der Adlerburg geblieben, weil ihr Leib so gewölbt war, dass sie jederzeit niederkommen konnte. Ihre letzte Geburt war schwer gewesen und hatte Agnes beinahe getötet. *Vielleicht hätte ich nicht fortreiten dürfen,* dachte er. *Vielleicht hätte ich in ihrer Nähe bleiben sollen. Vielleicht, vielleicht!* Um solche Überlegungen anzustellen, war es zu spät. Dankwart schluckte hart und schickte ein Stoßgebet zum Himmel: *Mein Gott, ich bitte dich, stehe ihr bei, wenn sie in Not ist!*

Da bauschte ein Windstoß die Brokatvorhänge auf. War das ein Zeichen? Dankwart glaubte nicht an das abergläubische Geschwätz der Kräuterfrauen und trotzdem war er verunsichert. Sollte er nach Aue reiten, um nach dem Rechten zu sehen?

Schon schlüpfte er in die Beinlinge und das rindslederne Schuhwerk. Dann warf er die Tunika über, griff nach dem Kettenhemd und dem Schwert. Vorsichtig stieg er über die Schlafenden, schob den Vorhang zur Seite und trat hinaus auf die Freitreppe. Der Junimorgen war frisch. Während er sich den Gürtel um die Hüfte schnallte, sah er zur bleichen Scheibe des Mondes auf. Nur Narren ritten bei Nacht! Vor allem von Erdlöchern drohte Gefahr, denn wenn der Hengst aus vollem Galopp hineintrat, konnte er sich die Läufe brechen. Er würde mit Vorsicht reiten müssen – mit großer Vorsicht!

Dankwart wickelte die Bänder seiner Rindslederschuhe um die Knöchel und verknotete sie. In seinem Rücken vernahm er lautes Gähnen, dann ein gedämpftes Murmeln. Der Vorhang versperrte ihm die Sicht in den Steinsaal, aber es konnte nicht mehr lange dauern, bis sich einer der Gäste zum Brunnen begab. *Ist erst einer wach,* dachte er, *so folgen bald die anderen.* Geschwind richtete er sich auf und eilte die Stufen hinab. Zertrampelte Blumenstreu, Knochen und Tonscherben bedeckten den Grund des Schlosshofes. Ein Schwein trottete umher und wühlte sich durch die Speisereste. Dankwart war froh, dass niemand draußen schlief oder noch an der Tafel zechte. Was hätte er seinem Dienstherrn und Gastgeber auch sagen sollen? Was hätte er den anderen Kriegern erwidern sollen, wenn sie nach dem Grund seines Aufbruchs fragten? Er hörte sie schon reden: »Weiber gebären alle naselang Kinder. Willst du dich aufführen wie ein Hasenfuß? Oder bist du gar ein Hasenfuß? Hahaha! Bleibe gefälligst hier und sauf mit uns.«

Nachdem er den Hengst aus dem Stall geführt hatte, wuchtete er sich in den Sattel und riss den Kopf des Tieres an den Zügeln herum. »Lasst die Zugbrücke herunter!« Dankwart erschrak über das laute Echo seiner Stimme und blickte sich nach dem Palas um. Dort rührte sich nichts. Auch im Wachlokal blieb alles ruhig. *Die Soldaten werden ihren Rausch ausschlafen,* dachte er. Und plötzlich war es ihm gleichgültig, ob er die Gefährten weckte oder nicht. *Mit ihrem Geschwätz können sie mich nicht aufhalten. Sollen sie doch denken, was sie wollen.* Er stellte sich in den Steigbügeln auf und rief aus voller Kehle: »Was ist da los? Kommt auf die Beine, ihr Kerle!«

Nun erklang das Ächzen eines Holzschemels. Füße

schlurften über Stein und das schlaffe Gesicht eines Wachsoldaten tauchte im Portal auf. Als er den Reiter sah, weiteten sich seine Augen. Schnell blickte er zurück ins Wachlokal, flüsterte Unverständliches und trat wieselflink vor Dankwart hin.

»Verzeiht mir, Herr! Bitte sagt niemandem, dass …«

»Erspar mir deine Ausreden und lass endlich die Zugbrücke herunter!«

Bald ertönte das Kettengerassel. Zwischen Mauerwerk und Brückenholz wurde ein Spalt Himmel sichtbar. Der dunkle Tunnel des Torgangs lichtete sich mit jedem Ächzen der Winde. Mit einem Rums knallte das Tor auf der anderen Seite des Wehrgrabens nieder.

Der laute Aufprall erschreckte den Hengst. Das Tier wieherte und stellte sich auf die Hinterbeine. Dankwart neigte den Oberkörper gegen die Mähne, lockerte die Zügel und trat dem Hengst in die Flanken. Die Vorderläufe fielen auf den Grund

»Heja«, rief er, um das Tier anzutreiben. Als Herr und Pferd den Schlossberg hinunterpreschten, peitschte Dankwart die Luft ins Gesicht. »Heja, heja!«

Er überquerte die Brücke – die Hufe polterten über die Holzplanken –, nahm die leichte Steigung im Galopp und erreichte den Waldweg. Beschirmt von einem Blätterdach war er duster wie ein Felsstollen. Dankwart brachte sich und den Hengst in Gefahr. Er wusste es, aber etwas anderes war stärker. Der Weg würde ihn nach Aue, zu Agnes, führen. *Vater im Himmel,* betete er, *zwölf Sommer hast du mir mit ihr geschenkt. Sie ist nicht mehr jung, aber Agnes ist mein Weib. Lass sie wohlauf sein! Ich bitte nur um das, Herr! Lass sie wohlauf sein!*

Abrupt verstummte sein stilles Gebet. Der Körper des Tieres arbeitete unter ihm in einem ruhigen Gleichmaß. Die Hufe griffen weit in die Dunkelheit aus. Dumpf klang ihr Trommeln auf dem Erdboden. Irgendwo heulten Wölfe. Zu dieser Jahreszeit drohte von ihnen keine Gefahr, denn der Wald hielt genügend Kleintiere bereit.

Dankwart fühlte, wie die Ungeduld an ihm zehrte. Er musste schneller nach Aue kommen. Schneller zu Agnes! Mit Grimm zog er sein Schwert. Mit einem Schlag der flachen Seite in die Flanken trieb er den Hengst an. »Schneller! Lauf schneller!« Plötzlich sackte die Brust des Tieres nach unten und nach vorn weg. Mit einem Ruck wurde Dankwart aus dem Sattel geschleudert. Er spürte noch den Wind in seinem Gesicht, dann schlug er auf.

2.

Ein beständiger Harndrang hatte Agnes in der Nacht wach gehalten. Sie hatte auf der Strohmatratze gelegen und den Winden gelauscht, die über das Schieferdach gefegt hatten. Auch hatte sie sich in die Welt ihrer Ahnen begeben, um Dankwart zu rufen, denn alle Zeichen deuteten darauf hin, dass die Niederkunft nicht mehr fern war. Ihren Ehemann in der Nähe zu wissen, würde ihr ein sicheres Gefühl geben.

Mit einem Seufzen erhob sich Agnes vom Bett, um ihr Tagewerk zu verrichten. Durch die Tür des Bruchsteinhauses trat sie ins Freie. Spitze Steine drückten sich in ihre Fußsohlen, als sie sich zum Stall bewegte. Im Tor beugte sie sich hinab und ergriff eine Tonschale, die sie mit Gerstenkörnern aus dem staubigen Sack füllte. Da regte sich das Leben in ihr. Mit Vehemenz trat es in ihre Bauchdecke. Agnes spürte, wie sich Tränen in ihren Augen sammelten. *Nein,* rief sie sich sofort zur Ordnung. *Ich darf mich der Angst nicht ergeben!*

Agnes schleppte sich auf den Hof und stieß Lockrufe aus. Es dauerte nicht lange, bis sich eine Schar Hühner einfand und nach dem ausgestreuten Korn pickte. Der Schmerz kam plötzlich. Vor Schreck ließ sie die Tonschale fallen und griff mit beiden Händen nach dem Kugelbauch; sie blickte an sich hinab und ihre Augen weiteten sich. Noch immer versuchte sie tapfer zu sein und Fassung zu bewahren, aber ein spitzer Schrei sprang über ihre Lippen.

Ihr Sohn Heinrich rannte über den Hof. »Herrin, was ist passiert?«

Agnes biss sich auf die Unterlippe. Die Frauen im Dorf erzählten zwar, dass nur die Erstlingsgeburt schwer war, aber sie hatte anderes erfahren. Bei der letzten Niederkunft hatte sie sich halb besinnungslos auf dem Bett gewunden und mit Fäusten auf ihren Bauch getrommelt. Das Kind hatte einfach nicht hindurchgepasst. Sosehr sie sich auch abgemüht hatte, sosehr die Hebamme auch nachgeholfen hatte – der Gebärmund hatte sich nicht genug geweitet. Sie selbst hatte sich schon aufgegeben, als es nach drei Tagen und Nächten doch noch aus ihr herausgekommen war. Es war schon tot gewesen und hatte einen riesigen Wasserkopf gehabt.

Von Ostern bis Pfingsten hatte Agnes nicht einmal die Kraft aufgebracht, die milden Speisen zu verdauen, die ihre Freundin, Mechthild vom Hasgelhof, mit viel Sorgfalt zubereitet hatte. Alles hatte sie wieder ausgespien. An dem Unglück hatte nur die Fleischeslust schuld sein können! Auch ohne die Absicht, ein Kind zu zeugen, hatten sie und Dankwart sich vereinigt. Zur Strafe war in ihrem Leib ein Wesen herangereift, das dazu verdammt gewesen war, ohne Seele in diese Welt zu treten.

Agnes' Wange zuckte. Sie gab sich solche Mühe, keusch zu bleiben! Das schwor sie bei Jesus, Maria und Josef! Aber manchmal genügte ein Blick in Dankwarts eisblaue Augen, damit sich in ihrem Schoß der Satan regte.

Heinrich stand noch immer vor ihr. Zärtlich strich sie über sein braunes Haar, über die blanke Stirn, die hohen Wangenknochen, über sein Gesicht, das dem ihren so ähnlich sah. »Ich habe geschrien, weil es jeden Moment losgehen kann, aber du kannst mir helfen. Wasch die Körnerschüssel aus, dann füll sie mit Wasser und bring sie mir. Hinterher weckst du den Knecht!«

Plötzlich musste sie an die vergangene Nacht denken. Irgendwann hatte sie am Fenster gestanden und beobachtet, wie Leutfried, der Knecht, mit einer Fackel in der Hand durch das Tor geschritten war. Wo hatte er so spät hingewollt? Oder hatte sie ihn gar nicht gesehen? War alles nur ein Trugbild gewesen?

Agnes schüttelte die Erinnerung ab. »Jedenfalls sagst du Leutfried, dass er den Ackergaul nehmen soll, um Mechthild vom Hasgelhof zu holen. Hast du verstanden?«

»Ja, Herrin!«

»Dann läufst du in den Wald, um der Hebamme Bescheid zu geben. Sie soll sofort kommen ...«

Der Knabe legte den Kopf schief. Er zögerte.

»Im Wald leben keine Kobolde«, sagte Agnes. »Glaub nicht alles, was der Pfaffe im Heimgarten erzählt.« Ihre Worte erreichten den Knaben nicht. Noch immer blinzelte er nervös. »Soll ich lieber Leutfried zu der Hebamme schicken?«

»Nein«, rief Heinrich schnell und griff nach der Schale. »Ich hab keine Angst.«

Um Erschütterungen zu vermeiden, ging Agnes langsam zurück zum Bruchsteinhaus. Im Türrahmen streckte sie sich nach einem Beutel und durchtrennte die Schnur. Zugleich vernahm sie aus dem Nebenraum leises Kinderflüstern. *Die Zwillinge müssen Angst bekommen haben, als sie meinen Schrei hörten,* dachte sie und machte Heinrich den Durchgang frei, der die Schale mit Wasser auf den Tisch stellte.

»Wenn du mit der Hebamme zurückkommst«, sagte Agnes und sah ihn eindringlich an, »greifst du dir einen Sack aus dem Stall und führst deine Schwestern hinab ins Tal. Am Waldrand rupft ihr Blätter von den Büschen, damit das Vieh was zu fressen hat. Bleibt dort so lange, bis Leutfried oder Mechthild kommen, um euch zu holen.«

Der Junge nickte eifrig und rannte zur Hütte des Knechts.

Agnes zog ein getrocknetes, moosähnliches Knäuel aus dem Beutel. Schon vor Wochen hatte sie Dankwart gebeten, es bei einem Händler in Freiburg zu erstehen. Sie betrachtete die Rose von Jericho und setzte sie auf die glitzernde Oberfläche. Kleine Wellen dehnten sich konzentrisch von dem Treibgut aus. Auf Wasser schwimmend entfaltete das Gewächs Kräfte, die den Muttermund der Gebärenden öffnen sollten.

Noch einmal trat Agnes in den Türrahmen. Leutfried, der Knecht, eilte gerade aus seiner Hütte und rief ihr schüchtern einen Gruß zu. Dann rannte er quer über den Hof zum Stall. Heinrich bemühte sich nach Leibeskräften, den

Torriegel anzuheben. *Die beiden tun, was sie können,* dachte Agnes. Doch wie viel sicherer würde sie sich fühlen, wenn Dankwart ihr zur Seite stände. »Mein Gott«, betete sie. »Bring ihn zu mir! Lass ihn wissen, dass ich niederkomme! Sprich zu ihm, nur dieses eine Mal!« Eine heftige Wehe lenkte ihr Denken zurück auf das Unvermeidbare.

3.

Dankwart setzte sich benommen auf und schaute besorgt zu dem Hengst hoch. Beim Tritt in ein Erdloch hatte er sich die Vorderläufe gebrochen und litt offenbar unter großen Schmerzen. Dem Dienstmann war sofort klar, dass der Rappe diese Verletzung nicht überleben würde. In einer solchen Situation gab es nur eine Maßnahme, und sie musste schnell ergriffen werden, um unnötige Qualen zu vermeiden.

Dankwart zog das Schwert aus der Scheide und stieß es dem Tier bis zum Heft in die Brust. Gelb quollen die Augäpfel hervor. In aller Erbärmlichkeit der Kreatur Gottes schnappte der Hengst nach Luft und versuchte vergeblich, auf die Beine zu kommen. Der Anblick rührte Dankwart so stark, dass er den zuckenden Kopf umfing und beruhigend zu dem Rappen sprach wie zu einem Wesen mit einer Seele. Schon wollte er den Knauf ergreifen, um das Schwert in der Wunde zu drehen – da lief ein Ruck durch den mächtigen Leib und die Augen brachen.

Nicht zum ersten Mal begriff Dankwart, dass es Unheil brachte, wenn er heidnischen Zeichen folgte. In dieser Nacht, in einem Zustand zwischen Traum und Wachsein, hatte er die Warnungen seines Verstandes ignoriert. Seine Eingebung hatte dem Hengst das Leben gekostet. Auf ihn war stets mehr Verlass gewesen als auf die Menschen. Er konnte nur hoffen, dass der Rappe nicht umsonst gestorben war.

Er beugte sich zu dem Tier hinab und flüsterte ihm Worte des Abschieds ins Ohr, dann schulterte er den Holzsattel und griff nach dem Zaumzeug. Normalerweise hätte er eine Grube ausgehoben, damit die Bären, Wölfe und Füchse die Gebeine nicht in alle Himmelsrichtungen verstreuten, aber die Sorge in ihm war stärker.

Als Jungmann war er ein geschickter Waldläufer gewesen und hatte dem Herzog von Zähringen in vielen Schlachten als Meldegänger gedient. Manche Männer setzten im Alter Fett an und wurden behäbig, aber er hatte sich seine sehnige Konstitution bewahrt. Er atmete tief durch und lief los. Gleichmäßig steigerte er die Geschwindigkeit, bis seine Füße einen geschmeidigen Rhythmus gefunden hatten.

Als er den Wald hinter sich ließ, war sein Rücken klatschnass und der Schweiß tropfte ihm von der Nase. Vor ihm lag das Hexental mit dem plätschernden Bach, den weitläufigen Wiesen, Obstbäumen und Rodungshöfen. Auf einer Anhöhe erhob sich eine Kapelle, die der Bischof von Freiburg Johannes dem Täufer geweiht hatte. Dankwart hatte keine Augen für seine Heimat. Er konzentrierte sich ganz auf das vor ihm liegende Gelände mit seinen Unebenheiten und Steinen. Wenn er sich den Knöchel verstauchte, würde er vielleicht zu spät kommen, und er musste endlich wissen, was mit Agnes los war.

Während er durch das kniehohe Flussgras hetzte, schlugen die Disteln gegen seine Schienbeine. Kurz schaute er zu seinem Heim hinauf. Auf einer vorspringenden Bergnase, auf halber Höhe des Schönebergs hatten er und sein Vater einst ein Plateau gerodet und ein befestigtes Bruchsteinhaus errichtet. Aus Treue zu ihrem Dienstherrn und aus Stolz auf die Arbeit ihrer Hände nannten sie es Adlerburg.

Ein Palisadenwall wehrte Angreifer ab. Ein gewundener Pfad, versteckt hinter Birken, Rotbuchen und Ebereschen, führte zum Tor hinauf. Das alles verlor seinen Wert, wenn seiner Ehefrau etwas zustieß. Sie allein erfüllte das Anwesen mit Leben. Dankwart ignorierte das Stechen in seinen Seiten, die brennenden Schenkel und die blutenden Füße. Schritt um Schritt kämpfte er sich die Steigung hinauf und betete inbrünstig: *Mein Gott, lass sie wohlauf sein. Ich bitte nur um das, Herr! Lass sie wohlauf sein!*

4.

Agnes' Umhang und die Matratze waren getränkt von Fruchtwasser und Blut. Sie stützte sich auf die Ellenbogen und beobachtete die Hebamme. Mit hohler Hand schöpfte die Alte Kräuterwasser aus dem Holzzuber, um es über Gesicht und Körper des Neugeborenen zu gießen. Dabei murmelte sie Segenswünsche des alten Volkes.

Agnes sank zurück und starrte an die rußige Decke. Die Panik, die sie bei der ersten Wehe ergriffen hatte, erwies sich als unbegründet, denn das kleine Wesen hatte sich nach Kräften gemüht, um auf die Welt zu kommen, so als hätte es seiner Mutter nicht allzu viele Schmerzen bereiten wollen. Der erste klagende Schrei hatte geklungen wie der eines vergessenen Zickleins.

Agnes lächelte und erinnerte sich daran, wie sie vor Wochen einen durchreisenden Mönch bewirtet hatte. Der Geistliche hatte ihr erklärt, dass wenn der Samen des Mannes in der rechten Gebärmutterhälfte zu sprießen beginne, ein Junge, wenn er sich in der linken Hälfte einniste, ein Mädchen geboren werde. Agnes tastete ihren Leib ab. Nur wenn der Samen kräftig und die beiderseitige Liebe groß sei, hatte der Mönch gesagt, würde das Kind zu einem tugendreichen Menschen reifen. *Dankwarts Samen ist stark,* dachte Agnes und schloss für einen Moment die Augen.

»Herrin!«, rief der Sohn besorgt.

Auf dem Laubkissen drehte Agnes den Kopf zur Seite. Mechthild vom Hasgelhof hatte die Kinder vom Waldrand abgeholt. Agnes streckte die Arme nach ihnen aus, aber nur Heinrich lief auf sie zu, ergriff ihre ausgestreckte Hand und kniete auf dem Lehmfußboden nieder. Die Zwillinge drückten ihre Gesichter in den gewölbten Bauch der Freundin. Auch in ihrem Leib reifte ein Kind heran, das noch vor dem Fall des ersten Schnees die Taufe erhalten sollte.

Agnes strich Heinrich eine Locke aus der Stirn. »Hab keine Angst. Ich bin nur erschöpft.«

Währenddessen hob die Hebamme den Säugling aus dem Holzzuber. Sie streckte und beugte die kleinen Gliedmaßen, um ihre Gelenkigkeit zu prüfen, stippte den Finger in einen Holznapf mit Honig und führte ihn an den Mund, um die Geschmacksnerven des Kindes anzuregen. Nachdem sie den Säugling in ein Tuch gewickelt hatte, sagte sie: »Herrin, Euer Kind ist gesund. Sein Herz schlägt ruhig und gleichmäßig. Schützt es drei Tage vor zu grellem Licht, damit sich seine Augen an diese Welt gewöhnen können.« Die Hebamme legte ihr das Bündel in den Arm.

Agnes wiegte den Säugling und beobachtete, wie er aus eigenem Antrieb ihre Brust suchte und schmatzend zu trinken begann. Sie war so erleichtert, dass ihr Tränen in die Augen schossen. »Sieh nur!«, rief sie. »Sieh doch nur! Mein Kind will leben!«

»Die Geburt erfolgte bei Sonnenaufgang«, sagte die Hebamme. »Da ist der Lebenswille groß. Der Mensch strebt nach Entfaltung.«

Plötzlich wurde die Tür aufgerissen. Agnes blickte zum Eingang und freute sich sehr, als sie ihren Ehemann sah. Mochten die Leute aus dem Dorf über ihn denken, was sie wollten. Niemals hatte er ihr oder den Kindern Gewalt angetan. Niemals hatten sie Hunger leiden müssen. In seiner Gegenwart fühlte Agnes sich sicher. Er war nicht nur vor Gott, sondern auch tief in ihrem Herzen ihr Gemahl.

5.

Dankwart sah zuerst die blutigen Tücher, dann das rote Wasser in den Schüsseln. »Bist du wohlauf?«, platzte er heraus.

»Das bin ich, mein Geliebter«, erwiderte Agnes. »Gott hat uns mit einem Sohn gesegnet. Bitte schließ die Tür. Wir müssen seine Augen schützen.«

Dankwart eilte zum Bett und kniete nieder. Zunächst war er noch misstrauisch – vielleicht hielt seine Ehefrau eine Hiobsbotschaft zurück, vielleicht wollte sie ihn nur schonen –, aber welchen Sinn würde das ergeben? Nein, Agnes hatte selbst gesagt, dass sie die Geburt unbeschadet überstanden hatte. Sie wusste am besten, wie sich ihr Körper anfühlte.

Als er endlich begriff, dass alles gut war, streckte er seine Hand aus und strich ihr zärtlich über die Stirn. Er war so erleichtert, dass er auch den Tod des Hengstes akzeptierte. *Wenn man es recht bedenkt,* dachte er, *hat so alles seine Richtigkeit. Gott hat meine Gebete erhört und dafür den Rappen genommen.*

»Warum schwitzt du so?«, fragte Agnes.

»Das ist nicht mehr wichtig!«

»Unser Sohn ist kräftig! Wenn du einverstanden bist, möchte ich ihn nach meinem Vater nennen! Hartmann soll er heißen.«

»Herr«, sagte in diesem Moment die Hebamme. »Braucht Ihr mich noch?«

Dankwart drehte den Kopf nach hinten. Erst jetzt wurde ihm bewusst, dass er nicht mit seiner Ehefrau alleine war. Sein Blick fiel auf die zwei Frauen, und es war ihm sehr unangenehm, dass ihn die beiden Hörigen in diesem aufgelösten Zustand erlebt hatten. Er musste ihnen zeigen, dass er immer noch Herr der Lage war. Gemessenen Schrittes ging er zur Eisentruhe und entnahm ihr zwei Silbermünzen. Dann drückte er eine in die faltige Hand der Hebamme und sagte: »Du kannst jetzt gehen!«

Ungläubig starrte die Hebamme auf das Geldstück und biss hinein, um sich von der Echtheit zu überzeugen. Sie verbeugte sich tief und sagte: »Gott segne Euch, Herr. Der Allmächtige schenke Euch und den Euren Gesundheit!« Eilig raffte sie den Kräuterbeutel und den Holznapf an sich und verließ den Raum.

Die zweite Münze wollte Dankwart Mechthild geben,

aber sie wich ihm aus, trat Agnes zur Seite und strich ihr zärtlich über die Schulter.

»Wenn du mich brauchst«, sagte Mechthild, »schicke deinen Sohn mit einer Nachricht.« Dann verließ sie das Haus.

Dankwart stand mitten im Raum. Er konnte es kaum glauben, aber Mechthild hatte ihn einfach stehen gelassen! Sie hatte ihn nicht einmal eines Blickes gewürdigt! Eine heftige Wut erfasste ihn. »Was bildet sich dieses Weib ein? Sie ist eine Bäuerin und keine Königin!«

»Bitte verüble es ihr nicht«, sagte Agnes sanft. »Es muss sie kränken, wenn du ihr Geld anbietest. Sie ist zwar arm, aber meine Freundin.«

»Das war nicht das erste Mal. Das weißt du genau! Richte Mechthild aus, dass sich meine Geduld erschöpft hat. Verweigert sie mir noch ein einziges Mal im Beisein von anderen den Respekt, so wird sie es bereuen. Ich bin der Lehnsträger des Herzogs. Ich hab ihrem Ehemann den Hasgelhof überlassen, weil du mich darum gebeten hast. Wenn Mechthild es darauf anlegt, kann ich ihr den Acker auch wieder wegnehmen. Dann soll sie zusehen, wie sie mit ihrer Hochfahrendheit zurechtkommt. Richte ihr das Wort für Wort aus!«

»Natürlich«, sagte Agnes erschöpft.

Im Jahre des Herrn 1164

1.

Zwei Jahre des Friedens verstrichen, bis sich die unheilvollen Zeichen wieder verdichteten: Im Westen des Landes steckten Söldner mehrere Rodungshöfe in Brand, überall wurden Truppen zusammengezogen und zahlreiche Herolde galoppierten von Burg zu Burg, um Botschaften zu übermitteln. Alles deutete auf einen Krieg hin – trotzdem ließen sich die Hörigen aus Aue nicht von der jährlichen Erntedankfeier abhalten.

Dankwart schob sich durch das Festgetümmel. Lieber wäre er auf der Adlerburg geblieben, um mit Leutfried, seinem Knecht, den Pflug zu reparieren, aber er wusste um seine Pflichten. Auf den Festen der Hörigen musste er sich zeigen. Den Bauern durfte nicht der Eindruck entstehen, dass sie hirtenlos waren. Zugleich achtete er darauf, Distanz zu wahren. Er trank nicht mit ihnen, denn das lockerte die Zunge. Auch an ihren Spielen nahm er nicht teil, denn er wollte ihnen keine Gelegenheit geben, ihn zu übertreffen.

Er stellte sich zu mehreren Bauern und begrüßte einen von ihnen mit einem Nicken. Einem anderen legte er die Hand auf die Schulter und fragte: »Wie geht's deinem Jungen?«

»Die Hebamme hat ihm einen Trank bereitet«, erwiderte der Mann. »Erst schwitzte er stark, dann schlief er eine Woche. Jetzt kann er wieder arbeiten.«

»Gott meint es gut mit dir«, sagte Dankwart und wandte sich dem dritten Bauern zu. »Und du? Wie viel Scheffel hat dir die Ernte eingebracht?«

»Nicht genug zum Leben und nicht genug zum Sterben, gnadenvoller Herr. Wenn wir Euch den Zehnt zahlen, werden wir verhungern!«

Auf diese Antwort hatte Dankwart nur gewartet. »Du solltest deinen Helfern das Maul verbieten, wenn du mich das nächste Mal betrügen willst. Bis morgen begleichst du deine Schuld, ansonsten wirst du es bereuen.«

»Herr, Ihr versteht nicht, was …«

»Überleg dir gut, was du jetzt sagst«, unterbrach Dankwart ihn. Eine offensichtliche Lüge vor Zeugen würde er nicht ungestraft lassen können, dann würde er mit aller Härte durchgreifen müssen. Als der Mann die Schultern hängen ließ, sagte Dankwart nur »Morgen!« und ging weiter.

Als er die Kapelle erreichte, war er erleichtert. Hier sah man ihn, zugleich würde er unbehelligt bleiben. Er drückte die Pforte zum Friedhof auf und schloss sie hinter sich. Lautes Gelächter drang vom Portal des Gotteshauses zu ihm her. Das konnte nur der Pfaffe Lampert sein, der sich wahrscheinlich mit einer Gespielin vergnügte.

Über einen Trampelpfad begab sich Dankwart zur Längsseite der Kapelle und setzte sich auf die Steinbank. Er verschränkte die Arme über der Brust und schaute dem Treiben jenseits des Lattenzaunes zu. Überall standen Tische mit Speisen und Getränken. Von der Linde flatterten bunte Bänder. Musik erklang und die Hörigen versammelten sich zu einem Reigen. Dabei legten sie die Arme um die Schultern des Nebenstehenden. Der Harfner sang die erste Strophe eines Sommerliedes: »Die Jungfrau flocht sich Blumen ins Haar / und als ich sie beim Tanze sah / da war der Winter längst vergessen …« Der Fiedler fiel in die Melodie ein. Die Menschen drehten sich zunächst gemächlich, dann immer ausgelassener um die Linde, wobei sie die Beine in die Luft warfen und in den Gesang einstimmten: »Die Jungfrau flocht sich Blumen ins Haar …«

Die Holzkreuze auf dem Kapellfriedhof warfen schon lange Schatten, als Dankwart spürte, wie jemand an seiner Schulter rüttelte.

»Herr«, sagte Leutfried, der Knecht. »Wacht auf! Der Herold des Herzogs ist eingetroffen. Er hat eine Botschaft für Euch.«

Dankwart erhob sich und streckte die Arme gähnend von sich. Er war etwas überrascht, als ihm auffiel, dass die Hörigen schon völlig betrunken waren. Sie lagen unter den Bänken, lehnten mit dem Rücken an der Linde, planschten johlend im Bach, einer schlief sogar auf einem frischen Grab. Offenbar hatte er den Großteil des Festes verschlafen. »Dann wollen wir ihn nicht warten lassen!«, sagte er.

Am Fuß des Hangs blickten Halbwüchsige, die nacheinander versuchten, ein Rundeisen um einen Holzpflock zu werfen, verstohlen auf den Herold. Mit durchgedrücktem Rücken saß dieser auf einem Schimmel und hielt an einer Stange das Banner des Herzogs, einen roten Adler auf goldenem Grund. Schaum tropfte vom Maul des Pferdes.

»Friede sei mit dir!«, grüßte Dankwart.

»Seid Ihr Dankwart von Aue?«, fragte der Herold.

»So ist es!«

»Berthold IV., Herzog von Zähringen und Rektor von Burgund, übersendet Euch seinen Gruß. Er ruft seine Getreuen zu den Waffen, um gegen die Festung Tübingen zu ziehen. In einer Woche, am Tag des Herrn, sammeln sich seine Krieger am Ufer der Dreisam.« Der Schimmel tanzte unruhig auf der Stelle. Der Herold zähmte ihn und fuhr fort: »Auch Ihr werdet Euch einfinden. Habt Ihr das verstanden?«

»Ich werde da sein!«

»Der Herzog zählt auf Euch!«

»Dann weiß er um meine Treue!«

Der Herold blickte ihn ein letztes Mal prüfend an, dann riss er das Pferd an den Zügeln herum und stieß ihm die Sporen in die Flanken. »Heja!«, rief er. In dieser Nacht würde er noch bei vielen Lehnsträgern und Edelfreien vorsprechen; an einem der größeren Höfe würde man ihm ein frisches Tier zur Verfügung stellen.

Schweigend blickten Dankwart und Leutfried dem Banner nach, das im Galopp durch die Dämmerung flatterte.

Es gab nichts zu sagen. Beide kannten den Krieg.

2.

Am Vorabend der Zusammenkunft fand sich die Familie am Tisch ein. Agnes schöpfte aus einem Kochkessel Brei und füllte zuerst Dankwart, dann den Kindern und Leutfried und schließlich sich selbst den Napf. Nachdem sie sich gesetzt hatte, falteten alle die Hände. Dankwart sprach das Tischgebet und die Familie begann zu essen. Er wusste, dass niemand ein Gespräch anfangen würde, solange er schwieg. Bedächtig legte er den Löffel neben den Napf, trank aus einem hölzernen Becher einen Schluck Molke und betrachtete die vertrauten Gesichter.

Im Falle seines Todes würde der Hausherrenstuhl seinem ältesten Sohn zufallen. *Heinrich fehlt es an Härte,* dachte er, *aber er ist von einem guten Kern beseelt; er wird für Agnes sorgen.* Neben den Hufen eigenen Landes in Aue besaß Dankwart noch mehrere Wiesen und einen Weinberg bei Uffhausen. Heinrichs Erbe wäre damit reich genug, um den Schwestern eine Brautgabe zu ermöglichen, die es ihnen gestattete, in den Munt eines wohlhabenden Mannes zu gehen.

Dankwarts Blick fiel auf Hartmann, der neben Judith, dem kleinen Mädchen von Mechthild vom Hasgelhof, saß. Die beiden Kinder spielten jeden Tag zusammen und waren kaum voneinander zu trennen. Gerade kletterten sie von der Bank, um sich in eine Ecke zurückzuziehen, wo sie offenbar etwas Wichtiges zu bereden hatten.

Weil Hartmann der zweitgeborene Sohn war, konnte er keine Ansprüche auf das Amt des Dorfschulzen oder die Ländereien anmelden. Eines Tages würde er die Adlerburg verlassen müssen, um eine eigene Familie zu gründen. Vom rechtlichen Standpunkt wäre er dann nicht besser gestellt als die Hörigen im Dorf. *Soll er wirklich dem Bruder den Zehnt zahlen?,* fragte sich Dankwart. *Nein! Neid und Missgunst darf die Brüder nicht entzweien. Ich muss mir etwas überlegen, um dem Jungen ein besseres Leben zu ermöglichen.*

Agnes und die Mädchen räumten die Näpfe ab und stellten zwei Krüge mit Wein auf den Tisch, von denen sich die Erwachsenen nach Belieben bedienten. Durch die offene Tür fiel kaum noch Licht in den Raum. Auch das Holz in der Feuerstelle verglomm langsam. *Sie bleiben sitzen, weil sie fürchten, dass sie mich zum letzten Mal sehen,* dachte Dankwart und fühlte eine große Zuneigung.

Hartmann trat an den Tisch. »Darf Judith hier schlafen?«

»Wenn sie zu Hause nicht erwartet wird«, erwiderte Agnes.

Die Kinder jubelten.

»Herr«, ergriff Leutfried das Wort, »mir ist heute etwas zu Ohren gekommen, dass Ihr unbedingt erfahren müsst. August der Ältere erzählt den Leuten im Heimgarten, dass die Lehnsherrenschaft und das Amt des Dorfschulzen – im Falle Eures Todes – nicht Eurem Sohn zustehen, sondern ihm, weil er mehr Hufen Land besitzt und weil er im Gegensatz zu Euch von freier Abkunft ist.«

»Das ist Unsinn!«

»Sobald Ihr tot seid, will er dem Herzog den Treueid schwören.«

»Er kann so viele Treueide schwören, wie er will. Das Lehen und das Amt sind erblich. Beides wird Heinrich zufallen, wenn ich getötet werde. Der Zähringer wird sich an die Gesetze halten.«

»Du darfst August den Älteren nicht unterschätzen«, sagte Agnes. »Du musst hierbleiben und ihn zum Schweigen bringen! Mechthild hat mir erzählt, dass sich der Lehnsherr von Herbolzheim mit zwanzig Silbermünzen und einem Schwein vom Waffengang freigekauft hat. So viel könnten wir auch aufbringen. Die Wände des Vorratsstalles faulen und müssen ausgebessert werden. Wenn er zusammenstürzt, verlieren wir das Getreide und hungern im Winter. Außerdem musst du die Abgaben überwachen. Du kennst sie; sie werden Heinrich betrügen!«

»Heinrich muss lernen, sich durchzusetzen. Und was das Freikaufen angeht – du weißt genau, warum ich den Waffengang nicht vermeiden kann.«

»Das weiß ich nicht! Ich verstehe einfach nicht, warum du dich abschlachten lassen willst.«

Argwöhnisch betrachtete Dankwart seine Ehefrau. Schon hundert Mal hatte er ihr erklärt, warum er den Zähringern zu besonderer Treue verpflichtet war. Im Grunde verhielt sich der Sachverhalt ganz einfach. Sein Großvater hatte noch dem Landadel angehört und hatte sich eine Hörige aus dem Dorf zur Ehefrau genommen. Nach Maßgabe der ärgeren Hand waren ihre Kinder in den niederen Stand der Mutter geboren worden. So war mit der Geburt von Dankwarts Vater die edle Blutlinie abgerissen. Gleichzeitig hatte Dankwarts Vater das Blutrecht verloren, um sich über die Bauern zu stellen. Natürlich hatte ihm die unsichere Rechtslage Sorgen bereitet: Würde der Herzog ihm das Lehen überlassen oder an einen Edelmann übertragen? Was würde mit den Ländereien geschehen? Bald hatte er die Ungewissheit nicht mehr ausgehalten und war vor den Zähringer hingetreten. Der Herzog hatte sich als kluger Politiker erwiesen und gespürt, wie er am meisten Gewinn aus der Angelegenheit ziehen konnte. »Wenn du mir mit genauso großer Treue dienst wie dein Vater«, hatte er gesagt, »will ich über den Mangel deiner Geburt hinwegsehen. Du sollst das Lehen behalten.« So war Dankwarts Vater zum ersten unfreien Herrn über Aue geworden. Zugleich hatte sein Geschlecht das Erbrecht zurückgewonnen.

In jenen Tagen hatten auch andere Fürsten Unfreie zu ihren Lehnsherren ernannt, denn es hatte sich gezeigt, dass von den Dienstmännern mehr Ergebenheit zu erwarten war als von den kleinen Landedelleuten, die immer wieder Anlässe für Fehden geliefert hatten: Entweder sie hatten die Befehlsgewalt selber beansprucht, oder sie hatten sich einfach geweigert, in die Schlacht zu ziehen.

»Nicht jeder Mann taugt zum Krieger«, sagte Dankwart. »Manch einer ist ein Gelehrter, ein anderer hat zwei linke Hände oder die Kraft eines Kindes, aber mein Vater war ein Mann des Schwertes und ich bin es auch. Unser Wert misst sich nicht am Stammbaum, sondern an unseren Taten. An jedem Tag müssen wir beweisen, dass wir das Vertrauen der Fürsten wert sind. Wenn Berthold mich ruft, folge ich ihm aufs Schlachtfeld. Und es ist mir gleichgültig, wer der Feind ist.«

»Im Großen kennst du dich aus«, sagte Agnes, »aber das Naheliegende übersiehst du. Ich prophezeie dir, dass August der Ältere die Bauern aufstacheln wird. Er sät ja schon das Gift. Du musst dich freikaufen, wenn du deine Familie nicht im Stich lassen willst!«

Dankwart blickte auf seine rechte Hand, die schon so vielen Männern den Tod gegeben hatte. »Warum fügst du dich nicht ein einziges Mal in meinen Entschluss? Warum lamentieren wir immer wieder aufs Neue über Dinge, die schon seit Jahren feststehen?«

Agnes brach in Tränen aus. »Dankwart, ich habe ein ungutes Gefühl. Ich habe geträumt, dass du nicht zurückkehrst. Diese Fehde ist ungerecht. Was hat Berthold mit dem Tübinger zu schaffen? Was geht er ihn an? Wenn du mit dem Herzog ziehst, versündigst du dich und Gott muss dich bestrafen.«

Warum muss sie Zweifel streuen, obwohl sie ganz genau weiß, dass mir keine Wahl bleibt?, dachte Dankwart. *Merkt sie denn nicht, dass ihre Reden mich schwächen?* Mit voller Wucht ließ er seine Faust auf den Tisch krachen, so dass die Gefäße aufsprangen.

Agnes unternahm ziellose Schritte durch den Raum, blieb stehen und verschränkte die Arme vor der Brust. In dieser Haltung verharrte sie auch, als Dankwart zur Feuerstelle ging, einen Kienspan entzündete und ihn mit vorgehaltener Hand nach draußen trug. Auf dem Hof kühlte der Ostwind sein Gesicht ab. Am Himmel funkelten Sterne. *Wenigstens wird es morgen keinen Regen geben,* dachte er. Leutfried war seinem Herrn gefolgt. Gemeinsam gingen sie zum Vorratsstall. Mit dem flammenden Kienspan untersuchte Dankwart die von Agnes bezeichneten modrigen Stellen. Unmittelbar über der Erdoberfläche, wo Nässe und Frost besonders leicht angriffen, hatte Fäulnis das Holz befallen. »Das hat Zeit«, sagte er und richtete sich auf.

»Die Herrin ist eine gute Frau«, sagte Leutfried. »Sie ist nur in Sorge!«

Dankwart fröstelte. Die Nacht roch schon nach Herbst. »Wer hat dir erzählt, dass August der Ältere solche Parolen verbreitet?«

»Es war einer der Bauern im Heimgarten. Andere fassten sich ein Herz und stimmten ihm zu. Wie es den Anschein hat, passt August die Bauern einzeln ab, um sie gegen Euch aufzustacheln.«

»Vielleicht solltest du hierbleiben, um Heinrich beizustehen, wenn es Händel gibt.«

»Ihr habt selbst gesagt, dass Augusts Worte Narretei sind. Außerdem kann ich Euch nicht alleine ziehen lassen. Mit Euch habe ich in Burgund gelegen. Mit Eurem Vater hab ich gegen die Mailänder gekämpft. Herr, selbst wenn der freie Bauer etwas im Schilde führt – was sollte ich gegen ihn ausrichten? Wichtig ist, dass Ihr wieder heimkommt. Und wenn Ihr mich lasst, will ich meinen Beitrag dazu leisten.«

Dankwart wusste, dass Leutfried Recht hatte. Er wusste auch, dass der Knecht ihm mit Zähigkeit zur Seite stehen würde. Reif und kampferprobt wie er war, würde er Tapferkeit nicht mit Tollkühnheit verwechseln.

»Morgen erwartet uns ein anstrengender Tag!«, sagte Dankwart. »Geh jetzt schlafen!«

3.

Am Abend des 5. Septembers schlugen unweit der Festung Tübingen zweitausend Bewaffnete ihr Lager auf. Bis an den Rand der Wälder brannten die Lagerfeuer, um die sich nach Stand und Herkunft Krieger versammelt hatten. Die Wölfe witterten das gebratene Fleisch und strichen durch das Unterholz. Ihr Geheul klang schauderhaft.

Die zähringischen Ministerialen hockten in einer Senke, die Schutz vor den Ostwinden bot. Die Männer waren müde vom Marsch und berauscht vom Wein. Trotzdem spürte man deutlich, dass der geringste Anlass ausreichen würde, damit sie mit gezückten Dolchen aufeinander losgingen.

Dankwart saß etwas abseits und starrte in die lodernden Flammen. *Sie sind so unstet wie die Herzen der Menschen,* dachte er. Warum begriff Agnes nicht, dass er anders sein wollte als die zahllosen Wendehälse? Warum erfüllte es sie nicht mit Stolz, dass er sein Handeln einer Idee unterordnete und sich zu dieser Idee auch in der Gefahr bekannte?

Seine Überlegungen ließen ihm keine Ruhe, und es dauerte noch lange, bis er sich in die grobe Wolldecke rollte und in einen traumlosen Schlaf sank.

Die Festung Tübingen lag auf einem Bergsporn mit weiter Sicht. Ihre Eroberung musste gut vorbereitet werden. Am nächsten Morgen postierten sich zu beiden Seiten des Neckars Wachmannschaften, um die Burg von ihren Versorgungswegen abzuschneiden. In den Wäldern wurden Stämme gefällt, die mit Eisen beschlagen als Rammböcke dienten. Kundschafter spähten eine geeignete Stelle für den ersten Sturmangriff aus.

Dankwart und Leutfried halfen dabei, ein Steinkatapult zusammenzusetzen. Werner von Schlatt, der zu den erfahrenen Kriegern unter den Ministerialen zählte und ein Kamerad Dankwarts war, gesellte sich zu ihnen. Eine rote Narbe verlief von seiner rechten Schläfe bis zum linken Ohr. Eines seiner Augen war durch den Schwertstreich erblindet und leuchtete in einem Weiß, das an die Milch junger Ziegen erinnerte.

Als die Sonne den Zenit erreichte, legten sie Kettenhemden und Schwerter an und fanden sich zum Waffensegen ein. Leutfried blieb in den hinteren Reihen bei den Knappen und Knechten zurück. Im Schatten einer Rotbuche am Ufer des Neckars bauten die Messdiener einen Tragaltar auf und arrangierten die Reliquienbehältnisse. Von den Zinnen der Burg tönten Schmährufe herüber. Das Weidegras war längst abgetreten und die Füße wirbelten Staub auf.

Der Bischof von Augsburg, ein Verbündeter des Welfen, ging in einem prachtvollen Gewand zum Altar. Dankwart und Werner von Schlatt knieten nieder. Beide hatten den Helm unter die Achsel geklemmt. Auf das Zeichen des Bischofs erhoben sich alle wieder und die Predigt begann: »Brüder im Glauben, wir haben uns hier eingefunden, um nach dem Willen Gottes zu handeln, denn Hugo von Pfalzburg hat großes Unheil über das Schwabenland gebracht. Zieht eure Schwerter, damit ich sie segnen kann, damit ihr kämpft im Namen des Allmächtigen. *Paritur pax bello* – Der Friede wird durch Krieg gewonnen ...«

Jetzt kam der lateinische Teil, den Dankwart nicht verstand. Er sah sich um. Die Tatsache, dass er den Herzog nicht entdecken konnte, beunruhigte ihn.

»Hast du bemerkt, wie wild die Gäule sind?«, fragte Werner von Schlatt. »Sie müssen die Gefahr wittern. Ansonsten hätten sie die Umzäunung nicht zum Einsturz gebracht.«

»Der Sonntag soll doch nicht mit Kämpfen entweiht werden!«

»Was weiß ich? Hör doch nur die Schmähruft der Tübinger! Die Sonne macht sie streitsüchtig. Nicht einmal bei der Messe können sie ihre Lästermäuler halten. Und auf unserer Seite haben die Söldner die ganze Nacht gezecht. Noch in aller Frühe riefen sie Beleidigungen hoch. Wenn du mich fragst, kann es jeden Augenblick losgehen.«

Dankwart spürte, wie sich sein Magen zusammenzog. Insgeheim hatte er gehofft, noch ein oder zwei Tage Zeit zu haben, um über sich und Agnes in Ruhe nachzudenken. Seine Ehefrau bedeutete ihm viel zu viel, als dass er von dieser Welt abtreten könnte, ohne mit ihr Frieden geschlossen zu haben.

Plötzlich wurden in den hinteren Reihen Rufe laut. Dankwart stellte sich auf die Zehenspitzen, um Ausschau zu halten. Ein Reiter preschte im Galopp vorüber. Er trug das Feldzeichen Welfs an einer Stange.

»Komm mit!«, sagte Werner. »Ich glaube, es geht los.«

Dankwart zwängte sich durch die Versammelten. Immer wieder hob er den Kopf, um seinen Knecht in der Menge zu finden. »Leutfried, wo steckst du?« Er konnte nicht sehen, aus welcher Richtung sein Knecht zu ihm stieß, aber er vernahm seine Stimme: »Ich bin an Eurer Seite, Herr!«

Dankwart wusste kaum, wie ihm geschah, als er inmitten einer Schar von fünfzig Männern loslief. Der Helm rutschte auf seinem Kopf hin und her und verdeckte ihm die Sicht; die Nasenspange stach ihm in die Haut. Immer wieder ertönte der heisere Schlachtruf: »Auf sie! Auf sie!« Weit vor sich, auf einem Plateau nahe dem Südtor, erblickte er das Banner des Herzogs.

»Da ist Berthold!«, rief er. »Wir müssen zu ihm!«

»Wir werden ihn erreichen«, schrie Werner. »Mach dich bereit. Auf sie! Auf sie! … AUF SIE!«

Dankwart sah zu Werner hinüber und war froh, dass er im Kampf neben ihm stehen würde. Mit schmalen Lippen zog er das Schwert aus der Scheide. »Dann soll es so sein! … Auf sie! … AUF SIE!«

Halb kriechend, halb aufgerichtet, durch Sträucher und über Geröll kletterten die Krieger die steile Böschung zum Kampfplatz empor. Dankwart stemmte sich über den Felsvorsprung und richtete sich auf. Aufeinandergeschlagener Stahl und raues Gebrüll tönten ihm entgegen. Als sich ein Mann mit Streitaxt auf ihn stürzte, wich er reaktionsschnell aus und stach sofort zu. Dankwart drehte die Klinge in der Wunde, und der Tübinger fiel auf den felsigen Grund, der schon vom Blut glänzte.

Männer brachten sich kriechend in Sicherheit und schrien vor Schmerzen; niedersausender Stahl ließ sie für immer verstummen. Dankwart parierte einen Angriff, trat einem Tübinger in den Unterleib und stach ihm in die Seite. Plötzlich erblickte er den Herzog, der in dem Gewühl am Boden kniete. »Berthold ist verwundet!«, schrie Dankwart. »Los, kommt mit! Wir müssen zu ihm.« Scharfer Schweiß rann ihm in die Augen. Er wich einem Morgenstern aus, verlor das Gleichgewicht und stürzte einem Zähringer in die Beine. Während er sich aufrappelte, hielten Leutfried und Werner ihm den Rücken frei. Schließlich erreichten sie den Herzog. Berthold hielt eine Hand auf die Schulter gepresst. Blut sickerte zwischen seinen Fingern hindurch.

Dankwart ging neben seinem Herrn in die Knie und schüttelte ihn. »Hört Ihr mich?«

Der Herzog hob den Kopf. Müde Augen blickten ihn aus einem grauen Gesicht an. Er hatte viel Blut verloren. Auch aus seiner Nase tropfte es in den schwarzen Bart. »Dankwart?«

»Ich bringe Euch fort!«, sagte Dankwart und half seinem Herrn auf die Füße. »Leutfried, komm zu mir und stütz ihn! Der Herzog darf nicht in Gefangenschaft geraten.«

Während Leutfried dem Herzog unter die Achseln griff, schlugen Dankwart und Werner eine Bresche frei. Andere Zähringer eilten ihnen zur Hilfe. Aus den Reihen der Tübinger gellten Rufe: »Der Herzog flieht! … Haltet sie! … Versperrt ihnen den Weg!« Das Kampfgeschehen konzentrierte sich immer mehr um den Herzog, trotzdem erreichten die Zähringer den Felsvorsprung.

»Los, los!«, schrie Dankwart und stieß Berthold und seinen Knecht über die Kante. Für einen Augenblick verharrte er und beobachtete, wie beide den Hang hinabrollten.

Unten sprang Leutfried auf die Füße und durchtrennte die Riemen der schweren Rüstungsteile mit einem Dolch, warf Helm und Bewaffnung fort, schlang sich die Arme des Herzogs um den Nacken und schleppte ihn flussabwärts.

Dankwart drehte sich um und sprang einen Soldaten an, der Werner eine Lanze in die Seite rammen wollte. Immer mehr Tübinger stürmten aus dem Tor. An den Zinnen der Burgmauer postierten sich Bogenschützen, um die kämpfenden Zähringer und Welfen von den zu Hilfe eilenden Truppen abzuschneiden.

Die Übermacht wurde immer größer; der Kampf dauerte viel zu lange. Dankwart spürte, wie seine Kraft nachließ. Er konnte längst nicht mehr so gezielte Hiebe setzen. Es würde nicht mehr lange dauern, bis er seinen Arm nicht einmal mehr anheben konnte. *Allmächtiger,* dachte er und lenkte einen Speer ab. Sofort ging er zum Gegenangriff über. *Bitte steh meinem Weib und den Kindern bei, wenn ich nicht mehr sein sollte. Bitte lass sie nicht ohne Schutz sein …*

»Pass auf!«, brüllte Werner.

Dankwart spürte einen dumpfen Schlag in die Rippen, der ihm die Luft raubte. Das Schwert fiel ihm aus der Hand. Er hatte das Gefühl zu ersticken, er riss den Mund auf und rang nach Atem. Sein letzter Gedanke galt Agnes: *Verzeih mir, dass ich dir kein besserer Ehemann war!* Der nächste Schlag traf ihn am Kopf; sein Helm wurde fortgeschleudert. Mit dem Gesicht voran fiel er auf den Fels. Ein grauer Stollen verengte sich zu einem schwarzen bodenlosen Loch.

Bis zum späten Nachmittag wütete der Kampf. Dann mussten die Zähringer und Welfen die Waffen strecken. Zwei Männer packten Dankwart an den Füßen und schleiften ihn über den felsigen Grund. Sein Kopf schlug so heftig auf den Boden auf, dass er die Augen öffnete. Die Abend röte tauchte den Himmel in ein wunderschönes Licht. Erst jetzt wurde ihm seine Gefangennahme bewusst, und er griff nach dem Schwert, um den Kampf fortzusetzen, aber die Scheide war leer. »Werner!«, schrie er. »Werner, wo …« Dankwart sah nur den Schatten des Fußes, der direkt auf seinem Gesicht landete und ihm erneut das Bewusstsein raubte.

Als Dankwart erwachte, hatte er keine Ahnung, wo er sich befand. Er wusste nur, dass etwas nicht stimmte. Vorsichtig tastete er nach seiner Nase.

»Nicht!«, sagte jemand und griff ihm in den Arm. Es war Werner von Schlatt, der neben ihm mit dem Rücken an einer schwarzen Bruchsteinmauer lehnte. »Ich hab sie gerichtet. Gut, dass du weggetreten warst, sonst hättest du es nicht ausgehalten.«

Dankwart erinnerte sich wieder an den Kampf und an seine Gefangennahme. Offenbar hatte man sie in den Kerker gesperrt und bis auf die wollenen Unterhemden entkleidet. Das Stroh stach ihm in die nackten Beine. »Was haben sie mit unseren Sachen angestellt?«

»Die Tübinger haben sie eingestrichen!«

Als Dankwart sich aufsetzte, spürte er ein solches Stechen im Kopf, dass ihm der kalte Schweiß ausbrach. Er biss die Zähne zusammen und der Schmerz ebbte etwas ab. Durch die Gitterstäbe fiel silbernes Mondlicht. Allmählich nahmen die anderen Gefangenen Konturen an. Ein Markgraf lief auf und ab und führte Selbstgespräche: »Das halt ich nicht aus. Ich muss hier raus. Warum bin ich nicht gefallen? Ich hätte es verdient. Lieber Tod als Gefangenschaft. Lieber im himmlischen Jerusalem als in diesem Kerker. *Honesta mors turpi vita potior* – Ein ehrenvoller Tod ist einem schändlichen Leben vorzuziehen …«

Für einen Augenblick vergaß Dankwart die Umstände: Ein weltlicher Herr beherrschte die Sprache der Pfaffen. Das war sehr ungewöhnlich!

»So geht das schon seit Stunden«, sagte Werner. »Am besten stopft ihm einer das Maul, sonst macht er uns noch alle verrückt.«

»Was ist eigentlich geschehen?«, fragte Dankwart und spürte, wie ihm übel wurde.

»Ich weiß nur, dass unsere Männer geflüchtet sind. Der Tübinger hat viele Gefangene gemacht. Solange er auf ein Lösegeld hoffen kann, wird man uns am Leben lassen, aber wenn sich die Verhandlungen in die Länge ziehen, dann gnade uns Gott. Die Wärter haben mehrere Kameraden verloren und heizen sich schon gegenseitig auf.«

Die Foltermethoden waren allgemein bekannt. In erster Linie verfolgten sie das Ziel, den Stolz der Gefangenen zu brechen. Stundenlange Vergewaltigungen waren nichts Ungewöhnliches. Fand sich unter den Wärtern niemand, der es gerne mit Männern trieb, rammte man den Ausgelieferten einen Knüppel in den Anus oder man zwang sie, Kot zu schlucken. Verweigerte sich jemand den grausamen Spielen, hängte man ihn an den Hoden auf, bis sie abrissen. Dankwart entsann sich der Worte seines Weibes: *Wenn du mit dem Herzog ziehst, versündigst du dich und Gott muss dich bestrafen.* Jäh drehte sich das Innere seines Magens um. Saure Flüssigkeit füllte seinen Mund. »Ist der Herzog davongekommen?«

»Es wäre besser für uns«, erwiderte Werner.

Auf allen vieren kroch Dankwart vor und erbrach sich in die Bodenstreu. Kaum jemand nahm Notiz davon. Der Gestank war sowieso unerträglich.

Werner scharrte etwas Stroh über das Erbrochene, griff Dankwart unter die Achseln und schleppte ihn zurück. »Ruh dich aus! Wir werden unsere Kräfte noch brauchen!«

Dankwart bettete den Hinterkopf auf das Stroh und starrte in das dunkle Gewölbe. In den vergangenen Wochen hatte er so viel Herzenskraft aufgewendet, um den Widerreden seines Weibes standzuhalten, um seinen Ahnen keine Schande zu bereiten und um dem feigen Geschwätz der anderen Krieger entgegenzuwirken. Und wofür? Um anderen Kriegern das Schwert in die Eingeweide zu stechen, um sich in ihrem Blut zu suhlen und am Ende in einer Folterkammer zu verrecken! Hatte seine Ehefrau am Ende doch Recht gehabt? Hatte er ihr gemeinsames Leben, das so reich an reinen und erbaulichen Momenten gewesen war, leichtfertig aufs Spiel gesetzt?

Dankwart konnte nicht mit Bestimmtheit sagen, was richtig und was falsch war, aber eines wusste er mit Sicherheit: Alle Schmerzen würde er aushalten, alle vorstellbaren und unvorstellbaren Grausamkeiten über sich ergehen lassen, nur um nach Aue zurückzukehren.

4.

Agnes drückte die Äste eines Stachelbeerstrauches zur Seite und trat auf eine Waldlichtung. Es war November und schon kalt. Zwei äsende Rehe sahen kurz auf und suchten mit großen Sprüngen das Weite. Kahle Äpfel-, Birnen-

und Pflaumenbäume standen neben einer Holzhütte. Das Dach war mit Grassoden eingedeckt worden. Agnes ging über die freie Fläche und schlug mit der flachen Hand gegen die Tür. Als sie keine Antwort erhielt, betrat sie den Wohnraum.

»Herrin!«, rief die Hebamme erschrocken. »Ihr seid es!« Die alte Frau stand mit einer Kelle über einem Kessel mit blubberndem Brei, der einen beißenden Geruch verströmte. »Haben die Zwillinge Ohrensausen? Oder ist etwas mit Eurem Ehemann? Ist er endlich heimgekehrt?«

Bei der Erwähnung Dankwarts musste Agnes schlucken. Seit der Tübinger Fehde fehlte jedes Lebenszeichen von ihm. Sie wusste nicht, ob er gefallen war, ob er mit einer schwärenden Wunde irgendwo siechte oder ob er im Tübinger Kerker langsam zugrunde ging. Die Berichte von Leutfried und anderen Zähringern widersprachen einander so stark, dass sie immer neue Fragen aufwarfen, anstatt sein Schicksal zu klären. »Ich bin gekommen, um dir einen Handel vorzuschlagen. Du bringst mir alles bei, was du über Heilkräuter weißt, und ich entlohne dich dafür.«

»Herrin, ich weiß nicht, ob das eine gute …«

»Ich will dir die Bauern nicht abspenstig machen. Sie sollen dich weiterhin um Rat fragen und dich für deine Medizin bezahlen. Ich brauche nur etwas, um meinen Geist …« Agnes unterbrach sich. Niemand durfte erfahren, dass die quälende Ungewissheit ihr langsam den Verstand raubte.

»Ihr wisst ja«, sagte die Hebamme, »dass ich sehr beschäftigt bin.«

»Natürlich«, erwiderte Agnes. Weil ihr die Ruhe zu Verhandlungen fehlte, lenkte sie schnell in die Forderungen der alten Frau ein. Das Herdfeuer spendete nur unruhiges Licht, deshalb setzten sie sich auf eine Strohmatte ins Gras. Am Himmel zogen stahlgraue, dräuende Wolken vorüber. Böen rüttelten an den Bäumen. Irgendwo hackte ein Specht in einen Stamm. Die Hebamme griff in den Weidenkorb und zog einen Zweig mit hellgrünen, länglichen und nach innen gebogenen Blättern heraus.

»Diese Pflanze hab ich erst gestern geschnitten. Ihr wisst sicher, wie sie genannt wird.«

»Das ist eine Mistel.«

Die Hebamme lächelte wohlwollend und zeigte ihren zahnlosen Oberkiefer. »Man nennt sie auch Affalter, Drudenfuß, Geißkraut oder Hexenbesen. Die Mistel ist eine wundersame Pflanze, die erst in den Wintermonaten sichtbar wird, wenn die Bäume ihre Blätter verlieren. Ihr findet sie vorwiegend auf Tannen, Pappeln und Robinien, manchmal auch auf Ebereschen, Kiefern und Weiden. Ihr müsst darauf achten, dass sie nicht auf die Muttererde fällt, sonst büßt sie ihre Heilkraft ein.«

»Welche Wirkung hat sie?«

»Ihr könnt sie getrost gegen jedes Gebrechen einsetzen. Ich hab sie schon bei Weißfluss, Verstopfungen, Fieber und Gelenkentzündungen verabreicht. Eigentlich benutze ich sie immer, wenn ich das passende Kraut nicht zur Hand habe.«

»Auf dem Markt erzählen die Händler, dass sie giftig wäre.«

»Deshalb dürft Ihr das Gebräu immer nur als Kaltauszug ansetzen. In frischem Brunnenwasser lösen sich die gefährlichen Stoffe nicht auf …«

Die Hebamme erwies sich als kundige Lehrerin. Agnes

prägte sich das Aussehen und die Eigenheiten der Pflanzen ein: Das Gartenbingelkraut durfte nur getrocknet verwendet werden und half gegen Husten. Die Blutwurz, eine mittelgroße, verästelte Pflanze mit gelben Blüten, linderte Entzündungen im Mund- und Rachenraum und stillte Blutungen. Die Wurzeln der weißen Lichtnelke fanden sich vorwiegend an Ackerrändern. Den ausgepressten Saft rieb man auf Hautausschläge und Flechten.

Agnes dankte dem Allmächtigen, dass ihr Denken endlich fruchtbare Wege beschritt, und ließ sich immer neue Fragen einfallen. Ihr Wissensdurst kannte keine Grenzen. Erst als die Sonne versank, nahm sie der Hebamme das Versprechen ab, morgen auf die Adlerburg zu kommen, um den Unterricht fortzusetzen. Agnes verabschiedete sich und begab sich auf den Heimweg. Zügig schritt sie über Steine, Moos und Wurzeln. Natürlich wusste sie, dass man nach Einbruch der Dunkelheit den Wald möglichst meiden sollte, aber die Lektionen hatten sie so beansprucht, dass sie die Gefahren vergessen hatte. Neben einer gespaltenen Eiche wuchsen zahlreiche Pilze, die im Zwielicht silbergrau schimmerten. Ein schwarzes Bodenloch führte in das Innere eines Dachsbaus.

Da ertönte ein Knurren.

Agnes tastete die Umgebung mit den Augen ab. Die hellen Stämme eines Birkenhains hoben sich aus der Dämmerung, gleich daneben zeichnete sich die runde Silhouette eines Busches ab und links davon, drei Ellen über dem Grund, blitzten rote Augen. Agnes zwang sich dazu, ruhig und gleichmäßig weiterzugehen. Wenn sie Furcht zeigte und Hals über Kopf flüchtete, verhielt sie sich wie ein Beutetier. Sie richtete den Blick geradeaus, bekreuzigte sich und sprach mit fester Stimme: »Vater unser im Himmel, geheiligt werde dein Name. Dein Reich komme. Dein Wille geschehe wie im Himmel so auf Erden …« Im Umhängebeutel tastete ihre Hand nach dem Dolch.

Früher konnten weder die Gefahren der Natur noch die Anfeindungen der Hörigen sie aus der Fassung bringen. Vor nichts und niemandem hatte sie Angst, denn sie wusste nur zu gut, dass es nur eines Wortes von ihr bedurfte, damit Dankwart sich drohend neben ihr aufbaute. Sein Mut färbte in all den Jahren auf sie ab und verlieh ihr auch in brenzligen Situationen Kaltblütigkeit.

Alles hatte sich verändert.

Als das Knurren lauter wurde und es im Unterholz knackte, verlor Agnes die Nerven. Keuchend sprang sie über morsche Äste, watete durch einen Bach und gelangte schließlich zu der steilen Anhöhe. Hastig zerrte sie an Gestrüpp, Gräsern und vorstehenden Wurzeln und zog sich hoch. Schroffe Felsen ragten über ihr empor. Gelockerte Lehmbrocken und Steine rollten in die Tiefe. Als sie endlich den Pfad erreichte, richtete sie sich auf und blickte den Hang hinunter. Das Tier war ihr nicht gefolgt, aber lauerte möglicherweise noch irgendwo. Erst im Schutz des Palisadenwalls durfte sie sich sicher fühlen.

Agnes war so sehr damit beschäftigt, auf Geräusche und plötzliche Bewegungen zu achten, dass sie erst wenige Pferdelängen vor dem geschlossenen Tor erkannte, dass etwas auf der Erde lag. Verdutzt blieb sie stehen. Das war weder ein Wolf noch ein Bär. Angestrengt suchte sie nach einer Erklärung und langsam glomm Hoffnung in ihr auf. *Vielleicht …*, dachte sie. Zuerst näherte sie sich zaghaft, Schritt für Schritt, dann stürmte sie los und fiel auf die

Knie. Sie packte die Gestalt an den Schultern und drehte sie auf den Rücken.

Es handelte sich um einen Mann, der bis auf ein zerrissenes Leibchen völlig nackt war. An seinen knochigen Beinen klebte geronnenes Blut. Das Gesicht war voller roter, violetter und blauer Flecken. Es dauerte eine Weile, bis Agnes ihren Ehemann erkannte. Entsetzt schlug sie die Hände vor den Mund. »Oh Gott! Was haben sie dir angetan? Was haben sie dir nur angetan?« Sie umarmte Dankwart und hob seinen Kopf auf ihren Schoß. Zärtlich schmiegte sie ihre Stirn an seine kalte Wange und wiegte ihn hin und her. »Ich hab dich so vermisst, so unfassbar vermisst! Endlich bist du wieder da!« Warum reagierte er nicht? Warum hing er so schlaff in ihren Armen und gab kein Lebenszeichen von sich? Mit zitternden Fingern tastete Agnes nach seinem Hals. Der Puls war fühlbar, schwach zwar, aber das Herz schlug noch. »Heinrich!«, schrie sie. »Leutfried! Kommt schnell her! Ihr müsst mir helfen!«

5.

Drei Wochen später ritten Dankwart und Agnes auf den Burghof des Herzogs von Zähringen. Zahllose Pechfackeln erhellten die graue Wehrmauer, das Gesindehaus und die Kapelle. Ein Pferdeknecht eilte herbei und griff nach dem Zaumzeug. Agnes rutschte vom Pferderücken und reichte Dankwart den Arm hoch.

»Lass es gut sein«, sagte der. »Ich muss es alleine schaffen!«

Mühsam hob er ein Bein über den Rücken des Hengstes und setzte den Fuß ab. Als das Schlachtross scheute, verlor

Dankwart das Gleichgewicht – der andere Fuß klemmte noch im Steigbügel. Die Adern an Schläfen und Stirn traten deutlich hervor.

Agnes wollte ihn stützen, aber Dankwart ließ es nicht zu. *»Nein,* hab ich gesagt!«

»Der Herzog hat sich nach Euch erkundigt«, sagte der Pferdeknecht. »Er will Euch im Steinsaal empfangen. Den Palassaal sollt Ihr nicht betreten! Mit seinem Anblick will er Euch überraschen.«

»Warum schenkt uns der Herzog so viel Beachtung?«, fragte Agnes.

»Das erfahren wir noch früh genug«, erwiderte Dankwart und ordnete seine Tunika. Er winkelte seinen Unterarm an, damit Agnes ihre Hand darauf legen konnte. Zwei Freitreppen führten an der Vorderseite in den Palas, dicker roter Stoff verhängte die Portale. Dankwart humpelte los. Bei jedem Schritt straffte sich sein Hals. Im Tübinger Kerker hatte er fast die Hälfte seines Körpergewichts eingebüßt. Seine Kniegelenke waren dicker als die Schenkel, die Tunika flatterte lose um die knochigen Schultern. Wenn Agnes nach Einzelheiten der Gefangenschaft fragte, blieben seine Lippen verschlossen. Nicht etwa, weil er ihr etwas verschweigen wollte, sondern weil er sich bemühte, das Vergangene aus seinem Gedächtnis zu tilgen. Nichts sollte ihn daran erinnern, was im Kerker geschehen war.

Zitternd schob er den Vorhang zur Seite und trat in den Steinsaal, den viele mehrarmige Kerzenständer in einen warmen Schein tauchten. Die Anwesenden hielten in ihren Gesprächen inne und musterten sie. Der Herzog von Zähringen stürzte aus der Menge hervor, blieb vor seinem Dienstmann stehen und betrachtete ihn erschrocken.

»Hauptsache, du lebst«, sagte er dann. »Alles andere kommt in Ordnung. Komm mit, die anderen sind schon da.« Der Herzog schob seinen Dienstmann in den Kreis der Krieger. »Seht, wer gekommen ist!«

Nach der allgemeinen Begrüßung berichtete Berthold, wie die Lösegeldzahlung schließlich zur Befreiung der Gefangenen geführt hatte. Dankwart erblickte in einer Ecke Werner von Schlatt. Ohne auf die höfischen Regeln zu achten, humpelte er zu ihm hinüber. Die Gefangenschaft hatte auch den Gefährten gezeichnet. Unter seinen Augen lagen dunkle Ringe, die Gesichtshaut glänzte wächsern.

Nun, da Dankwart ihm gegenüberstand, wurde ihm bewusst, wie verbunden er sich dem Freund fühlte. Tag für Tag hatten sie den Grausamkeiten getrotzt und zueinander gehalten. Tag für Tag hatten sie sich gegenseitig Hoffnung gegeben. Sie mussten keine großen Worte machen. Zwischen ihnen herrschte ein stilles Einverständnis: Was ihnen die Zukunft auch bringen mochte – sie wussten, dass sie sich aufeinander verlassen konnten.

Der Truchsess, der die Aufsicht über die Tafel führte und für die Einhaltung des Hofzeremoniells verantwortlich war, postierte sich neben dem Durchgang zum Palassaal, zog seinen Rock straff und schlug mit dem Stab auf den Steinboden. »Der Herzog von Zähringen und seine Gemahlin Heilwig bitten zur Tafel.« Bevor er fortfuhr, wartete der Zeremonienmeister, bis sich die Gefolgsleute gefunden hatten.

Dankwart schleppte sich zu Agnes. »Deine Augen glühen ja!«, sagte er zu ihr. »Hast du dich amüsiert?«

»Ohne Beerenwein halte ich es hier nicht aus!«, erwiderte Agnes. »Die Edeldamen starren mich an, als wäre meine Anwesenheit eine Beleidigung. Sieh sie dir nur an – mit ihren Gürteln und Brustspangen, mit ihren Seidenkleidern und Perlenbändern. Sie plustern sich auf wie, wie …« Plötzlich lachte Agnes los. »Wie unser Hahn, wenn er auf den Misthaufen steigt.«

Der Truchsess stieß den Stab erneut auf den Boden und rief: »Dankwart von Aue und seine Gemahlin, Agnes.«

Der Dienstmann erschrak, und seine Überraschung grenzte an Bestürzung. Was hatte das zu bedeuten? Warum wurden sie zuerst aufgerufen? Er blickte sich im Steinsaal um und erntete von den Edelleuten, die hierarchisch weit über ihm standen, aufmunterndes Kopfnicken. Schließlich legte er Agnes' Hand auf seinen Unterarm und geleitete sie durch die Reihen der Gäste. Im Durchgang wurden sie von einem Knaben mit lockigem Haar mit einer Verbeugung begrüßt.

Agnes lehnte ihren Kopf an Dankwarts Schulter. »Ist das schön hier!«, flüsterte sie.

Der Steinboden leuchtete bunt; in allen Farben lagen getrocknete Blüten auf den Quadern. Zwischen den Marmorsäulen flackerte das Feuer in mehreren Kaminen. Es duftete nach fremden Gewürzen. Kostbare Gobelins hingen neben Wandteppichen aus Seidendamast, und weiße Tücher spannten sich über die Festtafel. Von irgendwoher erklang eine liebliche Melodie.

Der Knabe führte sie zum Kopf der Tafel, wo beide niederknieten.

»Mein treuer Dankwart, ehrwürdige Agnes«, sagte der Herzog. »Gott zuerst und danach sollt ihr mir willkommen sein.«

Beide erhoben sich wieder. Der Knabe geleitete sie den

Weg zurück, wo Werner von Schlatt und seine Gemahlin ihnen entgegenkamen, führte sie um die Tafel herum, die in Hufeisenform aufgestellt war, und bedeutete ihnen, sich auf den Sitzpolstern rechts neben Berthold niederzulassen.

Während Agnes das Begrüßungszeremoniell verfolgte, ordnete Dankwart seine Gedanken. In der Sitzordnung wurde Hierarchie sichtbar. Der Platz neben dem Herzog galt als besondere Gunstbezeugung und in seiner Brust rangen widerstreitende Gefühle: Unbehagen, weil er befürchtete, dass die Edelleute in ihrer Eitelkeit gekränkt sein könnten und – Stolz.

Nachdem sich die Festgesellschaft versammelt hatte, erhob sich der Herzog. Die Ausrichtung von Banketts und Hoffesten diente dazu, den Adel und die Dienstleute enger an den Herrscher zu binden. Obwohl Frieden geschlossen und der Bund mit dem Kaiser erneuert wurde, musste der Herzog um seinen Ruf als Kriegsherr fürchten. Da auch Reichtum Macht und Stärke repräsentierte, hatte er seinem Truchsess einen großen Etat für Geschenke bewilligt. So klatschte er in die Hände und rief: »Heute soll niemand mein Heim ohne eine Gabe verlassen.«

Knappen und Kämmerer trugen zahlreiche Bahren herein. Der Truchsess entrollte ein Pergament und las laut vor: »Zehn Stück Stampfart von Arras, Schmuckknöpfe aus Elfenbein, fünf Unzen weißer Perlen und einhundert Korallen. Helme aus Poitiers, Speereisen aus Troyes, Halsberge aus Chambly und Brustplatten aus Soissons, sechs Ellen griechischer Brokat …«

»Jeder soll bekommen«, unterbrach ihn der Herzog, »was seinem Herzen am nächsten steht.« Mit einem

Wink bedeutete er dem Truchsess, die Präsentation der Geschenke zu beenden. »Zweien unter euch will ich meine Gunst durch eine besondere Gefälligkeit erweisen. Sie sitzen heute zu meiner Linken und zu meiner Rechten. Es sind Werner von Schlatt und Dankwart von Aue. Ihnen verdanke ich es, dass ich bei Tübingen nicht in Gefangenschaft geriet. Deshalb sollen sie heute einen Wunsch äußern dürfen, den ich, was es auch immer sei, erfüllen werde.« Berthold richtete sich an die beiden Dienstmänner. »Bedenkt euch gut und zeigt keine falsche Scham. Ihr habt mir einen großen Dienst erwiesen und nun möchte ich euch meine Dankbarkeit zeigen.« Berthold wendete sich wieder der Festgesellschaft zu: »Und jetzt lasst die Krüge kreisen!«

Posaunenspieler und Trommler traten auf, so dass bald lauter Schall den Palassaal erfüllte. Ihr Spiel untermalte den Einzug der Speisemeister, die auf Silbertabletts gebratene Rebhühner, Trappen und Fasane und weiße Semmeln servierten. Der verlockende Geruch nach Safran und Galgantwurzel verbreitete sich. Während die Speisemeister vor den Tafeln niederknieten, um das Fleisch zu tranchieren, postierten sich im Rücken der Gäste Edelknappen, die Becken zum Händewaschen und Handtücher bereithielten.

Agnes nahm einen Schluck aus dem Krug und fragte: »Was wünscht du dir?«

»Ich muss erst nachdenken«, erwiderte Dankwart.

Die Gesellschaft tafelte stundenlang. Ein Tierstimmenimitator brachte die Gesellschaft zum Lachen; eine orientalische Akrobatin entlockte den Männern heisere Ausrufe. Endlich wurde zum Tanz aufgespielt. Nachdem der

Herzog einen Sprungtanz mit einer Haremsdame vollführt hatte, kehrte er atemlos an den Tisch zurück und sagte zu Dankwart: »Werner verzichtet. Er sagt, dass mein Wohlbefinden ihm Geschenk genug sei. Ich hoffe, dass er es nicht bereut, denn ich mache ein solches Angebot nicht zweimal. Also, nur Mut.«

»Herr«, sagte Dankwart, »ich habe meine Wahl getroffen. Ich bitte nicht für mich, sondern für meinen zweitgeborenen Sohn Hartmann. Damit er nicht ohne Amt und Mittel dasteht, soll er die Sprache der Pfaffen lernen. Ermöglicht ihm eine Erziehung im Kloster, damit er des Lesens und Schreibens kundig wird und Euch eines Tages als Gelehrter dienen kann.«

»Nicht einmal ich kann den Griffel führen!«

»Ich auch nicht, Herr!«

»So, so, wir beide also nicht. An meinem Hof können nur der Kaplan und mein Truchsess schreiben. Ich nicht und du also auch nicht, was? Es sei dir gewährt. Alle sollen an deinem Glück teilhaben, alle sollen es erfahren.«

Berthold sprang auf das Sitzkissen und rief in die Menge, die ausgelassen einen Reigen tanzte und ihn gar nicht bemerkte: »Hört mir zu! Nun hört mir doch zu! Dankwarts Sohn soll ein Gelehrter werden!«

Dankwart blickte zu seiner Ehefrau hinüber. Er wusste, dass er keine Ruhe finden würde, wenn Agnes nicht einverstanden war. Seine Sorge erwies sich jedoch als unbegründet. In ihren Augen war so viel Liebe, Wärme und Wertschätzung, wie er es lange nicht mehr gesehen hatte. Sie streckte ihre Hand aus und berührte seine Wange.

»Du bist der beste Mann, den ich mir wünschen kann«, sagte sie. »Ich bin sehr stolz auf dich!«

Im Jahre des Herrn 1166

1.

Zwei Jahre später träumte Agnes, dass sie über ein brachliegendes Feld wanderte. Die Erdschollen reihten sich ausgetrocknet und verkrustet aneinander. Am Horizont dieses Ödlandes tauchte Dankwart auf – zunächst klein wie eine Strohpuppe. Mit weit ausholenden Schritten näherte er sich und wuchs zu einem Riesen heran. Mahnend hob er die Hand und Agnes versank; sie versank zwischen ihren gespreizten Schenkeln. Plötzlich wusste sie: Das Ödland war ihr Schoß!

Agnes öffnete die Augen und setzte sich auf. Unter den Fußsohlen spürte sie den körnigen Lehmfußboden. Sie stützte den Kopf in die Hände und durchwühlte ihr Haar. Aufstöhnend erhob sie sich, öffnete die Verbindungstür und lauschte dem Atem der Kinder, die verschlungen unter den Fellen lagen. Sie schloss die Tür wieder und tappte zum Fenster, wo sie den Vorhang zurückschlug. Der Hof lag ruhig da. Über dem Palisadenwall reckten sich die Äste in den Sternenhimmel.

Ihre Kinder hatte sie in der aufsteigenden Phase des Mondes empfangen, wenn sich die Sichel langsam zu einer Scheibe füllte. Bei Vollmond plagten Agnes Schlaflosigkeit und unruhige Träume. Auch das Betonienkraut, dessen

Saft sie mit Wein einnahm, um die Zustände in den Griff zu bekommen, entfaltete seine beruhigende Wirkung nur, wenn der Mondschein durch Nebel oder eine dichte Wolkendecke gedämmt wurde.

Ein kalter Luftzug strich über ihren Körper. Ihre Brustwarzen richteten sich auf. Mit beiden Händen hob Agnes das weiche Fleisch an. *Einst waren sie fest und straff,* dachte sie. *Vier Kinder haben sie genährt und nun sind sie welk.* Sie strich über ihren Bauch. *Er ist fast so rund, als würde ich ein Kind in mir tragen.* Unsicher tastete ihre Hand nach dem Geschlecht; sie spürte die Berührung, aber sie weckte keine Lust.

Agnes setzte sich auf das Bett und betrachtete ihren Ehemann. Die Kirchenväter gestatten den Geschlechtsakt nur, um Nachkommen zu zeugen und so Gott zu preisen. Viele der Praktiken, die sie und Dankwart anwendeten, um ihre Lust zu steigern, waren im Bußkatalog mit hohen Strafen belegt. Wenn die Sünde Agnes zu sehr bedrängte, begleitete sie ihren Ehemann nach Freiburg, um sich im Münster in den Beichtstuhl zu begeben. Die Fastenzeiten, die ihr der Geistliche auferlegte, nahm sie mit Dankbarkeit auf; sie war froh, sühnen zu dürfen. Doch niemals hielten die Vorsätze, sich in Entsagung zu üben, lange vor. Manchmal glaubte sie sogar, dass es sie mehr nach Dankwart verlangte als umgekehrt.

Vorsichtig, um ihn nicht zu wecken, strich Agnes über sein helles Haar. Ihre Seelen berührten einander durch ein tiefes Gefühl, das schon vielen Herausforderungen getrotzt hatte. Sie wusste, dass Dankwart nicht zu den Männern zählte, die sich ihr Recht mit Gewalt nahmen. Deshalb hoffte sie umso mehr, dass er mit der Zeit verstehen würde, dass es nicht an einem Mangel an Liebe lag, wenn ihre Schenkel fortan geschlossen blieben.

Plötzlich spürte sie die Kälte und schlüpfte unter die Decke. Agnes konnte nicht genau sagen, wie viele Sommer sie bereits erlebt hatte, aber sie wusste, dass andere Frauen in ihrem Alter noch Wollust empfanden, wenn sie sich ihrem Ehemann hingaben. Bei ihr war das anders. In dieser nächtlichen Stunde begriff sie, dass ihr Schoß versiegt war.

2.

Der Eintritt in das Hauskloster Sankt Peter, das Aue am nächsten lag, oder in die Abtei Sankt Blasien musste dem sechsjährigen Hartmann aufgrund ihrer ständischen Exklusivität verwehrt bleiben. Nur Sankt Georgen, die dritte Zähringervogtei, war als Reformkloster nicht an den Adel gebunden. Für die Unterbringung des Knaben war alles Notwendige veranlasst worden.

Am Tag der Abreise saß Dankwart am Tisch und beobachtete den Sohn.

»Ohohoh!«, machte Hartmann gerade.

Der Junge hatte von Agnes eine zweite Portion warmer Milch mit Honig verlangt und zu seiner großen Überraschung erhalten. Nun traten die Schwestern zur Tür herein und überreichten ihm bunte Bänder. Heinrich, der ältere Bruder, schenkte ihm einen selbst geschnitzten Adler aus Kirschholz. Judith vom Hasgelhof, seine Spielgefährtin, herzte und drückte ihn. Hartmann war stumm vor Glück und genoss es sichtlich, als Leutfried, der Knecht, ihm über den hellen Schopf strich.

Der Junge hat ja keine Ahnung, dachte Dankwart. Er erhob sich von seinem Schemel und nahm den Sohn bei der Hand. In den Augen aller lag ein unterschwelliger Vorwurf. Auf dem Weg nach draußen griff Agnes nach seinem Arm.

»Warte!«

Dankwart wusste, dass sein Weib große Seelenqualen ausstand. Einerseits wollte sie ihr jüngstes Kind nicht hergeben, andererseits wollte sie der Zukunft des Knaben nicht im Weg stehen. Der innere Konflikt war so stark, dass sie in den vergangenen Monaten immer wieder in Tränen ausgebrochen war und zahllose Streits angefangen hatte.

»Glaub mir«, sagte Dankwart. »Es ist das Beste für ihn. Nur so kann er es zu etwas bringen.«

»Das weiß ich ja, aber in dieser Jahreszeit sind die Gesetzlosen so brutal. Vielleicht solltet ihr warten, bis der Winter kommt. Ich will nicht, dass ihr überfallen werdet!«

»Die Gefahr besteht auch im Winter!«

»Ich verstehe nicht, warum du deinen Sohn einer solchen Gefahr aussetzen musst«, sagte Agnes aufbrausend. »Wie kannst du nur so verantwortungslos sein?«

Dankwart wusste, dass sie vernünftigen Argumenten nicht zugänglich war. Es war vollkommen gleichgültig, was er erwiderte. Jede Entgegnung würde einen Gefühlsausbruch heraufbeschwören.

Wortlos ging er auf den Hof, wo er die Zeltbahn, den Proviant und die Decke festgurtete. Mit einem Ächzen wuchtete er sich in den Sattel, streckte die Arme aus und hob den Sohn vor sich aufs Pferd. *Wie leicht er noch ist!*, dachte er verwundert.

Agnes erschien in der Tür und wischte sich mit dem

Handrücken die Tränen aus den Augen. »Leb wohl, mein Kleiner. Leb wohl und bete für …« Als ihre Stimme brach und das Schluchzen sie überwältigte, verschwand sie in der Dunkelheit des Wohnraumes.

Die anderen Familienmitglieder waren gefasster und stimmten in den Abschiedsgruß ein: »Leb wohl, Hartmann, und vergiss uns nicht.«

»Lebt wohl, lebt wohl«, plapperte der Junge nach und lachte hell.

»Kümmert euch um eure Mutter!«, rief Dankwart den Kindern zu und stieß dem Hengst die Sporen in die Flanken. Die Hunde folgten ihnen kläffend und sprangen an den Läufen hoch. Der Pfad schlängelte sich ins Tal hinab. Die Äste der umherstehenden Bäume spalteten das Sonnenlicht, und Hartmanns Hand schnellte immer wieder vor, um einzelne Strahlen zu fangen.

Am anderen Ufer des Baches riss Dankwart an den Zügeln und brachte den Hengst zum Stehen. Drohend blickte er flussaufwärts. Nach seiner Rückkehr aus der Tübinger Gefangenschaft hatte er August den Älteren zur Rede gestellt und ihn für eine Weile zum Schweigen gebracht. Im Januar dieses Jahres war es jedoch zu einer Fortsetzung der Tübinger Fehde gekommen. Dankwart und sein Knecht waren wieder in die Schlacht gezogen. Während seiner Abwesenheit hatte August der Ältere erneut versucht, die Bauern gegen ihn aufzustacheln.

Wenn Worte nicht helfen, muss der Stahl entscheiden, dachte Dankwart. Er hatte lange mit sich gerungen. Von Rechts wegen standen dem freien Bauer keine Ansprüche auf das Amt des Dorfschulzen zu. Trotzdem durfte den Hörigen kein Zweifel entstehen, wer der Herr war. Nach dem Gotteskampf würde der Unruhestifter schweigen – und zwar für immer. Dankwart gab dem Hengst die Sporen und preschte durch das Hexental. *Dieser verfluchte Kerl, dieses verfluchte Dorf!*, dachte er. *Nirgends findet man Ruhe. Überall lauert der Ärger!*

Die Geschwindigkeit und der Wind kühlten sein Gemüt ab. Am Waldrand zügelte Dankwart den Hengst und setzte die Reise im Trab fort. Der Sohn gab einen kläglichen Laut von sich; Tränen standen ihm in den Augen. Offenbar hatte ihn der wilde Ritt geängstigt. Dankwart bemühte sich, Ruhe zu bewahren. Den Umgang mit Kindern war er nicht gewohnt. Er reichte Hartmann die Zügel. »Willst du sie halten?«

»Darf ich?«

»Nur zu.«

Im Laufe des Tages drangen sie tief in den Schwarzwald vor. Während der Schatten der Bäume einmal um die eigene Achse wanderte, sahen sie nicht eine einzige menschliche Behausung. Trotzdem blieb Dankwart wachsam und achtete besonders auf das plötzliche Auffliegen von Vögeln.

Für eine Horde Gesetzloser war ein einzelner Mann eine leichte Beute. Wenn es zum Kampf käme, müsste ihm zumindest genügend Zeit bleiben, um das Schwert zu ziehen. Dann würde sich zeigen, ob die Wegelagerer mit ihren Knüppeln gegen ihn bestehen konnten.

Bevor die Dunkelheit einbrach, entdeckte Dankwart eine geeignete Lagerstätte: Hinter vereinzelt aufragenden Felsen könnten sie ein Feuer entzünden und der Gebirgsbach würde genügend Trinkwasser liefern.

»Wo ist Mutter?«, fragte Hartmann und lief aufgekratzt an dem kleinen Strand umher.

Dankwart antwortete nicht, sondern trug dem Sohn auf, trockenes Strauchwerk zu sammeln, das ihnen als Zunder dienen sollte. Er selbst schnürte mit einem Lederriemen seinen Dolch an einen Ast und sprang über die Wasserkante auf Felsgestein, das durch den Abrieb eine glatte Form angenommen hatte. Das Wasser war klar und die Sonne spendete noch genügend Licht, um die Forellen über dem kiesigen Grund zu erkennen …

Der gegrillte Fisch und Haferbrot hatten beide gesättigt. Als der Mond über die Baumwipfel stieg, mischte sich in das leise Rauschen der Blätter ein röchelnder Ruf. Der Sohn drängte sich an ihn.

»Was ist das?«

»Das ist der Ruf der Schleiereule«, erwiderte Dankwart. »Manche Menschen behaupten, dass sie den Tod ankündigt, aber solche Geschichten darfst du nicht glauben. Die meisten Leute fürchten sich vor allem, was sie nicht verstehen …« Dankwart unterrichtete Hartmann, wodurch sich die Schleiereule vom Waldkauz unterschied, aber die Aufmerksamkeit des Jungen ließ schnell nach und bald schlief er erschöpft von der langen Reise ein.

Dankwart wachte über seinem Sohn und starrte in das dunkle Gebüsch. Sonderbare Gedanken suchten ihn in letzter Zeit heim, die nichts mit August dem Älteren oder den Amtsgeschäften zu tun hatten. Sie erschienen ihm so traurig, als stammten sie nicht von ihm, sondern von einem Fremden. Eigentlich wollte er nicht ergründen, welcher Kammer seines Herzens sie entsprangen, aber er spürte auch so, dass sie mit Agnes zusammenhingen.

Die Heilkräuterkunde und Krankenpflege nahmen sie

immer mehr in Anspruch. Eigentlich freute ihn ihr selbstloser Einsatz, aber seit Monaten wies sie seine Annäherungen zurück. Er wusste einfach nicht, wie er ihr begreiflich machen konnte, dass er ihre Nähe brauchte, um die Kluft zu überbrücken, die sich zwischen ihm und dem Rest der Welt immer weiter auftat. Wenn sie sich ihm hingab, fühlte er sich für Augenblicke beschützt vor den schrecklichen Erinnerungen an die Gefangenschaft, vor der unfassbaren Rohheit der Soldaten, vor der entnervenden Banalität der Hörigen und vor den hinterhältigen Intrigen am Hof. Ihre lebendige Wärme zu spüren, erlöste ihn von dem Druck, der schon so viele Jahre auf seinen Schultern lastete …

Im Morgendunst erreichten sie den Bergkamm und ritten der aufgehenden Sonne entgegen. Ein Falke kreiste über ihnen und ließ ein Krächzen verlauten. Der felsige Grund ging in Geröll über. Um nicht über den Klippenrand zu stürzen, setzten sie den Weg zu Fuß fort. Irgendwann ging Dankwart in die Knie und griff dem Jungen um die Taille. »Sieh dort«, sagte er und deutete ins Tal, »wo der Rauch aufsteigt, liegt die Abtei Sankt Georgen. Und dort, wo alles gelb ist, haben die Mönche Waldland gerodet und Getreide angebaut.«

»Ja-ha«, erklärte der Knabe und wischte sich den Rotz von der Nase, »aber Aue ist viel schöner!«

Nachdem sie das Klostertor erreicht hatten, schlug Dankwart mit der Faust gegen das Holz. »Der Abt erwartet uns«, rief er. »Ich bringe meinen Sohn Hartmann.«

Eine kleine Luke öffnete sich. Der alte Pförtner betrachtete die Ankömmlinge, dann entriegelte er das Tor und die Flügel schwangen auf.

Dankwart führte das Pferd ins Innere und blickte auf die Gebäude, die durch eine Mauer von der Klausur, dem religiösen Trakt, getrennt waren. Zur rechten Hand stand das Gästehaus, das über zwei Eingänge verfügte, so dass Fußreisende und Reiter in unterschiedlichen Schlafräumen untergebracht werden konnten. Zur linken Hand stand das Schulhaus. Mehrere Kinder sagten gerade lateinische Verse auf.

»Der Abt hat mir aufgetragen, Euch in seine Kammer zu führen«, sagte der Pförtner.

»Ich dachte, dass niemand den Klaustralbereich betreten darf!«

»Unser Abt stellt seine eigenen Regeln auf.«

Der alte Mönch humpelte über das gemähte Gras voran. Dankwart hatte schon mehrmals im Gästehaus eines Klosters genächtigt, aber den religiösen Trakt hatte er noch nie betreten. Interessiert spähte er nach allen Seiten aus und nahm erstaunt wahr, dass die Mauern eine Welt voller Betriebsamkeit bargen. Für das Stundengebet hatten die Mönche ihre Arbeiten unterbrochen. Die Pforte zum Kräuter- und Gemüsegarten stand offen. Bei der Schmiedehütte lag ein Blasebalg auf dem Boden; in dem Kohlekessel steckte ein glühendes Eisen.

Durch ein Portal betraten sie einen Steinflur und schließlich den Kreuzgang. Die Arkaden des Umgangs waren zum Hof hin offen. Sie stiegen eine Treppe hinauf und durchquerten einen langen Gang, bis ihnen der alte Pförtner eine massive Holztür aufhielt, die in eine kühle, schattige Kammer führte. »Setzt Euch dort auf die Bank!«

Dankwart und Hartmann nahmen Platz. Der Junge umfasste die Holzkante und ließ seine Füße baumeln. Es dauerte nicht lange, bis der Abt von der Messe zurückkehrte. Mit einem flüchtigen Seitenblick auf die Wartenden ging er zu einer Holztruhe und verstaute ein Buch.

»Rück die Bank heran«, sagte er, »damit ich euch besser sehen kann. Ich hab nicht viel Zeit.«

Aus dem Reisesack zog Dankwart eine Schenkungsurkunde, die auf rotem Wachs das Siegel des Herzogs trug. »Für die Ausbildung meines Sohnes überschreibt Euch der Herzog einen Herrenhof bei Roggenbach.«

Der Abt nahm das gefaltete Pergament entgegen und legte es unbesehen in eine Schatulle. »Ich selbst leite die Novizenschule«, sagte er. »Ein junger Weltgeistlicher, Jean de Reims, der an der Pariser Kathedralschule ausgebildet wurde, wird Euren Sohn an der externen Schule in die redenden Künste des Trivium einführen: Grammatik, Rhetorik und Dialektik. Sie bilden die untere Stufe der *artes liberales*. Man nennt sie freie Künste, weil sie ursprünglich als die eines freien Mannes würdigen Künste erachtet wurden.« Er warf Dankwart und Hartmann einen missbilligenden Blick zu. Dann wies er den wartenden alten Pförtner durch einen Fingerzeig an, den Jungen fortzuführen.

»Ehrwürdiger Vater«, sagte Dankwart und erhob sich, »mir scheint, dass wir alles besprochen haben. Mit Eurer Erlaubnis entferne auch ich mich, um Eure Zeit nicht weiter zu vergeuden.«

»So soll cs sein«, sagte der Abt.

Dankwart war die Geringschätzung nicht entgangen, doch wenn er die Klostermauern verließ, würde sein Sohn dem Abt ausgeliefert sein. *Hartmann soll durch mein Verhalten kein Nachteil entstehen,* dachte er und trat aus der

Kammer. Die kleine Gruppe verließ das Gebäude und den Klosterhof.

»Unser Abt hat ein kaltes Herz«, sagte der alte Pförtner, »aber er ist ein gelehrter Mann. Das Wissen um die Heilige Schrift und um die Lehre Benedikts macht ihn zu einem würdigen Vertreter Christi. Wenn Euer Sohn sich an die Regeln hält, gibt es keinen Grund zur Sorge.«

Wenn er sich an die Regeln hält!, wiederholte Dankwart im Geiste. Aus Erzählungen wusste er, wie streng und freudlos es in einer Klosterschule zuging, und er fragte sich, wann sich bei einem Kind zeigte, ob es sich anpassen konnte oder nicht. Er konnte nur hoffen, dass sein Sohn stark genug war, um die lieblose Erziehung auszuhalten.

»Nehmt jetzt Abschied«, sagte der Pförtner. »Ich muss den Jungen zu unserem Cellerar führen, damit er ihm noch vor der Non Wachstafel, Griffel und eine Decke aushändigt.«

Dankwart sah auf seinen Sohn herab.

»Herr«, sagte Hartmann, »wenn Ihr reitet, vergesst mich nicht. Ich will nach Hause. Mutter wartet bestimmt schon mit dem Haferschleim auf mich.« Seine großen, fragenden Augen füllten sich mit Tränen.

Gerührt beugte Dankwart sich hinab. »Mein Sohn, du wirst es noch nicht verstehen, aber ich kann dich nicht mitnehmen. Es schmerzt mir in der Seele und in meinem Herzen, aber eines Tages wirst du wissen, warum. Vergiss nicht, dass wir jeden Tag für dich beten und an dich denken werden, deine Mutter und ich.« Ein letztes Mal strich er dem Sohn über den weißblonden Schopf, dann wandte er sich ab und ging auf die innere Klosterpforte zu.

Es ist gleichgültig, was ich ihm sage, dachte er. *Der Junge wird nicht begreifen, warum ich ihn zurücklasse.* Der Hengst stand beim Gästehaus. Obwohl Dankwart müde und hungrig war, hatte er es eilig, das Kloster zu verlassen. *Als zweitgeborener Sohn ist es das Beste für ihn. Das Kloster wird ihn vor Hunger und Krieg bewahren. Statt Menschen zu erschlagen und im Kerker gefoltert zu werden, wird er den Umgang mit dem Griffel lernen.*

Der Novize öffnete das Klostertor und Dankwart gab dem Hengst die Sporen. Ein Gefühl der Erleichterung machte sich in ihm breit. Sein jüngstes Kind war versorgt. Mit Weitsicht hatte er alles getan, um dem Sohn einen vielversprechenden Weg zu ebnen. Jetzt lag es an Hartmann, die Möglichkeiten zu nutzen.

Im Jahre des Herrn 1173

1.

Im Juni würde Hartmann dreizehn Jahre alt werden. Sein hellblondes Haar stand unbändig vom Kopf ab, wenn der Bruder Bader seine Scherutensilien mal wieder verlegt hatte. Seine kristallblauen Augen blickten so klar drein, als gehörten sie nicht einem Halbwüchsigen, sondern einem erfahrenen Mann.

Sieben Jahre waren seit seiner Aufnahme ins Kloster vergangen. Trotzdem hatte er noch eine ziemlich genaue Vorstellung von der zwanglosen Lebensweise in Aue. Manchmal glaubte er sogar, den Geruch von warmer Milch mit Honig wahrzunehmen. Und er konnte den Tag kaum erwarten, an dem er seine Familie endlich wiedersehen würde.

Anders als die *pueri oblati,* die Schüler der inneren Klosterschule, die vom Tage ihrer Darbringung bis zu ihrem Tod im Kloster blieben, genossen die Zöglinge der äußeren Schule eine größere Freiheit. Die Feiertage verbrachten sie in aller Regel zu Hause.

Nur Hartmann hatte bisher stets im Kloster bleiben müssen, weil der Rat der Mönche entschieden hatte, dass er nicht Manns genug war, um sich den Gefahren eines so langen Fußmarsches auszusetzen. Zwar hatte ihn sein Schulmeister in den Ferien im Französischen unterrichtet, aber die umfassenden Sprachkenntnisse, die er sich mittlerweile erworben hatte, waren im Vergleich zu den abenteuerlichen Schilderungen seiner Kameraden nur ein schwacher Trost.

Im vergangenen Winter hatte sich sein Körper endlich in die Höhe gestreckt. Um sein Geschlecht war krauses Haar gesprossen und an seinem Kinn hatte sich der erste Bartflaum gezeigt. Seine Stimme war unkontrollierbar geworden: Beim Gesangsunterricht hatte sie sich krächzend den hohen Tönen entzogen; bei tiefen Tönen war sie unvermittelt in die Höhe geschossen. Schnell hatte er begriffen, dass es nicht mehr lange dauern konnte, bis er die Eltern und Geschwister wiedersehen würde. Auf seine dringende Bitte hin hatte Jean de Reims erneut im Kapitelsaal vorgesprochen, und endlich war ihm die Heimreise gestattet worden.

Nur das stürmische Wetter hielt ihn noch zurück, ansonsten wäre er längst aufgebrochen.

Im Schullokal saß er wie jeden Tag auf einem niedrigen Schemel. Zwischen ihm und den anderen Zöglingen klaffte ein so großer Abstand, dass sie weder miteinander schwatzen noch einander berühren konnten. Obwohl das Osterfest näherrückte, trug er zwei Gewänder übereinander, um sich vor der kühlen Luft zu schützen, die durch die Bogenfenster in den Saal wehte.

»Reich das Buch weiter an Hartmann«, befahl Jean de Reims; der *magister principalis* der äußeren Schule thronte auf einem erhöhten Sitz. In seinen Händen hielt er eine Rute, mit der er Schüler züchtigte, die beim Lesen oder Übersetzen Fehler begingen.

Der Zögling erhob sich von seinem Schemel und übergab Hartmann das vierte Buch von Vergils *Aeneis*. Der Knabe fuhr mit dem Zeigefinger über das raue Pergament, bis er auf die richtige Zeile traf. Fragend blickte er seinen Schulmeister an, der ihm durch ein Nicken bedeutete, dass er beginnen sollte.

»Geh, Schwester«, übersetzte Hartmann, »und sprich demütig zu dem hochmütigen Feind: Nicht ich habe in Aulis mit den Danaern geschworen, das Trojanervolk auszurotten …«

Jean de Reims belohnte ihn für den flüssigen und fehlerfreien Vortrag mit einem Nicken und deutete mit der Rute auf den Nebenmann. Hartmann stand auf und übergab das Buch. Nachdem er sich wieder gesetzt hatte, blickte er seitwärts durch die Bogenfenster in den Garten. Um den Brunnen hatten sich breite Pfützen gesammelt. Die Regenwolken hingen tief über dem Kloster. Wann ließ der Sturm endlich nach?

Hartmann musste an die Adlerburg denken. In seiner Erinnerung war das Bruchsteinhaus riesig und von einem hohen Palisadenzaun und noch höheren Bäumen umgeben. Im Vorratsstall waren im Herbst stets saftige Birnen gelagert gewesen, von denen sich jeder bedienen konnte, wann immer er Hunger hatte. *Wie sich die Eltern wohl freuen werden, wenn ich vor ihnen stehe?,* fragte er sich.

Plötzlich vernahm er ein bedrohliches Geräusch – das Knirschen von Holz –, welches immer dann erklang, wenn sich Jean de Reims aus seinem Stuhl erhob.

Hartmanns Kopf schnellte nach vorne.

Der Schulmeister schritt geradewegs auf ihn zu. »Berichte uns in freier Rede, was gerade übersetzt wurde.«

Auf Hartmanns hilfesuchenden Blick hin formte sein bester Freund Ulrich lautlos Worte, aber es war unmöglich, die Lippenstellungen in so kurzer Zeit zu enträtseln. So ergab er sich in sein Schicksal. Er wusste längst, dass eine kleine Unaufmerksamkeit schon ausreichen konnte, um fürchterlich bestraft zu werden. »Ich weiß es nicht«, sagte er und streckte die Hände aus.

Sogleich zerschnitt die Rute mit einem harten Zischen die Luft und traf auf seine Finger. Unter der Haut zeichneten sich Striemen ab und winzige Blutstropfen drangen aus den Risswunden. Schweiß trat auf seine Stirn, aber sein Mund blieb verschlossen. Schreie und Tränen würden die Hiebe nur verstärken.

Nach einem Dutzend Streiche läutete die Glocke. Sie rief Mönche und Schüler zum Nachtgebet.

»Lass dir das eine Lehre sein!«, sagte Jean de Reims, hängte die Rute an einen Haken und ging zum Ausgang. Nach und nach erhoben sich die Zöglinge und folgten ihm in einer Reihe. Auf der gegenüberliegenden Seite trat der Hilfslehrer, der den Elementarunterricht abhielt, auf den Umgang. Ihm folgten die jüngeren Schüler, denen der graue Wollstoff lose um die schmalen Schultern hing. Angesichts der Züchtigungen, die ihnen bei den geringsten Verfehlungen drohten, hielten sie den Kopf eingeschüchtert gesenkt.

Nacheinander betraten die Zöglinge die winzige Kapelle. Die Bänke waren blankgesessen. Weihrauchschwaden zogen durch das Gewölbe. Zwei flackernde Kerzen streuten Lichtflecken über die ernsten Gesichter der Knaben.

Hartmann hielt für Ulrich einen Platz frei. Der Freund, der von kleinerem Wuchs war, setzte sich neben ihn. Seine Schultern waren schmal und fielen ab. Über der blassen Stirn, die in der Dunkelheit wie schmutziger Schnee schimmerte, flammte knallrotes Haar. Seinen Augen wohnte ein Stechen inne, das an die Hingabe der Märtyrer erinnerte. »Tut es noch weh?«, fragte er und fasste nach Hartmanns Hand.

Die Berührung jagte einen heißen Schmerz durch seinen Arm. »Ich kann den Tag kaum erwarten, an dem diese sinnlose Prügelei endlich ein Ende hat.«

»Die Prügelei ist nicht sinnlos«, erwiderte Ulrich. »Du vergisst, dass die Saat für einen gottergebenen Geist in der Disziplin liegt. Und was fördert die Disziplin mehr als die Angst vor Bestrafung?«

»Na gut«, räumte Hartmann widerwillig ein, »dann hat die Prügelei eben einen Sinn, aber das heißt noch lange nicht, dass sie Christus gefällt. Oder kannst du dir unseren Heiland mit einer Rute vorstellen?«

»Worauf willst du hinaus?«

»Christus würde niemals jemanden züchtigen, nur weil er einen Moment unaufmerksam war. Selbst Menschen, die ganz schlimme Sünden begangen haben, begegnet er mit Liebe und Nachsicht. Ich kann nicht glauben, dass unser Schulmeister in seinem Sinne handelt. Ich glaube vielmehr, dass Jean de Reims im Grunde nicht verstanden hat, worum es unserem Heiland gegangen ist.«

»Sprich nicht so laut«, flüsterte Ulrich. »Solche Flöhe kann dir nur der Spielmann, der immer im Gästehaus übernachtet, ins Ohr gesetzt haben!«

»Es ist ganz egal, von wem ich es habe. Entscheidend ist nur, dass es wahr ist«, sagte Hartmann leise.

»Wenn du nicht endlich aufhörst, solche Reden zu führen, wird es dich eines Tages den Kopf kosten!«

Der Psalmengesang der Schüler setzte ein. Die dunkleren Stimmen forderten den hellen Gesang der Jüngeren heraus. Es entstand ein Wechselspiel, bis sich beide Stimmen wie zum Tanz vereinten, um sich gemeinsam in die Höhe zu schwingen. Hartmann liebte den Psalmengesang über alles; nicht selten versetzte er ihn in einen Schwebezustand, der ihn die Klosterregeln, die Züchtigungen und die kärgliche Speisung vergessen ließ und ihm ein Gefühl von Freiheit vermittelte. Mühelos fiel er in die Strophen ein und ließ sich von der Musik in eine andere Welt entführen.

Nach dem Abendgebet wurden die Zöglinge in die Waschstube geführt, wo sie sich um die Holzzuber versammelten. Mit hastigen Bewegungen warfen sie Wasser unter ihre Wollumhänge, tauchten den Kopf unter und benetzten ihre Achselhöhlen. Einige der Schüler wurden zum Abort geführt, bis sich alle im Dormitorium, dem Schlafraum, einfanden und unter die Decke krochen.

Nachdem sich der Schulmeister entfernt hatte, krabbelte Hartmann auf allen vieren zu Ulrichs Lager und schlüpfte unter dessen Decke. »Hast du ein Stück Linnen? Die Wunden sondern eine wässrige Flüssigkeit ab.«

»Gleich morgen früh besorge ich Salbe«, sagte Ulrich.

»Gut«, erwiderte Hartmann und machte es sich auf dem Rücken bequem.

Ulrich schmiegte sich an ihn. »Ich frage mich schon die ganze Zeit, warum Vater Jean so heftig zugeschlagen hat.«

»Na ja, ich muss zugeben, dass ich beim Abschreiben der Heiligenvita nachlässig war. Die Zeilen vermissen die Geradlinigkeit und fallen zum Ende hin ab.« Hartmann seufzte und blickte durch die Bogenfenster in die Nacht. »Wann hört es endlich auf zu regnen?«

»Jetzt verstehe ich«, sagte Ulrich. »Ich weiß ja, dass du nach Hause willst – alle Schüler wollen das. Trotzdem kommen sie ihren Pflichten nach.«

»Das kannst du ja wohl nicht vergleichen. Seit sieben Jahren habe ich keine Nachricht von daheim. Ich will endlich sehen, ob es allen gutgeht. Außerdem bin ich gespannt, was sich in der Zwischenzeit zugetragen hat.«

»Erwarte nicht zu viel! Die Menschen da draußen verstehen nichts von der Heiligen Schrift. Ihr Geist ist stumpf und dem Körper Untertan. Sie sind kaum besser als das Vieh, das unentwegt das Gras zwischen den Zähnen mahlt. Dir wird es da draußen genauso ergehen wie mir. Nach wenigen Tagen wirst du dich nach Sankt Georgen zurücksehnen.«

»Da täuschst du dich«, sagte Hartmann. »Du wirst eines Tages ein Mann der Kirche sein – daran besteht für mich kein Zweifel. Aber was aus mir werden soll – das steht noch in den Sternen.«

2.

In Aue rang der freie Bauer, August der Ältere, mit dem Tod. In Fieberkrämpfen bäumte sich sein Leib auf der Matratze auf. Mit unnatürlich rotem Mund stammelte er Worte, die keinen Sinn ergaben. Über seine Wange spannte sich ein getrocknetes Rinnsal, das gleichermaßen gelb und rötlich braun war: ein Gemisch aus Eiter, Wundsekret und Blut.

Sein Sohn, August der Jüngere, hatte die Hebamme zur Hilfe geholt. Jetzt zwang die alte Frau die Zähne des Kranken auseinander und verzog angewidert das Gesicht, als sich ein fauliger Gestank verbreitete. »Die Zahnwurzel hat sich entzündet«, sagte sie und tastete den Unterkieferknochen ab, der sich unter dem Druck ihrer Finger verformen ließ. »Die giftigen Säfte haben sich ausgebreitet!«

»Arrrggh!« Der Körper des freien Bauers bäumte sich auf.

»Pass doch auf!«, sagte August der Jüngere.

»Er wird sterben«, erwiderte die Hebamme. »Ich kann ihn nicht mehr retten!«

»Was geht hier vor?«, fragte August der Ältere.

»Die Hebamme ist gekommen, um Euch zu helfen«, erwiderte der Sohn.

»Die alte Hexe! Sie wird mich umbringen!«

»Ich bereite ihm ein Fiebermittel zu«, sagte die Hebamme, »welches die Entzündung hemmt und die Schmerzen lindert.«

In einen Holznapf schüttete sie Weinessig, gab Blätter und Wurzeln hinzu und zerstieß das Eibischgewächs, so dass der Saft austreten konnte. Dann siebte sie die Pflanzenteile heraus und verdünnte die Medizin mit etwas Wein. Schlückchenweise gab sie es dem freien Bauern zu trinken. »Nur der Allmächtige kann ihm jetzt noch helfen«, sagte sie und verstaute die Gegenstände in einem Sack. »Jetzt bezahlt mich, Herr!«

Normalerweise hätte August der Jüngere die dreiste Alte aus dem Haus gejagt, aber als Hebamme kam sie weit herum und stand mit vielen Leuten in Kontakt. Es war mit Sicherheit klüger, die Alte für sich zu gewinnen, als sie gegen sich aufzubringen. Wenn man Großes erreichen wollte, musste man Sorgfalt auf die kleinen Dinge verwenden. So öffnete er das Ledersäckel und griff hinein. »Diese Kupfermünze ist für den beschwerlichen Weg, den du auf dich genommen hast, und diese Münze ist für die Medizin.«

»Das ist viel zu viel, Herr!«

»Nein, nein. Reden wir nicht weiter davon! Anständige Arbeit muss anständig bezahlt werden.«

»Gott schütze Euch, Herr!«

»Dich auch, gute Frau«, sagte August der Jüngere. Er schloss die Tür und hockte sich auf einen Schemel nahe dem Bett.

»Sohn«, sagte sein Vater und spuckte eine sämige Flüssigkeit aus, die von gelben Brocken durchsetzt war. »Du darfst niemals vergessen, dass der Stuhl des Dorfschulzen uns gebührt. Hörst du, August? Uns – und nicht Dankwart.«

Nicht weniger als in den Jahren zuvor hielt August der Jüngere seinen Vater für einen bemitleidenswerten Idioten. Alle seine Versuche, die Dorfleute gegen Dankwart aufzustacheln und den Herzog von Zähringen für sich einzunehmen, waren kläglich gescheitert.

»Ich habe dich alles gelehrt!«, sagte der Vater und hustete seine Lunge frei. »Du musst dir das Amt einverleiben!«

Ja, ja, dachte August der Jüngere. *Schwätz nur weiter! Ackerbau und Viehzucht hast du mich gelehrt! Das ist aber auch schon alles!*

»Du musst mein Andenken hochhalten!«, flehte der Vater. »Du musst vollenden, was ich einst begonnen habe.«

»Natürlich!«, sagte August der Jüngere und dachte nur: *Dein weibisches Gezeter hat uns nur zum Gespött gemacht. Zweimal kam Dankwart in unser Haus und forderte dich zum Gotteskampf heraus. Zweimal hättest du ihn töten können, aber du hast dich verleugnen lassen wie ein elender Feigling.* Plötzlich stand er auf und beugte sich über den Vater, dessen Augen in eine trostlose Leere starrten. Mehrmals stieß er ihn mit dem Zeigefinger an, aber der Alte rührte sich nicht mehr. »Mutter«, sagte er. »Ich glaube, er ist tot.«

Die Mutter hatte an der Feuerstelle gesessen und gestickt. Nun legte sie die Tamburine auf den Boden, näherte sich dem Bett und blickte auf ihren verstorbenen Ehemann. Wortlos schloss sie ihm die Lider und begab sich wieder zur Feuerstelle, wo sie ihre Stickarbeit fortsetzte.

»Am besten bringe ich ihn raus!«, sagte August und lud sich den Leichnam auf die Schultern. Im Schuppen warf er die sterblichen Überreste auf den Boden. Als er seinen Vater so verrenkt daliegen sah, fragte er sich, ob es wohl angebracht wäre, ein Gebet zu sprechen. Er kramte in seinem Gedächtnis nach ein paar passenden Versen, aber ihm wollte nichts einfallen. Im Grunde war es auch nicht wichtig. Bei der Bestattung würde noch genügend Zeit zum Beten bleiben.

Gemächlich schlenderte er zurück zum Haus, das nun ihm gehörte. Er war jetzt der reichste Mann in Aue. Niemand konnte ihm mehr sagen, was er tun oder lassen sollte. Der Dorfschulze und seine hochnäsige Sippe würden schon bald zu spüren bekommen, dass er aus einem anderen Holz geschnitzt war als sein Vater.

3.

Drei volle Tage wanderte Hartmann durch die Wälder, bis er endlich den richtigen Weg ins Hexental gefunden hatte. Mit großen Schritten lief er den Pfad hinauf und blieb im offenen Tor stehen. Er erkannte die Hütte Leutfrieds und den Kornspeicher wieder. Vor dem Bruchsteinhaus saßen mehrere Menschen. Einer der Männer erhob sich und winkte ihn heran. Obwohl seine Beine zitterten, setzte Hartmann einen Fuß vor den anderen. Der Mann griff nach dem flachen Gegenstand, der ihm an einer Sehne um den Hals hing.

»Ein Holzadler!«, sagte er überrascht. »Ein Holzadler aus Kirschholz! Bist du das, Bruder?«

Der Moment überwältigte Hartmann. Endlich war er in Aue, endlich war er heimgekehrt. Vor Glück und Erleichterung schossen ihm die Tränen in die Augen.

Heinrich legte ihm den Arm um die Schulter und rief: »Seht nur, wer gekommen ist!«

Die Mutter sprang auf, stürzte ihm entgegen und umarmte ihn. Lange hielt und wiegte sie ihn, bis sie auf Armeslänge von ihm abrückte. Mit der Hand fuhr sie durch sein Haar, strich mit den Fingern die Linien seines Gesichts nach. Ihre Stimme bebte vor Zärtlichkeit, als sie sagte: »Das helle Haar und die blauen Augen! Du siehst aus wie dein Vater!«

Sie führte ihn ans andere Ende der Bank. »Dankwart, dein Sohn ist heimgekehrt. Willst du ihn nicht willkommen heißen?«

»Herr!«, sagte Hartmann schüchtern und verbeugte sich.

»Es ist gut«, erwiderte Dankwart, »dass wir uns unter den Lebenden wiedersehen.«

Die Augen des Vaters hielten ihn auf Abstand. Offenbar wollte er nicht, dass jemand ihm zu nahe kam.

»Hast du Hunger?«, fragte die Mutter. »Du musst doch Hunger haben! Beatrix, hol einen Schemel aus dem Haus! Heinrich, geh zum Vorratsstall. Bring uns einen Schlauch mit Wein, Brot und einen Topf mit Honig! Und du, Leutfried, schaff Brennholz herbei. Wir wollen ein Feuer entzünden. Es wird bald dunkel und ich will meinen Sohn sehen – die ganze Nacht lang.«

Seine Mutter verbreitete eine große Herzenswärme und Hartmann fühlte sich geborgen. Beim Essen erkundigte er sich nach der jungen, weizenblonden Frau, die seine Mutter Beatrix gerufen hatte, und erfuhr, dass sie die Ehefrau seines Bruders war. Später äußerte seine Mutter die Besorgnis, dass die Mönche ihn von der Klosterschule verwiesen hätten. Hartmann konnte sie beruhigen und erklärte, warum sie ihm erst jetzt die Heimreise gestattet hätten. Erst als er sich nach den Schwestern erkundigte, stockte die Unterhaltung. Ob er denn nicht wisse, fragte die Mutter, dass ein schlimmes Fieber das Schwabenland heimgesucht hätte. Er nickte, woraufhin alle wieder betreten den Blick senkten. Heinrich, der ältere Bruder, lenkte von der Trauer ab, indem er mit einem spitzbübischen Lächeln fragte, ob es denn wahr sei, dass die Mönche sich an Schafen vergingen. Alle, sogar der stille Leutfried brachen in schallendes Gelächter aus. Nur Hartmann riss entsetzt die Augen auf. Es dauerte eine Weile, bis ihm klarwurde, dass in Aue andere Sitten herrschten als im Kloster.

Als sich alle zur Nachtruhe begaben, wurde er sich wieder der Anwesenheit seines Vaters bewusst. Bewegungslos saß das Familienoberhaupt am Ende der Bank und starrte in die Dunkelheit.

Hartmann hätte ihm gerne etwas Aufmunterndes gesagt, aber er traute sich nicht, den Schutzwall zu durchbrechen. Wahrscheinlich traute sich das niemand. Sein Vater musste sehr einsam sein.

4.

Am nächsten Abend stand die Sonne wie eine glühende Kupfermünze über dem Bergrücken. Unternehmungslustig begleitete Hartmann den Bruder und den Knecht zum Heimgarten. Die Bauern hockten um ein Lagerfeuer und sangen ein einfaches Frühlingslied: »Ich höre wieder die Vögel singen, / im Walde lieblich erklingen. / Ich nahm mein Mädel an die Hand / und wir liefen …«

Hartmann hatte längst begriffen, dass sich in Aue jeder so verhalten durfte, wie er sich gerade fühlte. Niemand musste Prügel, Essensentzug oder Einzelarrest fürchten, nur weil er gelacht oder versehentlich geniest hatte. Diese Ungezwungenheit war einfach herrlich. Er konnte tun und lassen, was immer ihm einfiel.

Mit Leichtigkeit erfasste er den Aufbau des Liedes. Zunächst zögerte er noch, aber getragen von einem unwiderstehlichen Gefühl der Freiheit konnte er sich bald nicht mehr zurückhalten und stimmte in die Strophen ein. Bald klatschte er den Rhythmus mit und variierte das Tempo. Die Bauern blickten ihn erstaunt an, aber schließlich ließen sie sich von ihm mitreißen und gaben ihr Bestes, bis sie völlig außer Atem waren und nicht weitersingen konnten.

Ein Bauer bot Hartmann einen Schlauch mit schwerem Wein an. »Hier, mein Junge. Gegen die Heiserkeit. So viel Spaß hatten wir schon lange nicht mehr.«

Hartmann lehnte strahlend ab und erklärte, dass Mönche und Klosterschüler nur so viel trinken dürften, wie ihnen ihr Durst geböte.

Der Bauer nahm es mit Humor: »Dann bleibt mehr für uns – haha!«

Hartmanns Abenteuerlust war noch nicht gestillt. Während die Hörigen derbe Späße trieben und sich weiter betranken, blickte er zur Kapelle hinüber, wo der Pfaffe Lampert mit vorgebeugtem Oberkörper auf einer Bank saß und eine Geschichte zum Besten gab. Schließlich klopfte er seinem Bruder auf die Schulter, ging hinüber und setzte sich lautlos unter die Zuhörer, denen vor Aufregung der Mund offen stand.

Die kehlige Stimme des Pfaffen klang eindringlich, als er sagte: »... aber der Herr warf einen gewaltigen Sturm über das Meer. Die Schiffsleute klammerten sich aneinander und sprachen in Angst um ihr kümmerliches Dasein zu Jona: ›Was sollen wir tun, damit der Herr von uns lässt?‹ Und Jona sprach gefasst: ›Werft mich über Bord, so wird das Wasser ruhig werden, denn ich weiß, dass dieser gewaltige Sturm um meinetwillen über euch gekommen ist ...‹«

Die fesselnde Erzählweise Lamperts zog auch Hartmann in ihren Bann. Das Jonaswunder aus den prophetischen Büchern kannte er gut, weil es nach den Evangelien ein Vorbild des Todes und der Auferstehung Christi war und häufig von seinem Schulmeister zitiert wurde.

Der Pfaffe führte mit großen Gesten weiter aus: »Jona aber wurde nicht verschont, denn der Herr sandte einen riesigen Fisch, der ihn verschlang. Sieben Tage und sieben Nächte verbrachte Jona im Bauch des Fisches ...«, und Hartmann fühlte sich sogleich in eines der Streitgespräche mit Ulrich versetzt. Und so wie er seinen Freund zurechtgewiesen hätte, griff er auch hier in die Erzählung Lamperts ein und sagte: »Es waren aber nur drei Tage!«

»Was sagst du, mein Sohn?«, fragte der Pfaffe und schaute irritiert drein.

Hartmann war noch ganz berauscht von seinem musikalischen Erfolg und sagte selbstsicher: »Jona verbrachte nur drei Tage und Nächte im Bauch des Fisches und nicht sieben. Es heißt: ›... *et erat Jonas in ventre piscis tribus diebus et tribus noctibus.*‹ Auch bei Matthäus spricht Christi zu den Schriftgelehrten und Pharisäern: ›Denn wie Jona drei Tage und drei Nächte im Bauch des Meeresungetüms war, so wird der Sohn des Menschen drei Tage und drei Nächte im Schoß der Erde sein.‹«

Siegesgewiss wartete Hartmann ab. Lampert musste jetzt zustimmen oder ihn durch andere Zitate widerlegen, aber nichts davon geschah. Stattdessen starrte ihn der Prediger nur ausdruckslos an. Schließlich erhob er sich von der Bank und schlurfte – ohne ein weiteres Wort zu verlieren – mit hängenden Schultern davon.

Ein kleines Mädchen rief: »Vater, wo wollt Ihr denn hin? So bleibt doch hier und erzählt weiter! Was wird aus Jona im Bauch des Fisches?«

Auf halbem Weg blieb Lampert noch einmal stehen und sagte über seine Schulter hinweg: »Fragt doch ihn. Er weiß es besser als euer alter Prediger.«

»Aber wir wollen die Geschichte nicht von ihm hören, sondern von Euch«, sagte ein Halbwüchsiger. »Niemand vermag sie mit solchem Schmuck zu bekleiden wie Ihr, Vater.«

»Deine Worte tun mir wohl, mein Sohn, aber die Unterbrechung hat mich aus dem Strom gerissen. Selbst wenn ich wollte, könnte ich die Geschichte nicht fortsetzen.« Lamperts Stimme drohte zu ersticken. »Verzeiht mir!«

»Vater!«, rief der Halbwüchsige noch, aber da war der Prediger schon um die Ecke gebogen.

»Dann berichte du uns«, sagte ein verhärmter Bauer und zeigte auf ihn, »wie es Jona im Bauch des Fisches erging.«

Hartmann vernahm sehr wohl den drohenden Unterton. Mittlerweile hatte er begriffen, dass er einen Fehler begangen hatte. Er konnte seine Zwischenrede nicht mehr rückgängig machen, aber er konnte die Situation retten: »Jona war also drei Tage und drei Nächte im Bauch des Fisches ... und dann betete er ... und sprach zu Gott ... und er flehte seinen Herrn an ... äh ... er flehte ihn also an ... ihn ... also Jona, meine ich ... äh ... aus der Unterwelt zu befreien ...«

Mitten in der Erzählung erhob sich eine alte Frau. Sie streckte die Hand nach der Enkelin aus und sagte: »Komm, meine Blume, es wird Zeit, dass wir heimgehen.«

Unter den Anwesenden setzte ein Gemurmel ein. Einige kamen auf die Beine und rieben sich über den Hosenboden. Andere dehnten ihre Gliedmaßen und gähnten laut. Hartmann stand da und dachte, dass es kaum schlechter hätte laufen können. Er sollte sich täuschen.

Ein gedrungener Mann mit Stiernacken stellte sich neben ihn und flüsterte ihm so leise ins Ohr, dass niemand sonst etwas verstehen konnte: »Du Klugscheißer! Mit deiner Besserwisserei hast du mir die schöne Geschichte versaut! Du solltest besser aufpassen, wenn du nicht ...«

»August!«, erklang da eine weibliche Stimme, »was machst du da?«

Der Mann zauberte ein Lächeln auf sein Gesicht und drehte sich um. Beinahe galant verbeugte er sich gegen ein vielleicht zwölfjähriges Mädchen, das ein helles Leinenkleid trug. »Judith! Mit jedem Tag wirst du schöner! Wie machst du das nur?«

»Nun übertreib mal nicht«, erwiderte das Mädchen.

Obwohl sie sich sieben Jahren nicht mehr gesehen hatten und seine Erinnerung mittlerweile verblasst war, erkannte Hartmann die frühere Spielgefährtin sofort wieder. Judith hatte ein empfindsames Gesicht, in dem die warmen, bernsteinfarbenen Augen besonders auffielen. Ihr langes, dunkelbraunes Haar reichte ihr bis zum Gesäß.

Hartmann beobachtete, wie August sich ein zweites Mal verbeugte und dann davonging. Die ganze Situation verwirrte ihn. Was hatte der Kerl eigentlich von ihm gewollt? Warum hatte er so plötzlich von ihm abgelassen? Und warum verhielt er sich in Judiths Gegenwart so ehrerbietig? Diese Menschen gaben ihm Rätsel auf. Er würde noch eine Weile brauchen, bis er ihre Gepflogenheiten verstanden hatte.

»Willst du mich begleiten?«, fragte Judith, nachdem sie sich etwas förmlich begrüßt und aus den Augenwinkeln begutachtet hatten.

»Gerne!«, erwiderte Hartmann. Die Hörigen waren an ihm vorübergegangen, ohne ihn eines weiteren Blickes zu würdigen; wenigstens Judith ließ ihn nicht stehen und begegnete ihm mit Freundlichkeit. Als Hartmann die Pforte hinter ihnen schloss, drang aus der Kapelle die flehentliche Stimme des Pfaffen: *»In nomine Patris et Filii et Spiritus Sancti ....«*

»Nimm es dir nicht zu Herzen«, sagte Judith. »Dein Zwischenruf hat unserem Pfaffen nur dazu gedient, seinen geliebten Märtyrern nachzueifern. Hast du ihn nicht gehört? Dieses inbrünstige *Verzeiht mir!* war doch wirklich zu komisch!«

»Das stimmt wohl!«, sagte Hartmann und lächelte. Durch Judiths Worte fühlte er sich leichter ums Herz. Überhaupt übte ihre Gegenwart einen besänftigenden Einfluss auf ihn aus. Vielleicht lag es an dem Tonfall ihrer Stimme, vielleicht an ihrem verständnisvollen Blick. Ihrer ganzen Erscheinung haftete etwas Tröstliches an, dem er sich nicht entziehen konnte.

Als sie den Abhang hinunterschlenderten, strich ein kühler Ostwind über ihre Gesichter. Der Mond ging auf und am Firmament funkelten Sterne. Am Bach wiegte sich das Schilfgras im Wind. Auf einem Trampelpfad bogen sie nach rechts ab und begaben sich an den Aufstieg zum Hasgelhof.

»Wie ist die Welt da draußen?«, fragte Judith. »Ich begleite Vater nur ab und zu auf den Markt nach Freiburg.«

»Ich weiß es auch nicht«, erwiderte Hartmann. »Wir leben hinter Klostermauern. Unsere Welt ist der Geist. Nur an Sonntagen passieren wir das äußere Tor, um Spaziergänge zu unternehmen. Und da sieht es nicht anders aus als hier.«

»Schade!«, sagte das Mädchen.

Dem Knaben tat es leid, dass ihm nichts Interessantes eingefallen war. Angestrengt dachte er nach, womit er ihr eine Freude bereiten konnte, und hatte plötzlich eine Idee. »Ich habe mit einem alten Harfenspieler Freundschaft geschlossen«, sagte er. »Mehrmals im Jahr nächtigt er bei uns im Gästehaus. Er hat mir ein sehr schönes Lied beigebracht. Wenn du möchtest, singe ich es dir vor.«

Mittlerweile standen sie vor der Tür des Hasgelhofs. Der angrenzende Wald, die Gatter und Stallungen waren in einen sanften Schein gehüllt.

Das Mädchen bedachte ihn mit einem wunderschönen Lächeln. »Ich möchte die Eltern nicht wecken, aber ein anderes Mal höre ich mir dein Lied gerne an.«

5.

Einige Tage später, am Ostersonntag, stand Judith vor ihrem Elternhaus und stieß Lockrufe aus. Aus ihrer Schürze nahm sie eine Handvoll Gerstenkörner und warf sie den Hühnern vor. Nachdem sie die Fütterung beendet hatte, stemmte sie die Hände in den Rücken und ließ den Blick über das Tal schweifen. Die Wolkenschatten wanderten über den Heimgarten, den Bachlauf und die Adlerburg, die auf der anderen Seite des Hexentals lag. Einige Schwalben segelten im Wind.

Lächelnd erinnerte sich Judith an die Werbeversuche des Pfaffen Lampert. Keine Gelegenheit hatte er ausgelassen, um Reisenden und Dorfleuten zu erzählen, dass er nach der Osterpredigt den Ehefrauen die Möglichkeit bieten wolle, sich durch Spenden an die Mutter Kirche von der Höllenschuld freizukaufen. *So einfallsreich wie er ist,* dachte Judith, *zieht er uns noch die letzte Münze aus der Tasche.*

Knarrend öffnete sich die Holztür. Die Mutter kehrte Dreck und Essensreste auf den Vorplatz. Der Hund lief herbei, klaubte einen abgenagten Knochen aus dem Kehricht und sprang in großen Sätzen davon. Als die Mutter den Reisigbesen an die Hauswand lehnte, ging Judith hinüber und deutete auf die Sonne, die sich bereits über den Bergrücken schob.

»Wenn wir noch baden wollen«, sagte das Mädchen, »sollten wir aufbrechen.«

»Ja«, erwiderte Mechthild und rieb sich den Hinterkopf. »Beim Gottesdienst werden sich alle einfinden, die Rang und Namen haben.«

Mutter und Tochter gingen den Abhang hinunter. Bei der Trauerweide zogen sie sich aus und stapelten ihre Kleider zu einem Haufen. Flussaufwärts ertönten die Rufe von anderen Badenden. Prüfend tauchte Judith die Zehen ins Wasser. Es war so kalt, dass sie am ganzen Körper eine Gänsehaut bekam. Sie wollte das Bad schnell hinter sich bringen und drängte mit klappernden Zähnen zur Bachmitte vor, wo sie einmal mit dem Kopf untertauchte. Mit den Händen schrubbte sie zwischen ihren Beinen und unter den Achseln. Jedes Mal, wenn die glitschigen Fische ihren Bauch streiften, zuckte sie zusammen. Schnell kletterte sie wieder hinaus, setzte sich zähneklappernd ins Gras und wrang die Haare aus.

»Ich habe schon den ganzen Tag Kopfschmerzen!«, sagte die Mutter.

»Leg deinen Kopf nur in meinen Schoß«, erwiderte Judith.

Irgendwann – ohne ersichtlichen Grund – hatte es angefangen, dass Verwandte und Freunde sie um Hilfe gebeten hatten, wenn es irgendwo schmerzte. Sie konnte sich nicht erklären, warum die Menschen ausgerechnet sie gefragt hatten, aber die Vergangenheit hatte gezeigt, dass ihr durch Überlegung Maßnahmen eingefallen waren, die eine Besserung herbeigeführt hatten. So tastete sie auch heute den Schädel der Mutter ab, bis sie zu den Schläfen gelangte, wo sie ein wenig Hitze spürte. Langsam ließ sie ihre Fingerspitzen über der Stelle kreisen.

»Das tut gut«, sagte Mechthild. »Ich habe keine Ahnung,

wie du das anstellst, aber ich hoffe, dass es kein Teufelswerk ist.«

Judith erschrak über die Worte. Manchmal hatte sie kein Vertrauen in ihre Fähigkeiten. In ihrer Familie gab es nicht eine heilkundige Frau. Normalerweise wurde das Wissen von Generation zu Generation vererbt, aber in ihrem Stammbaum gab es nur Bauern. Wie konnte sie so viel Geschick an den Tag legen, wenn alles mit rechten Dingen zuging? »Ich möchte nicht, dass du so daherredest«, sagte sie und streckte sich der Länge nach aus, um sich von der Sonne trocknen zu lassen. Als sie plötzlich die musternden Blicke der Mutter spürte, öffnete sie die Augen. »Warum guckst du mich immer so an?«

»Gefällt dir einer der Jünglinge aus dem Dorf?«, fragte Mechthild.

»Warum willst du das wissen?«

»Früher oder später müssen dein Vater und ich dir einen Ehemann auswählen.«

»Das hat doch noch Zeit!«

»Wie gefällt dir eigentlich August, der freie Bauer?«

»August ist klüger als die anderen Bauern, aber er starrt mich immer so an ... Ach, ich weiß auch nicht!«

»So kann nur ein unerfahrenes Ding daherreden. August ist ein gottesfürchtiger Mann. Obwohl er von freiem Stand ist, behandelt er niemanden von oben herab.«

»Da hast du sicher Recht!«

»Außerdem ist er reich. Weißt du, wie viel Land er besitzt?«

»Muss man denn reich sein, um ein glückliches Leben zu führen? Du und Vater, ihr seid doch auch nicht ...«

»Dein Vater ist ein friedfertiger Mann, der keiner Fliege etwas zuleide tut. Er ist fleißig und gottesfürchtig, er trinkt nicht und er hurt nicht. Aber das ist auch schon alles. Jegliche Vorstellungskraft geht ihm ab. Wenn ich ihm von dem Weißbrot erzähle, das die Bäcker auf dem Markt verkaufen, will er mir doch tatsächlich weismachen, dass wir für den Haferschleim dankbar sein sollen, den wir tagein, tagaus hinunterwürgen.«

»Vielleicht ist Vater klüger, als du denkst, vielleicht …«

»Du hast ja keine Ahnung«, sagte Mechthild mit sauertöpfischer Miene. Und erst als sie ihre Tochter erneut wohlwollend musterte, vertrieb dies ihre Verbitterung. »Komm, lass uns zum Haus gehen. Ich will deine Haare kämmen und das Kleid ausbürsten. Beim Gottesdienst sollst du die Schönste sein.«

6.

Hartmann saß neben seiner Mutter in der vordersten Bank. Er war wohl der Einzige, der die Posse durchschaute, aber er hatte seine Lektion gelernt. Seine Erkenntnisse behielt er besser für sich. Ein Missgeschick wie im Kapellgarten würde ihm nicht noch einmal passieren.

Zwar fuhr der Pfaffe Lampert mit dem Zeigefinger über die Zeilen der Heiligen Schrift, was den Anschein erweckte, dass er aus den Evangelien vorlas, aber er gab nur ein genuscheltes Kauderwelsch von sich, das dem Lateinischen nur entfernt ähnelte. Nach einem betonten Wort, das so ähnlich klang wie »irasomondiäl«, schlug er die Heilige Schrift zu und sprach salbungsvoll: *»In nomine Patris et Filii et Spiritus Sancti.«* Offenbar war das die einzige Redewendung, die er fehlerfrei beherrschte.

Jetzt baute sich der Pfaffe Lampert vor dem Altar auf. Mit eindringlichen Blicken zog er die Zuhörer in seinen Bann und sagte dann mit dem gebotenen Ernst: »Liebe Gemeinde, am Karfreitag streifte ein Komet den nördlichen Himmel. Das war ein Zeichen, denn die Sünde greift wieder um sich. Der Allmächtige wird ein Strafgericht abhalten. Über uns sitzt er bereits mit gezücktem Schwert, um die Unwürdigen der Hölle anheimzugeben ...«

»Oh«, entfuhr es einer Witwe aus der hinteren Bank. Vor Schreck hielt sie sich die Hand vor den Mund.

Unauffällig überzeugte sich Lampert, ob auch alle die Reaktion mitbekommen hatten. Dann breitete er schützend seine Arme aus und rief: »Fürchtet euch nicht, Brüder und Schwestern im Glauben, denn im Traum erschien mir die Jungfrau Maria. Sie trug mir auf, unbefleckte Spenden zu sammeln und die Kollekte ...«, Lampert rollte mit den Augen, »sagen wir mal, den Kranken in Jerusalem zukommen zu lassen.« Der Prediger trat hinter den Altar, bückte sich und hob ein silbernes Kästchen auf.

»An diesen Ort habe ich eine heilbringende Reliquie gebracht, die schon Wunderzeichen in der ganzen Welt bewirkte. Es ist ein Stoffstück vom Kleid der Jungfrau Maria, das sie trug, während sie mit Gottes Sohn schwanger ging.« Lampert öffnete den Deckel und trug das Kästchen durch die Reihen. Im Inneren erblickte Hartmann einen dreckigen Leinenfetzen. Einem Knaben, der danach greifen wollte, schlug der Prediger auf die Finger und zischte: »Du Rotzlöffel!«

Wieder vor dem Altar rief er: »Heute sollt ihr Zeugen eines Wunders werden. Ja, ihr habt richtig gehört. An diesem geweihten Platz wird sich ein Wunder zutragen. Diese Reliquie in den Händen eines Geistlichen erlaubt es ihm, jene Frauen, die neben ihrem Ehemann niemals einen Geliebten nahmen, von jenen zu unterscheiden, die gegen das Gebot Gottes verstießen und sich versündigten.« Lampert stieß seinen Zeigefinger gegen die Gemeinde. Drohend fuhr er mit ihm durch die Reihen, auf einzelne Frauen zeigte er länger, wobei ihm eine hysterische Röte ins Gesicht stieg: »Den Sünderinnen unter euch befehle ich – hört ihr, ich befehle es ihnen – ganz still sitzen zu bleiben und im Geiste Buße zu tun. Sie sollen es nicht wagen, ein falsches Zeugnis abzulegen und nach vorne zu treten.«

Verzweifelt richtete Lampert den Blick gegen das löchrige Schieferdach. Einzelne Lichtstrahlen fielen in das Innere der Kapelle. Lampert nickte ergeben. Sein Rücken krümmte sich in Demut, und es schien, als würde ihm der Allmächtige letzte Anweisungen erteilen. Lampert wendete sich wieder der Gemeinde zu und zeigte seine leeren Hände. »Alleine bin ich machtlos. Deshalb bitte ich die reinen Frauen unter euch, ja, ich flehe sie geradezu an, bringt dem Opferstock unbefleckte Spenden dar, damit das Strafgericht Gottes uns alle verschont.«

Ein kahler Landedelmann aus Ambringen zog ein Silberstück aus seinem Beutel und gab es seinem Eheweib. »Worauf wartest du noch? Steh endlich auf!« Unter dem gnadenlosen Blick der Gemeinde erhob sich die junge, hübsche Frau und stolperte vor den Pfaffen hin, der seinen Messgesang kurz unterbrach, um sie genau zu mustern. Mit spitzen Fingern fasste er nach ihrem Kinn und schob ihren Kopf mal nach links, mal nach rechts und mal nach unten. Mit einem ernsten Nicken bedeutete er ihr, dass ihre Spende willkommen war; mit einem weiteren Nicken versicherte er dem Landedelmann, dass sie an Leib und Seele rein war.

»Ein Wunder!«, rief die Witwe aus der hinteren Reihe. »Ihr habt es selbst gesehen! Ein Wunder ist geschehen!«

Nun hielt August, der freie Bauer, ein Goldstück hoch, um allen seine Großzügigkeit zu zeigen, und reichte es seiner Mutter. In einem scharlachroten Gewand bewegte sie sich zum Altar. Als die Münze im Opferstock klingelte, war allen klar, dass sie August dem Älteren zu dessen Lebzeiten treu gewesen war und auch jetzt ein keusches Leben führte. Ein Raunen ging durch die Reihen. Die Witwen sahen sich plötzlich unter Zugzwang gesetzt. Die Ehemänner warfen ihren Frauen argwöhnische Blicke zu. Jedes Zögern konnte ihre Treue infrage stellen. Die Jungfrauen meinten, dass es zumindest nichts schaden könne, wenn sie durch eine unbefleckte Spende ihre Unberührtheit bekundeten …

Durch das unablässige Klingeln im Opferstock schwang sich der Messgesang des Predigers in immer höhere Höhen. Als er schließlich ein »Halleluja« anstimmte, liefen ihm Tränen der Rührung über die Wangen. »Gott liebt euch«, rief er. »Gott liebt auch mich. Ja, Gott liebt uns alle!« Der Pfaffe Lampert konnte ja nicht ahnen, dass seine Freude nur von kurzer Dauer sein würde.

7.

August führte seine Mutter aus der Kapelle und raunte ihr zu: »Geh nach Hause!« Sogleich huschte sie mit über das Gras schleifender Schleppe den Abhang hinunter. *Zum*

Pfingstfest will ich sie noch prächtiger kleiden, dachte August. *Auch Geschmeide will ich ihr kaufen. Alle sollen sehen, wie gut sie es bei mir hat.*

Seine Spießgesellen umringten ihn wie ein Rudel Wölfe. Alle trugen Waffen: Dolche, kleine Beile, mit Eisen besetzte Schlagstöcke und sogar Schwerter in Lederscheiden. Narben verunstalteten ihre bärtigen Gesichter. Die struppigen Haare wuchsen bis zu den Schultern, was eigentlich als Vorrecht der Edelleute galt, aber sie scherten sich nicht um Vorschriften. Einer hob einen Stein auf und schleuderte ihn auf einen Welpen, der winselnd das Weite suchte.

»Spinnst du?«, sagte August. »Das kannst du vielleicht in Freiburg machen, aber nicht hier. Ich habe einen Ruf zu verlieren.«

»Was machen wir jetzt, August?«, fragte ein anderer.

Der freie Bauer wollte gerade zu einer Erwiderung ansetzen, als Mechthild vom Hasgelhof im Portal erschien. In ihrem ärmlichen Gewand unterschied sie sich von den anderen Bäuerinnen nur durch ihre hochmütige Miene, trotzdem verbeugte sich August galant. Er spürte, dass sein Plan so langsam aufging.

»Lass uns in die Stadt reiten«, sagte ein Dritter.

»Ja, lass uns ins Bordell gehen«, brüllte der Steinewerfer. »Der Gerber hat gestern beim Würfelspiel sein Weib verloren. Sie ist noch ganz frisch. Wir wollen sie nageln, bevor sie so schlüpfrig wie ein nasser Handschuh ist. Hahaha ...«

August nahm sich vor, ihm bei der nächsten Gelegenheit Manieren beizubringen, aber er vergaß seinen Vorsatz wieder, als Judith vom Hasgelhof hinter ihrer Mutter erschien. Ihr langer Hals, ihr Blick aus sanften Bernsteinaugen und die schlanken Gliedmaßen waren von einer solchen Anmut, dass es ihn juckte, dieses junge und unerfahrene Ding einzureiten. Die Vorstellung, dass er mit ihr all die Dinge tun würde, die er auch mit den Huren in Freiburg anstellte, erregte ihn gewaltig.

»Seht nur«, rief ein Spießgeselle. »Der Prediger macht sich aus dem Staub!«

Die Erwähnung des Pfaffen Lampert lenkte Augusts Denken in eine andere Richtung. Mit starrem Blick beobachtete er, wie der Prediger die Stufen der Kapelle hinuntereilte, sich hektisch nach allen Seiten umblickte und mit flatterndem Messgewand das Weite suchte. Ein braunes, prallgefülltes Säckel hielt er schützend vor die Brust gedrückt.

»Was ist nun, August?«, fragte ein anderer.

»Reitet schon vor«, sagte der freie Bauer. »Ich hab noch etwas zu erledigen.«

8.

Nach dem Gottesdienst standen die Leute in Grüppchen vor der Kapelle. Mechthild gesellte sich zu Agnes und fragte: »Wo ist eigentlich Dankwart?«

Agnes blickte in die Ferne. Heute Morgen war ihr Ehemann unauffindbar gewesen. Außer ihm fehlten der Knecht, das Schlachtross und der Ackergaul. Agnes hatte nichts dagegen, wenn Dankwart seine Reiselust stillte. Nur sein wortloses Verschwinden bereitete ihr jedes Mal Kummer.

»Schon gut – ich kann es mir denken«, sagte Mechthild. »Ist dir eigentlich aufgefallen, dass Kunos Ehefrau nichts in den Opferstock gegeben hat? Sie muss sich versündigt haben – anders kann ich mir ihr Verhalten nicht erklären.«

»Die beiden sind arm«, erwiderte Agnes. »Im Winter verhungerte ihr Jüngster, weil die Vorräte aufgebraucht waren. Alles, was sie haben, wandert von der Hand in den Mund. Wahrscheinlich konnten sie nichts erübrigen.«

»Wie es wirklich ist, werden wir wohl nie erfahren«, sagte Mechthild seufzend und strich der Tochter das Wollkleid glatt, damit ihre schöne Gestalt besser zur Geltung kam. »Als der Pfaffe Lampert mit dem Kästchen durch die Reihen ging, hätte ich das Stück Leinen zu gerne berührt. Wenn ich mir vorstelle, dass es tatsächlich von der Jungfrau Maria stammt, wird mir ganz anders zumute.«

»Zu jedem Herrenfest präsentiert uns der Pfaffe eine neue wundertätige Reliquie«, erwiderte Agnes. »Beim vergangenen Osterfest brachte er uns einen Brocken Brot von der Speisung der Fünftausend. Zum Pfingstfest zeigte er uns Fragmente vom Jerusalemer Stadttor. Und Weihnachten war es sogar ein Stückchen Vorhaut vom Jesuskind. Wie kann ein Dorfpfaffe so viele heilige Gegenstände beschaffen?«

»Im Heimgarten erzählt er den Leuten, dass er allen Pilgern aufträgt, die Reliquien mitzubringen.«

»Und das glaubst du? Ich hab noch nie einen Pilger getroffen, der durch Aue ins Heilige Land gereist ist.«

»Aber hör dich doch um. Alle lobpreisen ihn als heilbringenden Prediger. Heute war sogar ein Landedelmann aus Ambringen da.«

»Die Leute lobpreisen ihn, weil sie sich hinter seiner Schlitzohrigkeit verstecken können.«

»Meine Güte – was ist heute nur los mit dir? Wenn du jetzt noch davon anfängst, dass du den freien Bauern für einen Lumpen hältst, stelle ich mich am besten gleich wo-andershin. Ist dir nicht aufgefallen, wie höfisch er sich vor mir verbeugt hat? Er behandelt mich, als wäre ich eine Dame.«

Agnes wusste, dass Mechthild alles dransetzte, um ihre Tochter mit einem wohlhabenden Mann zu verheiraten. Vor einigen Tagen hatte sie die Freundin daran erinnert, welche Intrigen August der Ältere gesponnen hatte, um sich das Amt des Dorfschulzen einzuverleiben. Sie war davon überzeugt, dass auch mit dem Sohn etwas nicht stimmte. Sein Verhalten wirkte aufgesetzt, seine Höflichkeit unehrlich. Mechthild hatte nichts davon hören wollen und sie nur eine »Schwarzseherin« genannt. In ihrem Ehrgeiz ignorierte die Freundin alle Hinweise, die ihren Plan infrage stellten.

Agnes deutete auf die dräuenden Wolken. »Da braut sich was zusammen. Der Osterschmaus im Heimgarten fällt bestimmt aus. Bevor es anfängt zu regnen, will ich zur Adlerburg hinaufsteigen. Möchtest du mitkommen?«

»Zu gütig«, sagte Mechthild, »aber wir bleiben noch.«

Agnes wandte sich an ihren Sohn, der mit Judith etwas abseits stand. »Und du, Hartmann?«

»Ich will Judith noch ein Lied vorsingen«, sagte der Knabe.

»Ein Lied?«

»Ja«, sagte Judith. »Das hat er mir versprochen.«

9.

Hartmann und Judith spazierten flussaufwärts. Sie passierten die Brücke und die Stromschnellen und erreichten schließlich den kleinen Wasserfall.

»Traust du dich jetzt?«, fragte das Mädchen.

Hartmann hatte noch nie ganz alleine ein Lied vorgetragen und spürte ein seltsames Kratzen im Hals. *Meine Stimme wird brechen,* dachte er. *Keinen Ton werde ich halten können!* Warum hatte er Judith nur einen solchen Vorschlag gemacht?

Das Mädchen zupfte ihn am Ärmel. »Sind wir nun weit genug entfernt?«

Im Grunde war die Erklärung einfach. Seitdem der Spielmann ihm von den höfischen Festen erzählt hatte, träumte Hartmann von einem eigenen Publikum. Bei Judith hatte er sich so sicher gefühlt, dass er einen ersten Versuch wagen wollte. Instinktiv spürte er, dass sie seine Bemühungen ernst nehmen würde. Und wenn er nicht als Wolkenschieber gelten wollte, durfte er nicht länger zögern. Also holte er tief Luft und wollte gerade ansetzen, als starker Wind aufkam. Eine Böe blies ihm die Haare aus der Stirn. Ein Tropfen platschte ihm auf die Stirn und der Himmel grollte laut. In Sekundenschnelle prasselte der Regen auf seine Schultern, das Blattwerk und in den Bachlauf.

»Komm mit! Ich weiß, wo wir uns unterstellen können«, rief das Mädchen und lief an mehreren Flussweiden vorbei. Sie überquerte einen kleinen Sandstrand und nahm die Steinterrassen – auf Höhe des Wasserfalls – im Sprung. »Siehst du den Heuschober? Da müssen wir hin.«

Hartmann versuchte sie einzuholen, aber körperliche Anstrengungen war er nicht gewohnt. Er schlitterte über glitschiges Astwerk, stolperte über harte Wurzeln und sank bis zum Knöchel im Morast ein. Als er endlich die windschiefe Baracke erreichte, lehnte Judith bereits im offenen Tor und schaute in das Unwetter.

Keuchend trat Hartmann unter das schützende Dach und atmete den schweren und süßlichen Heugeruch ein. In der Dunkelheit erkannte er einen Ochsenkarren mit gebrochener Achse und mehrere Mistforken, die an der Wand lehnten. Er stützte die Hände auf den Knien ab und blickte nach draußen. Am Horizont ging ein silberner Blitz nieder.

»Warum ist Gott nur so zornig?«, fragte Judith. Unter ihren nassen, verklebten Haaren leuchtete die helle Kopfhaut.

»Wenn ich das wüsste«, erwiderte Hartmann, »könnte ich über Wasser wandeln.«

Vor Schreck schlug sich Judith die Hand vor den Mund. »Wie kannst du nur so etwas sagen?«

»Das war doch nur ein Scherz!«, sagte der Knabe schnell. »Mein Freund, der Spielmann, sagt öfters solche Sachen. Ist mir einfach so rausgerutscht.«

»Über so etwas sollte man keine Witze machen! Und jetzt komm, wie müssen die nassen Sachen ausziehen, sonst erkälten wir uns noch.« Judith zog das Kleid über den Kopf und wickelte die Leibbinde ab. Dann schmiss sie die dampfenden Sachen über die Seitenwand des Ochsenkarrens und sprang ins Heu. Mit beiden Händen schaufelte sie die knisternden Halme über ihren Leib. »Was ist mit dir?«

Um die Fleischeslust nicht anzuregen, war Nacktheit im Kloster strengstens untersagt. Die Freizügigkeit seiner Familie hatte Hartmann schon in arge Gewissenkonflikte gestürzt. Zögerlich stellte er die Holzschuhe vor dem Speichenrad ab, so dass ihre Spitzen den Eisenbeschlag berührten. Schließlich gab er sich einen Ruck, zog die Kutte über den Kopf und sprang ebenfalls ins Heu.

»Singst du jetzt das Lied?«, fragte Judith.

»Wenn du es immer noch hören willst?«

»Deshalb sind wir doch hier!«

»Also gut! Ursprünglich stammt es von einem Dichter, den man Dietmar von Eist nennt. Er lebte als Freiherr im Donauländischen und starb vor einigen Jahren.« Hartmann rief sich die Melodie ins Gedächtnis und begann leise mit der ersten Strophe: »Es stand eine Frau alleine / Und spähte über die Heide / Und spähte aus nach ihrem Geliebten. / Da sah sie einen Falken fliegen. / Wohl dir, Falke, dass du so bist! / Du fliegst, wohin dir lieb ist, / du suchst dir im Wald / einen Baum, der dir gefällt. / So habe auch ich es getan: / Ich suchte mir selbst einen Mann, / den erwählten meine Augen. / Das neiden mir schöne Damen. / Ach, warum lassen sie mir meinen Geliebten nicht? ...«[1]

Am Ende blieb Hartmann bewegungslos liegen. Nervös lauschte er auf den trommelnden Regen. Warum sagte sie nichts? Warum lag sie einfach nur da und starrte an die Decke? Als er seine Ungeduld nicht länger zähmen konnte, platzte er heraus: »Hat dir das Lied nicht gefallen? Oder habe ich die Töne nicht getroffen?«

»Beruhige dich«, erwiderte Judith lächelnd und drehte sich auf die Seite. Den Kopf stützte sie auf der Hand ab.

»Ich habe nur über den Text nachgedacht. Ich frage mich die ganze Zeit, ob die Frau so allein ist, weil sie sich ohne Zustimmung der Mutter einen Ehemann wählte?«

Hartmann war erleichtert. »Das kann schon sein. Scheinbar hat sie sich in ihrer Wahl von niemanden beeinflussen lassen, auch nicht von ihren Eltern.«

»Sie war frei wie ein Falke!«, flüsterte das Mädchen.

10.

Unterdessen sprang der Pfaffe Lampert in den Bach. Auf mageren Beinen kämpfte er sich durch den Strom und zog sich an der Böschung hoch. »Bärenhöhle«, kicherte er, »Bärenhöhle, ich komme!«

Am Ufer rannte er flussabwärts. An einem verkrüppelten Baum bog er nach links ab und erklomm die Steigung. Rinnsale stürzten den Hang hinab. Ein Ast schlug ihm ins Gesicht und sein Messgewand verhedderte sich in Disteln. »Kruzifix nochmal«, fluchte der Prediger, wischte sich den Schweiß von der Stirn und kletterte weiter.

Vor der Bärenhöhle stand eine mächtige Eiche, deren Wurzeln den Grund so vereinnahmten, dass sich nicht einmal Büsche ansiedeln konnten. An dem bemoosten Stamm legte der Pfaffe Lampert eine Pause ein und führte Selbstgespräche: »Ich muss vorsichtiger sein. Niemals wieder darf ich bei Tageslicht herkommen. Welcher Teufel hat mich nur geritten? Jemand hätte mich sehen können. Jemand hätte mir folgen können. Jetzt muss ich warten, bis es dunkel wird.«

Die Wolkendecke riss allmählich auf. Nur vereinzelt fielen noch Tropfen und aus den Bäumen klang das Lied der

Finken. »Kruzifix nochmal«, sagte der Pfaffe erneut, »was für eine Sturmgewalt!« Das nasse, verschmutzte Messgewand hängte er über einen Ast. Nur mit den Rindslederschuhen bekleidet sprang er auf der Stelle, um sich aufzuwärmen. »Hopp, hopp, hopp! Wenn die braven Bauern mich so sehen könnten«, sagte er kichernd.

Nachdem er sich ausgiebig über Arme, Brust und Beine gerieben hatte, unternahm er von der Eiche zehn lange Schritte in Richtung einer Birke und ging in die Knie. Mit beiden Händen schob er Astwerk und Blätter beiseite und türmte lockere Erde zu einem Haufen auf.

Im Unterholz knackte ein Zweig. Lampert hob den Kopf und hockte sich geistesgegenwärtig über das Erdloch, als würde er seine Notdurft verrichten. »Bei Jesus, Maria und Josef! August, musst du mich so erschrecken? Warum bist du mir gefolgt. Was willst du überhaupt?«

11.

Für Judith verstrich die Zeit viel zu schnell. Hartmann beantwortete nicht nur alle ihre Fragen, sondern berichtete auch sehr anschaulich von dem Schulmeister, Jean de Reims, von seinem Freund Ulrich und dem Klosteralltag. Wenn die Jungmänner aus Aue den Mund auftaten, schnitten sie immer nur mit Heldentaten auf, die sie bestenfalls langweilten. Hartmanns Erzählungen eröffneten ihr eine völlig neue Welt. Sein Horizont reichte weit über die dörflichen Angelegenheiten hinaus. Er setzte seine Gaben nicht nur ein, um seinen Hunger und Durst zu stillen, sondern befasste sich mit Schriftzeichen, Musik und der Schöpfungsgeschichte. Um den Schilderungen folgen zu können, musste sie sich zwar sehr konzentrieren, aber zur Belohnung beschritt ihr Denken immer neue und aufregende Wege. Zu gerne hätte sie noch mehr von den lateinischen Wörtern gelernt, deren Bedeutung und Aussprache er ihr mit viel Geduld beigebracht hatte, zu gerne wüsste sie noch mehr über die Kalligrafie, aber nach und nach bekam sie ein mulmiges Gefühl, das sich schließlich in einer einzigen Frage festsetzte: *Was würde Mutter wohl denken, wenn sie uns so sehen könnte?*

»... im vierten Kapitel der *Regula Benedicti* heißt es: ›*Omnes supervenientes hospites tamquam Christus suscipiantur*‹«, erklärte der Knabe gerade, »was so viel bedeutet, wie: Mögen alle, die da kommen, wie Christus empfangen werden ...«

»Der Regen hat ausgesetzt«, sagte Judith. »Wir sollten aufbrechen!« Sie erhob sich aus dem Stroh und ging zum Ochsenkarren. Plötzlich hielt sie inne und drehte sich um. Ihr Blick begegnete den klaren, blauen Augen des Knaben, die scheinbar jedes Detail ihres Körpers auskundschafteten. Schnell legte sie die Hände auf die Brüste und das Geschlecht. Zum ersten Mal fühlte sich ihre Nacktheit wie eine Sünde an. »Guck mich nicht so an!«, platzte sie heraus.

Nachdem sich beide hastig angekleidet hatten, verließen sie den Heuschober. Das versickernde Regenwasser trieb die Würmer an die Oberfläche. Aus einem Busch flatterte ein Rotkehlchen heran, stolzierte mit geblähter Brust umher, pickte einen langen Wurm auf und verschlang ihn mit schnappenden Schnabelbewegungen. Auf den Grashalmen brach sich das Sonnenlicht in den glitzernden Tropfen und hinter der Hügelkette zeigte sich ein Regenbogen.

Judith bekam nichts von dem Naturschauspiel mit. Sie bemühte sich, Ordnung in ihre Gefühle zu bringen, die so verwirrend auf sie einstürmten, dass sie befürchtete, den Überblick zu verlieren. Warum konnte nicht alles so einfach wie in Kindertagen bleiben? Warum musste das Älterwerden mit so viel Schwierigkeiten verbunden sein?

»Hab ich eine Dummheit begangen, wie im Heimgarten, als ich den Pfaffen aus dem Erzählstrom riss?«, fragte Hartmann. »Sag mir einfach, wenn ich etwas falsch gemacht habe.«

»Das ist es nicht«, erwiderte Judith und wollte ihn an der Schulter berühren, um ihm zu zeigen, dass alles in Ordnung war. Doch mitten in der Bewegung hielt sie inne. Sogar diese kleine Geste fühlte sich falsch an. Warum geriet ihre heile Welt nur so heftig ins Wanken?

Als sie Hartmanns verstörten Blick bemerkte, schoss ihr das Blut in die Wangen. »Entschuldige bitte«, stammelte sie und rannte davon.

12.

Fünf Tage später hingen die Regenwolken immer noch grau und düster über Aue. Kleine Rinnsale vereinten sich zu Sturzbächen und donnerten ins Tal. Die Bauern fürchteten, dass ihnen der Himmel auf den Kopf fallen könnte. Nur um ihre Notdurft zu verrichten oder das Vieh zu melken, trauten sie sich aus den Hütten. Schon am sechsten Tag des Unwetters sahen sie die Gesichter der Toten in den Wolken. Zuweilen klang das Wehgeschrei einer Frau durchs Tal. Der Schäfer schlich in den Heimgarten, um den Himmel durch eine Melodie zu besänftigen, aber die

Sturmböen zerrissen sein Flötenspiel. Bald zweifelte niemand mehr daran: Das Jüngste Gericht stand kurz bevor!

Auch Dankwart konnte sein Heim nicht verlassen und hockte tatenlos am Herdfeuer. Mit einem Kienspan stocherte er in der Glut und dachte über sein Leben nach. In der Vergangenheit hatte er oft genug erfahren, dass alles Sein vergänglich war. Das Glück bildete da keine Ausnahme. Trotzdem mussten Unterscheidungen getroffen werden – zwischen dem Erklärbaren, das man mit den Jahren zu akzeptieren lernte, und dem Unerklärbaren, das bis zum Tod nach einer Lösung verlangte und einen Mann von innen aufzehren konnte.

Bei der Belagerung der Kelmünzer Burg hatte sich ein Pfeil in den Hals von Werner von Schlatt gebohrt. Dankwart hatte den Gefährten in die hinteren Linien getragen. Durch heftiges Mienenspiel hatte der Freund ihm zu verstehen gegeben, dass zwischen Engeln und Dämonen ein Kampf um seine Seele entbrannt war.

Dankwart wusste nur zu gut, dass alle Menschen im Leben vom Tod umfangen waren. Soldaten wie Werner und er begegneten ihm besonders häufig. Deshalb war es ihm auch gelungen, das Ende des Gefährten als unmittelbare Folge des Krieges zu akzeptieren.

Warum hingegen Agnes ihn von einem Tag auf den anderen zurückgewiesen hatte, gab ihm bis heute Rätsel auf. Ihr gemeinsames Leben war so reich an Zuneigung, Rechtschaffenheit und Gottesfurcht gewesen! Sosehr er sein Hirn auch zermarterte – er konnte einfach keine Ursache ausmachen.

Als es heftig an der Tür klopfte, sprang Dankwart auf die Beine. Er stapfte durch den Raum und riss die Tür auf.

Im Eingang stand die Witwe. Ihr Wollumhang triefte vor Nässe. Der mächtige Busen wogte. Tränen liefen über ihr gerötetes Gesicht und vermischten sich mit dem Regen.

»Was willst du?«, fragte Dankwart.

»Herr«, schluchzte sie, »etwas Schreckliches ist passiert!«

Völlig aufgelöst berichtete die Witwe, dass der Prediger seit dem Ostersonntag verschwunden war. Dankwart wusste, dass die beiden ein Verhältnis hatten. Er konnte die Frau beruhigen und versicherte ihr, dass er Nachforschungen anstellen würde.

Am darauffolgenden Nachmittag inspizierte er die Hütte des Predigers: Im Herd war noch Asche. Ein halber in ein Tuch gewickelter Laib Roggenbrot schimmelte vor sich hin. In der Truhe befand sich ein Satz Beinlinge, außerdem fingerlange Eisennägel und frisch geschnitzte Holzschuhe. Wenn der Pfaffe Lampert tatsächlich länger verreist wäre, hätte er die Gegenstände in einem sicheren Versteck deponiert. Nein, der Zustand der Hütte erweckte den Eindruck, als wäre der Prediger nur kurz nach draußen gegangen, um jeden Moment zurückzukehren. Die Sorge der Witwe war berechtigt!

Nach seiner Rückkehr schickte Dankwart die Söhne aus.

13.

Hartmann suchte den Hasgelhof ganz zuletzt auf. Sein Magen fühlte sich flau an, als er die flache Hand ausstreckte und mehrmals gegen die Tür schlug. Mechthild öffnete sie einen Spaltbreit und blickte zuerst auf die Wolken, dann auf den Regen und schließlich auf den Knaben.

»Komm rein!«, sagte sie und schloss die Tür wieder. »Du bist ja ganz durchnässt. Hier, trockne dir erst mal die Haare ab!«

»Mein Vater schickt mich«, sagte der Knabe und rubbelte sich über den hellen Schopf. »Er will, dass ihr in die Kapelle kommt. Der Pfaffe Lampert wurde seit vier Monden nicht mehr gesehen.«

»Der Prediger ist verschwunden? Das gibt es doch nicht!«

»Der Witwe ist es zuerst aufgefallen! Sie hat meinen Vater alarmiert.«

»Natürlich!«, sagte Mechthild. »Jetzt verstehe ich! Gott straft uns mit diesem Unwetter, weil uns der Hirte fehlt. Gedulde dich einen Augenblick. Wir werden dich begleiten.«

Erst jetzt richtete Hartmann den Blick auf Judith. »Kommst du auch mit?«

Das Mädchen hockte im Schneidersitz vor dem Ofen und schnitzte mit einem Schieferstein an einer Holzfigur. Das braune Haar hatte sie hinter die Ohren geklemmt. In ihren Augen spiegelten sich die brennenden Holzscheite wider. Ihre Wangen waren leicht gerötet und ihre Lippen standen einen Spaltbreit auf, so dass ihre Zähne durchschimmerten. Der kapuzenlose Wollumhang gestattete einen Blick auf ihren langen Hals und den zarten Nacken. »Ich habe den Pfaffen seit der Osterpredigt nicht mehr gesehen«, murmelte sie. »Ich kann bei der Suche nicht helfen.«

Hartmann wollte das Mädchen ermuntern, seine Meinung zu ändern. Die Befragung der Bauern würde sicher spannend werden. Wenn sein Freund Ulrich einen Anstoß brauchte, fielen ihm immer die passenden Worte ein, aber in Gegenwart des Mädchens fühlte er sich befangen. Seitdem er das Lied vorgetragen hatte, quälte ihn der Verdacht, dass ihm im Heuschober wieder ein Missgeschick unterlaufen war. Zwar wusste er nicht genau, welchen Fehler er begangen hatte, aber anders konnte er sich ihr Davonrennen nicht erklären. Jetzt befürchtete er, erneut etwas Unpassendes zu sagen und so in der Gunst des Mädchens noch weiter zu sinken. Mit krauser Stirn stand er im Wohnraum und kaute auf der Unterlippe. Was konnte er nur tun, um ihre Vorbehalte zu zerstreuen und sich in einem besseren Licht darzustellen?

»Was ist denn in euch gefahren?«, fragte Mechthild. »Ihr seht ja aus, als wärt ihr dem Gehörnten begegnet. Und was dich angeht, mein Täubchen. Du kommst selbstverständlich mit. Ich dulde keine Widerrede.«

14.

Gehorsam fegte Judith die Holzspäne von der Schürze, erhob sich vom Lehmfußboden und trat durch die offene Tür nach draußen. Kalter Schlamm zwängte sich zwischen ihre nackten Zehen. Der Wind heulte um die Hausecke und wirbelte ihr Haar durcheinander. Aus den Augenwinkeln beobachtete sie, wie Hartmann ihr nacheilte und eine Wolldecke über sie hielt, um sie vor dem Regen zu schützen. Judith wollte ihm danken, aber sie brachte keinen Ton heraus. Schüchtern senkte sie den Kopf.

Weil die meisten Arbeiten bei diesem Wetter ruhen mussten, hatte sie in der vergangenen Woche genügend Zeit, um die zurückliegenden Geschehnisse zu verarbeiten. Ihr Fühlen und ihr Denken schlugen dabei immer neue Pfade ein, die den Horizont ihrer kindlichen Welt verschoben, was sie gleichermaßen mit Spannung und Furcht erfüllte.

So fragte sie sich beispielsweise, ob es einen Grund gab, warum Hartmann ihr ausgerechnet dieses Lied vorgetragen hatte? Hatte er möglicherweise gewusst, dass ihre Mutter nach einem Ehemann Ausschau hielt? Und wenn ja – welche Botschaft hatte er ihr mitteilen wollen?

Auch das Gefühl der Scham ließ sie nicht los. Seitdem Judith denken konnte, gehörte Nacktheit zu ihrem täglichen Leben. Sie bemerkte nicht einmal, wenn ihr Vater mit baumelndem Geschlecht über den Hof stolzierte oder mit blankem Hintern Holz hackte. Warum nur hatten die neugierigen Blicke des Knaben sie so verunsichert? Fürchtete sie etwa, dass ihm ihr Leib nicht gefiel? Und wenn ja – warum maß sie seinem Urteil so viel Bedeutung zu?

Eines wusste sie jedenfalls mit Sicherheit. Es war nicht ihre Umgebung, die sich veränderte, sondern allein ihre Wahrnehmung. Gestern Nacht wälzte sich beispielsweise der Vater auf die Mutter und bewegte sich ruckartig hin und her. Noch im Winter hätte sie sich genervt die Ohren zugehalten. Jetzt ergründete sie im Geheimen, inwieweit dieses Stöhnen und Ächzen auch sie betraf.

Natürlich war ihr klar, dass Männer mit ihren Frauen schliefen. Bisher hatte sie nur nicht gewusst, warum die Eltern so viel Geschmack daran fanden. Seitdem sie Hartmann kannte, spürte sie vage, dass dieser Akt mit der Zuneigung zusammenhing, die man einer Person des anderen Geschlechts entgegenbrachte. Zwar hatte sie dem Knaben gewiss nicht *so* nah sein wollen, aber auch sie hatte es nach einem Wiedersehen verlangt. Wie oft hatte sie sich in der vergangenen Woche vorgestellt, dass er plötzlich in der Tür stehen würde? Wie oft hatte sie sich danach gesehnt, noch mehr von seinem Leben in Sankt Georgen zu erfahren? Eigentlich war sie sicher, dass diese Wünsche ganz natürlich waren. Nur die Frage, warum sie so schüchtern war, wenn sich der Knabe in ihrer Nähe aufhielt, gab ihr Rätsel auf.

Schon bei ihrem ersten Treffen hatte sie begriffen, dass Hartmann in seinem Denken und Handeln von einer bestechenden Klarheit war. Wenn man ihm eine Weile zuhörte, begriff man sofort, dass er nicht nur Ideen hatte, sondern sie auch in die Tat umsetzte. Sein inneres Erleben und sein Handeln deckten sich. Vermutlich war dies sein erstaunlichster Wesenszug.

In ihrem Herzen herrschte hingegen ein heilloses Durcheinander. Sie misstraute ihren heilerischen Fähigkeiten und hatte eine fürchterliche Angst davor, was sie auf dem Grund ihre Seele entdecken könnte. Ja, vermutlich war sie in seiner Gegenwart so verunsichert, weil sie sich regelmäßig bewusst wurde, wie unvollkommen sie selbst war.

Die Kapelle rückte immer näher. Sie sah schon den Flammenschein, der aus den Fenstern drang. Warum sagte Hartmann nichts? Fühlte er nicht, dass sein Schweigen sie quälte? Oder begleitete er sie nur aus Mitleid?

15.

Nach und nach füllten sich die Bänke. Immer wieder erklang ein schepperndes Husten. Als ein Knecht seinem Vordermann in den Nacken nieste, kam es fast zu einer Schlägerei. Mit scharfer Stimme gebot Dankwart den Streithähnen Einhalt. Soweit er feststellen konnte, waren alle Bauern seinem Aufruf gefolgt.

»Weiß einer von euch, wo sich der Pfaffe zurzeit aufhält?«, rief Dankwart. Als niemand antworte, zeigte er auf einen Hörigen. »Wann hast du den Prediger zuletzt gesehen?«

»Ich?« Der Bauer presste seine Lederkappe so fest zusammen, dass seine Fingerknöchel weiß anliefen. »Bei ... bei der Osterpredigt, Herr!«

»Hat jemand ihn noch nach dem Gottesdienst gesehen?«

Die Hörigen schielten zur Witwe. Ihr Verhältnis zu dem Pfaffen war allgemein bekannt. Die beleibte Frau schüttelte den Kopf und brach in Tränen aus.

»Hat jemand gesehen, wohin er nach der Osterpredigt ging?«

»Er lief zu seinem Haus«, rief ein Knecht. »In seinen Händen trug er ein braunes Säckel.«

»Darin befanden sich die unbefleckten Spenden für die Kranken in Jerusalem«, sagte eine Bäuerin.

Dankwart wusste, dass der Pfaffe bei allen Herrenfesten eine Reliquie präsentierte, damit die Bauern in den Opferstock spendeten. »Ich habe seine Hütte nach einem Hinweis für sein Verschwinden durchsucht, von einem braunen Säckel fehlte jede Spur.«

»Dann ist der Pfaffe mit der Kollekte durchgebrannt!«, mutmaßte der Knecht. »Lampert ist alles zuzutrauen!«

»Nein«, sagte die Witwe und musterte ihn feindselig. »Er war hier glücklich.«

»Dann hat ihn jemand erschlagen, um das braune Säckel zu stehlen.«

Voller Entsetzen griff eine Bäuerin nach der schwieligen Hand ihres Ehemanns. Auch der Blick seiner Kinder richtete sich ängstlich auf ihn. Entschlossen erhob er sich von der Bank und sagte mit dem Brustton der Überzeugung: »Das ist nicht möglich. Jedenfalls nicht hier bei uns!« Ein befreundeter Bauer klopfte ihm beifällig auf die Schulter.

»Woher willst du das wissen?«, rief der Knecht. »Warum sollte es bei uns anders sein?«

Eine Weile ging es lebhaft hin und her, bis sich persönliche Gefühle in eine Erörterung mischten, die dringend der Sachlichkeit bedurfte. Eine Magd nannte den Knecht einen »Unruhestifter«, woraufhin sie von dem Knecht als »Wechselbalg« beschimpft wurde, was wiederum einen Bauern erzürnte, der ein Auge auf sie geworfen hatte …

Dankwart verschränkte die Arme vor der Brust. Zwar glaubte er nicht, dass nur Edelleute klug waren. Trotzdem ging es den Hörigen tagein und tagaus nur darum, ihre Grundbedürfnisse zu befriedigen. Ihr Denken verlief daher zwangsläufig in engen Bahnen, über die nur wenige hinausschauen konnten. »Ruhe, verdammt nochmal! Seid ihr von allen guten Geistern verlassen?«

Einige Bauern waren bereits aufgestanden, um schlagkräftige Argumente vorzubringen. Die Augen ihrer Weiber flackerten unstet. Ganz hinten fiel Dankwart der freie Bauer auf, der in einer schattigen Ecke stand. »Was ist mit dir, August? Kannst du uns einen Hinweis geben?«

16.

Der freie Bauer hatte auf diesen Moment nur gewartet. Er zog die Lederkappe vom Schädel und sagte: »Herr, der Pfaffe erteilte meinen Eltern den kirchlichen Segen. Mich taufte er mit geweihtem Wasser. Und erst vor kurzem wies er meinem Vater die letzte Ruhestätte zu. Sein Wohlergehen liegt mir sehr am Herzen, und es täte mir in der Seele weh, wenn ihm etwas zugestoßen wäre. Er ist so ein guter Prediger. Leider kann ich Euch nicht weiterhelfen.«

August beobachtete, wie sich der Dorfschulze wieder den anderen Bauern zuwandte. Offenbar hatte Dankwart ihm geglaubt. Warum hatte er seinen Worten auch misstrauen sollen? An jenem Ostersonntag war er sehr vorsichtig gewesen. Niemand hatte ihn gesehen, niemand ahnte auch nur, was bei der Bärenhöhle geschehen war. Nur er erinnerte sich noch ganz genau.

Klatschnass hatte er dagestanden und gefragt: »Was machst du hier?«

Der liederliche Pfaffe hatte über dem Loch gehockt und erwidert: »Das siehst du doch!«

»Um zu scheißen, läufst du durch das Unwetter?«

»Aber ja, wenn ich es dir doch sage.«

August hatte zur Eiche geblickt, wo das braune Säckel im Gras gelegen hatte. Es hatte ihn sehr geärgert, mit welcher Frechheit ihm der Pfaffe ins Gesicht gelogen hatte. »Und die unbefleckten Spenden für die Kranken in Jerusalem nimmst du mit?«

»Damit sie während meiner Abwesenheit nicht gestohlen werden!«

»Nie um eine Ausrede verlegen, was?« Er war näher getreten und hatte das Schwert aus der Scheide gezogen. Über Lampert war er stehen geblieben und hatte auf ihn heruntergeblickt. »Ich hab dich schon oft beobachtet. Letztes Ostern bin ich dir gefolgt und auch zu Weihnachten.«

»Nenn mich *Vater* – so wie es sich als Anrede für einen Mann Gottes geziemt!«

Am Anfang hatte er dem Pfaffen nur etwas Angst einjagen wollen – und wenn Lampert nicht so frech gewesen wäre, hätte er ihn bestimmt davonkommen lassen –, aber so war er immer zorniger geworden. »Wie konnte ich das nur vergessen – VATER!«, hatte er gezischt und dem Prediger mit voller Wucht in den Rücken getreten. »Grab weiter und lüg mich bloß nicht mehr an!«

»Grab doch selbst!«, hatte der Pfaffe trotzig erwidert.

Da hatte August die Kontrolle über sich verloren und die Schwertspitze quer über Lamperts Brust gezogen. Die faltige Haut war sofort aufgelappt und ein Blutschwall hatte sich über den Bauch ergossen. August hatte auf die Wunde gestarrt und der Prediger hatte ihn angestarrt. Lampert war mühsam vom Loch gekrochen und hatte angefangen, mit den Händen zu graben, dann mit den Armen. »Bitte«, hatte er dabei gefleht, »lass uns teilen. In dem Kästchen ist genug Geld für uns beide.«

August hatte den schmalen Hals und die straffen Sehnen am Nacken betrachtet. Er hatte auf das Rückgrat, den höckerigen Steiß und die dunkle Furche des Anus gestarrt. Ein so gewaltiges Machtgefühl hatte er noch nie erlebt und ihm war ganz schwindelig geworden. Mit der Schwertspitze hatte er über die Lenden des Pfaffen gestrichen. An der Drucklinie war die Haut ganz weiß geworden, während sich das umliegende Fleisch rosig gefärbt hatte. Er hatte selber nicht gewusst, was er eigentlich vorhatte, als er das Schwert ein Stück in die Luft geworfen hatte und es mit beiden Händen am Griff aufgefangen hatte. Erst als er mit aller Kraft zugestoßen hatte – erst einmal und dann immer öfters –, hatte er begriffen, dass von dem Pfaffen nur ein blutiger Klumpen übrig bleiben würde.

Als der Dorfschulze die Versammlung in der Kapelle auflöste, stellte August sich zu den Bauern und hörte ihren haarsträubenden Mutmaßungen zu. Obwohl er davon überzeugt war, dass ihm niemand etwas anhaben konnte, entschloss er sich, sich in den nächsten Monaten ruhig zu verhalten und etwas Gras über die Sache wachsen zu lassen.

17.

Wenige Tage nach dem Pfingstfest versammelten sich alle vor dem Bruchsteinhaus, um Abschied zu nehmen. Hartmann erinnerte sich vage daran, dass er Ähnliches vor vielen Jahren schon einmal erlebt hatte. Damals hatte er nicht einmal geahnt, was er in der Klosterschule erleben würde. Heute wusste er sehr wohl, was ihn in Sankt Georgen erwartete. Am liebsten wäre er in Aue geblieben.

Schweren Herzens schüttelte er den Männern die Hand, verstaute den Proviant in seinem Bündel und umarmte seine Mutter. Er musste sich sehr beherrschen, um nicht in Tränen auszubrechen, und es kostete ihn große Überwindung, sich auf den Weg zu machen. Auf dem Pfad ins Hexental brütete er düster vor sich hin, bis ihm einfiel, dass er bald den Spielmann wiedersehen würde. Ja, die Vorfreude auf den Harfner machte ihm den Abschied etwas leichter. Sogleich rief er sich ins Gedächtnis, wie er Blixa vom Kreuchental einst kennengelernt hatte.

An einem Sonntagnachmittag hatte der Spielmann auf den Stufen des Gästehauses gesessen und einige Lieder gesungen. Hartmann hatte mit anderen Zöglingen zu seinen Füßen gehockt und aufmerksam zugehört. Der reine Klang der Harfe und der getragene Gesang hatten ihn glücklich, traurig und nachdenklich gestimmt. Die Lieder waren von einer ergreifenden Schönheit gewesen. Irgendwann war Jean de Reims herbeigeeilt und hatte den Vortrag verboten. Unter Androhung von schwersten Bestrafungen hatte der Schulmeister ihnen untersagt, der Musik noch einmal zuzuhören. Sie wäre sehr ordinär und würde ihren Geist für die Versuchungen des Satans öffnen, so hatte er erklärt.

Hartmann war zuerst erschrocken gewesen. Dann war er fürchterlich wütend auf den Schulmeister geworden. Alles, was irgendwie schön war, wurde in Sankt Georgen sofort verboten!

In der Nacht hatte er lange wachgelegen und gegrübelt. Dann hatte er einen Entschluss gefasst. Lautlos war er zum Gästehaus geschlichen und hatte den Spielmann geweckt. Vor Aufregung hatte seine Stimme gezittert, als er den Mann gefragt hatte, ob er wirklich ein Sendbote des Teufels wäre.

Der Harfner hatte ihn aufmerksam angeschaut und schließlich geantwortet: »Du darfst nicht alles glauben, was die Pfaffen erzählen. Bei jeder sich bietenden Gelegenheit behaupten sie, dass wir nicht verständen, was Musik eigentlich bedeuten würde, aber das ist natürlich nur ein Vorwand. Eigentlich wollen sie die Einzigen sein, die den Menschen Musik bieten können. Mit allen Mitteln wollen sie ihren Einfluss vergrößern, und dabei ist es ihnen egal, wie sie ihr Ziel erreichen. Deshalb reden sie auch so schlecht über uns und deshalb sind wir so vielen Anfeindungen ausgesetzt.«

In den folgenden Tagen hatte Hartmann lange nachgedacht. Der Spielmann hatte ihn ernst genommen und war sehr freundlich gewesen. Wie konnte ein so friedfertiger Mann, der noch dazu so schöne Musik machte, nicht in Gottes Sinne handeln? In seinem Verhalten hatte er weitaus mehr christliche Tugenden verkörpert als sein Schulmeister, der ihn mindestens einmal im Monat brutal züchtigte.

Bald hatte Hartmann nicht mehr gewusst, was er glauben sollte, und hatte sich entschlossen, auf sein Gefühl zu vertrauen. Der Spielmann war häufig Gast in der Abtei gewesen und der Knabe hatte ihm stets Gesellschaft geleistet. Allmählich war eine Freundschaft entstanden, und irgendwann hatten sie sich an einem Sonntag an einem geheimen Ort verabredet, um gemeinsam zu singen …

Hartmann klemmte den Daumen unter den Trageriemen und nickte vor sich hin. Ja, der Schulmeister konnte ihm drohen, so viel er wollte – die Lieder des Spielmanns ließ er sich nicht verbieten. Sie erlaubten ihm, einen Blick auf die Buntheit des Lebens zu werfen. Und sie gaben ihm die Kraft, um die Klosterausbildung durchzustehen.

Allmählich löste sich der Kloß in seinem Hals und er beschleunigte seine Schritte – da schob sich eine Gestalt aus dem Gebüsch.

18.

»Ich wollte gerade baden«, sagte Judith, »da hörte ich jemanden ... Sind deine Ferien vorüber? Gehst du zurück zur Schule?«

»Ja!«

Für einen flüchtigen Moment berührten sich die Blicke der beiden.

»Im Winter ist der lange Weg bestimmt zu gefährlich, aber kommst du im nächsten Jahr zu Ostern wieder?«

Hartmann nickte.

»Singst du mir dann wieder ein Lied vor?«

»Wieso? Das verstehe ich nicht. Nachdem wir den Heuschober verlassen hatten, warst du so anders und bist weggerannt. Ich dachte, dass ich einen Fehler begangen hätte und ...«

Die Wangen des Mädchens röteten sich. »Nein, du hast alles richtig gemacht. Ich fand dein Lied sehr schön und würde mich freuen, wenn wir uns im nächsten Jahr wiedersehen würden.«

»Natürlich!« Vor Freude und Eifer leckte sich der Knabe über die Lippen. »Im Sommer treffe ich den Harfner. Ich werde ihn bitten mir neue Melodien beizubringen. Wir könnten uns hier an den Bach setzen und ...«

Judith ließ den Knaben reden und allmählich wurde ihr leichter ums Herz. Zum Abschied umarmten sich die beiden herzlich. Das Mädchen winkte ihm nach, bis er im

Wald verschwand. Dann schob sie sich durchs Buschwerk und kletterte auf einen Ast. Während sie die Beine über dem Bach baumeln ließ, beobachtete sie eine große Libelle, die über der glitzernden Wasseroberfläche dahinjagte.

Seit dem Pfingstfest hatte sie sich jeden Morgen vor dem ersten Hahnenschrei hier eingefunden und bis zum Mittag gewartet. Heute hatte sie Hartmann endlich getroffen und in aller Freundschaft mit ihm gesprochen. Heute hatte sie sich ihm ins Gedächtnis gerufen und für nächstes Ostern eine Verabredung getroffen. Still lächelte Judith vor sich hin. Jetzt war sie sich sicher, dass er sie nicht vergessen würde.

19.

Auch der September verstrich. In Hartmanns Ungeduld mischten sich die ersten Zweifel: Würde der Harfner sein Versprechen halten und tatsächlich wiederkommen?

Am dritten Sonntag im Oktober hockte der Spielmann endlich auf den Stufen des Gästehauses. Die Schnüre seines Lederwamses waren gelockert und der runde Bauch glänzte in der Sonne. Gerade redete er mit einem Bauern, dessen Gelächter sich wie ein Unwetter anhörte.

Hartmann befand sich gerade auf dem Weg zur Kapelle. Vor Freude hätte er am liebsten laut gerufen und gewunken, aber er wusste, dass ein solches Verhalten eine sofortige Bestrafung, vielleicht sogar eine Ausgangssperre nach sich ziehen würde. So hielt er sich zurück und konnte den Nachmittag kaum erwarten. Zwischen der Prim und der Terz musste er noch Handarbeiten verrichten und mit Ulrich den Reisigbesen schwingen.

»Die Spielleute sind ohne Ehre», sagte der Freund, dem die Ankunft des Harfners ebenfalls nicht entgangen war. »Sie nehmen Geld für die Darbietung ihrer Künste.« Er unterbrach die Kehrtätigkeit und blickte Hartmann herausfordernd an. »Honorius Augustodunensis spricht ihnen jede Hoffnung auf das Jenseits ab. Nach ihm sind die Spielleute nichts weiter als die Diener Satans. Ihre Musik entfernt die Menschen von Gott und lässt sie wie geistlose Puppen tanzen.«

»Soll ich das Schullokal ganz alleine fegen?«, fragte Hartmann.

»Auch Berthold von Regensburg zählt sie in seiner Ständeordnung zum verdorbenen zehnten Chor, dem der gefallenen Engel.«

»Ist mir längst bekannt. Er behauptet, dass die Taufe bei diesen Menschen ein verschwendetes Gnadenmittel sei, da sie in Sünde und Unrecht leben!«

»Warum erzähle ich dir das eigentlich, du weißt es ja selber. Nicht umsonst hat uns Jean de Reims den Umgang mit ihnen verboten. Sie sind nichts als Lasterbälger und Schmarotzer.« Ulrich drosch den Reisigbesen über die Steinplatten. »Außerdem gehören die Sonntagnachmittage uns. Hast du das vergessen? Was ist dir wichtiger – die Gesellschaft des Spielmanns oder ein Spaziergang mit mir?«

Hartmann richtete sich auf und streckte den Rücken durch. Er hatte längst begriffen, dass der Freund kein Verständnis für seine Liebe zur Musik aufbrachte. »Du bist am Nachmittag mit dem Zeichnen der Miniaturen beschäftigt. Außerdem möchte ich heute alleine durchs Tal spazieren. Zum Nachtgebet bin ich wieder zurück.«

»Wenn Jean de Reims erfährt, dass du den Spielmann triffst, wird er dich so verprügeln, wie du es noch nie erlebt hast.«

»Von wem sollte er es denn erfahren? Ich werde es ihm jedenfalls nicht auf die Nase binden.«

»Soeben hast du gestanden! Du hast zugegeben, dass du die Vorschriften unseres Schulmeisters brechen willst. Satan wird dich in Verzückung versetzen! Wahrscheinlich geht seine Saat schon jetzt in dir auf, denn so bemüht wie du sonst bist, mir ein guter Kamerad zu sein, die Klosterregeln zu befolgen und die Schulaufgaben zu meistern, so uneinsichtig bist du in allem, was das Blendwerk des Spielmanns betrifft.«

Hartmann lehnte den Besen gegen die Wand, ging auf den Freund zu und legte ihm die Hand auf die Schulter. Forschend blickte er ihm in die aufgerissenen Augen. »Warum regst du dich eigentlich so auf?«

»Weil deine unsterbliche Seele in Gefahr ist.«

»Ist das wirklich so? Oder bist du nur eifersüchtig?«

»Ich? Nein! Ich will dich beschützen! Das ist die reine Wahrheit!«

»Dann höre mir bitte zu. Es gibt keinen Grund zur Sorge. Der Spielmann hat mich vieles gelehrt und ist ganz bestimmt kein Werkzeug des Teufels. Er ist nur ein lebenslustiger Mann, der zu viel Beerenwein trinkt. In seiner Musik steckt so viel Schönheit wie im Psalmengesang. Und wenn du mein Freund bist, solltest du meinem Urteil vertrauen. Lass uns jetzt das Skriptorium fegen, sonst müssen wir es nach der Messe tun, und ich will zeitig das Kloster verlassen.«

Hartmann empfing die heilige Kommunion und drängelte sich sofort aus der Kapelle. Mit nur einem Blick erkannte er, dass Blixas Schimmel nicht mehr am Futtertrog stand. Er verschränkte die Hände auf dem Rücken und schlenderte unauffällig zum Tor. Draußen raffte er seinen Umhang über die Knie und rannte den Trampelpfad hinunter. Die Blätter der Ahornbäume hatten sich gelb, rot und orange verfärbt. Einige Hühner flatterten vor ihm auf und suchten das Weite. Keuchend erreichte er die Anhöhe und begab sich an den Anstieg.

Er zwängte sich zwischen einigen Tannen hindurch und entdeckte endlich den Freund. Seelenruhig lag er auf dem vorspringenden Felsen und schnarchte laut vor sich hin. Seine feisten Beine steckten in roten Beinkleidern, die nach französischer Art eng anliegend waren. Hartmann ließ sich auf die Knie fallen und schloss ihm mit Daumen und Zeigefinger die Nase. Es dauerte einen Augenblick, bis Blixa durch den Mund atmete. Geräuschvoll schmatzte er und hob träge den Arm, um das Ungeziefer zu verscheuchen. Erst als seine Hand auf einen Widerstand traf, schlug er die Augen auf. »Wie kannst du einen alten Mann nur so erschrecken?«

Hartmann lachte vergnügt und wollte mit dem Spielmann balgen, aber der schob ihn nur zur Seite. »Nicht heute!«

»Wieso? Ist irgendwas?«

Anstatt zu antworten, löste Blixa die speckigen Riemen des Lederfutterals, zog die Harfe heraus und reichte sie dem Knaben. »Es wird Zeit, dass wir mit dem Unterricht anfangen!«

»Ist das dein Ernst?«

Hartmann nahm das Instrument mit solcher Ehrerbietung entgegen, dass Blixa breit grinste.

»Es muss wohl stimmen – die Harfe ist ein Teufelswerk!«

Hartmann strich über die feinen Risse im Resonanzkasten, die von den starken Temperaturschwankungen herrührten, und zupfte vorsichtig an den scharfen Darmsaiten. Er hatte nicht die geringste Ahnung, wie er diesem Instrument eine Melodie entlocken sollte. Mit einer plötzlichen Bewegung wollte er die Harfe zurückgeben. »Spiel du!«

»Nur keine Angst«, sagte Blixa. Er lehnte sich mit dem Rücken gegen einen Felsen und verschränkte die Arme hinter dem Kopf. »Bei deiner Begabung bekommst du den Bogen schnell raus. Wir fangen ganz langsam an. Hör mir zu und treffe meinen Ton: Buuurg ... Maiiiid.« Offenbar schlug Hartmann die richtigen Saiten an, denn der Harfner stimmte nach weiteren Übungen ein einfaches Frühlingslied an, das bei den Dorffesten sehr beliebt war: »Winter und Hütten seid ihr entronnen! / Auf, junge Leute, ich spiele zum Tanz. / Frühling und Sonne sind uns willkommen! / Auf, junge Leute ... Halt, warte.«

Hartmann hatte ihn begleitet, ohne genau zu wissen, wie er es angestellt hatte. Aus seiner Konzentration gerissen blickte er auf und fragte: »Was ist los?«

»Du musst darauf achten, dass die Töne rein klingen.« Blixa drehte den Stimmwirbel, der nur locker in der Fassung saß, und lauschte dem Klang. Dann wies er den Knaben an, den Rücken durchzustrecken, und korrigierte seine Handhaltung. »Zuerst musst du dich erfahrenen Spielleuten anschließen, die alle Tricks beherrschen ... Moment mal, du wirst doch in einer Klosterschule erzogen! Musst du eigentlich das Gelübde ablegen?«

»Ich muss gar nichts. Ich will Harfner werden so wie du. Wie hört sich diese Tonfolge an?«

»Willst du wirklich Harfner werden? Weißt du, was die Kinder singen, wenn wir nach einem Auftritt ein Dorf verlassen: ›Spielmann kümmert sich nicht um Haushalt, / Spielmann schafft sich kein Heim, / Spielmann hat kein Feuer im Herd, / denn Spielmann ist ganz allein.‹ Da steckt mehr als ein Fünkchen Wahrheit drin, verstehst du?«

»Wenn ich lache, bekomme ich zehn Schläge mit dem Rohrstock! Das ist auch kein Zuckerschlecken!«

»Du solltest das Leben der Spielleute nicht unterschätzen. Ein guter Freund von mir wurde aufgeknüpft, weil ein Hagelschauer die Ernte vernichtet hatte. Die Bauern behaupteten, dass seine Lasterhaftigkeit Gott erzürnt hätte und dass er nur seine gerechte Strafe bekommen hätte. Der Bischof erteilte ihnen auch gleich die Absolution. Ich könnte dir noch unzählige solcher Geschichten erzählen!«

»Das ist schlimm, aber hier kann ich nicht bleiben.«

»Musst du ja nicht. Es gibt noch andere Möglichkeiten. Mit deiner Bildung solltest du in den Hofdienst eintreten. Die Ministerialen werden nur zu vornehmen Diensten herangezogen: zum Kriegsdienst als Panzerreiter, als Truchsess, Kämmerer, Marschall oder Schenke. Ihr Ansehen ist groß.«

»Ich will aber kein Ministeriale werden! Ich möchte singen und die Harfe spielen so wie du.«

»Aber das kannst du doch! Im Winter brauchen die Fürsten Zerstreuung. Überall im Land gibt es Dienstmänner, die ihren Herren mit Musik die dunklen Tage versüßen.«

»Ist das wahr?«

Das Gespräch ging noch eine Weile hin und her, bis sich

beide wieder der Musik zuwandten. Unablässig löcherte der Knabe Blixa mit Fragen nach Liedtexten, Melodien und Fingerübungen. Die Kirchenglocken läuteten zur Non, dann zur Vesper. Die Schatten wurden immer länger, bis die Sonne hinter dem Bergrücken versank.

»Mein fleißiger Freund«, sagte Blixa, »ich muss dir noch etwas sagen.«

»Noch ein Lied!«, bettelte Hartmann.

»Nein! Hör mir jetzt zu, das ist wichtig! Morgen früh hinterlege ich die Harfe bei dem Bauern Wolfgart. Dort kannst du sie jeden Sonntag abholen und auf ihr spielen.«

»Wieso willst du die Harfe hierlassen? Hast du ein neues Instrument?«

»Nein, ich brauche sie nicht mehr. Ich bin alt und meine Finger werden immer steifer.«

»Das verstehe ich nicht!«, sagte Hartmann und bekam plötzlich ein mulmiges Gefühl. Worauf lief dieses Gespräch hinaus? Was wollte der Freund ihm sagen?

»Unsereiner muss nehmen, was er bekommen kann«, sagte Blixa. »Und ich hatte großes Glück. Eine sehr liebe Witwe hat mir ein Stück Land überschrieben. Auf ihm kann ich mich zur Ruhe setzen und Gerste anbauen. Hier, unter meinem Wams, steckt die Urkunde. Ich bin nur gekommen, um dir Lebewohl zu sagen.«

»Soll das etwa heißen, dass wir uns nicht wiedersehen?«

»Nicht unter den Lebenden, mein Freund. Im himmlischen Jerusalem können wir dann um die Gunst der Damen wettstreiten.«

Hartmann war aufgestanden und starrte entsetzt auf den Harfner hinab. Blixa war der einzige Mensch, mit dem er seine Leidenschaft teilen konnte. Wenn der Spielmann nicht mehr käme, würde er nicht nur einen wichtigen Menschen verlieren, sondern er wäre bis zum Ende seiner Ausbildung nur noch von Duckmäusern umgeben. Es gäbe nichts mehr, worauf er sich freuen könnte, nichts mehr, was ihm Mut machen würde. »Ich dachte, dass wir Freunde sind!«

»Eben deshalb habe ich die weite Reise auf mich genommen. Über zwei Wochen bin ich hergeritten, um dir die Harfe zu schenken.«

»Das kannst du nicht machen! Du kannst mich nicht einfach alleine lassen.«

Blixa blieb sehr ruhig und zeigte viel Verständnis. Auch sagte er etliche weise und tröstende Dinge. Hartmann vernahm die Ratschläge, aber er begriff ihren Sinn nicht. Er fühlte sich verlassen und unendlich schwer. Seine Kehle war zugeschnürt. Als sie sich kurz vor der Abtei trennten, brachte er kaum ein »Lebewohl« heraus.

Im Jahre des Herrn 1174

1.

Im Januar des folgenden Jahres war es sehr kalt. Judith musste ein Loch in die Eisdecke schlagen, um Trinkwasser aus dem Bach zu schöpfen. Sie holte gerade mit dem Beil aus, als lautes Wehgeschrei einsetzte. Ein einziger Blick genügte ihr, um zu erfassen, was passiert war. Ein Kind war eingebrochen und von der Strömung mitgerissen worden. Sofort rannte sie zur Unglücksstelle, um ihre Hilfe anzubieten.

Die Schäferin raufte sich das Haar und stimmte ein schrilles Wehgeschrei an. Ihr Ehemann kroch auf allen vieren über die spiegelglatte Eisfläche und starrte seinen Sohn an, der nur wenige Zentimeter unter ihm trieb und doch unerreichbar war.

Das blonde Haar des Kindes sah aus wie ein Heiligenkranz, die Augen waren angstvoll geweitet und aus der Nase quollen Luftblasen. Es handelte sich um Luitgart – einen Knaben von fünf Sommern, der im vergangenen Winter beinahe an einer Entzündung der Atemwege gestorben wäre.

Fest umklammerte Judith den Beilstiel und spähte in alle Richtungen aus. Weit und breit war keine Hilfe in Sicht. Die Eltern des Knaben waren so kopflos, dass von ihnen keine Entscheidung erwartet werden durfte. Sie musste die Führung übernehmen. Als ihr stromabwärts einige Eislöcher auffielen, hatte sie eine Idee. »Schäfer, komm mit«, rief sie. »Ich weiß, wie wir deinen Sohn retten können!« Sofort rannte sie am Ufer entlang und überholte den treibenden Knaben. Ihr war klar, dass sie nur einen einzigen Versuch hatten. Deshalb mussten sie genügend Abstand zwischen sich und das Kind bringen.

»Wie weit willst du noch?«, schrie der Schäfer. »Wenn der Junge ertrinkt, bist du schuld!«

»Zieh deine Tunika aus«, befahl Judith und sprang aufs Eis. Sofort hieb sie mit dem Beil auf das alte Loch ein. Eissplitter schossen durch die Luft. »Luitgart wird nicht genau an dieser Stelle vorbeitreiben«, rief sie ihm keuchend zu, »sondern rechts von uns. Vielleicht hat sich seine Lunge schon mit Wasser gefüllt, dann treibt er tiefer, in der Nähe des Grundes. Du musst deinen Oberkörper in das Loch stecken und nach ihm greifen. Hast du das begriffen?«

Zuerst starrte der Schäfer sie nur an, dann zerrte er sich den derben Wollstoff vom Leib und kniete sich vor das Loch. Tief holte er Luft und tauchte in das eisige Wasser ab. Damit er nicht selber hineinrutschte, setzte sich Judith auf seine Unterschenkel und hackte das Beil in das Eis, um einen Halt zu haben.

Es dauerte nur wenige Augenblicke, bis sich das Hinterteil des Schäfers hin und her bewegte. Judith rutschte von seinen Beinen und umklammerte seine Füße. Mit einem Stöhnen tauchte der Mann auf, zog den Knaben aus dem Loch und legte ihn aufs Eis. Das Kindergesicht war totenbleich, die Atmung hatte bereits ausgesetzt.

In Freiburg war Judith einmal Zeugin gewesen, wie ein

Bader einen ertrunkenen Mönch zurück ins Leben geholt hatte. So drückte sie dem Knaben die Nase mit Daumen und Zeigefinger zu und blies ihm ihren Atem in den Rachen. Tatsächlich hustete Luitgart plötzlich und erbrach einen Schwall Wasser. Obwohl seine Atmung wieder einsetzte, hob sich sein Brustkorb nur schwach. Er hatte nicht genügend Reserven, um gegen die Unterkühlung anzukämpfen. Judith konnte förmlich sehen, wie sich seine Seele davonstehlen wollte. Seltsamerweise wusste sie auch jetzt, welche Maßnahme sie ergreifen musste. Sie zerrte ihm die nassen Sachen vom Körper und wickelte seinen Leib in die Tunika des Vaters. »Wir müssen ihn in eure Hütte schaffen! Schnell!«

Dieses Mal reagierte der Schäfer sofort. Er hob seinen Sohn auf und rannte los. Der kleine Kopf hing über seinem Ellenbogen und schaukelte hin und her. Die Schäferin lief neben ihrem Sohn und strich ihm über die Wange: »Halt durch, mein Kleiner. Halt bitte durch!«

Der Schäfer trat die Tür auf, so dass Schnee aufstob und in den Wohnraum wirbelte. »Was jetzt?«

»Leg ihn auf das Strohlager und deck ihn mit Fellen zu.« Judith riss sich die Kleidung vom Leib, bis sie nackt war. Geschwind schlüpfte sie unter die Schaffelle und drückte den kalten Kinderleib an sich. Mit ihren Händen rieb sie über die Gliedmaßen, um den Blutfluss anzuregen. Flüsternd versuchte sie seine Seele zum Bleiben zu bewegen. Judith ließ erst von dem Jungen ab, als sie sicher war, dass er das Ärgste überstanden hatte. »Es wird alles wieder gut«, sagte sie und strich dem Kind eine nasse Haarsträhne aus der Stirn.

»Woher weißt du das alles?«, fragte der Schäfer. »Du benimmst dich wie die alte Kräuterhexe und …«

»Halt den Mund!«, sagte sein Weib streng. »Sie hat unser Kind gerettet. Luitgart lebt – das alleine ist wichtig.«

Judith erhob sich von dem Strohlager und sagte: »Kocht Wasser auf und löst etwas Honig darin auf. Verabreicht ihm den Trank in kleinen Schlücken, damit er ihn langsam von innen belebt. Außerdem müsst ihr ihn warm halten. Legt euch zu ihm und achtet darauf, dass er gleichmäßig …«»

Plötzlich hielt sie inne. Der Gesichtsausdruck des Schäfers hatte sich verändert. In seinen Augen glomm ein Feuer auf. Sein Blick strich über ihren Hals und die Brüste, kroch über ihren flachen Bauch und heftete sich auf ihr Geschlecht. Schlagartig begriff Judith, dass von diesem Mann Gefahr drohte – vielleicht nicht jetzt, vielleicht nicht heute, aber eines Tages bestimmt. So schnell sie konnte, raffte sie ihre Sachen zusammen und verbarg ihre Blöße.

2.

Anfang Februar führte August das Pferd aus dem Stall, wuchtete sich in den Sattel und ritt stromabwärts. Unter den Hufen knirschte der Schnee.

In den vergangenen Monaten hatte er sich möglichst unauffällig verhalten wollen. Deshalb hatte er auch die Spießgesellen wie räudige Köter vom Hof gejagt. Menschen dieses Schlages erzeugten einfach zu viel Lärm. Ihm war natürlich klar, dass ihn die Wiedergutmachung einiges kosten würde. Er tastete nach dem prallen Säckel, das ihm an einer Schnur vom Gürtel hing. Hoffentlich würden sie sich mit Geld begnügen!

August ließ das Moorland hinter sich und ritt den Abhang

hinunter. In dem Seitenarm der Dreisam trieben Eisschollen. An einer seichten Stelle legte er sich auf den Sattel und peitschte das Pferd ans andere Ufer. Als er das städtische Vorland erreichte, ragte das Schloss in den aufgehenden Mond. Das Banner des Herzogs flatterte im Wind und signalisierte, dass Berthold von Zähringen auf seiner Stammburg war. Aus der Stadtmitte – zu Füßen des Schlossbergs – erhob sich das Freiburger Münster. Nachdem August den äußeren Wall passiert hatte, kam ihm eine zehnköpfige Gruppe auf Krücken entgegen. Die Gestalten trugen graue Umhänge mit Kapuzen. Als sie den Hufschlag hörten, traten sie an den Straßenrand. Einer schwang die Lazarusklapper, ein anderer schlug eine Glocke an. *Die Aussätzigen!*, dachte August erschrocken. Gab man ihnen nichts, so wurde man selbst Opfer der Lepra. Nervös fischte er ein paar Kupfermünzen aus dem Säckel und warf sie auf die Straße. »Hier, kauft euch was zu fressen!« Aus den Augenwinkeln beobachtete er, wie sich die entstellten Leiber über die Münzen beugten. Es geschah so lautlos, dass ihm ein Schauer über den Rücken lief. Vorbei an der Hinrichtungsstätte erreichte August die Brücke. Zur Abschreckung steckten die abgeschlagenen Köpfe zweier Verbrecher auf Speeren. Eine Wache trat aus dem Schatten des Tores und stellte sich ihm in den Weg. Mit der Hand schob sich der Jüngling den flachen Helm aus der Stirn und stieß den Speer auf den Boden. »Wohin des Weges?«

»Ich brauche keinen Leumund. Ich kenne deinen Hauptmann«, erwiderte August und stellte sich in den Steigbügeln auf. »He, Siegbert! Dein Waffenknecht versperrt mir den Weg!«

Der bärtige Kopf des Hauptmanns erschien über der

hölzernen Schutzwehr des Wachturmes. »Das ist der freie Bauer aus Aue. Lass ihn passieren.«

Mit dem Daumen zeigte August auf die Straße hinter sich. »Ich bin gerade an einer Gruppe Aussätziger vorbeigeritten. Kannst du mir mal verraten, warum ihr das Gesindel nicht aufknüpft?«

»Wenn es nach mir ginge, könnten wir sie alle in der Dreisam ersäufen«, erwiderte der Hauptmann, »aber der Magistrat hat ihnen ein Spital errichtet und das Bettelrecht bekräftigt. Wo willst du eigentlich hin? Dich treibt es wohl zur Aderblauen und ihren Mädchen, was? Solltest dich aber in Acht nehmen. Ich glaube, dass Bengt nicht sonderlich gut auf dich zu sprechen ist.«

»Danke für die Warnung«, sagte August und lenkte das Pferd in die Wallstraße, auf der Rückseite der Palisaden. Am Tage hatte das Schmelzwasser den Weg aufgeweicht. Um nicht im Kot zu versinken, hatten die Bürger Bretter und Wackersteine aneinandergereiht. Vor dem Bordell leinte August das Pferd an, strich sein Wams glatt und betrat den schummrigen Schankraum.

Die Spießgesellen hockten in einer Ecke und beugten sich über eine Talgkerze. Eine Zeit lang flüsterten sie miteinander. Plötzlich stand einer auf und kam auf ihn zu. In Erwartung des Schmerzes ballte August die Hände zu Fäusten. Er war fest entschlossen, alles zu erdulden und keine Gegenwehr zu leisten. Der Hieb traf ihn in den Magen und raubte ihm die Luft. Ein anderer erhob sich vom Tisch. Sein Fausthieb erwischte August an der linken Schläfe und warf ihn zu Boden. Aus einer Platzwunde lief ihm Blut ins Auge, so dass er den Fuß nicht kommen sah, der ihn an der Schläfe traf.

August krümmte sich im Dreck und spürte plötzlich, wie suchende Hände ihn abtasteten und das Säckel von seinem Gürtel schnitten. Mühevoll rappelte er sich auf und wankte durch den Schankraum. Vor seinem Blick verschwamm alles. Vom Nebentisch griff er sich einen Schemel und setzte sich zu den Spießgesellen.

»Man jagt seine Kumpane nicht einfach vom Hof. Die Prügel hast du dir selbst zuzuschreiben«, sagte Bengt. Sein rabenschwarzes Haar stand vom Kopf ab; die dichten Brauen wuchsen über dem Nasenrücken zusammen. »Bring ihm eine Schüssel mit Wasser und ein Tuch, damit er sich das Blut abwaschen kann.«

»Los, Mädchen! Du hast ihn gehört«, sagte die Aderblaue. Sie führte das Bordell. Ihr Spitzname rührte von ihrer weißen Haut her, die so durchscheinend war, dass sich ein Netzwerk blauer Äderchen abzeichnete.

Bengt schüttete Augusts Säckel auf dem Tisch aus.

Die Hand der Aderblauen schnellte vor und fischte eine Silbermünze heraus. »Die ist für mich, weil ihr mir die Kundschaft vertrieben habt.« Einige Handwerker schlichen gerade aus dem Schankraum.

»Mir soll's recht sein«, sagte Bengt und türmte die Münzen zu drei Stapeln auf. Zwei schob er den Spießgesellen zu, einen behielt er für sich. »Mit dem Geld hast du deine Schuld beglichen, August, aber mach so was nie wieder.«

Eines der Mädchen brachte eine Schüssel. Sie feuchtete das Tuch an und tupfte ganz vorsichtig das Blut rund um die Platzwunde ab. »Au!«, schrie August und schubste das Mädchen grob zur Seite. »Du ungeschicktes Ding! Gib das Tuch her, ich mach das selber.«

»Wo hast du die ganze Zeit gesteckt?«, fragte Bengt.

August wusste nur zu gut, dass seine Kumpane unberechenbar waren. Geheimnisse nutzten sie gnadenlos aus, um sich Vorteile zu verschaffen. Er konnte ihnen unmöglich die Wahrheit erzählen. Überhaupt durfte er niemandem gestehen, dass er den Pfaffen getötet hatte. Der freie Bauer langte nach einem Becher Beerenwein und leerte ihn in einem Zug. »Ich hab mir ein Weib ausgesucht!«

»Du hast geheiratet und uns nicht zum Fest eingeladen?«

»Sperr gefälligst deine Ohren auf, wenn ich was sage. Ich hab sie mir nur ausgesucht! Niemand weiß davon.«

»Das kannst du deinem Beichtvater erzählen!«

»Ihre Eltern sind gottesfürchtig. Sie ist anders als die Weiber hier.«

»Na, wenn sie wirklich so ein Leckerbissen ist, solltest du mich als Zeugen für die Brautnacht benennen.«

»Wenn ihre Eltern meinem Werben stattgeben, bin ich einverstanden.«

»Wie heißt das Täubchen denn? Ab heute will ich sie in meine Gebete einschließen.«

»Judith!«

»Judith! Judith!«, rief Bengt mehrmals und auch die anderen fielen in das Gejohle ein und hämmerten mit den Fäusten so heftig aufs Holz, dass ein Tischbein einknickte. Die abgenagte Hammelkeule rutschte von der Bratenplatte und schlug zusammen mit dem Tonkrug und den Bechern auf dem Boden auf.

Augusts Mund verzog sich zu einem Grinsen. Eines musste man diesen Hurensöhnen lassen: Alles, was sie anpackten, zerbrach am Ende in tausend Stücke.

3.

Zwar war es mollig warm im Haus, aber durch das dauernde Ofenfeuer entwickelte sich viel Rauch, der durch die kleine Dachöffnung nie vollständig abzog. Seit Wochen litt Judith unter tränenden Augen und einem scheppernden Husten, der sich nicht lösen wollte.

»Dein Vater ist auf dem Markt«, sagte Mechthild und rührte in dem Kessel. »Ich koche uns eine Suppe und du gehst gefälligst zum Bach, um Wasser zu schöpfen. Ich verstehe überhaupt nicht, warum du dich so anstellst.«

Judith konnte ihr unmöglich sagen, dass sie sich davor fürchtete, dem Schäfer zu begegnen. Ihre Mutter würde so lange bohren, bis sie die Ursache ihrer Angst ergründet hätte – und sie könnte nichts weiter anführen als einen Blick, der ihr einen Schrecken eingejagt hatte. Unter keinen Umständen wollte sie den Schäfer zu Unrecht verdächtigen und seinen Ruf ruinieren. Wahrscheinlich war ihre Sorge sowieso unbegründet. »Also gut«, sagte sie. »Dann gehe ich eben.«

Sie wickelte sich mehrere Wollschals um den Kopf und trat nach draußen. Nach einigen Tagen Tauwetter waren die Temperaturen wieder gefallen. Die Kälte schnitt ihr ins Gesicht und drang durch den Umhang. Das Haus des Schäfers lag stromabwärts. Schwarzer Rauch drang aus der Dachöffnung. Vermutlich hockte er im warmen Wohnraum und vertrieb sich die Zeit mit seiner Familie.

Sie sollte ihr Augenmerk besser auf die tatsächlichen Gefahren richten. Mehrere Wölfe hatten ihre Spuren im Neuschnee hinterlassen. Die Tiere näherten sich den Dörfern nur, wenn sie im Wald nicht genügend Kleintiere fanden und ausgehungert waren. Zwar galten ihre Angriffe in erster Linie dem Vieh, aber man hörte immer wieder, dass sie auch Menschen anfielen. Sie musste wachsam sein.

Nahe der Böschung schob sie das Astwerk beiseite und zwängte sich unter den nackten Zweigen hindurch. Sie wollte sich gerade aufrichten und an den Abstieg zur Wasserkante begeben, als sich ein kräftiger Arm um ihre Taille schloss und ihren Leib gegen eine Birke drückte. Ein Mund schob sich gegen ihr Ohr und raunte: »Warum hast du mich warten lassen? Ich kann einfach nicht vergessen, wie du mich angesehen hast. Du willst es doch auch!«

Judith war vor Schreck wie gelähmt. An der Stimme erkannte sie den Schäfer – ihr Instinkt hatte sie also nicht getäuscht. »Bitte nicht!«, stieß sie hervor, aber da hielt er ihr schon den Mund zu. Mit der anderen Hand quetschte er ihr Brüste, so dass sie vor Schmerz aufheulen wollte. Er stieß seinen Unterleib gegen ihre Hinterbacken und rieb sein hartes Glied hin und her. Dann fasste er nach ihrem Wollumhang und schob ihn über ihre Hüften. Er führte seine Hand zu ihrer Scham und stieß auf eine Binde, die sie bei diesen Temperaturen benutzte, um ihren Unterleib zu schützen.

»Was ist das?«, keuchte der Schäfer und zerrte daran herum, bis die Binde im Schnee landete. Er bohrte die Finger so tief in ihren Schoß, dass ihr Tränen in die Augen schossen. »Hab keine Angst!«, stöhnte er. »Wir machen es wie die Mönche. Ich stecke ihn dir hinten rein. Dann bekommst du kein Balg und niemand merkt was.«

Als er sich das Schamtuch vom Leib riss, konnte Judith für einen Moment den Arm bewegen. Sofort setzte sie zu einem Befreiungsschlag an, aber der Schäfer fing ihre

Hand mühelos ab und drückte sie gegen die Rinde. »Halt endlich still! Sonst erzähle ich allen, dass du meinen Sohn durch Zauberei geheilt hast. Dann kannst du dich nirgends mehr sehen lassen!«

Erst jetzt, als er sein glühendes Glied gegen ihren Anus drückte, begriff Judith, was der Schäfer vorhatte. Er wollte sie durch die Hinterpforte nehmen, so wie es die Sodomiten mit den Ziegen taten. Sie erstarrte vor Angst und Schrecken. Gleichzeitig wusste sie, dass sie die Panik überwinden musste, wenn sie nicht …

»Vater«, sagte in diesem Moment ein Knabe. »Was machst du da?«

Direkt vor Judith stand Luitgart und starrte sie an.

Der Schäfer brauchte eine Weile, bis er begriff, dass sie nicht mehr alleine waren. »Wieso … wieso bist du nicht zu Hause?«, stotterte er. »Was treibst du dich hier herum?«

»Mutter macht sich Sorgen, weil du seit dem Morgen verschwunden bist.«

Der Schäfer hatte den Knebelgriff so weit gelockert, dass Judith ihren Mund bewegen konnte. Sofort biss sie dem Mann in den Finger.

»Ah – verfluchtes Weib!«, brüllte der Schäfer.

Für einen Moment ließ er sie los, so dass sie sich vom Stamm abdrücken und durch das Gebüsch brechen konnte. Sie fasste nach dem Saum ihres Umhangs und rannte die Anhöhe zum Hasgelberg hinauf. Sie hörte noch, wie der Schäfer in ihrem Rücken schrie: »Das wirst du bereuen! Das nächste Mal kommst du nicht so glimpflich davon!« Dann war sie in Sicherheit – zumindest vorerst.

4.

Hartmanns Enttäuschung legte sich mit der Zeit. Immer wieder rief er sich ins Gedächtnis, dass der Spielmann eine zweiwöchige Reise auf sich genommen hatte, um ihm seinen kostbarsten Besitz zu überlassen. Einen größeren Beweis der Freundschaft konnte der Knabe sich nicht vorstellen. Er wollte sich dieses großzügigen Geschenks als würdig erweisen und übte jeden Sonntag auf dem Instrument, bis ihm die Finger bluteten. Mehrere Lieder dachte er sich aus und studierte sie ein. Er brannte förmlich darauf, sie Judith vorzutragen.

Das Osterfest rückte immer näher und Anfang April trug der Schulmeister ihm und Ulrich auf, die Arbeit an einem Codex fortzusetzen. Hartmann prägte sich den Wortlaut genau ein und tauchte den Federkiel ins Tintenfass. Die Linienführung musste gerade, jeder Kleinbuchstabe einzeln gezeichnet und an Höhe und Breite einheitlich sein. Sorgsam kratzte Hartmann über das kostbare Pergament, stemmte sich nach einer Weile von der Kante des Pultes hoch und betrachtete sein Werk. Die Seite ähnelte der Vorlage wie ein Ei dem anderen. Blaue Verzierungen schmückten die Buchstaben, die den Beginn eines Absatzes markierten. *Sie sind mir sogar besser gelungen,* dachte Hartmann. In den letzten Wochen gingen ihm alle Arbeiten mühelos von der Hand. In bester Laune lehnte er sich rüber zu Ulrich. »Na, immer noch nicht fertig, du Schnecke?«

»Ich gönne dir diesen Triumph«, erwiderte der Freund. Seine Nase berührte fast das Pergament. Die Zunge folgte den Bewegungen des Federkiels, so als könnte sie der

Hand eine genauere Führung abringen. »Du bist in diesen Tagen schnell, weil du dich auf Aue freust, aber du solltest nicht übermütig werden, sonst passiert noch etwas Unvorhergesehenes. Und jetzt stör mich nicht weiter. Ehe die Glocke läutet, muss ich diese Seite abschließen.«

»Dann schreib mal schön weiter. Ich sehe mir in der Zwischenzeit die Zeichnungen von der Höllenfahrt an.« Hartmann überzeugte sich, dass der Gang leer war, und schlich auf Zehenspitzen zum Regal. Er zog ein schweres Buch heraus, legte es auf das Pult und blätterte mehrere Seiten vor, bis er auf die Figuren stieß, die perfekte Abbilder der Natur waren. Sie wirkten so plastisch, als wären sie aus Fleisch und Blut. Ihre Körperhaltung und ihre Mimik erzählten Geschichten, wie Hartmann es nur vom geschriebenen Wort her kannte. Ganze Nachmittage konnte er sich in die Zeichnungen vertiefen und die Welt ringsum vergessen …

Nach dem Nachtgebet war Schlafenszeit. Auf seinem Strohlager verschränkte Hartmann die Hände hinter dem Kopf und starrte in das Gewölbe. Seit knapp einem Jahr hatte er einen wiederkehrenden Traum: In einem weißen Gewand schritt Judith auf ihn zu. Unter dem dünnen Stoff zeichneten sich ihre Brüste, das Geschlecht und die Beine ab. Zärtlich legte sie die Arme um seine Schultern und küsste ihn lange auf den Mund. Er wollte ihr näher sein, sich ganz fest an sie drücken, aber er wusste nicht, wie er es bewerkstelligen sollte. Unruhig wälzte er sich hin und her, bis er erregt und verschwitzt aufwachte.

Hartmann sehnte diesen Traum herbei, gleichzeitig beschwerte er sein Gewissen, denn er ahnte, dass er der Sünde der Fleischeslust nahestand, die – wenn er den Worten des Schulmeisters glaubte – das raffinierteste Instrument des Teufels war. Sowohl im Beichtstuhl als auch gegenüber Ulrich schwieg er von diesen Dingen. Der Freund würde zwar für sein Seelenheil beten, war aber mit einer zehrenden Leidenschaft auf alles eifersüchtig, was Hartmanns Aufmerksamkeit von ihm ablenkte. Um seinen Gedanken so kurz vor dem Einschlafen noch eine gute Wendung zu geben, rief sich Hartmann eine Melodie ins Gedächtnis und summte sie leise vor sich hin.

»Morgen ist Sonntag«, sagte Ulrich, der von seinem Lager herübergekrabbelt war und sich an ihn schmiegte. »Wirst du wieder auf der Harfe spielen?«

»Wenn mir der Sinn danach steht!«

»Was soll das heißen? Spielst du nun oder spielst du nicht?«

»Vor drei Wochen hab ich dich zum Felsen mitgenommen, damit du dich nicht länger um mein Seelenheil sorgst. Ich habe dich *nicht* mitgenommen, damit du mich kontrollierst.«

»Die Musik entspringt deinem Inneren. Du kennst nicht mal die Schriften über die Tonkunst. Ich finde das wild und frevlerisch.«

»Meine Leistungen im Unterricht waren nie besser, erst heute lobte Jean de Reims meinen Fleiß. Das sollte dir Beweis genug sein, dass mein Geist sich nicht verwirrt, sondern durch die Musik klarer wird.«

»Früher unternahmen wir Spaziergänge ins Umland, die gleichen Themen interessierten uns. Auch wenn wir verschiedene Standpunkte vertraten, versiegte der Austausch nie. Deine Beiträge waren klug, die Worte treffend gewählt. Sie haben meinen Horizont erweitert, und ich habe geglaubt, dass ich dir den gleichen Dienst erwiesen habe, aber seitdem der Spielmann dir die Harfe geschenkt hat, dreht sich alles nur noch um die ordinäre Musik.«

»Ich hab dir schon einmal gesagt, dass sich die Musik nicht so stark vom Psalmengesang unterscheidet, wie du glaubst. Um harmonisch zu klingen, müssen beide einem Gerüst folgen, das sich in vielerlei Hinsicht ähnelt. Auf keinen Fall ist sie ordinär. Bei den Texten der Spielleute magst du vielleicht Recht haben, aber bei der Musik irrst du mit Sicherheit.«

»Du willst es einfach nicht begreifen, oder? Deine Leistungen sind gut, weil der Gehörnte es so will. Es ist nichts weiter als eine gerissene Taktik, um dir und mir vorzugaukeln, dass alles in Ordnung ist. Aber ich lasse mich nicht länger täuschen.« Ulrich rückte von der Brust des Freundes ab und wälzte sich auf den Rücken. »Ich kann nicht zulassen, dass Satan unsere Freundschaft zerstört. Manchmal muss man Dinge tun, die im ersten Moment verräterisch erscheinen, aber einem höheren Zweck dienen – das weiß ich nun.«

»Bitte beruhige dich, Ulrich, und steigere dich in nichts hinein! Das Harfenspiel ist vollkommen harmlos. Warum lässt du es mir nicht einfach, so wie ich dir deine Bibelstudien lasse?«

»Du bist mein Freund, der einzige, den ich jemals hatte. Deshalb muss ich auf dein Wohlergehen Acht geben. Wenn du morgen zum Felsen gehst, werde ich Jean de Reims davon Bericht erstatten. Und denk bloß nicht, dass ich nur so daherrede. Dieses Mal ist es mir ernst.«

»Bleib doch hier!«, rief Hartmann, aber der Freund krabbelte schon zu seinem Lager und zog sich die Decke über den Kopf.

Warum kann er nicht Ruhe geben?, dachte Hartmann. *Im Schulzimmer und bei den Mahlzeiten sitzen wir nebeneinander. Im Skriptorium arbeiten wir zusammen und in der Nacht teilen wir das Lager.* Manchmal wurde ihm die Zweisamkeit zuviel. Andererseits verstand er die Nöte des Freundes. In allem, was er sagte und tat, war er aufrecht und vertrat seinen Standpunkt sogar gegen Jean de Reims. Mit Leidenschaft kam er allen Diensten nach, um Gott zu ehren. Ulrich verdiente Respekt und stand seinem Herzen näher als jeder andere Zögling.

Hartmann vernahm ein Schluchzen und blickte zum Bett des Freundes hinüber. »Hör doch endlich auf, dich so zu quälen. Warum machst du es uns so schwer? Du weißt doch genau, was mir blühen würde, wenn du mich an Jean de Reims verrietest. Das kannst du unmöglich wollen! Außerdem bleibt mir gar nichts anderes übrig, als morgen auf der Harfe zu üben. Ich habe in Aue nämlich ein Mädchen kennengelernt, und ich habe ihr versprochen, ihr mehrere Lieder vorzutragen …

5.

Judith und Mechthild saßen auf einer Bank vor dem Hasgelhof und schabten Schuppen von den Fischen.

»Sieh mal«, sagte das Mädchen und zeigte auf eine massige Gestalt, die in ledernen Beinkleidern den Hang hinaufstieg. »Da kommt August, der freie Bauer!«

Mechthild stand auf und fegte die silbernen Fischplättchen von der Schürze. »Ich glaube, ich weiß, was er will. Geh schon mal ins Haus und bereite Speis und Trank vor.«

»Mutter!«

»Was ist denn? Bist du noch nicht fort? Geh endlich ins Haus!«

Seufzend gehorchte das Mädchen.

»Nimm doch Platz«, sagte Mechthild zu August, als sie gemeinsam das Haus betraten, und strich der Tochter über den Rücken. »Judith ist ein folgsames Mädchen. Alles, was ich ihr auftrage, erledigt sie sofort. Koste nur von dem Wein und nimm auch vom Käse!«

Der freie Bauer aß einige Brocken und spülte mit einem kräftigen Schluck nach. »Der Käse könnte einem König als Mahlzeit dienen. Woher hast du ihn?«

»Ich habe die Kuh selbst gemolken!«

»Wahrlich, ein Festschmaus!«

Eine Weile sprach niemand, dann ergriff Mechthild erneut das Wort: »Von unserem Tisch hast du gegessen, von unserem Wein hast du getrunken, und wir wollen Gott dafür danken. Willst du uns jetzt sagen, ob es einen bestimmten Grund gibt, der dich herführt?«

»Ich würde gerne mit deinem Mann Kilian sprechen!«

»Alles, was du ihm zu sagen hast, kannst du auch mir sagen.«

»Das habe ich mir beinahe gedacht. Jeder Mann würde sich glücklich schätzen, wenn er eine so kluge Frau wie dich hätte … Ich will auch nicht lange um den heißen Brei herumreden. Ich bin gekommen, weil ich um die Hand deiner Tochter anhalten möchte.«

Judith erschrak fürchterlich. Flehentlich blickte sie zu ihrer Mutter, aber diese schien nicht sonderlich überrascht und bestens auf das Gespräch vorbereitet zu sein. »Wir sind arm und du bist reich«, sagte sie. »Sieh dich nur in dieser Behausung um.«

»Ach, Mechthild. Viel wichtiger als weltliche Güter ist doch ein guter Wille.«

»Wie soll die Mitgift denn ausfallen?«

»Gebt eurer Tochter ein Laken, eine Schere, Garn und eine Bürste mit. Gebt ihr mit, was nützlich ist und was ihr entbehren könnt. Mehr verlange ich nicht.«

»Du verkörperst alles, was sich eine Mutter für ihr Kind wünschen kann. Du bist großzügig, rechtschaffen und fromm, aber ich habe Angst um Judith. Was soll aus ihr werden, wenn du eines Tages genug von ihr hast? Sie wird sich dann an deinen Reichtum gewöhnt haben!«

»Sprich ganz offen – geht es dir um die Höhe des Wittums? Da werden wir uns bestimmt einig.«

Auf die vorgebrachten Angebote des freien Bauern reagierte Mechthild mit Zetern, Wehklagen und Ausflüchten. Mit keiner Silbe ließ sie durchblicken, welchen Umfang die Brautgabe haben sollte. August fügte dem Stück Land, den Silbertalern, dem Schwein und der Kuh eine goldene Brosche, drei Lämmer und dann noch einen Ochsen hinzu, als Mechthild plötzlich einwilligte. Offenbar hatte sie Angst, den Bogen noch zu überspannen.

»Du bist wirklich eine harte Nuss«, sagte der freie Bauer anerkennend, »aber das zeugt nur von Charakter. Ich hoffe, dass deine Tochter nach dir kommt.«

»Warum sollten wir mit der Verlobung warten?«, fragte Mechthild. »Ein Herrenfest ist genau der richtige Anlass. Am Ostersonntag könnten wir …«

»Nein!«, stieß Judith plötzlich hervor. Sie hatte bisher nur stumm gelauscht und ergriff nun zum ersten Mal das Wort. »Nicht zu Ostern, wenn überhaupt soll die Verlobung an Pfingsten bekanntgegeben werden. Gefeiert wird die Ausgießung des heiligen Geistes und Gründung der Kirche. Pfingsten war schon immer mein Lieblingsfest!«

Mechthild starrte die Tochter fassungslos an. »Wie kannst du es wagen, dich in Angelegenheiten zu mischen, die dich nichts angehen? Dankbar solltest du sein und in Demut schweigen, anstatt Forderungen zu stellen. Soll August jetzt denken, dass es dir an Gehorsam mangelt?«

»Schon gut«, sagte der freie Bauer beschwichtigend. »Sie meint es bestimmt nur gut. Mir soll es recht sein. Jetzt muss ich aber los. Die Tiere müssen in der Frühe gemolken werden.«

»Warte noch!«, sagte Mechthild. »Wenn du meine Tochter unberührt heimführen willst, solltest du etwas gegen den Schäfer unternehmen. Er stellt ihr schon seit mehreren Wochen nach. Mein Mann war bereits bei ihm, aber der Schäfer hat ihn nur ausgelacht.«

»Stimmt das?«, fragte August das Mädchen.

Statt eine Antwort zu geben, senkte Judith nur den Kopf.

»Ich kümmere mich noch heute darum. Er wird dir nie wieder Ärger bereiten – darauf gebe ich dir mein Wort.«

Nachdem der freie Bauer gegangen war, baute sich Mechthild vor der Tochter auf. »Seit wann traust du meinem Urteil nicht mehr? Macht es dir Spaß, mich so bloßzustellen? Ein paar saftige Maulschellen hast du dir verdient! Ich werde dir …«

»Mutter, ich liebe August nicht«, fiel ihr Judith ins Wort.

»Bist du toll? Minne spielt nur in den Liedern der Musikanten eine Rolle und hat rein gar nichts mit dem Leben zu tun. Wenn überhaupt muss die Ehe die Liebe stiften und nicht umgekehrt.«

»Das sehe ich anders.«

»Außerdem kann August dir Schutz bieten. Ab morgen macht der Schäfer einen weiten Bogen um dich – darauf gehe ich jede Wette ein.«

»Aber das alleine ist doch kein hinreichender Grund, um eine Ehe einzugehen, die bis ans Ende des Lebens …« Sie hatte noch nicht ausgesprochen, als die Mutter ihr eine heftige Ohrfeige gab.

»Du hast mir zu gehorchen und ansonsten den Mund zu halten. Hast du das jetzt begriffen?«

Eine Weile stand Judith nur da und rieb sich die Wange. Dann stürzte sie aus dem Haus und kletterte den Hang hinauf. Sie zwängte sich durch Buschwerk, setzte sich auf einen Ast und schaute über das Hexental. Trotz der Ohrfeige und der scharfen Worte versiegten ihre Tränen schnell. Sie lächelte, denn sie war so geistesgegenwärtig gewesen, dass ihr ein Ausweg eingefallen war. Wenn sie die rechtsverbindliche Verlobung abgelehnt hätte, hätte die Mutter den Termin einfach für Ostern festgelegt. Jetzt blieb ihr bis Pfingsten Zeit, um in Ruhe mit Hartmann zu sprechen. Sie mussten ja nicht sofort heiraten, sie konnten warten, bis der Knabe seine Ausbildung abgeschlossen hatte. Sein älterer Bruder Heinrich würde die Besitztümer erben, damit würde er nicht reich sein, aber er konnte Lesen und Schreiben, und das waren Fähigkeiten, die in den Städten an Bedeutung gewannen. *Frei wie ein Falke bin ich,* dachte sie. *Wenn Mutter sich nicht mit Hartmann begnügt, fliehe ich mit ihm. Er wird unseren Lebensunterhalt schon bestreiten. Ach, wenn er doch schon hier wäre …*

6.

Der Abt von Sankt Georgen setzte sich auf den Schulmeisterstuhl. Links und rechts von ihm stellten sich Jean de Reims und der Hilfslehrer auf. Etwas ging vor, das spürten die Zöglinge. Sie waren bereit, jeden Verstoß zu gestehen, wenn ihnen nur die Geißel erspart bliebe. Nur bei schlimmsten Verfehlungen kam sie zum Einsatz. In den langen Lederschnüren steckten Eisenkugeln, die vom Blut rostbraun angelaufen waren. Erst vor einem halben Jahr war ein Schüler, der im Schatten der Klostermauer mit einer Bettlerin geschlafen hatte und dabei erwischt worden war, an den tiefen Riss- und Platzwunden gestorben.

»Hat einer von euch eine Verfehlung zu beichten?«, fragte der Abt.

Ein Knabe sprang auf. »Ich, Vater!« Die meisten Schüler fürchteten zu Recht, dass ein anderer Zögling sie verraten könnte. Verstöße blieben nur selten unentdeckt, weil jeder Knabe verpflichtet war, beim Schülerkapitel Anzeige zu erstatten, wenn er von einer strafbaren Handlung wusste. Kam er dieser Pflicht nicht nach, so drohte ihm die gleiche Bestrafung wie dem Schuldigen. »Mein Körper ist ein Gefäß der Sünde. Bei der gestrigen Mahlzeit stahl ich einen Apfel und verzehrte ihn in der Nacht. Ich bereue es aufrichtig, Vater, und gelobe, es niemals wieder zu tun.«

»Melius est minus egere quam plus habere«, sagte der Abt. »Das Glück besteht nicht darin, viel zu besitzen und zu verbrauchen, sondern darin, wenig Bedürfnisse zu haben und sie ohne viel Mühe zu befriedigen. Wie Eva, die Mutter der Sünde, hast du dich vergangen. Benedikt mahnt uns, das Fasten zu lieben, um die Leiden Christi zu teilen,

und den Armen zu essen zu geben. Du sollst daher für die Dauer von einer Woche auf feste Nahrung verzichten und deine Ration den Bittstellern bringen. – Hat noch jemand einen Verstoß begangen?«

Nacheinander erhoben sich die Zöglinge: »Ich, Vater! Aus Zorn über meine Fehlbarkeit habe ich einen Griffel zerbrochen.« … »Ich, Vater! Während der Mette bin ich eingeschlafen.« … »Ich, Vater! Im Refektorium ist mir ein Krug auf dem Boden zerschlagen.« …

Hartmann schwieg und beobachtete Ulrich. In der vergangenen Woche hatte sich der Freund auffällig benommen. Im Refektorium hatte er sich an einen anderen Tisch gesetzt, um seine Mahlzeit einzunehmen. Im Schreibsaal hatte er geschwiegen, auch wenn Hartmann das Wort an ihn gerichtet hatte. In der Nacht war er in seinem eigenen Bett geblieben und hatte bis in die Morgenstunden geschluchzt. Sein Gesicht wirkte eingefallen, schwarze Ringe lagen unter seinen Augen. Auch das Verhalten von Jean de Reims hatte sich verändert. Während des gestrigen Grammatikunterrichts hatte der Schulmeister ihn bei den Übersetzungen übergangen. Nicht ein einziges Mal hatte er eine Frage an ihn gerichtet, nicht ein einziges Mal hatte er ihn gemaßregelt. Wenn Hartmann die Hinweise deutete, konnte er nur eine Schlussfolgerung ziehen: Ulrich hatte seine Drohung wahrgemacht und dem Schulmeister gestanden, was er wusste. Dieser hatte daraufhin beim Abt Anzeige erstattet und einen Mönch zu dem Klosterhörigen geschickt, um die Harfe sicherzustellen. Das kostbare Instrument lag nun in einem Wollsack neben dem Schulmeisterstuhl.

Nachdem der Abt die Zöglinge angewiesen hatte, die

auferlegten Bußen in Demut zu versehen, heftete sich sein Blick auf Hartmann. »Gibt es noch weitere Vergehen, die angezeigt werden müssen?«, fragte er.

Die Lippen des Knaben blieben verschlossen. Mit der Harfe hatte Blixa ihm alles vermacht, was ihm etwas bedeutet hatte. Der Spielmann war viel freundlicher zu ihm gewesen, als der Schulmeister oder der Abt es je waren. Für seine Zuwendung war Hartmann ihm sehr dankbar und er würde seine Freundschaft niemals verraten. Er sehnte sich fort von diesem Ort und musste daran denken, wie er mit Judith im Stroh gelegen hatte. In dem Heuschober hatte er sich vollkommen sicher gefühlt.

»Ein letztes Mal frage ich, gibt es noch weitere Verfehlungen, die gestanden werden müssen?«

»Ich, Vater«, rief Ulrich plötzlich und sprang auf die Füße. »Ich hab gesündigt. Gesehen habe ich, wie Hartmann immer tiefer in Satans Fänge geriet, und ich habe nichts unternommen. Seit Jahren traf er sich an den Sonntagen mit einem Spielmann bei dem Felsen. Ich wusste es und tat nichts. Dort spielten sie gottlose Lieder. Die Texte handelten von unehelicher Minne und forderten die Menschen auf, gegen die zehn Gebote zu verstoßen. Und ich, ich hab nichts unternommen; einmal hab ihn sogar begleitet. Satan machte sich meine Freundschaft zunutze! Jede Buße, die Ihr mir auferlegt, will ich mit Demut und Dankbarkeit annehmen.«

Der Blick des Abtes fixierte Hartmann unbarmherzig.

Der Knabe schaute durch die Bogenfenster in den Garten. Seltsamerweise musste er an die Vögel denken, die er im vergangenen Jahr vom Gipfel des Schönebergs beobachtet hatte. Besonders hatte ihm der Falke mit seinen weiten Schwingen gefallen. Er war vollkommen frei gewesen und hatte niemandem Rechenschaft ablegen müssen. Hoch oben war er über Aue dahingesegelt und hatte die Winde genutzt. Manchmal hatte sich der Knabe gefragt, wie weit sein Blick wohl gereicht hatte. Hatte er bis nach Freiburg sehen können? Oder sogar bis ins Frankenland?

»Hast du mich verstanden, mein Sohn? Ich sagte, dass du vor meinen Stuhl treten sollst!«

Hartmann stand auf und trat vor den Abt hin. *Was würde ein Falke in meiner Lage wohl tun?*, fragte er sich. *Er wäre gar nicht hier. Er verweilt nirgends, wo ihm Gefahr droht. Längst wäre er davongeflogen.*

Der Abt wies den Hilfslehrer an, die Harfe aus dem Wollsack zu ziehen. »Ist das dein Instrument?«

»Ja, Vater!«

»Du gibst es sogar zu?«

»Ein Spielmann hat sie mir geschenkt. Das war sehr großzügig von ihm. Ich glaube nicht, dass er …«

»Genug! Du sollst nur sprechen, wenn du gefragt wirst. Heute gibt es Kleriker, die behaupten: ›*Faciunt solacia hominibus in aegritudinibus suis vel in angustiis suis.*‹ Des Abendmahls würdig sind allein jene Spielleute, die von Heldentaten der Fürsten oder Wundern der Heiligen singen und damit die Menschen trösten und ihnen in ihren Ängsten beistehen. Diese Sichtweise ist viel zu milde, denn auch heute gelten noch die Lehren Boethius'. Die *musica* ist ein Gegenstand geistlicher Gelehrsamkeit und hat nichts mit dem Schaffen der Spielleute zu tun, selbst wenn sie irgendwo die Geschichte eines Heiligen aufschnappen. Der geistliche *musicus* kann die Neumen lesen, er ist ein *litterati*. Der andere produziert Musik nur, aber wer etwas tut, ohne es zu begreifen, ist ein unwissendes Tier.« Der Abt deutete auf die Harfe. »Dieses Instrument ging durch die Hände von Unwissenden; es ist unrein und ich werde es nach Beendigung des Schülerkapitels verbrennen.«

»Nein«, rief Hartmann, »das dürft Ihr nicht tun!«

»Das ist ja interessant! Jetzt willst du mir auch noch Vorschriften machen, was? Ist es wahr, dass euer Schulmeister euch schon vor Jahren untersagte, der Musik der Spielleute zuzuhören, um eure unsterblichen Seelen nicht in Gefahr zu bringen?«

»Das ist richtig, Vater!«

»Ist es wahr, dass du den Liedern trotzdem Gehör geschenkt und sie gar selbst gesungen hast?«

»Ja, Vater!«

»Bereust du deine Sünden?«

»Ich habe lange über die Musik, ihren Aufbau und ihre Auswirkungen auf das Gemüt des Menschen nachgedacht. Und ich bin zu dem Schluss gekommen, dass …«

»Zum letzten Mal: Du sollst nur auf meine Fragen antworten. Bereust du deine Sünden?«

Hartmann wusste, dass die Befragung des Abtes nur zur Demonstration seiner Macht diente. Selbst wenn er sich eine Notlüge einfallen ließe, würde sie ihn nicht retten. Die Bestrafung würde er so oder so erhalten. »Ich bereue es nicht, auf der Harfe gespielt zu haben. Die Musik hat mich immer glücklich gemacht.«

»Sodann«, murmelte der Abt zufrieden. »Schon bei deiner Aufnahme hegte ich die Befürchtung, dass Erziehung und Unterricht bei dir verschwendet sein könnten. Dein Vater ist ein tapferer Krieger, aber auch dieser Umstand ändert nichts an deinem Stammbaum. Wo niedrige Instinkte das Blut verseuchen, hat es der Geist schwer, in die Nähe Gottes aufzusteigen. Aber ich gebe dich nicht auf. Ich will nichts unversucht lassen, um dich vor der Hölle zu retten. Deshalb höre meinen Spruch: Durch deinen Ungehorsam hast du nicht nur deinem Schulmeister und mir zuwidergehandelt, sondern Jesu Christi, Gottes eingeborenem Sohn, selbst. Satan hat von deiner Seele Besitz ergriffen. Gegen eine solche Krankheit hilft nur ein Kraut: ›*Traditum eiusmodi hominem in interitum carnis, ut spiritus salvus sit in diem Domini*‹. Ein solcher Mensch muss der Geißelung des Fleisches überantwortet werden, damit seine Seele am Tag des Jüngsten Gerichts errettet wird.«

Der Abt erhob sich vom Schulmeisterstuhl. Auf sein Zeichen hin legte der Hilfslehrer die Harfe beiseite und trat mit Jean de Reims vor. Beide Männer packten den Knaben.

»Vater«, rief Ulrich. »Was ist mit mir? Auch ich habe schwer gesündigt. Auch ich muss gegeißelt werden.«

»Ich weiß um deine Not«, sagte der Abt, »aber du kannst beruhigt sein. In einer schwierigen Situation hast du dich für Gott entschieden. Deinen Mitschülern sollst du als gutes Beispiel vorangehen. Sie sollen dir in Tat und Gesinnung folgen. Die Buße sei dir erlassen.«

»Nein! Bitte nicht, Vater. Ich bin ein Sünder. Ich bin nicht besser und nicht schlechter als Hartmann. Ich …«

»Genug!« befahl der Abt. »Während Hartmann gegeißelt wird, sollst du ihn halten, damit er den Atem seines Retters spürt.« Er wandte sich an Jean de Reims: »Ihr könnt jetzt anfangen.«

Der Schulmeister zog Hartmann den Wollumhang über den Kopf, so dass sein Gesäß und der Rücken freilagen. »Leg dich über den Schulmeisterstuhl!«

Hartmann kam nicht einmal auf die Idee davonzulaufen. Er dachte nur daran, dass seine Blase so voll war und dass er sich nicht besudeln durfte, wenn er die Kontrolle über seinen Körper verlor.

Nachdem er sich quer über der Sitzfläche gelegt hatte, schaufelte sich Ulrich durch den Tunnel seines Umhangs, griff nach seinen Händen und drückte sie auf den Stein. »Ich bin bei dir«, sagte er mit zitternder Stimme. »Hab keine Angst. Bald sind die Dämonen ausgetrieben. Bald wird alles wie früher sein. Nichts kann uns dann noch trennen.«

Hartmann spürte, wie nasskalte Hände seine Schenkel hinabdrückten, so dass die Knie auf den harten Steinboden stießen. Die Lederschnüre sirrten durch die Luft und trafen auf seinen Rücken. Mit einem leisen »Plopp« platzte seine Haut. Der Schmerz war unerträglich und riss ihm den Mund auf, aber er brachte nur ein »Aih« zustande.

»Ich bin bei dir«, schluchzte Ulrich und drückte ihm den Arm gegen die Zähne. »Hier! Beiß hinein. Ich teile deinen Schmerz! Ich weiche nicht von deiner Seite!«

»Mea culpa«, rief der Abt. »Sagt es, erhebt euch von den Schemeln und gesteht eure Sünden. *Mea culpa, mea maxima culpa!«*

Nach und nach sagten die Zöglinge: »Mea culpa.«

»Lauter«, schrie der Abt. »Sagt es lauter! Ich kann euch nicht hören. *Mea culpa, mea maxima culpa!«*

Die meisten Zöglinge hatten große Angst vor dem Abt, vor dem Kirchenbann und vor der ewigen Verdammnis. So schrien sie aus Leibeskräften: *»Mea culpa, mea maxima culpa!«*

Nach jedem Streich schoben sich Bilder vor Hartmanns

geistiges Auge: der Flug des Falken, die Familie am Tisch der Adlerburg und Judith in einem Leinenkleid vor der Kapelle. Wenn die Eisenkugeln erneut sein Fleisch zerfetzten, lösten sich die Bilder für Augenblicke auf, um mit noch größerer Schärfe und Klarheit aufzusteigen. »Blixa ist kein Sendbote des Teufels!«, murmelte er und spürte, wie seine Kräfte schwanden. Schwerelos trieb er auf einen Ort zu, wo es noch stiller war als unter der Wasseroberfläche, wo ihn niemand mehr bestrafen konnte, wo die Dunkelheit ihn umarmte wie ein lieber Freund …

7.

Wann immer Judith sich von ihren Pflichten lossagen konnte, eilte sie hinunter zum Bach und setzte sich auf einen überhängenden Ast, um Ausschau zu halten. In der Zeit um Ostern herrschte reger Verkehr und Händler, Spielleute und Wanderprediger zogen durchs Hexental. Näherte sich ein Reisender, überwand Judith ihre Scheu und fragte ihn, ob er einen Knaben mit bunten Bändern am Bündel gesehen hätte. Ein Schwertschlucker winkte sie heran, flüsterte ihr schmutzige Worte ins Ohr und wollte sie in die Büsche zerren. Ein alter Zuckerhändler mit Kugelbauch erstattete ihr erst Auskunft, nachdem sie ihm erlaubt hatte, ihre Brüste anzufassen. Mit jedem Tag, mit jeder abschlägigen Antwort schwand ihre Hoffnung, und bald musste sie einsehen, dass sie sich Illusionen hingegeben hatte. Hartmann würde nicht kommen. Wahrscheinlich hatte er Wichtigeres zu tun, als ein Versprechen zu halten, das er vor über einem Jahr der Tochter eines Hörigen gegeben hatte.

Judith war verzweifelt und sträubte sich gegen die Heirat mit dem freien Bauern, aber wohin sollte sie fliehen? Wovon sollte sie sich in der Fremde ernähren? Fern von Aue würde der erstbeste Wegelagerer sie zur Hure machen. Und wenn sie erst einmal entehrt war, würden andere kommen. Schutzlos wäre sie der Willkür der Männer ausgeliefert und am Ende würde sie zugrunde gehen.

Nur in der Dorfgemeinschaft gab es Menschen, die sich für sie interessierten und ihr in der Not beistanden. Seitdem ihre Mutter August von den Vorfällen berichtet hatte, machte der Schäfer tatsächlich einen großen Bogen um sie. Ja, vielleicht hatte ihre Mutter Recht, wenn sie sagte, dass nur die Ehe einem Mädchen ausreichenden Schutz bot, um vor gewaltsamen Übergriffen gefeit zu sein.

Ihre Mutter hatte sie ihr ganzes Leben behütet. Sie hatte sich immer auf sie verlassen können und war niemals enttäuscht worden. Vielleicht sollte sie einfach mehr Vertrauen aufbringen. Vielleicht würde alles gut werden. Vielleicht konnte sie den richtigen Weg in ihrer jugendlichen Beschränktheit nur nicht erkennen.

Schweren Herzens entschloss sie sich, den Widerstand aufzugeben. Sie wollte nicht länger grübeln – weder über Hartmann noch über August noch über die Zukunft. Sie wollte nur, dass alles schnell vorüber war, und stürzte sich in die Hochzeitsvorbereitungen.

Kurz nach dem Pfingstfest arbeitete sie an einem Haarkranz und drehte ihn auf dem Tisch, um noch eine leere Stelle ausfindig zu machen. Die getrockneten Blüten knisterten leise; die Farben – ein tiefes Rot, das Indigoblau und ein warmes Gelb – harmonierten eindrucksvoll.

»Sieh nur«, sagte Judith. »Ich glaube, er ist fertig. Ist er nicht schön geworden?«

»Sehr schön«, erwiderte Mechthild und schnitzte an einem Holzblock, der einmal einen Napf abgeben sollte.

»Die gedämpften Farben passen besser zu meinem Haar. Meinst du nicht auch, Mutter?«

»Willst du ihn nicht mal anprobieren?«

»Ach, nein«, erwiderte Judith und deutete auf den Napf. »Es wird eine Freude sein, aus ihm zu essen. Du gibst dir so viel Mühe. Und ich bin dir so dankbar. Ich werde reich sein, nicht wahr?«

»Du wirst Land besitzen, Schafe, ein Säckel voll mit Silbermünzen und ...«

In diesem Moment ertönte ein Quietschen und ein kühler Luftzug strich durch den Raum. Der Hasgelhof verfügte über zwei Türen: eine führte in den Wohnraum, durch die andere betrat Judiths Vater, Kilian, gerade den Stallbereich. Das Stroh knisterte unter seinen Füßen. »Heiho, da sind wir, das ist ...«

Mechthild beobachtete das Schauspiel aus scharfen Augen. »Ein Esel«, vollendete sie den Satz.

»Genau«, rief Kilian und schnippte gegen die langen Löffelohren. »Ein prächtiges Tier, nicht wahr?«

»Eine hässlichere Kreatur ist mir noch nicht untergekommen«, erwiderte Mechthild. »Ich dachte, dass alle Esel gleich aussähen, aber dieser ...«

»Ich hab ihn gesehen und sofort gewusst, dass es keinen anderen für mich gibt!«

»Vater!«, rief Judith.

»Ja, mein Täubchen.«

»Hast du an den gelben Faden gedacht?«

»Wie hätte ich ihn vergessen können?« Kilian nahm den Ballen vom Rücken des Tieres und legte ihn ins Stroh. Mit den Händen wühlte er in allerlei Krimskrams, bis er fündig wurde. Stolz händigte er der Tochter ein Holzstück aus, um den ein gelber Nähfaden gewickelt war.

»Ich laufe gleich rüber zur Adlerburg«, rief Judith und stellte sich auf die Zehenspitzen, um ihrem Vater einen Kuss auf die Wange zu drücken. »Vielen Dank!«

»Lass bloß die Tür offen stehen!«, sagte Mechthild. »Der Esel verpestet jetzt schon die Luft.«

Der Abend war klar und zahllose Sterne funkelten am Firmament. Judith lief den Abhang hinunter und an der Hütte des neuen Pfaffen vorbei. Aus der Fensterluke strahlte Feuerschein in den Kräutergarten. *Nur zu den Predigten verlässt er das Haus,* dachte Judith. *Die derben Scherze der Bauern ängstigen ihn. Wie gerne würde ich ihm sagen, dass er keine Angst zu haben braucht. Es gibt eine wunderbare Macht, die uns alle beschützt.*

In das leise Plätschern des Baches mischten sich die Rufe einer Eule. Die Baumkronen hielten das Mondlicht von dem Pfad fern, so dass der Grund kaum zu erkennen war. Judith musste aufpassen, damit sie sich nicht den Knöchel verstauchte. Oben war das Tor schon geschlossen, aber der rechte Flügel gab nach, als sie sich dagegenstemmte. Sie ging über den Hof und beobachtete, wie Agnes vor das Steinhaus trat.

»Judith, was suchst du hier?«

»Seht nur, Herrin!« Das Mädchen hielt den gelben Faden hoch. »Wir wollten doch Sterne in den Schulterumhang sticken und ich wollte nicht bis morgen warten.«

»Na, dann komm rein.« Im Wohnraum begab sich Agnes zum Herd, blies in die Glut und legte ein Holzscheit nach, das langsam Feuer fing. Sie steckte einen Kienspan in Brand und entzündete eine Talgkerze. Aus der Truhe entnahm sie Schultertuch und Stickzeug und brachte beides zum Tisch. Während das Mädchen das Tuch über das Tamburin spannte, griff Agnes nach einer Decke und legte sie sich über die Schultern.

»Wie geht es deiner Mutter?«

»Sie ist vollauf mit den Hochzeitsvorbereitungen beschäftigt«, erwiderte das Mädchen und ging zum Herd. »Sie ist so fleißig und so gut, sie will immer nur mein Bestes.«

Judith fischte ein Stück schwarze Holzkohle aus der Asche und trug es zum Tisch. Alle Lektionen hatte sie begierig aufgesogen. *Es ist wichtig,* rief sie sich ins Gedächtnis, *sich eine genaue Vorstellung von Form und Größe des Gegenstands zu machen, den man abbilden will.* Geschickt zeichnete sie einen Halbmond und mehrere Sterne auf den Tisch. Fragend blickte sie zu Agnes auf, die zur Bestätigung nickte. Judith schob von unten die Nadel durch den Seidenstoff, griff nach der Spitze und zog den Faden hindurch. Die Darstellung des Mondes gelang ihr ohne Probleme. Erneut führte sie den Faden durch die Öse. »Jetzt noch die Sterne.«

»Dein Brauttuch wird so bunt wie das Flickengewand der Spielleute!«, sagte Agnes und strich über das bunte Durcheinander aus Schmetterlingen, Paradiesvögeln und Blumen.

»Der Umhang soll fröhlich sein. Alle sollen an meinem Glück teilhaben. Mutter sagt immer, dass ich sehr dankbar sein müsse. Normalerweise hätte ich August gar nicht verdient, weil er doch von freier Abkunft ist.«

Sie vollendete die Sterne, verknotete den Faden und durchtrennte ihn mit dem Messer. Beinahe alle Hochzeitsvorbereitungen waren nun getroffen. Immer wenn das Mädchen bei Agnes saß, fragte sie sich, ob die Frau des Dorfschulzen eine Nachricht von Hartmann erhalten hatte. Zwar sollte niemand von ihren Gefühlen, die ihr mittlerweile mehr als töricht erschienen, erfahren. Trotzdem sorgte sie sich um den Knaben. Vielleicht war ihm auf dem Heimweg etwas zugestoßen. Vielleicht brauchte er Hilfe. »Warum ist Euer jüngster Sohn über Ostern nicht heimgekommen?«, fragte sie Hartmanns Mutter.

Während Judith dem Flattern ihres Herzens nachspürte, blickte Agnes sorgenvoll drein. »Der Junge erzählte mir, dass sein Schulmeister ihn in den vergangenen Jahren in der Sprache der Franken unterrichtet hätte. So wird es auch in diesem Jahr gewesen sein.«

»Ach so«, sagte Judith.

Mit einem Ruck erhob sich Agnes von dem Schemel, ging zum Herd und kniete auf dem Boden nieder. Sie nahm das Feuereisen und stocherte damit in der Glut. »Du musst jetzt gehen!«

»Natürlich, Herrin. Nach dem langen Tag seid Ihr sicher müde. Nur eines würde ich gerne noch wissen: Ist noch etwas von dem braunen Faden übrig geblieben?«

»Warum fragst du?«

»Weil ich gerne einen Falken in das Tuch sticken möchte.«

»Einen Falken«, sagte Agnes und lächelte. »Dann komm morgen ganz früh wieder!«

8.

Am nächsten Tag versammelten sich die Bauern um die Mittagszeit im Heimgarten. Dankwart nannte die Gegenstände der Eheverabredung und gab die Zeugen für die Beiliegung bekannt. Er fragte die Brautleute, ob sie den Bund der Ehe eingehen wollten, was von beiden bejaht wurde. August trat Judith auf den Fuß und der Pfaffe erteilte ihnen den kirchlichen Segen.

Nach Abschluss der weltlichen und kirchlichen Zeremonie ließ Judith sich von ihrem Ehemann heimführen. Ein wunderschönes Tuch in den Farben des Regenbogens bedeckte ihre Schultern. Auf Höhe des Schlüsselbeins segelte ein Falke mit ausgebreiteten Schwingen, den sie in aller Eile noch im Morgengrauen gestickt hatte.

Judith hatte sich schon vor einigen Tagen in ihr Schicksal ergeben. Sie war weder besonders glücklich noch besonders traurig, aber es beruhigte sie ein wenig, dass alle Verwandten, die sie von Kindesbeinen an kannte, ihren Ehemann in den höchsten Tönen gelobt hatten. Es erschien ihr undenkbar, dass sie sich alle täuschen sollten. Immer wieder rief sie sich die Worte der Mutter ins Gedächtnis: »Die Ehe muss die Minne stiften und nicht umgekehrt.«

Sogar der Himmel spielt mit, dachte die junge Frau. Die Sonne strahlte und nirgends zeigte sich eine Wolke. Die Festgesellschaft würde lange feiern können, ohne von einem Schauer überrascht zu werden.

Judith drückte zärtlich den Unterarm ihres Ehemannes und sah zu ihm auf. Sein Gesicht aber zeigte keine Regung. Starr blickte er auf das Tor, das gerade von einem Knecht geöffnet wurde. *Er hat sich gar nicht zu meinem Schulterum-*

hang geäußert, dachte sie, *alle haben seine Schönheit gewürdigt, nur August nicht. Vielleicht fürchtet er sich vor der Beiliegung genauso wie ich. Ich werde ihn später fragen, wenn wir mehr Zeit haben.*

Plötzlich watschelte eine Ente so schnell durch eine Pfütze, dass Dreckwasser aufspritzte und das Brautkleid beschmutzte. Judith sah an sich herab und musste plötzlich lachen, so laut und fröhlich, dass einige Gäste einstimmten. Die junge Frau lachte noch, als die Verwandten längst eine Gasse bildeten, die auf die Haustür zuführte.

»Hör endlich auf«, flüsterte August, so dass niemand außer ihr ihn verstehen konnte. »Erst kommst du mit diesem schrecklichen Umhang daher und dann lachst du wie eine Irre. Willst du mich zum Gespött machen?« Er packte sie am Ellenbogen und zerrte sie ins Haus.

Die Hochzeitsgäste verteilten sich auf die Bänke. Zwei ausgeweidete Schweine hingen an Stricken vom Dachbalken des Stalls, zwei weitere schmorten an Spießen über dem Feuer. Der Duft des Fleisches trieb den Gästen das Wasser in den Mund. An der Hauswand standen Fässer mit dem schweren, aromatischen Beerenwein, so dass jederzeit für Nachschub gesorgt werden konnte. Sogar weißes Brot, das als besonders fein galt und normalerweise nur von Adeligen verzehrt wurde, lag in geflochtenen Körben bereit. Ein kleiner Junge griff nach einer duftenden Scheibe. Sein Vater, ein krummer und verhärmter Mann, holte mit der Hand aus, um ihm eine Maulschelle zu verpassen.

»Lass ihn doch«, griff seine Ehefrau ein. »Dafür ist es doch da.«

Ein Fiedler stimmte ein Lied an.

»Wir wollen tanzen!«, rief ein Knecht, stemmte sich vom Tisch hoch und brüllte in Richtung der verschlossenen Tür: »Gesegnet seiest du, August!«

Andere stimmten ein: »Ja, gesegnet seiest du, August!«

Dankwart wusste um seine Pflichten. Ruhig ging er von Tisch zu Tisch und unterhielt sich mit den Hörigen. Er erkundigte sich nach den Vorräten, den Neugeborenen und den Fortschritten beim Bau eines großen Heuschobers. Nach seinem Rundgang kehrte er zu Agnes zurück.

»Ich bleibe hier keinen Moment länger als notwendig«, sagte sie. »Ich will auch nichts von dem Braten essen. Ich traue dem freien Bauern so wenig über den Weg wie seinem Vater. Hast du gesehen, wie er Judith ins Haus gezerrt hat?«

»Er konnte es wohl nicht abwarten. Bei uns war es genauso. Erinnerst du dich noch?«

Agnes bedachte ihn mit einem mitfühlenden Blick und streichelte ihm über den Unterarm. »Bei uns war das etwas völlig anderes.«

Dankwart nickte nur und wandte sich den Vögeln zu, die sich rund um die Festgesellschaft eingefunden hatten. Er brach einige Brocken vom Brot ab und warf sie auf das schwarze Erdreich. »Wir warten noch auf das Zeugnis der Beiliegung«, sagte er. »Dann können wir gehen.«

Endlich öffnete sich die Haustür mit einem Knarren, und Mechthild präsentierte voller Stolz ein Laken, das in der Mitte eine Spur Jungfrauenblut aufwies. Der Triumph war ihr ins Gesicht gemeißelt. Bengt folgte ihr mit einem breiten Grinsen, griff sich das Laken und hielt einen Zipfel hoch. Selbst die Art, wie er den eisernen Nagel durch den hellen Stoff in den Türrahmen trieb, hatte etwas Anzügliches. August stapfte aus dem Haus und zurrte seinen Gürtel fest. Die Lobeshymnen wollten kein Ende nehmen und er nahm sie wohlwollend entgegen. Zwei Bauern, die im Heimgarten das Wort führten, griff er um die Schulter und sagte ihnen: »Kommt mal mit! Für euch beide habe ich ein ganz besonderes Tröpfchen!«

Auf die Braut warteten die Gäste vergeblich. Judith blieb auf dem Bett liegen und starrte an die Decke. Die Beiliegung war ganz anders gewesen, als sie sich vorgestellt hatte. August hatte sie einfach aufs Bett geworfen, ihre Beine gespreizt und war in sie eingedrungen. Ein heißer Schmerz hatte sich in ihre Eingeweide gebohrt. Vorbei an seinem hechelnden Atem hatte sie in das starre Strahlen der Mutter geblickt, die am Fußende des Bettes gesessen hatte. Bengt, der Verwandte aus Freiburg, hatte August durch Zurufe wie »Schneller!«, »Fester« und »Härter!« angefeuert.

Judith setzte sich auf und zog die Wolldecke über ihre Schultern. Sie fragte sich, ob es mit Hartmann genauso gewesen wäre. *Nein,* dachte sie. *Ganz bestimmt nicht!* Sie war sich sicher, dass er sich sofort zurückgezogen hätte, wenn er gemerkt hätte, dass er ihr wehtat oder dass sie noch nicht bereit war. Er hätte nicht nur seine Lust befriedigt, sondern wäre viel behutsamer vorgegangen.

Plötzlich spürte sie, wie ihr Tränen über die Wangen liefen, und wischte sie mit dem Handrücken weg. Sie musste jetzt tapfer sein, durfte sich nicht so gehen lassen. Gleich wollte sie sich ankleiden und hinausgehen, um sich unter die Gäste zu mischen. August erwartete sie bestimmt, auch ihre Mutter und ihr guter Vater hielten gewiss schon nach ihr Ausschau. Außerdem war Agnes von der Adlerburg unter den Gästen. *Die gute Frau!*, dachte sie. *Wie geduldig sie mit mir war. Wahrscheinlich hat sie genau gesehen, wie laienhaft meine Stickerei war, und hat nur nichts gesagt, um mich nicht zu verletzen.*

Wehmütig blickte sie in den Ofen, wo ihr Schulterumhang verbrannte. August hatte ihn einfach in die Flammen geworfen. Er hatte gesagt, dass es sich für die Ehefrau eines Freien nicht schicken würde, mit einem so bunten Stofffetzen herumzulaufen. Wenn sie etwas bräuchte, würde er ihr ein teures Tuch vom Markt in Freiburg mitbringen.

Judith schluchzte laut auf und wischte sich erneut mit dem Handrücken über die Wange. Sie musste jetzt endlich stark sein, sie musste diese lächerlichen Tränen endlich in den Griff bekommen! Gleich wollte sie sich anziehen, gleich wollte sie sich der Festgesellschaft zeigen. Nur einen Moment wollte sie noch für sich sein …

Draußen brachten die Tanzenden den Erdboden zum Beben. Paarweise sprangen sie ums Feuer und zeigten ihre Begeisterung für das köstliche Mahl, für die Schönheit der Sterne und für den morgigen Tag. Heute wollten sie die Armut, den täglichen Hunger und die Sorgen vergessen, heute wollten sie einfach nur glücklich sein. Und obwohl sie längst erschöpft waren, hakten sie sich in die Arme ihrer Tanzpartner ein und warfen die Beine erneut in die Luft. Der Fiedler gestattete weder ihnen noch sich selbst eine Pause und das Jubelgeschrei hallte durchs Hexental. »Danke, August! Danke für das schöne Fest!«

Als Judith das Steinhaus verließ, stand der Mond schon hoch über Aue. Ihre dunklen Augen schauten so tapfer drein, dass sie von einer rührenden Schönheit war, die den Gästen noch lange Gesprächsstoff bieten sollte. Ausgiebig herzte und drückte die junge Frau ihren lieben Vater, nahm lächelnd die Glückwünsche der Bauern entgegen und sprach selber ein paar gute Worte. Bengt griff irgendwann nach ihrer Hand und zog sie auf die Tanzfläche. Widerstandslos ließ sie sich drehen und hochheben.

9.

Das Spital war wegen der Ansteckungsgefahr aus der Klausur ausgegliedert worden. Hartmann lag neben einem älteren Mönch, der zuweilen wüst losschimpfte, weil er einen Bruder verdächtigte, ihm den faulen Apfel, auf dem er ausgerutscht war, mit Absicht in den Weg gelegt zu haben. Hartmann achtete nicht weiter auf die Tiraden und tauchte seinen Löffel in die dampfende Suppe, die den würzigen Geruch nach Heilkräutern verströmte.

Über zwei Monate waren seit der Züchtigung vergangen. Der Bruder Arzt hatte ihm erzählt, dass er mehrere Wochen zwischen Leben und Tod geschwebt hätte. Auch hatte der Medikus sein Erstaunen darüber geäußert, wie schnell der Heilungsprozess vonstattengegangen wäre, seitdem der Knabe das Bewusstsein zurückerlangt hätte.

Damit die Wunden nicht aufbrachen, durfte Hartmann nur aufstehen, um zum Abort zu gehen, so dass er mehr als genug Zeit hatte, die zurückliegenden Geschehnisse zu überdenken. *Ulrich hat seiner Überzeugung mehr Gewicht eingeräumt als meiner,* dachte der Knabe. *Von Anfang an hat er das Harfenspiel verdammt. Er hat nicht einmal versucht, sich mit mir zu freuen. Ich darf es nicht länger verleugnen: Sein Horizont ist begrenzt, er endet an den Klostermauern!*

Hartmann setzte die dampfende Suppenschüssel auf dem Steinfußboden ab und legte sich auf den Bauch. Sein Rücken tat dabei so weh, dass er die Zähne zusammenbeißen musste, um nicht zu schreien. Seit Tagen dachte er darüber nach, wie es mit ihm weitergehen sollte. Aus den Erzählungen Blixas wusste er, dass die Edelleute Gefolgsleute um sich scharten, die gelehrt waren und ihnen im Winter Musik vortrugen. Sein Vater hatte für seine Unterbringung in der Klosterschule gesorgt. Vielleicht konnte er noch einmal bei dem Herzog von Zähringen vorsprechen und für seine Unterbringung am Freiburger Hof sorgen.

Hartmann machte sich seine Fähigkeiten bewusst: Im Lesen und Schreiben zählte er zu den Besten; er kannte sich im Römischen Recht aus und beherrschte die Sprache der Franken. Das waren Qualifikationen, die Berthold IV. durchaus von Nutzen sein konnten.

In einem Jahr würde seine Ausbildung an der Klosterschule beendet sein. Dann wäre ein weiterführender Unterricht nur in der Novizenschule möglich. Dafür müsste er allerdings das Gelübde ablegen, was einer lebenslangen Verpflichtung gleichkäme. An einem Ort, wo Willkür und Gewalt herrschten, wollte er jedoch nicht bleiben. In einem Jahr würde er die Abtei verlassen. Bis zu diesem Zeitpunkt würde er alles lernen, was ihm am Hof des Zähringers nützlich sein könnte. Und niemanden, nicht einmal Ulrich, würde er in seinen Plan einweihen.

In diesem Augenblick betrat sein Schulmeister, Jean de Reims, die Krankenstube. In der Hand trug er die beiden

Bücher, um die Hartmann gebeten hatte. Bei dem einen Band handelte es sich um ein lateinisches Gesprachsbüchlein, das jeder Zögling anzufertigen hatte. Es enthielt Worte aus dem Alltag, Fragen und Antworten und eine große Anzahl von Vokabeln, die fortwährend zu wiederholen und zu ergänzen waren, um sich die Schriften der Dichter schneller zu erschließen. Der andere Band war von einem vergleichbaren Inhalt und behandelte die Sprache der Franken.

»Comment ça va, mon fils?«, fragte der Schulmeister. »Ich bringe dir die Bücher!«

»Ich danke Euch, Vater!«, sagte Hartmann.

»Ich will dir auch Grüße von Ulrich übermitteln. Er fragt sehr häufig nach deinem Befinden und schließt dich in seine Gebete ein.«

»Ich denke auch oft an ihn.«

Der Blick des Schulmeisters fiel auf Hartmanns Rücken, der für immer entstellt bleiben würde. »Du solltest dich glücklich schätzen, dass der Allmächtige dir eine zweite Chance gewährt hat.«

»Ja, ich bin sehr dankbar, dass ich noch lebe. Und ich bin fest entschlossen, meine zweite Chance zu nutzen!«

»Es freut mich sehr, dass du Einsicht zeigst. Jetzt muss ich wieder los!«

Während der Schulmeister auf den Ausgang zuging, legte sich Hartmann umständlich auf die Seite und starrte auf die Mauer. *Sollen sie doch denken, dass ihre Teufelsaustreibung erfolgreich war!*, dachte er. *Die Musik gebe ich niemals auf!*

Im Jahre des Herrn 1175

1.

Ein Jahr später waren Hartmanns äußere Wunden längst verheilt. Der sonntägliche Spaziergang stand an und er ging mit Ulrich auf die Klosterpforte zu. Eine Gruppe von Acht- bis Neunjährigen schloss zu ihnen auf und versuchte Schritt zu halten.

»Dürfen wir euch begleiten?«, fragte der Rädelsführer und blickte zu Hartmann auf.

Die Geißelung beschäftigte die Jüngeren noch immer. Manch einer mied Hartmanns Nähe, weil von einem solchen Menschen Unheil ausgehen müsse. Andere erkannten in ihm einen Rebellen, weil er trotz eines klaren Verbots musiziert hatte.

»Mir soll's recht sein!«, sagte Hartmann. *Das muntere Geschwätz der Knaben wird die peinlichen Pausen im Gespräch mit Ulrich übertönen,* dachte er.

»Auf keinen Fall!«, sagte hingegen der Freund. »Sucht euch gefälligst eine andere ...«

»Hartmann!«, rief da der Schulmeister und lief quer über den Hof zu ihnen. »Hartmann, warte! Ich muss mit dir reden!«

Der Jüngling hatte sofort ein mulmiges Gefühl: Ein Gespräch mit Jean de Reims bedeutete in der Regel nichts

Gutes. Doch im Laufe eines Jahres hatte er gelernt, seine Gefühle zu verbergen. »Wie Ihr wünscht, Vater!«

»Nicht hier! Lass uns hinunter zum Bach gehen.«

Hartmann folgte seinem Schulmeister und fragte sich, was er verbrochen haben könnte. Er ging die gesamte letzte Woche durch, konnte aber keine Verfehlung feststellen. Vielmehr war er ein Vorbild an Fleiß und Disziplin gewesen. Was wollte Jean de Reims nur von ihm?

Im Schatten der äußeren Klostermauer gingen sie den verkrusteten Pfad hinunter. Die Strahlen der Frühlingssonne entlockten den Sümpfen die ersten Mückenschwärme. An der Flussbiegung schoben sie sich durch das Gestrüpp und trafen auf den kleinen Strand.

»Setz dich dort auf den Stumpf«, befahl Jean de Reims und ging zur Wasserkante vor. Er verschränkte die Hände auf dem Rücken und starrte auf den Strom. »Der Bruder Pförtner ist vor zwei Monaten gestorben!«

»Er war ein gütiger Mann«, sagte Hartmann. »Der Allmächtige wird sich seiner unsterblichen Seele annehmen!«

»Ja, ja! Ich will damit sagen, dass ein Platz in der Bruderschaft frei geworden ist. Der Abt hat mich angewiesen, ihm einen Zögling zu nennen, der über genügend Geisteskraft verfügt, um die Lücke zu schließen.«

»An wen habt Ihr gedacht?«

»Du warst immer ein guter Schüler, aber im vergangenen Jahr hast du dich selbst übertroffen. Die Träumereien hast du ganz abgelegt und den gebotenen Ernst gezeigt. Dein Wissensdurst kannte keine Grenzen. Auch an Sorgfalt mangelte es dir nicht: Beim Briefdichten glänzte dein Ausdruck in solcher Präzision, dass ich zu der Überzeugung gelangte, dass deine Fähigkeiten uns nicht verlorengehen dürfen. Wenn wir deinem Geist fruchtbaren Boden bieten, wird die Ernte reich ausfallen!«

»Ihr wollt, dass ich …«

»Dein ganzes Betragen zeigt mir, dass du wieder auf dem rechten Pfad bist«, unterbrach er ihn. »Strenge verliert ihren Wert, sobald sie ohne Milde angewendet wird. Ansonsten ist sie nichts als Tyrannei. Gott hat dir in seiner Liebe reiche Geistesgaben geschenkt. Im Kreise unseres Konvents kannst du es zu einem Buchgelehrten bringen. Wenn du einverstanden bist, setze ich mich beim Abt für deine Aufnahme ein.«

Hartmann sammelte sich einen Moment. Er hatte mit dem Rohrstock oder einer Strafpredigt gerechnet, aber ein solches Angebot hatte er nicht für möglich gehalten. »Vater«, sagte er, »für das Wissen, das Ihr mir vermittelt habt, bin ich Euch sehr dankbar, aber ich möchte hier nicht bleiben. Wenn Ihr dem Abt einen Zögling vorschlagen müsst, so nennt ihm Ulrichs Namen. Niemand erscheint mir geeigneter zu sein.«

»Das verstehe ich nicht! Du bist an das geistliche Leben gewöhnt! Was willst du denn da draußen anfangen?«

»Fast alle Zöglinge verlassen die Abtei und kommen zurecht. Was mir noch fehlt, kann ich lernen. Ich habe das Wissen und den Verstand, um mich durchzubringen. Mein Entschluss steht fest.«

»Soweit ich weiß, bist du der zweitgeborene Sohn eines unfreien Lehnsnehmers. Dein Bruder erbt den Hausherrenstuhl. Willst du als Bauer deine Geistesgaben verschwenden?«

»Nein, ich möchte an einem Fürstenhof dienen. Ich bin mir sicher, dass ich dort besser aufgehoben bin.«

»Jetzt verstehe ich, warum du im vergangenen Jahr so fleißig warst«, sagte Jean de Reims und drehte sich abrupt um. Er starrte auf einen Felsen, der dem Flusslauf trotzte und Wasser aufschäumen ließ. »Unter diesen Umständen sehe ich keinen Grund, warum du auch nur einen Tag länger in der Klosterschule bleiben solltest«, sagte er. »Ich betrachte deine Ausbildung als abgeschlossen. Ich möchte, dass du noch heute dem Cellerar Wachstafel, Griffel und Wolldecke aushändigst und morgen in aller Frühe aufbrichst.« Ohne ein weiteres Wort zu verlieren, drückte sich der Schulmeister durch das Gestrüpp und begab sich auf den Rückweg.

In der Nacht prangten zahllose Sterne über der Abtei. Die Astrologen lasen aus ihnen die Zukunft, aber Hartmann verstand nichts von Geburtsherrschern, Sonnenzeichen oder Aszendenten. Sein Schicksal lag im Dunklen.

Unruhig wälzte er sich hin und her und fand keinen Schlaf. Dass alles so schnell gehen würde und er schon morgen die Abtei verlassen müsste – damit hatte er nicht gerechnet. Hatte er klug gehandelt, indem er die Sicherheit des Klosters ausgeschlagen hatte? Hier würde er vor Hunger und Kriegen geschützt sein. Hier könnte er als Buchgelehrter ein sinnvolles Dasein führen. Das alles tauschte er gegen die Ungewissheit ein.

»Schläfst du schon?«, fragte Ulrich.

»Ich bin wach!«, erwiderte Hartmann.

»Vater Jean hat mich heute aufgesucht und mir von eurem Gespräch berichtet. Er war sehr zornig und sagte, dass sich deine wahre Gesinnung nicht in deinem Fleiß, sondern in dem Harfenspiel gezeigt hätte. Auch fragte er mich, ob ich an deiner Stelle dem Konvent beitreten wolle.«

»Dann hast du doch bekommen, was du wolltest!«

»Ich muss dir noch etwas sagen! Als ich dich beim Schülerkapitel anzeigte, da ...«

»Da bist du deiner Überzeugung nachgekommen – das weiß ich längst!«, kam ihm Hartmann zuvor.

»Bitte! Das Schweigen zwischen uns ist mir unerträglich geworden. Wir waren einmal Freunde. Nichts ist davon geblieben. Nach deiner Rückkehr aus dem Spital unterhielten wir uns zwar, aber die Worte kamen nicht von Herzen.«

»Deine Anzeige hätte mich beinahe getötet. Wie soll ich dir da noch vertrauen?«

»Du hast ja Recht, aber ich habe in der Zwischenzeit nachgedacht. Mittlerweile bin ich mir nicht mehr sicher, ob die Musik der Spielleute gefährlich ist. Im vergangenen Frühjahr wollte ich es noch glauben, weil dein ganzes Denken um die Harfe kreiste. Ich selbst kam mir immer entbehrlicher vor. Deine ganze Aufmerksamkeit galt der Musik ...«

»Wenigstens gibst du jetzt zu, dass du eifersüchtig warst!«

»Ja, und es tut mir leid. Wenn ich heute noch einmal vor der Entscheidung stände, würde ich beim Schülerkapitel schweigen. Das schwöre ich bei allem, was mir heilig ist.«

»Mir wäre es lieber gewesen, wenn dir das früher eingefallen wäre!«

»Ich kann nichts mehr rückgängig machen, aber ich möchte dich wissen lassen, dass ich für dich da sein werde, wann immer du in Not gerätst. Trotz deiner Geistesgaben wirst du es als Unfreier an den Höfen der Edelleute schwer haben. Wann immer du etwas brauchst, kannst du auf mich zählen, hörst du?«

Wenn die Entschuldigung ernst gemeint war, kam sie reichlich spät. Wortlos wälzte sich Hartmann auf die andere Seite. Er konnte und wollte Ulrich keine Absolution erteilen. Vielleicht würde er ihm irgendwann verzeihen können, aber bestimmt nicht heute. Viel zu viel war auf ihn eingestürmt. Er wollte nur noch schlafen und sich so schnell wie möglich auf den Heimweg begeben.

2.

Judith griff nach dem Wäschekorb und verließ das Haus. Sie ging über die Weidefläche und bot ihr Gesicht der Sonne dar. Nach den dunklen Wintertagen waren die warmen Strahlen eine Wohltat. Fast augenblicklich spürte sie, wie sich ihre Stimmung hob.

Im Grunde hatte sich ihr Leben nicht sehr verändert. Von früh bis spät verrichtete sie Hausarbeiten und half auf dem Hof. Die Ehe mit August hielt keine großen Überraschungen bereit. Tagsüber sprachen sie nur das Nötigste miteinander und bei der Verrichtung ihrer Pflichten hatte sie vollkommen freie Hand. Es erfüllte sie mit Stolz, dass er noch nie einen Grund zur Beanstandung gefunden hatte.

Am Bach stellte sie den Korb ab und griff nach einem Laken. In dem klaren, glitzernden Wasser tauchte sie den Stoff unter und wrang ihn aus. Nur die fleischlichen Pflichten bereiteten ihr Kummer. Als Ehefrau musste sie ihm zur Verfügung stehen, wann immer er sie haben wollte. Erst wenn ihr Bauch gesegnet war, durfte sie sich ihm verweigern – so sagten zumindest die Pfaffen.

Judith erhob sich und schlug das Laken auf einen runden Flussstein. Ach, eigentlich konnte sie nicht glauben, dass August sich durch die Pfaffen aufhalten ließ. Sein Geschlechtstrieb war einfach zu stark. In manchen Nächten nahm er sie dreimal. Zwar hatte sie nicht mehr so große Schmerzen wie am Tag der Eheschließung, aber sie fand die Beiliegungen nach wie vor erniedrigend.

Im Spätherbst war sie zum Hasgelhof gegangen, um sich einen Ratschlag zu holen, aber die Mutter hatte nur gesagt, dass sie sich glücklich schätzen solle, dass ihr andere Männer nicht mehr nachstellen würden. Eine kleine Gegenleistung könne sie ihrem Ehemann ja wohl zugestehen. Außerdem solle sie sich erfreulicheren Dingen zuwenden wie beispielsweise den schönen Geschenken, die ihr August vom Freiburger Wochenmarkt mitbringen würde; erst kürzlich hätte er doch wieder diesen hübschen Armreif für sie erstanden.

Judith griff sich ein neues Wäschestück aus dem Korb und kniete sich an die Wasserkante. Wahrscheinlich hatte die Mutter Recht, immerhin sprach die Erfahrung einer langjährigen Ehe aus ihr. Trotzdem konnte Judith ihre Gefühle nicht ignorieren. Der jetzige Zustand zehrte sie von innen auf. Sie spürte deutlich, dass sie immer unglücklicher und ängstlicher wurde. In der Vergangenheit hatte sie zwar einiges Geschick darin entwickelt, den Akt hinauszuzögern, aber letztendlich war sie ihm doch ausgeliefert gewesen.

»Grüß dich!«, sagte da jemand. »Wir haben uns ja lange nicht mehr gesehen.«

Judith stand auf und trocknete die nassen Hände an ihrem Wollumhang ab. Erst als sie ihre Augen gegen das Sonnenlicht beschirmte, erkannte sie, dass Agnes von der Adlerburg vor ihr stand. Trotz ihres langen, grau melierten Haares war sie immer noch von einer herben Schönheit. Auf ihrem Rücken trug sie ein Holzgestell, das normalerweise Reisende benutzten, um Lasten zu transportieren. Wahrscheinlich kam sie gerade von einem ihrer Streifzüge durch die Wälder zurück, wo sie regelmäßig nach Heilpflanzen suchte. »Ich finde es auch schade, dass wir uns so lange nicht getroffen haben.«

»Warum besuchst du mich nicht mal? Die Leute erzählen mir immer, was für einen wohltuenden Einfluss du auf sie hättest. Vielleicht hast du eine besondere Gabe, mit Kranken umzugehen.«

»Meint Ihr wirklich, Herrin? Ich weiß ja selber nicht mal, wie ich das anstelle.«

»Ich könnte dir alles beibringen, was ich über Kräuter weiß. Dann könntest du den Menschen nicht nur nach deinem Gefühl, sondern auch mit deinem Wissen helfen. Außerdem würde ich mich über eine Mitstreiterin freuen. Seit dem Tod der alten Hebamme kann ich die Arbeit kaum noch bewältigen.«

Natürlich gab es einen triftigen Grund, warum Judith seit dem Pfingstfest nicht mehr zur Adlerburg gegangen war. Angestrengt überlegte sie, wie sie sich ausdrücken sollte. Einerseits wollte sie Agnes' Gefühle nicht verletzen, andererseits wusste sie genau, dass ihr Ehemann die Familie von der Adlerburg verachtete, wenn nicht gar hasste. Einen, wie auch immer gearteten, Kontakt würde er niemals erlauben. »Alles ist noch so neu«, sagte sie und schämte sich für die Notlüge, »und ich habe so viele Pflichten, dass ich gar nicht die Zeit erübrigen könnte.«

»Das kann ich gut verstehen«, sagte Agnes. »Natürlich musst du dich erst einleben, aber meine Tür steht immer für dich offen. Komm, wann immer du willst.«

3.

August hockte bei der Aderblauen und warf den Spießgesellen finstere Blicke zu. *Immer dieses verfluchte Würfelspiel!*, dachte er. *Und dieses tumbe Geschwätz dazu! Fällt ihnen denn nichts Besseres ein? Warum gehen wir nicht in die Wälder und versuchen unser Glück als Räuber?* Vom vielen Sitzen juckte ihm schon der Hintern. Er griff nach dem Krug und schüttete sich den Beerenwein in den Rachen.

»Nimm ihm doch einer den Krug weg«, höhnte Bengt, »sonst ersäuft er sich noch!«

»Halts Maul!«

»Was ist nun? Hast wohl keinen Saft mehr im Gehänge?«, stichelte der Spießgeselle weiter. Bis auf den freien Bauern waren alle schon mit einer Hure nach oben gegangen. »Deine Schlampe saugt dir wohl alles aus, was?«

»Lass ihn in Ruhe«, sagte die Aderblaue. »Du siehst doch, dass er abgefüllt ist.«

»Nenn sie nicht Schlampe!«, sagte August und in seinen Mundwinkeln spannte sich weißer Schleim.

»Nenn sie nicht Schlampe, nenn sie nicht Schlampe«, ahmte Bengt ihn nach. »Wahrscheinlich soll ich sie *Jungfrau Maria* nennen, oder was? Seit Wochen machst du uns den Mund wässrig und lässt uns nicht ran! Normalerweise teilt man mit seinen Freunden, aber du bist ein Säufer geworden,

ein Weinfass ohne Boden. Manchmal frag ich mich, ob du überhaupt noch ein Kerl bist.«

»Wirst schon sehen!«, sagte August und kam schwerfällig auf die Beine. Von der ruckartigen Bewegung schwappte sein Mageninhalt hoch und saure Flüssigkeit füllte ihm den Mund. Er schluckte mehrfach und versuchte, den Tisch der Huren auszumachen. Dabei hatte er den Eindruck, dass sich die rußige Decke dehnte und sich der Boden drehte. Er taumelte zurück und stürzte zur Hintertür raus. Seine Hand schnellte vor den Mund. Vorbei am Lagerschuppen stolperte er zum Kanal, der direkt an der hinteren Grenze der Hofstatt vorbeifloss. August sackte in die Knie und erbrach sich in das schlammige Wasser. Grüne Quellflechten, Kot und Gerbereiabfälle trieben an der Oberfläche vorüber. Der freie Bauer setzte sich auf den Hosenboden und wischte sich mit dem Handrücken den Mund ab.

»Wirst schon sehen!«, murmelte er. Eine Ratte kletterte aus dem Wasser und huschte an ihm vorbei. Mühsam stemmte er sich hoch und torkelte mit Schlagseite zurück. Er bückte sich nach einem Grashalm und zermalmte ihn zwischen den Zähnen, um den widerlichen Geschmack zu vertreiben. Schließlich spuckte er aus, zurrte seinen Gürtel straff und stieß die Hintertür auf. Die Huren blickten ihn lockend an. Eine war blond mit Sommersprossen und Lachfältchen; zwei waren dunkelhaarig. Der freie Bauer kannte die Namen aller; mit jeder von ihnen hatte er schon geschlafen; nur konnte er sich im Moment nicht an solche Einzelheiten erinnern …

»Na, mein Starker«, sagte eine Brünette und leckte sich über die wulstige Unterlippe. »Soll ich dich verwöhnen?«

August beachtete sie nicht. »Du«, sagte er und zeigte auf eine schlanke Dunkelhaarige, die sogleich das Stickzeug zur Seite legte, nach einer Kerze griff und sich von ihrem Schemel erhob. Der freie Bauer folgte ihr die Treppe hoch. Unter seinem Gewicht knarrten die Holzstufen. Für einen Augenblick verlor er das Gleichgewicht, erwischte gerade noch das Geländer und zog sich weiter nach oben. Die winzigen Kammern, fünf an der Zahl, boten gerade mal genügend Raum, um seitlich an das Bett zu treten. Im Inneren kniete sich das Mädchen auf die Strohmatratze und befestigte die Kerze mit einigen Tropfen Wachs. Dann setzte sie sich auf den Rand und zog sich das fleckige Hemd über den Kopf. Mit der Hand sammelte sie ihr Haar zu einem Pferdeschweif und legte es sich in den Nacken.

August verknotete sein Wams über dem Nabel und trat vor sie hin. Ungeschickt zerrten seine Hände die Schnüre auf, die um seine Hüfte verknotet waren und die Beinlinge hielten. Dann nestelte er vergeblich an den Bändern des Schamtuchs, bis das Mädchen ein Einsehen hatte und ihm half. Das gefaltete Linnen stank nach Urin und Sperma. Nachdem es zu Boden gefallen war, beugte sich August breitbeinig über das Bett und stützte sich an der Wand ab. Für einen Moment schloss er die Lider und schlief sofort ein. Als er kurz darauf wieder erwachte, murmelte er: »Fang endlich an!«

»Hab ich doch längst!«, erwiderte das Mädchen.

Verwundert blickte August an sich herunter und sah, wie ihre Hände sein schlaffes Glied bearbeiteten. Er packte ihren Kopf und drückte ihn gegen sein Geschlecht. »Dann gib dir mehr Mühe.«

Gehorsam schlossen sich ihre Lippen um den Schaft. August stieß mit den Hüften zu. Er hörte ein leises Schmatzen, aber die Berührungen ihrer Zunge spürte er nicht. Als er den Kopf in den Nacken legte, stieß er gegen den Deckenbalken. »Au, verflucht!«, sagte er und rieb sich den Schädel.

Die Hure rückte von ihm ab und spuckte in die Ecke aus. »Da ist nichts zu machen! Bisher hab ich noch jeden in Fahrt gebracht, aber du bist zu besoffen.« Sie entblößte die schiefen Zähne in einem Lächeln.

»Man hört ja gar nichts«, grölte Bengt von unten hoch. »Bist wohl eingeschlafen, was?« Im Schankraum ertönte schallendes Gelächter.

Das war August noch nie passiert. Bisher hatte er sich auf seine Standfestigkeit verlassen können. Er prahlte sogar damit, dass er mehrmals hintereinander konnte. Was würde sie den Spießgesellen erzählen, wenn er unverrichteter Dinge die Treppe hinabstieg? Würde sie ihnen berichten, dass er nicht Manns genug gewesen wäre, um es ihr zu besorgen? Bengts Spott würde kein Ende nehmen. Er musste etwas unternehmen. Grob packte er das Mädchen bei den Schultern. »Los jetzt!«

»Au! Lass mich gefälligst zufrieden, du Schlappschwanz!«

»Was hast du gesagt?« August riss ihren Kopf herum. »Was hast du gerade gesagt? Ich soll dich zufriedenlassen? Ich und ein Schlappschwanz? Hab ich das richtig verstanden?«

»Es war doch nicht so gemeint.« Ängstlich schielte sie unter seiner Hand nach oben und sagte: »Du brauchst keine Angst zu haben – ich werde schon nichts sagen!«

Ihre furchtsam geweiteten Augen, die bebenden Nasenflügel und das zitternde Kinn erregten August. Trotz seiner Trunkenheit spürte er, wie sein Glied anschwoll, zunächst nur ein wenig, doch dann wurde es immer größer. Als sich die Hure aus seinem Griff winden wollte, schlug er ihr ins Gesicht. Erst einmal, dann ein zweites Mal und schließlich so oft und brutal, bis sie keine Gegenwehr mehr leistete und sich jammernd zusammenrollte. August fasste ihr unter den Bauch, hob ihr Gesäß an und kniete sich hinter sie. »Jetzt zeig ich dir, was ein richtiger Mann ist!«

Als August wenig später die Stufen hinunterstapfte, fühlte er sich wie neugeboren. Die Erfahrung mit der Hure hatte ihm eine völlig neue Erkenntnis beschert. Wenn die Frauen Angst hatten, fühlte er sich mächtig, und dieses Machtgefühl steigerte seine Lust.

4.

Drei Tage wanderte Hartmann durch die Wälder, bis er am frühen Morgen die Adlerburg erreichte. Seine Eltern, die Schwägerin und der Knecht waren nicht da, aber es würden sich noch viele Gelegenheiten ergeben, um gemeinsam Zeit zu verbringen. Außerdem wurde er von seinem Bruder herzlich begrüßt, der ihm sogleich ein Paar Beinlinge schenkte, damit er die verhasste Kutte endlich loswurde. Hinterher lud Heinrich ihn ein, mit nach Freiburg zu kommen, und Hartmann willigte sofort ein. Während sie auf einem Waldweg ritten, erkundigte sich der Bruder nach seinen Plänen und Hartmann erzählte ihm alles.

»Das hast du dir fein ausgedacht«, sagte der ältere Bruder. »Der Herzog ist vor mehreren Wochen in Begleitung unseres Vaters ins Üchtland an der Saane aufgebrochen, um einen geeigneten Bauplatz für eine neue Stadt auszukundschaften, aber sobald er zurück ist, wird er alles für deine Unterbringung am Hof in die Wege leiten. Da bin ich mir sicher.«

»Meinst du wirklich, dass es so einfach sein wird?«, fragte Hartmann.

»Glaub mir – es gibt nur wenige Männer, die keine Pfaffen sind und einen lateinischen Satz fehlerfrei schreiben können. Der Herzog ist ein sinnenfroher Mann und kann das Gerede von der ewigen Verdammnis nicht mehr hören. Er wird sich glücklich schätzen, einen weltlichen Mann von deinen Fähigkeiten gefunden zu haben.«

»Ewige Verdammnis!«, murmelte Hartmann und prüfte, welche Wirkung die Worte noch auf ihn hatten. Wenn er sich vorstellte, welche Qualen die Sünder in der Hölle durchlitten, befiel ihn die Angst, dass er selber dort enden könnte. Der Schulmeister hatte ihm mehrmals gesagt, dass alle weltlichen Musiker in der jenseitigen Unterwelt landen würden.

Hartmann nahm sich vor, die Einschüchterungsversuche zu vergessen. Er wollte sich von der ständigen Angst um sein Seelenheil befreien. Wahrscheinlich würde es noch viele Monate oder Jahre dauern, bis er die kirchlichen Denkmuster überwunden hätte, aber er war zuversichtlich, dass er es eines Tages schaffen würde. Das Leben war einfach zu bunt, um sich immer nur zu fürchten. Ulrich dagegen hatte sich aus freien Stücken für das Gelübde entschieden und er wünschte dem Freund ein erfülltes Dasein.

Noch vor dem Mittag erreichten sie den äußeren Stadtwall. In einem leichten Trab überholten sie Händler, Bauern und Bettler, die am Straßenrand auf das Martinstor zustrebten. Der junge Wachsoldat erkannte Heinrich und winkte sie durch. Die Straße erstreckte sich in nordsüdlicher Richtung vom Martinstor zum Christophstor. Weil heute Markt war, herrschte ein lautes Treiben.

»Wenn du dir alles angesehen hast, gehst du die Wallstraße hinunter«, sagte Heinrich, »immer entlang des Palisadenzauns. Dann passierst du das Schwabentor, überquerst die Brücke über den Dreisamzweig, der die Kanäle bewässert, und gehst zu der Grafenmühle. Dort warte auf mich.«

»In Ordnung«, sagte Hartmann und rutschte vom Rücken des Pferdes. Nachdem er sich vom Bruder verabschiedet hatte, schlenderte er die Marktstraße hinunter und konnte sein Glück kaum fassen. Heute war ein ganz normaler Wochentag, und er musste sich weder zum Stundengebet einfinden noch musste er irgendwelche Handarbeiten verrichten. Er konnte tun und lassen, was immer ihm einfiel.

Hartmann verfolgte die städtischen Gepflogenheiten mit großem Interesse. Ein Händler versuchte gerade, eine vorübergehende Frau mit einem Angebot anzulocken: »Saftige Flussforellen, zwei zum Preis von einer. Ja, kommen Sie nur heran!« Auf der unteren Lade lagen Muscheln, Frösche und Schnecken bereit, die obere Lade war mit Seilen an einem Haken arretiert, um die Ware vor Niederschlägen und der Sonne zu schützen. An den Fischstand schlossen sich weitere Stände an, auf denen Tuch, Pergament, Backwaren, Keramikgefäße und Gewürze angeboten wurden.

Vielleicht finde ich etwas Schönes für Judith, dachte Hartmann. Den ganzen Heimweg hatte er an sie denken müssen. Immer wenn er sich vorgestellt hatte, wie er den Hasgelberg hinaufsteigen und an ihre Tür klopfen würde, hatte sein Herz heftig geschlagen. Vielleicht würde er nicht ganz so aufgeregt sein, wenn er ihr bei ihrem Wiedersehen ein kleines Geschenk überreichen würde. Außerdem hätte sie bestimmt ihre Freude daran …

Plötzlich horchte Hartmann auf: Von irgendwo erklang der Gesang eines Spielmanns. Nun würde er den Liedern zuhören können, ohne eine Bestrafung fürchten zu müssen. Mit weit ausholenden Schritten lief Hartmann auf die Musik zu. Auf Höhe des Hauptmarktes wurde das Geschiebe und Gedränge dichter. Einige Handwerker, die ihre Werkstätten am Stadtrand betrieben, boten in eigens aufgebauten Lauben ihre Waren feil. Hartmann stellte sich auf die Zehenspitzen und hielt Ausschau, aber er konnte den Spielmann nirgends entdecken.

»Hartmann!«, ertönte es da plötzlich aus der Menge.

Der Jüngling drehte sich um und erblickte eine junge Frau, die ihn aus Bernsteinaugen anschaute. Ihre braunen Haare waren im Nacken zu einem Schweif zusammengebunden, so dass ihr schönes und empfindsames Gesicht freilag. Das wiesengrüne Kleid untermalte die sonnengebräunte Haut. Am angewinkelten Arm trug sie einen Weidenkorb, in dem sich ihre Einkäufe befanden.

»Judith!«, sagte Hartmann und bahnte sich einen Weg zu ihr. Fieberhaft überlegte er, wie er das Gespräch eröffnen sollte. Leider fiel ihm nichts Besseres ein, als sie zu fragen: »Was machst du hier?«

»Geht endlich weiter«, meckerte eine dicke Bürgersfrau. »Ihr versperrt ja allen den Weg!«

Hartmann führte Judith zur Laube eines Linnenwalkers, an der wenig Andrang herrschte. Eigentlich passte es ihm ganz gut, dass sie sich zufällig getroffen hatten, so musste er sich nicht tagelang den Kopf über den Anlass zerbrechen. »Ich bin erst heute Morgen wieder gekommen, ansonsten hätte ich schon längst bei dir vorbeigeschaut.«

»Du bist gewachsen!«, sagte sie. »Und du hast sogar einen Bart bekommen!«

»Ja, sieh nur! Selbst die Beinlinge Heinrichs sind mir zu kurz geworden.«

Judiths Lippen dehnten sich zu einem Lächeln, aber es reichte nicht bis zu ihren Augen. Überhaupt hatte sie sich sehr verändert. Das Mädchenhafte hatte sie ganz abgelegt. Stattdessen sprach ein Wissen aus ihrem Gesicht, das Hartmann schon bei vielen Frauen gesehen hatte, ohne es recht deuten zu können. »Wie geht es dir?«

»Du hast keine Ahnung, oder?«

»Wovon? Was meinst du?«

Ihre Lippen bebten, als könnte sie jederzeit in Tränen ausbrechen. »Wo warst du vergangenes Ostern? Ich hab auf dich gewartet!«

»Ich wollte unbedingt kommen, vier neue Lieder hab ich mir ausgedacht, aber sie haben mich nicht gelassen. Als der Abt erfuhr, dass ich auf einer Harfe geübt hatte, ließ er mich so fürchterlich geißeln, dass ich drei Monate im Spital liegen musste. Ich kann von Glück reden, dass ich noch lebe.«

»Das ist ja fürchterlich!«

»Ja, aber was ist denn los?«

»Ich bin verheiratet!«

»Was? Wie-so ...«, stotterte Hartmann.

»Ja, ich bin verheiratet!«

Hartmann hatte noch nie über die Ehe nachgedacht. Er wusste nur, dass er gerne mit einer Frau zusammen wäre und diese Frau war in seinen Gedanken immer Judith gewesen. Wenn er sich eine Melodie ausdachte, sah er sie vor sich. Wenn er einen erotischen Traum hatte, so war sie es, die er küsste, die er streichelte und an die er sich drängte. Dass sie nun das Weib eines anderen war, dass sie nun mit diesem Mann all die Dinge tat, die er so gerne mit ihr ausprobiert hätte, hob seine kleine Welt aus den Angeln.

»Nun sag doch was!«, bat Judith.

Hartmann zuckte nur mit den Achseln.

»Mir blieb keine Wahl, das musst du mir glauben. Ich wäre viel lieber deine …« Sie konnte nicht weiterreden.

Hartmann konnte ihre Verzweiflung nicht nur sehen, sondern auch spüren. Er begriff, dass er sich bei der letzten Begegnung nicht in ihr getäuscht hatte. Sie hatte sich genauso zu ihm hingezogen gefühlt wie er sich zu ihr. »Was sollen wir denn jetzt machen?«

In diesem Moment ertönte eine rostige Kommandostimme: »He, aus dem Weg da!« Ein Ochsenkarren polterte heran, und Hartmann und Judith sprangen zur Seite, um nicht überfahren zu werden. Die junge Frau rutschte auf einem Kohlblatt aus und der Jüngling griff ihr unter den Arm, damit sie nicht stürzte. Auge in Auge standen sie sich gegenüber, bis Judith ihr Gesicht an seine Schulter legte. Unsicher streckte er die Hand aus und strich über ihren Rücken. Unter seinen Fingerspitzen spürte er ihren Leib. Über seinen Hals strich ihr lebendiger Atem und an seiner Brust spürte er ihre Wärme. Ihre Nähe fühlte sich so gut an! Wie oft hatte er davon geträumt, sie so in seinen

Armen zu halten! Als er spürte, wie sie ihre Hand um seine Taille legte und seine Berührungen ganz zart erwiderte, durchströmte ihn ein solches Glücksgefühl, wie er es noch nie zuvor erlebt hatte. Es gab weder die Vergangenheit noch die Zukunft, es gab nur sie beide und ihr überwältigendes Gefühl füreinander.

Sie waren so weit entrückt, dass sie den Mann mit dem rabenschwarzen Haar nicht kommen sahen. Breitbeinig baute er sich vor ihnen auf und stemmte die Hände in die Hüften. »Na, wen haben wir denn da? Grüß dich, Judith! Lange nicht mehr gesehen!«

Die junge Frau löste sich aus der Umarmung und wischte sich die Tränen aus den Augen. »Das ist Bengt«, sagte sie. »Ein Verwandter von August.«

»Ganz recht!«, sagte der grinsend. »Wie gut, dass ich gerade in der Nähe war. August wird sich bestimmt freuen, wenn er erfährt, dass seine Ehefrau bei der Erledigung ihrer Einkäufe von einem Begleiter beschützt wird.«

Judith blickte zu Hartmann, dann zu Bengt. »Er ist nur ein Spielgefährte aus Kindertagen!«

»Ja, ja, natürlich«, sagte Bengt. »Ein Spielgefährte aus Kindertagen wäre ich auch gerne mal.«

Zweiter Teil:

am herzoglichen Hof

Im Jahre des Herrn 1176

1.

Im Februar des folgenden Jahres arbeitete Hartmann als Gehilfe in der herzoglichen Kanzlei. Um den Frost draußen zu halten, hingen mehrere Bärenfelle vor den Fensternischen. Im unruhigen Licht einer Talgkerze lehnte er am Stehpult und kniff die Augen zusammen. Es bereitete ihm große Mühe, dem Griffel eine klare Linienführung abzuringen, weil seine Muskeln von den täglichen Schwertübungen schmerzten. Um kostbares Pergament zu sparen, bildete er den Text zuerst auf einer Wachstafel ab:

»*Notum sit omnibus tam presentibus quam futuris quod* … Kundgetan sei allen, den gegenwärtig wie den zukünftig Lebenden, dass der Herr Herzog Berthold eine Stadt erbaut hat, welche Freiburg genannt wird, deren eines Viertel auf dem Grund und Boden der heiligen Maria von Peterlingen gelegen ist …« Auch die neue Stadt im Üchtland an der Saane sollte den Namen Freiburg tragen. Obwohl der Bau erst im Sommer beginnen würde, sollte die Gründungserklärung schon jetzt vorbereitet werden.

Hartmann befand den Wortlaut für stimmig, erhob sich vom Schemel und ging über die Steinplatten zum Archivkasten, wo die Urkunden aufbewahrt wurden. Zwei Tragringe an den Schmalseiten gewährleisteten, dass er bei

Gefahr sofort weggetragen werden konnte. Aus dem Inneren schlug ihm ein staubiger Pergamentgeruch entgegen. Sorgfältig blätterte er die Dokumente durch, bis er die Urkunde über die Gründung von Freiburg im Breisgau aus dem Jahre 1120 gefunden hatte, die ihm für den weiteren Text als Vorlage dienen sollte.

Draußen war der Mond längst aufgegangen, als der Jüngling mit der Wachstafel unter dem Arm hinüber zu Bruder Stephan, dem *notarius,* ging, der außerdem die Ämter des Arztes und Hofkaplans bekleidete. Der Kopf des Mönchs schob sich auf seltsame Weise immer seitlich über das Pult, so als könnte er sich seinen Notizen nur mit großer Vorsicht nähern. Links und rechts von ihm lagen Urkunden auf dem steinernen Boden, die Informationen über anerkannte Wohltaten, Lebens- und Sterbedaten, Eheschließungen, Kinder, Schenkungen und den Besitz der Zähringer enthielten. Seit Jahren arbeitete Bruder Stephan an der *Genealogia Zaringorum,* um die Geschlechterfolge der Fürsten und ihre Taten für die Nachwelt festzuhalten.

»Ich bin fertig!«, sagte Hartmann. »Wollt Ihr mir zuhören?«

»Fang nur an, mein Sohn!«, erwiderte der Mönch.

»Unde unicuique mercatori haream in constituto foro [ad] domos in proprium …«, las Hartmann laut vor. »Darauf habe ich einem jeden Kaufmann in dem gegründeten Markt ein Grundstück zugeteilt, damit Häuser – als Eigentum – errichtet werden; und ich habe festgesetzt, dass von jedem Grundstück ein Solidus geltender Währung mir und meinen Nachkommen jährlich als Zins gezahlt werden soll, am Fest des heiligen Martin …«

»Erstaunlich!«, entschlüpfte es Bruder Stephan.

»Ist der Entwurf nicht zu Eurer Zufriedenheit geraten?«, fragte Hartmann.

Die Nase des Mönchs schob sich zuerst gegen das steinerne Pult, dann blickte er seitlich hoch. *»Homo bonus semper tiro est* – ein guter Mensch bleibt immer ein Anfänger«, sagte er und blinzelte aufgeregt. »Diese Worte seien dir Aufgabe zur Herzensbildung. Denke über sie nach. Wenn du ihren Sinn erfasst hast, komm wieder zu mir. Jetzt kannst du dich zur Nachtruhe begeben.«

Hartmann wünschte Bruder Stephan einen gesegneten Schlaf, schloss die schwere Kanzleitür hinter sich und stieg die vereiste Freitreppe hinunter. Aus dem Palassaal erklang lautes Geschrei, woraufhin ein abgehacktes Gelächter folgte. Offenbar tafelte die Familie des Herzogs noch immer.

Als Wehrbau besaß die Burg einen möglichst geringen Umfang, so dass sie von wenigen Kriegern verteidigt werden konnte. Demzufolge drängte sich im Inneren alles dicht zusammen. Entlang der Ringmauer reihten sich Küche, Stall, Scheune und Hundezwinger aneinander.

Hartmanns Unterbringung im Gesindehaus hatte bei den Bediensteten für Unzufriedenheit gesorgt, weil für ein weiteres Bett eigentlich der Platz fehlte. Möglichst leise öffnete er nun die Tür und schloss sie sogleich wieder. Um nicht gegen die Schlafenden zu stoßen, gewöhnte er seine Augen an die Dunkelheit und tastete sich dann weiter vor. Als er endlich die Strohmatratzen erreichte, schliefen der Pferdeknecht und die Küchenmagd miteinander. Ihren hellen Leiber entströmte ein schwerer Geruch.

»Glotz nicht so!«, zischte der Knecht.

»Lass ihn doch«, sagte die Magd keuchend, »er ist doch

noch ganz unschuldig. So etwas gab es wohl nicht in deinem Kloster, mein Kleiner, was?« Als sie einen heftigen Stoß empfing, stöhnte sie heiser auf. »Irgendwie gefällt es mir, wenn er zuschaut.«

»Was sagst du da?«

»Hör doch nicht auf«, bettelte die Magd und umfasste die Hinterbacken des Knechts. »Bitte … mach weiter … stoß fester zu … ja … jaaa!«

In der Klosterschule hatte Hartmann gelernt, dass jede sexuelle Betätigung an zwei Bedingungen geknüpft war: an die Ehe und an den Wunsch zur Zeugung eines Kindes. Schon der Samen galt als Kreatur, so dass seine Verschwendung einer Tötung gleichkam, aber das war nicht der Grund für seine Verärgerung. Seinetwegen konnten die beiden sich so oft lieben, wie sie wollten, wenn er nur genügend Schlaf bekam. Heute hatte er kurz nach Sonnenaufgang seine Tätigkeit als Schreiber aufgenommen. Abgesehen von zwei kurzen Essenspausen hatte er den ganzen Tag durchgearbeitet. Jetzt war er hundemüde und wollte nur noch die Augen schließen, aber bei diesem Geschiebe, Gedränge und Geseufze war an Nachtruhe nicht zu denken.

»Beeilt euch gefälligst!«, sagte Hartmann, legte sich die Decke über die Schultern und verschwand nach draußen. Er konnte ja nicht ahnen, dass dieser Entschluss sein Leben entscheidend prägen sollte.

Vorsichtig, Schritt auf Schritt, stieg er die Treppe hoch, die auf den Wehrgang führte. Um nicht auf den vereisten Stufen auszurutschen, suchte er Halt an den schwarzen Buckelsteinquadern. Als er die Brustwehr erreichte, schnitt ihm der kalte Wind ins Gesicht. Im Tal schlängelte sich der Fluss durch die weiße Winterlandschaft. Die umliegenden Wälder waren schneebedeckt.

Hartmann liebte diesen Ausblick. Hoch über allem unternahm sein Geist Reisen in die Vergangenheit und in die Zukunft. Das letzte Jahr war reich an Veränderungen gewesen und eigentlich hatte sich alles zum Guten gewendet. Nur die Begegnung mit Judith beschäftigte ihn nachhaltig. Bei ihrem Abschied hatten sie kaum gewagt, einander in die Augen zu schauen. Zu gerne würde er sie besuchen, um sich nach ihrem Befinden zu erkundigen und sich selbst von ihrem jetzigen Leben ein Bild zu machen, zu gerne würde er ihr beistehen, wenn ihr Nachteile entstanden waren, aber er befürchtete, dass sie dadurch in noch größere Schwierigkeiten geraten könnte. Die Worte des Mannes, dem sie in Freiburg auf dem Markt begegnet waren, hatten zweifellos wie eine Drohung geklungen. Heinrich, sein Bruder, hatte ihn einmal gewarnt, sich in der Stadt vor Dieben und Halsabschneidern in Acht zu nehmen. Diesem Kerl hätte er ganz sicher nicht über den Weg getraut.

Ein Lied drang aus dem Palassaal und Hartmann konnte ihm nicht widerstehen. Obwohl seine Augenbrauen schon vereisten, tastete er sich vorsichtig die Treppe hinunter, schlich über den Burghof und setzte sich unter das Fenster. Mit klappernden Zähnen umklammerte er seine Knie und drückte sie gegen die Brust, um sich gegen den Frost ein wenig zu schützen. Zu den Klängen der Harfe sang eine Hofdame melancholische Strophen. Die Komposition war feiner als alles, was Hartmann bisher gehört hatte.

Da schob ein Mann den Vorhang zur Seite und trat an den Rand der Freitreppe. Umständlich nestelten seine

Hände unter den Ausläufern des Rockes, bis er erleichtert aufstöhnte und sich ein dampfender Strahl in den Schnee ergoss. Hartmann drängte sich noch tiefer in den Schatten. Er hielt sogar die Luft an, damit sein weißer Atem ihn nicht verraten konnte.

»Mein Herzog«, rief eine Stimme von drinnen, »passt nur auf, dass Euer Däumling nicht zum Eiszapfen gefriert.«

»Ha, ha. Bist du das, Cousin …« Plötzlich verstummte der Zähringer. Ohne den Kopf abzuwenden, verstaute er sein Gehänge und stemmte die Hände in die Hüften. »Gib dich zu erkennen, Bursche!«

Hartmann sprang auf. »Mein Herzog, Herr, ich … äh … ich wollte nicht …«

»Nun?«

»Ich bin der Gehilfe des *notarius'*.«

»Das sehe ich, aber warum sitzt du bei dieser Kälte vor dem Palassaal?«

»Herr, ich wollte Euch nicht zu nahetreten. Ich habe nur dem Gesang gelauscht. Das schwöre ich, so wahr ich hier stehe.«

»Dein Vater ist ein Kriegsmann und du bist ein … Musikliebhaber! Versteh ich das richtig?«

»Das Schwert führe ich auch.«

»Soweit ich gehört habe, sollst du sogar aufrecht im Sattel sitzen! Spätestens beim Turnier werden wir sehen, ob du im Kampf was taugst. Und nun komm mit! Ich will nicht, dass du Fieber bekommst, ehe du meinen Feinden ins Gesicht gespuckt hast.«

»Aber Herr, nur Edle sind zugegen.«

»Und was bin ich?«

»Ihr? Ihr seid der Edelste unter den Edlen!«

»Mit Worten kannst du jedenfalls umgehen. Dem Edelsten unter den Edlen sollte doch das Recht zustehen, sich seine Gesellschaft selbst auszusuchen. Oder meinst du etwa nicht?«

»Natürlich, Herr!«

»Dann komm endlich!«

Hartmann sah den Herzog mit großen Augen an. Er steckte in einem Zwiespalt, den er nicht lösen konnte. Einerseits wollte er dem Drängen des Zähringers nachgeben, andererseits wusste er nur zu gut, dass einige der Grafen die Anwesenheit eines Unfreien als Beleidigung auffassen würden. Er würde sehr wachsam sein müssen, wenn er nicht ihren Zorn auf sich ziehen wollte. Eine breite Hand legte sich auf seine Schulter und schob ihn in den Palassaal.

»Seht nur, wen ich mitgebracht habe!«, rief der Herzog in die Runde.

2.

Im nur wenig entfernten Aue hörte Judith, wie sich lauter werdender Hufschlag dem Anwesen näherte, und verkrampfte sich am ganzen Leib. August würde das Pferd mit Stroh abwischen, es auf dem Hof herumführen und dann in den Stall bringen. Gleich würde er zur Tür hereinkommen. Panisch sah sich die junge Frau im Haus um. Gab es etwas, das seinen Zorn erregen konnte? Das Bett war hergerichtet, der Lehmfußboden gekehrt. Im Ofen brannte ein Feuer und auf dem Tisch stand eine Platte mit Pökelfleisch.

Sie erinnerte sich noch genau, wann seine Wutanfälle begonnen hatten. Kurz nach dem Markttag im vergangenen Jahr war er von einer Zechtour heimgekehrt und hatte sie aus dem Bett gezerrt. Zuerst hatte er blindlings auf sie eingeschlagen, dann hatte er sie brutal genommen. Seit jener Nacht konnte jedes Wort zu einem plötzlichen Wutanfall führen. Wenn er dazu aufgelegt war, drehte und wendete er den Sinn so lange, bis er den Anlass für eine erneute Züchtigung gefunden hatte.

Aus Angst, etwas Falsches zu sagen, schwieg Judith meistens. Sie sprach nur, wenn sie einer Frage nicht ausweichen konnte. Ihre Angst war so groß, dass auch frohe Botschaften nicht über ihre Lippen kamen. Aber heute musste sie endlich das Wort ergreifen. Sie musste allen Mut zusammennehmen, um ihm von dem Kind zu berichten, das in ihrem Leib heranwuchs.

Mit einem Knarren flog die Tür auf. Breitbeinig baute August sich auf und schwenkte seinen massigen Kopf zuerst nach links, dann nach rechts. Genau nahm er sein Heim in Augenschein und schnalzte mit der Zunge. Als er beide Arme anhob, damit Judith ihm den Gürtel abnehmen konnte, war sie zunächst erleichtert. Offenbar war er mit dem Zustand des Wohnraumes einverstanden. Schnell kniete sie vor ihm nieder und roch sofort den Weindunst. Das konnte ein gutes, aber auch ein schlechtes Zeichen sein. Vielleicht machte ihn der Rausch träge und es verlangte ihn nach Schlaf. Genauso gut konnte der Weingeist seinen Geschlechtstrieb steigern. Dann nahm er sie mit solcher Gewalt, dass sie mehrere Tage nicht gehen konnte. Vorerst blieb ihr jedoch nichts anderes übrig, als den Lauf der Dinge abzuwarten. Sie öffnete die Schnalle und nahm ihm Schwert und Dolch ab. Beide Waffen legte sie neben das Bett, so dass sie sich in der Nacht in Griffweite befanden. Flink eilte sie zurück zum Tisch, um den Schemel zurechtzurücken, auf dem er sich ächzend niederließ.

»Setz dich!«, befahl August, »und steh da nicht rum wie eine Magd.« Mit dreckigen Fingern griff er nach einem Stück Pökelfleisch und stopfte es sich in den Mund. »Warum lachst du nie? Deine Mutter erzählt jedem, wie gut du es bei mir hast. Du musst doch glücklich sein, dass ich dich überhaupt genommen habe. Weißt du eigentlich, wie viel ich für dich bezahlt habe?« Jetzt griff er nach der Schüssel mit Mehlmus, wobei sich die Finger seiner anderen Hand zu einer Schaufel krümmten. Mit hastigen Bewegungen stillte er seinen Hunger, leckte den Napf aus und trank den bereitgestellten Becher in einem Zug leer.

Judith sprang sofort auf, um ihm nachzufüllen.

»Bleib sitzen! Das kann ich selbst besorgen«, zischte August und schenkte sich ein. Das wiehernde Gelächter des Knechts drang in das Steinhaus und lenkte ihn ab. Der Wein lief über den Becherrand. Auf dem Tisch sammelte sich eine Lache und die Tropfen stürzten zwischen den Fichtenbrettern zu Boden. »So eine Sauerei!«, sagte er. »Was hast du da wieder angestellt? Meiner Mutter wäre das nie passiert!«

Judith achtete genau auf den Ausdruck seines Gesichts, der so jäh umschlagen konnte wie der Wind.

Er kniff die Augen zusammen und blickte sie verschlagen an. »Glaubst du etwa den Quatsch, den die Leute über meine Mutter erzählen?«

Die Bäuerin war vor einigen Wochen tot am Bachufer aufgefunden worden. Im Heimgarten erzählten die Hörigen, dass sie sich selbst entleibt hätte. »Wichtig allein ist«, sagte Judith, »dass sie eine gute Frau war und dass Gott sie im himmlischen Jerusalem willkommen heißt.«

»Guck bloß nicht so ängstlich – du! Und sitz gefälligst aufrecht, wenn ich mit dir rede!«

»Herr …«

»Mutter hatte es gut bei mir. Alles hab ich ihr gekauft. Sie hätte sich niemals das Leben genommen. – Was hast du heute eigentlich getrieben? Hast du dich wieder mit dem Klugscheißer von der Adlerburg getroffen?«

Diese Frage hatte August schon öfters gestellt. Ihre Antworten, wie immer sie ausfallen mochten, hatten ihm bisher stets Anlass gegeben, sie so fürchterlich zu prügeln, dass sie mehrere Tage das Bett hatte hüten müssen. Sie wollte weglaufen, aber ihre Beine versagten ihr den Dienst. Eigentlich konnte sie genauso gut bleiben. Wohin hätte sie auch flüchten sollen? Ihre Mutter wollte nichts von den Misshandlungen hören, sondern verlor sich immer nur in allgemeingültigen Belehrungen. »Die Frau ist dem Manne Untertan«, hatte sie einmal gesagt. Bei einer anderen Gelegenheit erklärte sie: »Liebe ohne Leid gibt es nicht.« Um Trost zu spenden oder einen überlegten Rat zu erteilen, fehlte es ihr an Uneigennützigkeit. Und sich in die Gefühlswelt eines anderen hineinversetzen konnte sie schon gar nicht.

»Nun sprich schon! Hat er dich angefasst? Hast du dich wieder besteigen lassen?«

Judith schickte ein Stoßgebet zum Himmel, damit die Schläge schnell vorübergingen. Unvermittelt wurde ihr bewusst, wie sehr sie die Gottesdienste vermisste. Leider hatte es der neue Prediger nur wenige Wochen in Aue ausgehalten, bevor er das Weite gesucht hatte. »Ich habe Hartmann schon lange nicht mehr gesehen«, erwiderte sie. Soweit ich weiß, arbeitet er als Notargehilfe …«

»Woher weißt du das? Hast du hinter meinem Rücken Erkundigungen eingeholt? Du wirst schon sehen, wie weit du mit deinen Lügen kommst – du verdammte Metze!«

Der erste Faustschlag traf sie ins Gesicht und warf sie auf den Boden. Judith krümmte sich und hielt schützend die Arme über den Leib. »Nicht in den Bauch treten«, schrie sie. »Bitte, Herr! … Nein! … Ein Kind … Mein Leib … gesegnet … Herr, bitte nicht …«

»Hure, du dreckige Hure!« August trat seine Ehefrau an den Kopf, in den Unterleib und in die Lenden. Plötzlich ließ er von ihr ab und sank auf den Schemel. Schwer atmend griff er nach dem Krug, trank ihn in einem Zug leer und rülpste laut. »Verdammt, ich bin einfach zu besoffen. Heute musst du es dir selber besorgen.«

Judith wollte sich aufstemmen, aber ihr Rücken war von einer warmen Steifheit befallen. Wenn sie ihn durchstreckte, übte er einen Druck auf ihre Innereien aus. Es fühlte sich an, als ob sich etwas aus ihrem Schoß erbrechen wollte. Sie zog sich am Tischbein hoch und augenblicklich erfasste sie ein heftiger Schwindel. Sie hatte den Eindruck, dass alle Gegenstände, die Mauern und ihr Ehemann durcheinanderwirbelten. Irgendwie schaffte sie es zur Tür, die sie aufriss, und fiel dann in den Schnee. Stöhnend rappelte sie sich auf und rannte los.

An der Böschung peitschten die Äste der Weiden in ihr Gesicht. Am Tage hatte es getaut, und der Bach führte viel Schmelzwasser, das gurgelnd vorüberschäumte. Wie sollte sie ans andere Ufer gelangen, ohne von dem Strom mitgerissen zu werden? Schluchzend sank sie auf den Strand. Die Müdigkeit kam lautlos wie ein Schiff aus dem Nebel. *Nein,* dachte sie plötzlich, *ich muss bei Bewusstsein bleiben. Ich muss weiter zur Adlerburg. Agnes hat mir Hilfe angeboten. Sie weiß bestimmt, was zu tun ist.*

Als sie aufstehen wollte, spürte sie plötzlich einen heißen Schmerz, der ihr wie ein glühendes Schwert in den Leib fuhr. Sie konnte nur hoffen, dass es Urin war, der warm an den Innenseiten ihrer Schenkel hinabfloss. Ihre Hände tasteten nach unten, trafen zuerst auf glitschigen Schleim, dann auf ein schrumpeliges Ding, das sich anfühlte wie der Körper einer Kröte ...

3.

Hartmann wagte nicht, den Kopf zu heben, aber er konnte deutlich hören, wie die Gespräche ringsum verstummten. Sogar die Musik setzte aus.

»Das ist doch der Gehilfe des *notarius'«,* sagte der Truchsess.

»Und noch dazu ist er ein Musikliebhaber«, ergänzte der Herzog und sagte zu einem Diener, dessen Bettstätte nur wenige Meter von Hartmanns Lager im Gesindehaus entfernt war: »Hol einen Schemel und stell ihn neben meinen Stuhl.«

Wieder spürte der Jüngling die Hand auf seiner Schulter, die ihn vorbei an den übrigen Gästen vorwärtsdrängte.

»Was ist los mit euch?«, rief der Herzog. »Ihr seid doch sonst nicht auf den Mund gefallen.«

Der Diener lief herbei und stellte wie geheißen den Schemel ab.

Während sich der Herzog auf seinem Stuhl niederließ und seine Arme wohlig auf den Lehnen ausstreckte, setzte sich Hartmann auf den Hocker und starrte auf das Tischbein, das mit kostbaren Schnitzereien verziert war.

Ein Markgraf knüpfte an das unterbrochene Gespräch an: »Erzählt weiter, Gevatter. Nach welchen Kriterien habt Ihr den Bauplatz ausgesucht?«

»Der Bauplatz sollte möglichst der Stätte in Burgdorf gleichen«, erwiderte der Herzog. »Wir sind ziemlich lange durchs Land geritten, aber als wir das Gelände sahen, waren wir uns sofort einig. Der tief in den Fels gegrabene Fluss, die Emme, umgibt in einer Schlinge den Hügel. Auf drei Seiten fallen die Abhänge steil ab. Aus diesen Richtungen ist eine Burg uneinnehmbar. Nur die vierte Seite ist zum Land hin offen, aber die Stelle ist so schmal, dass sie ohne viel Aufwand von Uferhang zu Uferhang befestigt werden kann.«

»Hartmann«, rief der Truchsess, »du musst unbedingt Bruder Stephan berichten, welchen Bauplatz unser Herzog ausgewählt hat, damit es Eingang in die Genealogie findet.«

»Wenn Ihr es wünscht, Herr«, sagte Hartmann, »erzähle ich Bruder Stephan gleich morgen früh davon.«

»Und ob ich es wünsche«, erwiderte Berthold und lehnte sich in seinem Thron zurück. »Johanna, warum hast du aufgehört? Ich will dich singen hören.«

Die Hofdame war von einer eigenwilligen Anmut. Ihr langes, rotblondes Haar war in der Mitte gescheitelt; ihre Oberlippe bildete eine zarte, blassrosa Linie, während sich die Unterlippe trotzig vorstülpte. Zwischen zwei Bogenfenstern saß sie vor einem Wandteppich und hielt die Harfe auf ihrem Schoß. Hartmann war ihr schon häufig auf dem Schlosshof begegnet, ohne jemals mit ihr gesprochen zu haben. Ihre Finger strichen über die Saiten, und die Töne flossen zu den Männern, die für Augenblicke in ihrem Palaver innehielten. »Niemand kann mir den Mann nehmen«, sang Johanna, »den ich mir im Herzen erwählt habe / und der mich so viel Freude erfahren lässt …«

Ihre leicht rauchige Stimme ergriff Hartmann. Der Liedtext war ihm fremd und er überlegte, ob die Hofdame ihn selbst gedichtet hatte. Möglicherweise spiegelten die Strophen ihre eigenen Empfindungen wider. Er tauchte so tief in seine Überlegungen ab, dass er nicht bemerkte, wie der Thronfolger quer durch den Saal zum Herzog schritt.

»Vater«, sagte Berthold V., »Eure Gefährten fühlen sich durch die Anwesenheit dieses Hinterwäldlers gekränkt. Warum habt Ihr ihn an unsere Tafel geladen?« Der Thronfolger ähnelte mehr der Mutter, die sehr fromm war. Seine grauen Augen lagen wie Eisenkugeln in ihren Höhlen.

»Was stört dich daran?«, fragte der Herzog.

»Er stört die göttliche Ordnung. Es ist schon eine Zumutung, dass ich mit ihm die Schwertübungen machen muss.«

»Der junge Hartmann gehört zu uns. Sein Vater hat mir einst das Leben gerettet. Wenn ich mich seiner annehme, verdiene ich mir mein Seelenheil.«

»Ihr habt Eure Dankbarkeit schon oft genug bewiesen.«

»Dann war es eben die Rührung, als ich ihn frierend auf den Stufen draußen sitzen sah. Vielleicht rief sein Anblick Erinnerungen in mir wach. Mit seinem hellen Haar sieht er seinem Vater und Großvater zum Verwechseln ähnlich.

Beide haben mir im Kampf mit Treue zur Seite gestanden. Aber vielleicht hast du Recht, vielleicht beleidigt seine Anwesenheit meine Getreuen ...« Der Herzog wandte sich an Hartmann: »Du hast den Einwand meines Sohnes gehört. Warum sollte ich dir gestatten, weiter an der Tafel zu sitzen?«

Alle Blicke richteten sich nun auf ihn. Am liebsten hätte Hartmann eine Entschuldigung gestammelt und wäre aus dem Palassaal geflüchtet, aber plötzlich hatte er eine Eingebung. Das Leben bot einem Mann nur eine begrenzte Zahl an Gelegenheiten. Wenn man sie nicht beim Schopfe packte, durfte man sich später nicht beklagen, dass die sehnlichsten Wünsche unerfüllt blieben. Der Herzog war ihm wohlgesinnt – das hatte er deutlich gespürt. Wer konnte schon sagen, was der Zähringer von ihm halten würde, wenn er feige das Weite suchte? Nein, dies war der Ort, von dem sein Freund und Lehrmeister Blixa ihm erzählt hatte. An der Seite des Herzogs würde die Musik allgegenwärtig sein.

Hartmann wusste, dass sein Harfenspiel sehr eigenwillig war, weil er es sich größtenteils selber beigebracht hatte. Möglicherweise würden die Edelleute ihn auslachen, möglicherweise zeigten sie gar mit dem Finger auf ihn und jagten ihn bei der nächsten Gelegenheit vom Burghof, aber wenn er jetzt kneifen würde, würde er sich ein Leben lang Vorwürfe machen.

»Herr«, sagte er, »wenn meine Anwesenheit Eure Getreuen beleidigt, so möchte ich mich entschuldigen. Ich weiß um den Makel meiner Geburt. Trotzdem habt Ihr mir einen Platz in Eurem Gefolge zugewiesen und dafür möchte ich Euch danken, indem ich ein Lied vortrage.«

»Was?«, rief jemand aufgebracht vom anderen Ende der Tafel. »Jetzt will er auch noch singen, dieser unverschämte Hinterwäldler! Vielleicht will er hinterher gar auch noch Lohn für seine Darbietung einstreichen.«

»Vater!« Berthold der Jüngere schien fassungslos.

»Du kannst singen?«, fragte der Herzog.

»Und auf der Harfe spielen«, erwiderte Hartmann.

»Mut besitzt du jedenfalls. Das gefällt mir weitaus besser als dieses ständige Zaudern und Zetern.«

»Vater!«, murmelte der Thronfolger erneut.

»Die Winterabende sind lang«, entschied der Herzog, »und vielleicht beschert uns sein Gesang Abwechslung. Ich will sehen, was er kann. Johanna, du bekommst einen Mitstreiter: Der junge Hartmann möchte ein Lied vortragen. Händige ihm deine Harfe aus und setze dich zu uns.« Berthold klopfte Hartmann aufmunternd auf die Schulter. »Keine Sorge – du stehst unter meinem Schutz. Ich hoffe nur, dass du nicht zu viel versprochen hast.«

Erst jetzt wurde Hartmann bewusst, wo ihn seine Eingebung hingeführt hatte: in das Zentrum aller Aufmerksamkeit! Er erhob sich vom Schemel und schritt durch den Palassaal. Seine Beine fühlten sich so steif an, als gehörten sie einer Holzpuppe. *Dies ist der Ort, von dem du im Lazarett geträumt hast,* rief er sich ins Gedächtnis. *Dies ist deine Chance! Verlier jetzt nicht den Mut. Zeig ihnen, was du kannst. Vielleicht ist das die einzige Chance, die du jemals bekommst.* Mit zittrigen Händen nahm er das Instrument von der Hofdame entgegen und zwang sich zu einem Lächeln. »Danke!«

»Viel Glück!«, sagte Johanna leise.

4.

Dumpf starrte August vor sich hin. Ein Kind? Hatte sein Weib etwas von einem Kind gesagt?

Er musste der Angelegenheit auf den Grund gehen. Wenn Judith ihn umsonst um seine wohlverdiente Nachtruhe gebracht hatte, würde sie die Abreibung ihres Lebens bekommen – so viel stand fest. Ächzend stemmte er sich auf die Füße, gürtete sich das Schwert um die Hüften und trat auf den Hof. »Heiho!«

Sofort erschien der Knecht in der Tür der Gesindehütte. In seinem Rücken zechten einige Bauern.

»Hast du mein Weib gesehen?«

»Zuletzt am Nachmittag!«

»Dann mach das Tor auf.«

August führte das Pferd aus dem Stall, trabte zum Haselhof und saß ab. Mit der Faust schlug er gegen die Tür und wartete, bis seine Schwiegermutter ihm öffnete. Mechthild hatte sich noch ein Wollhemd übergezogen, und ihre Hände griffen in den Nacken, um sich die offenen Haare aus dem Ausschnitt zu ziehen.

»Wie machst du das nur?«, fragte August. »Sogar nächtens siehst du so rosig aus wie ein junges Mädchen.«

»Du sollst dich nicht über mich lustig machen«, erwiderte Mechthild. Trotzdem sah man ihr deutlich an, wie sehr sie sich über das Kompliment freute. »Was willst du?«

»Deine Tochter ist wieder fortgelaufen. Ich habe keine Ahnung, wo sie steckt.«

»Es tut mir leid, dass es dem Mädchen an Gehorsam mangelt. Dabei hab ich alles getan, was man von einer Mutter erwarten kann.«

»Du bist die Beste – das weiß ich doch. Ich würde dir niemals einen Vorwurf machen.«

»An deiner Stelle würde ich es auf der Adlerburg versuchen. Seitdem sie mit dir verheiratet ist, bin ich ihr nämlich nicht mehr gut genug.«

August verabschiedete sich, saß auf und ritt durchs Tal. Die Hufe polterten über die Holzbrücke und erreichten schließlich den gewundenen Pfad. Nebelhaft kam ihm eine Versammlung in den Sinn, die das Verschwinden des Pfaffen Lampert aufklären sollte. Der Dorfschulze hatte doch tatsächlich die Dreistigkeit besessen, ihn vor allen zu fragen, ob er den Aufenthaltsort des liederlichen Pfaffen wisse. Eines Tages würde Dankwart für diese Frechheit zahlen müssen, eines Tages würde August vollenden, was sein Vater begonnen hatte – nur nicht heute. Auf keinen Fall durfte er den Dorfschulzen unterschätzen. Im Schwertkampf wies Dankwart Fertigkeiten auf, die ihn zu einem ernst zu nehmenden Gegner machten. Der freie Bauer ritt auf den Hof und spähte nach Dankwarts Schlachtross aus.

Unterdessen trat Agnes vor das Steinhaus. »Was willst du?«

»Ist der Dorfschulze da?«

»Ich wüsste nicht, was dich das angeht. Du hast hier nichts zu suchen!«

August forschte in ihren Zügen. »Also nicht!«, sagte er und rutschte vom Rücken des Pferdes. Er schob Agnes beiseite und trat in den Wohnraum. Seine Ehefrau lag auf der Strohmatratze. Daneben kniete die Schwiegertochter des Dorfschulzen und wischte ihr mit einem Stück Linnen den Schweiß von der Stirn.

Agnes lief um den freien Bauern herum und versperrte ihm den Weg. »Sie braucht jetzt Ruhe. Sie hat viel Blut verloren. Jede Bewegung kann die Wunde in ihrem Leib erneut aufreißen.«

August starrte das Weib des Dorfschulzen an. Ihre Augenbrauen waren dicht und schwarz und standen in einem deutlichen Kontrast zu dem langen, grau melierten Haar. *Sie sieht aus wie eine Hexe,* dachte er. »Mach den Weg frei, sonst …«

»Sonst was? Willst du mir drohen? Das würde ich mir gut überlegen.« Mit voller Wucht stieß Agnes dem freien Bauern vor die Brust. »Ich habe dich nicht eingeladen, in mein Haus zu kommen. Verschwinde endlich!«

»So langsam reicht's mir!«, sagte August und griff nach seinem Schwert. Die Klinge scharrte schon an der metallenen Scheide, als die Schwiegertochter herantrat und ihre Hände auf Agnes' Schultern legte.

»Mutter«, sagte sie. »Wir können es ihm nicht verwehren. Judith ist sein Weib. Er kann sie behandeln, wie er will.«

5.

Verzweifelt beobachtete Agnes, wie der freie Bauer an das Bett trat. Sein Fuß stieß gegen die Holzschüssel und brachte das blutrote Wasser zum Überschwappen. Wie einen Hafersack lud er sich Judith auf die Schulter. Sie kam nicht zu Bewusstsein, sondern gab nur ein Stöhnen von sich. Ihre Arme baumelten leblos herab.

»August!«, sagte Agnes. »Hast du nicht verstanden? Dein Weib hatte eine Fehlgeburt. Sie braucht dringend Pflege.«

»Glaubst du wirklich, dass ich so dämlich bin? Ich hab es schon begriffen. Sie taugt nicht mal zum Kinderkriegen.«

Agnes folgte ihm nach draußen. »Wo bringst du sie hin?«

»Ich bringe sie heim. Da gehört sie hin.« August warf den schlaffen Leib über den Rücken des Pferdes und wuchtete sich in den Sattel. Als er den Kopf des Tieres herumriss, griff Agnes ihm in die Zügel.

»August, hör mir zu. Was sollen die Leute von dir denken, wenn du ihr die Hilfe versagst? Wer soll dir das Heim herrichten und die Mahlzeiten zubereiten, wenn sie stirbt? Ich kenne mich aus in den Heilkünsten. Wenn du es erlaubst, möchte ich dein Weib pflegen, bis sie wieder zu Kräften kommt.«

»Lass sofort los!«

Agnes ließ die Hände fallen und senkte demütig den Kopf. Sie hoffte inständig, dass sie den richtigen Ton angeschlagen hatte. In diesem Moment mussten ihre persönlichen Gefühle zurückstehen. Es ging einzig und allein darum, Judith das Leben zu retten.

»Wenn du an meine Tür klopfst und mich um Verzeihung bittest, lass ich dich vielleicht eintreten«, sagte der freie Bauer und trat dem Pferd in die Flanken. »Heja!«

»Ich danke dir!«, sagte Agnes und blieb mit gesenktem Kopf stehen, bis Pferd und Reiter von der Dunkelheit verschluckt wurden.

»Ich begleite dich, Mutter!«, sagte die Schwiegertochter.

»Nein«, erwiderte Agnes und strich ihr zärtlich über die Wange. »Es ist besser, wenn ich alleine gehe. Außerdem muss jemand hierbleiben, um Dankwart und Heinrich auszurichten, dass sie so schnell wie möglich zum Hof des freien Bauern kommen sollen, um …«, Agnes wählte die Worte mit Bedacht, »um zu sehen, ob ich noch etwas brauche. Geh jetzt ins Haus und stecke zwei saubere Tücher, drei Holznäpfe, den Mörtel und ein Messer in den Sack. Ich laufe in der Zwischenzeit zum Vorratsstall und hole einige Kräuter. Hast du verstanden?«

»Hab keine Sorge. Alles wird bereitliegen, wenn du zurückkommst!«

6.

Am nächsten Morgen würgte Hartmann einen halben Laib Brot herunter und spülte mit frischer Milch nach. Gähnend zog er sich aus der Küchenbank und trottete auf den Burghof.

»Gott schütze Euch, mein Prinz!«, sagte er, als er den Thronfolger sah. Doch Berthold der Jüngere wandte sich wortlos ab.

Hartmann hatte sich mittlerweile an dessen Missachtung gewöhnt. Er gürtete sich das Schwert um die Hüften und erinnerte sich an den gestrigen Auftritt. Er konnte nicht mit Sicherheit sagen, ob seine Darbietung die Zuhörer unterhalten hatte.

Gegen Ende des Abends war der Herzog so betrunken gewesen, dass er keinen zusammenhängenden Satz mehr herausgebracht hatte. An der feindlichen Haltung der Edelleute hatte sich die ganze Zeit über nichts geändert. Auch nach dem Auftritt hatten sie ihn wie ein Kriechtier angestarrt, das man bestenfalls unter dem Stiefelabsatz zerquetschte. Nur Johanna hatte ihn im Anschluss gefragt, ob er mit ihr eine *Terzone* singen wolle. Das Angebot hatte Hartmann überrascht, aber er hatte schnell seine Fassung wiedergewonnen und in den Vorschlag eingewilligt. Soweit er wusste, sangen Mann und Frau bei der *Terzone* im Wechsel, wobei zuweilen auch Strophen aus dem Stegreif erfunden wurden. Die Stimmen umspielten einander wie zwei Liebende. Die Lieder boten viel Anlass zu Späßen, waren aber zugleich von einer großen Intensität. Vielleicht konnte Johanna ihm mit ihrer Erfahrung ein wenig behilflich sein.

Der Marschall trat aus dem Palassaal. Er war ein imponierender Mann mit verwittertem Gesicht. Im Gefolge des Herzogs führte er die Aufsicht über die Pferde und die Reiseangelegenheiten. Auch befehligte er die Wachmannschaft und unterwies den Thronfolger und Hartmann in Kampfangelegenheiten.

Nach der morgendlichen Begrüßung sagte der Marschall: »Im Krieg müsst Ihr Männer erschlagen, gegen die Ihr keinen Groll hegt und die Euch an einem besseren Tag zum Gefährten taugen würden. Meine Aufgabe muss es daher sein, Euch nicht nur das Handwerk zu lehren, sondern ebenso eine feste Gesinnung zu vermitteln, die Euch vom Abenteurer unterscheidet. Hartmann, wann ehrt der Kampf einen Mann?«

»Wenn man seinen Vater, die Mutter, die Schwester, den Bruder und das Volk verteidigt.«

»Habt Ihr noch etwas hinzuzufügen, mein Prinz?«

»Wann immer er einem christlichen Ziel dient. Die Kreuzfahrer fochten im Namen Gottes. Auch ihr Kampf war gottgefällig.«

»Gut«, sagte der Marschall. »Dreht euch um.«

Zwei Schlagbäume, die mannshoch waren und von steinernen Sockeln gehalten wurden, standen inmitten des Burghofes. Zahllose Holzspäne standen wie Federn ab.

»In der vergangenen Woche habt Ihr gelernt, den Speer wirkungsvoll zu gebrauchen. *Unter dem Arm,* um so von unten her einen Stich zu versetzen; *über dem Arm,* um ihn als Geschoss zu nutzen; und *unter der Achsel,* wenn Ihr mit Eurem Pferd einen Angriff reitet. Mein Prinz, worauf ist dabei zu achten?«

Die Stirn des Thronfolgers legte sich in Falten. Eine Antwort blieb aus.

»Hartmann?«

»Auf den Schwerpunkt.« Der Jungmann aus Aue ignorierte den kalten, stechenden Seitenblick des Thronfolgers. Bei anderen Gelegenheiten hatte er dem Marschall schon vorgegaukelt, dass er die Antwort nicht wisse. An der feindlichen Haltung Berthold des Jüngeren hatte sich nichts geändert. Deshalb antwortete er nach bestem Wissen und Gewissen, auch wenn sich dadurch zeigte, dass der Thronfolger nicht mithalten konnte. »Beim Wurf sowie beim Stoß von unten her ist der Speer am Schwerpunkt zu greifen. Bei der Verwendung als Lanze muss der Reiter zwar einiges hinter dem Schwerpunkt greifen, dennoch ist sie beim Aufprall gerade zu halten, was dem Krieger viel Kraft abverlangt.«

»Richtig«, sagt der Marschall. »Kraft ist auch die passende Überleitung, um zu der heutigen Übung zu kommen. Stellt Euch vor, dass sich zwei Kämpfer gegenüberstehen. Beide sind sich ebenbürtig. Wenn man nur ihre Technik betrachtet, würde ihr Kampf niemals enden. Trotzdem wird einer von beiden siegen. Wer wird das sein, mein Prinz?«

Wieder legte sich die Stirn des Thronfolgers in Falten. »Derjenige, der öfters betet?«, fragte er.

»Das sowieso!« Nur mühsam unterdrückte der Marschall ein Lächeln. »Hartmann?«

»Derjenige, der über die größere Ausdauer verfügt. Wenn seinem Gegner die Kräfte schwinden, wird er ihm das Schwert aus der Hand schlagen können. Dieser Kampfverlauf lehrt uns, dass es nicht nur auf Technik ankommt. Ein Krieger muss ebenso über Muskelkraft verfügen.«

»Sehr gut! Geht nun zu den Schlagbäumen.« Der Marschall zog sein Schwert. »Ich will, dass Ihr dem Schlagbaum von beiden Seiten Hiebe versetzt. So … und so …« Er wiederholte den Bewegungsablauf, so dass die Zöglinge sich ihn einprägen konnten. »Jetzt versucht es selbst.« Der Thronfolger und Hartmann nahmen Aufstellung, wurden aber sogleich korrigiert. »Nein, stellt Euch nicht nebeneinander, sondern gegenüber, damit Ihr Euch nicht verwundet … Ja, genau … Schlag rechts, Schritt zurück, Ausfallschritt, Schlag links … Berthold, schlagt kräftiger zu. Bietet Eure ganze Kraft auf! … Hartmann, schlag den Stahl nicht waagerecht gegen den Stamm, sonst stauchst du dir das Handgelenk … Ja, genau … Immer im Wechsel … Wenn Euer rechter Arm ermüdet, nehmt Ihr den linken … Macht so lange weiter, bis ich wiederkomme.«

Jedes Mal wenn der Stahl auf das harte Holz traf, spürte Hartmann die Erschütterung bis in die Schulter. Diese Übungen stärkten nicht nur seine Muskeln, sondern auch sein Selbstbewusstsein. Er hatte längst begriffen, dass er als einziger Unfreier doppelt und dreifach so viel leisten musste wie die Edelleute. Er hatte auch erkannt, dass Talent bei den meisten Menschen Neid und Missgunst hervorrief. Wenn er sich am Hofe des Zähringers behaupten wollte, durfte er sich die Anfeindungen nicht zu Herzen nehmen.

7.

Das Frühjahr hatte den Bauern ausreichend Sonne und Regen beschert, so dass das Korn prächtig gediehen war. Golden wiegten sich die Ähren im Wind. Der Himmel leuchtete in einem Blau, das Weite versprach. Und im ganzen Hexental machten sich die Bauern an die Ernte.

Körperlich hatte Judith sich von der Fehlgeburt erholt und arbeitete wieder voll mit. Nachdem sie eine Pause ausgerufen hatte, setzte sie sich zu den Hörigen. Ein Krug Wasser wurde herumgereicht. Man brach Brocken vom Brot ab und gab den Laib dem Nebenmann. Aus den Augenwinkeln beobachtete Judith, wie sich der Knecht und die Magd lüsterne Blicke zuwarfen. Die junge Frau hielt ihre Hände aufgestützt, so dass sich ihre Brüste unter dem Hemd abzeichneten. Unter dem Schamtuch des Jünglings zuckte sichtbar eine Erektion.

»Gehen wir später zum Bach?«, fragte der Knecht.

»Aber wieso denn?«, erwiderte die Magd. »Ich hab doch schon gebadet!« Plötzlich warf sie den Kopf in den Nacken und lachte schallend los.

Judith stand abrupt auf und pickte sich einige Halme aus ihrem Haar. Sie blickte zum Waldrand, wo sich die Hitze wie eine Wand vor die Bäume gestellt hatte. Sie sah zu dem Steinhaus, das ihr Zuhause sein sollte, aber nichts als ein Ort des Schreckens war. Am Nachmittag wollte August mit den Spießgesellen aus Freiburg kommen. Sie hatte keine Ahnung, was die Männer hier wollten. Allein der Gedanke an Bengt ließ sie schaudern.

»Machen wir weiter«, sagte sie. »Wer weiß, wie lange sich das Wetter noch hält.«

Ein Zaun aus Stämmen und Weidenruten umgab den Acker und grenzte ihn von den Feldern der anderen Bauern ab, die weiter flussaufwärts die Ernte einbrachten. Judith griff nach der Sichel und schritt über die Stoppel zur Schnittkante. Sie bückte sich, raffte die Halme zu einem Bündel zusammen und trennte sie über der krustigen Erde ab. Dann warf sie die Halme hinter sich. Eine Magd band sie zu einer Garbe, warf sie auf einen Haufen und stimmte ein Sommerlied an: »Und wie ich sie da stehen sah, / da schlug mein Herz so freudig ihr entgegen. / Und ich sang: Tiritiritrallala …«

Ein leichter Wind strich über das Korn und lies es leise rascheln. Haarsträhnen strichen Judith ums Gesicht. So schnell wie der Schweiß aus ihren Poren brach, so schnell wurde er von der Sonne wieder getrocknet. Bei der anstrengenden Arbeit fühlte sie sich sicher. Die Erntehelfer brachten ihr Respekt entgegen und folgten ihren Anweisungen. Manchmal gewann sie sogar den Eindruck, als nähmen sie besonders viel Rücksicht. Eine Magd trat vor sie hin und bot ihr einen Krug an. Judith richtete sich auf und trank von dem kühlen Wasser. Das war gut und richtig. Auch die Feldarbeit war gut und richtig. Nur manchmal, wenn sie keine Beschäftigung hatte und tatenlos vor sich hinstarrte, war es ihr, als spürte sie an ihren Fingerspitzen ein schleimiges Ding, das nicht größer war als der Körper einer Kröte …

Hastig reichte sie den Krug zurück und sagte: »Ich danke

dir. Geh nun zu den anderen. Und wenn das Wasser aufgebraucht ist, lauf zum Brunnen und hol Nachschub.« Plötzlich beschirmte sie ihre Augen mit der Hand und spähte in die Ferne aus. »Hast du das gehört? War das Hufschlag?«

8.

August ritt voran, seitlich versetzt galoppierte Bengt, dahinter die beiden anderen Spießgesellen.

»Ich kann es kaum erwarten«, sagte Bengt. »Du hast uns auch lang genug auf die Folter gespannt.«

»Ja, ja!« Am Gatter riss August an den Zügeln, drehte sich um und befahl: »Mach das Tor auf!«

»Wieso ich?«, meckerte ein Spießgeselle, rutschte aber vom Sattel und schob die Torflügel auseinander. Aus Übermut verbeugte er sich, als August an ihm vorüberritt.

Vor dem Stall stand der Karren; auf der Ladefläche lagen mehrere Heugabeln. Vermutlich hatten die Erntehelfer ihn zurückgelassen, um die Ochsen nicht der prallen Sonne auszusetzen. Die Männer banden die Pferde an und streckten die Rücken durch.

»Holen wir sie jetzt gleich, August?«, fragte einer der Spießgesellen. Er griff sich in den Schritt und drückte sein Gehänge in die richtige Position.

»Zuerst fahren wir die Ernte ein«, erwiderte August. »Ihr beide führt die Zugtiere aus dem Stall. Bengt, du kommst mit mir. Wir wollen Wasser aus dem Brunnenschacht schöpfen, um die Pferde zu tränken.«

Wenig später hob August die Deichsel an, damit die Spießgesellen den Ochsen das Geschirr anlegen konnten. Widerstandslos ließen die Tiere sich anspannen. Schmeißfliegen schwirrten um ihre mächtigen Schädel und setzten sich auf die blanken Augen. Um sie in Bewegung zu setzen, drosch Bengt ihnen einen Knüppel zwischen die Beine. Die Holzräder polterten über den trockenen Grund.

»Ich nehme sie zuerst«, rief ein Spießgeselle.

»Nein, ich«, rief der zweite.

»Nehmt sie doch zusammen!«, sagte Bengt. »Das wäre mal eine nette Abwechslung. Was meinst du, August?«

»Ist mir gleich«, erwiderte der freie Bauer. Er konnte die Erregung seiner Kameraden nicht teilen. Nach der Fehlgeburt hatte sein Weib mehrere Wochen das Bett gehütet und war zu nichts zu gebrauchen gewesen. In dieser Zeit hatte sich seine Einstellung zu ihr verändert. Wenn sie besser aufgepasst hätte, hätte sie das Kind nicht verloren. Selbst die einfachsten Bäuerinnen konnten Schreihälse gebären. Wozu taugte sein Weib, wenn in ihrem Leib seine Saat nicht aufgehen konnte? Warum sollte er seine Spießgesellen hinhalten, wenn es sie so sehr juckte, sein Weib zu besitzen? Er war ihrer jedenfalls überdrüssig geworden. Allein der Gedanke an ihren Schamgeruch ekelte ihn an. Im Grunde ekelte ihn hier alles an. Dieses kleine Dorf mit den kleinen Äckern, der kleinen Kapelle und den kleinen Hütten. Seinetwegen konnte alles in Flammen aufgehen. Natürlich durfte das nicht auf Kosten seines Rufes geschehen.

»Hört zu«, sagte er, »wenn wir gleich ankommen, will ich, dass ihr euch meinem Weib gegenüber respektvoll verhaltet. Ist das klar?«

»Aber August! Du hast doch versprochen, dass wir …«

»Halt einfach die Schnauze, wenn ich was sage, und lass

alles andere meine Sorge sein! Ihr werdet schon auf eure Kosten kommen.«

Die Spießgesellen murmelten ihre Zustimmung und brachten den Ochsenkarren beim Garbenhaufen zum Stehen. »Verdammte Mücken«, fluchte Bengt und klatschte sich auf den Unterarm. Ein anderer kletterte auf die Ladefläche und reichte die Heugabeln herunter. Die Männer zogen ihre Wämser aus, stachen in die Garben und luden sie auf den Karren.

Unterdessen versammelte August die Erntehelfer um sich und stemmte die Hände in die Hüften. »Alle Achtung! Ich bin beeindruckt, wie weit ihr gekommen seid!«

»Wir haben uns solche Mühe gegeben«, sagte der Knecht. »Den ganzen Tag haben wir durchgearbeitet, um das Wetter zu nutzen. Wer weiß, wie lange es sich noch hält.«

»Und dabei habt ihr nicht mal an die Belohnung gedacht, oder?«

»Eine Belohnung? Was für eine Belohnung?«

»Ihr wart so fleißig, dass ich euch einfach eine kleine Freude bereiten will«, sagte August und löste das Säckel von seinem Gürtel. In jede der Hände, die sich ihm flugs entgegenstreckten, legte er eine Kupfermünze.

»Gesegnet seiest du! … Der Herr wache über dir!«

»Nun übertreibt mal nicht«, sagte August bescheiden und zeigte auf den Knecht. »Du kannst aus dem Vorratsstall ein Fass Beerenwein holen und es zum Heimgarten rollen. Heute sollt ihr feiern. Ladet auch die anderen Bauern ein und sagt ihnen, dass sie auf mein Wohl trinken sollen.«

»Ein ganzes Fass Beerenwein?«, rief der Knecht. »Das reicht aus, um das ganze Dorf besoffen zu machen!«

»Dankt nicht mir, sondern dem Allmächtigen. Und nun haut endlich ab, bevor ich es mir anders überlege. Den Rest erledigen wir.«

Miteinander flüsternd und sichtlich gelöst machten sich die Erntehelfer auf den Weg, ihren kleinen Schatz fest in der abgearbeiteten Hand haltend.

»Ach, noch was«, rief ihnen August hinterher. »Ihr könnt so viel trinken, wie ihr wollt, aber auf dem Hof habt ihr heute Abend nichts zu suchen. Ist das klar? Geht, wohin ihr wollt, aber heute Abend will ich meine Ruhe haben! Habt ihr das begriffen?«

9.

Bewegungslos stand Judith an der Schnittkante; sie schaffte es nicht, einen klaren Gedanken zu fassen. Erst als August sie rief, trabte sie zu ihm hinüber. Leicht neigte sie den Kopf, um seine Worte besser zu verstehen. Dann begab sie sich auf den Heimweg.

Was hatte er soeben gesagt? Sie solle sich überall waschen und ein sauberes Hemd überziehen, dann Speis und Trank vorbereiten. War das alles? Im Stillen wiederholte sie seine Anweisungen: *Überall waschen, sauberes Hemd, Speis und Trank* … Ah, da war noch was: August hatte noch hinzugefügt, sie solle sich auf die Männer gefasst machen.

Plötzlich blieb sie stehen und blickte zurück über das Feld; sie hatte schon eine große Wegstrecke hinter sich gebracht, ohne es zu merken. Der Himmel färbte sich glutrot. Bald würde es dunkel werden.

Mit diesem Abstand fand ihr Denken wieder zu der gewohnten Stärke zurück: Warum hatte ihr Ehemann die

Erntehelfer weggeschickt? Was suchten seine Spießgesellen hier? Die Stadt bot ihnen doch viel mehr Abwechslung! Gab es in Aue etwas, das sie unbedingt haben wollten? Und warum hatte August darauf bestanden, dass sie sich waschen sollte?

Plötzlich hatte Judith einen Verdacht, der so schrecklich war, dass sie ihn kaum fassen konnte. Nein, dazu war nicht einmal ihr Ehemann imstande! Nirgends auf der Welt würde sich ein Mann seinem Weib gegenüber so niederträchtig, so … so … Ihr fiel nicht das passende Wort ein, um ein derartiges Verhalten zu beschreiben. Und trotzdem deuteten alle Hinweise darauf hin. Die Gefahr zeichnete sich so klar ab, als könnte sie mit den Händen danach greifen.

»Was stehst du da herum?«, brüllte August ihr zu. »Geh endlich heim und wasch dich!«

Judith beobachtete, wie die Männer ihre Arbeit unterbrachen und zu ihr herüberstarrten. Bengt sagte etwas zu ihrem Ehemann, lehnte die Heugabel gegen den Ochsenkarren und kam auf sie zu. Instinktiv drehte Judith sich um und schätzte die Entfernung zum Waldrand ab. Als sie sich wieder dem Feld zuwandte, bemerkte sie, dass auch die anderen Männer die Heugabeln beiseitegestellt hatten und auf sie zugingen.

Da wusste sie, dass sie fliehen musste. Ihr Instinkt übermittelte ihr eine klare, unmissverständliche Botschaft. Wenn die erste Gefahr gebannt war, konnte sie immer noch überlegen, wie es weitergehen sollte, aber jetzt musste sie handeln – sofort. Ohne sich noch einmal umzudrehen, warf sie die Holzpantinen von den Füßen, raffte den Rock über die Knie und rannte los.

»Schnappt sie euch!«, brüllte Bengt. »Lasst sie nicht entkommen!«

Die Brutalität in seiner Stimme erschreckte Judith. Entsetzliche Dinge würden mit ihr geschehen, wenn sie nicht den Waldrand erreichen würde. Ihre nackten Fußsohlen flogen über die krustige Erde, über Tannenzapfen und Eicheln. Hier war sie aufgewachsen, hier kannte sie jedes Schlupfloch. Im Schutz der Bäume hatte sie eine Chance, ihren Verfolgern zu entkommen. Sie konzentrierte sich auf ihre Schritte, auf ihren Atem und den Grund. Trotzdem hörte sie, wie die Männer Stück um Stück aufholten, wie ihr heiseres Gebrüll immer näher kam. Bald würde sie ihren heißen Atem im Nacken spüren, bald bräuchten sie nur noch die Hand ausstrecken, um sie an den Haaren zu packen. Judith biss die Zähne zusammen. Sie ignorierte das Brennen in den Schenkeln, die Atemnot und das Seitenstechen.

Eines wusste sie mit Sicherheit: *Lebend bekommen sie mich nicht!*

10.

Jedes Jahr veranstaltete der Herzog von Zähringen ein Turnier, zu dem Edelleute aus dem ganzen Reich anreisten. Bei dem feierlichen Anlass wurde auch die jährliche Schwertleite, der offizielle Ritterschlag, durchgeführt.

Am Abend vor den Reiterspielen fanden sich sechs Jungmänner in der Schlosskapelle ein, um sich in Andacht und stillem Gebet auf die Zeremonie vorzubereiten. Im unteren Gebetsraum kniete sich Hartmann neben einen anderen Jungmann von unedlem Geblüt.

»Ich heiße Burkhard«, sagte er. »Burkhard von Schlatt!«

Hartmann sah sich zur Tür um und rückte näher. »Ich weiß. Ich hab mich beim Marschall nach dir erkundigt. Du bist der Sohn von Werner von Schlatt, einem Kampfgefährten meines Vaters, der bei der Belagerung der Kelmünzer Burg fiel. Der Marschall hat auch erzählt, dass du nach der Schwertleite am *buhurt* teilnimmst. Wir werden zusammen auf der Seite der Zähringer kämpfen.«

Der *buhurt* war ein Reiterspiel, das ohne Schwert und Lanze durchgeführt wurde. Zwei Verbände traten gegeneinander an und versuchten, den nur mit einem Schild bewaffneten Gegner vom Pferd zu stoßen. Tapfere Krieger waren dabei schon von den Hufen zertrampelt worden.

»Mir wäre es lieber«, sagte Burkhard, »wenn sie mich vergessen hätten. Natürlich weiß ich, dass die Teilnahme eine Ehre ist, aber ich kann mir wirklich Angenehmeres vorstellen, als mich mit fremden Kerlen rumzuprügeln. Na ja – es hätte auch schlimmer kommen können.«

»Wie meinst du das?«

»Ich meine natürlich Friedrich den Schwarzen! Hast du ihn nicht gesehen? Sogar auf dem Münsterplatz ist er kampflustig herumgelaufen und suchte Streit. Die ganze Zeit hab ich auf meine Füße gestarrt, das kannst du mir aber glauben! Allmächtiger, wenn ich daran denke, dass ich bei den Einzelkämpfen gegen ihn antreten müsste, wird mir ganz anders zumute. Aber das ist ja glücklicherweise nicht möglich. Eine Forderung zum *tjost* müsste vorausgehen. Und sobald er mir zu nahe kommt, gebe ich Fersengeld – darauf kannst du wetten. Der bekommt nur eine Staubwolke zu sehen.« Burkhard griff nach hinten und knetete seine Waden. »Wie lange müssen wir hier eigentlich noch knien? Mir sind schon die Beine eingeschlafen.«

»Stell dir mal vor«, sagte Hartmann, »dir gelänge es, den Schwarzen vom Pferd zu stechen. Die Spielleute würden von deinen Taten singen und Jungfrauen würden Blumenkränze für dich flechten.«

»Träum weiter! Wenn Gott gewollt hätte, dass ich gegen den Schwarzen antrete, hätte er mich zwei Köpfe größer gemacht. Soll ein anderer den Ruhm einstreichen. Jedem, der gegen den Schwarzen antritt, seien die Heldenlieder von Herzen gegönnt. Die Frage ist nur, ob er viel davon hat, wenn er drei Fuß unter der Grasnarbe liegt.«

Die beiden schwatzten die ganze Nacht lang.

Als der Truchsess noch vor dem Morgengrauen eintrat, waren ihre Hände vor dem Bauch gefaltet und ihre Antlitze dem Altar zugewandt. Niemand, der sie so unschuldig auf den Steinplatten knien sah, wäre auf die Idee gekommen, dass sie das Schweigegebot über den Haufen geworfen hatten.

»Es geht los«, sagte der Truchsess.

In der Badestube wuschen sie sich mit Rosenwasser von ihren Sünden rein. Hinterher nahmen sie am Burgtor Aufstellung. Der Nachthimmel riss gerade auf und auf den Wehrmauern knisterten die Pechfackeln. Die Krieger des Reiches bildeten eine Gasse, die auf den Palas zuführte, wo der Herzog von Zähringen sie erwartete. Der Thronfolger, in einem kostbaren Gewand aus Scharlach und Seide, ging der Gruppe voraus. Ihm folgten die Jungmänner von edlem Geblüt. Hartmann und Burkhard bildeten den Schluss. Vor dem hellen Teppich, auf dem die geweihten

Waffen bereitlagen, blieben sie stehen. Der Bischof von Lüttich, der jüngere Bruder des Herzogs, trat vor sie hin, schlug das Kreuz und sagte:

»*Domine sancte, pater omnipotens, eterne Deus, qui cuncta solus ordinas et* … – Heiliger Herr, allmächtiger Vater, ewiger Gott! Alles bestimmst du allein und ordnest es richtig. Um die Schlechtigkeit der Verworfenen zu züchtigen und die Gerechtigkeit zu schützen, hast du den Gebrauch des Schwertes in heilbringender Anordnung auf Erden gestattet. Diese jungen Männer wollen dir dienen. Witwen, Waisen und Geistliche wollen sie beschützen, um dich zu ehren. Deshalb will ich sie segnen mit des Schildes Amt.« Der Bischof schlug erneut ein Kreuz. »Amen.«

»Ich danke dir«, sagte der Herzog. Er bückte sich nach dem kostbarsten Schwert, trat vor seinen Sohn hin und gürtete es ihm um die Hüften. Dann band er goldene Sporen an die Fersen des Prinzen, erhob sich wieder und sprach so laut, dass alle ihn verstanden: »Mein Sohn, jetzt, da deine Waffe gesegnet ist und du ein Krieger geworden bist, bedenke dein neues Amt. Bedenke auch deine Geburt und deinen Adel. Sei gut zu den Armen, großmütig gegenüber den Mächtigen und ehre alle Frauen.«

Nachdem die Hochrufe verklungen waren, gürtete der Thronfolger die anderen Schwerter um die Hüften der übrigen Jungmänner. Die durch seine Hand vorgenommene Bewaffnung sollte schon vor seiner Regentschaft ein Band knüpfen.

Am Ende der feierlichen Zeremonie präsentierten sich die jungen Krieger der jubelnden Menge. Hartmann schaute über die zahlreichen Köpfe hinweg und erblickte Johanna auf der Treppe der Kanzlei. Sie trug ein lindgrünes Kleid, das ihre wohlgeformten Brüste und die schmale Taille betonte. Ihre katzengrünen Augen kreuzten immer wieder seinen Blick.

Der Aufbau verlief schnell und reibungslos. Schon bald konnte der Herzog seine Gefolgsleute, die geistlichen Würdenträger und die Hohen des Reiches zum Festmahl bitten. Beim Essen wurde viel gelacht und gejohlt. Knochen flogen nach hinten über die Schultern, wo die Hunde auf- und abjagten, um sich die Leckerbissen zu schnappen. Zuweilen zog eine dunkle Wolke wie der Schatten einer riesigen Faust über die Gesellschaft.

Am Ende der hufeisenförmigen Tafel steckten Hartmann und Burkhard die Köpfe zusammen. Ihnen gegenüber saß Friedrich der Schwarze und starrte jedem Mann feindselig ins Gesicht. Die meisten Krieger mieden seinen stechenden Blick. Trotzdem war es ihm schon gelungen, drei Forderungen zum *tjost,* dem isolierten Kampf zweier Reiter, auszusprechen. Der Sieger durfte Pferd und Rüstung des Unterlegenen einstreichen, was einen großen Anreiz für einen Söldner wie ihn darstellte, der über kein festes Einkommen verfügte.

Mit der Zeit vergaßen Hartmann und Burkhard die Anwesenheit des Schwarzen und amüsierten sich prächtig. Eine Magd – ungefähr in ihrem Alter – setzte einen Krug vor ihnen ab. Sie hatte dunkelblondes Haar und einen herausfordernden Blick.

»Tanzen wir später?«, fragte Burkhard sie.

In gespielter Zier senkte sie den Kopf. »Wo denkt Ihr hin? Ich bin ein anständiges Mädchen. Keines, das … Ach, ich weiß nicht. Vielleicht, vielleicht aber auch nicht.«

»Du musst dich schon entscheiden«, sagte Burkhard.

»Ich muss gar nichts«, sagte die Magd und eilte mit federnden Schritten davon. Dann blickte sie über die Schulter zurück und zwinkerte ihm zu.

Hartmann musste lachen. Er fühlte sich zum ersten Mal unbeschwert, seitdem er seine Stellung als Gehilfe des *notarius* angetreten hatte. Mit Burkhard hatte er einen Gefährten gleichen Ranges gefunden, mit dem er gerne Zeit verbrachte. Von seiner Hüfte baumelte von nun an ein Schwert, das ganz allein ihm gehörte. Immer wieder tastete seine Hand nach dem Griff, und erst wenn er das kalte Metall spürte, war er sich sicher, dass er nicht träumte.

»Heute Abend werden wir eine Menge Spaß haben«, sagte Burkhard, griff nach dem Krug und trank. Der Wein lief ihm aus den Mundwinkeln und tropfte auf sein Gewand.

Hartmann erinnerte sich an die Warnung des Marschalls. Burkhard sollte davon erfahren, damit er beim *buhurt* nicht zu Schaden kam. »Ein bisschen Wein fördert den Mut, aber zu viel Wein macht leichtsinnig.«

Burkhard setzte den Krug ab und betrachtete ihn erstaunt. »Leichtsinnig? Hört sich eigentlich nicht schlecht an, aber natürlich hast du Recht. He, du da«, sagte er und knuffte seinem Nebenmann in die Seite. »Du bist doch einer von den Staufern, oder? Trink das, wenn du keine Memme bist. Ganz ehrlich, du solltest dich besser stärken, wenn du gegen mich bestehen willst.«

»Haha«, platzte der andere heraus, »um gegen dich zu bestehen, soll ich mich stärken? Haha! Willst mich wohl abfüllen, was? Aber das nützt dir auch nichts. Gib schon her.« Gierig schluckte der Mann aus dem Krug.

Burkhard flüsterte Hartmann zu: »Einer weniger.«

Die Magd reagierte sofort. »Nachschub für den werten Herren Ritter«, sagte sie und setzte Burkhard erneut einen Krug vor die Nase. »Lass es dir schmecken.«

Verdutzt sahen sich Hartmann und Burkhard an. Viele Begriffe kursierten für den Krieger. Auch war ihnen die Bezeichnung Ritter schon begegnet, aber die Anrede aus dem Mund der Magd klang einfach wunderbar und passte bestens zu ihrer Stimmung.

Übermütig griff Burkhard nach dem Krug und sprang auf die Füße. »Werter Herr Ritter Hartmann. Möget Ihr im Turnier siegreich bleiben. Euer Ruf soll Euch vorauseilen, auf dass er allen Kriegern das Fürchten lehre. Auf Euer Wohl!«

Sofort sprang Hartmann auf. »Mindestens genauso, werter Herr Ritter Burkhard. Eure Lanze soll jeden Mann aus dem Sattel stechen, der es wagen sollte, sich Euch in den Weg zu stellen ...«

»He!« Der Ausruf ließ das Palaver am Ende der Tafel verstummen. Friedrich dem Schwarzen, dessen Gesicht von einer derben Wildheit war, lag ein dunkles Bärenfell über dem Harnisch. Den Dolch, mit dem er eben noch Fleischlappen von der Hammelkeule geschnitten hatte, rammte er bis zum Heft in den Tisch, als wäre er aus Käse. »Ihr zwei seid wohl ganz besonders ausgeschlafen, was? Einem Mann wie mir wollt ihr das Fürchten lehren? Das könnt ihr haben! Euch zweien wird der Übermut schon noch vergehen.« Mit seinen riesigen, behaarten Pranken stemmte er sich hoch.

Ein Murmeln, ein Flüstern erhob sich ringsum: »Wie meint der Schwarze das? ... Sucht er sich Streit? ... Will er noch einen Zweikampf? … Fordert er die beiden zum *tjost?* … Nein, das ist nicht möglich! Die beiden sind noch zu unerfahren … Und ob das möglich ist! Er hat schon drei Gegner. Da ist er nicht mehr so wählerisch …«

»Herr … Herr Friedrich«, stotterte Burkhard, »so war das nicht gemeint. Der Beerenwein ist uns wohl zu Kopf gestiegen. Wir wollten Euch gewiss nicht beleidigen. Nehmt bitte unsere Entschuldigung entgegen.«

Kaum hatte er ausgesprochen, setzte er sich schnell und blickte starr auf die Tischfläche. Mit der Hand griff er nach Hartmanns Rockschößen und zog daran. Der hielt dem Blick des Schwarzen für einen Moment stand – sein Stolz gebot es ihm einfach –, ehe er sich neben seinem Freund niederließ.

»Was hat er vor?«, flüsterte Burkhard. »Wir haben doch nur Spaß gemacht. Er wird uns doch nicht allen Ernstes zum *tjost* fordern.«

Friedrich der Schwarze kletterte über die Bank und marschierte zum Kopf der Tafel, wo er vor dem Herzog von Zähringen niederkniete. Berthold klopfte ihm auf die Schulter und gebot ihm dadurch aufzustehen. Mit dem Arm deutete Friedrich in die Richtung der jungen Krieger.

»Was sagt er?«, lallte ein betrunkener Staufer. »Ich kann nichts verstehen.«

»Sei doch still!«, sagte sein Weib, die den Kopf zur Seite gereckt hielt, um etwas vom Gesagten aufzuschnappen.

Der Herzog lauschte dem Schwarzen aufmerksam, rief dann den Marschall zu sich und raunte ihm etwas ins Ohr. Der Marschall nickte mehrmals, ging dann um die Tafel herum und blieb hinter den beiden Freunden stehen. Zuerst blickte er Burkhard in die Augen, dann sagte er zu Hartmann: »Hast du den Schwarzen gereizt?«

»Ich? Hat er das behauptet?«

»Der Schwarze sagte, wenn ein gestandener Mann sich erdreistet hätte, ihn so zu provozieren, wie du es getan hast, dann hätte er ihm längst den Handschuh hingeworfen, aber bei einem wie dir, der noch nie den Beweis seines Mutes erbracht hat, wolle er zuerst den Herzog fragen, ob es überhaupt ehrenhaft sei, einen solchen Mann zu fordern.«

»Und was hat der Herzog gesagt?«

»Berthold weiß, wie gerissen der Schwarze ist. Als erfahrener Kämpfer bekleckert er sich nicht gerade mit Ruhm, wenn er einen Krieger ohne Turniererfahrung zum Kampf fordert. Deshalb wollte er sich absichern. Und der Herzog tat ihm den Gefallen. Er sagte nämlich, dass du einer seiner besten Männer wärest. Jedenfalls schickt er mich, um dir die Forderung des Schwarzen zu überbringen.«

»Oh Gott!«, sagte Burkhard.

Der Marschall warf ihm einen kurzen Blick zu und sprach dann zu Hartmann: »Was meinst du? Eine Forderung ist nicht verbindlich. Du kannst sie ablehnen.«

Hartmann hatte den Marschall als klugen Mann kennengelernt, der stets einen unverstellten Blick auf die Dinge warf und sich niemals zu einer unbedachten Handlung hinreißen ließ. »Was ratet Ihr mir, Herr?«

»Diese Entscheidung kann ich dir nicht abnehmen. Friedrich der Schwarze ist ein furchtbarer Kämpfer. Viele seiner Gegner starben an den Verletzungen, die er ihnen im Turnier zugefügt hatte. Aber wenn ich glauben würde, dass du chancenlos wärst, hätte ich meine Bedenken schon dem Herzog gegenüber geäußert. Ich habe dich alles gelehrt, was ich weiß, und du hast dich als gelehriger Schüler erwiesen. Was der Schwarze dir an Körperkraft voraus ist, kannst du durch Flinkheit ausgleichen.«

»Also ratet Ihr mir, mich zu stellen?«

»Das hab ich nicht gesagt. Die Entscheidung liegt bei dir. Niemand würde es einem jungen Krieger, der über keine Turniererfahrung verfügt, verübeln, wenn er eine Forderung des Schwarzen ausschlüge. Jeder hier weiß, dass sie den Tod bedeuten kann. Andererseits verhälfe es dem Herzog zu Ansehen, wenn einer seiner Männer den Schwarzen bezwingen würde.«

Hartmann blickte zum Kopf der Tafel. Einige Verwandte Bertholds, die im Winter zu Besuch gekommen waren, um den Liedern zu lauschen, die er häufig zusammen mit der Dame Johanna vorgetragen hatte, zeigten mit dem Finger auf ihn und lachten. In ihren Augen würde er stets ein Emporkömmling bleiben – egal, ob er sich dem Kampf stellte oder nicht. Der Herzog hingegen hielt immer seine schützende Hand über ihn. Auf seinen Beistand hatte er sich stets verlassen können. Hartmann wollte ihn nicht enttäuschen.

Neben den Kampftechniken hatte der Marschall ihm auch eine Weisheit ans Herz gelegt, die seinen Mut festigen sollte: »Wer großen Dienst leistet, trägt auch den meisten Lohn davon.« Damit waren nicht Kleider, Münzen oder sonstige Besitztümer gemeint, sondern vor allem Wertschätzung. Wenn er sich Respekt verdienen wollte, musste er seine Angst überwinden. Entscheidend war nicht, ob er am Ende siegte oder unterlag. Entscheidend war allein, dass er sich dem Kampf stellte und sein Bestes gab.

»Herr«, sagte er, »ich nehme die Forderung an.«

»Du machst mich sehr stolz, mein Junge!«, sagte der Marschall. »Ich will es gleich ausrichten. Auch will ich dir eine Ausrüstung beschaffen, die der des Schwarzen in nichts nachsteht. Warte mal – wenn ich genau darüber nachdenke, wird es am besten sein, wenn du meine Rüstung trägst. Und mach dir bloß keine Sorgen, dass du sie an den Schwarzen verlieren könntest. Notfalls hole ich sie mir selbst zurück.«

»Nein, Herr«, widersprach Hartmann. »Ich trage das Kettenhemd, die Beinplatten und den Helm, die Ihr mir für den *buhurt* überlassen wolltet. Mehr nicht. Ihr habt selbst gesagt, dass ich auf meine Flinkheit vertrauen soll. Wenn es nach dem Anreiten zu einem Schwertkampf kommt, würde mich die schwere Rüstung nur behindern.«

Die Augen des Marschalls blitzten. »Bist du dir darüber im Klaren, dass eine Lanze das Kettenhemd durchbohren kann? Die Verletzungsgefahr bei einem geschlossenen Panzer mit Brünne, Schulterschutz, Hals- und Armschutz ist weitaus geringer.«

»Das bin ich.«

»Dann will ich dir sagen, dass ich es nicht anders machen würde. Ja, auch ich würde auf den Harnisch verzichten. Nur so ist dem Schwarzen beizukommen. Vertraue auf das, was ich dir beigebracht habe, und auf deine Flinkheit. Dann kannst du ihn besiegen.« Der Marschall drückte Hartmanns Schulter und ging davon, um die Vorbereitungen zu treffen.

»Du musst mir eins versprechen!«, sagte Burkhard und sah ihn mit großen Augen an.

»Was soll das sein?«

»Der Schwarze hat noch niemals jemanden erschlagen, der sich seiner Gnade ausgeliefert hat. Wenn er es täte, würde er nie wieder zu einem Turnier eingeladen werden. Verspreche mir, dass du nicht zu stolz sein wirst, die Waffen zu strecken, wenn der Zeitpunkt gekommen ist.«

»Danke, Burkhard! Du kannst dich darauf verlassen!«

Nachdem der Herzog das Festmahl beendet hatte, begab sich Hartmann ins Gesindehaus. Der Schweineknecht schlief wie immer seinen Rausch aus; ansonsten war die Unterkunft leer. Auf seiner Bettstat lagen Kettenhemd, Handschuhe, Helm, Sporen und Beinplatten bereit. Der Stahl war auf Hochglanz poliert und reflektierte das spärlich einfallende Sonnenlicht.

Auf dem Schlosshof erklang eine markige Stimme: »Sammeln! Welfen zu mir!« Posaunen ertönten und kündeten den Auszug der Festgesellschaft an. Auch die übrigen Gäste begaben sich zum Tor und schnatterten aufgeregt durcheinander. Offenbar fieberten sie dem ersten *tjost* des Schwarzen entgegen.

Hartmann setzte sich hin und massierte seine Schläfen. Er wusste nur zu gut, dass der Papst überall verkünden ließ, dass die Turniere Anreiz für alle sieben Todsünden boten: Sie förderten den Stolz, denn die Teilnehmer kämpften für Lob; sie schürten den Hass, denn die Krieger strebten nach Rache für Schläge, die sie hinnehmen mussten; sie bewirkten Bitterkeit, denn wer versagte, verfiel der Niedergeschlagenheit; sie förderten die Habgier, denn die Männer kämpften, um sich gegenseitig zu berauben; Völlerei und Verschwendungssucht waren an der Tagesordnung; die Turniere galten als Jahrmarkt der Eitelkeit, denn die

Männer verließen den Pfad geistiger Werte; und sie förderten die Wollust, denn die Krieger ritten gegeneinander an, um liederlichem Weibsvolk zu gefallen.

In Bezug auf die weltliche Musik vertrat Hartmann eine andere Meinung als die Kirche; hinsichtlich der Turniere pflichtete er ihr bei. Viele gute Männer waren schon aus zweifelhaften Motiven und zur Unterhaltung des Publikums ums Leben gekommen. Auch er konnte das Streben nach Anerkennung nicht von der Hand weisen. Trotzdem würde er gegen den Schwarzen anreiten. Moralische, weltliche und geistliche Werte standen in einem Widerspruch zueinander, den er nicht auflösen konnte.

Die Tür öffnete sich und einige Bedienstete kamen herein. Eine Magd streifte eine bestickte Schürze ab; ein junger Bursche rüttelte den betrunkenen Schweineknecht wach und sagte zu ihm: »Es geht gleich los. Komm mit.«

Das Schnarchen setzte aus. »Was? Was willst du von mir? Lass mich gefälligst in Ruhe!«

Hartmann erhob sich. Er hatte die Abgeschiedenheit gesucht, um sich zu besinnen, doch jetzt war seine Ruhe empfindlich gestört. Es gab keinen Grund, um noch länger im Gesindehaus zu bleiben. Er streifte das Kettenhemd über, schnürte die Beinplatten um und zog die Handschuhe an. Den Helm klemmte er unter die Achsel, doch als er gerade nach draußen gehen wollte, stürmte die Dame Johanna herein. Die Bediensteten senkten zunächst die Köpfe, dann schauten sie ihr verstohlen nach. Man musste kein Hellseher sein, um vorauszusagen, dass ihr Auftauchen bei ihm bald in aller Munde sein würde. Hartmann verbeugte sich, um ihrem Besuch einen offiziellem Anstrich zu geben. Vielleicht hatte sie geglaubt, ihn alleine anzutreffen.

»Seid mir gegrüßt«, sagte er. »Hat der Herzog Euch mit einer Botschaft geschickt?«

Hartmanns Worte prallten an Johanna ab. Ihr Gesicht war von einer wilden Entschlossenheit, die vorspringende Unterlippe glänzte feucht. Mit beiden Händen griff sie nach seinem Kopf und küsste ihn auf den Mund. Dann zog sie ein seidenes Tuch aus ihrem Ausschnitt und sagte: »Nimm dies als Zeichen meiner Gunst. Pass auf dich auf und sei bei aller Kühnheit auch klug!« Sie küsste ihn erneut, wandte sich ab und verließ eilig das Gesindehaus.

Einen Augenblick stand Hartmann einfach nur da – er fühlte sich völlig überrumpelt. In den vergangenen Monaten hatte er viel Zeit mit Johanna verbracht; gemeinsam hatten sie komponiert und gedichtet. Dabei hatte er sehr wohl gemerkt, dass sein Erfindungsreichtum sie beeindruckt hatte, aber er hätte niemals für möglich gehalten, dass sie ihn körperlich anziehend fand.

Plötzlich bemerkte er, wie der Schweineknecht verächtlich ausspuckte. »Hast dich von Anfang an für etwas Besseres gehalten«, sagte er hasserfüllt. »Dabei bist du nichts als der Speichellecker des Herzogs.« Der Bursche, der ihn wachgerüttelt hatte, legte ihm die Hand auf den Unterarm, um ihn in seinem Redeschwall zu bremsen. »Ach, lass mich! Dieser Wichtigtuer! Unsereiner arbeitet sich den Rücken krumm und bekommt nur Abfälle zum Fressen und der da … Einer muss es ihm doch sagen, ein Speichellecker ist er, sonst nichts, und jetzt schmeißt er sich auch noch an die Hofdamen ran. Verfluchter Schleimscheißer!«

Hartmann hatte längst begriffen, dass man nicht mit jedem in gutem Einvernehmen leben konnte. Ruhig stopfte er das Seidentuch in den Handschuh und sagte: »Du arbeitest doch gar nicht: Du liegst immer nur besoffen herum und lässt andere für dich schuften. Bisher hab ich stets versucht, friedlich mit dir auszukommen, aber ich denke, dass es ohne deutliche Worte nicht geht: Wenn ich noch ein einziges Mal erfahre, dass du freche Lügen über mich verbreitest, bist du die längste Zeit Schweineknecht gewesen. Du kannst mir ruhig glauben, dass ich genug Einfluss habe, um die Entlassung eines faulen, diebischen und bösartigen Trunkenbolds zu erwirken. Hast du das jetzt verstanden?«

Hartmann starrte den Schweineknecht so lange an, bis dieser den Blick senkte, dann drückte er sich unter dem niedrigen Türrahmen hindurch und trat auf den Burghof, wo ihn der Tag verheißungsvoll empfing.

Zwei Kämpfe hatte Friedrich der Schwarze schon für sich entschieden. Hartmann musste sich bereithalten. Rechts von ihm floss die Dreisam vorüber, links von ihm, am Fuß des Schlossbergs, stand die Tribüne. Vor ihm ritt sein Herausforderer gerade gegen seinen dritten Gegner an, einen Edlen aus staufischem Gefolge. Unter den Hufen flogen Grassoden auf, die Erde bebte.

»Du kannst beruhigt sein«, sagte Burkhard. Er prüfte den Sitz des Zaumzeugs, zurrte den Sattelriemen fest und strich mit den Fingern über die Lanzen, um etwaige Bruchstellen ausfindig zu machen. »Es ist alles in bester Ordnung. Deine Ausrüstung ist in einem tadellosen Zustand. Aber vorsichtshalber sehe ich lieber nochmal nach. Ja, ja, das sollte ich tun …«

Hartmann bemerkte, wie seine Finger zitterten. Er ballte seine Hand zur Faust, aber es half nichts – der nervöse

Tick hielt an. Der Marschall hatte ihm einmal erzählt, dass sich die Furcht ganz unterschiedlich zeigen würde. Einige Männer würden am Vorabend der Schlacht ausgelassen feiern, andere würden sich in den Schlaf weinen, einige wären sehr still und wieder andere würden Streit suchen. Der Marschall hatte auch gesagt, dass es vollkommen gleichgültig sei, wie ein Mann sich vor den Kampfhandlungen geben würde. Entscheidend wäre allein, dass man sich auf ihn verlassen könnte, wenn es ernst werden würde.

Vom Fluss kamen zwei Gestalten heran. Als sie nur noch zehn Pferdelängen entfernt waren, erkannte Hartmann seinen Vater und Bruder.

Dankwart war hager geworden. In dem weiten Ausschnitt seines Wamses zeichnete sich das Brustbein deutlich unter der glänzenden Haut ab. Nur die blauen Augen hatten nichts von ihrer stechenden Klarheit verloren. »Was ist geschehen, mein Sohn?«

Zum ersten Mal, seit Hartmann denken konnte, richtete der Vater eine Frage an ihn. Der Moment ergriff ihn und für einen Moment fühlte er sich schwach. Er musste an die Edelleute denken, die größtenteils auf ihn herabsahen, an das Gesinde, das ihn für einen Emporkömmling hielt, und an den Herzog, der ihm jederzeit seine Gunst entziehen könnte. Sosehr er sich auch wünschte, sich alles von der Seele zu reden, so klar war ihm auch, dass Klagen ihm nicht weiterhelfen würden. Längst hatte er begriffen, dass jeder Pfad eine Licht- und Schattenseite hatte. Überließ er sich dem Selbstmitleid, so kapitulierte er vor den Herausforderungen des Lebens. »Friedrich der Schwarze hat mich gefordert, Herr. Der Herzog glaubt an mich. Deshalb habe ich in den Kampf eingewilligt.«

Dankwart betrachtete seinen Sohn. »Das kann ich nachvollziehen. Ich hätte genauso gehandelt. Wenn du seiner Lanze nicht ausweichen kannst, halte das Schild seitlich, dann trifft dich nicht die volle Wucht des Aufpralls und die Lanze rutscht ab.«

»Ich werde es beherzigen, Herr.«

»Da bin ich mir sicher«, sagte Dankwart und klopfte ihm auf die Schulter.

Auf dem Turnierplatz hielt sich der staufische Edelmann länger als seine Vorgänger. Schon dreimal waren er und der Schwarze gegeneinander angeritten. Nun hämmerten die Hufe erneut über den Grund. Das Pferd des Schwarzen war ein Kastilier. Diese Rasse war beliebt, weil die kräftigen Tiere den Reiter mitsamt Rüstung ohne Mühe trugen. Von der Tribüne ertönten Anfeuerungsrufe. In der Erwartung des Zusammenpralls sprangen einige Kinder auf der Stelle und drückten sich vor Aufregung die Fäuste gegen den Mund. Dann traf die Lanze des Schwarzen auf die Brust des staufischen Edelmannes und sein Leib wurde aus dem Sattel gehoben. Schild und Helm fielen von ihm ab, der Mann landete auf dem Steiß. Er konnte der Wucht des Aufpralls nichts entgegensetzen und krachte mit dem Hinterkopf auf den Boden.

Der Schwarze riss sein Pferd herum, um einen neuerlichen Angriff zu reiten, aber der Mann blieb mit zuckenden Beinen liegen. Sein Knappe rannte zu ihm und beugte sich hinab. Dann ruderte er wild mit den Armen und rief nach dem *medicus.* Zwei Burschen kamen mit einer Bahre, an ihrer Seite lief Bruder Stephan. Unterdessen eilte der Ausrufer zu Friedrich dem Schwarzen und wechselte einige Worte mit ihm. Dann rannte er zurück zum Herzog und machte den Blechbläsern ein Zeichen. Sofort ertönten die Posaunen.

»Auch aus diesem Kampf geht Herr Friedrich als Sieger hervor«, rief er, als sie geendet hatten. »Ihm stehen Rüstung und Pferd des Geschlagenen zu. Um die Zuschauer nicht warten zu lassen, verzichtet Herr Friedrich auf eine Pause. Sogleich will er zum nächsten Kampf antreten. Aus dem Gefolge des Herzogs rufe ich Hartmann von Aue!«

Als sich Hartmann den Helm auf den Kopf setzte, schmolz sein Blickfeld auf einen schmalen Schlitz zusammen. Burkhard half ihm in die Steigbügel. Hartmann vergewisserte sich, dass der Schild fest am Arm saß, griff nach den Zügeln und ließ sich die Lanze hochreichen. Er trat dem Pferd in die Flanken und ritt zur Tribüne.

Berthold trat vor die Recken hin und griff ihnen ins Zaumzeug. »Friedrich, Hartmann, seid mir gegrüßt. Bevor ihr gegeneinander anreitet, will ich euch sagen, dass der Sieg alleine nicht zählt. Entscheidend ist die Art, wie er errungen wird. Deshalb hört nun die Regeln: Kein Mann darf einen Unbewaffneten schlagen. Ist diesem die Lanze aus der Hand gefallen und will er den Kampf fortsetzen, so muss ihm genügend Zeit eingeräumt werden, um sich eine neue Waffe zu beschaffen. Sind alle Lanzen aufgebraucht, wird der Kampf am Boden fortgesetzt. Auch hier gilt: Niemand darf einen Unbewaffneten schlagen. Streckt ein Mann die Waffen, ist der Kampf beendet. Und nun – viel Glück. Der Bessere soll gewinnen!«

Berthold ließ das Zaumzeug des Schwarzen los und trat an Hartmanns Seite. »Friedrich ist ein Aasfresser«, flüsterte er. »Ich sähe es gar zu gerne, wenn du ihn aus dem

Sattel stechen würdest. Jetzt kannst du zeigen, was in dir steckt. Du reitest mit meinem Segen.«

»Ich werde Euch nicht enttäuschen, Herr«, sagte Hartmann, lenkte das Pferd auf seine Seite und bezog Aufstellung. Sein Körper zitterte vor Erregung und Anspannung. Der gesamte Hochadel schaute auf ihn. Glücklicherweise blieb ihm nicht viel Zeit, um darüber nachzudenken, denn schon trieb der Schwarze den Kastilier an. Die Brustmuskeln des Tieres blähten sich im Galopp auf. Wenn Hartmann dem Aufprall etwas entgegensetzen wollte, durfte er keine Zeit verlieren. Er stieß dem tanzenden Tier die Sporen in die Flanken. Der Rhythmus der Hufe verdichtete sich zu einem Trommelwirbel. Aus dem Publikum ertönte lautes Kreischen. Der Schwarze wurde immer größer; offenbar wollte er ihn auf der Schildseite angreifen. Gleich würde es zum Zusammenstoß kommen. Hartmann drückte die Schenkel zusammen, senkte die Lanze und zielte auf die Brust des Gegners. Plötzlich riss der Schwarze an den Zügeln und wich ihm nach rechts aus. Während Hartmann in wildem Galopp vorbeischoss, setzte der Schwarze ihm nach und nahm die Verfolgung auf.

Hartmann konnte nicht sehen, wie nah Friedrich ihm auf den Fersen war, aber er hörte den trommelnden Hufschlag. Er wollte sich umblicken, aber der Helm verdeckte ihm die Sicht. Hitze sammelte sich unter dem Stahl und der Schweiß floss ihm in Strömen hinab. Immer weiter trieb er das Pferd. Sobald er es zum Stehen brächte, um sich dem Schwarzen zu stellen, würde der ihn aus dem Sattel stechen. Was sollte er nur tun? Hartmann lenkte den Braunen nach links – Richtung Schlossberg; dann nach rechts – Richtung Dreisam. Im Zickzackkurs, so glaubte er, würde er den Gegner abschütteln können. Der Knappe des Schwarzen grölte ihm etwas zu. Erst als er den Kopf wandte und über die Wiese zurückblickte, wurde ihm klar, dass Friedrich die Verfolgung längst aufgegeben hatte. Er war umgekehrt, hatte in der Mitte des Kampfplatzes Aufstellung bezogen und fragte nun das Publikum: »Bin ich wirklich so schrecklich, dass man das Weite suchen muss, ehe der Kampf angefangen hat?« Die Zuschauer lachten.

Vor der Tribüne trieben zwei Narren Schabernack. Einer markierte mit seinen Finger die Hörner eines Stieres und scharrte mit den Löffelschuhen. »Hasenfuß, Hasenfuß!«, rief er und trieb den anderen Narren vor sich her. Mit einer Fistelstimme rief der Verfolgte: »Oh nein, oh nein, bitte nicht!«, bis er plötzlich stehen blieb und das karierte Trikot über den Hintern lupfte. Als der Stier ihn auf die Hörner nahm, rief er: »Oh ja, oh ja, bitte fester.« Der Schwarze lachte grölend und von der Tribüne hagelte es Kommentare.

»Was erwartest du auch«, rief ein Zuschauer, »wenn du gegen Kinder antrittst! Fordere das nächste Mal einen Mann und keinen Säugling.«

»Und wer soll dieser Mann sein?«, fragte der Schwarze und richtete die Lanze gegen den Zuschauer. »Willst du gegen mich antreten? Wer so laut rufen kann, kann mit Sicherheit auch kämpfen.« Der Zuschauer wich aus, aber der Schwarze stach ihm erneut in die Brust. »Wenn das eine Forderung war, so nehme ich sie an. Du hast mich beleidigt, hast behauptet, dass ich Kinder zum *tjost* fordere. Bekräftige nur vor allen, was du gesagt hast, und hol dein Pferd.«

»So war es doch nicht gemeint, ich sagte doch nur …«

»Was meintest du? Dass du zu feige bist, um gegen mich anzureiten? Hast du dich nicht gerade selber der Feigheit bezichtigt?«

Unterdessen ritt Hartmann zu seinem Lager. Während sein Bruder ihm Anfeuerungen zurief, stand sein Vater vollkommen ruhig da und sah ihn nur an. Instinktiv erfasste Hartmann, warum er so gefasst war. Er hatte etwas in seinem Jüngsten entdeckt, was er von sich selbst kannte. Er wusste, dass er nicht aufgeben würde, er wusste es, weil er, Dankwart, in einer vergleichbaren Situation auch nicht aufgegeben hätte.

»Was ist los?«, fragte Burkhard an seiner Seite.

»Ich muss den Helm loswerden«, erwiderte Hartmann. »Ich kann nichts sehen.«

»Aber er schützt dich vor Kopfverletzungen!«

»Nun mach schon.«

Mit deutlichem Widerstreben kam Burkhard der Bitte nach.

Der Wind kühlte Hartmanns Gesicht und trocknete den Schweiß. Jetzt fühlte er sich freier und schon gab er dem Pferd die Sporen. »Ihr habt mich noch nicht geschlagen, Herr Friedrich.«

»Nun seht euch das an«, rief der Schwarze. »Der Junge hat wenigstens Mut!« Damit zog er die Lanze von der Brust des Zuschauers, riss das Pferd herum und sagte zu Hartmann: »Dieses Mal wird es keine Finten geben. Ein schönes Schwert hängt dir da vom Gürtel. Ein Geschenk des Herzogs, nicht wahr? Wird einen stattlichen Preis erzielen!«

Schnell bezogen die beiden Aufstellung. Ihr Anritt war

rasend. Der Wind trieb Hartmann die Tränen aus den Augen. Der Rhythmus der Hufe wurde zum Schlag seines Herzens; ihm war, als spürte er selbst den Boden unter seinen Füßen. Alles verschmolz zu einer Einheit. Da traf die Lanze auf seinen Schild; die Spitze rutschte ab, zerriss die Glieder seines Kettenhemdes und wirbelte ihn herum. Fast wäre er gestürzt, aber er drückte die Schenkel mit aller Kraft zusammen. Eilig wendete er das Pferd. Von der Tribüne tönten Anfeuerungsrufe. Was riefen sie? Es waren nur Fetzen, die er verstand. Ach, sollten sie doch denken, was sie wollten. Er allein wusste, dass er kein Feigling war.

Hartmann ignorierte den Schmerz und rammte dem Pferd die Sporen in die Flanken. »Heja!« Er fühlte sich, als hätte er nie etwas anderes getan. Sein Leib war die Lanze, der Galopp ein wilder Tanz. *Von einer wunderbaren Macht geborgen,* dachte er und fühlte sich so leicht und schwerelos wie seit langem nicht mehr. Blitzschnell tauchte er unter Friedrichs Lanze weg und schlug ihm auf den Rücken. »Nur eine kleine Warnung, Herr Friedrich!«, rief er, bevor er das Pferd herumriss und es erneut antrieb. Er bemerkte nicht, dass Blut von seinem Eisenhandschuh tropfte. »Ihr wollt mein Schwert? Dann kommt und holt es Euch!«, rief er übermütig.

Später sollte es der Marschall seiner Unerfahrenheit zuschreiben, dass er die Lanze des Schwarzen, die frontal auf seinen Schild traf und ihn aus dem Sattel hob, nicht kommen sah. Wild ruderte er mit den Armen und fand keinen Halt; er hörte Entsetzensschreie, sah den blauen Himmel und plötzlich das grüne Gras. Dumpf war sein Körper auf den Boden geprallt. Alle Luft wich aus seiner Lunge. Wie ein Käfer lag er auf dem Rücken und rang nach Atem. Sein

Leib fühlte sich taub an, trotzdem gehorchten die Gliedmaßen seinen Befehlen. *Nur auf die Beine! Los, es wird schon gehen!,* sagte er sich. Er stand auf, wankte nach links, torkelte nach rechts, schwenkte den Kopf herum. Die Tribüne, die Zelte, Burkhard. Wo war der Schwarze?

Hartmann zog das Schwert aus der Scheide. »Wir sind noch nicht fertig! Kommt nur her!«, schrie er heiser und schwenkte die Waffe über dem Kopf, als er seinen Gegner in einiger Entfernung sah. »Glaubt Ihr, dass ich mich geschlagen gebe? Was ist los? Warum zögert Ihr? Habt Ihr etwa Angst? Ihr seid wohl ein Hasenfuß!« Da preschte der Schwarze auch schon los und senkte die Lanze. Auf diesen Moment hatte Hartmann gewartet. Er erinnerte sich an den Ratschlag seines Vaters und setzte alles auf eine Karte. »Kommt nur, Herr Friedrich. Kommt nur näher und zielt auf meine Brust!«

Den Bruchteil eines Augenblicks, bevor die Lanze ihn traf, drehte Hartmann den Oberkörper zur Seite und lenkte die Speerspitze mit dem Schild Richtung Boden ab, wo sie sich in die Erde bohrte. Das Ende steckte unter Friedrichs Achsel und katapultierte ihn aus dem Sattel. Hilflos stand er für einen Moment in der Luft und zappelte mit den Beinen. Dann schlug er scheppernd auf den Boden. Ein Raunen ging durchs Publikum. Stöhnend, lamentierend und jaulend kam der Schwarze auf die Füße. Vergebens versuchte er, den rechten Arm, der ihm schlaff von der Schulter hing, anzuheben. Schließlich zog er mit der linken Hand das Schwert aus der Scheide und schwang es ungelenk hin und her. Hartmann umkreiste ihn, sprang zu einer Scheinattacke vor und landete den ersten Treffer. Der Schwarze stöhnte und wich zurück. Hartmanns Hiebe hagelten auf ihn ein; er war viel wendiger und trieb seinen Gegner schließlich gegen die Tribüne. »Gebt auf!«

»Niemals«, brüllte der Schwarze.

Hartmann zielte auf seine rechte Schulter und landete erneut einen Treffer. Das Geheul des Schwarzen war jämmerlich. Mit einem Schwertwirbel umspielte Hartmann die Klinge seines Gegners und zwang sie, seinen Bewegungen zu folgen. Dann flog die blitzende Waffe durch die Luft und mit sicherem Griff fing er sie auf. Völlig fassungslos taumelte Friedrich zurück; vergebens versuchte er, wieder auf die Beine zu kommen. Hartmann ließ von ihm ab. Als er sich mühsam davonschleppte, bemerkte er, wie Blut immer schneller von seinen Fingerspitzen tropfte. Plötzlich klapperten ihm die Zähne; seine Kehle war wie ausgedörrt.

Auf der Tribüne sprang der Herzog von seinem Thron und klatschte wild in die Hände, die Zuschauer wogten in bunten Wellen, ihre Münder öffneten und schlossen sich, offenbar jubelten sie ihm zu. Er musste sich zum Thron begeben, musste sich vor den Herzog hinknien. Wo war eigentlich Burkhard, wo sein Vater? Da hörte er im Rücken plötzlich ein Stampfen. Ein gewaltiger Schatten senkte sich über ihn und warf ihn zu Boden. Das Gewicht erdrückte ihn beinahe. Hartmann wehrte sich mit letzter Kraft, wälzte sich mit dem Schwarzen über den Boden. Eine Eisenfaust schlug nach ihm. Er konnte ihr ausweichen und stieß mit seiner Stirn mit voller Wucht gegen die rechte Schulter des Gegners.

Da packten zwei Burschen den Schwarzen bei den Armen und zogen ihn zurück. Jemand griff Hartmann unter die Achseln und half ihm auf die Beine. »Es ist nicht vorbei, Bürschchen«, brüllte der Schwarze. »Es ist erst vorbei, wenn ich es sage. Lasst mich los! Lasst mich verdammt nochmal los! So leicht kommst du mir nicht davon, Grünschnabel. Hol dein Pferd, greif dir eine Lanze und reite gegen mich an.« Er trat mit den Beinen aus und jaulte gleichzeitig vor Schmerz. Hartmann befreite sich aus dem Griff. Er hatte dem Schwarzen das Schwert aus der Hand geschlagen. Reichte das nicht zum Sieg? Wenn er gewollt hätte, hätte er ihn töten können. Nun gut, der Schwarze wollte weiterkämpfen, dann sollte es so sein.

»Wo ist mein Pferd?« Burkhard würde es wissen, sicher hatte er es eingefangen. »Burkhard!« Orientierungslos torkelte Hartmann nach links, dann nach rechts. Ein heftiger Schmerz erfasste ihn und wie in einem Strudel zog es ihm die Füße weg.

Als er die Augen wieder aufschlug, lag er auf dem Rücken und hielt die Arme von sich gestreckt. Vor das strahlende Blau des Himmels schoben sich Gesichter und sahen auf ihn herab.

»Macht Platz da! Los, aus dem Weg!«, schrie Burkhard und kniete neben ihm nieder. Er presste eine Hand auf die Wunde, riss mit den Zähnen einen langen Streifen aus seiner Tunika und trat mit den Füßen aus. »Wollt ihr uns denn zertrampeln? Hier gibt es nichts zu sehen. Macht, dass ihr weiterkommt! Bruder Stephan!«, rief er. »Bruder Stephan, kommt schnell. Ich kann die Blutung nicht stoppen. Ich brauche Eure Hilfe.«

Hartmann spürte, wie seine Augen überliefen. Er wollte nicht weinen, aber er konnte die Tränen nicht zurückhalten.

»Beruhige dich«, sagte Burkhard. »Alles wird gut. Gleich kommt Bruder Stephan und … He, Hartmann … Hartmann, bleib bei mir! …«

11.

Judith streifte durch die Wälder, die ihr von Kindesbeinen an vertraut waren. Obwohl sie ihren Häschern nur um Haaresbreite entkommen war, fühlte sie sich nun vollkommen frei. Ein Rehkitz zwängte sich unter einem Busch hindurch und bog den Hals in ihre Richtung. Das Tier war so anmutig, dass ihr vor Rührung Tränen in die Augen stiegen. Ja, die Natur mutete wie ein wundervolles Versprechen an.

Judith war sich darüber im Klaren, dass ihr Leben an einen Wendepunkt gelangt war. Indem sie sich Augusts ausdrücklichen Anweisungen widersetzt hatte, hatte sie ihn vor seinen Spießgesellen lächerlich gemacht. Sie war davon überzeugt, dass ihr Ehemann alles dransetzen würde, um Bengt und den anderen zu zeigen, wie viel Macht er noch über sie besaß – und das konnte nur bedeuten, dass Schmerz, Erniedrigung und vielleicht sogar der Tod sie erwarteten, wenn sie sich zurück in seine Obhut begab. Natürlich könnte sie fliehen, aber dann stände sie vor den gleichen Schwierigkeiten wie vor ihrer Hochzeit. An jedem Ort der Welt gäbe es einen Schäfer, der ihr früher oder später nachstellen würde. Auch in der Ferne würde sie sich einem Mann anvertrauen müssen, der sie vor den Zudringlichkeiten beschützen und sein wahres Gesicht erst mit den Jahren zeigen würde.

Nein, es machte keinen Sinn, irgendwo neu anzufangen.

Außerdem wollte sie hierbleiben. In Aue lebten ihre Eltern und Verwandten. Die Bauern vertrauten auf ihre Fähigkeiten, und Agnes war nicht nur ein beeindruckender Mensch, sondern auch eine kluge Frau, von der sie etwas lernen konnte. Wenn sie keine Angst vor Augusts Reaktion gehabt hätte, wäre sie schon vor Monaten zur Adlerburg gegangen, um die ersten Lektionen in der Heilkräuterkunde zu empfangen. Sie wollte endlich ihre eigenen Vorstellungen verwirklichen und sich nicht länger tyrannisieren lassen. Ja, sie war endlich bereit, für ihre Ziele zu kämpfen und die Konsequenzen zu tragen.

Als sie den kleinen Wasserfall erreichte, stand die Sonne schon weit im Abendland. Trotzdem würde ihr noch genügend Zeit bleiben, um alle Vorbereitungen zu treffen. Vollkommen ruhig entledigte sie sich ihres Wollumhangs. Über rutschige Steine tastete sie sich zur Mitte des Bassins vor, wo ein armdicker Wasserstrahl auf ihren Kopf und die Schultern prasselte. Mehrmals wrang sie ihr Haar aus, dann ließ sie sich von der Strömung treiben und schrubbte den Dreck von ihrem Körper. Als sie aus dem Flussbecken kletterte, prickelte ihre Haut angenehm. Den passenden Stein fand sie am Fuße einer Buche, zwischen duftenden Gräsern und einigen Sumpfblumen. Er war handtellergroß, flach und verfügte über eine poröse Oberfläche.

Der Himmel färbte sich bereits goldrosa, so dass sie sogleich begann, kräftig über ihre Haut zu reiben, bis sie überall aufgeraut war. Unweit der Wasserkante machte sie eine Stelle aus, wo der Schlamm von einer satten schwarzen Färbung war. Während sie ihn mit beiden Händen auf ihrem Leib verteilte, wurde ihr klar, warum ihre Ahnen die Gesichter bemalt und Knochenschmuck angelegt hatten, bevor sie in die Schlacht gezogen waren. Es geschah nicht allein, um sich zu tarnen oder den Gegner zu ängstigen, nein, es geschah vor allem, um sich in jemand anderen zu verwandeln. Heute Nacht war sie nicht länger die junge, arglose Frau, die so viele Jahre ihren Eltern und Verwandten Gehorsam geleistet und Freude bereitet hatte. Heute Nacht war sie eine Kriegerin.

Der Schlamm trocknete in kurzer Zeit und brach bei der kleinsten Bewegung brockenweise ab. Zurück blieb eine graubraune Färbung der Haut. Judith griff nach der scharfen Sichel, mit der sie am Tag ihrer Flucht Getreide geschnitten und die sie mit sich geführt hatte, und tauchte zwischen den Baumstämmen ins Dickicht unter. Sie wollte ihren Ehemann im Schlaf überraschen und war wild entschlossen, alles zu tun, was notwendig wäre, um wieder ein angstfreies Dasein führen zu können.

Der Mond war längst aufgegangen und zahllose Sterne funkelten am Firmament. Der Gesang eines einzelnen, noch unbeweibten Nachtigallmännchens klang durch den Wald und vermischte sich mit dem Rauschen der Blätter. Der Volksmund sagte, dass die wohltönenden Klangfolgen dem Todgeweihten ein barmherziges Ende und dem Kranken eine rasche Genesung ankündigten. Ob der Gesang ihr Vorhaben beeinflussen würde, konnte Judith nicht voraussehen.

Seit geraumer Zeit drückte sie sich in eine Mulde und beobachtete den Hof ihres Ehemanns. Die vier Häuser – eines zum Wohnen, eines für die Vorräte, eines für das Vieh und eines für das Gesinde – lagen vollkommen ruhig da. Nichts deutete daraufhin hin, dass August und seine Spießgesellen ihr auflauerten. Mehrere Tage geduldig abzuwarten, passte auch nicht zu ihrem Wesen. Was diese Männer begehrten, mussten sie sofort besitzen. Bekamen sie es nicht, verloren sie das Interesse und wandten sich etwas anderem zu.

Judith vermutete, dass die Spießgesellen längst nach Freiburg zurückgeritten waren und August wahrscheinlich auf dem Hof geblieben war. Vielleicht hatte er eine Suchmannschaft zusammengestellt und nach ihr ausgeschickt. Vielleicht hatte er auch nur eine Geschichte für eventuelle Nachfragen erfunden, die ihr Verschwinden erklärte, aber keinerlei Aufsehen erregte.

Natürlich war Judith klar, dass bei ihrem Plan eine ganze Menge schiefgehen konnte, aber der Einsatz rechtfertigte das Risiko. Sollte sie scheitern, könnte es kaum schlimmer werden. Sollte sie hingegen Erfolg haben, würde sich ihr Leben in jeder Hinsicht bessern.

Lautlos stemmte sie sich hoch und lief über das Weideland. Die Tarnfarbe machte sie beinahe unsichtbar. Die harten Erdkrusten kitzelten unter ihren Fußsohlen, und ein leichter Windzug strich über ihre nackten Brüste. An den dicken Weidenruten fanden Judiths Zehen genügend Halt, um den Flechtzaun zu überwinden. Auf der anderen Seite huschte sie in den Schatten des Hauses und drückte sich an der Lehmwand entlang, bis sie die Fensterluke erreichte. Ein letztes Mal sammelte sie ihre Kräfte, dann kletterte sie durch die Öffnung und glitt in den Wohnraum. Für einen Moment fürchtete sie, dass aus der Dunkelheit Hände nach ihr greifen könnten, aber je länger sie an Ort und Stelle ausharrte, um ihre Augen an die Lichtverhältnisse zu gewöhnen, desto sicherer wurde sie, dass ihr keine Gefahr drohte. Sie konnte nicht sagen, woher sie die Gewissheit nahm, aber sie spürte ganz deutlich, dass etwas anders war. Auf Zehenspitzen schlich sie zum Bett.

Es wunderte sie nicht, dass die Schlafstatt leer war. Nicht einmal eine Decke lag auf der Matratze. Hatte August die Spießgesellen nach Freiburg begleitet? Judith ging zum Tisch. Die Näpfe, Krüge und Becher fehlten. Auch der Kessel stand nicht auf dem Ofen. Jetzt eilte sie zur Kleiderkiste und klappte sie auf. Sie war ebenfalls leer. Normalerweise verstaute August seine Lederkappe, die Fellschuhe und den Winterpelz darin, aber die warmen Wintersachen fehlten. Was wollte er mitten im Sommer mit ihnen anfangen? Eine Weile stand Judith in dem dunklen Haus und dachte nach, ohne eine Erklärung zu finden. Dann öffnete sie die Tür, setzte sich auf die Schwelle und spähte in die Dunkelheit. Wo steckte August nur?

12.

Hartmann schlug die Augen auf und sah sich um. Erst auf den zweiten Blick erkannte er, dass jemand in der schattigen Fensternische stand und ihn ansah. »Johanna, bist du das?«

»Endlich!«, sagte die Hofdame und setzte sich auf den Rand seines Lagers. Sie tauchte ein Stück Linnen in die Schüssel und tupfte seine Stirn ab. »Ich hatte schon befürchtet, dass du gar nicht mehr zu dir kommst.«

»Wo bin ich?«

»Gefällt es dir hier etwa nicht?«, fragte Johanna neckend. »Der Herzog war der Meinung, dass du dir eine gute Pflege verdient hättest.«

»Und warum pflegst du mich? Ich meine …«

»Durch deinen Ausfall in der Kanzlei und die vielen Verletzten bei dem Turnier hat Bruder Stephan nur wenig Zeit. Deshalb habe ich angeboten, ihm zu helfen. Und weil ich ohnehin die Herzogin betreue, ist es kein großer Aufwand, auch nach dir zu sehen.«

Hartmann wusste, dass die Herzogin Blut hustete und nicht mehr lange zu leben hatte. Er wusste auch, dass Johanna ihr sehr nahestand und nur ungern über dieses Thema sprach. »Wie lange war ich weggetreten?«

»Dreimal ist die Sonne auf- und untergegangen. Gestern kam der Herzog, um sich nach dir zu erkundigen. Und ein junger Krieger lässt dir ausrichten, dass er nicht länger warten konnte. Du sollst ihn unbedingt besuchen und bist ihm jederzeit willkommen.«

»Das muss Burkhard gewesen sein!«

»Ja, so war sein Name. Da fällt mir übrigens ein, dass ich die Wunde neu verbinden muss.« Johanna schlug die Decke zurück und löste den alten Verband. Die Lanze hatte das Kettenhemd durchbohrt und das Muskelgewebe von der Brust bis zur Schulter aufgerissen. Die Körpersäfte ließen das Fleisch gut verlappen, trotzdem würde eine hässliche Narbe bleiben. Johanna ging zum Ofen und kochte Schafgarbenblätter auf. Das Kraut wurde bei äußeren Verletzungen angewandt und schützte vor Schwären. Sie tauchte ein Stück Linnen in den Sud, wrang es aus und breitete es über die Wunde aus. Auf das Tuch legte sie die warmen Blätter und band sie mit einem weiteren Linnen fest.

Dann legte sie ihm die Hand auf die Stirn und sagte: »Du hast noch etwas Fieber, am besten erneuere ich die Wadenwickel.« Als sie die Decke zurückschlug, strich ihr

Blick zuerst über seine Brust, dann über seinen muskulösen Bauch und schließlich über sein Geschlecht. Behände wechselte sie die Wickel und füllte einen Becher mit Kräuterwein, um dessen Rezeptur Bruder Stephan ein großes Geheimnis machte. Johanna half ihm, sich aufzurichten, und setzte ihm den Becher an die Lippen. Gehorsam schluckte Hartmann das Gebräu und schüttelte sich.

»Das schmeckt ja widerlich!«

»Dafür wirkt der Kräuterwein Wunder.«

Hartmann wischte sich über den Mund und fragte: »Johanna, weißt du, was die Männer über mich reden?«

»Was diese Reiterspiele angeht, bist du nicht besser als die anderen. Ich verstehe einfach nicht, wie man sich an diesen Turnieren so ergötzen kann. Sie sind nichts weiter als die Vorbereitung auf das nächste blutige Gemetzel.«

»Vielleicht kannst du dir eine solche Einstellung leisten, aber ich kann es ganz sicher nicht!«

Eine Weile schaute Johanna ihn nur an. »Entschuldige bitte«, sagte sie dann. »Manchmal vergesse ich deinen Stand. Über den Ausgang des Kampfes herrscht keine Einigkeit, aber du kannst beruhigt sein. Viele Krieger halten dich für den Sieger, weil du Friedrich die Schulter ausgekugelt und das Schwert aus der Hand geschlagen hast. Er war deiner Gnade ausgeliefert. Andere behaupten, dass du verloren hättest, weil Friedrich den Kampf fortsetzen wollte, als du bewusstlos am Boden lagst. Schließlich ließ der Herzog ausrufen, dass der Kampf unentschieden geendet sei, so dass keiner von euch Ansprüche auf die Bewaffnung des anderen erheben kann.«

»*Unentschieden* also!«

»Genau«, flüsterte Johanna und strich ihm zärtlich eine

blonde Strähne aus der Stirn. Tief blickte sie ihm in die Augen und beugte sich hinab, um seine trockenen Lippen zu küssen. Behutsam drängte sie ihre Zunge in seinen Mund und ließ sie kreisen. Ihr Atem wurde schneller und ihr Gesicht glühte. Als sie nach seiner Hand griff, um sie auf ihre Brust zu legen, seufzte sie heiser. Erst als Hartmann keine Anstalten machte, ihre Zärtlichkeiten zu erwidern, öffnete sie die Augen.

»Sobald du dich erholt hast, versuchen wir es noch mal«, sagte Johanna und verließ die Kemenate.

13.

Zehn Tage später starb im Morgengrauen die Herzogin von Zähringen. Um die Mittagszeit versammelte sich das Gesinde im Burghof.

»Vater«, rief eine Küchenmagd, »das ist nicht gerecht! Die Herrin hat sich niemals versündigt und war immer gut zu uns!«

Bruder Stephan stand auf der Treppe, die in den Palassaal führte, und hob die Hände: »Auch wenn ihr die Herzogin nicht mehr sehen könnt, versichere ich euch, dass ihre Seele nicht gestorben ist. Sie verlässt stets ihren früheren Wohnsitz, um von einem anderen Hause empfangen zu werden. *Nascentes morimur finisque ab origine pendet* – Bereits auf dem Wege zum Sterben werden wir geboren, und das Ende hängt am Beginn. – Bevor ihre sterblichen Überreste zur Familiengruft überführt werden, zelebriere ich eine Totenmesse. Ihr alle seid eingeladen, um ihr die letzte Ehre zu erweisen. Geht jetzt zurück an eure Arbeit.«

Die Versammlung löste sich auf. Bruder Stephan hatte

Tag und Nacht am Krankenlager der Herzogin gesessen. Sein Gesicht war grau und eingefallen und die sonst so flinken Äuglein wirkten entzündet.

»Habt Ihr schon etwas gegessen, Vater?«, fragte Hartmann.

»Mein Gehilfe!«, sagte Bruder Stephan. »Es ist so schön, dich zu sehen. Hast du dich von deiner Verletzung erholt?«

»Dank der vielen Arzneien, die Ihr mir zukommen ließet, geht es mir schon viel besser.«

»Das ist gut, mein Sohn. Und nun sag mir, was sich in der Zwischenzeit in unserer Kanzlei zugetragen hat. Sind drängende Nachrichten eingegangen?«

»Nur Danksagungen für die Ausrichtung des Hoffestes.«

»Und womit hast du dich während meiner Abwesenheit beschäftigt?«

»Ich habe eine Aufstellung der Ausgaben angefertigt, die für das Hoffest getätigt wurden.«

»Bestimmt ist sie dir gelungen. Ich will gleich mal nachsehen. Ah, und die Weiterführung der *Genealogia Zaringorum* wartet auf mich. Weißt du eigentlich, dass Konrad, der Vater unseres Herzogs, den Reichsfürstenstand für seine Nachkommen gerettet hat? Man könnte auch sagen, dass er ihn aufs Neue begründet hat, denn …«

In diesem Augenblick stürmte die Dame Johanna die Freitreppe hinunter. Sie blieb kurz bei den Männern stehen und heftete ihren Blick auf Hartmann. Ihre Lippen wirkten blutleer, ihre Wangen zuckten. »Meine Herrin ist tot! SIE IST TOT«, rief Johanna und rannte weiter.

»Die arme Frau«, murmelte Bruder Stephan. »Schon als kleines Mädchen wurde sie in die Obhut der Herzogin gegeben. Sie trifft der Verlust am härtesten.«

»In diesem Zustand sollte sie besser nicht alleine bleiben.«

»Da hast du Recht. Geh ihr nur nach. Du kennst das Wort Gottes und kannst ihr Trost spenden.«

Hartmann verlor keine Zeit. Sogleich lief er los, passierte den Schatten des Tores und beschirmte die Augen gegen das Sonnenlicht. Ein Fuhrwerk polterte die Schlossstraße hinauf. Auf dem Bock saß ein Zimmermann, mehrere Holzteile waren mit Stricken an die Seitenwände gebunden. Dahinter erblickte er das himmelblaue Kleid Johannas. Das lange, rotblonde Haar hüpfte auf ihrem Rücken auf und ab. Bei der Brücke holte er sie ein. Er wusste nicht, ob sie ihn bemerkt hatte, denn ihr Blick war stur geradeaus gerichtet. Die beiden liefen über die Flussauen und kämpften sich eine leichte Steigung hinauf. Der Pfad nach Aue wurde von einem dichten Blätterdach beschirmt, in das sich die ersten Farben des Herbstes mischten. Die schwarze Erde bot einen festen Tritt, aber Johanna schlug sich plötzlich durch das Dickicht in den Wald. Überall lagen bemooste Äste; riesige Spinnweben brachen die Sonnenstrahlen. Die Steigung zum Hügelkamm war beschwerlich. Auf dem Grat legte Hartmann eine Pause ein, drehte sich zurück und schöpfte nach Atem. In seinem Rücken kletterte Johanna bereits in den Abgrund. Die Brust gegen die Felswand geneigt tasteten ihre Hände und Füße nach einem festen Halt.

»Willst du mir nicht sagen, wo du hinwillst?«, rief Hartmann. »Johanna, der Tod der Herzogin tut mir unendlich leid, aber da unten gibt es Bären und Wölfe! So warte doch auf mich!«

Hartmann machte sich ebenfalls an den Abstieg. Seine Füße tasteten nach Vorsprüngen, seine Finger gruben sich in getrocknetes Mooskraut. Die frische Narbe spannte sich über den Muskeln, aber bisher hatte sie der Zerreißprobe standgehalten. Er kletterte an Johanna vorbei, sprang das letzte Stück hinab und nahm sie in Empfang. Hier im Schatten war es spürbar kühler. Eine Felsplatte mit vielen Kratern ging in Waldboden über. Plötzlich entdeckte er eine Feuerstelle. »Sieh nur«, sagte er und griff nach einem Stück Holzkohle. Bestenfalls hatte hier ein Eremit gelagert, schlimmstenfalls eine Schar Gesetzloser. Wenn sie sich hier versteckt hielten, würden sie bei einem Zusammentreffen keine Gnade haben. Als er den Eingang einer Höhle entdeckte, ging er mit gezücktem Schwert darauf zu. »Ist dort jemand?«, rief er hinein. Nach einer kurzen Weile schallte ein Echo zurück: »Ist dort jemand?«

Angespannt überlegte er, wie sie sich verhalten sollten. Am besten verschwanden sie, solange sie noch konnten. Nur auf der Burg waren sie sicher. »Johanna, wir sollten … Johanna, in drei Teufels Namen, wo willst du jetzt wieder hin?« Hartmann nahm die Verfolgung auf und sprang ins Dickicht. Ein Ast fegte ihm durchs Gesicht. Durch das dichte Blattwerk fiel kaum ein Sonnenstrahl, so dass sich ihr himmelblaues Kleid nur schemenhaft abzeichnete. »So bleib doch stehen!« Er musste sie zur Vernunft bringen, ehe etwas Schlimmes passierte. Auf einer Lichtung zwischen Birken gelang es ihm, sie zu stellen. »Johanna, wir …«

»Pst!«, machte sie. »Du brauchst dich nicht zu sorgen. Die Feuerstelle stammt von mir. Ich habe mich oft hierher zurückgezogen, um die Natur zu genießen. Sieh nur, wie schön es hier ist.«

Hartmann fiel auf, dass sie am Rand eines kleinen abfallenden Moorlandes standen. Grünes, saftiges Sumpfgras streckte sich in den blauen Himmel. Einige Frösche quakten und ein plätschernder Bach schlängelte sich über Felsterrassen davon. Johanna nahm ihn an die Hand und führte ihn stromabwärts. Das Rauschen wurde immer stärker, bis sich das Wasser in ein größeres Bassin hinunterstürzte.

»Sei vorsichtig am Abgrund«, sagte sie.

In der Ferne erstreckten sich grüne Hügelwellen bis an den Horizont. Der Himmel wölbte sich wie eine riesige, leuchtende Kuppel über die Landschaft. Ein Bergadler kreiste im Wind und krächzte laut. Der weite Ausblick ergriff Hartmann und weckte ein Gefühl von Freiheit in ihm. »Jetzt verstehe ich, warum die Pfaffen sagen, dass Gottes Schöpfung vollkommen sei.«

»Bei Schneeschmelze ist der Wasserfall noch viel breiter«, sagte Johanna. »Ich wollte unbedingt noch einmal herkommen, um ...«

»Was ist los? Warum sprichst du nicht weiter?«

»Sieh nur!«, rief sie. »Die Sonne ist über die Wipfel gestiegen und kann uns wärmen. Wir sollten baden.« Entschlossen löste sie das Kopfband von ihrem Haar und öffnete den Gürtel. Sie stieg zum Bassin hinunter, zog sich das Gewand über den Kopf und tauchte einen Zeh ins Wasser, um die Temperatur zu prüfen. »Es ist einfach herrlich. Nun komm schon. Sei kein Spielverderber.«

Hartmann tat ihr den Gefallen und warf die Kleidung von sich. Er sprang ins Becken und drängte mit kraftvollen Schritten zur Mitte vor. *Vermutlich entspringt die Quelle ganz in der Nähe, so dass sich das Wasser nirgends aufwärmen kann,* dachte er. Es war eiskalt und reichte ihm bis zum Bauchnabel. Er spürte, wie sich sein Geschlecht zu einer Hautvorstülpung zusammenzog. Hartmann tauchte mit dem Kopf unter, stieß sich mit den Füßen ab und ließ sich von der Strömung ans Ufer treiben. Dann kletterte er hinaus.

Johanna folgte ihm und deutete auf die Felsterrassen. »Da hat die Sonne am meisten Kraft.« Der Länge nach legte sie sich mit dem Rücken auf ihr blaues Gewand. Ihre festen, schlanken Schenkel mündeten in ein Dreieck roter Schamhaare. Auf dem flachen Bauch glitzerten Wassertropfen und ihre Brüste wölbten sich leicht. Hartmann setzte sich zu ihr auf seine Tunika. Johanna streckte die Hand aus und strich mit den Fingerspitzen über seine Wunde.

»Tut es noch weh?«, fragte sie.

»Nein, es tut überhaupt nicht mehr weh, nur …«

»Pst!«, sagte Johanna und strich ihm über die Lippen. »In meiner Kemenate habe ich dich geküsst. Erinnerst du dich?«

»Natürlich.«

»Gefalle ich dir eigentlich?«

»Du bist mit Abstand die schönste Frau am Hof.«

»Ist das wahr?«

»Johanna …«, wollte Hartmann erklären, aber da stemmte sie sich schon auf den Ellenbogen. Sie senkte ihren Kopf über der Wunde und küsste sie zärtlich. Dann streckte sie die Hand aus, fasste nach seinem Glied und rieb es hin und her. Mit der Zunge leckte sie über seine Brustwarzen, über seinen Bauch und über sein Glied. Schließlich nahm sie die Spitze in den Mund. Die Empfindungen waren so schön und neuartig, dass Hartmann sich zurücklehnte und sich von ihnen mitreißen ließ.

»Komm!«, sagte Johanna heiser, zog ihn über sich und öffnete ihre Schenkel. Hartmann spürte schon die Hitze, als ihm plötzlich bewusst wurde, dass er einen Fehler beging. Woher er die Sicherheit nahm, konnte er nicht sagen, aber die ganze Situation stand in einem Widerspruch zu seinem Gefühl, das ihm eine klare, unmissverständliche Botschaft übermittelte. Seine Erregung verflog im Nu. Er wälzte sich auf den Rücken und verschränkte die Arme hinter dem Kopf. Am blauen Himmel zogen Quellwolken vorüber.

»Was ist los?«, fragte Johanna. »Ich habe doch gesehen, wie bereit du warst. Du willst es doch genauso wie ich.«

»Es geht nicht.«

»Morgen oder übermorgen bekomme ich die Monatsblutung. Du brauchst keine Angst zu haben. Oder ist es wegen der Frau, nach der du im Fieber gerufen hast?«

»Welche Frau?«

»Du nanntest sie Judith«, sagte Johanna und setzte sich auf ihre Unterschenkel.

»Judith ist nur eine Spielgefährtin aus Kindertagen.«

»Das glaube ich dir nicht!«, sagte Johanna. Zuerst bebten ihre Lippen, dann liefen ihre Augen über. »Wirst du eines Tages mit ihr leben und Kinder haben? Wirst du ihr deine Lieder vorsingen?«

»Johanna – was ist denn los? Seit dem Turniertag hat sich dein Verhalten völlig verändert. Vorher musizierten wir zusammen und gingen unbefangen miteinander um. Und jetzt … Ich verstehe nicht, warum du plötzlich so …«

»Kannst du es dir nicht denken?«

»Ich habe keine Ahnung.«

»In den vergangenen Jahren beschützte mich die Herzogin. Seit ihrem Tod bin ich der Willkür meines Oheims ausgeliefert. Er prüft schon die Angebote, um mich meistbietend zu verheiraten. Wenn ich mir vorstelle, wie ich einem Greis zu Diensten sein muss, wird mir übel. Lieber werde ich Ordensschwester, als mich bis ans Ende meiner Tage erniedrigen zu lassen.«

Hartmann blickte sie lange an, dann begriff er die Zusammenhänge. »Und bevor du ins Kloster gehst, willst du noch einmal spüren, wie es sich anfühlt, mit einem Mann zusammen zu sein. Ist das richtig?«

»Du darfst es mir nicht verübeln. Ich habe dich ganz bewusst ausgewählt. Und so ganz schrecklich dürfte die Erfahrung für dich auch nicht sein, oder? Du magst mich doch, nicht wahr? Bitte weise mich nicht zurück! Ich weiß nicht, an wen ich mich sonst wenden soll – bitte!« Ihre salzigen Lippen suchten seinen Mund. Hastig, verzweifelt und gierig küsste sie ihn. Ihr Körper drängte sich an ihn. Erneut fasste sie nach seinem Glied und rieb es zwischen den Fingern.

»Nicht!« Hartmann befreite sich aus ihrer Umarmung. »Es tut mir leid – du weißt, wie gerne ich mit dir zusammen bin –, aber es geht nicht.«

Johanna starrte ihn mit offenem Mund an. Plötzlich sprang sie auf die Füße, griff nach ihrem Kleid und rannte in den Wald. Hartmann beobachtete, wie sie im Dickicht verschwand, und unterdrückte den Impuls, ihr nachzulaufen. Wenn er sie tröstete, würde er alles nur noch schlimmer machen.

14.

Am folgenden Sonntag hängte er sich einen Schlauch mit Brunnenwasser über den Rücken und verließ die Burg durch das offene Tor. Kurz nach Sonnenaufgang waren die Temperaturen noch erträglich. Wenn er sich beeilte, würde er sein Ziel vor der großen Mittagshitze erreichen.

In den vergangenen Tagen hatte er über sein Verhalten nachgedacht. Es wäre das Natürlichste von der Welt gewesen, wenn er mit Johanna geschlafen hätte. Kein normaler Mann hätte ihm einen Vorwurf gemacht, wenn er ihrem Wunsch entsprochen hätte. Und trotzdem war er zu der Überzeugung gelangt, dass es wichtiger war, seinen Werten treu zu bleiben, als sich von Impulsen hinreißen zu lassen.

Sein bisheriges Wissen über das Geschlechtliche war vor allem von theoretischer Natur gewesen. In der Klosterschule hatten die Mönche keine Gelegenheit ausgelassen, um die Frauen als Trägerinnen der Erbsünde darzustellen. Sie alle trügen die Verantwortung für Evas persönliches Versagen und wären durch und durch verderbt. Nur im Stand der Ehe dürfe sich der Mann diesen bösen Geschöpfen nähern. Und nur allein um Nachkommen zu zeugen, dürfe der Geschlechtsakt vollzogen werden.

Blixa hatte ihm einmal gesagt, dass die Leidenschaftlichkeit der Ausführungen wahrscheinlich mit der Enthaltsamkeit des geistlichen Standes zusammenhängen würde. Wie viel Wahrheit tatsächlich in ihnen steckte, konnte Hartmann nicht beurteilen, aber seitdem der Abt in Sankt Georgen seine Harfe verbrannt hatte, zweifelte er ernsthaft daran, ob die Heilige Mutter Kirche und ihre Vertreter überhaupt den Willen des Allmächtigen repräsentierten oder ob sie ihn nur nach Belieben vorschoben, um Macht auszuüben.

Ganz anders ging es im Gesindehaus zu, wo die Männer häufig Zoten über den Koitus rissen und nicht selten mit ihren Leistungen prahlten. Ständig erfanden sie neue Namen für die anatomischen Details der Frau und amüsierten sich dabei prächtig. Der brutale Umgang mit dem Thema schüchterte Hartmann nicht nur ein, sondern erzeugte auch Widerwillen. An einer Verknüpfung von derartigen Grobheiten mit natürlichen Empfindungen wollte er sich nicht beteiligen.

Blieben noch die Minnelieder. Durch den beinahe täglichen Umgang mit ihnen hatte Hartmann begonnen, die Beziehung zwischen Mann und Frau mit künstlerischen Augen zu betrachten. Ein Idealbild hatte in ihm konkrete Formen angenommen, nach dem die Annäherung schrittweise erfolgen sollte. Dabei durfte nicht die Eheschließung einzige Voraussetzung für den Geschlechtsakt sein – ihr sollte vor allem ein segnender Charakter zukommen –, nach seiner Meinung sollte die Gegenseitigkeit der Gefühle als die entscheidende Bedingung gelten. Mann und Frau mussten in dem anderen Merkmale entdecken, die so liebenswert, anziehend und schön waren, dass sich ein Seelenband entwickelte. Innere und äußere Widerstände konnten dabei Bewährungsproben darstellen, die über die Wahrhaftigkeit der Gefühle entschieden. Erst wenn sich beide in Liebe zugetan waren, hatte die Beiliegung einen veredelnden Charakter.

Mit dieser Feststellung hatte er auch die Ursache gefunden, warum er die Dame Johanna abgewiesen hatte. Zwar schätzte er ihre schöne Gestalt, ihre Musikalität und Klugheit, aber sie war nicht die Frau, mit der er sich verbunden fühlte. Diese Frau hieß Judith.

In den vergangen Monaten hatte er immer wieder an sie denken müssen. Natürlich wusste er, dass sie mit dem freien Bauern verheiratet war, aber in den Minneliedern sang er oft von unglücklichen Verhältnissen. Musste er ihr nicht zumindest sagen, was er für sie empfand, damit sie Bescheid wusste? Wenn eine Gegenseitigkeit gegeben war, würden sich bestimmt Mittel und Wege finden lassen, die sie enger zusammenrücken ließen. Vielleicht war die Erfüllung ihrer Sehnsüchte sogar näher, als sie glaubten.

Hartmann nahm sich vor, zuerst zur Adlerburg zu gehen. Vielleicht wusste seine Mutter, wo er Judith treffen konnte. Er stellte sich vor, wie er vor ihr stehen würde, und fragte sich, was er sagen sollte. Natürlich fiel ihm keine passende Eröffnung ein. In solchen Dingen war er unerfahren. Ihm blieb gar nichts anderes übrig, als das Treffen auf sich zukommen zu lassen. Vor Aufregung wurde ihm ganz flau im Magen, und er pfiff eine Melodie vor sich hin, die er sich gestern ausgedacht hatte. Tatsächlich beruhigte ihn die Musik, aber auf das langsame Lied folgten ein schnelles, dann ein noch schnelleres und schließlich ein stürmisches. Er konnte gar nichts dagegen unternehmen …

15.

Judith konnte ihr Glück immer noch nicht fassen: August blieb auch nach Tagen wie vom Erdboden verschluckt. Weder der Knecht noch die Magd noch die Bauern im Dorf hatten eine Ahnung, wohin er geritten war. Manchmal, wenn Pferde durchs Hexental galoppierten, schreckte sie noch zusammen. Natürlich fürchtete sie, dass ihr Ehemann zurückkehren könnte, um sie zu bestrafen. Angestrengt lauschte sie dann in die Ferne. Erst wenn der Hufschlag wieder leiser wurde, hatte sie sich so weit im Griff, um sich ins Gedächtnis zu rufen, dass August die gesamten Ersparnisse mitgenommen hatte. All seine Bemerkungen der vergangenen Monate – dass ihr Schamgeruch ihn anekele, dass ihm die Frömmelei der Bauern zum Hals raushänge und dass ihn dieses Dorf zu Tode langweile – bestärkten sie in der Hoffnung, dass er mit seinen Spießgesellen verschwunden war, um ein neues Leben anzufangen.

Judith nahm das Linnen von dem Tamburin und betrachtete die Stickereien. Mit farbigen Fäden hatte sie verschiedene Kräuter und Blumen abgebildet, denen in der Heilkunde eine Bedeutung zukam. Das Schultertuch eignete sich für die Übergangszeit und war als Geschenk für Agnes gedacht. Die gute Frau hatte ihr das so großzügige Angebot unterbreitet, sie unterrichten zu wollen, dass sie nicht mit leeren Händen vor ihr stehen wollte. Sorgfältig legte sie die Stickarbeit zusammen und verließ das Haus.

»Herrin«, rief der Knecht. »Wo wollt Ihr hin? Wenn Ihr uns auch noch verlasst, was sollen wir dann tun?«

»Drescht in meiner Abwesenheit das Korn aus den Ähren«, erwiderte Judith. »Vor Sonnenuntergang bin ich zurück.«

Sie stemmte das Tor auf und ging am Bach entlang. Mehrere Hummeln flogen auf der Suche nach Nektar über die Wiese. Judith dachte über die Ereignisse der vergangenen Wochen nach und hatte plötzlich Angst, dass sie ihr

Glück übermäßig strapazierte, wenn sie weiter mutig voranschritt. Vielleicht sollte sie einfach nur dankbar sein, dass ihr Ehemann verschwunden war, und sich ruhig verhalten. Ja, möglicherweise war es klüger, ein Leben in Demut zu führen. Andererseits konnte sie sich nicht vorstellen, wie sie Gott erzürnen sollte, wenn sie sich in den Dienst der Barmherzigkeit stellte.

Durch das Erlernen der Heilkünste wollte sie keine irdischen Güter anhäufen, sondern den Menschen in ihrer Not beistehen. Für die Zukunft nahm sie sich vor, sich nicht mehr von nebulösen Gefühlen beeinflussen zu lassen. Ja, Judith stellte fest, dass eine weitere Verwandlung in ihr stattgefunden hatte. Sie setzte sich nicht nur zur Wehr, wenn ihr Unrecht geschah, sondern schwang sich auch zur Gestalterin ihres Schicksals auf. Noch vor wenigen Monaten hätte sie niemals für möglich gehalten, dass ihr Leben eine so glückliche Wendung nehmen könnte.

16.

Agnes nahm den bestickten Schulterumhang entgegen und bedankte sich herzlich. Mit Erstaunen stellte sie fest, welche Fortschritte Judith gemacht hatte. Von der Frage, was den plötzlichen Sinneswandel bewirkt hatte, nahm sie Abstand, und begnügte sich allein mit der Feststellung, dass sie auf der Adlerburg erschienen war.

Viele Jahre waren vergangen, seitdem Agnes die alte Hebamme aufgesucht hatte, um die verschiedenen Kräuter kennenzulernen. Schon seit längerem spürte sie, dass die Zeit gekommen war, um das angehäufte Wissen weiterzugeben. Ja, seit Urzeiten musste es so gewesen sein:

Eine jüngere Frau suchte eine ältere auf, um von ihr in der Heilkunst unterwiesen zu werden.

»Am besten setzen wir uns auf die Bank«, sagte Agnes. »Da haben wir etwas Schatten. Ich hoffe, du hast genügend Zeit mitgebracht.« Zuerst gab sie Judith einige grundlegende Erklärungen ab. »Du darfst niemals aufhören, Fragen zu stellen. Das Gebiet der Heilkunde ist unerschöpflich, und dein Streben muss es sein, so vielen Menschen wie möglich zu helfen.«

»An wen kann ich mich sonst noch wenden, Herrin?«

»Zunächst kannst du dich mit den Hebammen aus den Dörfern austauschen. Manchmal verfügen sie über erstaunliche Rezepte für Arzneien. Allerdings solltest du klarstellen, dass du ihnen ihr Gebiet nicht streitig machen willst ...«

»Euch will auch nichts streitig machen«, sagte Judith schnell.

»Das ist meine geringste Sorge«, erwiderte Agnes lächelnd. »Außerdem war ich schon öfters in dem Spital vor der Stadt. Vater Lothar gibt dort Alten, Siechen, Pilgern, Waisen und Findlingen ein Obdach. Er kennt so gut wie jede Krankheit und gibt bereitwillig Auskunft. Allerdings kann er es nicht ausstehen, wenn man seine Zeit verschwendet.« Agnes kam nach und nach zum eigentlichen Gegenstand. »Mir sind die Augen erst aufgegangen, nachdem ich erfahren hatte, dass der Mensch aus vier Elementen besteht. Vom Feuer hat er die Wärme, von der Luft den Atem, vom Wasser das Blut und von der Erde das Fleisch. Die Elemente müssen in einem harmonischen Verhältnis zueinander stehen, ansonsten macht das Ungleichgewicht den Menschen krank.«

»Könnt Ihr ein Beispiel nennen?«

»Nehmen wir einmal die Verstopfung. Sie wird durch einen Mangel an Wärme verursacht. Um das Gleichgewicht wieder herzustellen, muss ein Mittel zugeführt werden, das die Temperatur anhebt.«

»Und woher soll ich wissen, welche Arznei die richtige ist?«

»Deshalb sitzen wir hier«, sagte Agnes lächelnd. Sie hatte sich nicht in Judith getäuscht. Sie war voller Ungeduld und ähnelte in gewisser Weise der jungen Frau, die sie einmal gewesen war. Das Wissen würde gut bei ihr aufgehoben sein und in der richtigen Weise Verwendung finden. »Bewährt hat sich ein abführendes Getränk. Ingwer, Süßholz und Zitwer werden gerieben, mit mehreren Löffeln Weizenmehl in erwärmtes Wasser eingerührt und auf nüchternen Magen getrunken. Die Wärme des Ingwers sammelt die Säfte, die Wärme und Stärke des Weizenmehls bewahrt sie davor, nicht ordnungsgemäß abzufließen und ...«

»Moment mal! Von welchen Säften sprecht Ihr?«

Geduldig erklärte Agnes, dass es vier Arten von Körpersaft gäbe: den trockenen, den feuchten, den schaumigen und den lauwarmen. Allein durch Elemente und Säfte könne der Mensch jedoch nicht leben. Deshalb fehle noch die Seele, die etwa vier Wochen nach der Zeugung in den Klumpen fahre, als würde ein heftiger Wind gegen eine Wand blasen.

Die beiden Frauen unterhielten sich so angeregt, dass sie gar nicht bemerkten, wie schnell die Zeit verstrich. Die Sonne stand schon senkrecht über ihnen, als eine Gestalt durch das Tor trat. Erst als der Mann dem Steinhaus näher kam, erkannte Agnes ihren jüngeren Sohn Hartmann.

»Ich wusste gar nicht«, sagte sie, »dass schon das nächste Herrenfest ansteht. Für Weihnachten ist es eigentlich noch zu warm.«

»Mutter«, erwiderte Hartmann. »Du weißt genau, warum ich nicht öfters kommen kann. Wenn ich ein eigenes Pferd hätte, wäre die Strecke mühelos zu bewältigen, aber zu Fuß schaffe ich es nicht zurück, bevor die Dunkelheit einbricht.«

»Jedenfalls freue ich mich, dass du da bist«, sagte Agnes und umarmte ihren Sohn. Sie begriff plötzlich, dass dieser Besuch anders war als die vorigen. Den Unterschied erfasste sie, als sie den Blick auffing, mit dem sich die jungen Leute bedachten. »Du hast sicher Hunger, mein Sohn. Ich wollte sowieso gerade Habermus kochen.«

17.

Judith blieb alleine mit Hartmann zurück. Sie konnte den Blick nicht von seinem Gesicht lösen, das immer markanter und männlicher wurde. Der Blick seiner kristallblauen Augen ging ihr durch Mark und Bein.

»Es ist schön, dich wiederzusehen«, sagte er.

»Ja, seit unserem letzten Treffen hast du viel breitere Schultern bekommen«, erwiderte sie und kam sich fürchterlich dumm vor.

»Das liegt an den Schwertübungen. Hast du Lust auf einen Spaziergang?«

»Gerne«, sagte Judith und strich sich schnell den Wollumhang glatt.

»Rechtzeitig zum Essen sind wir zurück«, rief Hartmann ins Haus und sie machten sich auf den Weg.

Judith ging neben ihm auf das Tor zu. Sie spürte seine körperliche Nähe sehr intensiv und musste an ihre letzte Begegnung denken. Auf dem Markttag in Freiburg hatte er sie in seine Arme geschlossen. Sie hatte sich so beschützt gefühlt wie noch nie zuvor in ihrem Leben … Leider musste sie auch an Bengt denken, der diesen magischen Moment verschwinden ließ, als er sich vor ihnen aufgebaut hatte. Höchstwahrscheinlich hatte er seine Drohung wahrgemacht und August von der Begegnung berichtet. Wenige Tage später hatten auch die Misshandlungen angefangen …

Plötzlich bekam Judith Angst. Obwohl sie genau wusste, wie närrisch sie sich verhielt, suchte sie den Wegesrand ab, als könnten sich August und seine Spießgesellen hinter einem der Bäume verstecken. »Erzähl mal«, sagte sie nervös und klemmte sich eine Haarsträhne hinter das Ohr, »was machst du eigentlich so den ganzen Tag?«

»Ach«, erwiderte Hartmann, »du würdest nicht glauben, wie langweilig es auf der Burg zugeht …«

Im weiteren Verlauf des Gesprächs spürte Judith, wie ihre Freude über das Wiedersehen immer mehr verflog. Es kostete sie große Mühe, ihrer Stimme einen munteren Klang zu geben. Es hing nicht nur mit der Angst vor ihrem Eheherrn zusammen, sondern auch mit Hartmann. An seinem direkten Blick hatte sie sofort erkannt, dass er ihretwegen gekommen war. Sie war überglücklich gewesen, ihn wohlbehalten wiederzusehen, aber sein Erscheinen zerrte sie auch zurück in die harte Wirklichkeit. Durch den Ehebund war sie an August gebunden. Selbst wenn sie sich ihm nicht verpflichtet fühlte und sich innerlich lossagen konnte, würden sie und Hartmann hier oder in der näheren Umgebung nicht miteinander leben können. Weder der Herzog von Zähringen noch die Bauern aus Aue würde eine solche Verbindung gutheißen. Ihnen würde nichts anderes übrigbleiben, als an einem fernen Ort zu leben, wo niemand von ihrer Vorgeschichte wusste. Und was sie dort erwartete, war völlig offen.

Seitdem sie ihren Ehemann und seine Spießgesellen näher kannte, hatte sie eine ungefähre Ahnung davon, wie viel Schlechtigkeit es in der Welt gab. Hartmann war ein junger Mann, der noch nicht viele Erfahrungen gesammelt hatte. Sie zweifelte nicht an seinem Mut, auch nicht an seiner Treue, aber sie hatte ernsthafte Bedenken, ob er der Verschlagenheit von Männern wie Bengt gewachsen war.

In Aue hatte sie mehr Leid erlebt, als sie ertragen konnte. Ein unglaublicher Glücksfall gestattete es ihr nun, sich vorerst ein Leben nach ihren Vorstellungen einzurichten. An einem fernen Ort erwartete sie die Ungewissheit und eine spätere Rückkehr nach Aue wäre ausgeschlossen, weil sie als Hure und Ehebrecherin gebrandmarkt wäre.

Ihre Angst, alles noch einmal durchzumachen, war so heftig, dass sie ihr die Kehle zuschnürte, und ihre Kleinmütigkeit machte sie so hilflos, dass ihr die Tränen in die Augen schossen. Trotzdem stellte sich die Entscheidung mit einer solchen Klarheit ein, dass sie nicht an ihrer Richtigkeit zweifelte. Wenn Hartmann sie fragen sollte, ob sie mit ihm wegginge, würde sie ihm eine abschlägige Antwort erteilen.

18.

»Warum weinst du?«, fragte Hartmann.

»Es ist nichts«, erwiderte Judith. »Ich hab nur ein Staubkorn ins Auge bekommen. Bitte erzähl weiter.«

Hartmann tat ihr den Gefallen. In ihrer Gegenwart fühlte er sich lebendig. Alle Ecken und Kanten, die er sich zugelegt hatte, um am Hof des Zähringers zu bestehen, wurden durch ihr sanftes Wesen abgemildert. An ihrer Seite musste er nicht den harten Krieger, den fleißigen Kanzleigehilfen oder den inspirierten Sänger markieren, sondern durfte sich so geben, wie er sich fühlte.

Mit Begeisterung erklärte er, dass der Inhalt des Minnelieds die Minneklage eines Mannes an eine unerreichbare Frau wäre. Streng davon zu unterscheiden sei das Frauenlied, in dem die Angebetete ihr Bedauern ausdrücke, dass sie ihn zurückweisen müsse. Beide Liedformen unterlägen einem strikten Aufbau, der unbedingt einzuhalten sei.

Hartmann beantwortete alle Fragen, die Judith ihm stellte. Doch erst mit der Zeit fiel ihm auf, dass die Schwere in ihrer Stimme nicht zu ihrem Wissensdurst passte. Auf keinen Fall wollte er sie langweilen. So rundete er seine Ausführungen elegant ab und versuchte, auf den eigentlichen Grund seines Hierseins zu kommen. Er nahm seinen ganzen Mut zusammen, atmete tief durch und sagte: »Seitdem wir uns an dem Markttag in Freiburg das letzte Mal sahen, musste ich ständig …«

»Mir fällt da gerade ein«, unterbrach Judith ihn, »dass im Heimgarten ein fahrender Musikant ein Lied sang, in dem sich zwei Liebende verabschiedeten. Etwas Vergleichbares habe ich schon öfters gehört.«

»Äh, das war vermutlich ein Tagelied. Es ist ebenfalls auf einen bestimmten Inhalt festgelegt und schildert das Liebespaar nach einer gemeinsam verbrachten Nacht kurz vor der Trennung …« Er setzte ihr noch die Merkmale des Mädchenliedes, des Kreuzliedes und des Naturliedes auseinander, ehe er sich an seinen Vorsatz erinnerte. »Worauf ich eigentlich hinauswollte …«

Sofort stellte Judith eine neue Frage, und Hartmann begriff endlich, dass sie den Inhalt des Gesprächs bestimmte. Sie ermutigte ihn, über die höfische Kunst zu sprechen, damit er nicht von etwas anderem anfangen konnte. Ahnte sie vielleicht, weshalb er gekommen war? Wollte sie vermeiden, dass er von seinen Gefühlen sprach?

Als sie sich auf den Rückweg zur Adlerburg begaben, war Hartmann verwirrt und antwortete auf ihre Fragen nur noch halbherzig. In der Wohnküche zwängte er sich zwischen seinen Vater und den Bruder auf die Bank. Während sich eine Unterhaltung über die Zustände am Hof des Zähringers entwickelte, sah er immer wieder zu Judith hinüber, die auf der gegenüberliegenden Seite des Tisches saß und seinem Blick mit einer entwaffnenden Offenheit begegnete. In ihren Augen las er keine Ablehnung, sondern nur die dringende Bitte um Verständnis. Und allmählich begriff er, was bei dem Spaziergang in ihr vorgegangen sein musste.

Sie war eine ehrbare, verheiratete Frau. Die Leute würden auf dumme Gedanken kommen, wenn er ihr nachstellte. Aber selbst wenn sie ihn erhörte – was konnte er ihr schon bieten? Ihm gehörte ja nicht einmal die Kleidung, die er am Leib trug. Er hielt nur Worte und Gefühle für sie bereit, aber damit allein konnten sie in der Welt nicht bestehen. Er konnte ihr keinen Schutz und keine Sicherheit bieten. Die Kluft zwischen Kunst und Wirklichkeit war unüberbrückbar. Er hatte sich von Träumen hinreißen lassen, während Judith alle Konsequenzen bedacht hatte. Wie hatte er nur so selbstsüchtig sein können, um sie einer derartigen Situation auszusetzen?

Tief beschämt starrte er in seinen Napf und schaufelte den Habermus in sich hinein. Gleich nach der Mahlzeit verabschiedete er sich und begab sich zurück nach Freiburg. Während die Schatten der Bäume länger wurden, dachte er über sich und sein Leben nach. Die Freundschaft zu Ulrich war gescheitert, seine Liebe zu Judith blieb unerfüllt. In Seelendingen war ihm kein Glück beschieden. Hartmann fühlte sich sehr einsam. Auch am Hof des Herzogs von Zähringen gab es niemanden, dem er sich anvertrauen konnte. Die Edelleute sahen in ihm eine Bedrohung und das Gesinde begegnete ihm mit Neid. Die Musik und die Arbeit in der Kanzlei waren alles, was er hatte. Und er nahm sich vor, diese Aufgaben mit größter Leidenschaft zu verfolgen.

Im Jahre des Herrn 1182

1.

Seit sechs Jahren lebten August und die Spießgesellen von der Wegelagerei. In jeder Stadt kannten sie Händler, die ihre Beute versilberten, ohne Fragen zu stellen. Die Wälder an den Handelsstraßen waren ihnen so vertraut, dass sie Verfolger mühelos abschüttelten. Um ihr Glück nicht unnötig zu strapazieren, kampierten sie nirgends länger als zwei Tage.

An einem nebligen Oktobermorgen schälte sich August aus den Decken und knetete seine Gliedmaßen. Als er damals aus Aue verschwunden war, hatte ihn das stumpfe Einerlei angeödet. Jetzt hasste er die Rastlosigkeit und das tumbe Geschwätz seiner Kameraden so sehr, dass er manchmal mit dem Gedanken spielte, noch einmal etwas anderes anzufangen. Allerdings wusste er um die Schwierigkeiten, die ein Absetzen von der Bande mit sich bringen würde. Die Spießgesellen würden nicht eher ruhen, bis sie ihn getötet hätten. Plötzlich fühlte er sich wie ein Gefangener – verdammt zu einem Leben, aus dem es kein Entrinnen gab, gebunden an ein paar Hohlköpfe, denen jegliche Vorstellungskraft abging.

Neben ihm hustete der Neue seine Lunge frei und spuckte einen Schleimklumpen in die Feuerstelle. »He,

August! Wird langsam Zeit, dass wir uns ein paar Huren gönnen! … He, sprichst wohl nicht mit jedem, was?«

»Lass ihn!«, sagte Bengt. »Morgens ist er ungenießbar.«

Der Neue pickte sich eine Laus aus dem Schamhaar und zerknackte sie zwischen den Fingernägeln. »Ihr würdet kaum glauben, was für Geschichten über euch im Umlauf sind. Wenn ich den Leuten erzähle, dass ihr nicht mal eine Handvoll seid, dann erklären sie mich doch glatt für verrückt!«

Bengt rückte näher an ihn heran und sagte augenzwinkernd: »Hast ja Recht, aber sprich nicht so laut. Als wir in die Wälder gingen, war August noch ein anderer. Wenn wir eine Kutsche überfielen, machte er vor nichts und niemandem Halt. Aber sieh ihn dir jetzt an! Sieh nur, was aus ihm geworden ist.«

»Ja, ja«, flüsterte der Räuber. »Ich sehe es ja!«

»Mit dem ist nichts mehr los. Ich und die anderen wissen das schon seit langem, aber wir sind nicht stark genug, um ihn fertigzumachen.« Bengt befühlte den Oberarm des Neuen. »Mir scheint, dass du keine Furcht kennst. Und stark bist du auch, was?«

»Das will ich meinen!« Grob schüttelte der Neue im Bunde Bengts Hand ab und stellte sich auf die Füße. Er trat zu August, blickte herrisch zu ihm hinunter und sagte: »Der macht mir jedenfalls keine Angst. Und wenn ich nicht bald was zu pimpern kriege, dann … ach!« Er rotzte verächtlich aus und trat an einen Baum, um sich zu erleichtern. Froh über den strammen Strahl pfiff er ein Lied.

Mit einer fließenden Bewegung war August auf den Beinen und griff dem Neuen unters Kinn. Mit einem sauberen Schnitt schlitzte er ihm die Kehle auf. Ein Blutschwall spritzte gegen die Rinde, dann sackte der Mann auf den Waldboden. Seine Augen waren weit aufgerissen, seine Lippen formten lautlos Worte und seine Füße zuckten scharrend über das Laub.

»Wurde auch Zeit«, sagte Bengt, »der Kerl hätte die Schnauze nicht halten können. Der hätte uns noch alle unter das Schwert des Scharfrichters geredet.«

August packte Bengt am Rabenhaar und riss seinen Kopf zurück. »Ist mir nicht entgangen, was du gesagt hast. Hast ihm erzählt, dass ihr einen neuen Anführer sucht.«

»Doch nur um …«

»Um was? Willst etwa *du* der neue Anführer sein?«

Da ertönte der Gesang einer Lerche. Einmal, zweimal und ein drittes Mal – das vereinbarte Signal. Sofort stieß August Bengts Kopf zurück und überzeugte sich, dass die Pferde angeleint waren. Durch einen Wink befahl er den Spießgesellen, die Bögen aufzugreifen und Richtung Osten zu laufen. Weil ihre Überfälle stets gleich abliefen, verstanden die Männer ihn sofort und schoben sich lautlos durch das Gebüsch. August hängte sich den Köcher über den Rücken und postierte sich hinter einem Baumstamm, den er schon gestern ausgekundschaftet hatte. Vorsichtig spähte er auf den Handelsweg hinab. In das Vogelgezwitscher mischte sich die Stimme eines Fuhrmanns, der in einem eintönigen Singsang seine Zugpferde antrieb: »Nicht so müde, Krummbein, auf geht's, Fleckerl, nun lauft schon …«

August hob den Kopf. Aus der Krone einer Rotbuche machte der Spießgeselle, der die Morgenwache übernommen hatte, mehrere Handzeichen. Offenbar handelte es sich um eine geschlossen Kutsche, die von einer Eskorte aus zwei Soldaten begleitet wurde. Lautlos gab August die Information weiter und wies die Ziele zu. Er selbst würde den Fuhrknecht ausschalten – die Fracht durfte unter keinen Umständen entkommen. August legte einen Pfeil in die Sehne und spannte den Bogen. Von Momenten wie diesem hatte er in den vergangenen Jahren gezehrt. Seine Wahrnehmung schärfte sich so stark, dass ihm der eigene Atem unnatürlich laut vorkam. Ein lustvolles Gefühl der Macht durchströmte ihn.

Als er das Ziel anvisiert hatte, hielt er den Atem an und ließ den Pfeil losschwirren. Volltreffer! Die geschmiedete Spitze bohrte sich in die Brust des Fuhrmannes. In einem ungläubigen Staunen riss er die Augen auf und kippte zur Seite weg. Während August einen zweiten Pfeil nachlegte, beobachtete er, wie ein Reiter in den Rücken getroffen wurde und aus dem Sattel rutschte. Sein Kamerad riss das Schwert aus der Scheide. Mehrmals ritt er im Kreis, um sich zu verteidigen, aber gegen einen unsichtbaren Feind war er machtlos. Zwei Pfeile trafen ihn fast gleichzeitig in den Bauch. August wunderte sich nicht zum ersten Mal, wie still der Tod seine Ernte einfuhr. Keiner der Männer hatte auch nur einen Mucks von sich gegeben. Nur die Vögel flatterten geräuschvoll auf, so als fürchteten sie, von dem Verderben mitgerissen zu werden. Auf dem Hintern rutschte August den steilen Abhang hinunter und ging auf den Türverschlag der Kutsche zu.

»He!«, rief einer der Spießgesellen. »Einer lebt noch. Ich glaube, er will sich in den Wald schleppen!«

»Dann schlag ihm endlich den Schädel ein und schwätz nicht so dämlich herum«, sagte August und riss den Verschlag auf.

Im Inneren drängte sich ein zartes Edelfräulein an ihre betagte Hofdame. Würdevoll reckte die Alte das haarige Kinn vor und sprach: »Meine Herrin ist eine Braut. Wagt es bloß nicht, ihr ein Leid anzutun. Ansonsten hackt Euch der Markgraf den Kopf ab.«

Normalerweise trieb August allerlei Schabernack, bevor er die Reisenden tötete, aber heute war er dazu nicht in der Stimmung – vermutlich weil er noch nichts im Magen hatte. Ohne jegliche Vorwarnung stieß er der alten Frau das Schwert in die Brust und drehte die Klinge in der Wunde. Brutal zerrte er die schreiende Braut an den Haaren aus der Kutsche und warf sie Bengt, der sich schon über die Lippen leckte, in die Arme.

»Na, was haben wir denn da?«, rief der.

Während sich die Spießgesellen über die Jungfrau hermachten, suchte August das Innere der Kutsche ab und wurde unter der Sitzbank fündig. Zwischen diversen Wäschestücken verbarg sich die Brautgabe – zwei Säckel, randvoll gefüllt mit Silber- und Goldmünzen.

2.

»Ich habe euch, meine Getreuen, in den Palassaal gerufen, weil sich gerade Großes ereignet.« Der Herzog von Zähringen legte eine bedeutungsvolle Pause ein und suchte in den Gesichtern seiner engsten Berater nach Anzeichen der Erkenntnis.

»Herr«, sagte der Marschall, »Ihr sprecht in Rätseln. Ich verstehe nicht, worauf Ihr hinauswollt!«

Missmutig riss der Herzog eine Haxe vom Braten und wälzte sie in der braunen Soße. »Bei dem Entwurf des

Plans stand ich ganz alleine da«, sagte er, »und auch jetzt, da schon alle Arbeit getan ist, könnt ihr mir nicht folgen.« Fast trotzig nagte er das Fleisch vom Knochen, bis dieser völlig blank war. Er wischte sich mit dem Ärmel über den glänzenden Mund und knallte die Hände auf die Tafel. »Weil ihr selber nicht draufkommt, muss ich euch auf die Sprünge helfen. Wie ihr alle wisst, ist mein Bruder der Bischof von Lüttich. Um uns die Diözese nach seinem Ableben zu sichern, wird mein Enkel Konrad, der zweite Sohn meiner Tochter Agnes, bald als Domkanoniker an der Kathedrale St. Lambert anfangen. Unter dem Episkopat meines Bruders kann er sich entfalten, bis er selbst das Amt übernimmt.« Der Herzog wandte sich an den Marschall: »Erinnerst du dich noch, was vor vielen Jahren in Nimwegen vereinbart wurde?«

»Euer Bruder, Euer Onkel Heinrich von Namur und der Kaiser waren zugegen. Was vereinbart wurde, kann ich nicht sagen.«

»Dann will ich deinem Gedächtnis auf die Sprünge helfen. In Nimwegen wurde ein Vertrag aufgesetzt, der vorsah, dass beim Tode meines kinderlosen Onkels alle Lehen, die er von der Trierer Kirche besitzt, an mich fallen. Der Vertrag hatte vor allem symbolischen Charakter. Aller Welt wurde deutlich gemacht, dass mein Onkel mich als rechtmäßigen Erben anerkennt. Und dieser Anspruch bezieht sich nicht nur auf die Trierer Stiftslehen, sondern auch auf die Reichslehen.«

»Herr«, mischte sich Bruder Stephan ein, »auch ich war in Nimwegen dabei. Wenn Ihr auf die Bürgschaft des Kaisers setzt, so ist Vorsicht geboten.«

»Nun lasst mich doch erst mal ausreden. Die Diözese Lüttich ist also auf Jahrzehnte gesichert durch meinen Enkel, dann die Trierer Stiftslehen und die Reichslehen von meinem Onkel, alles zusammengenommen ist – zumindest vorerst – allein schon eine Zierde, nicht wahr?«

»Was meint Ihr mit *vorerst?«,* fragte Hartmann. Er war mittlerweile zweiundzwanzig Jahre alt und nicht nur als Sänger, sondern auch in allen Rechts- und Verwaltungsfragen zu einer festen Größe am Hof geworden. Er hatte sich den Ruf erworben, dass er nicht viele Worte machte, aber jede ihm übertragene Aufgabe mit dem größten Einsatz erledigte.

»Endlich versteht mal jemand, worauf es ankommt! Ich will euch sagen, was *vorerst* heißt! Es bedeutet, dass ich mich wieder vermählen will! Ida, die Erbin der Grafschaft Boulogne, ist nach dem Tod ihres letzten Gemahls wieder frei. Die Reichslehen meines Onkels, das Bistum Lüttich und die Grafschaft von Boulogne würden dem Reich der Zähringer eine Schneise bis zum Ärmelkanal bahnen. Begreift ihr, was das bedeutet? Unter meiner Regentschaft würde sich das Zähringerreich bis zum Nordmeer erstrecken!«

»Das ist ja großartig!«, rief der Truchsess. »Bruder Stephan, das muss unbedingt Eingang in die *Genealogia Zaringorum* finden. Die Nachwelt soll wissen, was für ein Visionär unser Herzog war.«

Berthold sonnte sich in der Schmeichelei. »Weil mein *musicus* der einzige Mann am Hof ist, der die Sprache der Franken beherrscht, wird er meine Werbung überbringen und die Verhandlungen führen.«

Hartmann war so überrascht, dass ihm beinahe die Trinkschale aus der Hand gefallen wäre. Es fehlte ihm eindeutig an Erfahrung, um eine diplomatische Mission von dieser Tragweite anzuführen. Trotzdem behielt er seine Bedenken für sich. Der Herzog wollte keine Widerworte hören, sondern Erfolge sehen. Allein darauf kam es ihm an. »Wenn Ihr es wünscht, Herr, werde ich natürlich nach Boulogne reisen.«

»Du sollst für mich als Diplomat tätig werden, so wie Friedrich von Hausen für den Kaiser. Ich zweifele nicht an deinem Erfolg, denn niemand in meinem Hofstaat ist klüger als du.« Der Herzog wendete sich dem Truchsess zu. »Und du, mein Freud, wirst alles einkaufen, was ein Frauenherz höherschlagen lässt. Ida von Boulogne soll sehen, dass es ihr an nichts mangeln wird, wenn sie meinem Werben stattgibt.«

»Herr«, sagte Bruder Stephan. »Ist ein solches Vorhaben nicht zu riskant? Habt Ihr nicht gehört, dass eine Räuberbande im Schwabenland ihr Unwesen treibt? Ihr Hauptmann soll gleichermaßen gerissen und grausam sein. Auch die Route den Rhein hinab ist nicht mehr sicher. Überall soll er zuschlagen!«

»Ach was!«, sagte Berthold IV. »Die Mission duldet keinen Aufschub. Zahlreiche Franken werden um Ida werben und wir müssen ihnen zuvorkommen. Und wenn dieser Räuberhauptmann es wagen sollte, meine Gesandtschaft anzugreifen, wird er den Tag seiner Geburt verfluchen. Sollen sie doch kommen – diese Wegelagerer.«

Schon im Morgengrauen des nächsten Tages war alles vorbereitet. Im flackernden Schein der Pechfackeln saß Hartmann im Sattel und beobachtete, wie der Herzog umherlief, wild gestikulierte und Befehle brüllte. Schließlich griff er ihm in die Zügel und sagte:

»Ich lege die ganze Zukunft des Zähringergeschlechts in deine Hände. Es muss glücken, hörst du? Mir ist egal, wie lange die Verhandlungen dauern oder was es kostet, aber es muss glücken. Bring mir Ida von Boulogne!«

Der Marschall streckte die Hand in den grauen, zerklüfteten Himmel und gab das Zeichen zum Aufbruch. Die Gesandtschaft setzte sich in Trab. Eine kleine Vorhut ritt voraus, die besten Schwertkämpfer flankierten die Packpferde mit den Geschenken und eine Nachhut folgte. Weil Hartmann als Verhandlungsführer und Dolmetscher unersetzlich war, ritt er im Zentrum. Die Reiseroute würde die Männer über Köln, Aachen und Lüttich bis an den Hof Philips von Flandern führen.

Nach einem halben Tagesritt erreichten sie das Rheinufer und trabten weiter flussabwärts. Ein Ostwind schob Wolkentürme durch den Himmel, die sich zuweilen in Schauern entluden. Der Rhein pendelte in Mäandern hin und her und am Ufer wechselten sich Weiden, Schilf und Kieszungen ab. Treibgut hatte an manchen Stellen Inseln gebildet, die eine eigene Vegetation hervorbrachten.

Hartmann fragte sich, wie der Herzog reagieren würde, wenn er versagen sollte. Er trug die gesamte Verantwortung und wieder einmal wurde ihm bewusst, wie sehr er von der Gunst seines Dienstherrn abhängig war.

Burkhard schloss zu ihm auf. Er schien das Gespräch zu suchen. »Wir sind doch vom gleichen Alter!«

»Worauf willst du hinaus?«, fragte Hartmann.

»Sieh mich an! Ich hab mir ein Weib genommen, das mir die Wirtschaft führt und mir einen Sohn und eine Tochter geschenkt hat. Vielleicht solltest du auch sesshaft werden.«

»Wie stellst du dir das vor? Die Frauen, die ich in meinen Liedern besinge, sind von edler Abstammung. Es gefällt ihnen, wenn ich für sie singe, aber keine von ihnen käme jemals auf die Idee, mich zu heiraten.«

»Du sollst auch kein Edelfräulein nehmen, sondern ein Weib von unserem Stand.«

»Burkhard, ich habe kein Haus, nicht einmal einen eigenen Herd! Soll sie im Gesindehaus schlafen und sich vom Schweineknecht begaffen lassen?«

»Wenn du dem Herzog erzählen würdest, dass du heiraten möchtest, würde er dafür sorgen, dass du die Tochter eines unfreien Lehnsnehmers bekommst. Dann wärst du dein eigener Herr und hättest ein Heim.«

»Nein, ich würde eine Ehe nur aus Neigung eingehen. Was nützt es mir, wenn ich tagein, tagaus mit einem Weib verbringen muss, das ich nicht liebe?«

In Ufernähe trieb ein Fischerjunge in einem Einbaum vorüber und winkte ihnen zu. Burkhard grüßte zurück. »Ich werde einfach nicht schlau aus dir, Hartmann! Du weißt so viel über die Minne und alle ihre Auswirkungen. Du hast sogar das Klagebüchlein darüber geschrieben. Deine Worte klingen durchdacht, aber solange ich dich kenne, konnte noch keine Frau dein Herz berühren.«

Einmal schon, dachte Hartmann. Er erinnerte sich noch genau an den Tag, als sie vom Gewitter überrascht worden waren und im Heuschober Zuflucht gesucht hatten. Während der Platzregen aufs Dach getrommelt war, hatte er seinen ganzen Mut zusammengenommen und Judith ein Lied vorgesungen. Mit ihr hatte er die reinsten Momente seines Lebens verbracht. Er hütete die Erinnerung an ihre Begegnungen wie einen Schatz und teilte sie mit niemandem. Sie war sein Refugium, sein Rückzugsort und seine Hoffnung. »Um die Zusammenhänge zu begreifen und sie in Liedern auszudrücken, reicht es vollkommen aus, ein guter Beobachter zu sein«, sagte er.

»Das glaubst du doch selber nicht«, meinte Burkhard.

3.

Mitten in der Nacht schob Dankwart die Decke von sich, setzte die Füße auf den körnigen Lehmfußboden und knetete die schmerzenden Waden. In seiner Jugend war er ein geschickter Waldläufer gewesen, der schnell und sicher weite Entfernungen zurücklegen konnte. Heute waren seine Beine so knorrig und spröde wie die Äste eines abgestorbenen Baumes.

Agnes stöhnte im Schlaf und Dankwart wandte sich ihr zu. Lange war er wütend auf sie gewesen, weil ihre Leidenschaft verraucht war, und er hatte sogar erwogen, seine Befriedigung bei einer Hure zu suchen, aber er hatte nur zu gut gewusst, dass sie ihm keine Erleichterung verschafft hätte. In der flüchtigen Umarmung hätte er Agnes' Hingabe gesucht und doch nicht gefunden. Das Gefühl des Alleinseins wäre nur noch stärker geworden.

Verwundert stellte Dankwart fest, dass seine Verbitterung verflogen war, und ein starkes Gefühl der Verbundenheit wallte in ihm hoch. Hier lag die Frau, die ihm vier Kinder geboren hatte, die ihr ganzes Leben an seiner Seite zugebracht und stets zu ihm gehalten hatte. Er konnte kaum glauben, wie töricht er gewesen war, nur weil sie ihn zurückgewiesen hatte! Dabei hatte er nie daran gezweifelt, dass sie ihm von Herzen zugetan war. Warum fügte man gerade den Menschen, die man am meisten liebte, die tiefsten Verletzungen zu?

Dankwart zog die Wolldecke über ihre Brust, damit sie sich nicht verkühlte. *Verzeih mir,* dachte er, *dass ich ein solcher Narr war. Verzeih mir all die Jahre, in denen ich schweigsam und eigenbrötlerisch war, in denen ich mich aufgeführt habe wie ein schmollender Knabe. Du sollst wissen, dass es nie eine andere Frau gab. Vom ersten Tag an warst du die Mitte meines Lebens.*

Dankwart hauchte ihr einen Kuss auf die Stirn, verließ das Steinhaus und blieb abrupt stehen. Mitten auf dem Hof stand Leutfried mit einer Fackel in der Hand. Rote und gelbe Lichtflecken huschten über sein Gesicht. Dankwart erinnerte sich, dass er Ähnliches schon einmal erlebt hatte. Vor vielen Jahren war ihm sein Knecht im Traum erschienen und hatte ihm die Geburt seines zweiten Sohnes angezeigt. Wenn er damals den Beginn des Leben angekündigt hatte – welche Bedeutung kam seinem Erscheinen heute zu?

»Was stehst du hier herum?«, fragte er ihn.

»Ich konnte nicht schlafen, Herr, und plötzlich wusste ich, dass Ihr in dieser Nacht ausreiten würdet. Meistens kamt Ihr in meine Hütte, um mich zu wecken. Manchmal zogt Ihr es vor, alleine durchs Schwabenland zu ziehen. Heute Nacht wollte ich sichergehen, dass Ihr mich mitnehmt.«

Hier und jetzt ging etwas vor, das sich seiner Einflussnahme entzog. Für einen Moment wollte Dankwart zurück ins Steinhaus gehen, sich zu seinem Weib legen und den hellen Morgen abwarten, aber er wusste nur zu gut, dass niemand vor seinem Schicksal davonlaufen konnte. Früher oder später ereilte es einen doch. Ruhig schritt er auf Leutfried zu und legte ihm die Hand auf die Schulter. »Was haben wir nicht alles zusammen erlebt? Wie viele Gefahren haben wir nicht gemeinsam durchgestanden?«

»Ja, Herr!«

»Gib mir die Fackel. Dann geh und sattele die Pferde.«

Während Leutfried zum Stall schlurfte, nahm Dankwart sein Heim in Augenschein. Hier war er aufgewachsen, hier hatten Agnes und er ihr Leben zugebracht und hier hatten sie ihre Kinder großgezogen. Plötzlich fiel ihm ein, dass er morgen mit seinem Sohn Heinrich die Achse des Ochsenkarrens erneuern wollte – ein junger Stamm war bereits zugeschnitten. *Eigentlich eilte die Reparatur nicht,* dachte er. Die Ernte lagerte längst im Vorratsstall. Getreide, Äpfel und Zwiebeln würden die Familie bis in den Sommer hinein ernähren.

Als er sah, wie Leutfried Hengst und Ackergaul aus dem Stall führte, fühlte er plötzlich eine Leichtigkeit, wie er sie zuletzt als junger Mann erlebt hatte, in einer Zeit, als er auf Vergnügung aus war und frei von jeglicher Verantwortung. Ohne zu zögern, versenkte er die Fackel in der Regentonne und wuchtete sich in den Sattel. »Lass uns die Handelsstraße durch den Schwarzwald nehmen!«, rief er seinem Knecht zu.

Auf ihren Ausritten hatten er und Leutfried schon so viel erlebt. Einmal waren sie zu den Adlerhorsten auf dem Feldberg hinaufgeklettert; ein anderes Mal trieb es sie bis an die Ufer des Bodensees, wo sie mit einem selbst gebauten Floß zu einer Insel übersetzten, auf der die Mönche ein Kloster erbaut hatten. Wer konnte schon sagen, was sie dieses Mal erwartete?

4.

In Köln holte Hartmann ein goldenes, mit Rubinen besetztes Kreuz ab, das er dem Bruder des Zähringers als Geschenk mitbringen sollte. Bei Aachen schlugen die Männer ihr Nachtlager auf und noch vor dem Morgengrauen setzten sie ihre Reise fort. Stunden später überquerten sie die hügeligen Ausläufer des Hohen Venn. Die Pferde schnaubten vor Anstrengung und der Schaum tropfte ihnen vom Maul, aber der Marschall gestattete keine Pause. Am Nachmittag verließen sie endlich den grünschwarzen Tannenwald. Der Höhenzug war mehrfach durchbrochen und am Klippenrand war der Blick über das Maastal überwältigend.

»Hartmann«, sagte der Marschall, während ihnen eine kräftige Böe ins Gesicht blies. »Ich habe deine Entwicklung mit Wohlwollen verfolgt und mittlerweile bist du ein gestandener Mann. Bei solchen Missionen weiß man nie, worauf sie hinauslaufen. Du sollst wissen, dass ich alle deine Entscheidungen mittragen werde, auch wenn das bedeutet, dass wir kämpfen müssen.«

Dass ein so kluger und erfahrener Krieger in dieser Weise mit ihm sprach, machte Hartmann sehr stolz. »Ich danke Euch!«, sagte er ergriffen.

Auf dem schmalen, gewundenen Felspfad lenkten die Männer ihre Pferde in die Tiefe. Ein einziger Fehltritt konnte genügen, um in den Abgrund zu stürzen. Je näher sie dem Bischofspalast kamen, desto mehr zog sich Hartmann in sich selbst zurück. Er musste Rudolf von Lüttich für die Pläne seines Bruders, des Herzogs von Zähringen, gewinnen. Seine Diözese und das Erbe des Grafen

Heinrich von Namur stellten das Bindeglied zwischen dem Reich Bertholds und der Grafschaft von Boulogne dar.

Zum zwanzigsten Mal rief er sich ins Gedächtnis, was er bei Bruder Stephan über den Kirchenmann in Erfahrung gebracht hatte: Unter vorgehaltener Hand wurde Rudolf von Lüttich spöttisch als »ruhmvoller Simonist« bezeichnet, was bedeutete, dass er im Erwerb geistlicher Güter wie Sakramente und Kirchenämter und weltlicher Sachen, die mit einer geistlichen verbunden waren wie Pfründe und geweihte Gegenstände, maßlos war. Nach katholischem Kirchenrecht war Simonie strafbar, aber Rudolf konnte sich offenbar nicht zurückhalten. Je mehr Kirchenämter durch Männer seines Vertrauens besetzt waren, desto mehr galt sein Wort im Kreis der Großen.

Im Wissen um seine Sünden verlangte es ihn nach Trost und diesen fand er im Sammeln von Reliquien – Kleiderreste, Fingerglieder und Schädelstücke längst verstorbener Märtyrer; einmal kaufte er gar eine Sandale des Jesuskindes für einen horrenden Preis. So schuf er sich selbst einen Teufelskreis, aus dem er keinen Ausweg fand. Eigentlich war Rudolf nicht viel schlechter oder besser als andere Würdenträger; die Diözese war unter ihm sogar einflussreich geworden. Nur musste er um alle seine Unternehmungen ein lautes Spektakel inszenieren und lenkte so die Aufmerksamkeit des Papstes auf sich, der ihn schon mehrmals als eine Schande für den geistlichen Stand bezeichnet hatte. Zu seinem Unglück nahm sich Rudolf die scharfen Worte zu Herzen, denn bei aller Raffgier war er auch fromm, bei aller Unmoral auf seltsame Weise gewissenhaft.

Soweit Hartmann aus den Erzählungen von Bruder Stephan schlussfolgern konnte, wurde Rudolfs Handeln weniger durch politisches Kalkül als durch Geltungssucht und eine innere Zerrissenheit bestimmt. Wie sollte er einem solchen Mann begegnen, wie das Gespräch mit ihm zu einem erfolgreichen Abschluss bringen?

Begleitete er den Herzog auf Reisen, nahm er manchmal an Verhandlungen teil. Seiner dürftigen Erfahrung nach verrieten Lehnsherren oder Äbte ihre Gedanken nur, wenn die Äußerung der eigenen Sache diente. Als Politiker teilten sie die Menschen in zwei Klassen ein: in Werkzeuge und in Gegner. Er musste also versuchen, dem Bischof den Plan vom großen Zähringerreich so schmackhaft zu machen, dass er ihn zur eigenen Sache erklärte. Nur dann konnte er sich der uneingeschränkten Unterstützung sicher sein.

Als die Sonne hinter dem Bergrücken versank, erreichten die Männer die Talsohle. Nachdem sie die rot schimmernden Flussauen und die Maasbrücke hinter sich gelassen hatten, zeigte der Marschall der Torwache das Wappen der Zähringer, das ihm an einer Kette um den Hals hing. Hartmann erläuterte dem Soldaten, dass der Bischof selber als Leumund bürgen würde. Daraufhin ließ der Mann sie passieren.

Steinhäuser säumten die Straße zur Bischofsresidenz. Stumm traten ihre Bewohner vor die Tür und blickten der Gesandtschaft nach. Immer mehr Volk versammelte sich. In einem Handgemenge wären die Packpferde mit den kostbaren Geschenken eine leichte Beute. Irgendwo rottete sich eine Bande von Lumpenkindern zusammen. Ein Gassenjunge, dessen Haar von getrocknetem Lehm gebleicht war, zerrte an den Beinkleidern des Marschalls und rief: *»Monsieur, Monsieur …!«*

»Was will er?«, fragte der Marschall.

»Er bittet um ein Almosen«, sagte Hartmann. »Dafür könnt Ihr auf den Schutz des heiligen Lambert vertrauen, dessen Gebeine hier begraben liegen. Er ist der Patron der Stadt.«

»Das kann auch ein Ablenkungsmanöver sein. Er soll verschwinden!« Der Marschall befreite seinen Fuß aus dem Steigbügel und versetzte dem Knaben einen so kräftigen Tritt, dass dieser im hohen Bogen im Straßenmorast landete. Das Lumpenkind rappelte sich auf, entblößte sein Hinterteil und schimpfte drauflos.

»Was sagt er jetzt?«, fragte der Marschall und hielt den Schwertknauf fest im Griff.

»Das wollt Ihr bestimmt nicht hören!«, erwiderte Hartmann.

Ohne weitere Zwischenfälle erreichten sie das Tor der Bischofsresidenz. In dem dunklen Holz öffnete sich eine quadratische Luke, durch die der Pförtner die Gesandtschaft musterte.

»Jetzt bist du an der Reihe«, sagte der Marschall. »Viel Glück.«

Der Bischof erwartete sie im großen Saal. Er wies keinerlei Ähnlichkeit mit seinem älteren Bruder auf. Die Sorge um sein Seelenheil hatte sein Gesicht ausgehöhlt. Die Schläfen- und Wangenknochen zeichneten sich unter der glänzenden Haut ab.

Hartmann kniete nieder, küsste seinen Ring und erhob sich wieder. »Euer Bruder möchte Euch dieses Kreuz zum Geschenk machen. Angefertigt wurde es bei einem Goldschmied in Köln, dessen Name weit über die Grenzen des

Rheinlandes bekannt ist. Eine Gravur erinnert an das Martyrium des heiligen Lambert.«

»Der gute Berthold«, sagte der Bischof und starrte auf die Edelsteine, die im Schein des Kaminfeuers funkelten. »Schon immer war er für seine Großzügigkeit bekannt. Richtet ihm meinen Dank aus.«

Nachdem die beiden Belanglosigkeiten ausgetauscht und sich aneinander herangetastet hatten, kam Hartmann auf den Plan des Herzogs zu sprechen.

»Was?«, rief der Bischof erstaunt. »Berthold will sich wieder vermählen? Mit wem denn?«

»Mit Ida von Boulogne. Von hier reiten wir weiter an den flandrischen Hof, um die Werbung zu überbringen. Und durch unseren Besuch in Lüttich will Berthold sich vergewissern, ob er auf Euch zählen kann.«

»Jetzt verstehe ich!« Rudolf sprang auf die Füße und lief unruhig auf und ab. Plötzlich blieb er stehen und sagte: »Mein Sohn, hier an meiner Kette trage ich die Schädelreste des heiligen Lambert. Sie verleihen mir die Kraft, Euch von einer Ungeheuerlichkeit zu berichten. Mein Bruder vertraut mir, so wie ich mich immer auf seine Güte verlassen durfte. Deshalb will ich den Besuch von einem Gesandten des Kaisers nicht verschweigen!«

»Ein Gesandter des Kaisers? Was wollte er?«

»Ihr müsst wissen, dass der Kaiser seit dem Sturz Heinrichs des Löwen eine neue Politik verfolgt. Barbarossa fürchtet, dass Berthold zu mächtig wird. Was der Kaiser unserem Onkel versprach, kann ich nicht sagen. Jedenfalls erwägt unser Onkel nun, seine Reichslehen Balduin V. von Hennegau, seinem anderen Neffen, zu vermachen.«

»Was ist mit dem Vertrag von Nimwegen?«

»Da bezeugte der Kaiser lediglich, dass unser Onkel die Trierer Stiftslehen an Berthold vermacht. Und diese bleiben ihm auch erhalten. Natürlich war der Vertrag vor allem ein symbolischer Akt, der Berthold als Erben der übrigen Reichslehen anerkannte. Das steht allerdings nirgends geschrieben.«

»Und was wollte nun der Gesandte des Kaisers?«

»Damals – bei Aufsetzung des Vertrages – wurde ein kleiner Teil der Erbschaft auch mir zugebilligt. Der Kaiser verlangt nun, dass ich meine Ansprüche unserem Cousin überlasse. Und wenn sogar ich ihn als rechtmäßigen Erben anerkenne, wird es für Berthold noch schwerer, seinen Anspruch durchzusetzen. Zwar steht mein Bruder in der Erbfolge an erster Stelle, aber letztendlich wird der Kaiser seinen Willen bekommen. So war es immer!«

»Ich danke Euch für Eure aufrichtigen Worte«, sagte Hartmann und dachte einen Moment nach. »Ich weiß nicht, wie Euer Bruder auf diese Informationen reagieren wird. Daher halte ich es für ratsam, einen Boten nach Freiburg zu schicken.«

»Nein, nein. Ich kenne Berthold genau. Er wird toben, den Kaiser verfluchen und ihm nach einer Weile wieder verzeihen. Balduin V. von Hennegau ist als Vasall der Lütticher Kirche auch mein Vasall. Ich kann ihn unter Druck setzen und die Interessen meines Bruders wahren. Ich bin ein Zähringer und noch immer ein Garant der zähringischen Politik im Maas-Mosel-Raum.«

»Das wird Euer Bruder gerne hören.«

»Trotzdem ist Eile geboten. Viele Edle des Frankenlandes haben schon um Idas Hand angehalten. Nur der Unentschlossenheit Philips von Flandern ist es zu verdanken, dass sie noch nicht vermählt ist. Philip sollte von den Heiratsabsichten meines Bruders so bald wie möglich unterrichtet werden. Allerdings solltet Ihr vor den Verhandlungen einige Einzelheiten über ihn und seine Nichte erfahren.«

Hartmann betrachtete den Kirchenmann aufmerksam. Nach allen üblen Gerüchten, die über ihn im Umlauf waren, überraschte es ihn, wie klar sich Rudolf zu seiner Familie bekannte. Zumindest heute bewies er Größe, indem er sich gegen den Kaiser und auf die Seite seines Bruders stellte. Hartmann konnte nur hoffen, dass seine Loyalität von Dauer war.

5.

Am zweiten Tag ihrer Reise sah Dankwart zu seinem Knecht hinüber, dessen runzliges Gesicht von dem anstrengenden Ritt gerötet war. Bei der letzten Ernte hatte Leutfried unter Atemnot gelitten und sich mehrmals an die Brust gegriffen, auch hatte er keine schweren Lasten mehr tragen können. Trotzdem hatte er das Gnadenbrot entschieden abgelehnt und stand jeden Morgen bei Sonnenaufgang bereit, um die Anweisungen seines Herrn entgegenzunehmen.

Dankwart wusste um die bedingungslose Treue des Knechts und liebte ihn wie ein Familienmitglied. Schon vor Jahren hatte er es sich zur Aufgabe gemacht, Leutfried ein Altern in Würde zu ermöglichen. Stets vermittelte er ihm das Gefühl, gebraucht zu werden. Gleichzeitig achtete er darauf, dass der Knecht sich nicht überanstrengte.

»Allmählich bin ich erschöpft«, sagte Dankwart. »Wenn

wir an einen Bach gelangen, sollten wir eine Rast einlegen und unseren Durst stillen.«

»Ja, Herr. Ich glaube, ich kenne ein Plätzchen, das sich gut für unsere Zwecke eignen wür…« In diesem Moment bohrte sich ein Pfeil in Leutfrieds Brust. Kurz sah der treue Knecht zu seinem Herrn hinüber, als erwarte er einen Befehl, wie er auf diese unerwartete Entwicklung reagieren sollte. Dann erschlaffte sein Leib und rutschte aus dem Sattel.

Dankwart sprang blitzschnell von seinem Schlachtross, fing Leutfried auf und schleifte ihn in den Schutz der Bäume. Seltsamerweise folgte kein weiterer Beschuss. Der reiterlose Hengst wieherte mehrmals und stellte sich auf die Hinterläufe. Für das Tier bestand keine Gefahr, weil es einen beträchtlichen Wert besaß. Als sich der Rappe beruhigt hatte, folgte er seinem Herrn ins Unterholz.

Dankwart bettete den Oberkörper des Knechts sehr vorsichtig auf seinen Schoß, um nicht gegen den Pfeil zu stoßen und so die Wunde noch zu vergrößern. Er hatte Krieger jeden Alters sterben sehen und wusste, dass bei einem so alten Mann die Seele die irdische Hülle leichter verließ, weil sich der Kampf zwischen Engeln und Dämonen schon entschieden hatte. Leutfrieds Gesicht verlor schnell an Farbe, seine Haut wurde wächsern, die Brust hob und senkte sich nur noch unregelmäßig. Diese körperlichen Erscheinungen zeigten deutlich an, dass sich der Übergang bereits vollzog. Dankwart war in diesen Dingen viel zu erfahren, um sich Illusionen hinzugeben. »Hab keine Furcht, mein Freund«, sagte er. »Bald sitzt du bei meinem Vater, deinem alten Herrn. Auch meine Töchter, die du aufwachsen sahst, bitten dich an die Tafel. Mit ihnen teilst du Speis und Trank als Gleicher unter Gleichen …«

»Herr!« flüsterte Leutfried. »Ich sehe …« Seine Lider flatterten wie die Flügel eines Schmetterlings, seine Finger klammerten sich an den Arm seines Herrn, dann brach der Glanz seiner Augen.

»Du siehst jetzt ein anderes Licht«, vollendete Dankwart den Satz. Vorsichtig strich er dem Knecht über die Stirn und schloss ihm die Lider. Als er den Leichnam behutsam auf den Waldboden bettete, überkam ihn das Gefühl, dass sich seine Vorahnung erfüllte. Auch Leutfried musste geahnt haben, was ihn erwartete. Ansonsten hätte er nicht darauf bestanden, ihn an diesem Tag zu begleiten.

Dankwart vergegenwärtigte sich seine Situation. Offenbar waren sie in einen Hinterhalt geraten. Die Wegelagerer hatten es vermutlich auf ihre Waffen und Pferde abgesehen. Dankwart benötigte nur die Dauer von wenigen Herzschlägen, um eine Entscheidung zu fällen. Er würde diesen Ort nicht verlassen, bis er Leutfrieds Tod gerächt hätte. In seinen Augen gab es nur einen Weg, um mit solchem Gesindel umzuspringen. Mit wenigen Handgriffen sortierte er seine Waffen und spürte, wie ihn eine kalte Wut anfiel. »Einen Greis könnt ihr töten«, schrie er, »aber mit mir habt ihr nicht so ein leichtes Spiel! Ihr könnt es euch aussuchen: Entweder jage ich euch durchs Unterholz oder ihr tretet heraus und wir kämpfen wie Männer.«

Eine Zeit lang geschah nichts, und Dankwart spähte schon nach einer Stelle aus, um den Handelsweg zu überqueren. Dann raschelte Blattwerk und mehrere Äste knackten. Tatsächlich traten drei Gestalten auf den Weg. Sie alle trugen lederne Wämser und hielten ihre Schwerter und Dolche gezückt. Der mittelgroße Mann mit dem Rabenhaar kam Dankwart bekannt vor, allerdings konnte er sich nicht erinnern, wo er ihn schon einmal gesehen hatte. Dankwart erhob sich aus der Deckung des Baumes. Er hatte keine Ahnung, wie der Kampf enden würde, aber er fühlte deutlich, dass ihn sein langes und erfülltes Leben auf alles vorbereitet hatte.

6.

Je näher die zähringische Gesandtschaft der Küste kam, desto salziger schmeckte die Luft. Die scharfen Seewinde fegten über das platte Land und ließen die Bäume schief aus dem Boden wachsen. Jeder Busch, jede Bodenwelle und jede Strohkate war meilenweit im Voraus sichtbar.

Obwohl Hartmann angestrengt nachdachte, war ihm noch keine Verhandlungsstrategie eingefallen. Er drehte den Kopf und sagte: »Wir müssen halten!«

»Was soll das bedeuten?«, fragte der Marschall. »Wir können Philipps Burg noch vor Einbruch der Dämmerung erreichen.«

»Eben deshalb!«, sagte Hartmann und sprang vom Pferd. »Burkhard, lass uns ein Stück am Ufer entlanggehen.«

Die beiden Freunde gingen über nasses Laub auf eine Biegung zu, wo der Fluss Sand angeschwemmt hatte. An der Wasserkante lagen Algen, Stöcke und ein Barsch mit aufgequollenem Bauch. Hartmann hoffte, in einiger Entfernung von den Soldaten und in Gesellschaft seines Freundes seine Gedanken sortieren zu können.

»Du musst mir helfen«, sagte er. »Ich weiß einfach nicht, wie wir uns von den anderen Bewerbern abheben sollen.«

»Jetzt überraschst du mich«, erwiderte Burkhard. »Bis in die frühen Morgenstunden hast du dich mit dem Bischof beraten. Ihr müsst doch einen Plan entworfen haben!«

»Nein, das haben wir nicht. Der Bischof hat mir nur einige Informationen über Ida und ihren Onkel gegeben.«

»Und was hat er gesagt?«

»Ich habe das komische Gefühl, dass der Schlüssel zum Erfolg nicht bei Philipp von Flandern, sondern bei seiner Nichte selbst liegt.«

»Ich habe schon mitbekommen, dass sie einen gewissen Ruf hat, aber miss ihrem Einfluss nicht zu viel Bedeutung zu. Letzten Endes entscheidet ihr Oheim über den Bewerber.«

»Du hast bestimmt Recht, aber damit du die Zusammenhänge begreifst, muss ich dir die Vorgeschichte erzählen.«

»Dann lass mal hören!«

»Seit dem Tod ihres Vaters wuchs Ida am Hof ihres Onkels auf und lernte früh die Sagen um Karl den Großen, Artus und andere Helden kennen. Irgendwann begann sie selber Schreiber auszuschicken, um Abschriften von den Epen anfertigen zu lassen. Sie sind ihr kostbarster Schatz. Ihre liebsten Stellen kann sie auswendig und trägt sie auf Hoffesten vor. Sie ist sehr an Literatur interessiert.«

»Worauf willst du hinaus?«

»Warte noch! Mit der letzten Wahl ihres Oheims war Ida einverstanden, weil am Hof von Gerhard III. von Geldern ritterliche Kultur gepflegt wurde. Seine Schwester, die am Looner Hof Gräfin war, zeigte große literarische Aufgeschlossenheit und wurde Ida schnell zur Vertrauten. Nur einen Tagesritt benötigte man nach Loon, wo sich oft Sänger und Gaukler einfanden. Wenn sich Gerhard aus dem Oberquartier nach Nijmwegen, Arnheim oder Zutphen begab, ritt sein Tross am Klever Hof vorbei, wo Ida mehrmals Heinrich von Veldeke begegnete. Als ihr Ehemann überraschend starb, nahm sie Abschied vom Gelderner Hof und kehrte zu ihrem Onkel zurück.«

»Wo sie jetzt immer noch ist.«

»Genau! Bei ihrem großen Interesse an Kultur befürchtet sie nichts mehr, als in die Hände eines unhöfischen Mannes zu gelangen, der sie nur aus politischen Erwägungen heiraten will. Hinzu kommt, dass in den Werken Chrétiens de Troyes, dem Dichter der Artusromane, Ehen durch Neigung geschlossen werden. Dementsprechend hat sie ein Auge auf einen jungen Ritter geworfen, den sie von Kindesbeinen an kennt: Arnold von Guines ist der Mittelpunkt eines Kreises junger adeliger Leute, der sich häufig am Hof ihres Onkels aufhält. Sie nennen sich ›Lustige Gesellschaft‹, feiern rauschende Feste und versüßen sich die Zeit mit Spielen. Arnold soll Humor haben und geistreich sein. Mehrmals hat er um Idas Hand angehalten, aber Philipp von Flandern wies die Werbungen stets zurück, weil Arnold und seine Familie keinen politischen Einfluss haben. Wenn hingegen Philipp von Flandern ihr einen neuen Bewerber präsentiert, droht Ida, sich von der Turmburg zu stürzen, wenn er sie gegen ihren Willen verheiraten würde.«

»Das klingt nicht nach einer baldigen Einigung«, sagte Burkhard. »Philipp wird ein Machtwort sprechen müssen.«

Hartmann starrte seinen Freund an. Bis eben hatte er keine Ahnung gehabt, warum er ein Augenmerk auf Idas

Interesse an höfischer Kultur gelegt hatte. Burkhards Bemerkung brachte ihn auf eine Idee. Für Ida und ihren Onkel musste der Bräutigam unterschiedliche Qualitäten aufweisen. Die junge Frau wünschte sich ein Umfeld, in dem sie nicht nur als Schachfigur benutzt wurde; sie wollte sich künstlerisch einbringen und als Mäzenin tätig werden. Philipp von Flandern strebte hingegen eine Hochzeit an, die ihm politische Vorteile verschaffte. Keiner der bisherigen Bewerber hatte beiden Ansprüchen genügen können, so dass keine Einigung erzielt worden war, aber das würde sich ändern.

Berthold IV. von Zähringen war nicht nur reich, sondern sein Wort galt etwas im Kreis der Mächtigen. Zwar war der Herzog selbst kein Künstler, aber Hartmanns Lieder hatten sich längst über die Grenzen des Schwabenlandes verbreitet. Das Argument, womit er Ida für die Ehe gewinnen konnte, waren nicht die zahlreichen Geschenke, sondern er selbst. Seine Verskunst, sein Harfenspiel und sein untadeliger Ruf würden der jungen Frau zu Recht das Gefühl vermitteln, in eine höfische Welt einzuheiraten, wo sie ihre Interessen pflegen konnte.

»He«, rief Burkhard. »Wo rennst du hin?«

»Wir dürfen keine Zeit mehr verlieren!«, rief Hartmann. »Komm mit!« Atemlos erreichte er die Soldaten, die gerade ihre Decken ausbreiteten, um es sich am Lagerfeuer bequem zu machen. »Alle Mann aufsitzen – sofort!« Während sich Hartmann in den Sattel wuchtete, verstand er plötzlich, warum der Herzog ihn für diese Mission ausgewählt hatte. Seitdem er die Stelle als Kanzleigehilfe angetreten hatte, war er einem fortwährenden Balanceakt ausgesetzt gewesen. Dabei hatte er die Fähigkeit entwickelt, Situationen und Menschen schnell einzuschätzen und sein Verhalten entsprechend auszurichten. Instinktiv hatte der Herzog seine Qualitäten erkannt und sein ganzes Vertrauen in ihn gesetzt. Hartmann begriff, dass der Erfolg der Mission tatsächlich allein in seinen Händen lag.

7.

Aus seinem sicheren Versteck beobachtete August, wie die Spießgesellen den Kreis um den Dorfschulzen enger schlossen. Glücklicherweise hatten sie von den Heldengeschichten, die über Dankwart kursierten, noch nie etwas gehört, so dass keiner von ihnen auch nur die geringste Ahnung hatte, mit wem sie sich da anlegten.

Der Dorfschulze hielt das Schwert mit beiden Händen und drehte sich im Kreis, um seine Gegner im Auge zu behalten. Verwundert stellte August fest, dass sein Haar schlohweiß geworden war, auch sein Knochengerüst zeichnete sich deutlich unter der Tunika ab. Trotzdem strahlte er immer noch die Kaltblütigkeit eines Kriegers aus, den man besser nicht reizte, wenn man am Leben bleiben wollte. Auch im fortgeschrittenen Alter waren seine Bewegungen von einer tödlichen Anmut.

Plötzlich sprang der Dorfschulze zur Seite und trat nach hinten aus. Mit voller Wucht traf er das durchgestreckte Knie eines Spießgesellen. Laut knackend brach es aus dem Gelenk. In einer fließenden Bewegung zog Dankwart das Schwert nach, ließ es nach unten sausen und spaltete den Oberkörper des Gefallenen. Sofort wandte er sich wieder den beiden anderen zu, die sich entsetzte Blicke zuwarfen.

»Los!«, brüllte Bengt. »Wir sind immer noch zu zweit!«

»Soll er doch abhauen«, sagte der andere. »Das hat doch keinen Sinn. Ich weiß überhaupt nicht, was August eigentlich bezweckt. Wieso ist er nicht bei uns?«

»Wer von euch beiden will als Nächster drankommen?«, fragte Dankwart und griff nach dem Schwert des toten Mannes.

»Halts Maul!«, brüllte Bengt. »Jetzt erkenne ich dich: Du bist der Dorfschulze aus Aue!«

»Ihr solltet lieber angreifen«, sagte Dankwart, »als hier dumm herumzuschwätzen.« Mit der Spitze voraus schleuderte er das zweite Schwert Bengt in den Magen. Der riss empört die Augen auf, so als wollte er sich über die Kampfweise beschweren, dann fiel er auf die Knie und kippte zur Seite.

»Wenn ihr mich gleichzeitig attackiert hättet, wären meine Chancen gering gewesen. So bleiben nur noch wir zwei übrig.« Dankwart hatte den Gegner fest im Auge.

»Du verfluchter Hurensohn. Jetzt zeig ich's dir. Aaaaaah!« Mit hoch erhobenem Schwert stürmte der Spießgeselle auf ihn los. Der Dorfschulze wartete den rechten Augenblick ab, tauchte geschmeidig unter der fremden Klinge ab und leitete kniend den Gegenangriff ein. Mit einer fließenden Bewegung schlitzte er dem Mann den Bauch auf, so dass seine Gedärme hervorquollen. Fassungslos ließ der Spießgeselle das Schwert fallen und versuchte, sich die glänzenden Schlingen in den Leib zurückzustopfen. Dankwart holte aus und enthauptete ihn mit einem Streich. Schnaufend blieb er auf dem Weg stehen und griff sich an den Oberarm, wo ihn der wild heranstürmende Spießgeselle erwischt hatte.

Offenbar nimmt er an, dass der Kampf entschieden ist, dachte August. Er hatte alles genau verfolgt und lehnte den Hinterkopf nun gegen die Baumrinde. August konnte kaum glauben, mit welcher Blödheit die Spießgesellen in ihren eigenen Untergang gestolpert waren. Nachdem er die beiden Reiter erkannt hatte, hatte er ihnen augenblicklich verboten, einen Pfeil abzuschießen, und den Knecht selbst getötet. Eigentlich hatte er geplant, sie hinterher auf den Dorfschulzen zu hetzen. Dankwarts lächerliches Angebot, auf der Straße wie Männer zu kämpfen, spielte ihm sogar noch in die Hände. Es hatte ihn einige Überzeugungsarbeit gekostet, die Spießgesellen davon zu überzeugen, ihre Deckung zu verlassen, aber letztendlich waren sie seinen Befehlen gefolgt. August hatte keinen Moment daran gezweifelt, wer als Sieger aus diesem ungleichen Kampf hervorgehen würde. Jetzt konnte er mit der angesammelten Beute ein neues Leben anfangen, ohne sich vor ihrer Rache zu fürchten. Nur noch eine Sache musste er erledigen.

Er griff in den Köcher und legte einen Pfeil in die Sehne seines Bogens. Lautlos glitt er auf die Handelsstraße hinab. Seine Nervenstränge vibrierten und sein Magen zog sich schmerzhaft zusammen, aber er durfte jetzt nicht zaudern. Von Anfang hatte er gewusst, dass er allein dazu imstande sein würde, den Dorfschulzen zu erledigen. *Es ist besser,* dachte August, *wenn ich ihm nicht zu nahe komme. Am besten töte ich ihn gleich jetzt, solange er mir noch den Rücken zukehrt und seine Wunde untersucht.* Der freie Bauer zielte genau und ließ den Pfeil losschwirren. Das Geschoss bohrte sich von hinten durch den Hals des Dorfschulzen, der völlig überrascht herumwirbelte. Die geschmiedete Spitze ragte einen Fingerbreit unterhalb des Kehlkopfes aus der Haut. Vorsichtshalber legte August einen zweiten Pfeil nach, aber er erkannte schnell, dass dieser nicht nötig war. Der Dorfschulze schnappte nach Luft wie ein Fisch auf dem Trockenen, rosa Speichel sickerte ihm aus dem Mundwinkel. Seine Beine gaben nach und er fiel auf die Hände und Knie. Er bebte am ganzen Leib, während er wie ein Köter auf dem Boden hockte.

August fühlte eine hysterische Freude in sich aufsteigen. Wer hätte gedacht, dass es so leicht sein würde, diesen heldenhaften Kämpfer zu besiegen. Ach, wenn er genau darüber nachdachte, war es gar nicht leicht, sondern verteufelt schwer gewesen. Nur hatte diese Aufgabe einen Mann erfordert, der dem Dorfschulzen in jeglicher Hinsicht überlegen war. Und dieser Mann war zweifellos er: August, der freie Bauer aus Aue. *Die Kinder sollen über mich Geschichten erzählen und nicht über den da!,* dachte er und rief: »He, schau mich gefälligst an, wenn ich mit dir rede! Erkennst du mich nicht? Weißt du nicht, wer ich bin? Keine Gelegenheit hast du ausgelassen, um meinen Vater mit Dreck zu beschmeißen. Jetzt dreh ich den Spieß um. Hörst du? Jetzt stopf ich dir dein freches Lügenmaul! Ja, du hast ganz recht gehört! Ich stopf dir …«

August verschlug es die Sprache. Abrupt hielt er inne. Er war nur noch zwei Pferdelängen vom Dorfschulzen entfernt und konnte kaum glauben, was er da sah. Dankwart stemmte sich auf die Beine. Sein Gesicht hatte sich blau verfärbt, an seiner Stirn pochten Adern so dick wie Hanfseile – es konnte nur noch wenige Herzschläge dauern, bis er erstickt war –, aber seine hellen Augen leuchteten in einer Klarheit, die nicht von dieser Welt war. Mit einer tödlichen Ruhe schätzte der Dorfschulze die Entfernung seinerseits ab und zog ein Messer mit Hirschhorngriff aus der ledernen Scheide. Er würde doch nicht …

»Nein!«, schrie August und ließ den Bogen fallen. Er wirbelte herum, zog die Arme an den Körper und lief davon. Panisch drehte er den Kopf nach hinten und sah gerade noch, wie Dankwart den Arm hob und das Messer nach ihm schleuderte. August wurde bewusst, dass er einen schrecklichen Fehler begangen hatte. »Das ist ungerecht!«, rief er. »Bitte nicht …« Er hatte geglaubt, dass der Dorfschulze widerstandslos krepieren würde. Jetzt musste er für seinen Irrtum bezahlen.

8.

Zwei Tage später träumte Agnes, dass sie wieder die umworbene Jungfrau war. Sie war auf dem Erntedankfest in Ambringen und vergnügte sich mit ihren Freundinnen. Ein sehniger, blonder Jungmann namens Dankwart bahnte sich einen Weg durch die Menge. Seine blauen Augen leuchteten so stark, dass es ihr durch Mark und Bein ging. Seltsamerweise wusste sie sofort, dass er sie ansprechen wollte, und ihr war ebenso klar, dass sie seiner Aufforderung zum Sprungtanz folgen würde. Schnell griff sie nach oben, um den Sitz ihres Blumenkranzes zu prüfen. Aber was war das? Fassungslos tastete sie ihren Kopf ab: Unter ihren Fingerspitzen spürte sie kein einziges Haar. Ihr Schädel war vollkommen kahl – sie hatte eine Glatze!

Voller Entsetzen wollte sie eine Entschuldigung gegen den Jungmann stammeln, aber sie brachte kein verständliches Wort heraus, sondern nur ein Genuschel, das so ähnlich klang wie »Uh – uh – umpf«. Mit böser Vorahnung tastete sie ihren Mund ab und stellte fest, dass all ihre Zähne ausgefallen waren. Sie drehte ihre Handrücken ins

Tageslicht und entdeckte prompt darauf zahllose Altersflecken. Kraftlos sank sie auf die Bank vor der Adlerburg und beobachtete, wie die Sonne über den ganzen Himmel wanderte, bis sie im Abendland versank. Die Dunkelheit war so absolut, dass nicht der kleinste Lichtschimmer zu ihr drang. Die Stille war so endgültig, dass alle Hoffnung erstarb. Da musste sie fürchterlich weinen und wachte geschüttelt von ihrem eigenen Schluchzen auf.

Zwischen den Fellen drang fahles Morgenlicht in den Raum. Früher war sie nach solchen Heimsuchungen lange liegen geblieben, um die Bedeutung der Bilder zu enträtseln. Heute beschäftigte sie sich nur noch mit den Träumen, die ihr ein gutes Gefühl vermittelten, die anderen verbannte sie schleunigst in die hinterste Kammer ihrer Seele, damit sie in Vergessenheit gerieten. Natürlich war ihr klar, dass sie sich selber etwas vormachte, das Leben bestand nicht nur aus angenehmen Dingen, aber sie war davon überzeugt, dass sie in ihrem Alter schon das Ärgste überstanden hatte. Sie hatte keine Ahnung, wie sehr sie sich täuschen sollte.

Entschlossen erhob sie sich vom Bett und schlüpfte in den Wollumhang. *Ich muss mich beschäftigen,* dachte sie und stieg in die Holzschuhe. Mit wenigen Schritten erreichte sie den Eingang und drückte die Tür auf. Die Morgenluft kühlte ihr Gesicht und vertrieb den restlichen Schlaf. Sie bewegte sich zum Stall, um die Schüssel mit Gerstenkörnern zu füllen, als ihr auffiel, dass das Tor geöffnet war. Außerdem stand das Schlachtross mitten auf dem Hof. Vor dem grauen, zerklüfteten Morgenhimmel sah der schwarze Hengst aus wie der Bote aus einer anderen Welt.

»Dankwart«, rief Agnes und reckte den Kopf in alle

Richtungen. »Warum nimmst du dem Tier nicht den Holzsattel ab? Es wird sich noch verkühlen, wenn es weiter so verschwitzt dasteht. Dankwart, wo steckst du?«

Kurz entschlossen ging sie zur Hütte des Knechts, aber das Bett war leer. Sie sah in den Stall und erkannte mit einem Blick, dass auch der Ackergaul fehlte. Agnes rannte einmal um das Bruchsteinhaus, aber sowohl von ihrem Ehemann als auch von Leutfried fehlte jede Spur. Nichts deutete darauf hin, dass sie in der Nacht heimgekehrt waren. »Was ist hier los?«, murmelte sie und blickte wieder zu dem Schlachtross, das völlig unbewegt dastand.

Plötzlich wurde ihre Brust so eng, als zöge sich eine Stahlfessel zusammen. Wie so oft erfasste ihr Gefühl die Situation schneller als ihr Verstand. Sie wollte sich beherrschen, wollte Ruhe bewahren, aber ihre Hände zitterten schon und die schreckliche Gewissheit stellte sich ein, dass Dankwart nie mehr heimkehren würde.

Am liebsten hätte Agnes sich hingelegt und für immer die Augen geschlossen. Sie war so unglaublich müde. Ja, sie wollte ihr ganzes Leben verschlafen, bis sie wieder mit Dankwart vereint war.

Da fiel ihr der stumpfe und ausdruckslose Blick des Tieres auf und Agnes wurde plötzlich unglaublich zornig. »Warum hast du ihm nicht beigestanden? Warum hast du ihm nicht geholfen? Vielleicht wäre er dann noch am Leben!« Sie wusste kaum, was sie tat, als sie loslief, aber ihre Füße unternahmen schnelle, gezielte Schritte. Erst als sie die Tür zur Küche aufstieß, wurde ihr klar, wonach sie suchte.

»Was … was ist los, Mutter?« stammelte ihre Schwiegertochter, stemmte sich vom Bett hoch und beschirmte ihre Augen gegen das Morgenlicht. »Warum atmest du so schwer? Weinst du etwa? Und wo willst du mit dem Schlachtermesser hin?«

Agnes war schon draußen und rannte auf den Hengst zu. »Warum hast du ihm nicht beigestanden?«, brüllte sie. »Du elender Klepper, du Schindmähre, du … du … *Er* hätte dich niemals im Stich gelassen. Er wäre dir keinen Schritt von der Seite gewichen. Warum bist du nicht bei ihm geblieben?« Als sie dem Hengst das Messer an die Kehle setzte, drehte das Tier seinen mächtigen Schädel in ihre Richtung. Die großen, dunklen Augen drückten weder Furcht noch Schmerz aus. Keinerlei Gefühle spiegelten sich darin, die mit den ihren vergleichbar gewesen wären. In ihnen erkannte Agnes nur die Ergebenheit, welche die niedere Kreatur seinem Herrn entgegenbrachte.

Agnes konnte dem arglosen Tier unmöglich ein Leid zufügen. Das Messer fiel ihr aus der Hand. Ihre Beine gaben nach und ein heftiges Zucken erfasste ihren ganzen Leib.

Im Jahre des Herrn 1183

1.

Im Frühjahr des folgenden Jahres läuteten die Glocken des Freiburger Münsters schon seit dem frühen Samstagmorgen. Die Bürger hatten sich zur öffentlichen Eheschließung eingefunden und reckten die Köpfe, um einen Blick auf die neue Herrin werfen zu können. Laut riefen sie Segenswünsche und rühmten ihre Schönheit: »Möge der Allmächtige Euch viele Kinder schenken! … Seht nur, sie ist so zart wie ein Engel!«

Ein langer roter Teppich, bestreut mit zahllosen Blütenblättern, führte auf das Portal des Münsters zu. Der Herzog von Zähringen schritt langsam voran, was nur majestätisch aussah, wenn man nicht genauer hinschaute. Ida von Boulogne hatte ihre Hand auf seinen Unterarm gelegt. Das mit Goldfäden durchwebte Gewand verlieh ihr einen herrschaftlichen Glanz.

Plötzlich blieb Berthold stehen und setzte den linken Fuß mit größter Vorsicht auf. Der Kontakt mit dem Boden bereitete ihm offenbar so große Schmerzen, dass er seinen Diplomaten heranwinkte. Hartmann ignorierte den eifersüchtigen Blick des Thronfolgers und begab sich auf kürzestem Weg zu seinem Herrn.

»Was ist los?«

»Die verdammten Beine! Ich kann kaum noch laufen!«

»Ich könnte einen Stuhl beschaffen, auf dem wir Euch den restlichen Weg tragen.«

»Und was sollen die Bürger denken? Nein, nein! Reich mir nur deinen Arm. Die paar Schritte schaffe ich noch.« Der Herzog hob den Kopf und rief in die Menge: »Schaut nicht so besorgt, dazu besteht kein Anlass. Heute Morgen hab ich mir den Knöchel verstaucht, das ist alles.«

Ein grauhaariger Zimmermann, eine pummelige Marktfrau und ein Gassenbengel standen in vorderster Reihe eng beieinander. An Alter, Aussehen und Kleidung hätten sie kaum unterschiedlicher sein können, aber der erschrockene Ausdruck in ihren Gesichtern ähnelte sich stark. Der Herzog hatte ihnen stets als Sinnbild für Kraft, Mut und Stärke gegolten und jetzt erkannten sie, dass sie sich getäuscht hatten. Vor ihren Augen schleppte sich ein alter, kranker und gebrechlicher Mann vorbei. Die Jubelrufe und Segenswünsche verstummten, dafür wurde viel geflüstert.

»Was reden sie?«, fragte Berthold.

»Ich kann kein Wort verstehen«, erwiderte sein Diplomat.

Als ein Mann durch die Menge brach, griff Hartmann nach seinem Schwert, aber er erkannte schnell, dass keine Gefahr drohte. Das längliche Gesicht gehörte Arnold von Guines, dem früheren Liebhaber der Braut. Hartmann hatte ihn auf seiner Mission in Flandern kennengelernt. Die Wachsoldaten beachteten den französischen Adeligen nicht, weil er keine Anstalten unternahm, sich dem Brautpaar weiter zu nähern. Sein Blick war so glasig, als hätte er Trost im Beerenwein gesucht.

»Liebste Ida«, sagte er in der Sprache der Franken. »Du sollst wissen, dass meine Liebe zu dir stark ist. Schon in naher Zukunft wird dieser alte Mann sterben und wir werden wieder vereint sein. Nichts kann uns dann noch trennen.«

»Arnold«, rief Ida, »du bist es wirklich. Kein Tag ist vergangen, an dem ich nicht an dich denken musste. Du bist ...«

»Schluss jetzt!«, sagte der Herzog aufbrausend, nachdem er verdutzte Blicke von einem zum anderen geworfen hatte. Jetzt packte er seine Braut und zerrte sie weiter, wobei er den Gaffern giftige Blicke zuwarf. »Was wollte dieser Franzmann? Was hat er gesagt?«, fragte er seinen Diplomaten.

Hartmann wusste um das schwere Los, das Ida mit unzähligen jungen Edelfräuleins teilte. Auf dem hart umkämpften Heiratsmarkt blieb für ihre Sehnsüchte und Herzensangelegenheiten kein Platz. Der Herzog hingegen hatte bekommen, was er wollte. Deshalb geriet Hartmann in keinen Gewissenskonflikt, als er ihm eine ausweichende Antwort gab und der Braut damit weiteres Leid ersparte. »Seine Worte sind für Euch nicht von Interesse.«

»Was für mich von Interesse ist, entscheide immer noch ich, aber es ist auch egal. Ida soll sich in mein Bett legen und mir einen Sohn gebären. Hinterher kann sie anfangen, was sie will.« Der Herzog drückte seine Braut vor dem Altar hinunter auf ein Kissen, das in den Farben der Zähringer gehalten war, und kniete sich selbst unter lautem Zähneknirschen, Ächzen und Stöhnen nieder.

Rudolf von Lüttich hatte das Brautpaar im Kirchenportal erwartet. Vor der weltlichen Zeremonie würde er ein Gebet sprechen. Nun hob er segnend die Arme und sprach: *»Domine sancte, pater omnipotens, eterne Deus, qui cuncta solus ordinas et recte disponis ....«*

Mit Sorge betrachtete Hartmann das rote Gesicht seines Herrn. Im vergangenen Jahr hatte sich sein gesundheitlicher Zustand stark verschlechtert. Bruder Stephan führte die Symptome auf den übermäßigen Genuss von Beerenwein und Wildsaubraten zurück. Der *medicus* hatte gesagt, dass der Herzog sterben würde, wenn er nicht bald seine Gewohnheiten änderte.

2.

Judith und Agnes hatten sich angewöhnt, die Krankenbesuche gemeinsam zu erledigen, was zwei entscheidende Vorteile hatte: Zum einen konnten sie sich absichern, bevor sie riskante Maßnahmen ergriffen, zum anderen ergänzten sich ihre Fähigkeiten erstaunlich gut. Während die Jüngere sichere Diagnosen stellte, hatte die Ältere eine Meisterschaft bei der Herstellung von Arzneien entwickelt.

Nachdem sie eine Wöchnerin besucht hatten, die unter starkem Ausfluss litt, wollten sie sich mit einer gemeinsamen Mahlzeit stärken. Auch neben ihrer Tätigkeit als Heilerinnen verbrachten sie viel Zeit miteinander. In langen Gesprächen gaben sie sich gegenseitig Halt und tauschten ihre Gedanken aus, was für beide sehr bereichernd war.

Plötzlich blieb Judith stehen und schaute auf einen Mann, der am Tor lehnte und offenbar auf sie wartete. »Das ist Vater. Sonst besucht er mich nur bei Dunkelheit, wenn ihn niemand sehen kann.«

Agnes schüttelte missbilligend den Kopf. »Ich verstehe

nicht, warum Mechthild eine solche Quertreiberin geworden ist.«

»Vater«, rief Judith. »Es freut mich, dass du gekommen bist. Ich habe heute Morgen Brotkuchen mit Blaubeeren gebacken. Willst du ihn mit uns teilen?«

»Das würde ich gerne, mein Täubchen, aber ich bin aus einem anderen Grund hier. Deine Mutter ist sehr krank. Ich brauche deine Hilfe.«

Judith hatte lange nicht mehr mit der Mutter gesprochen. Wenn sie ihr durch Zufall am Bach begegnete, starrte Mechthild sie nur hasserfüllt an und ging grußlos davon. Das feindselige Verhalten schmerzte Judith sehr, weil sie nicht wusste, was sie ihr getan hatte. »Was fehlt ihr denn?«

»Sie hatte ja schon immer Kopfschmerzen, aber vor einem halben Jahr wurden sie so schlimm, dass sie sich die Haare ausriss. Dann ging es ihr plötzlich besser und wir dachten schon, dass sie wieder gesund wäre.«

»Aber dem war nicht so?«

»Kopfschmerzen bekam sie keine mehr, dafür kann sie sich jetzt nicht mehr richtig bewegen. Manchmal sacken ihr die Beine weg und sie stürzt zu Boden. Dann hebe ich sie auf und trage sie nach Hause.« Der Bauer Kilian presste die Lippen aufeinander. »Sie wiegt ja kaum noch etwas. Sie ist so leicht wie ein Kind! Seit Wochen kriegt sie keinen Bissen mehr herunter.«

Judith berührte den Vater sanft am Arm. »Hat sie noch andere Beschwerden?«

»Manchmal kann sie nichts mehr sehen«, platzte der Bauer heraus.

»Ist schon gut«, sagte Judith.

Agnes hatte unterdessen den Beutel von der Schulter genommen und den Inhalt durchsucht. »Ich habe alles dabei, was wir brauchen. Wir können aufbrechen.«

Als Judith wenig später ihr Elternhaus betrat, ergriff sie eine heftige Wehmut. Es hatte sich kaum etwas verändert. Noch immer bildete der Tisch den Mittelpunkt des Wohnraumes. Mittlerweile war er an allen Ecken angestoßen und wies zahllose schwarze Flecken auf. *Damit ähnelt er mir mehr, als die anderen glauben würden,* dachte Judith.

Das wehmütige Gefühl verschwand sofort, als sie ihre Mutter daliegen sah. Sie hatte kaum noch etwas Menschliches an sich. Die Gesichtshaut spannte sich so straff über den Schädel, als könnte sie jeden Moment reißen. Über den eingesunkenen Augäpfeln lagen zwei bläuliche Lider, die beinahe durchsichtig waren. Ihre Lippen wirkten blass und hart.

»Vielleicht schläft sie«, sagte Kilian. »Vielleicht ist sie aber auch bewusstlos. In letzter Zeit passiert das öfters.«

Judith blickte Agnes fragend an. Schon vor Jahren hatte sie ihr anvertraut, dass sie ein besonderes Gefühl in den Händen hatte. Die Ältere hatte sie ermuntert, diese Gabe als Geschenk zu betrachten und sie weiter zu vervollkommnen, um sie in den Dienst der Menschen zu stellen. Mittlerweile nannte Judith ihre Fingerspitzen das »dritte Auge«.

Nachdem Agnes ihr zugenickt hatte, setzte Judith sich an das Kopfende und bettete den Kopf der Mutter in ihren Schoß. Behutsam tastete sie den Schädel ab und schloss die Augen. Sie überließ sich ganz ihren Empfindungen, und es dauerte nur wenige Momente, bis sie die zehrende Hitze im Schläfen- und Stirnbereich spürte. Vor ihr geistiges Auge schoben sich Bilder von einer Geschwulst, die so groß wie ein Hühnerei war. Zweifellos war sie bösartig und schon sehr weit fortgeschritten. Judith war klar, dass ihre Kräfte nicht ausreichen würden, um das Wachstum aufzuhalten. Sie öffnete die Augen und blickte ihren Vater an. »Es tut mir so leid. Wenn ich früher gekommen wäre, hätte ich vielleicht etwas tun können, aber so …«

»Dich trifft keine Schuld«, sagte der Vater. »Deine Mutter wollte es nicht anders. Seit deiner Heirat ist sie unerbittlich geworden – gegen sich selbst und gegen alle anderen.«

Für einen flüchtigen Moment ahnte Judith, dass möglicherweise ein Zusammenhang zwischen der Krankheit und der Geisteshaltung ihrer Mutter bestand, dann verflüchtigte sich diese Eingebung wieder. »Ich kann nicht viel für sie tun, ich kann nur regelmäßig kommen, um ihr den Übergang zu erleichtern.«

Agnes nahm den Beutel von der Schulter. »Und ich werde ihr ein Mittel zubereiten, das sie nehmen soll, wenn sie starke Schmerzen hat.«

»Tut, was ihr könnt«, sagte der Bauer Kilian und wandte sich mit zuckendem Gesicht ab.

Judith schloss erneut die Augen und legte ihre Hände auf die glühenden Schläfen der Mutter. Sie rief sich die schneebedeckten Gipfel im Winter, die glitzernden Kristalle auf der harschigen Schneedecke und die glatte Eisoberfläche des zugefrorenen Baches ins Gedächtnis. Bald spürte sie eine angenehme Kälte, die sie in ihre Fingerspitzen lenkte, wo sogleich ein Prickeln einsetzte. Beinahe sofort entspannten sich die Gesichtszüge der Mutter und eine lebendige Röte legte sich über ihre Wangen. Aus ihrer Kehle drang ein wohliges Seufzen und plötzlich schlug sie die Augen auf.

»Ich hatte einen wunderschönen Traum«, flüsterte Mechthild. »Ich war noch ein ganz junges Mädchen und kletterte auf ein Holzgestell, um bunte Bänder in die Äste der Dorflinde zu hängen. Der Wind ergriff sie und ließ sie vor dem blauen Himmel flattern …« Plötzlich unterbrach sich Mechthild und rückte von der Tochter ab. »Was willst du hier? Wenn du gekommen bist, um mich um Verzeihung zu bitten, kannst du lange warten. Das hättest du dir früher überlegen müssen.«

»Ich habe sie geholt!«, sagte Kilian. »Du solltest dankbar sein, dass sie überhaupt …«

»Ihr habt ja schon immer unter einer Decke gesteckt«, unterbrach ihn Mechthild. »Mir braucht niemand zu helfen – nicht einmal mein trotteliger Ehemann.«

»Ich habe dir eine Arznei zubereitet«, sagte Agnes. »Sie wird dir Erleichterung verschaffen, wenn …«

»Ach, die hohe Frau des Dorfes gibt sich auch die Ehre. Deinen Hexentrank will ich nicht. Den kannst du getrost wegschütten.« Plötzlich starrte Mechthild die Tochter an. Es war kaum zu glauben, zu welchem hasserfüllten Funkeln ihr ausgezehrtes Antlitz noch fähig war. »Ich kann nur hoffen, dass August bald zurückkehrt. Dann wird er dir Benehmen beibringen.«

3.

Zwei Tage nach Beendigung der Hochzeitsfeierlichkeiten betrat Hartmann den Palassaal. »Ihr habt mich rufen lassen?«

»Da bist du ja endlich!«, sagte der Herzog. Er saß in einem gepolsterten Stuhl und hatte die Beine hochgelegt, damit das Blut abfließen konnte. »Meine alten Waffengefährten haben mich schon heute Morgen verlassen. Früher blieben sie mindestens eine Woche, um mit mir zu zechen.«

»Sie wollten Euch nur etwas Ruhe gönnen.«

»Ja, ja! Tritt näher und bring mir den Weinkrug mit, der auf der Tafel steht.«

»Das wirst du nicht tun«, sagte Bruder Stephan und wandte sich an den Herzog. »Herr, wenn Ihr jetzt weitertrinkt, kann ich nichts mehr für Euch tun. Ich sagte Euch schon, dass es vor allem dem Wein zuzuschreiben ist, dass sich Euer Blut verdickt hat und …«

»Die Freude an der Welt hat mich hierhergebracht und ich sehe keinen Grund, warum …«

»Ach, du meine Güte!«, sagte Bruder Stephan. »Ständig das alte Lied! Seit Jahren rede ich mit Engelszungen auf Euch ein, aber Ihr wollt einfach nicht hören. Stattdessen lacht Ihr nur und nennt mich insgeheim einen Quacksalber! Sperrt endlich die Augen auf! Ihr könnt ja nicht mal mehr aus eigener Kraft aufstehen. Wie wollt Ihr in diesem Zustand einen Erben zeugen? Wenn ich als Hofarzt nicht ernst genommen werde, wenn mir nur zu sagen erlaubt ist, was Euch in Eurer Genusssucht bestärkt, dann …«, Bruder Stephan stand auf, »… dann will ich nicht länger Euer *medicus* sein! Gehabt Euch wohl.«

»Gehabt Euch doch selber wohl«, sagte der Herzog und wandte sich an Hartmann. »Ich wusste immer, was gut für mich und alle anderen ist. Kann ich mich plötzlich so täuschen? Sag selbst – hab ich je in meinem Urteil danebengelegen? Nun kannst du deine Dankbarkeit unter Beweis stellen! Vor deinen Augen schäme ich mich nicht, denn ich weiß, dass du meinen Zustand nicht ausnutzen wirst. Bring mir den Krug, damit der Wein mir helfen kann, die Schmerzen besser zu ertragen. Mehr verlange ich nicht. Also los, mein Sohn, nun geh schon!«

»Herr …«

»Bist du noch nicht los? Ich kann auch andere Seiten aufziehen, hörst du? Als dein Dienstherr befehle ich dir, zu diesem Tisch zu gehen und mir den Krug zu bringen – sofort!«

»Ihr seid ein mächtiger Reichsfürst«, sagte Hartmann. »Zum ersten Mal fühlt Ihr Euch schwach und hilflos, aber das seid Ihr nicht. Es sind nur Eure Füße, die Euch an diesen Stuhl fesseln. Opfert mich nicht für einen Krug Wein. Ich verstehe sehr gut, wie schwer es Euch fällt, Eure Gewohnheiten umzustellen, aber Bruder Stephan ist ein hervorragender Arzt. Er will den Menschen helfen und sie nicht quälen! Erinnert Ihr Euch noch, mit welcher Selbstaufopferung er Eure selige Ehefrau gepflegt hat? Ihr könnt seinem Urteil vertrauen, so wie ich es tue. Jeden Eurer Befehle will ich befolgen, auch wenn er den Tod bedeutet, aber den Wein kann ich Euch nicht bringen. Kurzfristig wird er Euch Linderung verschaffen, aber langfristig werden die Schlackestoffe den Blutfluss zum Erliegen bringen. Herr, bitte richtet Euch nicht zugrunde, bevor Eure Zeit gekommen ist!«

Zuerst schnaufte der Herzog und starrte Hartmann feindselig an, dann – ganz allmählich – lichtete sich seine Miene. »Es ist schon viele Jahre her, da kam der Marschall zu mir und sagte, dass du so aufrecht wie ein König auf dem Pferd sitzen würdest. Damals dachte ich mir, mit dem Jungen müsse was los sein!«

»Herr, es freut mich sehr, dass Ihr den Empfehlungen Eures Arztes folgen wollt.«

»Das hab ich nicht gesagt«, sagte der Herzog aufbrausend und besann sich gleich wieder. Mehrmals klopfte er beschwichtigend auf die Armlehne. »Nun sei nicht so förmlich, mein Junge. Rück einen Stuhl heran und setz dich zu mir. Nachdem du so erfolgreich um Ida geworben hast, brauche ich heute deinen Rat.«

In kurzen Sätzen schilderte der Herzog den neusten Stand der Dinge. Sein Onkel, Heinrich von Namur, hatte sich entschieden, Balduin V. von Hennegau die Nachfolge an den Reichslehen zu sichern. Sein Bruder, Rudolf von Lüttich, hatte daraufhin sein Wort gebrochen und seine Rechte an dem Erbe des Onkels an Balduin abgetreten. Dafür hatte Rudolf alle Einkünfte aus dem Allod Durbuy auf Lebenszeit eingestrichen. Philip von Flandern, der Oheim von Ida von Flandern, war als Bürge dieses Übereinkommens aufgetreten. Für den Verzicht des Herzogs an seinem Erbe hatte Balduin ihm nun ein Angebot über eintausendsechshundert Mark reinen Silbers in Kölner Gewicht unterbreitet.

»Mein Onkel will mich enterben«, sagte der Herzog. »Mein Bruder hat mich verraten und besitzt sogar die Dreistigkeit, es mir ins Gesicht zu sagen. Und der Kaiser bleibt meiner Hochzeit fern, obwohl ich ihm eine Einladung überbringen ließ.«

»Herr«, sagte Hartmann, »niemand konnte diese Entwicklung voraussehen. Politik wird von Menschen gemacht, und wenn diese Menschen nicht zu ihrem Wort stehen, gibt es nichts mehr, worauf man sich verlassen kann.«

»Was soll ich jetzt tun?«

»Momentan ist es wohl das Klügste, auf das Angebot Balduins einzugehen. Bedenkt nur, wie viel Einfluss Ihr mit einer solchen Summe kaufen könnt! Bedenkt auch Euren gesundheitlichen Zustand. Eine Fehde wäre eine Katastrophe. Als Feldherr müsstet Ihr eine Truppe in die Schlacht führen.«

»Weicht der Leitwolf nur ein einziges Mal vor einem Kampf zurück, so blecken die jungen Wölfe gleich die Zähne ... Jetzt ist es nur Balduin, aber andere Heißsporne werden folgen und mir weitere Rechte streitig machen.«

»Herr, Euer Gegner heißt nicht Balduin, sondern Friedrich Barbarossa. Die Vergangenheit hat gezeigt, dass sich der Kaiser niemandem verpflichtet fühlt, wenn er eigene Pläne verfolgt. Wir wollen hoffen, dass er sich zufriedengibt, ansonsten könnte es noch schlechter enden.«

»Wovon sprichst du? Welche Pläne sollte der Kaiser verfolgen?«

»Wenn die Reichslehen an Balduin fallen, verteilt er die Macht auf mehrere kleine Fürsten. Dadurch kann er sie leichter kontrollieren und seine eigene Vormachtsstellung untermauern.«

»Aber das Erbe steht mir von Rechts wegen zu.«

»Im Grunde schon, aber Ihr überseht einen wesentlichen Punkt. Die Reichslehen sind Heinrich von Namur durch den Kaiser verliehen worden. Nach dem Ableben Eures Onkels könnte der Rotbart sie einfach einziehen und einen anderen Edelmann damit belehnen.«

»Das würde er niemals tun.«

»Ich glaube doch, Herr. Euer Erbschaftsanspruch wäre erloschen und der Kaiser könnte sich vor aller Welt auf sein Recht berufen. Deshalb bleibt Euch gar nichts anderes übrig, als Balduins Angebot anzunehmen. So steht Ihr wenigstens nicht mit leeren Händen da und alle sind zufrieden.«

Nachdenklich blickte der Herzog in das knisternde Kaminfeuer und rieb sich die Schläfe. »Deine Ausführungen beleuchten jedes Mal Aspekte, die ich noch nicht bedacht habe. Ob Balduin tatsächlich zahlen will oder ob er sich bei Fälligkeit hinter dem Kaiser verkriecht, wird sich noch zeigen, aber was die lehnsrechtliche Seite angeht, muss ich dir zustimmen.«

»Würdet Ihr in den Krieg ziehen, so würdet Ihr Euch klar gegen den Kaiser positionieren und Euch im ganzen Reich Feinde schaffen.«

»Ich muss mir alles sorgfältig überlegen und werde dich beizeiten wieder um Rat fragen. Jetzt wollen wir die Politik ruhen lassen und etwas anderes besprechen. Wie steht es um deine Dichtkunst?«

»Warum fragt Ihr, Herr?«

»Der Kaiser will in Mainz ein Hoffest veranstalten. Alle namhaften Künstler des Abendlandes sollen bei einem Sängerwettstreit antreten.«

»Und Ihr wollt, dass ich teilnehme?«

»Viele Edelleute kommen an den Hof des Kaisers, nur um Friedrich von Hausen singen zu hören. Und sind sie erst einmal dem Einfluss des Rotbarts ausgesetzt, können sie sich seinem Wesen nicht mehr entziehen. Heutzutage sind die Möglichkeiten vielfältig, um auf die Politik einzuwirken. Du sollst nicht nur an dem Wettstreit teilnehmen, sondern du sollst alle anderen Künstler in den Schatten stellen, hörst du? Deine Dichtkunst soll die Edlen des Reiches zurück an meinen Hof locken. Ich will, dass du den Wettstreit gewinnst.«

4.

Auf dem Weg zum Hasgelhof gingen Judith und Agnes am Bachufer entlang.

»Bist du sicher, dass deine Mutter uns überhaupt ins Haus lässt?«, fragte Agnes.

»Ihre Bösartigkeit hängt vor allem mit der Geschwulst zusammen«, erwiderte Judith. »Wenn ich ihr gut zurede, wird sie bestimmt ein Einsehen haben.«

»Als sie noch bei Kräften war, war sie auch nicht gerade auf den Mund gefallen.«

»Vielleicht hast du Recht, aber ich muss zumindest versuchen, ihr zu helfen. Wenn ich es nicht tue, mache ich mir später Vorwürfe.«

»Das kann ich gut verstehen.«

»Du musst mich auch nicht begleiten. Ich kann schließlich nicht von dir verlangen, dass du dich zum Dank beschimpfen lässt.«

»Ist schon gut!«

Schweigend setzten die Frauen ihren Weg fort. Der gesundheitliche Zustand ihrer Mutter hatte Judith nachdenklich gestimmt. Die Geistlichen predigten zwar, dass der Tod für den Menschen eine Erlösung sei, dass er im himmlischen Jerusalem in einem warmen Licht bade und vollkommene Zufriedenheit erlange, aber sie fand in dieser Aussicht keinen Trost. Das Paradies nahm nur in den Erzählungen der Pfaffen Gestalt an. Sie hatte es weder gesehen noch kannte sie jemanden, der schon mal da gewesen war. Sie zweifelte nicht an dem Vater im Himmel, aber sie misstraute den Bildern, welche die Pfaffen vom himmlischen Jerusalem entwarfen. Vielleicht spürte ihre Seele, dass der Tod endgültig war, und litt deshalb so stark.

Aus ihren Überlegungen zog sie auch weitere Schlussfolgerungen. Weil niemand mit Sicherheit wissen konnte, wie es nach dem Tod weitergehen würde, musste sie ihr Sinnen doch auf das Diesseits lenken. Vielleicht war das Hier und Jetzt alles, was sie jemals haben konnte. Noch immer war sie eine Frau, in deren Schoß Leben gedeihen konnte. Eine solche Frau musste doch an der Seite eines Mannes leben, um eine Familie zu gründen und die natürliche Ordnung aufrechtzuerhalten.

»Hast du eigentlich Nachrichten von Hartmann?«, fragte Judith.

»Wenn du Ostern nicht so schüchtern gewesen wärst«, erwiderte Agnes, »hättest du selber mit ihm sprechen können.«

»Ich habe dir das nie erzählt, aber als er das erste Mal aus der Klosterschule heimkehrte, verbrachten wir etwas Zeit zusammen und …«

»Ihr wart noch Kinder.«

»Jedenfalls war ich alt genug, um kurz darauf verheiratet zu werden.«

»Worauf willst du hinaus?«

»August ist schon viele Jahre fort. Wahrscheinlich ist er tot und kommt nicht mehr zurück. Ich spiele mit dem Gedanken, noch einmal zu heiraten.«

»Hartmann?«

»Ist der Gedanke so abwegig? Er wäre bestimmt nicht abgeneigt.«

»Das will ich gerne glauben, aber geht das überhaupt?«

»Das wollte ich eigentlich dich fragen.«

»Ich weiß es nicht, aber wenn du möchtest, rede ich mit Vater Lothar. Er kennt sich mit dem Recht aus. Und wenn er keine Antwort weiß, wird er mir mit Sicherheit jemanden nennen können, der dir weiterhilft.«

»Das wäre sehr nett«, sagte Judith und ging eine Weile schweigend neben der Älteren her, bis sie die Stille nicht mehr ertragen konnte. »Du sagst ja gar nichts. Was hältst du von der Idee?«

»Nun – sie ist ungewöhnlich. Normalerweise sollten deine Eltern dir einen Ehemann auswählen.«

»Was beim ersten Versuch völlig fehlgeschlagen ist. Nein, ich möchte wissen, ob wir deinen Segen haben. Glaubst du, dass eine solche Verbindung vielversprechend wäre? Immerhin bin ich nur eine Hebamme und dein Sohn ist ein bekannter Künstler, der an den Fürstenhöfen ein- und ausgeht. Vielleicht bin ich ihm zu langweilig und …«

»Ich finde, dass ihr gut zusammenpassen würdet«, sagte Agnes. »Wenn du möchtest, kann ich ihm durch Heinrich ausrichten lassen, dass seine Mutter Sehnsucht nach ihm hat und er sich schleunigst nach Aue begeben soll. Natürlich wärest du ganz zufällig auch da. Soweit ich weiß, reitet Heinrich morgen sowieso zum Markt. Dann könnte er Hartmann einen Besuch in der Burg abstatten. Schon am Sonntag könnte er hier sein und …«

»Was? Schon so bald? Und was soll ich ihm dann sagen?«

»Dir wird schon etwas einfallen.«

»Oh, Gott!« Judith schreckte zurück und blieb abrupt stehen. »Das darf nicht wahr sein. Das darf einfach nicht wahr sein!«

5.

»So schlimm wird es schon nicht werden«, meinte Agnes und bemerkte erst jetzt, dass Judith mit weit aufgerissenen Augen zum Heimgarten starrte, wo sich neben der Linde ein Mann aufgebaut hatte und zur Unterhaltung einiger Bauern eine Geschichte zum Besten gab. Der bullige Oberkörper, der feiste Stiernacken und der breite Schädel kamen ihr bekannt vor. Und plötzlich begriff sie, dass der Ausruf der Jüngeren nicht der bevorstehenden Begegnung mit Hartmann galt, sondern ihrem Schrecken – angesichts der Rückkehr ihres Ehemanns – Ausdruck verlieh.

»Warum taucht er immer auf, wenn alles gut wird? Warum lässt er mich nicht in Ruhe? Ich hasse ihn! Ich hasse ihn!«, schrie Judith und rannte davon.

Für einen Moment überlegte Agnes, ob sie der Jüngeren folgen sollte, aber ein in der Sonne blinkender Gegenstand erregte so sehr ihre Aufmerksamkeit, dass sie sich dem Anblick nicht entziehen konnte. Sie kniff die Augen zusammen, um schärfer sehen zu können, und ging seitwärts den Hang hinauf. Die Bauern saßen im Halbkreis zu Augusts Füßen und blickten zu ihm hoch.

»Ich will die Geschichte auch hören«, hörte sie Luitgart, den Sohn des Schäfers, rufen, der offenbar später dazugestoßen war. »Bitte, erzähl sie noch einmal.«

»Nur wenn ich die anderen nicht langweile?«, fragte August mit einem Blick in die Runde. Die Bauern nickten ihm aufmunternd zu.

»Also gut, dann will ich dir den Gefallen tun. Wie du weißt, war ich lange Zeit weg, aber du kannst mir glauben, dass ich nicht freiwillig fortblieb, sondern dazu gezwungen wurde. Euch allen ist bekannt, wie sehr ich dieses Fleckchen Erde liebe …«

»Was ist denn passiert?«, rief Luitgart. »Es muss doch etwas Schreckliches passiert sein.«

»Du hast ganz Recht, mein Junge. Als ich damals fortritt, wollte ich für unsere Gemeinde einen neuen Prediger anwerben. Die Aufgabe war schwieriger, als ich vermutet hatte, und ich entfernte mich immer weiter von Aue. Auf der Handelsstraße durch den Schwarzwald geschah schließlich das Unglück. Eine Horde Wegelagerer lauerte mir auf und wollte mich töten.«

»Was ihnen anscheinend nicht gelungen ist«, sagte der Sohn des Schäfers triumphierend.

»Dreien von ihnen trat ich mit dem Schwert entgegen und nacheinander erschlug ich einen nach dem anderen. Ich fühlte mich schon als Sieger, als mich der Vierte hinterrücks anfiel und mir ein Messer in den Rücken rammte. Der elende Feigling hatte sich hinter einem Baum versteckt, aber im Fallen fügte ich ihm noch eine tödliche Wunde zu und …«

»Du hast ganz alleine gegen vier Wegelagerer gekämpft?«

»Warte nur ab, bis die Geschichte zu Ende ist. Als ich mich erheben wollte, merkte ich, dass ich meine Beine nicht mehr bewegen konnte, und aus dem Unterholz drang schon das Wolfsgeheul.«

»Wie hast du die Meute vertrieben?«

»Gar nicht – ich hatte mich schon aufgegeben, als ein Fernhandelskaufmann vorbeikam. Er hatte Erbarmen und hievte mich auf die Ladefläche. Die Messerwunde war tief, aber dank der Pflege seiner Ehefrau überlebte ich. Mehrere Winter brauchte ich, bis ich meine Beine wieder bewegen konnte. Dann verstarben meine Wohltäter und hinterließen mir ihren Besitz. Ich hätte ein wunderbares Leben anfangen können, aber das Heimweh ließ mir keine Ruhe. So verkaufte ich alles und trat den Heimweg an – und jetzt stehe ich vor euch.«

»Hat dich der Wegelagerer mit diesem Messer da verletzt?«, fragte der Sohn des Schäfers und deutete auf die Waffe. »Darf ich es mal anfassen?«

»Wenn du möchtest – hier.«

Agnes kniff die Augen erneut zusammen. August hatte das Messer schon die ganze Zeit in der Hand gehalten, aber seine Finger hatten den Hirschhorngriff verdeckt, so dass sie keine Details ausmachen konnte. Jetzt erkannte sie, dass von der Knochenstange drei Enden abstanden. Die weißen daumennagelgroßen Schnittstellen lagen in einer Reihe und sahen wie die Luftlöcher einer Flöte aus. Es konnte kein Zweifel bestehen. Fassungslos hob Agnes den Kopf.

Seitdem der Hengst herrenlos auf ihrem Hof gestanden hatte, war sie zwischen Hoffnung und Trauer hin- und hergerissen gewesen. Natürlich war die Wahrscheinlichkeit viel höher, dass Dankwart etwas zugestoßen war, aber es gelang ihr einfach nicht, von ihm Abschied zu nehmen. Noch immer war er ein Teil von ihr, noch immer glaubte sie, ab und zu seine Stimme zu vernehmen. Es kam sogar vor, dass sie träumte, wie er die Hände nach ihr ausstreckte und sie um Hilfe bat. Dann erhob sie sich vom Bett und ging ziellos in der Stube umher. Manchmal musste ihre Schwiegertochter sie in den Arm nehmen, um ihr begreiflich zu machen, dass ihre Suche vergebens war.

»Was hast du mit ihm angestellt?«, fragte sie und ging auf August zu.

»Ah«, erwiderte dieser, »das Eheweib unseres Dorfschulzen ist auch da. Ich habe Dankwart noch gar nicht gesehen. Es würde mich freuen, ihn zu begrüßen.«

»Wenn einer weiß, wo er steckt, dann bist du das. Dieses Messer gehörte ihm. Was hast du mit ihm angestellt?«

»Ich bin mir sicher, dass dieses Messer nicht ihm gehörte. Wir sollten Leutfried fragen. Der treue Knecht wird schon wissen, ob es das Messer seines Herrn ist. Weiß einer von euch, wo Leutfried steckt?«

»Er ist ebenfalls weg«, sagte ein Bauer. »Schon seit vielen Monden.«

»Ts, ts«, machte August. »Die beiden verschwinden einfach und lassen euch ohne Schutz zurück? Das ist aber nicht sehr anständig.«

»Das ist Dankwarts Messer«, sagte Agnes unnachgiebig. »Was hast du mit ihm gemacht?«

»Wenn dieses Messer tatsächlich Dankwart gehört hätte«, erwiderte August, »wäre er ein hinterhältiger Feigling. Willst du etwa behaupten, dass dein Ehemann ein hinterhältiger Feigling ist?«

Agnes suchte nach Worten, um ihren Gefühlen Ausdruck zu verleihen, aber ihr Kopf war wie leergefegt.

»Schon gut«, sagte August großmütig. »In den vergangenen Jahren habe ich schon viel zu viel Zeit vergeudet, um mich auch noch mit derartigem Unsinn zu beschäftigen. Für die Zukunft muss ich dir aber raten, solche Unterstellungen zu unterlassen. Ansonsten bliebe mir nichts anderes übrig, als deinen Sohn Heinrich zu einem Gotteskampf zu fordern. Hast du verstanden?« Als er keine

Antwort erhielt, wandte sich August wieder den Bauern zu. »Was meint ihr? Ist meine Rückkehr Anlass genug für ein kleines Fest?«

»Wir haben Euch so vermisst!«, sagte einer der Bauern.

»Ja«, stimmten die anderen zu. »Dem Allmächtigen sei Dank, dass Ihr endlich heimgekehrt seid.«

»Bei der Gelegenheit kann ich auch gleich nach meiner Ehefrau schauen«, sagte August. »Sie wird sich doch keinen anderen Mann genommen haben?«

»Nein, Herr«, erwiderte der Bauer. »Wo denkt Ihr hin? Euer Weib ist sehr fromm.«

Mit geballten Fäusten blieb Agnes im Heimgarten stehen und schaute der Gruppe nach. Sosehr sie ihr Hirn auch zermarterte, ihr fiel kein geeigneter Weg ein, um gegen den freien Bauern vorzugehen. Sobald sie etwas unternehmen würde, gefährdete sie ihren Sohn Heinrich, der alles andere als ein begnadeter Schwertkämpfer war.

6.

Als Judith sah, wie sich ihre todkranke Mutter von Nachbarn auf den Hof tragen ließ, um den verlorenen Schwiegersohn in die Arme zu schließen, verlor sie erneut die Fassung und rannte zurück in den Wald. Sie konnte einfach nicht begreifen, warum die Leute August nicht durchschauten! Erkannten sie denn nicht, was für ein verlogener Schurke er war? Ließen sie sich von dem jovialen Gehabe so blenden?

Bis Mitternacht streifte sie umher und quälte sich mit Fragen, auf die sie keine Antwort wusste. Schließlich suchte sie in einer alten Bärenhöhle Zuflucht, scharrte Blätter,

Astwerk und Erde zusammen und bettete sich auf das notdürftige Lager. Als ihr der Unterschied zur Strohmatratze bewusst wurde, krallte sie vor Wut die Finger in den Dreck.

Augusts Heimkehr zertrümmerte nicht nur die Hoffnungen auf ein Glück mit Hartmann, sondern gefährdete auch ihr Leben als Heilerin. Sie hatte fürchterliche Angst, dass sie alles verlieren könnte, was ihr etwas bedeutete. Sie kannte ihren Ehemann gut genug, um zu wissen, dass er etwas im Schilde führte. Nur konnte sie sich nicht vorstellen, was er plante und welche Rolle ihr dabei zugedacht war.

Früher hätte sie ihre Mutter um Rat gefragt, aber diese Zeiten waren schon lange vorbei. Heute bestimmte sie selbst, welchen Weg sie einschlug. Als Heilerin hatte sie einige Erfahrungen im Umgang mit Menschen gesammelt. Schwierigen Situationen stellte man sich am besten sofort. Erst wenn man alle Hintergründe kannte, konnte man die geeigneten Maßnahmen ergreifen.

Entschlossen erhob sich Judith von dem Lager und machte sich durch die Dunkelheit tastend auf den Rückweg. Sie erreichte den Hof im Morgengrauen. Einige Bauern schliefen im Gras ihren Rausch aus. Von den Querbalken des Stalles baumelten die Reste eines Schinkens. Ihr Ehemann saß mit aufgeschnürtem Wams auf einer Bank und schöpfte aus einem Fass einen Krug mit Bier. Er begrüßte sie so leutselig, als käme sie gerade vom Äpfelpflücken zurück. Er plauderte über dieses und jenes und bald begriff sie, dass er sich in einer neuen Rolle erprobte.

»Jetzt bin ich schon so alt geworden wie unser Heiland Jesus Christus, als er am Kreuze starb«, sagte August und nahm einen tüchtigen Schluck. »Jeder, dem eine solche

Gnade zuteilwird, muss sich besonders anstrengen, um dem Allmächtigen seine Dankbarkeit zu zeigen.«

Für Judith war das salbungsvolle Gerede erträglicher als die Gewalt früherer Tage. »Wie willst du das anstellen?«, fragte sie und bemühte sich, ihrer Stimme einen normalen Klang zu geben.

»Ich werde Kaufmann! Zwar habe ich den Fernhandel nicht gelernt, aber ich kenne einen Mann, der fließend Italienisch spricht und auf den Märkten in Venedig und Bologna einkauft. Er weiß genau, wie viele Soldaten zur Verteidigung einer Kolonne gebraucht werden, wie viele Zelte, Planen und wie viel Proviant mitgeführt werden müssen, wie hoch die Zölle und Abgaben ausfallen, welche Handelswege zu welcher Jahreszeit passierbar sind und welche Route die sicherste ist. Er kennt alle Maße und Gewichte und fällt auf keinen Betrug herein.«

»Und welche Aufgaben willst du übernehmen?«

»Selbstverständlich die entscheidenden. Ich verstehe überhaupt nicht, warum die Händler nicht schon früher auf die Idee gekommen sind. Da muss erst einer wie ich kommen, um ihnen zu zeigen, wie es richtig gemacht wird.«

»Was soll das bedeuten?«

»Die Kaufleute sind ständig unterwegs, um Geschäfte abzuschließen. Alles machen sie alleine und das kostet unnötig viel Zeit und Geld. Ich habe vor, die Aufgaben zu verteilen. Mehrere Einkäufer bereisen die Märkte und beliefern mich mit Waren aus verschiedenen Regionen. Mein Sortiment wird so reichhaltig sein, dass ich keine Konkurrenz fürchten muss.«

Judith musste sich zusammenreißen, um sich von ihren Gefühlen nicht hinreißen zu lassen. Sie rief sich ins Gedächtnis, dass ihr Vater früher immer gesagt hatte, dass Hass so schädlich wäre wie die Sünde selbst, weil er die Fähigkeit zur Liebe zersetzte und nichts als Verbitterung zurückließ. »Du bist nicht einmal Bürger.«

»Da täuschst du dich aber gewaltig, meine Liebe. Der Rat der Vierundzwanzig hat gestern über meine Aufnahme in die Stadtgemeinde entschieden. Ich habe sogleich meine Eintrittsgebühr entrichtet und feierlich geschworen, dass ich einen Panzer tragen und der Sturmglocke folgen werde, wann immer sie ertönt. Hahaha!«

»Und warum bist du nach Aue zurückgekommen?«

»Als ehrbarer Kaufmann brauche ich eine ehrbare Ehefrau. Was sollen die Bürger denn denken, wenn ich im Turmhaus wohne und meine Frau auf dem Acker schuftet? Du gehörst an meine Seite – ob du willst oder nicht. Außerdem brauchst du mal wieder einen richtigen Kerl, der es dir anständig besorgt. Ich frage mich schon die ganze Zeit, ob du unter dem Wollumhang immer noch so …«

»Nein«, sagte Judith. »Du wirst mich nie wieder anrühren!«

»Und wer soll mich daran hindern? Wenn ich Lust dazu habe, schlage ich dir so lange in dein hübsches Gesicht, bis du die Engel singen hörst.«

»Ich hab schon lange keine Angst mehr vor dir, August. Du kannst mich nicht mehr einschüchtern, du ekelst mich nur noch an.«

»Aha!«

»Du bist hergekommen, weil du mich brauchst. Leider kann ich dich nicht fortjagen, aber ich werde Bedingungen stellen. Ansonsten kannst du dich zum Teufel scheren.«

August betrachtete sie aufmerksam. Seine Miene verriet

in keiner Weise, wie er über ihre Worte dachte. »Du hast natürlich Recht«, sagte er schließlich und lächelte milde. »Sei doch bitte so gut und sag mir, welche deine Forderungen sind. Ich verspreche dir auch hoch und heilig, dass ich mich an alle Abmachungen halten werde.«

7.

Zahlreiche Wandteppiche mit flandrischen Motiven hingen in der Kemenate von Ida von Boulogne. Im Kamin brannten Lindenscheite und verbreiteten eine mollige Wärme. Hartmann saß an einem kleinen Tisch und studierte ein Buch. Bunt gemalte Schlinggewächse schmückten die Anfangsbuchstaben einer jeden Seite. Auch die Miniaturen zeugten von einer großen Kunstfertigkeit.

»Man sieht sofort«, sagte er, »dass da ein Meister am Werk war.«

»Du willst mir nur schmeicheln«, erwiderte Ida.

»Nein, ich meine das vollkommen ernst. Aus meiner Klosterzeit weiß ich, dass ein einziger Fehlstrich den harmonischen Eindruck einer ganzen Seite zerstören kann. Diese kalligrafische Arbeit besticht durch eine Exaktheit in der Linienführung, wie ich sie selten gesehen habe.«

»Für jede Seite fertigte der Schreiber mehrere Entwürfe an und legte sie mir zur Auswahl vor.«

»Das sieht man«, sagte Hartmann und deutete auf eine Textstelle. »Wenn ich die Verse recht verstehe, muss ich sie so übersetzen: Am Ostersonntag, zur Wiederkehr der schönen Jahreszeit, hielt König Artus in seinem Schloss Cardigan Hof. *Au jour de Pâques* heißt also Ostersonntag? Ist das richtig, Herrin?«

»Du lernst schnell!«

Hartmann tauchte den Federkiel ins Tintenfass und kratzte mit der Spitze über eine Seite seines französischen Gesprächsbüchleins. Er hatte seine alte Gewohnheit wieder aufgenommen und notierte alle Vokabeln und Redewendungen, die ihm nicht geläufig waren.

In den vergangenen Wochen hatte der Herzog ihn häufig in Idas Kemenate geschickt, um ihr Gesellschaft zu leisten. Sie hatte ihm von dem Heimweh nach Flandern erzählt und die Regeln des *jeu d'amour* erklärt, das sie zusammen mit jungen Adeligen und Spielleuten gespielt hatte. Bald war ihm jeder Troubadour der »Lustigen Gesellschaft« mit Namen, Lebenslauf und künstlerischen Anlagen bekannt gewesen. Immer wieder hatte Ida Stellen aus den Geschichten Chrétiens de Troyes zitiert, die ihr ein geistiges Zuhause boten. Hartmann hatten sich die französischen Verse nur erschlossen, wenn er sie umgehend übersetzt hatte. Deshalb hatte es eine Weile gedauert, bis er die Schönheit der Zeilen erfasst und ihren Ausführungen mit erhöhtem Interesse zugehört hatte.

Bei einem Spaziergang hatte er Ida schließlich gefragt, ob sie die Bücher immer mit sich führen würde. »Natürlich!«, hatte sie gerufen. »Sie begleiten mich überallhin. Sie haben mir Gesellschaft geleistet bei Gerhard von Geldern, meinem letzten Gemahl. Auch bei meinem jetzigen und meinem nächsten und übernächsten ...«

Aus Idas Bibliothek hatte Hartmann drei Bücher ausgewählt, mit denen er sich näher befasst hatte: eine Heiligenvita, *La vie du pape Grégoire,* die das Leben des Papstes Gregor behandelte und ihm aus seiner Zeit in der Klosterschule aus lateinischen Bearbeitungen geläufig war, und zwei Rittergeschichten, *Erec et Enide* und *Yvain,* von dem Dichter Chrétiens de Troyes. Manchmal, wenn er gerade in den Büchern geblättert hatte, war der Herzog zu ihm gekommen und hatte ihn mit Fragen bestürmt: Ob ihm denn schon etwas eingefallen wäre, wie er den Sängerwettstreit beim Kaiser gewinnen könnte? Ob er denn schon fleißig üben würde? Ob er noch etwas bräuchte? Einen Schreiber vielleicht für ein Heldenepos aus dem Lateinischen? Oder eine neue Harfe? Ob er denn gut vorankäme? Ob er denn, verdammt nochmal, endlich etwas vorzuweisen hätte? Hartmann hatte seinen Herrn beruhigt und ihm versichert, dass alles gelingen würde. Wenn der Herzog dann auf Krücken fortgehumpelt war, hatte Hartmann mit pochendem Herzen dagestanden. Obwohl er von allen Aufgaben befreit worden war, wusste er immer noch nicht, was er beim Mainzer Hoffest vortragen sollte.

»Gibt es solche Rittergeschichten eigentlich in der deutschen Sprache?«, fragte Ida.

»Entschuldigt, bitte!«, erwiderte Hartmann. »Ich war gerade mit meinen Gedanken woanders. Könnt Ihr Eure Frage noch einmal wiederholen?«

»Ich wollte wissen, ob es solche Erzählungen auch in deutscher Sprache gibt?«

8.

Mitte November setzten die Schneefälle ein und hielten bis weit in den Dezember hinein an. Die Handelsstraßen wurden für Ochsenkarren unpassierbar, so dass die Tore der Stadt meistens geschlossen blieben. Die Temperaturen fielen weit unter den Gefrierpunkt, so dass die Bürger nach Einbruch der Dunkelheit nicht mehr vor die Tür traten.

Hartmann lag eingehüllt in mehrere Wolldecken auf seinem Strohlager. Nachdenklich schaute er in das dunkle Gewölbe des Vorratsraumes, der für ihn geräumt worden war, damit er sich besser auf den Sängerwettstreit vorbereiten konnte. Aus dem Ofen fiel ein Streifen roten Lichts auf den Steinboden und an dieser Stelle schmolz das Eis in den Fugen.

Der Artusroman des Franken ließ ihn einfach nicht los. Im Grunde war die Handlung einfach: Der Ritter Erec zog aus, um eine Beleidigung zu rächen. Dabei gewann er nicht nur Ansehen, sondern auch die wunderschöne Enide zur Ehefrau. Über die geschlechtlichen Wonnen vergaß er seine Pflichten und wurde von seinen Kameraden verspottet. Erneut zog er aus, um die Hochschätzung von Artus und den anderen Kriegern zurückzugewinnen. Erst nachdem er viele Bewährungsproben bestanden hatte, kehrte er an den Hof zurück und erwarb sich dauerhaften Respekt.

Besonders interessant fand Hartmann, dass nicht der König, sondern der Ritter im Mittelpunkt stand. Außerdem war es erstaunlich, dass er nicht durch seine hohe Geburt, sondern allein durch seine Taten und seine Gesinnung Anerkennung errang. Wenn man dieses Prinzip in den Köpfen der Herrscher verankern könnte, würden noch mehr Männer von niederer Abkunft die Gelegenheit bekommen, sich durch ihre Handlungen auszuzeichnen.

Hartmann wälzte sich auf die Seite und starrte die Mauer an. War es tatsächlich möglich, durch Schriften etwas zu verändern? Wenn er genau darüber nachdachte, erschien ihm der Gedanke gar nicht so abwegig. Die Predigt von der Kanzel, die Heiligenviten und die theologischen Schriften strebten danach, die Gläubigen zu ermahnen und sie zum Handeln im christlichen Sinne anzuleiten. Die Epen und Heldenlieder schmeichelten den Fürsten und stärkten sie in ihrem Herrschaftsbewusstsein. Alles, was sich an ein Publikum wendete, verfolgte einen bestimmten Zweck – selbst wenn es nur der Unterhaltung diente oder die Selbstsucht des Künstlers befriedigte.

Plötzlich wusste Hartmann, was er zu tun hatte. Er würde eine Nachdichtung von *Erec et Enide* verfassen. Sein Held müsste jedoch von gemeiner Abkunft sein. Dann würden die Fürsten erkennen, dass auch unfreie Ritter zu außerordentlichen Leistungen fähig waren. Oder nein – das wäre zu deutlich! Schließlich würde sich das Publikum auf dem Mainzer Hoffest ausschließlich aus Edelleuten zusammensetzen. Bestenfalls würden sie ihn auslachen, schlimmstenfalls würden sie seinen Kopf fordern. Wenn er wirklich etwas bewirken wollte, musste er mit Fingerspitzengefühl vorgehen. Vielleicht könnte er die vorgegebene Form einfach deutlicher zeichnen. In etwa so: Sogar als Sohn eines Königs musste Erec etwas leisten, um Ehre zu erringen! *Ja,* dachte Hartmann, *insoweit sind wir uns ähnlich, denn auch ich bin nur geduldet, solange ich meinem Herrn diene.* Auf dem Mainzer Hoffest würden alle Mächtigen des Reiches sein. In ihren Köpfen könnte er die Botschaft verankern, dass nur derjenige etwas wert wäre, der sich durch seine Taten auszeichnete.

Hartmann war plötzlich hellwach. Er schob die Decke von sich, tappte barfuß zum Eingang und schob die Felle beiseite. Er stieg die Stufen empor und gelangte auf den Burghof. Der Schnee fiel in die Stille der Nacht. Obwohl er nur ein Hemd trug, spürte Hartmann die Kälte kaum. Er breitete die Arme aus und legte den Kopf in den Nacken. Weit sperrte er den Mund auf, so wie er es als Kind häufig getan hatte, und fing einzelne Flocken mit der Zunge auf.

Hartmann war so erleichtert und zuversichtlich, dass er dieses schöne Gefühl gerne mit jemandem geteilt hätte. Er musste an Judith denken, die nur einen halben Tagesmarsch entfernt lebte. Als ihm klar wurde, dass sie unerreichbar bleiben würde und er auch sonst niemanden hatte, mit dem er vertraut umgehen konnte, wurde er sehr traurig.

Sogleich ermahnte er sich zu mehr innerer Geschlossenheit. In den kommenden Monaten würde er seine ganze Geisteskraft brauchen, um mit schönen Versen eine Botschaft zu verpacken, die sich für alle Zeiten in den Köpfen festsetzen sollte. Seine Gefühle durften ihn bei diesem wichtigen Vorhaben nicht behindern.

Entschlossen ging er zurück in seine Kemenate. Er legte zwei Scheite Lindenholz nach und entzündete einen Kienspan, mit dem er die Kerze ansteckte. Er wickelte die Decken um seinen Leib, langte nach dem Griffel und der Wachstafel, auf der er zuweilen Endreime für neue Lieder festhielt, und begann sofort mit der Arbeit. Er wusste, dass er nicht eher ruhen würde, bis sein Roman abgeschlossen sein würde.

Im Jahre des Herrn 1184

1.

Im neuen Jahr zog Judith in die Stadt. Sie bewohnte die oberste Etage des viergeschossigen Turmhauses, das nur einen Steinwurf vom Freiburger Münster entfernt lag. Ihr Ehemann war tatsächlich auf alle Forderungen eingegangen und hielt sich an das Zutrittsverbot. Auch war August weder zudringlich noch schlug er sie. Mittlerweile war ihr auch klar geworden, warum er ihre Weisungen befolgte und solchen Wert auf ihre Anwesenheit legte. Zahlreiche Menschen bewunderten ihre tätige Nächstenliebe; diese Anständigkeit sollte auf ihn abfärben und ihn bei seinen ehrgeizigen Plänen unterstützen. Und solange er niemandem Schaden zufügte, wollte sie ihn gewähren lassen.

Unterdessen richtete sie ihr Leben neu ein. Um ihre Tätigkeit in Aue fortzusetzen, war die Entfernung zu groß. Außerdem stand den Bauern dort Agnes, die fähigste Heilerin im Schwabenland, zur Seite. Ihr erschien es daher sinnvoll, sich umzuorientieren. In der Stadt durften Hebammen und Kräuterfrauen frei praktizieren. Die Konkurrenz war jedoch so groß, dass sie sich gegenseitig anschwärzten. Judith wollte kein weiteres Öl ins Feuer gießen und berichtete Agnes, die zu ihr zu Besuch gekommen war, von ihren Überlegungen.

Die gute Frau wusste wie immer Rat: »Warum versuchst du es nicht bei Vater Lothar?«, sagte sie. »Als Pfaffe und Spitalvorsteher hat er viel zu tun. Ich bin mir sicher, dass er für jede helfende Hand dankbar ist.«

Am folgenden Tag verließ Judith das Turmhaus in den frühen Morgenstunden, um ihr Glück zu versuchen. Ihr Ehemann stand wie immer vor dem Eingang und wartete auf Kundschaft.

»Ich wünsche dir einen gesegneten Tag«, sagte August.

Judith ging grußlos an ihm vorüber. Der Handel, den sie zu ihrem gegenseitigen Nutzen geschlossen hatten, beinhaltete nicht, dass sie zu ihrem früheren Peiniger freundlich sein musste. Außerdem war sie vollauf mit dem bevorstehenden Treffen beschäftigt. Noch nie hatte sie bei jemandem vorgesprochen, um ihre Dienste anzubieten. Was war Vater Lothar für ein Mensch? Gehörte er zu den strengen Klerikern, die dem Weib einen Verstand absprachen? Wie konnte sie sicher sein, dass er ihre Initiative gutheißen würde?

Judith zwängte sich an dem Handkarren eines Bierverkäufers vorbei. Neben ihr öffnete sich eine Haustür und eine Bürgerin schüttete Fischabfälle auf die Straße. Die Gräten, Innereien, Schuppen und Flossen würden so lange vor sich hinfaulen, bis sie sich festgetreten hatten.

Judith fiel es noch immer schwer, sich an die mangelnde Sauberkeit und die strengen Gerüche zu gewöhnen. Zwar gab es Vorschriften zum Bau der Aborte, aber kaum jemand hielt sich daran. Entweder waren die Gruben zu tief, dann verseuchten sie das Brunnenwasser, oder sie fielen zu flach aus, dann spülte der nächste Regenguss die Exkremente auf die Straße, und die Bürger bahnten sich auf Zehenspitzen einen Weg durch den Schlamm.

Nachdem sie das Lehener Tor hinter sich gelassen hatte, ließ der Gestank allmählich nach und Judith konnte frei durchatmen. Die St. Peterkirche lag nicht weit entfernt; als Filialkirche von Umkirch besaß sie Begräbnisrecht und gehörte zu der Ortschaft Wiehre. Die gewerbliche Siedlung erstreckte sich in lockerer Bebauung von der Grafenmühle bis zur St. Peterkirche entlang der Dreisam und verdankte ihren Namen einem Wehr, das zur Bewässerung der Kanäle diente.

Als Judith den Lattenzaun des Kräutergartens erreichte, klopfte ihr Herz bis zum Hals. Neben ihrer Medizintasche trug sie einen Weidenkorb mit sich, in den sie einen selbst gebackenen Brotkuchen mit Rosinen und Walnüssen gepackt hatte. Ein weißes Linnen schützte die Nascherei vor Staub. *Hoffentlich stimmt das Geschenk den Geistlichen milde,* dachte sie.

Als Judith das Heilig-Geist-Spital betrat, fiel ihr Blick als Erstes auf das kleine Holzkreuz, das gleich neben einer Heiligenstatue an der Lehmwand hing. Eine Handvoll Betten reihte sich aneinander. Für die Dauer des Aufenthalts verfügte jeder Kranke über ein schafwollenes Häubchen und Filzschuhe. Von der Decke baumelte eine Eisenkugel, die einen aromatischen Rauch verbreitete, um die strengen Körperausdünstungen zu überdecken.

Ein Geistlicher mit dunklem Haar kam ihr entgegen. Die schönen Augen, die gerade Nase und das leicht hervorspringende Kinn harmonierten so eindrucksvoll, als wären sie von einem Bildhauer in Stein gehauen worden. Obwohl er schon weit über fünfzig Jahre alt sein mochte, hatte sein Körper nichts von der Elastizität der Jugend verloren. »Was kann ich für dich tun?«

»Mein Name ist Judith. Agnes von der Adlerburg schickt mich.«

»Einen Moment!«, sagte der Geistliche und sprang zur Seite. Er erwischte gerade noch den Arm eines Mädchens, das den Moment nutzen wollte, um durch den Hinterausgang zu fliehen. Es war nicht älter als zwölf oder dreizehn Jahre alt. Ihr Blick wirkte leer und abwesend; ihr Gesicht war so weiß, als wäre sie mehr tot als lebendig.

Vater Lothar führte das Mädchen zurück zur Bettstatt, drückte es sanft auf die Matratze und deckte es bis zum Hals zu. Dann kam er zu Judith zurück und sagte: »Ich weiß nicht, was ich mit ihr machen soll. Früher oder später wird sie mir entwischen.«

Judith brauchte nicht zu fragen, was dem Mädchen fehlte. Es litt offenbar unter Seelenschwere und suchte einen Weg, um sich zu entleiben. »Vielleicht kann ich ihr helfen. Ich habe schon mehrere solcher Fälle behandelt.«

»Nur zu«, sagte der Geistliche. »Agnes hat mir viel über dich erzählt.«

Judith trat ans Bett des Mädchens, kniete sich hin und griff nach seiner eiskalten Hand. Mit den herkömmlichen Mitteln würde sie nichts ausrichten können. Sie müsste auf ihre besonderen Fähigkeiten vertrauen. Allerdings fürchtete sie die Reaktion des Geistlichen. »Vater, würdet Ihr mich bitte einen Moment alleine lassen?«

»Nein«, sagte der Pfaffe. »Ich trage die Verantwortung und muss erst mit eigenen Augen sehen, ob du dein Handwerk beherrschst.«

»Also gut!«, sagte Judith und legte dem Mädchen ihre Hände auf den Kopf und die Brust. Sie konzentrierte sich ganz auf ihre Empfindungen, und es dauerte nicht lange, bis sie eine große Angst spürte. Das Mädchen hatte sich in sich selbst zurückgezogen und einen hohen Schutzwall um sich herum errichtet. Wie konnte sie dem Mädchen begreiflich machen, dass es viel zu früh war, um aufzugeben, dass es sich immer lohnte, den Kampf aufzunehmen, und dass die Welt auch viel Gutes bereithielt?

Den Schutzwall dürfte sie nicht durchbrechen – so viel war klar. Das Mädchen würde nur noch misstrauischer werden und sich weiter zurückziehen. Vielleicht würde sie sich sogar so weit entfernen, dass sie unerreichbar werden würde und für immer verloren wäre. Nein, es machte mehr Sinn, das Mädchen an ihrer eigenen Welt teilhaben zu lassen.

Judith schickte ihre Seele auf Reisen. Sie erinnerte sich an einen Sommertag, als sie noch ein kleines Mädchen war. Zwischen Pusteblumen, Löwenzahn und Gänseblümchen hatte sie im Gras gelegen. Vereinzelt waren Wolken am blauen Himmel vorübergezogen, und sie hatte so laut lachen müssen, weil ihr zotteliger Hund Stummelschwanz in einem fort ihre Zehen abgeleckt hatte. Später, sie war nicht viel jünger als das Mädchen heute, hatte sie mit einem Klosterschüler namens Hartmann im Heu gelegen. Dank seiner Erzählungen hatte sie zum ersten Mal begriffen, zu welchen ungeheuren Reisen ihr Geist imstande war. Die Erfahrung hatte ihr ein Gefühl von solcher Erhabenheit beschert, dass ihr die Welt viel schöner, bunter und zauberhafter erschienen war.

Judith lenkte alle Zuversicht in ihre Finger. Das Kribbeln wurde nach und nach immer stärker. Sie konnte förmlich sehen, wie das Mädchen aufmerkte und sich ihre Seele belebte. Es entstand eine stumme Zwiesprache, ein

Austausch von Lebensströmen. Endlich fasste es Zutrauen und überwand den Schutzwall. Sie klammerte sich an Judiths Arm und brach in Tränen aus. Nach der völligen Teilnahmslosigkeit konnte dieser Gefühlsausbruch nur als Schritt zurück ins Leben gewertet werden.

»Ist schon gut«, sagte Judith und streichelte ihr übers Haar.

Vater Lothar starrte sie verwirrt an. Er hatte ihr Tun zwar beobachtet, konnte sich die plötzliche Wendung im Verhalten des Mädchens aber nicht erklären. Judith fürchtete schon Anfeindungen, Drohungen oder noch Schlimmeres, aber der Geistliche fing sich wieder und sagte: »Mir scheint, dass sie bei dir in guten Händen ist. Ich werde eine Schüssel mit Habermus holen. Sie hat seit einer Woche nichts mehr gegessen.«

Spätestens zu diesem Zeitpunkt wusste Judith, dass sie mit dem Mann gut auskommen würde. Er hatte erkannt, dass sie dem jungen Mädchen geholfen hatte, auch wenn er wohl nicht verstehen konnte, wie sie das angestellt hatte. Möglicherweise wollte er es auch gar nicht wissen, aber er respektierte den Erfolg. Für ihn zählte das Wohl der ihm anvertrauten Menschen mehr als die Dogmen der Heiligen Mutter Kirche.

2.

Für die Freiburger Bürger war August ein Unbekannter, dem man besser mit Misstrauen begegnete. Der Verkauf lief daher nur schleppend an. August hatte das Problem erkannt und bezahlte seit Wochen anständige Männer, damit sie in den Schänken, auf dem Markt und in den Badehäusern lobende Worte über ihn verloren. Seine Strategie würde irgendwann aufgehen, nur musste das möglichst bald geschehen, weil er beinahe sein gesamtes Vermögen in den Einkauf von Waren gesteckt hatte.

So stand er wie jeden Morgen in der Früh vor dem Turmhaus. Als er auf der anderen Seite des Münsterplatzes eine Schar Bettler auftauchen sah, hätte er am liebsten den Schlagstock aus dem Haus geholt. Für diese Nichtnutze, Schmarotzer und Lasterbälger hatte er nichts als Verachtung übrig. Die gesunden Arme streckten sie nach Almosen aus, anstatt nach einer Arbeit zu fragen. Was wäre denn aus ihm geworden, wenn er je so faul gewesen wäre?

Irgendwie schaffte er es, sich ein seidenes Lächeln abzuringen. Er durfte nicht vergessen, dass Mildtätigkeit sein Ansehen mehrte. Als sich die Stimmen der Bettler zu einem geschäftsmäßigen Wimmern senkten, zog er mehrere Kupfermünzen aus dem Säckel und legte sie mit großen Gesten in die dreckigen Hände. Als eine reiche Bürgersfrau vorüberging – beladen mit ihren Einkäufen, die sie anderswo getätigt hatte –, hoffte er auf ein anerkennendes Nicken, aber die hohe Dame rümpfte nur die Nase und bog schleunigst um die nächste Häuserecke.

Die Bettler küssten seine Füße, und August musste an sich halten, um sie nicht in den Boden zu stampfen und sie damit die Kunde von ihrem Wohltäter nicht weiter verbreiten konnten. Er zweifelte nicht daran, dass schon morgen ihre Kumpane auftauchen und das gleiche Spektakel veranstalten würden. Trotzdem sagte er, besonders laut, damit zumindest die Nachbarn von seiner Mildtätigkeit erfuhren: »Ich kann euch nur mit irdischen Gütern helfen, aber noch viel wichtiger ist es, dass ihr den Glauben nicht verliert. Wir alle schreiten durch das irdische Jammertal, um dem Allmächtigen zu beweisen, dass wir seine Prüfungen annehmen. Richtet eure Hoffnungen auf das himmlische Jerusalem, denn dort werden alle Menschen gleich sein.« Die einsetzenden Lobpreisungen stellten die letzte Herausforderung an seine Selbstbeherrschung dar, dann verzogen sich die Kreaturen endlich.

Ein gewichtiger Mann blieb stehen und August ließ sich beinahe zu einer Bemerkung hinreißen. Glücklicherweise fiel ihm gerade noch auf, dass der Mann nicht in Lumpen gehüllt war. Eine genauere Prüfung der Kleidung ergab, dass sie aus edlen Stoffen bestand. Über dem gewaltigen Bauch prangte eine Gürtelschnalle, die aus Silber geschmiedet war. Die fleischige Hand schloss sich um einen Stab, der die Farben der Zähringer trug, und endlich begriff August, wer da vor ihm stand.

»Hoher Herr«, sagte er schnell und verbeugte sich. »Was führt Euch an diesem nebligen Märztag zu mir?«

»Meinen Leuten wurde zugetragen«, erwiderte der Truchsess des Herzogs, »dass du über einen ausgesuchten Lagerbestand verfügst. Mein Herr will sich für das Mainzer Hoffest neu ausstatten, damit er den gewohnten Glanz verbreitet.«

August begriff sofort, was für eine einmalige Chance sich ihm bot. Berthold IV. von Zähringen war nicht nur ein Fürst, der seine Gefolgsleute reich beschenkte, sondern auch ein Lebemann, der gerne im Prunk schwelgte. »Ich beziehe meine Waren aus Köln, Nürnberg, Würzburg und Mainz, aus Gotland, Livland, Damaskus und Ninive, aus Konstantinopel und Cordoba. Es wird mir eine Ehre sein, Euch alles zu zeigen.«

August bat den Truchsess zunächst in den Empfangsraum, wo er in die Hände klatschte. Ein Dienstmädchen, das von einer so betörenden Unschuld war, dass sich sogar seine Ehefrau über ihr Wesen täuschen ließ, eilte leichtfüßig herbei. August hatte das junge Ding in einem Kölner Bordell angeworben. Es konnte weder Putzen noch Weben noch Kochen, dafür verfügte es über besondere Qualitäten, die ihm von großem Nutzen waren. Wenn sich ein Kunde kauffreudig zeigte, tauchte sie gerne unter dem Tisch ab, um ihm den Aufenthalt so angenehm wie möglich zu gestalten.

Der Truchsess war für derlei geschlechtliche Dinge zu alt. Ihn ließ August in den Genuss anderer Freuden kommen. Auf einer Platte ließ er eingelegte Heringe, Krebse und Makrelen vom Nordmeer servieren, die in Freiburg als Delikatesse galten. Mehrmals schenkte er von dem ungarischen Wein nach. Als August ihm schließlich einen kostbaren Sarazenendolch überreichte, schubste der Truchsess das Mädchen, das ihn zärtlich den Nacken gekrault hatte, von seinem Schoß und stellte sich auf die kolossalen Beine. »Nun ist es aber gut. Willst du etwa meine Gunst erkaufen?«

»Wo denkt Ihr hin?«, rief August. »Dieses völlig unbedeutende Geschenk ist nichts weiter als ein Zeichen meiner Wertschätzung. Ich würde es niemals wagen, mich anzubiedern.«

»Jetzt zeig mir endlich«, sagte der Truchsess und ließ den Dolch behände in seiner Tunika verschwinden, »was du dem Herzog anzubieten hast.«

Durch eine einflügelige Pfostentür führte August den gewichtigen Mann in die Lagerräume. Mit Sachkenntnis und sprachlicher Gewandtheit präsentierte er Krummsäbel aus dem Morgenland, feinste Lyoner Seide, Bärenpelze aus den weiten Steppen des Ostens, Damaststoffe aus dem Orient, Leinen aus Flandern, schmackhaftes Meersalz aus Griechenland und venezianische Ketten, Broschen und Ringe. Mit unbewegter Miene prüfte der Truchsess die Waren und sagte schließlich:

»Hast du Bernsteine mit Einschlüssen von der baltischen See?«

»Noch vor dem Osterfest beschaffe ich eine ganze Kiste.«

»Gut! Der Herzog hält sie so gerne ins Licht. Gib mir Bescheid, wenn die Lieferung eingetroffen ist. Die Stoffe kannst du auf Karren verladen und morgen zur Burg bringen.«

»Wie viel Ellen braucht Ihr, Herr?«

»Alles natürlich«, sagte der Truchsess und stampfte durch die Tür nach draußen.

August sah ihm nach und begriff, dass er soeben den ersten Schritt auf den Weg nach oben gemacht hatte. Er musste an sein Eheweib denken, das am Morgen grußlos an ihm vorübergegangen war. Sie sollte ihre Frechheiten bloß nicht übertreiben! Wenn er sich die Gunst des Herzogs verdient hätte, würde er sie vielleicht nicht mehr brauchen.

3.

Hartmann hatte mit aller Kraft auf den Hoftag hingearbeitet und endlich war es so weit. Mehr als siebzig Reichsfürsten fanden sich in Mainz ein. Aus England, Spanien, Ungarn und Illyrien reisten weitere siebzigtausend adelige Festteilnehmer an, wie die Chronisten nachher festhalten sollten. Veranstaltungsort war die Maaraue am rechten

Rheinufer bei Kostheim. Zur Bewirtung der Gäste hatte Friedrich Barbarossa eine ganze Pfalz aus Holz errichten lassen – bestehend aus den Quartieren für den kaiserlichen Hof, einem großen Festsaal, einer geräumigen Kirche und diversen Häusern für die Reichsfürsten. In zwei Hühnerhallen verrichteten die Schlachter von morgens bis abends ihr Handwerk, um alle hungrigen Mäuler zu stopfen. Lastkähne sorgten für Nachschub an Wein, weil die Straßen verstopft waren.

Natürlich gab es auch unschöne Begleiterscheinungen. Ein Pferd ging seinem Besitzer durch, brachte mehrere Lauben zum Einsturz und zertrampelte die Köpfe dreier Musikanten, die gerade ihren Rausch ausschliefen. Menschenhändler lockten Kinder auf ein Schiff, das sofort ablegte und zu den Sklavenmärkten aufbrach. Zwei Haudegen sahen sich zum ersten Mal nach über dreißig Jahren wieder: Der eine hatte einen Buckel, der andere benutzte ein Hörrohr, aber als ein alter Erbstreit neu entbrannte, gingen sie mit Äxten aufeinander los. Ihre Söhne, Enkel und Neffen eilten ihnen zur Hilfe. Das Gemetzel kostete achtundzwanzig Männern das Leben.

Der zähringische Tross bestand aus zwölf Wohnwagen, zwei Küchenwagen, sechs Lastkähnen und fünf Ochsenkarren mit zehn Fudern des berühmten Beerenweins. Kaiserliche Soldaten führten die Kolonne zum Rheinufer. Der Marschall gab den Befehl zum Absitzen und ließ eine Wagenburg bilden. Sofort setzte ein emsiges Treiben ein. Zelte und Pferdekoppeln wurden errichtet, Wachmannschaften eingeteilt und die Knappen nach Feuerholz ausgeschickt. In der einsetzenden Dämmerung gab ein Küchenjunge die erste Mahlzeit aus.

»Hartmann«, sagte Bruder Stephan und brach einen Kanten Brot entzwei. »Ich mache mir große Sorgen um den Herzog. Seit unserer Ankunft ist er verschwunden. Gesundheitlich geht es ihm zwar besser, aber ein einziger Schlauch Wein könnte zu einem fatalen Rückfall führen.«

»Habt Ihr eine Ahnung, wo er stecken könnte?«, fragte Hartmann.

»Er war sehr enttäuscht vom Kaiser und ich befürchte das Schlimmste.«

»Worauf spielt Ihr an?«

»Hier lagern zwar die Schildnachbarn aus dem Italienfeldzug, aber die Zuweisung eines Zeltplatzes, der so weit von dem kaiserlichen Quartier entfernt liegt, kommt einer öffentlichen Demütigung gleich.«

»Ich werde ihn sofort suchen! Sobald ich ihn gefunden habe, gebe ich Euch Bescheid.«

Zuerst erkundigte Hartmann sich bei den alten Waffenbrüdern, Verwandten und Freunden. Hinterher teilte er ein Dutzend Soldaten ein, die jedem der Zelte in und um Kostheim einen Besuch abstatteten. Schließlich – der Mond hatte schon seinen höchsten Stand erreicht – ritt er mit einem Suchtrupp am Rheinufer Richtung Mainz. Die Luft war erfüllt vom knospenden Duft des Frühlings. Nach einem langen, kalten Winter erwachten die Lebensgeister und überall herrschte eine gefühlsschwangere Atmosphäre. Söldner stimmten wilde Schlachtgesänge an. Im Dickicht blitzten die nackten Leiber von Liebenden auf. Feuerschlucker spien Flammensäulen in die Nacht und religiöse Eiferer kündigten den nahen Weltuntergang an.

Plötzlich vernahm Hartmann ein brüllendes Gelächter, das er gut kannte. Mit einer Handbewegung befahl er den

Soldaten, ihm an den Rhein hinunter zu folgen. Am Flussstrand sprühte ein Lagerfeuer Funken in die klare Mainacht.

»Hartmann!«, rief sein Herr und kam ihm entgegen. »Wie ich mich freue, dich zu sehen. Komm und setz dich zu uns. Wir sind eine lustige Schar und jeder erzählt eine Geschichte. Du siehst hier nur fromme und gute Leute versammelt.«

Hartmann stieg ab und betrachtete die Kumpane seines Herrn. Im Feuerschein erkannte er Männer und Frauen, die er wegen der Flickengewänder der fahrenden Gesellschaft zuordnete. Einige Kerle trugen wilde Bärte und wirkten leicht reizbar.

»Was guckst du so?«, fragte der Herzog. »Ich schwöre dir, dass ich nur Wasser getrunken habe. Eines der Kinder ist extra nach Mainz gelaufen und hat es für mich aus dem Matthäusbrunnen geschöpft!«

»Ich glaube Euch ja, Herr!«

»Warum stehen wir dann noch hier herum? Komm mit, mein Freund!«

»Einen Moment noch!« Hartmann ging zu einem Soldaten und griff ihm in die Zügel. »Reite zurück ins Lager und überbringe Bruder Stephan die Nachricht, dass wir den Herzog wohlbehalten aufgefunden haben. Ich bleibe zur Sicherheit hier und gebe ihm später Geleit.«

Die Soldaten rissen die Pferde herum und Hartmann begleitete seinen Herrn ans Lagerfeuer. Schnell war die ausgelassene Stimmung wiederhergestellt. Der Herzog hatte so gute Laune wie schon seit Jahren nicht mehr. Er gestikulierte wild, lachte dröhnend und erzählte alte Kriegsgeschichten, bis er vor Müdigkeit nur noch blinzeln konnte.

Als Hartmann ihn schließlich zu seinem Schimmel führte, klopfte ihm der Herzog auf die Schulter. »Ich habe wohl gemerkt, dass du nur Wasser getrunken hast, um es mir nicht so schwer zu machen!«

Hartmann half ihm in die Steigbügel und wuchtete sich selbst in den Sattel.

»Es war wie früher«, sagte der Herzog. »Vor einer Schlacht waren wir immer so ausgelassen. Man nutzte jeden Moment, weil es der letzte sein konnte.« Auf der menschenleeren Straße ritten sie zum Zeltplatz zurück. Der Mond tauchte die Flusslandschaft in einen unwirklichen Schein. »Trotzdem hatte ich keine Angst vorm Tod«, fuhr der Herzog fort. »Ich konnte mir einfach nicht vorstellen, dass der Herrgott mich abberufen könnte. Heute ist das anders.«

»Als ich in Euren Dienst trat«, erwiderte Hartmann, »wart Ihr so großmütig, dass ich Euch ewigen Dank schulde. Vielleicht habt Ihr Euch manchmal an die falschen Leute verschwendet, aber um Euer Seelenheil braucht Ihr nicht zu bangen. Der Allmächtige hat Eure edle Gesinnung längst erkannt. Deshalb könnt Ihr Eure Sorge voll auf diese Welt richten. Wenn Ihr die Ratschläge von Bruder Stephan befolgt, werdet Ihr noch viele Jahre leben.«

»In dieser herrlichen Nacht spüre ich, dass ich müde geworden bin. Die ständigen Reibereien mit dem Kaiser, der schändliche Verrat durch meinen Onkel – das alles zermürbt mich allmählich.«

»Herr ...«

»Nein, nein, du kannst beruhigt sein. Ich werde mir keine Blöße geben. Morgen werde ich ein prachtvolles Gewand tragen, eine junge Gemahlin am Arm führen und bewundernde Blicke ernten. Morgen werde ich jedem den Kampf ansagen, der sich mir in den Weg stellt. Es ist nur die Stille der Nacht, die mir zu schaffen macht. Wenn ich daliege und in die Dunkelheit starre, tauchen oft seltsame Gedanken auf, deren Ursprung ich mir nicht erklären kann. Immer wieder quälen mich Fragen, auf die ich keine Antwort weiß. Im vergangenen Jahr bin ich mir nur über eines klar geworden: Ob wir arm oder reich sind, ob wir von einem gemeinen oder edlen Baum abstammen, ob wir die Taufe empfangen oder an den Propheten Mohammed glauben – wir alle gehen in die gleiche Ungewissheit.«

Hartmann half seinem Herrn aus dem Sattel und führte ihn zum herzoglichen Prunkzelt. Die Seitenwände bestanden aus weichem Samt, grün wie Gras, und aus kostbarer brauner Triblatseide und zeigten meisterhaft gearbeitete Stickereien von Wildtieren. An einer turmhohen Stange flatterte das Wappen der Zähringer, ein roter Adler auf goldenem Grund.

»Jetzt hast du dem trostlosen Geschwätz eines alten Mannes lange genug zugehört«, sagte der Herzog. »Beim Dichterwettstreit musst du ausgeruht sein. Ich wünsche dir eine gute Nacht – viel ist davon ja nicht mehr übrig geblieben.«

Hartmann verabschiedete sich von seinem Herrn und setzte sich zum Küchenpersonal ans Feuer, das schon die ersten Vorbereitungen für die Morgenmahlzeit getroffen hatte. Ein Junge schöpfte heißen Wein aus einem Kessel und reichte ihm einen dampfenden Becher. Hartmann umschloss ihn mit den Händen und lauschte dem Gespräch, das sich vorwiegend um eine Magd drehte, die früher im Gesindehaus neben ihm geschlafen hatte und mittlerweile im Freiburger Bordell anschaffte. Irgendwann schulterte er seine Wolldecke und schweifte ziellos über das Festgelände. Um noch zu schlafen, war er viel zu aufgekratzt. Manchmal wiederholte er im Stillen die Verse seines Romans, manchmal verfiel er auch in die Gestik, die er für den Vortrag einstudiert hatte.

Angesichts des Trubels am Tag hätte er niemals für möglich gehalten, dass sich eine solche Stille über das Festgelände senken könnte. Schließlich stieg er eine Anhöhe hinauf, legte sich die Decke über die Schultern und setzte sich ins feuchte Gras. Mehrere Nebelbänke hoben sich aus den Flussauen und waberten zwischen den Zelten hindurch. Aus den Baumkronen erklang Vogelgezwitscher und endlich ging die Sonne auf. Der anbrechende Tag passte so gut zu seiner eigenen Stimmung. Auch für ihn würde mit der Dichterlesung etwas Neues beginnen.

4.

Am Pfingstsonntag begannen die Feierlichkeiten mit der Festkrönung des Kaiserpaares, die auf den Stufen der Kirche vollzogen wurde. Ein starker Wind kam auf und stürmte gegen die Holzwände. Als heftige Böen die Glocke zum Läuten brachten, bestand für das Volk kein Zweifel mehr: Sogar der Allmächtige klatschte Beifall. »Gepriesen sollt Ihr sein!«, erklang es aus tausenden Kehlen. »Hoch, Friedrich, hoch! … Lange sollt Ihr leben!« Die neu gekrönten Herrscher nahmen in einer Sänfte Platz und ließen sich von gold bestäubten Jünglingen zur *aula,* dem großen Festsaal, tragen. Friedrich Barbarossa trug eine mit Edelsteinen besetzte Krone. Das Kleid seiner jungen Gemahlin leuchtete so weiß, dass mehrere Frauen in Tränen ausbrachen und lauthals dem Allmächtigen dankten, dass sie diesen Anblick erleben durften. Als das Herrscherpaar aus der Sänfte stieg und im Eingang verschwand, schwoll der Jubel zu einem ohrenbetäubenden Dröhnen an.

Ein Gehilfe des Truchsess' entrollte ein Pergament und rief die Gäste auf: »Otto von Bayern, Hermann von Baden, Ottokar von Steiermark, Konrad von Mainz, Konrad bei Rheine, Bernhard von Sachsen, Otto von Brandenburg, Otto von Meissen, Hermann von Baden ...« Über einen roten Teppich folgten die festlich gekleideten Fürsten ihrem Kaiser. Ihre Frauen führten die neueste höfische Mode vor: Die Oberkleider waren aus grünem oder blauem Samt mit spannenbreiter Borte, die Schnittkanten waren mit Goldfäden eingefasst. In den Halsausschnitten steckte ein Brusttuch, das durch handbreite, mit funkelnden Rubinen besetzte Nadeln gehalten wurde. Der Oberstoff ihrer Umhänge bestand aus kostbarem Ziklat, das Futter ihrer Umhänge aus Hermelin und der Ärmelbesatz stammte vom Zobel. Angesichts solcher Pracht zweifelte niemand daran, dass dieses Fest noch in Jahrhunderten in aller Munde sein würde.

»Ich kann den Herzog nirgends entdecken«, sagte Burkhard. »Warum wird er nicht aufgerufen? Er müsste doch dem Kaiser als einer der Ersten folgen.«

»Das ist eine zu lange und zu komplizierte Geschichte«, erwiderte Hartmann und griff den Wollsack auf, in dem er seinen Roman transportierte. »Komm mit! Wir wollen uns die Beine vertreten.«

An einer Laube füllten sie ihren Trinkschlauch mit

Fruchtmost auf und tranken abwechselnd aus ihm. Sie ergatterten an einem Stand ein Päckchen mit Honiggebäck und rissen es sofort auf. Gemütlich schlenderten sie an einer Akrobatenbühne, einem Tanzanger und einem Hindernisparcours aus mechanischen Geräten vorbei.

»Wo findet der Dichterwettstreit eigentlich statt?«, fragte Burkhard und fegte sich einen Krümel aus dem Mundwinkel.

»Stromabwärts in den blauen Zelten!«, erwiderte Hartman kauend. »Über den Eingängen sind Holztafeln angebracht, auf denen eine Schreibfeder, ein Tintenfass und ein aufgeschlagenes Buch abgebildet sind.«

»Und wie soll der Gewinner ermittelt werden?«

»Leider gibt es keine Gutachter, welche die Verse oder die Inhalte beurteilen. Die Dichter tragen an zwei aufeinanderfolgenden Tagen aus ihren Werken vor. Wer am Ende die meisten Zuhörer gewonnen hat, streicht den Sieg ein.«

»Ich glaube, ich weiß, was du vorhast. Ich möchte dich bitten, es nicht zu übertreiben.«

»Keine Angst, Burkhard. Die Edelleute werden nicht merken, dass ich nicht sie, sondern die Tat anpreise.«

Hartmann hatte um einen Tisch gebeten, auf dem er den Roman ablegen konnte. Wenn er den Faden verlieren würde, könnte er so die Stelle mühelos nachschlagen. Immer wieder blickte er in die erwartungsvollen, skeptischen oder auch teilnahmslosen Gesichter seines Publikums.

Normalerweise bestand die Kunst der Nachdichtung in der Variation. Mit eigenen Schwerpunkten und Worten wurde die gleiche Geschichte erzählt, so dass sie einen persönlichen Anstrich erhielt. Hartmann hatte hingegen etwas völlig Neues geschaffen. Im Gegensatz zu Chrétien, der sich auf die äußere Handlung beschränkt hatte, gab er dem schillernden Bericht den Vorzug. Als Erzähler war er viel präsenter und zeigte die Gefühle und Gedanken der Protagonisten auf, kommentierte Situationen und vermittelte zwischen Werk und Leser. Sein Roman umfasste zehntausend Verse und war damit doppelt so lang wie die Vorlage. Weil etwas Vergleichbares im deutschen Sprachraum nicht bekannt war, konnte er nicht ermessen, wie sein Roman ankommen würde.

In der ersten Reihe saßen die Zähringer: Berthold, Ida, Bruder Stephan, der Marschall und Burkhard. Sogar der Thronfolger hatte sich eingefunden. Niemand wusste, wann er in Mainz eingetroffen war. Der Vorhang wurde zur Seite geschoben und einige Nachzügler schlüpften noch ins Zelt; die Männer begnügten sich mit einem Stehplatz, für die Damen wurde auf den Bänken zusammengerutscht. Als der kaiserliche Soldat das vereinbarte Handzeichen gab, erhob sich der Herzog aus seinem Sessel und hielt eine kurze Ansprache. Hartmann war viel zu aufgeregt, um den Sinn zu erfassen. Zum Dank verbeugte er sich bei seinem Herrn und begann mit dem Vortrag, auf den er ein halbes Jahr lang, jeden Tag, von morgens bis abends hingearbeitet hatte.

Zunächst befürchtete er noch, unterbrochen zu werden und eine Erklärung abgeben zu müssen, warum gerade er, ein Gemeiner aus bescheidenen Verhältnissen, das Vorrecht haben sollte, vor so vielen Edelleuten zu sprechen. Als er jedoch beobachtete, wie die Herrscher an seinen Lippen hingen, wie sie alle einander im Lachen übertrafen, wenn er einen Scherz machte, wich seine Unsicherheit. Die Routine von hunderten Auftritten als Minnesänger stellte sich ein und hauchte seinem Vortrag Leben ein. Am Gesichtsausdruck der Edelleute erkannte er, wie seine Beschreibungen Bilder vor ihr geistiges Auge pflanzten. Seine Stimme hob und senkte sich. Bald klang sie so melodisch, dass die Zuhörer sich schon bereitmachten, in ein Lied einzustimmen, bald formte sie die Dramatik des Geschehens aus. Als Erec einen Schwerthieb auf den Helm erhielt, sank Hartmann in die Knie und warf die Arme von sich, seine Augen weiteten sich und blickten unschuldig empor. *War die Zeit schon gekommen, um Enite Lebewohl zu sagen? Nein, das durfte nicht sein! Sie hatten sich doch eben erst gefunden!* Die Fürsten im Zelt griffen nach ihren Schwertern, um Erec zur Hilfe zu springen; ihre Frauen drückten die Fäuste gegen die Münder und seufzten vor Erleichterung, als Hartmanns Worte wie Axthiebe wüteten und den Schurken besiegten.

Im weiteren Verlauf markierte er nicht nur den unerschrockenen Helden, sondern auch den verliebten Ritter. Bei der Beschreibung von Enite hatte er besondere Sorgfalt walten lassen. Normalerweise bemühten die Troubadoure das Bild der Sonne, wenn sie von ihrer Gönnerin schwärmten. Auch hier beschritt Hartmann neue Wege. Wann immer er Enite beschreiben wollte, hatte er an Judith denken müssen. Die Erinnerung an ihre Begegnungen lebte nach wie vor in ihm fort. Ihr Wesen strahlte nicht in gleißender Helligkeit, sondern erschien ihm milder, mitfühlender und tröstlicher als je zuvor. So senkte sich seine Stimme zu einem zärtlichen Flüstern, als er sprach: »Denn ich kann Euch schildern, / wie ihre Schönheit die anderen übertraf: / Wenn in einer dunklen Nacht / die Sterne klar leuchten, /

so dass man sie genau sehen kann, / dann sagt man mit Recht, / sie seien wohlgefällig, / solange nichts Schöneres kommt. / Wenn aber nun in der Nacht / die Zeit des Mondaufgangs kommt, / so achtet man die Schönen / vor dem Glanz des Mondes für Nichts. / Rühmenswert schienen sie, / wenn es keinen Mond gäbe / und wenn er sie nicht verlöschen ließe / durch seinen sanften Schein.«[2]

Die Edelfrauen betrachteten ihn plötzlich aufmerksamer und eine lebendige Röte legte sich über ihre Wangen. Und als ihm der kaiserliche Soldat durch ein Handzeichen bedeutete, dass die hohen Gäste zum Abendschmaus in der Aula erwartet wurden, entschied er sich zu einem gewagten Spiel. Um die Spannung bis zum morgigen Tag aufrechtzuerhalten, endete er nicht mit einem Abenteuer, sondern mit einer besonders leidenschaftlichen Stelle: »Die Minne beherrschte sie beide / und bedrängte sie heftig. / Sah einer den andern, / so ging es ihm nicht anders / als einem Habicht, der seine Beute / vor die Augen bekommt, / wenn er hungrig ist; / bekommt er sie nun gezeigt, / und kann sie noch nicht erlangen, / so geht es ihm schlechter, / als hätte er sie gar nicht erst gesehen. / (...) / Beide dachten sie: / »Ich kann nicht glücklich sein, / wenn ich nicht / mehrere Nächte bei dir liege.«[3]

Im Zelt herrschte eine atemlose Stille. Mehrere hundert glänzende Augenpaare waren auf ihn gerichtet. Erst als die Edelleute begriffen, dass er den Vortrag nicht fortsetzen würde, setzte Geflüster ein. Gewänder raschelten, Füße scharrten und Schwertscheiden klackten gegen die Gürtelschnallen. Schließlich erhob sich ein kleiner, bärtiger Fürst von der Bank und rief: »Ich will sofort wissen, ob es zur Umarmung kommt!«

Hartmann setzte eine vielsagende Miene auf und schlug das Buch zu. »So leid es mir tut – gegen die Anordnungen des Kaisers bin ich machtlos. Morgen, beim höchsten Stand der Sonne lese ich weiter.«

Während sich eine lebhafte Diskussion über die Inhalte des Romans entwickelte, band der kaiserliche Soldat den Vorhang mit Kordeln an der Zeltplane fest und forderte die Edelleute auf, ihm zur *aula* zu folgen.

»Kann Hartmann seinen Vortrag nicht beim Essen fortsetzen?«, fragte ein Edelfräulein. Andere stimmten sogleich ein: »Ja, das ist eine glänzende Idee. Er soll uns begleiten.«

Der kaiserliche Soldat blickte zuerst auf Hartmann, dann auf das Publikum. Eine solche Entscheidung überstieg seine Befugnisse – er nahm nur Befehle entgegen. »Soweit ich weiß, steht ein Schlangenmensch auf dem Programm. Außerdem bin ich dazu ermahnt worden, dem Kaiser Wartezeiten zu ersparen. Wenn die Herrschaften mir also bitte folgen wollen.«

Die Edelleute äußerten ihren Unmut, fügten sich aber schließlich. Während sie das Zelt verließen, nickten sie Hartmann zu, der am Tisch stehen geblieben war und ihnen aufmerksam nachschaute. Ob seine Taktik aufging, würde sich erst morgen zeigen.

5.

Am Pfingstmontag fand in aller Frühe die Schwertleite der beiden älteren Kaisersöhne statt. Heinrich VI. war achtzehn Jahre alt, sein Bruder Friedrich nur anderthalb Jahre jünger. Die weisesten Lehrer bereiteten sie auf große Aufgaben vor. Längst erhielten sie Einblicke in die Regierungsgeschäfte, aber was ihnen an diesem Morgen an Begeisterung entgegenschlug, war auch für sie eine überwältigende Erfahrung. Aus tausenden Kehlen erschallten Hochrufe.

Im Anschluss an die feierliche Umgürtung fand die Beschenkung der Bedürftigen statt. In der Nacht waren zahllose Schiffe entladen worden. Nun wurden Tücher, Kunstperlen, Waffen und Steinfiguren säckeweise bereitgestellt. Heinrich VI., der etwas gefasster wirkte als sein jüngerer Bruder, bat darum, dass sämtliche *»militibus, captivis et cruce signatis«,* Ritter, Gefangene und Kreuzfahrer, näher treten mögen.

In diesem Augenblick ertönten laute Kommandos von der Ehrentribüne her. Fast alle Reichsfürsten erhoben sich und stiegen die Stufen hinab. Auf ihren Befehl trafen mehrere Dutzend zusätzliche Ochsenkarren ein. Die Reichsfürsten hatten beschlossen, ihren Anführer zu unterstützen und die Bedürftigen mit einzubeziehen. Niemand sollte den Festplatz ohne ein Geschenk verlassen. Jeder Edelmann wollte der freigebigste sein, und immer größere Kostbarkeiten kamen zum Vorschein. Die Beschenkten ließen sich den Wettstreit gerne gefallen und nahmen *»equi, vestes preciose, aurum et argentum«* – Pferde, kostbare Kleider, Gold und Silber – entgegen.

Berthold von Zähringen war auf der Ehrentribüne sitzen geblieben und hatte seine Hände zu Fäusten geballt. »Warum haben sie mich nicht eingeweiht? Mein letztes Wams hätte ich hergegeben!«

Auf dem Festplatz brach ein heilloses Durcheinander aus. Durch den Verkauf eines Geschenks konnten die Tagelöhner genug verdienen, um ihre Familie einen Winter zu ernähren. Unter Einsatz von Ellenbogen und Fäusten drängelten sie sich weiter nach vorne. Sie hatten keine Ahnung, dass in den Zeltfluchten, in Waldstücken und Hinterhöfen die Strauchdiebe schon die Messer wetzten. Hohe Strafen waren auf die Brechung des Lagerfriedens ausgesetzt, aber die unglaublichen Menschenmassen begünstigten die Flucht, so dass es abseits der Wege zu erbitterten Kämpfen kam. Immer mehr kaiserliche Soldaten rückten aus, um den Festfrieden wiederherzustellen.

Unter Posaunenschall verkündete der Ausrufer, dass im Hirschtal ein *gyrus,* ein Kriegerspiel, veranstaltet werden sollte. Mitzunehmen seien blaue oder rote Wämser, Tücher und Stoffbahnen, um zwei Parteien zu bilden. Für das leibliche Wohl der Damen wäre gesorgt, um ihnen das Zuschauen so angenehm wie möglich zu gestalten.

»Ich will mitreiten«, rief der Herzog von Zähringen. »Ja, verdammt, ich will auch kämpfen!«

»Ich glaube nicht, dass Eure Äußerung eines Kommentars bedarf«, sagte Bruder Stephan streng. »Natürlich werdet Ihr nicht mitreiten.«

»Wenn das so ist«, sagte Berthold grimmig, »soll auch kein anderer Zähringer daran teilnehmen!«

Hartmann hätte seinem Herrn vor Erleichterung beinahe gedankt. Bis spät in die Nacht hatte er mit Burkhard und verschiedenen Musikanten gezecht und kaum Schlaf gefunden. Sich auf einem Pferd in ein wildes Getümmel zu stürzen, bei dem er jederzeit aus dem Sattel gestoßen und von anderen Gäulen zertrampelt werden könnte, war ungefähr das Letzte, wonach ihm gerade der Sinn stand. Außerdem könnte er sich so auf die Fortsetzung des Wettstreits vorbereiten.

Von den sechs Dichtern, die am Pfingstsonntag angetreten waren, hatte sich einer in der Nacht zu Pfingstmontag an einer Messerstecherei beteiligt und war seinen Stichwunden erlegen, ein anderer war mit der Ehefrau eines Markgrafen durchgebrannt und zwei weitere saßen betrübt vor leeren Bänken. Alle Zuhörer verteilten sich zur Mittagsstunde auf zwei Zelte. In einem las Heinrich von Veldeke aus seinem *Eneas*-Roman, in dem anderen trug Hartmann aus seinem *Erec* vor. Um mehr Platz für das Publikum zu schaffen, waren Bänke hinausgetragen worden. In den vorderen Reihen saßen die Damen mit angezogenen Knien, in den hinteren Reihen stellten sich die Männer auf die Zehenspitzen und reckten ihre Köpfe.

Für den Vortrag mobilisierte Hartmann seine letzten Reserven. Sein Verstand raste, seine Augen glühten und sein Körper fühlte sich leicht wie eine Gänsefeder an. Eine fiebrige Energie trieb ihn von einem Höhepunkt zum nächsten. »Der Duft war so herrlich / vom Obst und von den Blüten / (...) / und so prächtig der Anblick, / wer von Kummer / bedrückt wäre / und hineinkäme, / der müsste ihn vergessen.«[4] Er bekam zuerst gar nicht mit, dass nach einer Weile ein einzelner Soldat das Zelt betreten hatte. Mit einer metallischen Stimme verkündete der Mann nun, dass der Kaiser soeben eingetroffen wäre, um die Siegerehrung vorzunehmen. Hartmann hätte seinen Vortrag gerne noch abgerundet, aber ihm blieb nichts anderes übrig, als sich in den Ablauf zu fügen.

Durch den Hinterausgang trat er ins Freie und ging – an der blauen Seitenwand des Nachbarzeltes vorbei – auf den Vorplatz. Der Kaiser erwartete ihn bereits und befahl ihm, sich auf das Podest neben ihn zu stellen. Danach fragte der

Rotbart das Publikum, wen er auszeichnen solle. Als er auf Heinrich von Veldeke zeigte, klatschten die Edelleute wild in die Hände und schrien, so laut sie konnten. Als er im Anschluss auf Hartmann deutete, schwoll ein gewaltiger Jubel an, der durch das hysterische Kreischen zweier Edelfräuleins untermalt wurde.

Ratlos wandte sich der Kaiser an seine Ratgeber, aber diese konnten auch nicht sagen, welcher Dichter mehr Beifall erhalten hatte. So traf der Rotbart eine Entscheidung und überreichte Heinrich von Veldeke den Preis des Wettstreits, einen kostbaren Smaragddolch. Dann öffnete er seinen Gürtel, zog den eigenen Dolch mitsamt goldener Scheide vom Leder und überreichte ihn Hartmann. »Beide«, so rief er ins Publikum, »beherrschen die Verserzählung in großer Vollkommenheit, so dass ich keinen Unterschied machen will. Und so sollen beide als Sieger des Wettstreits in die Chroniken eingehen.« Der Kaiser klopfte den Dichtern nacheinander auf die Schulter, schwang sich auf sein Schlachtross und galoppierte zu der Siegerehrung der Sänger, die ihren Wettstreit weiter stromabwärts austrugen.

Während Hartmann den Dolch fest in Händen hielt und dem Rotbart nachblickte, konnte er sein Glück kaum fassen. Ein halbes Jahr lang hatte er mit einer Talgkerze die Nächte durchgearbeitet. Bis an die Grenzen seiner körperlichen und geistigen Leistungsfähigkeit war er gegangen und hatte tatsächlich erreicht, wonach er all die Monate gestrebt hatte: Er, Hartmann von Aue, hatte in Wort und Tat bewiesen, dass Größe nicht nur durch Geburt, sondern auch durch Leistung erreicht werden konnte. Die Edelleute drängelten sich heran, um ihn zu beglückwünschen, um einen Blick auf die kaiserliche Waffe zu werfen oder ihn zu berühren. Hartmann nahm zahllose Einladungen entgegen und schüttelte schwielige, große, kleine und zarte Hände. Immer wieder dachte er nur Eines: *Ich habe es geschafft! Ich habe es geschafft! Ich habe es ...*

Der Mond war mittlerweile aufgegangen und schien auf die vorgelagerte Halbinsel. Mehrere Lauben standen um einen Tanzanger. Der dunkle Fluss gurgelte vorüber und schwemmte die Abfälle des Festes an den Strand. Zwischen Tonscherben, zerbrochenen Fässern und abgenagten Knochen bewegten sich die hellen Leiber der ineinander Verschlungenen.

Hartmann lehnte an einem Fass und beobachtete die Tanzenden. Seine Freude über den errungenen Sieg war abgeklungen. Eine leichte Melancholie erfüllte ihn nun, wie sie sich immer einstellte, wenn er ein Werk vollendet hatte. Er fühlte sich leer und fragte sich, was er nun anfangen sollte. Sollte er sich endlich um ein eigenes Heim kümmern?

Er stellte diese Überlegung nicht zum ersten Mal an und wusste daher, dass sie zu nichts führen würde. Eine Zweckheirat würde ihm nicht helfen und eine ungeliebte Frau würde er schon bald als Ballast empfinden. Da war es schon besser, wenn alles so blieb, wie es war. Die Einsamkeit konnte er betäuben, indem er sich in die Arbeit stürzte. Ja, vielleicht sollte er bald mit dem nächsten Roman beginnen.

In einem Zug trank er den ganzen Krug leer. Der Wacholderbeerwein war mit reichlich Honig und Kräutern versetzt. Glaubte man den Worten des Schankwirtes, führte der Fusel zu geistiger Umnachtung und Liebestollheit. Niemand ließ sich von dieser Aussicht abschrecken. Vielmehr waren die Soldaten, Huren, Handwerker, Jungfrauen, Jongleure und Marktfrauen ganz versessen darauf, die Wirkung zu erproben. Im flackernden Schein der Fackeln tanzten sie immer wilder und stemmten sich gegen die Ewigkeit. Von dem Fiedler forderten sie eine Zugabe nach der anderen. Der Mann war ein Routinier und beherrschte sein Instrument mit erstaunlicher Kunstfertigkeit. Ein jungenhafter Sänger begleitete ihn und heizte der aufgeputschten Menge ein. Wann immer er seine Stimme senkte, um von einer Strophe in die nächste zu wechseln, ertönte vom Flussstrand und aus dem umliegenden Buschwerk gedehntes Seufzen und Stöhnen.

Hartmann leerte auch den zweiten und dritten Krug. Er fühlte sich stark berauscht, als sich eine Frau zu ihm gesellte. Ihr Gesicht war im Schatten der Kapuze kaum zu erkennen. Er sah nur ihre schimmernden Augen, in denen sich die züngelnden Flammen des Lagerfeuers spiegelten.

»Ich beobachte dich schon eine ganze Weile«, sagte sie. »Bist du ein Priester des alten Volkes? Ich hab gesehen, wie deine Augen in der Dunkelheit geleuchtet haben.«

Ihre Stimme kam Hartmann vertraut vor. Sie hatte einen so besänftigenden Klang, dass er sofort an Judith denken musste. War sie es vielleicht sogar selbst? Konnte es sein, dass sie sich auch auf dem Mainzer Hoffest aufhielt? Oder gaukelte ihm der Wacholderbeerwein nur vor, was er sich von ganzem Herzen wünschte? Hartmann streckte die Hand aus, um ihr die Kapuze vom Kopf zu ziehen.

»Nein«, sagte sie, »ich werde dir mein Gesicht nicht zeigen, aber du kannst beruhigt sein. Wir haben uns gesucht und gefunden. Die Runen haben mir prophezeit, dass ich in dieser Nacht einen Mann treffe. Sein Element ist die Luft, sein Gott heißt Odur. Ansuz nennt sich seine stärkste Rune. Komm mit mir. Unsere Brüder und Schwestern erwarten uns beim großen Stein.«

Hartmann wollte gerade zu einer Erwiderung ansetzen, als er spürte, wie ihn jemand am Arm packte und in eine andere Richtung zerrte.

»Lass das Weib in Frieden«, raunte ihm Burkhard zu. »Du siehst doch, dass sie eine Hexe ist.«

Hartmann wandte sich wieder der Frau zu, von der bis auf einen grauen Wollumhang nur die Hände und die nackten Füße zu sehen waren.

»Wenn du dich an geweihter Stätte in den Schoß einer Frau ergießt«, sagte sie, »stirbst du und erstehst gleichzeitig zu neuem Leben. Zwischen den Welten erhebt sich dein Geist über die Zeit und wirft einen Blick in die Zukunft, wo du Antworten auf alle Fragen findest.«

»Das ist doch Blödsinn«, schimpfte Burkhard. »Das Weib will dich für dumm verkaufen. Morgen wachst du irgendwo auf und hast keinen Fetzen mehr am Leib.«

Hartmann achtete nicht auf die Worte des Freundes. Ihre Stimme hatte ihn längst in den Bann gezogen. Selbst wenn es nicht Judith war und selbst wenn ihm sein Verstand einen Streich spielte, vertraute er auf sein Gefühl, das ihm ganz klar sagte, dass alles so geschehen würde, wie es geschehen sollte. Er befreite seinen Arm aus der Umklammerung des Freundes und folgte der Frau in die Wälder.

Immer weiter entfernten sie sich von dem Tanzanger und durchquerten einen Hain, der überwiegend aus Schwarzerlen bestand. Es schien so, als würden die geraden, astlosen Stämme die bleiche Scheibe des Mondes berühren. Der moorige Grund quatschte unter ihren Füßen und allerlei Getier schlängelte sich fort in umliegende Schattenteiche.

Während sie eine leichte Steigung erklommen, fragte sich Hartmann, ob er sich alles nur einbildete. Das Felsplateau, aus dessen Mitte ein großer grau schimmernder Stein emporragte, wirkte jedenfalls außerordentlich echt. Die Form des Steins legte die Vermutung nahe, dass er vom alten Volk benutzt wurde, um den Göttern Opfer darzubringen.

Wie er aus den Augenwinkeln sah, näherten sich von allen Seiten Gestalten in Kapuzengewändern. Zarte Hände öffneten seine Gürtelschnalle und halfen ihm aus den Rindslederschuhen, Beinlingen und der Tunika. Als er den Kopf aus dem Halsausschnitt zog, stand sie schon vor ihm. Über ihrem Kopf trug sie eine Kapuze, aber ansonsten war sie vollkommen nackt. Auf ihre Brüste und den Bauch waren Symbole gemalt, deren Bedeutung er nicht verstand. Ein Hohepriester trat ihnen zur Seite, murmelte eine Beschwörungsformel und reichte ihnen einen Kelch, aus dem sie abwechselnd tranken. Die Flüssigkeit schmeckte bitter und entfaltete schnell ihre Wirkung. Für einen Moment verlor Hartmann die Orientierung und hatte das Gefühl, dass sich alles in die Länge und Breite zerrte. Dann begriff er, dass sich seine Augen nur auf eine größere Schärfe einstellten. Auch die anderen Sinnesorgane wiesen eine höhere Empfindsamkeit auf. Unter seinen nackten Fußsohlen spürte er jeden Erdkrümel, sein Gehör vernahm an- und abschwellende Betgesänge des alten Volkes und plötzlich atmete er herben Schamgeruch ein.

Hartmann war sich sicher, dass er von Judith stammte. Er machte einen Schritt auf sie zu und nahm sie in die Arme. Ihr warmer Bauch schmiegte sich an sein Glied; ihr Schamhaar berührte die empfindsame Haut seiner Eichel. Sie fühlte sich an, wie er es sich immer erträumt hatte. Behutsam liebkoste er ihre Brüste und küsste ihre nachgiebigen Lippen. Er spürte, wie ihre Hand seinen Bauch hinabkroch und sein Glied umfing. Ihr Atem wurde immer schneller, bis sie es nicht mehr aushielt und sagte: »Komm!« Da packte er sie an den Hinterbacken, hob sie hoch und setzte sie auf die Kante des Opfersteins. Sie öffnete ihm die Schenkel und behutsam drang er in sie ein. Sofort spürte er, dass etwas anders war. Ihr feuchter Schoß übte einen starken Sog aus; ein fortwährender Kitzel steigerte seine Lust ins Unermessliche. In seinem Kopf explodierten Lustquellen, die in Schauern seinen Rücken hinabrieselten.

Fordernd reckte sie sich ihm entgegen und grub ihre Fingernägel in seine Hinterbacken. Offenbar wollte sie nicht länger warten, sie wollte seinen Samen endlich empfangen. Das alte Volk bildete einen Kreis und intonierte eine Beschwörungsformel. Vor Hartmanns geistigem Auge zog ein Gewitter auf. Seine Bewegungen wurden immer heftiger, ruckartiger. Silberne Blitze sprengten das Gefüge aus Raum und Zeit. In der Zwischenwelt schoben sich Bilder vor sein geistiges Auge. Er sah sich in einem Gotteskampf, er sah die Gebeine seines Vaters, die von Tieren in alle Himmelsrichtungen verschleppt wurden, und er sah Judith, eingesperrt in einem Kerker. Mit blassem Gesicht sah sie zu ihm auf und sagte: »Du musst sehr tapfer sein, damit wir vereint sein können.« Ein letztes Zucken lief durch seinen Leib, dann verlor er die Besinnung.

6.

Am nächsten Morgen öffnete er die Augen. Weit über ihm rauschte das grüne Blättermeer. Erde, Blütenkätzchen und Zweige bedeckten seinen nackten Bauch. Um ihn herum lagen abgebrochene größere Äste. Er konnte von Glück reden, dass sie ihn nicht getroffen hatten.

Als er sich aufsetzte, schmerzte sein Kopf fürchterlich. Seine Kehle war ausgedörrt und seine Zunge lag geschwollen in der Mundhöhle. Was war gestern geschehen? Hatte er seinen Sieg so maßlos gefeiert?

Hartmann fiel gerade noch ein, dass er Wacholderbeerwein getrunken hatte, ansonsten erinnerte er sich an nichts mehr. Wahrscheinlich war dem Gesöff ein Kraut beigemengt gewesen, das für seine Gedächtnislücken verantwortlich war. Sosehr er sein Hirn zermarterte, es wollte ihm nicht einfallen, was gestern geschehen war.

Ächzend kam er auf die Beine und entdeckte ein paar Schritte entfernt seine Kleidung. Jemand hatte sie mit einem größeren Stein beschwert, damit es sie nicht fortwehte. Wer konnte das gewesen sein und warum bloß war er nackt?

Während er sich anzog, vernahm er die Kirchenglocke und blickte Richtung Festplatz. Das unablässige Läuten konnte nur bedeuten, dass ein Unglück passiert war. Schnell machte er sich auf den Rückweg den Abhang hinunter.

Als er die Wiese erreichte, flog eine Zeltbahn vorüber, die sich wie das Segel eines Schiffes aufgebläht hatte. Zwei Männer in rot-weißen Wämsern jagten ihr hinterher. »Spring – jetzt!«, rief der eine und sein Kamerad hechtete vor. Seine Hand streckte sich nach dem Bodenseil aus und verfehlte es nur knapp. Der Mann rappelte sich auf und setzte die Verfolgung fort.

Der stürmische Wind schob Hartmann weiter. Überall herrschte hektisches Treiben. Während das Gesinde das Hab und Gut verstaute und die Kisten auf die bereitstehenden Ochsenkarren lud, gaben die Edelleute Kommandos. Gestern sangen sie noch miteinander und lagen sich in den Armen, gestern war es nebensächlich, ob man Milchmagd, Markgraf oder Ministeriale war. Die Liebe zum Leben überwand alle Standesunterschiede. Heute füllte jedermann wieder seinen angestammten Platz aus.

Hartmann fragte sich, wann er zuletzt gebeichtet hatte. Gab es überhaupt Verfehlungen, die er einem Geistlichen anvertrauen wollte? Die meisten Pfaffen wühlten nur in geschlechtlichen Dingen herum wie die Schweine in der Suhle. Wäre ihm eine Rückkehr in den Schoß der Heiligen Mutter Kirche überhaupt möglich? Plötzlich wurde ihm klar, dass die Sehnsucht nach Zugehörigkeit immer in ihm erwachte, wenn er sich einsam fühlte.

Auf dem Kirchplatz herrschte ein wildes Durcheinander. Menschen liefen in alle Richtungen. Ein Mann griff ihm in den Arm und wollte ihn fortzerren. »Bleib hier nicht stehen! Du siehst doch, dass die Kirche gleich einstürzt!«

Hartmann befreite seinen Arm mit einem Ruck und beobachtete, wie die Glocke in der Aufhängung hin- und herschwang. Das Läuten stammte nicht von Menschenhand; es war der stürmische Wind, der die Stimme Gottes aufpeitschte. Der hölzerne Turm hielt dem Gewicht nicht länger stand. Lange Nägel brachen aus Querbalken, Holzsplitter sirrten durch die Luft. Eine heftige Böe drückte den Turm auf die Seite und mit der Glocke voran stürzte er durch das Seitendach. Die nächste Böe prallte gegen die Seitenwand und ließ sie zusammenklappen. Eine Gruppe kaiserlicher Soldaten rannte über den Platz, als könnten sie das Unheil noch abwenden, aber sie kamen zu spät. Portal und Altarraum fielen in sich zusammen.

Hartmann begriff plötzlich, dass nicht nur das Mainzer Hoffest vorüber war. Auch sein rasanter Aufstieg zum Dichter, Diplomaten und persönlichen Berater des Herzogs hatte seinen Höhepunkt erreicht. Eine weitere Steigerung war nicht mehr möglich. Sein Herr wurde von den anderen Reichsfürsten isoliert, er war alt und würde nicht mehr lange leben. Der Thronfolger konnte ihn nicht ausstehen und würde alles dransetzen, um ihm das Leben schwerzumachen.

Natürlich könnte Hartmann die Gunst der Stunde nutzen und sich von einem anderen Fürsten anwerben lassen, aber er wusste, dass ein solches Verhalten nicht zu ihm passte. Er würde an der Seite seines Herrn ausharren – das war das Mindeste, was er ihm schuldete. Früher oder später würde sich zeigen, wie es mit ihm weitergehen würde.

Im Jahre des Herrn 1185

1.

Manchmal konnte August kaum glauben, wie einfach sich sein Aufstieg vollzogen hatte. Während er den Truchsess mit Geschenken bei Laune gehalten hatte, hatte er als Lieferant des Herzogs von Zähringen an Ansehen gewonnen. Plötzlich hatten die Bürger von Freiburg seine Nähe gesucht. Sie hatten sich sogar damit gebrüstet, vertrauten Umgang mit ihm zu pflegen. Händler aus Straßburg, Köln, Mainz, Nürnberg und Basel hatten vorgesprochen, um die Bedingungen für eine Zusammenarbeit auszuloten. Innerhalb eines Jahres hatte er als Kaufmann, als Wohltäter der Armen und als Förderer der städtischen Angelegenheiten so viel Einfluss gewonnen, dass die Marktgeschworenen ihn nicht mehr ignorieren konnten. Seine Rechnung war aufgegangen.

Im großen Sitzungssaal des Bürgerhauses fühlte sich August schon fast wie zu Hause. Die Tafel und die Stühle waren mit kunstvollen Schnitzereien versehen, die Feuer dreier Kamine und zahllose Kerzen untermalten die feierliche Stimmung. Am Kopf der Tafel erhob sich der Älteste des scheidenden Rates und sprach:

»Nun will ich Euch verkünden, was das Recht unserer Ahnen war, damit es auch für unsere Kinder und Kindeskinder Recht bleiben kann. Die vierundzwanzig Marktgeschworenen sollen an drei Tagen in der Woche Rat halten. Voraussetzung für die Beschlussfähigkeit ist, dass alle Herren anwesend sind. Die Inhalte der Sitzungen sind geheim. Wer sie in der Stadt oder an einem anderen Ort preisgibt, soll sein Amt mit sofortiger Wirkung verlieren. Jetzt erhebt Euch, hohe Bürger der Stadt Freiburg, und schwört, der Mehrheit zu gehorchen, Gesetze und Verträge zu lesen und sie nach bestem Wissen und Gewissen einzuhalten.«

August hob die rechte Hand und sagte: »Ich schwöre, der Stadt Freiburg treu zu dienen – so wahr mir Gott helfe.«

Als sein Nebenmann die Eidesformel aufsagte, nahm August wieder Platz. Vom Rest der Sitzung bekam er kaum etwas mit und hing seinen Gedanken nach. Erst als der erbenlose Nachlass angesprochen wurde, merkte er auf und wartete die passende Gelegenheit ab, um eine besondere Überraschung zu präsentieren, die auch die letzten Zweifler verstummen lassen würde.

Wenn sich ein Jahr nach dem Tod eines Bürgers kein Erbberechtigter meldete, fiel der Nachlass den Marktgeschworenen zu, die nur ein Drittel zur Ortsbefestigung verwenden konnten. Auch die Abgaben und Zölle wurden unterschiedlichen Bestimmungen zugeführt, so dass sich der Bau der Wehrmauern schon seit Jahren ohne sichtbaren Erfolg hinschleppte.

Als August sich meldete, erteilte ihm der Älteste sogleich das Wort. Er stand auf, blickte den Männern fest in die Augen und sagte: »Seit jeher gilt unsere größte Sorge der Sicherheit unserer Familien. Keiner unter uns würde einen Moment zögern, um sich mit seinem Schwert vor die Eltern, seine Ehefrau und die Kinder zu stellen. Ebenso wenig vergessen wir, dass die Zahl unserer Schutzbefohlenen um ein Vielfaches größer ist. Wir alle fürchten um das Schicksal der Witwen und Waisen, wenn die feindlichen Streitkräfte den Palisadenwall überrennen. Durch zahlreiche Unterredungen weiß ich, dass auch Ihr nach Lösungen sucht. Wir alle wollen Freiburg in eine gefahrlose Zukunft führen, aber unsere Mittel sind begrenzt. Wie Ihr wisst, zählt der Truchsess zu meinen engsten Vertrauten. Ja, erst kürzlich lud mich der Herzog zu einem Festmahl ein, um geschäftliche Dinge zu besprechen. Sogleich ergriff ich die Gelegenheit, um ihm von unseren Sorgen zu berichten. Der Zähringer nahm regen Anteil und lässt Euch ausrichten, dass er für die Dauer von sechs Jahren alle Bürger von den Steuerlasten befreit, so dass wir mit der Befestigung der Stadt endlich beginnen können.«

»Hört, hört!« Die Männer klopften auf die Tafel.

Nachdem sich die erste Überraschung gelegt hatte, wurde die Summe ausgerechnet, die dem Rat so zur Verfügung stand. Sie fiel höher aus, als die Marktgeschworenen erwartet hatten. Bis spät in die Nacht beratschlagten sie, wie sie das Geld verwenden sollten. Als die Turmglocke des Münsters die elfte Abendstunde einläutete, hüllten sich die Männer in ihre Pelze und Umhänge. Ein jeder nutzte die Gelegenheit, um August anerkennend auf die Schulter zu klopfen.

»Das ist doch selbstverständlich«, sagte der bescheiden. »Das Wohl unserer Stadt steht an oberster Stelle.«

Schließlich machte er sich auf den Heimweg. Zu seinem geheimen Ärger gesellte sich ein benachbarter Händler zu ihm. Der Mann hatte ein Karpfengesicht und ließ keine Gelegenheit aus, um sich wichtigzumachen.

»Mir ist da etwas zu Ohren gekommen«, sagte er geheimnisvoll. »Aber Ihr dürft mich nicht falsch verstehen. Mit dieser Information will ich kein böses Blut schüren, sondern Euch lediglich warnen.«

»Mach nicht so ein Brimborium«, sagte August. »Und erzähl endlich, was los ist.«

»In der Stadt wird gemunkelt, dass es ziemlich auffällig sei, wie viel Zeit Euer Weib mit Vater Lothar verbringen würde. Es heißt, dass sie gemeinsam nicht nur Kranke pflegen würden.«

August konnte sich das Gelächter nur knapp verkneifen. Er war Vater Lothar nur ein einziges Mal begegnet, aber diese Zusammenkunft hatte schon genügt, um zu erkennen, dass der Geistliche weder Judith noch einem anderen Weib jemals gefährlich werden würde. Wenn er überhaupt geschlechtliche Interessen verfolgte, so waren sie eher gleichgeschlechtlicher Art. Er wollte schon eine entsprechende Bemerkung loslassen, als er plötzlich die Idee hatte, dass er dieses Gerücht eines Tages verwenden könnte. So rang er sich eine betroffene Miene ab und sagte: »Es ist gut, eine Handvoll Männer zu kennen, die auch in schwierigen Zeiten zu einem stehen. Ich danke dir für deine aufrichtigen Worte, mein Freund. Du kannst dich darauf verlassen, dass ich die Angelegenheit von allen Seiten beleuchten werde.«

2.

Der Juli brachte eine große Hitze über das Schwabenland. Kurz nach dem Sonntagsgottesdienst versammelte sich das herzogliche Gesinde, um zur Dreisam hinunterzugehen.

Die Kinder freuten sich auf ein erfrischendes Bad und flitzten zwischen den Erwachsenen umher. Die Mägde trugen Weidenkörbe mit Brot, Käse und Früchten.

Hartmann hätte sich der lustigen Schar anschließen können, aber ihm stand nicht der Sinn nach Vergnügungen. Als auf dem Burghof Stille eingekehrt war, ging er in die Küche und füllte seinen Krug mit Beerenwein auf. Zurück in seiner Kemenate setzte er sich auf das Strohlager und lehnte sich mit dem Rücken gegen die Wand.

Wenn es nach ihm ginge, würde er jetzt eine Schenkungsurkunde aufsetzen. Er könnte auch die Rechnungsbücher prüfen oder alte Schriftstücke ordnen – in der Kanzlei gab es immer etwas zu tun –, aber Bruder Stephan untersagte am Tag des Herrn jegliche Arbeit, damit die Zeit nach dem Gottesdienst in stiller Andacht verbracht werden konnte.

In stiller Andacht!, dachte Hartmann und nahm einen tiefen Schluck aus dem Krug. Er konnte den Sonntagen nichts abgewinnen. An ihnen grübelte er nur über Dinge, die er nicht ändern konnte. Und weil sie nicht zu ändern waren, beschwerten sie ihn nur noch mehr.

Wenn er doch nur den Tag verschlafen könnte, aber er war nicht im Geringsten müde, vielmehr dürstete sein Geist nach Beschäftigung. Als er erneut den Krug an die Lippen setzte, hörte er plötzlich, wie jemand über den Burghof rannte und die Stufen hinabsprang. Im Eingang tauchte ein schwitzender Knabe mit braunen Locken auf.

»Herr, die Wachen haben mir verraten, wo ich Euch finde.«

Hartmann hatte das Kind noch nie gesehen. »Was willst du?«

»Als ich mit meinen Freunden am Fluss badete, sprach mich ein Fremder an und trug mir auf, Euch auszurichten, dass er bei der Aderblauen auf Euch wartet.«

»Bei der Aderblauen?« Hartmann kannte das Freiburger Bordell, nur konnte er sich nicht vorstellen, was er an einem Sonntag dort sollte. »Wer war der Mann und was wollte er?«

»Seinen Namen hat er mir nicht verraten, aber er sagte noch, dass es besser wäre, wenn niemand von dem Treffen erführe.«

»Sonst nichts?«

»Nein, Herr.«

»Hier hast du ein Stück Trockenfleisch als Botenlohn. Geh zurück zu deinen Freunden.«

Der Junge griff hastig danach und war auch schon wieder verschwunden. Hartmann gürtete sich das Schwert um die Hüfte und verließ die Burg durch das offene Tor. Er hatte keine Ahnung, was ihn erwartete, aber er war froh über die Abwechslung.

Der Himmel strahlte in einem endlosen Blau und die Luft flirrte über dem Tal. Vorbei an der Grafenmühle überquerte er die große Wiese, auf der roter Klatschmohn blühte, und ging durch das Schwabentor. Der Palisadenwall spendete etwas Schatten. Nur ein Hund mit verfilztem Fell und ein alter Zimmermann kamen ihm entgegen, ansonsten wirkte die Straße wie ausgestorben. Vor dem Bordell standen zwei Reitpferde, die von allerlei Flugtieren traktiert wurden. Als Hartmann mit der Faust gegen die Tür schlug, wölkte Staub zwischen den Fichtenbrettern auf. Im Inneren wurden Schritte laut. Der Riegel wurde zur Seite geschoben und ein Edelmann tauchte auf.

Sein goldblondes Haar war kunstvoll mit der Brennschere gekräuselt; sein ebenmäßiges Gesicht wies feine Züge auf. Man hätte ihn für einen Schöngeist von harmlosem Naturell halten können, wenn nicht sein forschender Blick zur Vorsicht mahnen würde. Hartmann hatte diesen Mann beim Mainzer Hoffest im Gefolge des Kaisers gesehen. Auch kannte er die meisten seiner Lieder und bewunderte sie für ihre schlichte Eleganz: Friedrich von Hausen, der Dichter und Diplomat des Kaisers, war eine Berühmtheit.

»Ich freue mich, dass Ihr meiner Einladung gefolgt seid. Ich wollte dem Knaben meine Identität nicht nennen, damit er sich nicht verplappert.«

Hartmann betrat den Schankraum, in dem es nach Schweiß und verschüttetem Wein roch.

Friedrich zeigte mit dem Finger zum oberen Stockwerk. »Die Damen des Hauses schlafen noch. Draußen im Garten sind wir ungestört.«

Im Schatten der Hauswand setzten sie sich auf eine Bank. Friedrichs Knappe brachte einen Krug mit Beerenwein, aus dem sie nacheinander tranken. Aus dem Tierpferch erklang das Gackern der Hühner; hinter dem Geräteschuppen dümpelte der Kanal vorüber. Die große Hitze hatte die menschlichen Exkremente und die Gerbereiabfälle aufquellen lassen. Ein beißender Gestank hing in der Luft.

»Euer Herr hat diesen Trank auf dem Mainzer Hoffest ausschenken lassen«, sagte Friedrich und nahm einen Schluck. »Da habe ich ihn zum ersten Mal gekostet und seitdem komme ich nicht mehr von ihm los.«

»Ich möchte nicht unhöflich sein«, sagte Hartmann, »aber es wäre mir lieber, wenn Ihr gleich zur Sache kommen würdet. Wie Ihr wisst, ist das Verhältnis zwischen

Zähringern und Staufern angespannt. Entdeckt man uns bei diesem Stelldichein, könnte man leicht auf falsche Gedanken kommen.«

Friedrich lächelte. »Vermutlich wisst Ihr nicht einmal, was sich gerade im Reich abspielt.«

»Wie sollte ich? Der Kaiser lässt keine Gelegenheit aus, um den Herzog zu isolieren. Unsere ganze Aufmerksamkeit in der Kanzlei gilt lokalen Ereignissen. Von der großen Politik bekommen wir kaum etwas mit.«

»Ich spreche nicht von der Politik, sondern von Eurem *Erec.*«

»Was haben mein Roman und die Geschehnisse im Reich miteinander zu schaffen?«

»Sehr viel, mein Freund. Im vergangenen Sommer habt Ihr doch Besuch von einem Schreiber bekommen?«

»Das stimmt!«

»Nun, seine Abschrift wurde an zahlreichen festlichen Abenden vorgetragen. Die Edelleute waren begeistert und wollten die Episoden in ihrer Heimat nicht missen. Sie ließen weitere Abschriften anfertigen, die dann bei ihnen zu Hause vorgetragen wurden, wo wieder andere Edelleute von den Heldentaten erfuhren. Und nicht nur das, auch mündlich wurden die Geschichten weitererzählt. Mittlerweile kennt *Erec* fast jedes Kind.«

»Das wusste ich nicht.« Hartmann war überrascht.

»Ihr habt eine neue Art von Ethik begründet, deren Ideale auch dem Adel erstrebenswert erscheinen: Tapferkeit gegenüber dem Feind, Treue gegen den Lehnsherrn, Selbstbeherrschung im gesellschaftlichen Umgang und respektvolle Verehrung der Dame. Man hat schon begonnen, alle diese Tugenden mit dem Begriff *Ritter* zu verbinden.«

»Tatsächlich?«

»Junge Edelleute und unfreie Ministerialen fühlen sich gleichermaßen ausgezeichnet, wenn sie so genannt werden. Ihr habt einen neuen Stand geschaffen, der nicht durch die Geburt, sondern durch die Gesinnung erreicht werden kann.«

Hartmann konnte kaum fassen, dass sein Plan aufgegangen war. Wenn alles stimmte, was Friederich ihm da erzählte, hatte er mehr erreicht, als er jemals gehofft hatte.

»Euer Erfolg scheint Euch nicht zu freuen!«

»Doch, doch – mir fehlen nur die Worte.«

»Dann ist der rechte Zeitpunkt gekommen, um Euch den Zweck meines Besuches zu offenbaren. Der Kaiser will Euch für sich gewinnen.«

»Was?«

»Ja, Ihr habt ganz recht gehört. Ihr sollt einen festen Platz in seinem Hofstaat einnehmen. Er würde Euch sogar ein eigenes Lehen geben. Der Kaiser hat gesagt, dass ein Dichter von Eurem Format an seine Seite gehört.«

Hartmann erhob sich. »Das ist eine große Ehre.«

»Also, nehmt Ihr das Angebot an?«

»Nein, das kann ich nicht.«

»Wenn Ihr es zur Bedingung macht, in den Adelsstand erhoben zu werden, würde der Kaiser mit sich reden lassen. Ich könnte das klären.«

»Das ist ein verlockendes Angebot, aber ich bin ein Dienstmann des Herzogs von Zähringen. Er hat viel für mich getan. Sein Vertrauen ermöglichte es mir, das Klagebüchlein, die Minnelieder und den *Erec* zu verfassen. Jetzt, da ich ein wenig Erfolg habe, werde ich ihm nicht den Rücken kehren.«

»Man erzählt sich, dass Berthold bettlägerig ist. Es soll nur noch eine Frage der Zeit sein, wann er stirbt. Auch habe ich in Erfahrung gebracht, dass Euer Verhältnis zum Thronfolger nicht gut ist. Was soll aus Euch werden, wenn der alte Herzog stirbt?«

»Ich weiß es nicht.«

»Dann kommt mit mir! Der Kaiser unterbreitet ein solches Angebot nur einmal. Lehnt Ihr es heute ab, so lehnt Ihr es für alle Zeiten ab.«

»Ich hätte Euch gerne unter anderen Umständen getroffen und hoffe, dass wir noch einmal die Gelegenheit bekommen, uns über unsere Arbeiten auszutauschen, aber ich kann das Angebot wirklich nicht annehmen. Meine Absage richtet sich nicht gegen den Kaiser, sondern entscheidet sich für meinen Herrn. Lebt wohl, Friedrich.«

»Das hoffe ich auch«, sagte der Diplomat und rief Hartmann nach, der schon im Gehen war: »Ihr habt mehr Ähnlichkeit mit *Erec,* als Ihr glaubt!«

Im Jahre des Herrn 1186

1.

»Ihr habt mich rufen lassen«, sagte Hartmann und blickte auf seinen Herrn, dessen Zustand sich im vergangenen Jahr stark verschlechtert hatte. Während sich die Haut über seinem Gesicht so straff spannte, dass sich jede Knochenmulde abzeichnete, hatte sich in seinen Beinen so viel Flüssigkeit abgelagert, dass schon ein ganzer leichter Druck genügte, um weißliche Tropfen austreten zu lassen. Seit dem letzten Sommer hatte er sein Krankenlager nicht mehr verlassen.

»Komm und setz dich zu mir«, sagte der Herzog und rückte ein Stück zur Seite. »Bei dir hatte ich immer das Gefühl, dass ich alles sagen kann, was mir auf der Seele liegt. Deshalb sollst du als Erster erfahren, dass ich von meinem Tod geträumt habe.«

»Herr«, erwiderte Hartmann, »ich weiß um den Aberglauben des Volkes, dass Träume die Zukunft voraussagen, aber schon Cicero belächelte in seiner Abhandlung *De divinatione* die Vorstellung, dass die Götter sich die Mühe machen könnten, Botschaften an Normalsterbliche zu versenden. In Wirklichkeit seien die Träume nichts anderes als verworrene Erinnerungen aus dem wachen Leben.«

»Ich weiß, dass du es nur gut meinst, aber du brauchst mich nicht zu beruhigen. Meine Seele wird sich viel freier fühlen, wenn sie die Last meines Körpers abgeschüttelt hat. Lassen wir es dabei bewenden.«

»Wie Ihr wünscht, Herr.«

»Du weißt, dass ich nie ein großer Wohltäter der Kirche war. Du weißt aber auch, dass ich mich immer großzügig gegen mein Volk gezeigt habe. So will ich den Menschen in Erinnerung bleiben. Ich habe einen Plan, aber ich kann ihn nicht alleine umsetzen. Willst du mir einen letzten Dienst erweisen, auch wenn dir dadurch Nachteile entstehen könnten?«

»Ihr könnt auf mich zählen!«

»Geh zu Bruder Stephan und lasse dir alle Säckel mit Münzen aushändigen, die er in seiner Schatztruhe hortet. Dann zäunst du zwei Pferde vor einen Karren und wartest auf mich.«

»Was habt Ihr vor?«

»Lass dich überraschen.«

Wenig später trugen zwei Edelknaben den Herzog von Zähringen die Freitreppe hinunter. Das schlichte, schwarze Büßerhemd ließ sein Gesicht noch blasser erscheinen. Als Hartmann seinen Herrn übernahm, stellte er fest, dass der Herzog kaum mehr wog als ein Kind. Ohne große Anstrengung hob er ihn über die Seitenwand der Ladefläche und setzte ihn ab.

»Danke, mein Junge«, sagte der Herzog. »Hat Bruder Stephan dir einen Vortrag über meine Verschwendungssucht gehalten oder hat er die Münzen herausgerückt?«

»Ich habe ihm gesagt, dass die Münzen für Euer Seelenheil bestimmt sind. Da hat er nicht einen Moment gezögert und keine weiteren Fragen gestellt.«

Der Herzog nickte zufrieden.

Ein Wachsoldat, der mühsam eine breite Truhe trug, erschien auf dem Burghof. Hartmann eilte ihm zur Hilfe und mit vereinter Kraft wuchteten sie die Truhe über die Seitenwand.

»Du kannst gehen«, sagte der Herzog zu dem Soldaten und wandte sich an Hartmann: »Es ist doch komisch. All die Jahre machte mir Bruder Stephan Vorhaltungen und oft wollte ich ihn zurück ins Kloster schicken. Jetzt merke ich, wie mir seine Einwände fehlen.«

In diesem Moment ritt eine kleine Schar auf den Burghof. Der Thronfolger Berthold V. lenkte seinen Wallach so, dass er neben dem Karren zum Stehen kam. Mit eisernem Blick musterte er Hartmann, dann den Vater und schließlich die Truhe.

»Was geht hier vor?«, fragte er. »Soweit ich weiß, sollt Ihr das Bett hüten, Herr.«

»Wie du siehst«, erwiderte der Herzog, »bereitet mir das Sitzen keine Beschwerden. Bruder Stephan hat keine Einwände erhoben.«

»Einwände wogegen? Wenn ich mich nicht irre, stammt die Truhe aus der Schatzkammer und birgt das gesamte Münzgeld.«

»Ich lass mich nicht ausfragen«, erwiderte der Herzog. »Und schon gar nicht vor den Männern. Du musst dich noch ein paar Tage gedulden, bevor du das Sagen hast. Steig auf den Kutschbock, Hartmann! Wir wollen aufbrechen.«

»Das wirst du nicht tun«, sagte der Thronfolger. »Nicht, bevor ich nicht weiß, wofür das Geld bestimmt ist!«

Hartmann musste nicht lange überlegen. Er griff nach den Zügeln und kletterte auf den Kutschbock.

»Ich warne dich«, sagte der junge Berthold, »wenn du den Karren in Bewegung setzt, dann …«

»Was ist dann?«, brüllte der Herzog. »Willst du ihn fortjagen, nur weil er mir gehorcht hat? Dann lass dir sagen, mein Sohn, dass du dich besser gut mit ihm stellst. Sein Ruhm fällt auch auf unser Geschlecht zurück. Verscherze es dir nicht mit ihm!«

»Hartmann!«, sagte der Thronfolger drohend und ungeachtet der Rede seines Vaters.

Unterdessen stieg der Marschall von seinem Pferd, reichte die Zügel einem Soldaten und stellte sich neben den Karren. »Herr, ich denke, dass es nicht schaden kann, wenn Ihr einen zweiten Schwertkämpfer an Eurer Seite habt, der Euch und die Truhe vor Diebesgesindel beschützt.«

Der Herzog strahlte über das ganze Gesicht. »Du bist mir willkommen. Will mich sonst noch jemand begleiten? Nein? Das habe ich mir beinahe gedacht.«

Nachdem der Marschall sich auf den Kutschbock gesetzt hatte, ließ Hartmann die Peitsche durch die Luft rollen und die Tiere setzten sich in Bewegung. Langsam rumpelte der Karren den Schlossberg hinab. Vereinzelt säumten Linden den Weg, in deren Ästen schwarze Krähen hockten und sich das Gefieder putzten. Hartmann lenkte den Karren durch das Martinstor und auf die Marktstraße. Immer mehr Menschen traten aus den Häusern und riefen dem Vorbeiziehenden Segenswünsche zu: »Gott schenke Euch Gesundheit, Herr! … Friede sei mit Euch! … Unserem Herzog sei ewiges Leben geschenkt!«

»Kommt alle mit«, rief der Herzog, »auf dem Münsterplatz will ich zu euch sprechen.«

Vor dem mächtigen Holzportal des Münsters brachte Hartmann den Karren zum Stehen und schaute zum Turmhaus hinüber. Vor kurzem hatte er erfahren, dass Judith hier eingezogen war. Für einen Moment hoffte er, dass sie auftauchen könnte, aber sie ließ sich nicht blicken. Was hätte er ihr auch sagen sollen? Sie war das Weib eines anderen.

Zusammen mit dem Marschall kletterte er auf die Ladefläche und half seinem Herrn auf die Beine. Fleischhauer, Badedirnen, Kaufleute, Schuhmacher, Marktfrauen, Ratsherren, Tagelöhner, Hausfrauen, Bettler und Gassenjungen drängten sich heran. Hinter ihnen ragten die Dächer der Häuser in den wolkenlosen Dezemberhimmel.

»Bürger der Stadt«, rief Berthold IV. »Heute möchte ich euch für die Ergebenheit danken, die ihr mir in all den Jahren zuteilwerden ließet. Ist zufällig ein Winzer unter euch?«

»Hier, Herr!«, rief ein bärtiger Mann.

»Ich möchte, dass du nach Hause gehst und eine Wagenladung Beerenwein herankarrst. Sind auch ein Schankwirt und ein Bäcker zugegen? Holt Krüge und verteilt Brot an die Leute. Später kommt zu mir, damit ich euch entlohnen kann. Und jetzt möchte ich euch bitten, einzeln vor mich hinzutreten, damit ich die Möglichkeit habe, mit jedem ein paar Worte zu wechseln. Du, mein Junge, kommst als Erster dran«, sagte er und zeigte auf einen Gassenjungen in der vordersten Reihe.

»Ich?«, fragte dieser ungläubig und riss die Augen so weit auf, dass sie in dem schmutzigen Gesicht aufleuchteten.

»Wie heißt du?«

»Ottokar, Herr!«

»Und womit verdienst du deinen Lebensunterhalt?«

»Mit Betteln«, schrie ein Mann aus der Menge. »Jeden Tag steht er beim Martinstor und geht uns auf die Nerven.«

»Ist das wahr?«

»Ich fürchte ja, Herr, aber ich bin nicht arbeitsscheu. Es ist nur schwer, eine Anstellung zu finden. Bei allen Handwerkern habe ich vorgesprochen, aber keiner hatte einen Platz frei.«

»Was würdest du am liebsten anfangen?«

»Herr«, erwiderte der Junge schüchtern, »am liebsten wäre ich Bäcker, dann hätte ich immer was zum Fressen.«

»Das kann ich gut verstehen«, sagte der Herzog und griff in die Kiste. »Jetzt nimm erst einmal diese Münze und später will ich sehen, ob ich dir eine Lehrstelle kaufen kann.«

»Herr, wenn Ihr das tut, werde ich Euch ewig danken.«

»Mir wäre es lieber, wenn du für mein Seelenheil beten würdest.« Durch eine Handbewegung entließ der Herzog den Jungen und sagte zu Hartmann: »Kümmere dich darum.«

Der Winzer brachte die Fässer, der Schankwirt die Krüge und der Bäcker zahllose Teigwaren. Einige Musikanten holten ihre Instrumente und spielten Lieder, zu denen immer mehr Bürger tanzten. Bald versank die Sonne hinter den Häusern und die Dunkelheit legte sich über den Münsterplatz. Fackeln wurden entzündet. Nacheinander traten alle Bürger vor den Herzog hin. Einige hatten es auf das Geldgeschenk abgesehen, andere ließen sich von der allgemeinen Aufregung mitreißen, aber die meisten brachten ihre ehrliche Sorge über den Gesundheitszustand des Herzogs zum Ausdruck.

»Herr«, sagte Hartmann irgendwann. »Ihr seht erschöpft aus. Wollt Ihr zurück auf die Burg?«

»Von wollen kann keine Rede sein, aber es wird Zeit! Ich kann die Augen kaum noch offen halten«, sagte er und wandte sich an den Marschall: »Bitte lenk du die Tiere, damit Hartmann bei mir sitzen kann.«

Als sich der Karren in Bewegung setzte, lehnte sich Hartmann gegen die Seitenwand und beobachtete, wie der Herzog die letzten Segenswünsche mit einem Winken entgegennahm. Der Jubel der Leute entfernte sich, bis er kaum noch zu hören war. Unter dem ewigen Sternenhimmel polterten sie dahin.

»Herr«, sagte Hartmann, »ich bete jeden Tag darum, dass Gott Euch eine baldige Genesung schenkt. Aber Ihr sagt selbst, dass es mit Euch zu Ende geht. Und ich wäre untröstlich, wenn ich Euch nicht gedankt hätte. Ihr sollt wissen, dass ich niemals vergessen werde, was Ihr für mich getan habt. Weil Ihr an mich geglaubt habt, war es mir möglich, der zu werden, der ich heute bin. Wenn Ihr uns verlasst, Herr, werde ich Euch sehr vermissen.«

Als der Herzog nach der Hand seines Dichters griff, hellte sich sein Gesicht ein letztes Mal auf. »Ich weiß«, sagte er.

Drei Tage später, im Morgengrauen des 8. Dezember, verstarb Berthold IV., Herzog von Zähringen und Rektor von Burgund, der Mäzen, der Hartmann von Aue zeitlebens gefördert hatte.

Dritter Teil:

Kreuzzug und Minne

Im Jahre des Herrn 1187

1.

Als die Bäume im nächsten Jahr endlich Knospen trugen, lud Berthold V. seine Lehnsherren zu einem Festgelage ein. Während die Gäste im Schlosshof eintrafen, lag Hartmann auf dem Strohlager in seiner Kemenate und stimmte die Harfe. Noch vor wenigen Monaten hätte er die Edelleute selbst begrüßt, aber der neue Herzog hatte ihm ausrichten lassen, dass sein Erscheinen erst zu seinem Auftritt erwünscht wäre.

In den vergangenen Tagen hatte der Truchsess ihn mehrmals ermahnt, am heutigen Abend nur Tanzlieder vorzutragen, aber Hartmann hatte sich etwas Besonderes einfallen lassen. Er konnte es kaum erwarten, endlich gerufen zu werden und die Reaktion auf seinen Vortrag zu beobachten. In jedem Fall würde sie interessant ausfallen.

Manchmal verstand er die Menschen einfach nicht. Der Leichnam seines Herrn war noch nicht zwei Tage unter der Erde gewesen, da hatten die Wachen schon das schwarze Banner eingeholt. Unentwegt waren Herolde eingetroffen und hatten Berthold V. gehuldigt. Das Dienstpersonal hatte sein Tagewerk aufgenommen, als wäre nichts geschehen. Begriffen sie denn nicht, wie endgültig der Tod war? Hatten sie schon vergessen, wie gütig ihr alter Herr gewesen war?

Hartmann brütete finster vor sich hin, als ein Edelknabe mit blonden Locken im Eingang erschien und zu ihm sagte: »Es ist so weit. Ihr seid gleich nach dem Jongleur dran!«

Hartmann stieg die Stufen zum Burghof empor. Während er um das Herrschaftsgebäude herumging, tönte aus dem Palassaal lautes Johlen. Er stieg die Freitreppe hinauf und betrat den Steinsaal. Ein Schwertschlucker, ein Hundebändiger, drei Tänzerinnen und ein Tierstimmenimitator warteten auf ihren Auftritt. Von März bis November zogen sie von Burg zu Burg und unterhielten den Adel. Als Gegenleistung bekamen sie eine Mahlzeit und ein Dach über dem Kopf. Einige von ihnen kannte Hartmann gut. Noch vor wenigen Monaten hatte er selbst entschieden, wer seine Kunst darbieten durfte und wem es an Talent fehlte. Heute saß er mitten unter ihnen.

Ein Edelknabe schob den Vorhang zur Seite und der Jongleur, beladen mit Kugeln und Keulen, trat in den Steinsaal. Hartmann konnte sehen, wie der Truchsess vor die Festgesellschaft trat und seinen Stab auf den Boden schlug. »Dem Herzog«, sagte er, »ist es eine besondere Freude, einen Mann zu präsentieren, den ein jeder hier im Saal kennt. Sein Name steht für höfische Tugenden und die hohe Kunst des Minnelieds. Verehrte Gäste, begrüßen Sie mit mir Hartmann von Aue.«

Die Edelleute trommelten mit den Fäusten auf die Tafel. Hartmann schritt durch den Steinsaal und schob sich in den Palassaal. Am Ende der Tafel blieb er stehen und stellte mit Genugtuung fest, dass nicht einmal Blütenblätter gestreut waren. Sein verstorbener Herr hätte selbst im tiefsten Winter keine Kosten gescheut, um seine Gäste durch den Anblick einiger Trockenblumen zu erfreuen. Würdevoll verbeugte sich Hartmann, setzte sich auf den bereitgestellten Schemel und legte sich die Harfe auf den Schoß. Mehrmals ließ er seine Finger über die Saiten streichen, bevor er eine melancholische Melodie anstimmte, die zu seinen schönsten Kompositionen zählte.

»Dieses Lied habe ich zum Gedenken an Berthold IV. von Zähringen, den ich immer als gütigen Herrn in Erinnerung behalten werde, geschrieben«, sagte er. »Es handelt von einer Witwe, die über den Verlust ihres Gemahls nicht hinwegkommt.« Hartmann summte die Melodie zuerst leise mit, dann sang er mit seiner vollen rauen Stimme: »Dies wären wunderbare Tage, wenn / einem vergönnt wäre, froh und unbeschwert zu leben. / Aber mir hat Gott es so gefügt, / dass mich in dieser schönen Zeit ein Leid bedrückt, / von dem ich nie mehr erlöst sein werde. / Ich habe einen Mann verloren: / Niemals hat einer Frau – was ich sage, ist die Wahrheit – / der geliebte Freund mehr bedeutet. / Solange ich ihm Gutes tun konnte, war er meine Freude. / Nun muss sich Gott seiner annehmen; er kann es besser als ich …«[5]

Nachdem er geendet hatte, verbeugte er sich vor dem Publikum. Die meisten Gäste hatten ein Tanzlied erwartet, das besser zu ihrer ausgelassenen Stimmung gepasst hätte. Von der Schönheit und Traurigkeit der »Witwenklage« fühlten sie sich überrollt.

Der Marschall fasste sich zuerst und erhob sich von seinem Sitzkissen. »Bravo«, rief er. »Das Lied hat mich gerührt. Auch unserem Herrn hätte es gefallen, da bin ich mir sicher. Komm und setze dich zu mir. Ich kann etwas zur Seite rücken, dann haben wir beide Platz.«

Einige Edeldamen stimmten in den Applaus des Marschalls ein, verstummten aber, als Berthold V. rief: »Er wird sich nicht an die Tafel setzen. Du kannst jetzt gehen, Hartmann!« Dann wandte er sich dem Truchsess zu: »Was steht als Nächstes auf dem Programm?«

»Ein Hundebändiger, Herr!«

»Oh«, rief Berthold V., »ein Hundebändiger! Das ist gut, das wird sicher lustig. Worauf wartest du noch? Ruf ihn herein.«

2.

Irgendwann im Spätherbst bog Hartmann in eine Gasse ab. Vor einem schiefen Fachwerkhaus stand ein Badergeselle und setzte einem dicken Mann Blutegel auf die Oberschenkel. Daneben haute der Lehrling einen Klöppel gegen eine Bleikanne und rief: »Das Wasser ist heiß! Kommt herbei, Leute … Das Wasser ist heiß!«

Hartmann folgte dem Aufruf und betrat das Badehaus. Sogleich begab er sich in die Kleiderkammer, wo er Beinlinge und Tunika ablegte. Nackt ging er in die Badestube. Die Luft roch stark nach Minze und erfrischte die Atemwege. Einige Ölfunzeln schaukelten hin und her und spendeten ein unruhiges Licht. Mehrere Gäste saßen in Bottichen und ließen sich von den Mägden die Schultern massieren, die Haare waschen und Getränke servieren. Die Knechte rannten umher und übernahmen das Schröpfen, Zähneziehen und Aderlassen.

Hartmann ließ sich auf einem Schemel nieder, griff nach dem bereitstehenden Krug mit Beerenwein und leerte ihn in einem Zug. Weil er noch nichts gegessen hatte, stieg ihm der Alkohol sofort zu Kopfe und schenkte ihm etwas

Leichtigkeit, die ihm angesichts der jüngsten Entwicklungen in der Burg abhandengekommen war. Mit mittlerweile siebenundzwanzig Jahren war er in eine ausweglose Situation geraten.

Alles hing mit der Absage zusammen, die er dem Kaiser vor zwei Jahren erteilt hatte. Friedrich Barbarossa war sehr beleidigt gewesen und hatte verboten, Hartmanns Namen am Stauferhof auch nur noch einmal zu nennen. Seitdem machten auch die Reichsfürsten einen großen Bogen um ihn, weil sie den Kaiser nicht erzürnen wollten. So blieb Hartmann nichts anderes übrig, als in Freiburg zu bleiben, wo ihm keine Wertschätzung mehr entgegengebracht wurde.

Natürlich war ihm klar gewesen, dass sein letzter Auftritt nicht ohne Folgen bleiben würde. Berthold V. hatte ihm seine Kemenate weggenommen und ihn zurück ins Gesindehaus verbannt. Ein junger, talentloser Sänger ersetzte ihn auf Reisen. In politischen Fragen zog der Herzog einen Benediktinermönch zurate. Und zu den Festgesellschaften wurde Hartmann nur noch gebeten, wenn einer der Gäste seine Anwesenheit ausdrücklich wünschte. Er konnte von Glück reden, dass man ihn überhaupt noch auf der Burg duldete.

Warum er an jenem Abend die ausdrücklichen Anweisungen missachtet und so viel Ärger in Kauf genommen hatte, konnte er nicht mehr genau sagen. Ein solches Verhalten widersprach eigentlich in jeder Hinsicht seinem Selbstverständnis als Dienstmann. Dennoch hatte er einfach das Gefühl gehabt, dass er es seinem verstorbenen Herrn schuldig gewesen war.

Wenigstens blieb ihm jetzt genügend Zeit, um sich neue

Lieder auszudenken. Weil er sie am Hofe nicht mehr vortragen durfte, sang er sie vor einem gemeinen Publikum. Zunächst hatte er daran gezweifelt, ob seine höfische Kunst ankommen würde, aber unzählige Auftritte hatten ihm gezeigt, dass das Bedürfnis nach Schönheit überall zu Hause war. Bei den Wirten sang er für eine Kanne Bier, beim Wochenmarkt für Kupfermünzen und bei dem Bader für ein paar Eimer mit heißem Wasser. Seine Bekanntheit öffnete ihm Türen und bewahrte ihn vor dem Konkurrenzkampf mit der fahrenden Gesellschaft. Die Bürger waren stolz auf den Dichter des *Erec* und bezeichneten ihn als Sohn der Stadt.

Er bettete die Harfe – das letzte Geschenk seines verstorbenen Herrn – auf seinen Schoß und drehte den Stimmwirbel so lange, bis der Klang der Saiten ihn zufriedenstellte. Mit den Jahren hatte er gelernt, die Zuhörer auf eine Reise zu schicken, die sie von ihren Alltagssorgen befreite. So begann er mit einem schwungvollen Rhythmus, leitete über zu nachdenklichen Tönen und endete schließlich mit sehnsüchtigen Strophen, die er erst gestern gedichtet hatte: »Wer so lebt, dass edle Frauen sein Glück bedeuten, / der möge sie rühmen / und sich ihnen dienstbar zeigen. / So lebe und rate ich, / in Aufrichtigkeit, wie es sich gehört. / Aber, das nützt mir alles nichts / bei einer, / um deren Huld ich ewig bettele. / Ihr habe ich mich ganz ergeben, / und sie wird immer Ziel meines Lebens sein …«[6]

Nachdem er geendet hatte, setzte er die Harfe neben dem Schemel ab, griff nach dem neuen Krug und leerte ihn in einem Zug. Unterdessen kniete sich eine Bademagd zwischen seine Beine und schaute ihn an. Sie hatte braune Haare und sinnliche Lippen. Die Träger ihres Hemdes waren über die Schultern gerutscht und entblößten ihre vollen Brüste. Ihr fraulicher Leib wirkte weich und einladend.

»Seit einem halben Jahr kommst du nun her«, sagte sie, »und du hast dich immer zurückgehalten. Gefällt dir keine von uns oder gibt es die Frau, von der du in deinen Liedern singst, wirklich?«

Mit den Fingerspitzen strich sie über die Innenseiten seiner Schenkel. »Mir macht es nichts aus, wenn du kein Geld hast. Ich mag dich auch so. Warum kommst du nicht am Sonntag vorbei und verbringst den Nachmittag mit mir? Ich wohne im Hinterhof.«

Die Frau strahlte eine Sinnlichkeit und Geborgenheit aus, nach der er sich schon lange sehnte. Es wäre so einfach gewesen, auf ihr Angebot einzugehen, aber er spürte deutlich, dass er dazu nicht imstande war. Seine Seele dürstete nach Nähe und trotzdem blieb er allein. Manchmal glaubte er fast, dass er den Schmerz suchte.

In diesem Moment rief ein Knecht, dass ein Badebottich frei wäre. Hartmann bemühte sich, ein paar freundliche Worte zu finden, die der Magd gerecht wurden, und scheiterte kläglich. Wie sollte er eine Zurückweisung auch ausdrücken, ohne sie vor den Kopf zu stoßen?

Umständlich erhob er sich von dem Schemel und schwankte durch die Badestube. Er legte die Hände auf die Holzkante und stieg in das heiße Wasser. Dann hielt er sich die Nase zu, glitt unter die Oberfläche und verlor sich in der Stille. Wie schön es doch wäre, wenn er einfach hier unten bleiben könnte …

Das Verlangen nach Luft war stärker und er tauchte wieder auf. Hartmann orderte einen neuen Krug mit Beerenwein und hing seinen Gedanken nach. Bis zum Tod seines Herrn hatte er sich ganz dem höfischen Dienst verschrieben. Er hatte von früh bis spät geschuftet, um keine störenden Gefühle aufkommen zu lassen. Jetzt, da er auf sich selbst zurückgeworfen war, begriff er nicht zum ersten Mal, wie einseitig und lieblos sein Leben gewesen war. Er fragte sich, was er tun konnte, um wieder mehr Zuversicht zu haben.

Sofort musste er an Judith denken. Sie verkörperte alles, was er sich wünschte. So gerne würde er etwas Zeit mit ihr verbringen und mit ihr über seine Situation sprechen. So gerne würde er den Klang ihre besänftigende Stimme hören. So gerne würde er sie noch mal in den Arm nehmen und ihre Wärme spüren.

Vor vielen Jahren hatte er etwas in ihr entdeckt, das ihn gefesselt hatte, das ihn seitdem nicht mehr losgelassen hatte und wonach er sich immer sehnen würde. Wieder fiel ihm die Liedstrophe ein, die er erst gestern gedichtet hatte. »... und sie wird immer Ziel meines Lebens bleiben ...«

Im Jahre des Herrn 1189

1.

Judith war in den vergangenen Jahren so in ihrer Heiltätigkeit aufgegangen, dass sie nicht einmal auf die Idee gekommen wäre, dass ihr Leben noch einmal eine grundlegende Änderung durchmachen könnte.

An jenem warmen Frühlingstag war sie vom Lepraausschuss als Gutachterin bestellt worden. Ungefähr zwanzig Männer, Frauen und Kinder hatten sich im großen Sitzungssaal des Bürgerhauses eingefunden. Der Reihe nach traten sie vor und Judith prüfte, ob ihre Haut von braunroten Flecken befallen war. Bei lediglich zwei Männern erhärtete sich der Lepraverdacht, so dass sie sich weiter zur Verfügung halten mussten. Die anderen waren zu Unrecht diffamiert worden und wurden in die Freiheit entlassen.

Mit Hilfe eines Spreizers suchte Judith nach Geschwüren in der Nase, durch die Singprobe fand sie heraus, ob Verwachsungen am Kehlkopf die Stimme beeinflussten, die Nadelprobe diente der Feststellung von Sensibilitätsstörungen, die Daumenprobe gab Aufschlüsse über etwaigen Muskelschwund und in der Seih- und Blutprobe suchte sie nach Rückständen.

Sie nahm sich viel Zeit und gab sich die größte Mühe. Wenn sie einen Fehler machte, könnte das schlimme Folgen haben: Würde sie einen Kranken entlassen, so bestände die Gefahr, dass er seine Verwandten und Nachbarn anstecken würde. Befände sie dagegen einen Gesunden irrigerweise für krank, so würde sie die Verantwortung für seine Ausstoßung aus der Gemeinschaft tragen.

Der Hautausschlag bei dem Köhler entpuppte sich glücklicherweise als Hautflechte, der Bader hingegen war ohne jeden Zweifel von der Lepra befallen. Alle Proben bestätigten den Anfangsverdacht. Der Mann hatte jedoch Glück im Unglück: Er gehörte dem Kirchspiel an, war Bürger der Stadt Freiburg und verfügte über genügend Vermögen, um eine Eintrittsschenkung darzubringen. Zudem war gerade ein Platz im Melatenhaus freigeworden, so dass er bis zu seinem Lebensende versorgt sein würde und sich nicht wie die vielen mittellosen Kranken auf Wanderschaft begeben musste.

Nach Bekanntgabe des Befundes durch den Vorsitzenden des Ausschusses lief Judith zum Turmhaus, um Verbandszeug, Salbeiblätter und Wundtinkturen in ihre Kräutertasche zu packen. Schnell kehrte sie zurück und bekam gerade noch die Ausstoßung mit. Während im Münster die Totenmesse zelebriert wurde, las ein Geistlicher aus der Leprösen-Vorschrift vor:

»Es ist dir verboten, jemals in die Kirche, ins Badehaus, auf den Markt, in die Mühle, in die Bäckerei und auf Versammlungen zu gehen. Du sollst weder mit deiner Ehefrau noch mit einer anderen Frau Umgang haben. Wenn dir jemand begegnet und dich anspricht, sollst du nicht antworten, ehe du aus dem Wind gegangen bist ...«

Judith empfand großes Mitleid mit dem Mann. Gerade Schwerkranke brauchten normalerweise Beistand. Die

Leprösen wurden jedoch aus den Armen ihrer Familie gerissen und mit dem Umhang und der Lazarusklapper gebrandmarkt. Hinzu kam, dass die einfachen Leute glaubten, dass die Krankheit durch Geschlechtsverkehr wider die biblischen Gebote übertragen wurde. Daher galten die Ausgestoßenen als triebhaft, verbrecherisch, abartig, verschlagen und gemeingefährlich.

Der Bader blickte immer wieder zu seiner Familie, den Verwandten und Freunden hinüber, die mittlerweile benachrichtigt worden waren und sich eingefunden hatten, um ihm das letzte Geleit zu geben. In seinem Antlitz drückte sich die Furcht aus, dass sie etwas Schlechtes über ihn denken könnten. »Ich schwöre es – ich hatte nie Umgang mit Tieren oder Kindern. Das müsst ihr mir glauben.«

»Ich weiß es«, rief seine Ehefrau und brach in Tränen aus. Sie breitete die Arme aus und stürzte ihm entgegen. Ihre Schwester und ihr Schwager hielten sie zurück.

Neben der kleinen Gruppe stand ein großer, sehniger Mann, der in Lumpen gehüllt war. Er schwankte leicht und schien niemanden wahrzunehmen. Quer über seine Brust spannte sich ein Lederriemen. Sein hellblondes Haar stand strähnig vom Kopf ab und …

Vor Schreck, Überraschung und Freude schlug Judith die Hand vor den Mund. Erst auf den vierten Blick hatte sie Hartmann erkannt. Sie hatte sich immer vor einer zufälligen Begegnung gefürchtet, gleichzeitig eine solche aber herbeigesehnt. Ihr Herz klopfte immer wilder, als sie den Daumen unter den Riemen ihrer Kräutertasche klemmte und einfach zu ihm hinüberging. »Ich grüße dich, Hartmann!«

Mehrmals kniff er die Augen zusammen, so als müsste er sie auf eine größere Sehschärfe einstellen, dann blickte er sie entgeistert an und sagte: »Du?«

Judith sah sich nach allen Seiten um. Später würden sie noch genügend Zeit haben, um über tausend Dinge zu sprechen; jetzt verhielten sie sich am besten so unauffällig wie möglich. Angestrengt überlegte sie, was sie sagen sollte. Schließlich plapperte sie einfach drauflos: »Kennst du den Bader näher? Ich gehöre nämlich dem Lepraausschuss an und begleite die Menschen, die aufgrund meiner Diagnose ausgestoßen werden. Das ist das Mindeste, was ich noch für sie tun kann.«

»Ja!« Er leckte sich über die blassen, aufgesprungenen Lippen. Offenbar hatte er begriffen, warum sie von ihrer Tätigkeit angefangen hatte. »Ich habe bei dem Bader einmal die Woche auf der Harfe gespielt. Er war immer großzügig zu mir, und es tut mir leid, dass es ihn erwischt hat.«

Das Melatenhaus befand sich vor den Toren der Stadt, auf der anderen Seite der Dreisam. Der Ausgestoßene ging in Richtung Martinstor voraus und schwang die Lazarusklapper. Die Verwandten und Freunde folgten ihm in einem angemessenen Abstand und stimmten ein schrilles Wehklagen an.

»Komm mit!«, sagte Judith. »Lass uns dem Zug folgen.«

Während sie neben Hartmann die Gasse hinunterging, blickte sie immer wieder zu ihm hinüber. Sie kannte alle Geschichten, die über ihn kursierten. Es hieß, dass der Dichter des *Erec* die Gunst des Herzogs verspielt hätte und der Trunksucht verfallen wäre. Für einen Krug Beerenwein würde er auf jeder Hochzeit und Gesellenfeier auftreten. Schon häufig hätte man ihn besinnungslos am

Ufer der Dreisam gefunden. Die Gerüchte hatten sie sehr traurig gestimmt und oftmals hatte sie sich gefragt, was ihn so aus der Bahn geworfen haben mochte. Jetzt drängte sich ihr die Antwort geradezu auf. Obwohl er körperlich anwesend war, verriet sein versunkener Blick, wie weit er sich von den Menschen entfernt hatte. Zwischen ihm und allen anderen klaffte ein Graben, den er nicht mehr überwinden konnte. Nur zu ihr hatte er sofort Zutrauen gefasst. Diese Erkenntnis bestärkte sie. Noch einmal wollte sie nicht so viele Jahre verstreichen lassen. Während sie die Unterhaltung irgendwie am Laufen hielt, dachte sie darüber nach, wie sie sich treffen könnten, ohne Aufsehen zu erregen. Sie wurde immer nervöser, als sie merkte, wie eine Idee konkrete Formen annahm. »Die Leute in der Stadt erzählen sich, dass du überall auftrittst. Bei der Grundsteinlegung eines Hauses, bei der Geburt eines Kindes, bei einer ...«

»Ich schäme mich nicht«, sagte Hartmann. »Solange meine Musik den Menschen Freude bereitet, ist sie ein Segen.«

»Nein, nein. Du verstehst mich falsch. Im Spital ist eine ganz liebe alte Frau ans Bett gefesselt. Sie fühlt sich so nutzlos und will niemandem Scherereien bereiten. So macht sie den ganzen Tag nichts anderes, als Lieder zu summen und auf den Tod zu warten. Vielleicht kannst du ihr die Zeit etwas vertreiben. Ich meine – ich bin morgen auch im Spital und vielleicht besuchst du uns mal?«

2.

Die zufällige Begegnung mit Judith riss Hartmann aus seiner Lethargie. Ihre Entwicklung zu einer geachteten Heilerin führte ihm vor Augen, wie sehr er sich selbst vernachlässigt hatte. Deshalb entschloss er sich, alles dafür zu tun, um den letzten Eindruck zu korrigieren.

Nachdem sie sich verabschiedet hatten, suchte er sofort den Barbier auf und ließ sich den Bart abnehmen. Von einer Waschfrau lieh er sich ein Reibebrett, um seine Kleidung zu säubern. Im Badehaus schrubbte er so lange seine Haut, bis sie überall gerötet war. Und von seinen letzten Münzen kaufte er sich eine Mahlzeit, die er mit frischem Brunnenwasser hinunterspülte.

Früh am Abend legte er sich auf die Strohmatratze, aber er fand keinen Schlaf. Unruhig wälzte er sich hin und her und starrte in das dunkle Gewölbe. In seinen Ohren pfiff und summte es, ständig juckte eine andere Hautpartie und in den Waden krampften sich die Muskeln zusammen. Trotzdem gelang es ihm, das Bedürfnis nach Beerenwein zu unterdrücken. Der Gedanke an Judith bewahrte ihn davor, in die Küche zu laufen und seinen Krug aufzufüllen.

Immer wieder rief er sich ihre Erscheinung ins Gedächtnis. Ihr langes, dunkles Haar schmiegte sich um den Hals und gab ihr etwas sehr Anmutiges. Ihr tiefer Blick verriet ihm, dass es kaum etwas gab, das sie noch nicht gesehen hatte. Gleichzeitig zeugten die Lachfältchen davon, dass sie sich in der Krankheit und dem Leid ihrer Patienten nicht verlor, sondern auch die schönen Seiten des Lebens genießen konnte.

Als er endlich in einen unruhigen Schlaf fiel, träumte er

von dem Mainzer Hoffest. Auf einer abgelegenen Lichtung liebte er eine Frau, die eine Kapuze trug. Plötzlich zog sie die Kopfbedeckung ab und zeigte ihr Gesicht. Es war Judith und sie sah ihm direkt in die Augen. »Du musst sehr tapfer sein, damit wir vereint sein können!«, sagte sie.

»Sehr tapfer sein …«, murmelte Hartmann und schlug die Augen auf. Er brauchte eine Weile, um zu begreifen, dass er geträumt hatte. Stöhnend setzte er sich auf und raufte sich das Haar. Mit Burkhard von Schlatt hatte er lange versucht, die Geschehnisse der Nacht zu rekonstruieren, aber es war ihnen nicht gelungen. Eigentlich war es auch nicht wichtig, wie viel Wahrheit in dem Traum steckte. Entscheidend war allein, dass es Judith war, die zu ihm gesprochen hatte. Lange hatte er seine Sehnsucht betäubt. Zuerst mit Arbeit, später mit Beerenwein. Jetzt war er ihr durch Zufall begegnet und hatte deutlich gespürt, dass die Anziehung noch immer so stark wie bei ihrer ersten Begegnung war. Damals war er jung und unerfahren gewesen und hatte sich von äußeren Umständen abhalten lassen. Ein solcher Fehler würde ihm nicht noch einmal passieren. Jetzt wusste er, dass er alles unternehmen würde, um ihnen eine gemeinsame Zukunft zu ermöglichen.

Als er wenig später vor dem Heilig-Geist-Spital eintraf, hatte er seit einem halben Tag und einer Nacht keinen Tropfen Beerenwein mehr angerührt. Er war nervös, gereizt und angespannt und hatte fürchterliche Angst, dass Judith erraten würde, was mit ihm los war. Er konnte nur hoffen, dass sein Zustand sie nicht abstieß.

Judith strahlte ihn an und sagte zu dem Spitalvorsteher: »Das ist Hartmann. Er ist gekommen, um für Gundula auf der Harfe zu spielen.«

»Nein«, sagte Hartmann und schämte sich fürchterlich. Mit zitternden Händen war es ihm unmöglich, die richtigen Saiten zu treffen. » Jedenfalls nicht heute …«

»Doch nicht etwa Hartmann von Aue?«, fragte Vater Lothar. »Ich habe sowohl das Klagebüchlein als auch den *Erec* gelesen. Ich muss gestehen, dass mich beides sehr beeindruckt hat.«

»Vielleicht kann ich mich zuerst anderweitig nützlich machen«, sagte Hartmann und blickte von Judith zu dem Geistlichen und wieder zurück. Der kalte Schweiß war ihm ausgebrochen und lief ihm übers Gesicht. »Ich habe zwei gesunde Arme und Beine und …«

»Das kommt überhaupt nicht infrage«, sagte Vater Lothar. »Ein so berühmter Dichter wird mit Sicherheit nicht das Feld umgraben.«

Judith legte Vater Lothar die Hand auf den Unterarm und bremste ihn in seiner Begeisterung. »Wir können jede Hilfe gebrauchen. Du bist uns sehr willkommen.«

Hartmann begann sofort mit der Arbeit und fällte einen Baum, der von einem Sturm entwurzelt worden war und eine gefährliche Schräglage eingenommen hatte. Das Holz verarbeitete er zu Latten und im Anschluss besserte er den morschen Schweinestall aus. Er half dem alten Totengräber und hub tiefe Löcher für verstorbene Gemeindemitglieder aus. Aus Stroh und Stöcken fertigte er Puppen an und postierte sie im Kräutergarten, um die Saat vor den Vögeln zu schützen. Er schleppte zahllose Feldsteine heran und schichtete sie um den Brunnenschacht auf, damit weder Mensch noch Tier hineinstürzen konnten. Ausgerüstet mit einem Beil kletterte er auf die alten Eichen und hackte die großen, weit abstehenden Äste ab, um das Schieferdach der Kirche zu schützen.

Hartmann schuftete tagelang von früh bis spät und sank jeden Abend in einen tiefen, traumlosen Schlaf. Am nächsten Morgen erhob er sich wieder vom Bett, sobald er die Augen geöffnet hatte. Die Hoffnung auf ein Wiedersehen mit Judith gab ihm die nötige Kraft. Wenn er eine Pause einlegte, stellte er sich in die Spitaltür und beobachtete, wie sie der alten Gundula das Fleisch vorkaute und ihr von den Geschehnissen des Tages berichtete. Wenn er sah, mit welcher Liebe sie ihre Tätigkeit verrichtete, wollte auch er unter Beweis stellen, dass er sich den Herausforderungen des Lebens zu stellen vermochte. Mit neuem Schwung ging er nach draußen und griff nach dem Vorschlaghammer, um die Pfähle für den Friedhofszaun in die Erde zu rammen. Die körperlichen Anstrengungen halfen ihm, jeden Gedanken an den Beerenwein zu verdrängen. Er konzentrierte sich ganz auf seine Tätigkeit und stellte mit Erstaunen fest, wie befriedigend es war, mit den Händen etwas zu schaffen.

Nach und nach überwand sein Körper die Trägheit und an Schultern, Armen und Beinen bildeten sich kräftige Muskeln aus. Sein Denken fand wieder zur gewohnten Stärke zurück. Bald fühlte er sich so weit hergestellt, dass er sich in den Mittagspausen zu Judith, Vater Lothar und den beiden Kirchdienern gesellte. Aufmerksam lauschte er den Gesprächen, die sich nicht nur um das Spital drehten, sondern auch geistige Themen anschnitten.

Obwohl Vater Lothar meistens das Wort führte, vermittelte er seinen Gesprächspartnern stets ein Gefühl von Ebenbürtigkeit. Er verbreitete weder Angst vor der ewigen Verdammnis noch hob er mahnend den Zeigefinger über etwaige Verfehlungen. Seine Worte vermittelten vielmehr Zuversicht. »Der Mensch«, sagte er einmal, »ist zum *Opus Dei,* zum Dienst an Gott, erschaffen worden. In der Bauhütte der Welt gibt er seinem Leben durch gute Taten einen Sinn. Jeder Mensch ist für sein Handeln selbst verantwortlich und kann jederzeit umkehren, wenn er vom Weg abgekommen ist – dazu ist es nie zu spät.«

Der Geistliche verzichtete auf jeden kirchlichen Dünkel. Hartmann begriff, dass er Judith ein geistiges Zuhause bot, wo sie Wissen anhäufen und eigene Ideen einbringen konnte. Es war nicht verwunderlich, dass sie in diesem Umfeld viele Ansichten nicht länger als gegeben hinnahm, sondern eigene kritische Überlegungen anstellte.

An einem sonnigen Apriltag nahm Hartmann seinen Mut zusammen und fragte sie, ob sie mit ihm spazieren gehen würde. Sie willigte sofort ein. Während die beiden hinunter zur Dreisam schlenderten, knüpfte sie an das Pausengespräch an, das sich um christliches Handeln gedreht hatte.

»Vater Lothar nimmt die Bedürftigen auf, um ihnen Gutes zu tun«, sagte sie. »Er teilt mit ihnen alles, was er hat. Er sagt immer, dass auch der Heiland nicht auf die Erde gekommen sei, um sich zu bereichern. Wenn ich mir dagegen den Bischof so ansehe, wie er sich mit Ringen, Ketten und teuren Stoffen behängt, muss ich mich doch fragen, ob er Jesus Christus falsch verstanden hat.«

Der Pfad führte unweit der Wasserkante entlang und war breit genug, damit sie nebeneinander gehen konnten. Der Fluss plätscherte leise vorüber, in den Ästen der Weiden saßen die Amseln und zwitscherten ein Lied. Am blauen Himmel trieben Wolkentürme vorüber, die sich jederzeit in Schauern entladen konnten.

»Du hast Recht«, sagte Hartmann. »Zwischen den weltlichen und geistlichen Herren gibt es kaum noch Unterschiede. Auch die Kleriker häufen Reichtümer und Macht an und vergessen darüber die Lehren Christi.«

»Es tut so gut, mit dir zu reden«, sagte Judith und atmete hörbar die frische Luft ein. »Die meisten Männer belächeln mich nur, wenn ich meine Meinung sage. Du und Vater Lothar – ihr seid die Ausnahmen. Ihr beurteilt den Menschen weder nach seinem Geschlecht noch nach seinem Stand noch nach seiner Herkunft. Ihr orientiert euch einzig und allein daran, wie er sich verhält und was er von sich gibt.«

»Es freut mich, dass du eine so hohe Meinung von mir hast.«

Judith lächelte und wandte ihm den Kopf zu. »Warum hast du eigentlich die Huld Bertholds verloren?«

»Ich weiß es nicht.«

»Wenn ich ein Fürst wäre und einen Dichter von deiner Bekanntheit in meinen Reihen hätte, würde ich alles tun, um ihn an mich zu binden. Dass der Zähringer dich mit einer solchen Missachtung straft, muss einen Grund haben.«

»Vor vielen Jahren bekamen wir zusammen Schwertunterricht. Da fing alles an. Für den Thronfolger war meine Teilnahme eine Beleidigung.«

»Er betrachtet dich also nicht als seinesgleichen, aber für alle anderen Ministerialen findet er auch eine Verwendung. Es muss noch einen anderen Grund geben. Wie war sein Verhältnis zu seinem Vater?«

»Ich würde sagen, dass er keines hatte. Er fühlte sich

mehr mit seiner Mutter verbunden, die sehr zurückgezogen lebte und früh verstarb.«

»Und umgekehrt?«

»Der Herzog konnte mit seinem Sohn genauso wenig anfangen. Unter vier Augen nannte er ihn einmal einen ›verdammten Frömmler‹. Die beiden waren einfach zu unterschiedlich, um sich zu schätzen.«

»Und wie war das Verhältnis des alten Herzogs zu dir?«

»Ich war gerade mal sechzehn Jahre alt, da ließ er mich gegen Friedrich den Schwarzen kämpfen, und ich habe seine Erwartungen nicht enttäuscht. Mit den Jahren betraute er mich mit immer mehr Aufgaben und ich löste sie alle zu seiner Zufriedenheit. Der Herzog vertraute mir mehr als jedem anderen Berater und sprach zu mir auch von seinen geheimsten Sorgen.«

»Möglicherweise hast du alle Eigenschaften verkörpert, die er sich von seinem Sohn gewünscht hätte. Möglicherweise spürte der Thronfolger, dass sein Vater dich bevorzugte, und war eifersüchtig. Ja, wahrscheinlich begegnet er dir deshalb mit so viel Feindseligkeit.«

Sie kamen an zwei Schlehdornsträuchern vorbei. Zahllose gelbe, blaue und rote Schmetterlinge flatterten umher und labten sich an dem Nektar. Die weißen Blüten erschienen lange vor dem Laubaustrieb und verströmten einen süßen Mandelgeruch. In einer Flussschleife betraten sie einen kleinen Strand. Schilf und Holzstücke dümpelten an der Wasserkante. In der Strömung trieb ein länglicher Kahn und ein Fischerjunge warf sein Netz aus.

»Selbst wenn es so ist«, sagte Hartmann, »ändert das nichts an meiner Situation.«

»Wenn du weiterhin den Kopf in den Sand steckst, wird

sich nichts ändern – das stimmt wohl. Aber wenn du etwas unternimmst, bekommst du vielleicht eine Chance.«

»Und wie soll die aussehen? Der Herzog hat genügend Berater. Er ist nicht auf mich angewiesen.«

»Einen weiteren Dichter von deiner Qualität hat er nicht in seinen Reihen. Du solltest deinen Wert nicht unterschätzen. Ein Versuch kann jedenfalls nichts schaden.«

3.

Einige Wochen später setzte sich Judith mit einem Schemel an das Bett der alten Gundula und strich ihr einige Strähnen aus dem Gesicht. Dann schlug sie die Wolldecke zurück und schob ihr das Nachthemd hoch. Die Schenkel, der Bauch und die Hüften waren von Stichen und blutverkrusteten Striemen übersät.

»Du sollst dich doch nicht kratzen!«, sagte Judith.

»Aber es hat so gejuckt!«, erwiderte Gundula.

»Hilft die Salbe nicht?«

»Doch, sie kühlt die Haut ganz wunderbar, aber sie wirkt nicht die ganze Nacht lang.«

»Wenn ich das gewusst hätte, wäre ich vor der Schlafenszeit noch einmal gekommen!«

»Ich will dir nicht immer so viel Mühe bereiten, mein Kind! Du hast schon mehr als genug zu tun.«

»Sprich nicht so«, sagte Judith und tauchte den Mittel- und Zeigefinger in den mitgebrachten Tiegel. Sie förderte einen weißen, glänzenden Klumpen zutage, den sie zerdrückte und auf den wunden Stellen verteilte. Die Flöhe waren eine Plage. So oft sie die Matratzen auch ausräucherte – früher oder später nisteten sich die kleinen

Quälgeister wieder in den Strohfäden ein und traktierten die Patienten.

»Kommt Hartmann heute?«, fragte Gundula.

»Woher weißt du das?«

»Ich bin fast blind, aber meine Nase ist noch ganz gut. Immer wenn er kommt, reibst du deine Haut mit einem Aloebalsam ein, und dein Haar riecht nach einem Duftöl.«

»Das bildest du dir ein«, sagte Judith und spürte, wie sie rot wurde.

Hartmann kam nicht mehr jeden Tag, sondern nur noch an den Sonn- und Feiertagen. Kurz nach ihrer Unterredung hatte er den Herzog um eine Aussprache gebeten und seitdem verbrachte er wieder mehr Zeit am Hof. Einerseits freute sich Judith über diese Entwicklung, denn ihr war klar gewesen, dass Hartmann seine Fähigkeiten verschwendete, wenn er dauerhaft als Pfarreiknecht arbeitete. Andererseits vermisste sie ihn, denn in den vergangenen Wochen waren sie sich wieder sehr nahegekommen. Beinahe täglich hatten sie einen Spaziergang unternommen und sich über alles unterhalten, was sie so beschäftigt hatte. Beide hatten regen Anteil an den Gedanken und Gefühlen des anderen genommen und sich gegenseitig bestärkt. Auch hatten sie ausgelassen herumgealbert. Judith hatte noch nie mit einem Mann einen so vertrauten Umgang gepflegt; sie hatte nicht einmal geahnt, dass ein solcher Austausch überhaupt möglich wäre. Bei jedem Treffen hatte sie erneut gestaunt, wie durch seine Gegenwart alles andere zur Nebensache geworden war. Bei ihm hatte sie sich so geborgen gefühlt, als könnte ihr nichts und niemand etwas anhaben. Obwohl sie es noch nie ausgesprochen hatte, konnte sie sich ein Leben ohne ihn nicht mehr vorstellen, und sie hatte das sichere Gefühl, dass es ihm genauso ging.

»Hartmann!«, rief in diesem Moment ein Bauernjunge, der auf einem Bett am Eingang lag. Vor zwei Wochen war er von einem Edelmann über den Haufen geritten worden. Der rechte Unterschenkel war so schwer verletzt worden, dass sie ihn amputieren mussten. »Was hast du mir mitgebracht?«

Hartmann trat an sein Bett und zeigte seine leeren Hände. »Du hast schon alles bekommen, was ich habe.«

»Aber du hast es versprochen! Du wolltest mir etwas mitbringen. Etwas Besonderes!«

»Wenn das so ist«, sagte Hartmann und zog unter seiner Tunika einen metallenen Gegenstand hervor, der auf Hochglanz poliert war. »Ich habe diesen Dolch vom Kaiser bekommen, als ich auf dem Mainzer Hoffest den Dichterwettstreit gewann. Wenn du auf ihn Acht gibst, soll er dir gehören.«

Der Knabe jubelte laut, aber plötzlich verstummte er. Seine Stirn zog sich kraus und die Augen füllten sich mit Tränen. »Die anderen Jungen werden ihn mir wegnehmen. Ich kann mich nicht wehren, ich bin doch nur ein Krüppel!«

Hartmann strich dem Kind übers Haar und legte ihm den Dolch in den Schoß. »Du wirst sehen, er ist gut bei dir aufgehoben.«

Der Junge griff nach der Waffe, drückte sie an die Brust und drehte sich zur Lehmwand, wo er leise vor sich hinweinte.

Hartmann ging an den anderen Betten vorbei zu Judith hinüber.

»Heute ist es besonders schwer für ihn«, sagte sie. »Sein Vater war hier und hat ihm gesagt, dass sie ihn auf dem Hof nicht mehr sehen wollen. Ich überlege schon die ganze Zeit, ob wir im Spital oder in der Pfarrei eine Aufgabe für ihn finden.«

»Dir wird bestimmt etwas einfallen«, sagte Hartmann und schaute ihr fest in die Augen.

Judith erwiderte seinen Blick und verlor sich in ihm. Sie fühlte sich schwerelos und wollte, dass dieser Moment niemals aufhörte. Erst das hartnäckige Husten eines Patienten brachte sie zurück in das Hier und Jetzt.

Hartmann lächelte ihr zu, setzte sich auf einen Schemel und zog die Harfe aus dem Lederfutteral.

»Wenn das nicht mein Lieblingssänger ist«, sagte Gundula und schaffte das Kunststück, sich wie eine Jungfrau anzuhören. »Hast du mir wieder ein Liebeslied geschrieben?«

»Damit du erfährst, was in der Welt vor sich geht, spiele ich dir heute etwas anderes vor«, sagte Hartmann. »Überall ziehen nämlich Wanderprediger durchs Land und rufen zum Kreuzzug auf. Bauern, Handwerker und Kaufleute geloben feierlich, die heiligen Stätten von Jerusalem zu befreien. Der Herzog von Zähringen hat mich gebeten, ein Lied zu verfassen, das den Mut und die Opferbereitschaft der Wallfahrer beschreibt.«

Während er diese Einleitung gab, flogen seine Finger über die Saiten und ließen eine stimmungsvolle, beinahe kämpferische Melodie erklingen. Mit seiner rauen Stimme fiel er in die Strophen ein: »Die Welt ist mit mir so umgegangen, / dass ich nach ihr / kaum noch Verlangen empfinde. / Das ist sehr gut für mich. / So wie es nun steht, / hat Gott freundlich für mich gesorgt, / dass die Rücksicht auf Irdisches, / die viele wie eine Fessel bindet, / … / mich nicht zu kümmern braucht, / wenn ich nun mit dem Kreuzheer / in seliger Heiterkeit aufbreche …«[7]

Es war schon früher Abend, als Hartmann und Judith zu ihrem Spaziergang aufbrachen. Sie wählten den üblichen Weg: vorbei an den Bretterhütten der Fischer, über den schmalen, steinernen Staudamm und durch das Birkenwäldchen. Die Äste trugen hellgrüne Blätter und zwischen den Stämmen senkte sich das Abendrot. Ganz in der Nähe trottete eine Wildschweinfamilie in Reih und Glied über eine Lichtung.

»Als du das Lied vorhin gesungen hast«, sagte Judith, »hatte ich den Eindruck, als würdest du selbst in den Kreuzzug ziehen wollen.«

»In dem Lied übernehme ich nur eine Rolle«, erwiderte Hartmann. »Aber du hast in der Tat nicht Unrecht.«

»Du wirst doch nicht die Schauergeschichten glauben, die an jeder Ecke über die Sarazenen verbreitet werden? Ich finde es unverantwortlich, wie die Wanderprediger die Männer aufhetzen. Ohne warme Kleidung, ohne Nahrung und ohne Waffen schicken sie die Ahnungslosen los. Man braucht kein Hellseher zu sein, um zu wissen, wie sie verrohen werden. Wie hungrige Tiere werden sie in die Dörfer einfallen und alles stehlen, was zu verzehren ist. Und wenn sie erst einmal ein Gebot gebrochen haben, nehmen sie es mit den anderen auch nicht mehr so genau und fallen über die Frauen her. Die einheimischen Bauern werden das natürlich nicht zulassen und bezahlen ihren Widerstand mit dem Leben. Zum Schluss setzen die Kreuzfahrer alles in Brand, um ihre Missetaten zu vertuschen.«

»Judith, du übertreibst!«

»Findest du wirklich, dass ich übertreibe, oder sagst du das nur, um dir den Abenteuergeschmack nicht zu verderben?«

Hartmann stieß ein Seufzen aus. »Wenn mein alter Herr noch leben würde, könnte Sultan Saladin mich keinen Schritt von hier fortbringen, aber die Dinge haben sich nun mal geändert. Was glaubst du, warum ich am Hof wieder geduldet bin?«

»Sag's mir.«

»In einem Gespräch unter vier Augen hat mir der Herzog unmissverständlich klargemacht, was er von mir erwartet, wenn ich in seinem Gefolge wieder eine Aufgabe übernehmen will ...«

»Du sollst ins Heilige Land ziehen?«

»Ganz genau! Der Herzog hat lange darüber nachgedacht, ob er sich selber den kaiserlichen Truppen anschließen soll, aber seine Kampfkünste sind so verkümmert, dass er nicht mal einen Knappen aus dem Sattel stechen könnte. Eine Schlacht gegen Saladins Krieger würde er nicht überleben. Deshalb hat er sich entschieden, eine Abordnung zu entsenden, die von seinem Onkel, dem Bischof von Lüttich, angeführt werden soll. Der Trupp wird sich vorwiegend aus Männern zusammensetzen, die dem Herzog einst unangenehm aufgefallen sind. Der Marschall, Burkhard von Schlatt und ich sollen ihm auch angehören.«

»Warum suchst du dir nicht einen neuen Herrn?«

»Mich würde niemand nehmen. Ich habe vor einigen Jahren ein Angebot des Kaisers ausgeschlagen und daraufhin bin ich landesweit in Ungnade gefallen.«

»Und jetzt willst du deinen Ruf wiederherstellen?«

»Ganz genau. Der Kreuzzug bietet mir gewisse Möglichkeiten. Zum einen kann ich am Hof des Zähringers neue Wertschätzung erlangen, indem ich als Gotteskrieger aus dem Heiligen Land zurückkehre. Zum anderen werde ich eine Gelegenheit suchen, um dem Kaiser meine Absage damals zu erklären. Bei allem Machtstreben ist er ein Mann, der Loyalität zu schätzen weiß. Vielleicht versteht er, dass ich meinen früheren Herrn nicht im Stich lassen wollte. Möglicherweise bin ich dann auch nicht mehr auf den Zähringer angewiesen, sondern kann mir einen neuen Herrn suchen.«

»So ein Kreuzzug ist kein Kinderspiel, Hartmann. Du setzt dich großen Gefahren aus und wirst vielleicht niemals zurückkehren!«

»Wenn man etwas unbedingt haben will, muss man manchmal Risiken eingehen.«

Judith fragte sich, was er damit meinte. Als sie seinem entschlossenen Blick begegnete, kannte sie die Antwort. Er wollte das Gleiche wie sie; er wollte, dass sie für immer zusammen sein konnten. Wieder einmal wurde ihr bewusst, wie ähnlich sie sich waren. Sie verstanden einander, auch ohne viele Worte.

Schweigend gingen sie am Fluss entlang und erreichten den kleinen Strand, wo sie stets eine Pause einlegten, bevor sie sich auf den Rückweg begaben. Judith trat an die Wasserkante und setzte sich mit angezogenen Knien in den Sand. Versunken schaute sie auf das Wasser, das schwer wie flüssiges Blei vorüberströmte. Sie konnte nichts dagegen unternehmen – ihr liefen die Tränen über die Wangen.

Jetzt hatten sie endlich eine kleine Nische in der Welt gefunden, wo sie sich nahe sein konnten. Und da sollte alles schon wieder vorbei sein, noch ehe es richtig begonnen hatte? Hartmann strahlte eine so große Ruhe aus und in seiner Nähe fühlte sie sich sicher. Dieses Gefühl von Geborgenheit hatte sie in all den Jahren vermisst. An seiner Seite fürchtete sie sich nicht mehr, sondern begrüßte jeden neuen Morgen mit einem Lächeln auf den Lippen. Er konnte sie doch nicht einfach wieder verlassen.

»Ich habe tagelang darüber nachgedacht«, sagte Hartmann. »Ich würde viel lieber bei dir bleiben, aber es gibt keinen anderen Weg für uns.«

Als sie spürte, wie er behutsam über ihre Wange strich, wurde alles nur noch schlimmer. Nach dieser Berührung hatte sie sich so lange gesehnt. Wie oft würde sie die Wärme seiner Haut noch spüren? Würde sie ihn jemals wiedersehen, wenn er ins Heilige Land aufbrach? Sie lehnte sich mutlos an seine Schulter und ließ es zu, dass er sie in seine starken Arme nahm und sie vorsichtig in den Sand bettete. Mit beiden Händen umfing sie seinen Kopf und schmiegte ihre Nase in seine Halsbeuge. Sein Geruch kam ihr seltsam vertraut vor. Vorsichtig küsste Judith seine warme Haut und strich mit den Fingern über die starken Muskeln seines Rückens. Sie spürte, wie sein Griff um ihre Taille stärker wurde, wie sein Atem schneller ging und er seinen Leib gegen ihren Schenkel drängte. Das Begehren erwachte in ihm …

Sie konnte nichts dagegen unternehmen, aber schreckliche und verstörende Bilder schoben sich vor ihr geistiges Auge. Bilder, die sie mit aller Kraft verdrängt hatte, die aber immer am Rande ihres Bewusstseins lauerten, um plötzlich über sie herzufallen. Sie schwebte über der Szene, so als wäre sie gar nicht beteiligt, so als würde all dies nicht ihr, sondern einer fremden Frau geschehen. Obwohl diese grässlichen Dinge viele Jahre zurücklagen, fühlten sie sich so echt an, als würden sie sich in diesem Moment zutragen.

Judith sah, wie ihr Ehemann August ihr die Kleidung grob vom Leib zerrte, sie wie einen jungen Hund im Nacken packte und mit dem Gesicht voran auf den Tisch drückte. Er raffte ihr den Umhang über das Gesäß und drang brutal in sie ein. Schnaufend, ächzend und stöhnend stieß er zu – einmal, zweimal, zehnmal –, bis er sich endlich in ihren Schoß ergossen hatte. Ohne ein Wort zu verlieren, zog er sein tropfendes Glied heraus und ging wieder seiner Wege. Sie verharrte regungslos und bemühte sich, das Geschehene zu verarbeiten. Der körperliche Schmerz war nicht das Schlimmste, sondern das Gefühl des Ausgeliefertseins. Wann immer er Lust hatte, konnte er sie packen und sich an ihrem Leib befriedigen. Sie war dagegen vollkommen machtlos.

»Was ist mir dir?«, fragte Hartmann.

Judith hatte sich erhoben und starrte auf ihn hinab. Sie hatte überhaupt kein Gefühl mehr im Körper. Gleichzeitig klopfte ihr Herz wie verrückt und pumpte viel zu viel Blut in ihren Kopf, so dass ihr ganz schwindlig wurde. Sie wusste, dass Hartmann anders war als August. Sie war davon überzeugt, dass er ihr niemals Gewalt antun würde, aber ihre Gedanken wurden von einer Flut furchtbarer Erinnerungen überschwemmt.

»Nun sprich doch mit mir«, sagte Hartmann und packte sie am Arm.

Der feste Griff versetzte Judith in Panik. »Rühr mich nicht an«, schrie sie und riss sich los. »Lass mich zufrieden! Lasst mich doch alle zufrieden!« Mit beiden Händen hob sie ihr Wollkleid an und hetzte in die Dunkelheit davon, auf der Flucht vor ihrer Vergangenheit, verfolgt von den schrecklichen Erinnerungen an die Misshandlungen.

»Es tut mir leid«, rief Hartmann. »Bitte versteh doch, dass es nicht anders geht. Ich verspreche dir, dass ich zurückkomme. Hörst du? Dieses Mal wird mich niemand aufhalten können. Dieses Mal werden wir zusammen sein – für immer!«

4.

Judith rannte ziellos durch die Nacht. Sie wusste weder, in welche Himmelsrichtung sie lief, noch konnte sie zu irgendeinem Zeitpunkt sagen, wo sie sich gerade befand. Die Bewegung lenkte sie von ihren Gefühlen ab und half ihr dabei, ihre Gedanken zu ordnen.

Ihre heftige Reaktion gegenüber Hartmann hatte sie selbst erschreckt, aber in dem Augenblick war so viel auf sie eingestürzt, dass sie sich wie ein in die Enge getriebenes Tier gefühlt hatte. Wenn sie nicht sofort die Flucht ergriffen hätte, wäre in ihr etwas zersprungen. Sie konnte nur hoffen, dass Hartmann nicht an ihren Gefühlen zweifelte.

Seinen Worten nach zu urteilen, wollte er an dem Kreuzzug teilnehmen, um ihre gemeinsame Zukunft zu sichern. Er war ein kluger Mann, der sich nicht auf ein lebensgefährliches Abenteuer einließ, ohne einen Plan zu verfolgen. Was genau konnte er nur damit gemeint haben?

Vor allem die Ehe mit August stand ihrem Glück im Weg. Eine Scheidung war vor kurzem noch eine weltliche Angelegenheit gewesen, die häufig praktiziert wurde, aber mittlerweile übte die Kirche so viel Einfluss aus, dass sie ihre Überzeugung von der Unauflösbarkeit der Ehe durchgesetzt hatte. Auftretende Schwierigkeiten zwischen den Partnern waren zum bevorzugten Gegenstand von geistlichen Beratungen geworden, die sich die Pfaffen teuer bezahlen ließen. Nur in Ausnahmesituationen, bei der nachträglichen Feststellung von einer zu nahen Verwandtschaft oder wenn einer der Partner in ein Kloster eintreten wollte, gab die Kirche ihren Segen zur Trennung. Natürlich war es auch möglich, dass hohe weltliche Fürsten Druck ausübten, damit die Kirche für eine Scheidung ihre Zustimmung erteilte …

Plötzlich dämmerte Judith, wo die tatsächlichen Schwierigkeiten lagen. Die Ehe mit August spielte nur eine untergeordnete Rolle. Entscheidend war vielmehr Hartmanns Situation, die ihm keinerlei Spielräume gewährte. Er musste erkannt haben, dass sie sich in Freiburg nicht näherkommen könnten, ohne schlimme Sanktionen zu befürchten. Wenn sie fliehen würden, um irgendwo neu anzufangen, könnte kein Edelmann ihm Obdach gewähren, ohne den Kaiser zu erzürnen. Hartmann müsste also einen anderen Namen benutzen und einer anderen Tätigkeit nachgehen. Dann könnte er jedoch seine Kunst nicht ausüben, um sich so weiterzuempfehlen und eine bevorzugte Behandlung zu genießen. Mit einem anderen Broterwerb müsste er ganz von vorne anfangen und sich einen Platz in der Fremde erkämpfen. Er wäre nicht besser oder schlechter gestellt als jeder andere Hörige.

Hartmann wollte sich diesen Unwägbarkeiten nicht aussetzen. Sein Weg war bestimmt nicht weniger riskant, aber hatte den entscheidenden Vorteil, dass er seine bisherigen Verdienste nutzen konnte. Wenn es ihm gelänge, seinen Ruf auf dem Kreuzzug wiederherzustellen, könnte er als berühmter und umworbener Künstler Einfluss ausüben. Den Kaiser kostete es nur ein Fingerschnippen, um eine Scheidung durchzusetzen, wenn ihm der Sinn danach stand. Sogar ein ehebrecherisches Verhältnis zu einer Bürgersfrau stellte in diesen Kreisen kein Verbrechen dar. Die Edelleute richteten nach ihrem eigenen Gesetz, weil sie es außerhalb der Städte selber verkörperten. Sie regierten wie die Götter und gestatteten auch den Gefolgsleuten mehrere Kebsweiber. Ob diese verheiratet waren oder nicht, spielte keine Rolle, weil die gehörnten Ehemänner es nicht wagten, sich gegen die hohen Herrn aufzulehnen.

Allmählich begriff sie, dass Hartmann keinen konkreten Plan verfolgte, den er Schritt für Schritt umsetzen konnte – dafür hing zu viel vom Zufall ab –, aber er wollte die bestmöglichen Voraussetzungen schaffen. Wenn er sich erst neu etabliert hätte, würde er wissen, wie er am besten vorgehen müsste, um ihre gemeinsame Zukunft zu ebnen. Seine Entscheidung, ins Heilige Land zu ziehen, beruhte also auf der Einsicht, dass er ihr in der jetzigen Situation keinen Schutz bieten konnte, und auf der Hoffnung, dass er kraft seiner Fähigkeiten alles zum Guten wenden würde.

Zum ersten Mal, seitdem sie davongelaufen war, blieb Judith stehen und nahm ihre Umgebung in Augenschein. An einer gespaltenen Rotbuche erkannte sie, dass sie sich auf dem Waldweg nach Aue befand. Ihr Geist hatte so fieberhaft gearbeitet, dass sie überhaupt nicht gemerkt hatte, wie viel Zeit verstrichen war. Die Sonne ging schon auf und die ersten Sonnenstrahlen schienen durch das Geäst. In den Bäumen ringsum erwachten die Vögel und begrüßten den neuen Tag.

Plötzlich kam Judith ein fürchterlicher Gedanke. Hatte Hartmann erwähnt, wann er mit dem Trupp aufbrechen würde? Sie musste ihn unbedingt noch einmal sehen, bevor er Freiburg verließ. Sie musste ihm unbedingt sagen, wie sehr sie ihn liebte. Unter keinen Umständen durfte er sie in Erinnerung behalten, wie sie vor seinen Berührungen die Flucht ergriff! Wenn er ihre Reaktion nun auf sich bezog?

Sie rannte sofort los. Der Morgen war schon weit fortgeschritten, als sie das Burgtor erreichte. Völlig erschöpft stützte sie die Hände auf den Knien ab und sagte keuchend: »Ich muss zu Hartmann. Bitte, wo kann ich ihn finden?«

Die Wache hielt einen Speer in der Hand. Unter dem flachen Helm verzog sich sein fleischiges Gesicht zu einem anzüglichen Grinsen. »Hier kommen oft Weiber hoch. Meistens haben sie ein Lasterbalg im Bauch und …«

»Mein Name ist Judith«, sagte sie und richtete sich auf. »Ich bin die Ehefrau des Marktgeschworenen August und diene dem hohen Rat der Stadt Freiburg als Heilerin. Es geht um eine wichtige Angelegenheit und ich verlange sofortige Auskunft! Ansonsten wird es …«

»Man wird ja wohl noch ein Späßchen machen dürfen. Hartmann ist mit dem Trupp in der Nacht aufgebrochen.«

»Was? Er ist fort?«

Mit der Hand wies der Soldat unbestimmt über die Flusslandschaft. »In diese Richtung sind sie geritten.«

Judith blickte in die Ferne. Silberweiße Wolken zogen am Himmel vorüber. Raubvögel segelten durch die Lüfte und spähten nach Kleintieren aus. Von Hartmann fehlte jede Spur. *Wenn er nicht zurückkehrt,* dachte sie, *bin ich schuld. Ich habe ihn ziehen lassen, ohne Abschied zu nehmen. Der Himmelkaiser muss denken, dass mir nichts an ihm liegt.*

Verzweifelt begab sie sich auf den Heimweg. Von dem bunten Treiben um sie herum bekam sie nichts mit. Bürgerinnen traten auf die Gassen und schüttelten die Nachtdecken aus. Bierverkäufer priesen ihr Gebräu an. Auf dem Münsterplatz flatterten zahllose Tauben auf, um wenige Schritte entfernt wieder zu landen. Als Judith die Tür zum Turmhaus öffnete, wollte sie nur noch ins Bett – und erschrak fürchterlich.

Mit gezücktem Schwert stürzte ihr Ehemann auf sie zu. »Wo warst du?«, rief er.

Es dauerte einen Moment, bis sie begriffen hatte, dass er sie nicht angreifen wollte, sondern nur seine täglichen Schwertübungen machte. »So wie du hier rumrennst, kann man ja Angst bekommen«, sagte sie und wollte sich vorbeidrängen.

»Bleib gefälligst stehen, wenn ich mit dir rede.«

»Das geht dich überhaupt nichts an. Ich frage dich auch nicht, wo du warst, wenn du ausbleibst. Und jetzt lass mich durch.«

»Glaub bloß nicht, dass ich nicht weiß, was hier vor sich geht. Die Leute erzählen überall, dass du es mit diesem Dichter treibst. Ich will keine läufige Hündin zur Ehefrau. Hast du das verstanden?«

»Das stimmt nicht.«

»Bisher sind wir gut miteinander ausgekommen, aber ich kann auch anders. Vergiss niemals, wozu ich imstande bin.«

Im Jahre des Herrn 1190

1.

Am 11. Februar erschien am südlichen Firmament ein helles Licht, das zwischen den funkelnden Sternen weit in den Norden streifte, bis es genau in dem Moment erlosch, als sich auch der Mond verfinsterte. Am 13. Mai, am Feste des heiligen Servatius, gingen heftige Hagelschauer nieder. Die faustgroßen Körner zerschlugen die Fruchtbäume und plätteten das stehende Korn. Als die Bauern ihre Ernte einbrachten, war der Großteil des Hafers an den Halmen verfault. Das wenige Obst fiel zu früh von den Ästen, und die Äpfel, Birnen und Pflaumen waren so hart, dass sie nicht einmal als Viehfutter dienen konnten.

Die Astrologen befragten die Sterne, ob diese unheilvollen Zeichen als Vorboten verstanden werden mussten. Die rückläufigen Planeten und die zahlreichen Oppositionen zeigten an, dass eine Katastrophe von erschreckenden Ausmaßen bevorstand. Ob der Kreuzzug des Kaisers fehlschlagen, ob die Welt in einen tiefen Abgrund stürzen oder ob der Antichrist die Menschheit heimsuchen würde, blieb jedoch im Ungewissen.

So harrten die Menschen voll banger Erwartung aus. Ängstlich sahen sie zu den Bergwipfeln empor, die unter gewaltigen Eruptionen das Höllenfeuer ausspeien konnten – so hörte man zumindest. Stieß man am Wegesrand auf ein totes Tier, so trug man es zum nächsten Wahrsager, damit er in den Innereien nach Hinweisen lesen konnte. An den Flussufern fanden sich unter der Führung selbst ernannter Propheten zahlreiche Christen ein, um sich von ihren Sünden reinzuwaschen.

Als sich die Kunde verbreitete, dass auf der Iberischen Halbinsel ein schlimmes Hustenfieber wütete, waren die meisten Bürger beinahe erleichtert, dass sie es »nur« mit einer Krankheit zu tun bekommen sollten. Zu diesem Zeitpunkt ahnte noch niemand, wie viele Menschen ihr Leben verlieren würden.

Im November fanden sich mehrere Männer, Frauen und Kinder aus der Nachbarschaft im Spital ein. Sie klagten über die üblichen Symptome einer schweren Erkältung. Zudem wiesen alle Anzeichen von Unterernährung auf, so dass die Abwehrkräfte geschwächt waren. Besorgniserregend erschien außerdem, dass sich die Krankheit nicht über einen längeren Zeitraum angekündigt hatte, sondern von einem Moment auf den anderen ausgebrochen war.

Judith, Vater Lothar und die zwei Kirchdiener versorgten die Fiebernden, so gut sie konnten. Sie verteilten die Liegeplätze, verabreichten Arzneien, verteilten Hühnerbrühe und erneuerten die Wadenwickel. Als sie eine kleine Pause einlegten, trafen schon die nächsten Patienten ein – und das war erst der Anfang.

Schon am dritten Tag herrschten chaotische Zustände. Als ein Schafhirte um medizinischen Beistand bat, fand er weder in der St. Peterkirche noch im Pfarrhaus oder im Spital einen Platz, wo er sich ausstrecken konnte. Die blassen, eingefallenen Gesichter und das allgegenwärtige Schniefen ließen den Mann gegenüber Vater Lothar sagen: »Da weiß ich ja schon, was auf mich zukommt. Da kann ich mich auch gleich auf den Friedhof legen.« Obwohl die Bemerkung nicht ernst gemeint war, beschrieb sie das Schicksal des Schafhirten treffend.

Judith schlief so gut wie gar nicht mehr. Als sie in der vierten Nacht vor Übermüdung kaum noch gehen konnte, legte sie sich im gelben Schein der Ölfunzel zu Gundula und wischte ihr mit einem feuchten Lappen über die glühende Stirn. Anfangs hustete die alte Frau noch rostfarbenen Schleim ab, aber ihre Kräfte schwanden zusehends. Ihr Atem wurde immer schneller und flacher; Lippen und Fingernägel verfärbten sich bläulich. Trotzdem kam sie noch einmal zu Bewusstsein.

»Hast du ... etwas ... von ... Hartmann gehört?«, fragte die alte Frau.

»Sorg dich nicht«, erwiderte Judith. »Er weiß genau, was er tut. Du musst jetzt an dich denken. Du musst zusehen, dass du wieder gesund wirst.«

»Er kommt ... zurück. Ich ... hab ... von ihm geträumt. Ihr wart so ein ... schönes Paar! Es ... ist nur ... schade, dass ich ... euch beide ... nicht mehr erlebe.«

Judith liefen die Tränen über die Wangen. Sie wusste nicht, ob sie aus purer Erschöpfung, aus Angst um Hartmann oder aus Rührung über die Worte der alten Gundula weinte. In letzter Zeit kamen ihr so oft und so lange die Tränen, dass es auch keinen Unterschied mehr machte. Behutsam legte sie ihre Stirn an die Schläfe der alten Frau und legte ihr die heilende Hand auf die Rippen, um ihr das Atmen zu erleichtern.

»Ich bleibe bei dir«, sagte Judith. »Lass uns jetzt ein wenig schlafen. Morgen sieht die Welt schon anders aus.«

»Das … glaube … ich auch«, sagte Gundula.

Als Judith in der Frühe erwachte, hatte sich die Seele der alten Frau davongestohlen. Ihre Gesichtzüge waren entspannt und deuteten darauf hin, dass sich der Übergang ohne innere Widerstände vollzogen hatte. Mit bebenden Lippen schloss Judith ihr die Augen und küsste zum Abschied ihre kalte Stirn.

»Da bist du ja«, rief Vater Lothar. Seine Stimme klang dumpf, weil er sich ein Stück Linnen vor Nase und Mund gebunden hatte. Wie viele andere heilkundige Männer und Frauen glaubte er, dass Krankheiten durch das Einatmen von schlechten Körperausdünstungen übertragen wurden. »Wir haben dich überall gesucht. Warum liegst du bei den Siechen und warum trägst du keinen Schutz?«

»Ich wollte bei Gundula sein«, sagte Judith und tastete ihren Mund ab. Sie musste das Stück Linnen im Schlaf abgestreift haben. Als sie den Kopf drehte, entdeckte sie es neben dem Kopf der verstorbenen Frau und band es sich wieder um.

»Du siehst blass aus«, sagte Vater Lothar, der gerade mit einem der Kirchdiener einen weiteren toten Greis aus dem Spital schleppte. »Deine Augen sind rot.«

»Das kann nicht sein!«, sagte Judith und wollte sich schwungvoll vom Bett erheben, um ihre gute Verfassung zu zeigen. Sie hatte den Fuß noch nicht aufgesetzt, da spürte sie schon, dass etwas nicht stimmte. Ihre Kniegelenke fühlten sich wackelig an. Mit dem Handrücken wischte sie sich über die tropfende Nase. Ein leichter Windzug ließ sie so stark frösteln, dass ihre Zähne klapperten.

Vater Lothar beobachtete sie genau. »Am besten gehst du nach Hause und ruhst dich aus. Schaffst du den Weg alleine oder soll ich einen Kirchdiener mitschicken?«

Judith kam nicht einmal auf die Idee, dem Vorschlag des Geistlichen zu widersprechen. »Die beiden werden hier gebraucht. Bis zum Turmhaus schaffe ich es alleine.«

»Sobald ich Zeit habe, sehe ich nach dir.«

Judith nickte schwach und bahnte sich einen Weg. Obwohl sie über heilende Kräfte verfügte, war sie selber nicht vor ansteckenden Krankheiten gefeit. Auf dem Trampelpfad zur Stadt machte sie sich Mut, indem sie sich einredete, dass alles nur halb so schlimm wäre und dass sie bei ihrer Konstitution schnell gesunden würde, aber ihr Zustand verschlechterte sich so rapide, dass sie ihren eigenen Ermunterungen nicht traute. Ihre Augen schwollen an und schmerzten vom Tageslicht. Jeder Schritt kostete sie unendliche Mühsal und mehrmals widerstand sie der Versuchung, sich einfach hinzulegen und für einen Moment zu dösen.

Als sie nach einer gefühlten Ewigkeit endlich ankam, streckte sie die Hand aus, um die Tür aufzudrücken. Zuerst dachte sie, dass sie nicht genügend Kraft aufgewendet hatte, aber nach dem zweiten und dritten Versuch dämmerte ihr allmählich, dass der Eingang verrammelt war. Als sie einige Schritte zurücktrat, fiel ihr auf, dass auch die Fensterläden verschlossen waren. Das Turmhaus wirkte völlig verlassen.

»Lass mich ein! Ich weiß genau, dass du da bist«, wollte Judith rufen, brachte aber nur ein Krächzen zustande. Sie geriet ins Straucheln und suchte nach ihrem Gleichgewicht. Als sie den Kopf wieder hob, fand sie sich auf der

Marktstraße wieder. Sie hatte keine Ahnung, wie sie dorthin gekommen war. Um sie herum herrschte hektisches und verzweifeltes Treiben. Die Kräuterfrauen liefen mit Tragekörben vorbei, um möglichst vielen Kranken beizustehen. Mütter hangelten sich an den Hauswänden entlang, als wären sie vom Beerenwein berauscht, und schrieen den Schmerz über den Verlust ihrer Kinder heraus. Judith beobachtete das alles, als ob die Welt eine Schräglage eingenommen hätte. Sie wollte den Kopf drehen, damit alles wieder am rechten Platz war, und wurde von einem heftigen Schwindel erfasst. Verzweifelt ruderte sie mit den Armen und schlug der Länge nach hin …

2.

Mehrere Tage später brach langsam die Dunkelheit über Aue herein. Agnes saß mit ihrem älteren Sohn im Wohnraum und starrte vor sich hin. Sie spürte weder die Wärme des Ofens noch den leichten Luftzug. Sie fühlte nichts außer einer großen Leere.

»Warum hat Gott sie nur zu sich genommen?«, fragte Heinrich. »Ich verstehe das nicht. Sie haben niemals jemandem auch nur ein Haar gekrümmt.«

Agnes sah ihren Sohn an. Es fiel ihr genauso schwer, die Geschehnisse zu akzeptieren. In ihrem Kopf hallten immer noch die Kinderstimmen wider, welche die Adlerburg so viele Jahre mit Leben und Fröhlichkeit erfüllt hatten. Manchmal meinte sie sogar, dass ihre Enkelinnen nur draußen spielten und jeden Moment zum Abendbrot hereinstürmen würden, aber das konnte natürlich nicht sein.

Im Morgengrauen hatten sie Heinrichs jüngste Tochter,

die fünfjährige Lina, neben den beiden Schwestern und der Mutter Beatrix begraben. Das Mädchen hatte mit ihrem hellen Haar nicht nur wie ihr Großvater Dankwart ausgesehen, sondern hatte auch die gleiche Zähigkeit gezeigt. Beinahe fünf Tage hatte sich ihr kleiner, magerer Leib gegen den Tod gestemmt, aber am Ende hatte das Hustenfieber gesiegt.

»Vielleicht hatte der Allmächtige sie so lieb, dass er sie rasch bei sich haben wollte«, sagte Agnes.

»Vielleicht, vielleicht aber auch nicht. Zu Lebzeiten werden wir es nicht mehr erfahren. Deshalb darf ich jetzt nicht zögern. Ich muss etwas unternehmen, um Gnade für sie zu erlangen. An nichts soll es ihnen im himmlischen Jerusalem mangeln. Was meinst du – welches Opfer verlangt der Herr?«

»Ich weiß es nicht! Ich weiß es wirklich nicht.«

»Pilgerstätten gibt es zahllose auf der Welt. Trier, Einsiedeln, Lucca, Siena, Assisi, Santiago de Compostela, Rom und Jerusalem.«

»Willst du wirklich so weit fort? Rom soll ganz verfallen sein! Und in Jerusalem wüten die Sarazenen. Es reicht doch, dass Hartmann Gefangenschaft und Tod drohen.«

»Nein, nein. Du verstehst das nicht. Bei einem solchen Unternehmen sind nur zwei Fragen entscheidend: Welches Ziel ist der Sache angemessen? Und welche Pilgerstätte kann erreicht werden? Wenn ich vorher umkomme, ist niemandem gedient. Verdammt nochmal – warum nur?« Er raufte sich so heftig das Haar, dass mehrere Strähnen zwischen den Fingern hängen blieben. Plötzlich riss er den Kopf hoch und sagte: »Dann also Santiago de Compostela!«

»Wenn du diese Reise unbedingt unternehmen musst, werde ich dich nicht aufhalten. Ich möchte dich nur bitten, nichts zu überstürzen. Der Weg ist lang und überall lauern Gefahren. Soweit ich gehört habe, sollen einige Pilgerführer die Wallfahrer berufsmäßig ausrauben und … Ich könnte es nicht ertragen, wenn ich dich auch noch verlieren würde. Versprich mir, dass du dich gut vorbereitest. Du musst dir den Weg genau beschreiben lassen. Ein paar Worte in der fremden Sprache solltest du auch beherrschen, hörst du?«

Heinrichs Züge wurden erschreckend weich und verletzlich. Seine Augen hingen an ihren Lippen, als hätte sie das Evangelium verkündet. »Ich verspreche es.«

»Außerdem musst du bedenken, dass eine Pilgerfahrt sehr teuer ist. Du musst essen, Fährgelder und Stadtzölle zahlen. Du musst in Gasthäusern übernachten, wenn in den Pilgerherbergen kein Platz frei ist. Die Priester lassen sich jede Handreichung, jedes seligsprechende Wort und jedes Gebet teuer bezahlen. Jedes Häuflein Erde vom Grab des heiligen Jacobus kostet ein Vermögen.«

»Wenn wir das Geld nicht aufbringen, dann weiß ich nicht, wie ich … dann …«

»Wir haben mehrere Wiesen und einen Weinberg bei Uffhausen, die dein Vater als Brautgabe für deine Schwestern vorgesehen hatte. Wenn wir sie verkaufen, verfügst du über genügend Mittel, um sicher nach Santiago zu reisen. Aber du musst mir versprechen, dass du nicht aufbrichst, ehe dein Bruder zurückgekehrt ist. Wenn ich alleine auf der Adlerburg bleibe, wird jemand einen Weg finden, um uns das Lehen wegzunehmen.«

»Ich danke dir, Mutter«, sagte Heinrich, kniete auf dem

Lehmboden nieder und bettete den Kopf in ihren Schoß. »Ich danke dir so sehr, ich danke dir, ich danke dir …«

»Ist schon gut, mein Kind!«, sagte Agnes und strich ihm sanft durchs Haar. Leise summte sie eine Melodie, wie sie es oft getan hatte, als er noch ein Knabe war und in seinen Träumen von Waldgeistern, Schraten und Kobolden heimgesucht wurde. Sie wusste nicht, wie lange sie so dasaßen, aber das Herdfeuer verglühte schon, als es heftig gegen die Tür klopfte.

»Wer ist da?«, rief Agnes.

Eine Gestalt mit einer Fackel trat ein. Die flackernde Flamme tauchte das Gesicht eines Jünglings in einen gelbroten Schein. Es war einer der beiden Kirchdiener, mit denen sie schon häufig im Spital in Wiehre zu tun gehabt hatte.

»Vater Lothar schickt mich«, sagte er. »Er lässt dir ausrichten, dass Judith schwer erkrankt ist und deine Pflege braucht.«

»Judith hat das Hustenfieber?«

»Ja, sie ringt mit dem Tod.«

»Dann muss ich zu ihr.« Agnes sah ihren Sohn an. »Du hast gehört, was passiert ist. Kommst du alleine zurecht?«

»Ich werde mir einen Pilgerstab aus Wurzelholz schnitzen und auf den Tag warten, an dem ich nach Santiago aufbrechen kann. Sorge dich nicht um mich. Judith braucht dich jetzt dringender als ich.«

»Du bist ein guter Junge«, sagte Agnes, strich ihrem Sohn liebevoll über die Wange und wandte sich an den Kirchdiener. »Ich packe nur schnell ein paar Sachen zusammen. Dann können wir aufbrechen.«

3.

Im Morgengrauen erreichten Agnes und der Kirchdiener das städtische Vorland. Ringsum hob sich der silbrige Nebel aus den Feldern und zog in breiten Schwaden über die Landschaft. Zuerst konnte Agnes kaum glauben, was sich ganz in der Nähe, auf einer nahe gelegenen Wiese abspielte, aber das gespenstische Treiben passte zu den schrecklichen Ereignissen, die sich in Aue zugetragen hatten. Lautlos luden zwei Gestalten in Kapuzenmänteln Leichen von einem Ochsenkarren. Dann packten sie die Toten an Händen und Füßen und warfen sie auf einen Scheiterhaufen. Die Flammen verzehrten die Körper, züngelten wild hin und her, als verlangten sie nach weiterer Nahrung, und schraubten sich weiter in die Höhe. Die schwarze Rauchsäule wurde vom Wind zum Fluss hinuntergedrückt.

Die sterblichen Überreste dieser Menschen würden niemals in geweihter Erde liegen. Ihre Asche würde sich in alle Himmelsrichtungen verteilen, so dass die Hinterbliebenen keinen Ort haben würden, an dem sie trauern konnten. Voller Mitgefühl blieb Agnes am Wegesrand stehen und bekreuzigte sich. Sie küsste das Holzkreuz, das ihr an einer Lederschnur um den Hals hing, und murmelte: »Möge der Tod nicht euer Ende sein. Möge der Allmächtige sich eurer armen Seelen erbarmen, damit ihr im himmlischen Jerusalem wieder mit euren Lieben vereint seid.«

Schweigend setzten sie und der Kirchdiener den Marsch fort. Als sie das Schwabentor passierten, musterten die Wachen sie verwundert. Mehrere Menschen hatten die Stadt fluchtartig verlassen, um auf dem Land auszuharren. Jedermann wusste, dass die Sterblichkeitsrate in den Städten, wo die Bürger Tür an Tür wohnten, besonders hoch war. Die Wachen enthielten sich jedoch eines Kommentars und winkten sie nur durch.

Die Marktstraße war menschenleer, nur ein zweiter Trupp Totengräber zog mit einem Ochsenkarren umher. Der kleinere Mann läutete die Totenglocke, damit die Lebenden von den Verstorbenen Abschied nehmen und sie vor die Haustür legen konnten. Da ertönte der dumpfe Glockenschlag des Münsters. In dieser Frühe konnte das nur bedeuten, dass ein geistlicher Würdenträger, ein großzügiger Stifter oder ein hoher Bürger gestorben war. Vor niemandem machte das spanische Hustenfieber Halt. *Sosehr sich die Menschen im Leben auch unterscheiden,* dachte Agnes, *im Tod sind sie alle gleich.* Als sie in eine Gasse abbiegen wollte, hielt sie der Kirchdiener zurück.

»Nicht da entlang, wir müssen noch ein Stück weiter.«

»Wieso?«, fragte Agnes. »Das Turmhaus liegt da.«

»Judith ist in der Herberge *Zum geilen Mönch.*«

»In dieser Absteige?«

»Der Wirt war der Einzige, der sie aufnehmen wollte. Und dort hat sie mehr Platz als im Spital.«

»Warum ist sie nicht bei ihrem Ehemann?«

»Anscheinend ist August nicht in der Stadt. Das Turmhaus ist so verrammelt, dass sich niemand Zutritt verschaffen kann.«

Wahrscheinlich hält sich der Marktgeschworene nur versteckt, um sich nicht mit der Krankheit anzustecken, dachte Agnes, aber sie behielt ihren Verdacht für sich. Seitdem sie wusste, dass er Dankwart auf dem Gewissen hatte, wartete sie auf eine Gelegenheit, um für Gerechtigkeit zu sorgen. Plötzlich hatte sie eine Idee. Wenn sich ihr Sohn Heinrich tatsächlich auf Pilgerreise begab, würde sie den Marktgeschworenen zur Rechenschaft ziehen können. Im Gegensatz zu Heinrich brauchte sie sich um Hartmann nicht zu sorgen. Ihr jüngerer Sohn war ein ausgebildeter Schwertkämpfer. Ihn würde der gemeine Mörder nicht so leicht zu einem Gotteskampf herausfordern.

Die Herberge *Zum geilen Mönch* befand sich direkt am Palisadenwall und bestand aus einem einzigen Raum. In der Mitte führte ein Gang bis zur Hintertür. Links und rechts waren die Schlafabteile durch Tücher getrennt. Ein abgestandener Geruch hing in der Luft, aber der Lehmboden war sauber.

»Hier ist es«, sagte der Wirt und schlug den Vorhang zurück.

Agnes sah mit einem Blick, dass Judith völlig ausgetrocknet war. Ihre Lippen waren blass und spröde. »Hast du ihr nichts zu trinken gegeben? Sie muss doch fürchterlich geschwitzt haben.«

»Niemand hat mich dafür bezahlt«, sagte der Wirt.

Agnes geriet außer sich vor Zorn. »Hier liegt eine Frau, die seit vielen Jahren Bedürftigen hilft, ohne auch nur eine Kupfermünze zu nehmen. Und du kannst ihr nicht mal einen Becher mit Wasser bringen!«

»Ich leite eine Herberge«, sagte der Mann. »Ich bin kein Krankenpfleger.«

Agnes unterdrückte ihren Zorn. Mit solchen Gefühlsausbrüchen vergeudete sie nur Zeit. »Hier hast du eine Münze. Bringe mir einen Eimer mit frischem Brunnenwasser und so viele Leinentücher, wie du auftreiben kannst. Außerdem brauche ich eine Feuerstelle, wo ich einen Trank aufkochen kann.«

Nachdem der Wirt gegangen war, setzte sich Agnes auf den Bettrand. Mit dem Handrücken befühlte sie die Stirn der Kranken. Das Fieber war besorgniserregend hoch, sie mussten die Temperatur so schnell wie möglich senken.

Judith warf den Kopf zur Seite und stammelte mit geschlossenen Augen: »Es … tut mir leid … Mutter. Ich wollte … dich nicht … erzürnen, aber du … du bist … musst doch verstehen, dass ich die Hühner … Nein, ich … habe sie nicht laufen lassen und …«

Agnes strich der Kranken beruhigend über den Arm und sagte: »Gräm dich nicht. Deine Mutter ist schon vor vielen Jahren gestorben, und ich werde dafür sorgen, dass du ihr nicht so bald über den Weg läufst.«

4.

August beobachtete das Geschehen aus seinem Versteck im obersten Stockwerk des Turmhauses und ließ es sich in der Gesellschaft des Serviermädchens und zahlreicher Köstlichkeiten gutgehen. Neben den sinnlichen Genüssen blieb ihm auch genügend Zeit, um sich zu überlegen, wie es nach der Seuche weitergehen sollte.

Jedes Jahr wurde er als einer der vierundzwanzig Marktgeschworenen in seinem Amt bestätigt. In den Sitzungen verhandelten sie meistens Fälle nach dem Kölner Kaufmannsrecht. Die Betrügereien, Spitzfindigkeiten und Rechthabereien langweilten ihn mittlerweile zu Tode. Insgeheim vertrat er die Ansicht, dass sich unbedeutende Männer mit unbedeutenden Problemen befassen sollten. Eine Persönlichkeit wie er sollte sich anspruchsvolleren Aufgaben zuwenden. Wie diese im Einzelnen aussehen sollten, wusste er noch nicht, aber um seine Ausnahmestellung zu unterstreichen, entschloss er sich, auf altbewährte Mittel zurückzugreifen und sich den Bürgern als Menschenfreund in Erinnerung zu rufen.

Mitte Dezember entspannte sich die Lage endlich. Am vierten Advent baute August einen Stand mit heißem Wein, Suppe und Brotkuchen vor dem Turmhaus auf. Die Temperaturen lagen unter dem Gefrierpunkt und die quellenden, grauen Wolken hingen so tief über den Dächern, dass jederzeit die ersten Schneeflocken fallen konnten. Aus dem nahe liegenden Waisenhaus hatte er einige Kinder geholt, die Weihnachtslieder singen sollten. Als die Frühmesse beendet war und sich das schwere Holzportal des Münsters öffnete, gab August das vereinbarte Zeichen.

Die Gottesdienstteilnehmer vernahmen den rührenden Gesang und blickten herüber. August winkte ihnen einladend zu und verbeugte sich mehrmals. Zunächst kamen nur wenige Menschen herüber, dann gesellten sich immer mehr dazu, schließlich versammelte sich eine ordentliche Schar vor dem Stand. August kletterte auf ein Holzgestell, so dass er alle um zwei Köpfe überragte, und rief:

»Liebe Freunde, Nachbarn und Mitbürger. Nun ist die Zeit gekommen, um den Blick nach vorne zu richten. Während Ihr tapfer gegen das spanische Hustenfieber gekämpft habt, bin ich durch das Schwabenland gezogen, um Nahrungsmittel zu beschaffen. In dieser schweren Zeit müssen wir eng zusammenstehen. Wir müssen denjenigen die Hand reichen, die unsere Hilfe am nötigsten brauchen. Obwohl wir alle kaum Vorräte haben, wollen wir das wenige teilen, damit das Leben weitergehen kann.« Mit einer großen Geste wies August auf die zahllosen ausgezehrten Gestalten, die sich über die dargebotenen Speisen hermachten. »Heute könnt Ihr sehen, wie wichtig es ist, Menschen in Not zu helfen. Heute erfahrt Ihr am eigenen Leib, dass es ein großes Glück ist, mildtätige Freunde zu haben, die sich um Euer Wohlergehen sorgen. Jedermann soll wissen, dass er nicht alleine dasteht. Vergesst niemals, dass sich erst in einer Notsituation zeigt, wer Eure wahren Freunde sind. Und nun esst Euch erst mal satt. Es ist genug für alle da.«

August kletterte von dem Holzgestell und schob sich durch die Menge. Zahlreiche Menschen sprachen Segenswünsche gegen ihn aus, knieten vor ihm nieder und küssten seine Hand. Für jeden fand er ein paar aufmunternde Worte, sprach von einer höheren Gerechtigkeit und konnte es kaum erwarten, bis er sich wieder wichtigeren Dingen zuwenden konnte.

»Das hast du gut gemacht«, sagte jemand.

August drehte sich um und wollte schon eine der üblichen Floskeln loslassen, als er erkannte, dass der einzige Mann in Freiburg vor ihm stand, der ihm das Wasser reichen konnte. Als Zoll- und Münzmeister hatte Gunther einen ungeheuren Reichtum angesammelt. Er war fünfzig Jahre alt und hatte ein Gesicht, in dem kein Merkmal besonders hervorstach. Das graue, mittellange Haar, die blassen Augen in einem bleichen Gesicht und die Statur, die weder groß noch klein war, verschwammen zu einer nebelhaften Erscheinung, die kaum in Erinnerung blieb. »Wie gut, dich unter den Lebenden zu sehen«, sagte August.

»Meine Tochter und ich waren auf Reisen, als die Seuche ausbrach«, sagte Gunther. »Du würdest nicht glauben, wie schwer es ist, einen angemessenen Ehemann zu finden. Es ist wirklich schade, dass du schon vergeben bist.«

»Nun ja«, sagte August und blickte auf das Mädchen, das vollkommen unbeteiligt neben ihrem Vater stand und ihren Blick schweifen ließ, ohne bei etwas oder jemandem länger zu verweilen. Einige Haarsträhnen schauten unter dem Kopftuch hervor; es war unmöglich, die genaue Farbe zu bestimmen, die irgendwo zwischen blond und braun anzusiedeln war.

Eine Weile unterhielt August sich noch mit Gunther und verabschiedete sich dann. Er sprach noch mit anderen Bürgern und gab schließlich das Zeichen zum Abbau des Standes.

Gegen Mittag fand er etwas Zeit, um sich in den Empfangsraum zurückzuziehen. Während er in das Ofenfeuer starrte, erinnerte er sich an das Gespräch mit dem Münzmeister. *Wie Recht Gunther doch hat,* dachte er. *Wie sehr sich alles zum Besseren ändern würde, wenn ich seine Tochter zur Ehefrau nehmen würde! Ich wäre sein legitimer Nachfolger im Amt und bekäme eine Frau, die zu mir passen würde.* Soweit August in Erfahrung gebracht hatte, erholte sich Judith auf der Adlerburg von der Krankheit. Es war wirklich zu schade, dass sie nicht gestorben war. Dann wäre er schon jetzt frei und könnte um Gunthers Tochter werben. *Was nicht ist, kann ja noch werden,* dachte er. *Vielleicht sollte ich ein wenig nachhelfen …* Ja, im Grunde käme es nur darauf an, die Menschen nicht zu überraschen, sondern ihnen vielmehr die Möglichkeit zu geben, die bestehenden Verhältnisse umzudeuten. Die Bürger glaubten ja sowieso alles, was er ihnen vorgaukelte. In ihrer Beschränktheit waren sie so berechenbar, dass es schon langweilig war.

Im Jahre des Herrn 1191

1.

Judith erholte sich nur langsam von dem spanischen Hustenfieber und fragte sich, wie sie Agnes die aufopferungsvolle Pflege jemals vergelten sollte. Ende März verließ sie die Adlerburg und kehrte nach Freiburg zurück, um ihre Heiltätigkeit wieder aufzunehmen.

August begegnete ihr mit großer Freundlichkeit und überließ ihr völlig freie Hand. Manchmal dachte Judith sogar, dass es für Außenstehende so wirken musste, als ob sie sich gegenseitig wertschätzten und eine glückliche Ehe führten. Vielleicht hätte sie aufgrund dieses Eindrucks misstrauisch werden sollen, aber im Nachhinein war man immer klüger.

Am ersten Sonntag im Juni begab sie sich zum Spital in Wiehre, um mit Vater Lothar die kommende Woche zu besprechen. An ihrem Unterarm hing ein Weidenkorb, in den sie einen Brotkuchen mit Walnüssen und Rosinen gepackt hatte. Der Geistliche hatte schon mehrmals im Scherz geäußert, dass diese Nascherei die einzige Versuchung darstellen würde, der er nicht widerstehen könne.

Unter dem rauschenden Blätterdach ging Judith dahin und dachte an die Kreuzfahrer, die kürzlich durch Freiburg gezogen waren. Die Männer waren völlig abgerissen gewesen und hatten den Winterkrieg um Adrianopel in düsteren Farben geschildert. Außerdem hatten sie von dem zehrenden Hunger berichtet, dem so viele Krieger zum Opfer gefallen wären. Die fürchterlichen Gemetzel bei Philomenion und Ikonion hätte niemand überlebt, ohne Schaden an Leib oder Seele zu nehmen.

Auch Hartmann hatte sicherlich schreckliche Dinge gesehen. Sie konnte nur hoffen, dass er stark genug war, um die Gräuel zu verarbeiten. Schon oft hatte sie von gestandenen Kriegern gehört, die dem Schlachtenwahn verfallen waren. Manchmal sah sie Hartmann vor sich, wie er orientierungslos durch eine orientalische Stadt irrte. Er kämpfte mit Straßenkötern um abgenagte Knochen und starrte ausdruckslos auf das azurblaue Mittelmeer. *Nein,* dachte sie und verscheuchte die verstörenden Bilder wieder. Wenn sie sich von ihren Ängsten hinreißen ließ, half sie niemandem. Sie durfte die Hoffnung nicht aufgeben, nur so konnte sie einen Beitrag zu seiner Heimkehr leisten.

Sie betrat das Spital und wurde im Eingang von Vater Lothar begrüßt, der sogleich das weiße Linnen anhob, um einen Blick in den Korb zu werfen.

»Ich freue mich schon den ganzen Morgen auf den Brotkuchen«, sagte der Geistliche. »Lass mich zuerst ein Stück essen, hinterher will ich dir ein Wunder zeigen.«

»Jetzt macht Ihr mich aber neugierig. Wovon redet Ihr?«

»Erst der Brotkuchen. Dann wirst du Augen machen, das verspreche ich dir.«

Die beiden setzten sich auf die Bank an der Längsseite des Pfarrhauses. Vater Lothar hatte schon Bier bereitgestellt, das bei den sommerlichen Temperaturen erfrischender war als der schwere Beerenwein. Judith breitete das

Leinentuch aus und schnitt den Brotkuchen in fingerdicke Scheiben. Sie selbst hielt sich heute zurück, weil sie unter einem Völlegefühl litt, das sich immer einstellte, wenn ihre monatliche Blutung bevorstand, aber es freute sie ungemein, dass der Geistliche so kräftig zulangte. Judith bot ihr Gesicht der Sonne dar und genoss die Wärme, bis sie sich an seine Ankündigung erinnerte. »Welche Überraschung habt Ihr gemeint?«

Vater Lothar verzehrte schon die vierte Scheibe und blickte sie nachdenklich an. »Irgendwie schmeckt der Brotkuchen anders als sonst. Hast du das Rezept verändert?«

»Das würde ich niemals wagen! Ich weiß doch, wie sehr er Euch schmeckt. Ist Euch nicht gut, Vater? Ihr seht blass aus.«

»Ich habe letzte Nacht unruhig geschlafen. Gleich ... geht es mir wieder besser. Wir können ... schon mal besprechen, wie wir die Lähmungserscheinungen bei dem Bauern behandeln wollen. Was schlägst du vor?«

»Ihr solltet Euch besser hinlegen.«

Überrascht wischte sich Vater Lothar den Schweiß von der Stirn und betrachtete seine glänzenden Finger. »Vielleicht ... hast du Recht, vielleicht ... sollte ich ein kleines Nickerchen halten.«

Als er sich stöhnend erhob, stützte Judith seinen Arm. Mit schweren Schritten schleppte er sich voran. Plötzlich entzog er sich ihrem Griff und rollte sich auf dem Boden zusammen. Sein Atem ging in ein Hecheln über, so als würde er nicht genügend Luft bekommen. Seine Hände krallten sich in die Brust.

Alles geschah so schnell, dass Judith kaum die Zeit blieb,

um die Symptome zu deuten und entsprechend zu handeln. Als sie begriff, dass er vermutlich einen Herzanfall hatte, war es schon zu spät. Seine Hände fielen kraftlos herab; die Gesichtszüge erschlafften und über seine Augen legte sich der trübe Schleier des Todes.

»Nein!«, rief Judith und sank auf die Knie. »Das ist unmöglich! Eben wart Ihr doch noch …« Behutsam umfing sie seinen Kopf mit den Händen. »Vater, bitte kommt zu Euch! Wir brauchen Euch hier.«

Der Geistliche regte sich nicht mehr.

Natürlich wusste Judith, dass der Tod plötzlich eintreten konnte, aber ihr Mentor hatte nicht das geringste Symptom einer Herzschwäche gezeigt. Er litt weder unter Kurzatmigkeit noch unter dicken Beinen. Sie war noch nie einem Mann begegnet, der über eine so strotzende Gesundheit verfügte. Auch heute hatte er einen äußerst lebendigen Eindruck gemacht – jedenfalls bis zu dem Zeitpunkt, als er von dem Brotkuchen gegessen hatte.

Judith beschlich ein fürchterlicher Verdacht und sie musste an den zurückliegenden Morgen denken. Als sie zur Kochstelle gegangen war, um den Brotkuchen einzupacken, hatte August an ihm hantiert. Als sie ihn gefragt hatte, ob er eine Scheibe haben wolle, hatte er den Kopf geschüttelt und etwas hinter seinem Rücken versteckt. Vielleicht war er es, der …

Judith legte den Kopf des Geistlichen vorsichtig auf den Boden und sprang auf. Neben dem Brotkuchen lag eine Taube und zitterte am ganzen Leib. Ein letztes Mal riss sie den Schnabel auf, dann erschlafften die weißen Flügel. Der Vogel hatte vermutlich einige Krümel aufgepickt. Der Verzehr hatte die gleiche Wirkung erzielt wie bei Vater Lothar und das ließ nur eine Schlussfolgerung zu. Der Brotkuchen war vergiftet worden – und zwar von ihrem Ehemann August.

Mittlerweile kannte sie seine verschlagene Denkweise so gut, dass sie nicht lange überlegen musste, um den Grund für den Giftanschlag herauszufinden. Er hatte nicht Vater Lothar alleine, sondern ihnen beiden gegolten. August hatte sich das Gerücht zunutze machen wollen, dass sie und der Geistliche ein geschlechtliches Verhältnis hätten. Alles hätte so ausgesehen, als wären sie gemeinsam aus dem Leben geschieden, weil ihnen keine gemeinsame Zukunft beschert wäre. August hätte die Leute nicht einmal beeinflussen müssen, früher oder später wären sie selber auf die Idee gekommen.

Der Bauernjunge mit dem amputierten Unterschenkel bog auf den Kirchplatz ein und rief ihr zu: »Sieh mal, Judith, was Vater Lothar für mich angefertigt hat!« Unter dem Kniegelenk trug er eine hölzerne Prothese, die es ihm erlaubte, sich mit Hilfe eines Wanderstabes fortzubewegen. »Ich bin fast so schnell wie früher und darf wieder nach Hause. Mein Bruder lässt mich die Schafe hüten. Ich bin Vater Lothar so dankbar.« Das war also das Wunder, das der Geistliche ihr zeigen wollte.

Ihr Mentor hatte in seinem Leben so viel Gutes bewirkt, er war so ein wertvoller Mensch gewesen und hätte es verdient gehabt, das Greisenalter zu erreichen, damit andere sich seiner annehmen könnten. Nun war er der Heimtücke ihres Ehemanns zum Opfer gefallen, eines Mannes, der nichts als eine breite Spur der Zerstörung hinter sich ließ. Nichts, aber auch rein gar nichts deutete darauf hin, dass er eines Tages zur Rechenschaft gezogen werden würde. Sollte es denn ständig so weitergehen? Jemand musste endlich etwas unternehmen! *Sie* musste etwas unternehmen! Sie musste für Gerechtigkeit sorgen! Judiths Verzweiflung schlug in kalte Wut um. Sie packte den Knaben bei den Schultern und sagte eindringlich:

»Hör mir zu! Dieser Brotkuchen wurde vergiftet. Niemand darf von ihm essen. Weder du noch die Patienten noch irgendwelche Tiere. Hast du das verstanden?«

Der Junge nickte ängstlich.

»Gut«, sagte Judith und zögerte nicht länger. Sie zog die Arme eng an den Körper und rannte Richtung Freiburg. Ihr Körper war noch geschwächt von dem spanischen Hustenfieber, trotzdem erreichte sie das Turmhaus in Windeseile. Sie riss die Tür auf und stürmte in die Diele. »Dieses Mal kommst du nicht davon!«, schrie sie. »Dieses Mal bist du zu weit gegangen!«

Ihr Ehemann kam ihr entgegen. »Du verdammte Metze! Warum bist du nicht tot? Warum kannst du nicht ein einziges Mal tun, was man von dir erwartet? Jetzt muss ich mir etwas Neues überlegen.« Mit voller Wucht rammte er ihr die Faust ins Gesicht.

2.

Als Judith wieder zur Besinnung kam, war sie an einen Stuhl gefesselt. In ihrem Mund steckte ein Knebel, so dass sie nur ein Schnaufen hervorbringen konnte. Sie wollte sich losreißen, aber die Schnüre schnitten schmerzhaft in ihr Fleisch. Sie bog den Kopf in alle Richtungen und erkannte an der gewölbeartigen Decke, an den kunstvollen Kaminen und den mehrarmigen Kerzenständern, dass sie sich im Bürgersaal befand. Am Kopf der Tafel saß der Stadtvogt mit seiner ledernen Haube und musterte sie mit kalten Augen. Links und rechts von ihm hatten die Beisitzer Platz genommen.

August lief vor dem Blutgericht auf und ab und gestikulierte mit den Händen. »Ich hatte so furchtbare Angst, dass sie sich selbst ein Leid zufügen würde«, hörte sie ihn sagen. »Mir blieb gar nichts anderes übrig, als sie niederzuschlagen und zu knebeln. Ich musste es zu ihrem eigenen Schutze tun.«

Fast brach er in Tränen aus, als er fortfuhr: »Lange Zeit wollte ich es nicht wahrhaben und verschloss die Augen vor den hässlichen Gerüchten. Ich wollte mir nicht eingestehen, dass meine Ehefrau mich in so schamloser Weise betrog. Ach, wenn ich doch nicht so gutgläubig gewesen wäre, wenn ich doch nicht immer das Edle im Menschen gesucht hätte, würde der Spitalvorsteher von Wiehre noch leben. Ja, ich mag blind gegen ihre Verdorbenheit gewesen sein, aber den aufmerksamen Bürgern unserer Stadt blieb ihre Mannstollheit nicht verborgen. An jeder Straßenecke konnte man hören, dass sie Vater Lothar schon seit Jahren nachstellte und sich ihm wie eine Hure anbot, aber der fromme Geistliche wies ihre Annäherungen zurück und ließ sich nicht vom Pfad der Tugend abbringen. Als sie endlich begriff, dass ihre Verführungsversuche gescheitert waren, schwor sie sich, es dem Pfarrer heimzuzahlen. Mit eigenen Augen beobachtete ich, wie sie dem Backwerk eine Substanz beimengte. Als ich sie fragte, was sie da gerade getan hatte, verbarg sie ein kleines Tongefäß hinter ihrem Rücken und sagte nur, dass mich das nichts angehen würde …«

Judith konnte kaum glauben, was sie hörte. Ihr Ehemann verdrehte die Wahrheit, wie es ihm passte. Warum glaubten die Beisitzer seinen Worten? Warum hörten sie ihm überhaupt zu? Warum legten sie diesen gemeinen Mörder nicht in Ketten? Allen Gerichtsherren hatte sie schon bei gesundheitlichen Problemen geholfen. Überall war ihr Wertschätzung entgegengebracht worden. Warum befreite man sie nicht von dem Knebel, damit sie sich verteidigen konnte? Warum galten ihre Verdienste nichts mehr, nur weil ihr Ehemann dreiste Lügen verbreitete?

»... sosehr ich es mir auch wünschen würde«, sagte August da, »die Umstände lassen keinen anderen Schluss zu: Als erfahrene Kräuterfrau kannte sie alle giftigen Gewächse und wusste auch, welche Dosierung zum Tod führen würde. Jeden Sonntag buk sie für Vater Lothar einen Brotkuchen mit Rosinen und Walnüssen, was alle Bediensteten des Turmhauses bezeugen können. Jeden Sonntag brachte sie dem Geistlichen die Nascherei, was wiederum die Kirchdiener und Patienten bestätigen können. Sie hatte die Zeit und die Gelegenheit, dem Brotkuchen die giftigen Stoffe beizumengen, und wurde dabei von einem Augenzeugen beobachtet. Außerdem hatte sie ein Motiv: Aus enttäuschter Liebe wollte sie sich an dem gütigen Spitalvorsteher von Wiehre rächen. Die Beweislast ist erdrückend und entlarvt sie als gemeine Mörderin.«

August schloss für einen Moment die Augen, um seine große Betroffenheit zu zeigen. Seufzend sog er Luft ein, als würde ihm sogar das Atmen Seelenpein verursachen. »Jetzt stehe ich vor euch und weiß nicht weiter. Ich erinnere mich an all die wunderbaren Tage, die ich mit meiner Ehefrau verlebte. Voller Tatendrang kamen wir einst in diese Stadt, in deren schützenden Mauern wir uns entfalten durften. Niemals hätte ich vermutet, dass diese mildtätige Frau zu einer solchen Tat imstande wäre. Ihr alle wisst, welche Verdienste sie sich erworben hat. Ihr alle wisst, wie aufopferungsvoll sie sich um die Kranken gekümmert hat. Ihr alle wisst, dass sie auch ein mitfühlendes Herz hat. Deshalb flehe ich euch um unserer alten Freundschaft willen an, lasst Gnade walten. Verbannt sie meinetwegen aus Freiburg, aber lasst ihr das Leben.«

Eine Weile klang die Rede nach, dann hüstelte der Vogt verlegen und sprach: »Mein lieber August, wir alle wissen, wie schwer es dir gefallen sein muss, am heutigen Tag hier zu erscheinen. Du hast dich selbst zum Ankläger und Verteidiger bestimmt und damit erneut bewiesen, dass du in schwierigen Situation deinen Mann stehst, aber uns ist nicht entgangen, dass diese Untat ihre Spuren hinterlassen hat. Deshalb sehen wir dein Ersuchen um Gnade als den verzweifelten Versuch eines Mannes an, sein Weib vor dem Richtschwert zu retten. Du dürftest dir darüber im Klaren sein, dass wir als Hüter des Rechts den wichtigsten Grundsatz niemals aus den Augen verlieren dürfen: Innerhalb der Mauern unserer Stadt bemisst sich die Strafe für einen Friedensbrecher weder nach seinem Stand noch nach seinen Verdiensten noch nach seinen verwandtschaftlichen Verflechtungen, sondern einzig und allein an seiner Tat. Dein Weib muss daher mit dem Tod bestraft werden.«

»Bitte nicht!«, rief August, während Judith angstvoll die Augen aufriss. Erst jetzt begriff sie vollends, worauf diese Verhandlung hinauslief.

»Bei der jetzigen Beweislage will und kann ich dir keinerlei Hoffnungen machen«, sagte der Vogt, »aber ich möchte dich von einer schweren Bürde befreien.«

»Was meinst du?«

»Ein solcher Fall ist in der Geschichte unserer Stadt noch nicht vorgekommen. Die überführte Mörderin ist die angetraute Ehefrau eines Mitglieds des Blutgerichts. Als Vorsitzender kann ich nicht von dir verlangen, dass du über ihr zu Gericht sitzt und sie zu der angemessenen Strafe, nämlich dem Tode verurteilst. Ihr Blut würde an deinen Händen kleben und dich bis zum Ende deiner Tage verfolgen.«

»Das ist wohl wahr«, sagte August. »Dann müsst ihr das Urteil eben ohne mich fällen!«

»Das ist leider nicht möglich«, erwiderte der Vogt. »In unserem Recht steht geschrieben, dass alle Mitglieder des Blutgerichts ihre Stimme abgeben müssen, damit ein Urteil rechtskräftig wird. Möglicherweise könnten wir eine Ausnahme machen, aber es gibt noch einen anderen Grund, weshalb ich von einem Richtspruch absehen möchte. Aufgrund unserer engen freundschaftlichen Bindung besteht die Gefahr, dass wir uns von Gefühlen leiten lassen und wichtige Hinweise übersehen. Um von vornherein die Rechtssicherheit zu gewährleisten, soll die Gefangene daher der Herrenhuld übergeben werden. Das Urteil des Herzogs wird über alle Zweifel erhaben sein.«

»Aber der Herzog weilt auf Falkenjagd im Niederrheinischen«, sagte August. »Niemand, nicht einmal sein Truchsess weiß, wann er zurückkommt.«

»Umso besser«, sagte der Vogt. »Dann bleibt der Gefangenen genügend Zeit, um ihre Tat zu überdenken und sich auf das Jüngste Gericht vorzubereiten.«

3.

Durch ein schmales Gitterfenster fiel etwas Tageslicht. Die Bruchsteinquader glänzten feucht. Von der gewölbeartigen Decke hing ein Toter, der nur noch aus Haut, Knochen und Haaren bestand. Die Stadtbüttel hatten wohl vergessen, ihn von den Ketten zu nehmen.

Judith hatte sich von den Nachwirkungen des Faustschlages erholt und kämpfte gegen den Hass an, der ihre Seele vergiften wollte. Sie wusste nicht, wie viele Tage ihr noch bleiben würden, aber ihre restliche Zeit wollte sie nicht damit verbringen, an ihren Ehemann zu denken. Stattdessen fragte sie sich, welche Richtung ihr Leben wohl eingeschlagen hätte, wenn Hartmann damals rechtzeitig zum Osterfest erschienen wäre. Dieses Schicksal, eingesperrt in ein Verlies und auf die Hinrichtung wartend, wäre ihr ganz sicher erspart geblieben, andererseits hätte sie vielleicht niemals gelernt, für ihre Interessen einzutreten und ihre Ziele zu verfolgen. In den vergangenen Jahren hatte sie so vielen Menschen in ihrer Not beigestanden und ihr war so viel Dankbarkeit widerfahren, dass nicht alles umsonst gewesen sein konnte.

Ja, in ihrer Heiltätigkeit hatte sie die größtmögliche Erfüllung gefunden, nur ihre Sehnsucht nach Nähe war lange Zeit nicht gestillt worden. Sie konnte unmöglich sagen, wie lange sie noch ohne Liebe ausgehalten hätte. Möglicherweise wäre sie irgendwann zugrunde gegangen, vielleicht hätte sie auch bis zu ihrem Tod weitergemacht, weil sie nur eine ganz vage Ahnung davon hatte, wie schön es zwischen Mann und Frau sein konnte. Erst als Hartmann in Wiehre als Pfarreiknecht ausgeholfen hatte, war ihr aufgegangen, was sie in all den Jahren so schmerzlich vermisst hatte. Ach, wie schön es doch wäre, wenn sie noch ein einziges Mal mit ihm reden könnte, um an seinen Gedanken teilzuhaben. Wie gut es sich doch anfühlen würde, wenn er sie noch ein einziges Mal in seine starken Arme schließen würde. *Ich laufe dieses Mal auch ganz bestimmt nicht davon!*, dachte sie.

Hartmann hatte versprochen, dass er nach Freiburg zurückkehren würde, und sie war davon überzeugt, dass er sein Wort halten würde. Mit dem Rücken lehnte sie sich an die harten Bruchsteinquader und beobachtete durch das Gitterfenster, wie es draußen hell und wieder dunkel wurde, wie der Himmel erstrahlte, wie Regenschauer niedergingen und wie Wolken dahinjagten. Judith hatte keine Ahnung, ob Tage, Wochen oder Monate verstrichen, aber sie gab die Hoffnung nicht auf.

4.

Kaiser Friedrich Barbarossa war bei einem Bad im Fluss Saleph ertrunken. Als auch noch sein Sohn, Friedrich V., bei der Belagerung von Akkon starb, war der Kreuzzug endgültig gescheitert und die letzten Wallfahrer begaben sich auf den Heimweg.

Hartmann, Burkhard von Schlatt und der Marschall tauschten ihre Pferde gegen Plätze auf einem Schiff ein, das sie über Reggio nach Genua brachte, wo sie im Mai an Land gingen. Auf dem Fußmarsch Richtung Norden nächtigten sie unter dem Sternenzelt; bei Regen suchten sie in Schäferhütten oder Heuschobern Unterschlupf. Manchmal schenkte man ihnen einen Laib Brot, ansonsten ernährten sie sich von dem, was die Natur für sie bereithielt. In Mailand schlossen sie sich Kaufleuten an, die ihre Waren über die Alpen nach Basel bringen wollten. In der Nähe des St. Gotthard geschah schließlich, wovor sich alle Reisenden am meisten fürchteten.

Hartmann sah das Unglück nicht kommen, wie er überhaupt nur wenig von seiner Umgebung mitbekam. Eingewickelt in zwei Decken benötigte er seine ganze Kraft, um einen Fuß vor den anderen zu setzen. Infolge der mangelhaften Ernährung und der zahllosen Strapazen hatte er ein Drittel seines Körpergewichts eingebüßt. Hinzu kam, dass er sich mit dem Sumpffieber angesteckt hatte, das an den Küsten des Mittelmeeres grassierte. Wiederkehrende Fieberschübe in Begleitung von Schüttelfrost, Durchfall und Krämpfen führten ihn an seine körperlichen Grenzen. Hinter seiner Stirn pochte ein sengender Schmerz, gleichzeitig klapperten ihm die Zähne. Unzählige Male widerstand er der Versuchung, für einen Moment zu verschnaufen, aber er war sich darüber im Klaren, dass der Tross nicht auf ihn warten würde. Und wenn er sich erst einmal hingelegt hätte, würde er nicht mehr auf die Beine kommen. Dann sähe er Judith niemals wieder und für ihre Zukunft hatte er dieses Unternehmen doch angefangen. Nein, er durfte nicht aufgeben, Schritt um Schritt musste er sich weiterschleppen …

Plötzlich legte ihm der Marschall die Hand auf den Arm und zischte: »Halt! Warte! Ich glaube, hier stimmt etwas nicht.«

Die drei Kreuzritter gingen hinter dreißig Packeseln, die sich in einer Reihe über einen schmalen Kieselstrand kämpften. An der rechten Flanke der Tiere schäumte ein Wildbach vorüber, der das Schmelzwasser ins Tal beförderte. An ihrer linken Flanke marschierten die Kaufleute und eine Handvoll Soldaten. Noch weiter links stieg eine bewaldete Anhöhe zu einem Felsvorsprung an.

»Die Stelle wäre für einen Hinterhalt geeignet«, sagte Hartmann. »Wir haben keine Rückzugsmöglichkeit, aber ich kann nirgends Wegelagerer entdecken.«

Der Marschall zog sein Schwert und flüsterte: »Hört ihr das nicht?«

»Ich höre gar nichts«, erwiderte Burkhard.

»Genau das meine ich!«, sagte der Marschall und pfiff auf den Fingern, um die Schutzmannschaft zu alarmieren.

Hartmann hatte bei zahllosen Schlachten erfahren, dass der Marschall über einen untrüglichen Instinkt für Gefahren verfügte. Es machte keinen Sinn, an seinen Worten zu zweifeln. Jeden Moment konnte es losgehen. Er streifte die Wolldecken von den Schultern und zog sein Schwert.

»Du bist nicht in der Verfassung für einen Kampf«, sagte der Marschall. »Du gehst besser hinter dem Felsen in Deckung.«

»Seit zwei Jahren kämpfen wir Rücken an Rücken«, sagte Hartmann, »und so soll es auch bleiben.«

Er hatte noch nicht ausgesprochen, als es im Unterholz knackte und Vögel aufflogen. Zahlreiche finstere Gestalten brachen durch das Astwerk und stürmten den Abhang hinunter. Sie waren in Pelze gehüllt und trugen Steinäxte, Spieße und Dolche in ihren Fäusten. Zahlenmäßig waren sie überlegen, aber ihre Bewaffnung war sehr primitiv.

»Diese Feiglinge haben keine Ahnung, mit wem sie sich da anlegen«, schrie der Marschall. »Wir sind immer noch Zähringer, wir sind immer noch die Männer unseres alten Herrn. Kommt mit! … Auf sie!… AUF SIE!«

5.

Die fehlende Gesellschaft, das stetig tropfende Wasser und der Mangel an Nahrung bewirkten, dass Judith nicht mehr zwischen Traum, Tagtraum und Wirklichkeit unterscheiden konnte. Die Grenzen verwischten so stark, dass sie nicht wusste, ob sie sich die Begegnungen mit Hartmann nur einbildete oder ob sie sich tatsächlich zutrugen. Im Grunde war es auch egal, denn die Treffen waren so schön. Gemeinsam planten sie die Zukunft und schritten auch zur Tat. An einem Fluss, der genügend Wasser zum Baden, zum Trinken und für den Ackerbau führte, errichteten sie ein Holzhaus. Das Land war fruchtbar und warf genügend Getreide ab, um ihren Hunger zu stillen und einen Vorrat anzulegen. Ihre Liebe segnete ihren Leib mit einer großen Nachkommenschaft. Die gemeinsamen Söhne erbten die Kraft seines Verstandes und die Töchter waren voller tätiger Nächstenliebe für die Schwachen und zeigten großes Interesse an der Heilkunst. Wenn die Kinder schliefen, spazierten sie am Flussufer entlang. Das Schilf wiegte sich im Wind, die Frösche quakten und die Abendröte legte sich über das Land. Hartmann erkundigte sich nach ihrem Kräutergarten und sie wollte wissen, wann er das neue Lied fertiggestellt hätte … Judith ließ sich im Strom ihrer Sehnsüchte treiben und entfernte sich immer weiter von der Wirklichkeit.

6.

Agnes hatte von dem Prozess und der Entscheidung des Blutgerichts gehört. Von Augusts Ausführungen glaubte sie kein einziges Wort. Sie war davon überzeugt, dass der Marktgeschworene log, sobald er den Mund auftat, und sie sehnte den Tag herbei, an dem er endlich zur Rechenschaft gezogen werden würde.

Inständig betete sie für die Heimkehr ihres Sohnes Hartmann. Als Gotteskrieger konnte er möglicherweise Einfluss auf den Herzog ausüben. Sie wusste zwar nicht, wie er Judiths Entlassung erwirken sollte, aber sie war davon überzeugt, dass Gefühle Berge versetzen konnten. Wenn es einen Weg gab, sie vor dem Richtschwert zu retten, würde Hartmann ihn finden.

Eines Nachmittags schleppte sich ein Kreuzritter in Begleitung zweier Kameraden auf den Hof. Die Tunika hing ihm in Fetzen vom Leib; die strohblonden Haare fielen auf die Schultern und der helle Bart reichte bis zur Brust. Inmitten dieses krausen Gestrüpps leuchteten zwei kristallblaue Augen, die ihr bekannt vorkamen.

»Ich grüße dich, Mutter«, sagte der Mann. »Das sind der Marschall und Burkhard von Schlatt.«

Erst an dem rauen Tonfall erkannte sie ihren Sohn wieder. Agnes wollte ihn in die Arme schließen, wollte ihm sagen, wie erleichtert und glücklich sie war, aber ein unüberwindbarer Graben hielt sie auf Abstand. Trotz seines geschwächten Zustandes strahlte ihr Sohn eine Düsternis aus, wie sie die meisten Soldaten befiel, wenn sie zu lange in die hässliche Fratze des Todes geschaut hatten. Auch ihr Ehemann, Dankwart, hatte sich in diesem Zustand befunden, wenn er von einer Schlacht heimgekehrt war. Sie wusste, dass sie jetzt nichts tun konnte, aber sie wusste auch, dass die Zeit die unsichtbaren Wunden heilen würde.

Agnes begrüßte die Männer und kam schnell auf Judiths Gefangennahme zu sprechen. Hartmann blieb ruhig und stellte mehrere Fragen. Dann setzte er sich mit seinen Kameraden auf die Erde und beratschlagte die Situation. Nach einer Weile erhob er sich wieder und sprach: »Wir ziehen sofort weiter nach Freiburg! Zuerst müssen wir in Erfahrung bringen, wie viel Zeit ihr noch bleibt.«

7.

Im Mondschein erreichten die drei Kreuzritter die Burg. Die Torposten teilten ihnen mit, dass der Herzog von Zähringen morgen zurückkehren würde. Und vorher würde er mit Sicherheit kein Urteil fällen.

Sogleich begaben sie sich weiter zur Stadtwache, wo sich herausstellte, dass der Marschall die Büttel ausgebildet hatte. Er schwelgte mit ihnen in Soldatenerinnerungen, bis er sie davon überzeugen konnte, Hartmann für die restliche Dauer der Nacht ins Verlies zu sperren.

Als die Gittertür hinter Hartmann ins Schloss fiel und sich die Fackeln auf dem Gang entfernten, brauchte er eine Weile, ehe er in einer Ecke eine Gestalt ausmachte. Über knisterndes Stroh ging er hinüber und sagte: »Judith, bist du das?«

»Nächstes Jahr will ich anderen Dünger verwenden«, erwiderte sie. »Die Bohnen waren viel zu klein.«

Die Gefangenschaft hatte sie schwer gezeichnet. Ihr

Antlitz wirkte so fahl, als wäre sie nicht mehr von dieser Welt. Hartmann zog es das Herz zusammen. Er war erschüttert und setzte sich neben sie. Er wollte sie nicht überfordern und ging sehr behutsam vor. »Ich bringe dir etwas Brot und Honigwein«, sagte er sanft. »Trink einen Schluck und iss auch ein paar Brocken, damit du wieder zu Kräften kommst.«

»Hartmann? Bist du das wirklich? Eben spazierten wir noch an unserem Fluss entlang. Ich meine …«

»Ich bin heute Nachmittag zurückgekehrt. Meine Mutter hat mir erzählt, dass sie dich eingesperrt haben.«

»Agnes? Sie hat ein neues Rezept gegen Keuchhusten und …«

»Judith, bitte komm zu dir! Seit über einem Monat sitzt du im Verlies. Du musst mir erzählen, was geschehen ist, damit ich dich hier rausholen kann.«

Ihre Hände tasteten in der Dunkelheit nach seinem Gesicht. Die Berührung war so zart, so menschlich und so vertrauensvoll – und sie stand in einem so krassen Gegensatz zu dem tödlichen Handwerk, dem Hartmann in den vergangenen zwei Jahren nachgegangen war.

»Ich wusste, dass du zurückkehren würdest, ich wusste, dass du dein Versprechen halten würdest«, sagte Judith und legte ihren Kopf an seine Brust.

Für einen Moment konnte er kaum glauben, dass sie ihm nahe sein wollte. Warum fürchtete sie sich nicht? Warum rannte sie nicht davon – wie all die Bauern, durch deren Dörfer sie gezogen waren? Er streckte die Hand aus und streichelte über ihre kalte Stirn. Judith war bei ihm, und das war alles, was er sich jemals gewünscht hatte. Erst jetzt begriff er, dass er heimgekehrt war.

»Ich kann hören, wie dein Herz schlägt!«, flüsterte sie.

Lange saß Hartmann einfach nur da und lauschte auf ihren Atem. Es kam ihm alles wie ein Wunder vor.

Zweimal schob Judith ihren Kopf in eine bequemere Position. Einmal schlang sie ihre Arme um seine Knie und drückte so fest zu, als wollte sie ihn nie mehr loslassen.

Hartmann wusste, dass die vergangenen zwei Jahre nicht spurlos an ihm vorübergegangen waren. Manchmal, wenn er alleine war, überkam ihn eine Schwere und Düsternis, wie er sie nie zuvor erlebt hatte. Jetzt fühlte er wieder, warum er all die Strapazen auf sich genommen hatte. Judiths Vertrauen und Nähe gaben ihm die Hoffnung zurück.

Als sie irgendwann anfing, von den ungeheuerlichen Geschehnissen zu erzählen, spürte Hartmann beinahe sofort, wie sein Blut wieder erkaltete. Er durfte dem inneren Bedürfnis nach Frieden noch nicht nachgeben. Judith war noch nicht in Sicherheit, ihr Glück wurde immer noch bedroht. Ja, ein letztes Mal musste er noch kämpfen.

»August hat nicht damit gerechnet, dass der Vogt dich der Herrenhuld übergeben würde«, sagte er. »Das war sein Fehler und ich werde ihn nutzen. Nach Tagesanbruch bitte ich den Herzog um einen Aufschub. Dann finde ich einen Weg, um deine Unschuld zu beweisen.«

8.

Am nächsten Tag suchte Hartmann den Herzog auf. Hinterher kehrte er in die Stadt zurück, wo seine Gefährten ihn in einem Wirtshaus erwarteten.

»Was hat er gesagt?«, fragte Burkhard von Schlatt.

»Warte, lass mich erst was trinken«, erwiderte Hartmann, setzte den Mostkrug an die Lippen und leerte ihn in einem Zug. »Eigentlich hatte er der Empfehlung des Blutgerichts folgen wollen, aber auf mein dringendes Bitten hin erklärte er sich bereit, den Spruch für die Dauer von drei Tagen aufzuschieben und zu einer erneuten Anhörung im Bürgersaal zu erscheinen. So entgegenkommend habe ich ihn noch nie erlebt. Wenn ich vor zwei Jahren zu ihm gekommen wäre, hätte er sich niemals erweichen lassen.«

»Du bist jetzt ein Kreuzfahrer«, sagte der Marschall, »und kommst jetzt bei ihm gleich hinter den Pfaffen.«

»Trotzdem – ich war erstaunt, wie viel Umsicht er gezeigt hat. Was habt ihr in der Zwischenzeit herausgefunden?«

»Wenn man den Leuten glaubt«, erzählte Burkhard, »ist dieser August ein Ausbund an Rechtschaffenheit und Mildtätigkeit. Kein Bürger verlor ein schlechtes Wort über ihn. Er geht regelmäßig zu den Gottesdiensten, er unterstützt den Bau der Wehrmauern und spendet für die Armen und Kranken. Für Bittsteller hat er immer ein offenes Ohr und hilft ihnen in der Not. Nur sein Serviermädchen zwinkerte mir reichlich keck zu.«

»Selbst wenn sie ein Kebsverhältnis haben, ist uns nicht geholfen«, sagte Hartmann. »Wie steht es um Judiths Ruf?«

»Die Leute sind entsetzt über die Vorwürfe«, erwiderte der Marschall. »Keiner traut ihr eine solche Tat zu, aber die meisten haben von den Gerüchten gehört, dass sie sowohl mit Vater Lothar als auch mit dir ein Verhältnis gehabt haben soll.«

»Was Vater Lothar betrifft – ist das ausgemachter Blödsinn«, sagte Hartmann. »Und unsere Bekanntschaft hat rein gar nichts mit der Vergiftung des Geistlichen zu schaffen und ist daher nebensächlich.«

»Die beiden Kirchdiener würden übrigens beschwören, dass zwischen Vater Lothar und Judith niemals etwas war«, ergänzte der Marschall.

»Ihre Aussage könnte uns noch von Nutzen sein«, sagte Hartmann. »Was schlagt ihr vor? Wie sollen wir vorgehen?«

»Du siehst elend aus«, stellte der Marschall fest. »Willst du dich einen Moment ausruhen, bevor wir eine Entscheidung treffen?«

»Danke für deine Sorge«, erwiderte Hartmann. »Zum Ausruhen bleibt mir noch genügend Zeit, wenn diese Angelegenheit ausgestanden ist.«

»Wir könnten in Augusts Vergangenheit herumwühlen«, sagte Burkhard. »Er hat bestimmt einiges auf dem Kerbholz.«

»Das glaube ich auch«, meinte der Marschall, »nur sollten wir eines bedenken: Wenn wir den Helden der Stadt mit Dreck beschmeißen, sollten wir stichhaltige Beweise vorbringen. Ansonsten ziehen wir nur Unmut auf uns.«

»Hm«, machte Hartmann und rieb sich die pochenden Schläfen. »Drei Tage sind zu knapp bemessen, um gründliche Nachforschungen anzustellen. Deshalb müssen wir uns auf das Wesentliche beschränken. Judith ist unschuldig und das Opfer einer Intrige. August ist hingegen der wahre Täter und als solcher muss er benannt werden.«

»Dann steht Wort gegen Wort«, sagte der Marschall. »Ist dir klar, worauf das hinausläuft?«

»Das bin ich«, sagte Hartmann. »Es gibt nur diesen Weg und er muss beschritten werden.«

9.

Drei Tage später fand sich der Herzog von Zähringen im Bürgersaal ein. Er nahm am Kopf der Tafel Platz und gebot den übrigen Gerichtsherren durch ein Handzeichen, sich ebenfalls zu setzen.

Hartmann hatte sich gründlich auf diesen Moment vorbereitet. Er hatte gebadet und sein Haupthaar mit einer Brennschere kräuseln lassen. Er hatte sich in sauberes Tuch gewandet und die Gürtelschnalle auf Hochglanz poliert. Er hatte ausgiebig gegessen und geschlafen, um bei Kräften zu sein. Jetzt trat er in die Mitte des Saales vor. »Herr«, sagte er, »ich bitte Euch, mir das Wort zu erteilen.«

»Es sei dir gewährt!«, erwiderte der Herzog.

»Ein jeder von Euch kennt mich«, sagte Hartmann. »Seit vielen Jahren diene ich den Zähringern als Dichter, Diplomat und Krieger. Mit aller Treue folgte ich Berthold IV. Im Auftrag seines Sohnes reiste ich ins Heilige Land, um gegen die Sarazenen zu kämpfen. Gott gefiel es, mich zurückkehren zu lassen. Nun stehe ich als Mann von Ehre vor Euch und will von einer großen Ungerechtigkeit sprechen. Die Heilerin Judith wurde vom Blutgericht des Mordes angeklagt und ihr wurde nicht einmal die Gelegenheit zugestanden, sich gegen die Unterstellungen zu verteidigen. Geknebelt und gefesselt musste sie mit anhören, wie Lügen über sie verbreitet wurden. Ihr Ehemann August schwang sich zuerst zu ihrem Ankläger auf und flehte dann um Gnade, um den Anschein eines liebenden Mannes zu erwecken. In Wahrheit wollte er seinen Lügen nur mehr Glaubwürdigkeit verleihen.

Ja, Ihr hohen Herren. Ihr habt mich richtig verstanden:

Ich nenne den Marktgeschworenen August einen Lügner, einen Betrüger und einen Mörder. Die Heilerin Judith hatte niemals geschlechtlichen Umgang mit Vater Lothar und sie mengte auch nicht das Gift in den Brotkuchen, das ihn schließlich tötete. Vielmehr verhielt es sich genau umgekehrt. Ihr Ehemann machte sich an jenem Morgen an dem Backwerk zu schaffen. Deshalb ist sie davon überzeugt, dass er den Geistlichen tötete und hinterher den Verdacht auf sie lenkte, um ungestraft davonzukommen. Vor Gott und den Menschen bezichtigt sie ihn des Mordes an dem Spitalvorsteher von Wiehre. Judith, tritt bitte vor und bestätige, dass ich in deinem Sinne gesprochen habe.«

Die Heilerin trug ein weißes Leinenkleid. Ihr langer, schlanker Hals verlieh ihrer Erscheinung etwas sehr Würdevolles. Sie streckte die Hand in die Luft und spreizte Daumen, Zeige- und Mittelfinger ab. »Ich schwöre, dass Hartmann die Wahrheit gesprochen hat.«

»Ich selbst kann nicht wissen, was sich zugetragen hat«, fuhr Hartmann fort, »aber ich kenne Judith von Kindesbeinen an und bin von ihrer Unschuld felsenfest überzeugt. Daher will ich nach alter Sitte als ihr Eideshelfer auftreten.«

»Ich bin ihr zweiter Eideshelfer«, rief Burkhard.

»Und ich ihr dritter!«, sagte der Marschall.

Zu den drei Kreuzrittern gesellten sich die beiden Kirchdiener von Wiehre, der gesamte Lepraausschuss, Judiths Vater, zahlreiche Bauern aus Aue und eine große Anzahl Freiburger Bürger, denen sie in der Not beigestanden hatte.

»Mir will scheinen«, sagte da der Herzog, »dass Judith ein hohes Ansehen genießt, aber auch August wurde mir als vorbildlicher Bürger geschildert. Er nahm sogar an mehreren meiner Festessen teil. Deshalb soll er die Gelegenheit bekommen, auf die Vorwürfe etwas zu entgegnen.«

10.

August hatte der Rede gelassen zugehört und sagte nun: »Ich habe es nicht nötig, meine Leistungen aufzuzählen, um Euch in Erinnerung zu rufen, dass ich ein Mann von Ehre bin. Noch vor einem Monat wollte ich meine Ehefrau vor dem Richtschwert retten. Und nun wird mir mein Großmut mit Lug und Betrug gedankt! Damals konnte ich nicht ahnen, was sie und ihr Liebhaber aushecken würden. Ich konnte nicht wissen, wie sehr sie die Wahrheit verdrehen würden, um ihr sündiges Treiben fortzusetzen. Heute will mir scheinen, dass ich zum ersten Mal in das wahre Antlitz meiner Ehefrau blicke. Deshalb schmerzt es mich auch nicht, wenn ich meinen Vorwurf bekräftige und schwöre: Mit eigenen Augen sah ich, wie sie das Gift in den Brotkuchenteig mengte. Sie – und sonst niemand – ist die hinterhältige Mörderin des Spitalvorstehers von Wiehre.« Auf seinen Wink hin traten acht angesehene Kaufleute und Handwerker vor, die seinen Worten als Eideshelfer Glaubwürdigkeit verliehen.

Angriffslustig blickte August zu Hartmann hinüber. Er hätte dem Dichter niemals so viel Schneid zugetraut, dass er die Situation so zuspitzen würde, aber es kam ihm durchaus gelegen. Endlich konnte er dem Geschmeiß von der Adlerburg die Demütigungen heimzahlen. Endlich konnte er beenden, was sein Vater vor so vielen Jahren begonnen hatte. Ihm blieb nur schleierhaft, wie dieser ausgemergelte Knochensack annehmen konnte, dass er auch nur die geringste Chance gegen ihn hätte. Wenn sich Hartmann nur ein bisschen umgehört hätte, wäre ihm an jeder Hausecke erzählt worden, dass er seine Schwertübungen niemals ausließ und täglich eine Schüssel mit Fleisch aß. Er war beinahe doppelt so schwer und ihm an Kräften weit überlegen. Hartmann litt hingegen unter dem tückischen Sumpffieber, so viel war ihm klar. Man musste nur den unnatürlichen Glanz seiner Augen sehen, um zu erkennen, wie ihn die Hitze von innen aufzehrte. Wenn es zum Äußersten käme, würde er ihn wie ein Insekt zerquetschen.

»Der Marktgeschworene August und die Heilerin Judith konnten beide durch Eideshelfer versichern, dass sie kein Unrecht begangen haben«, sagte der Herzog. »Einer von ihnen sagt jedoch die Unwahrheit. Deshalb muss eine höhere Instanz angerufen werden, um den Lügner zu entlarven. Nach geltendem Recht kann August als Bürger der Stadt Freiburg Herausforderungen zum Gotteskampf ablehnen. Ihm steht allerdings das Privileg zu, selber Herausforderungen auszusprechen. So frage ich dich, August: Willst du für klare Verhältnisse sorgen, indem du gegen Judiths Vertreter antrittst?«

»Um meinen Ruf wiederherzustellen, bleibt mir nichts anderes übrig«, sagte August. »Die Wahl der Waffen überlasse ich ihm.«

»Ich wähle Schwert, Schild und Dolch«, erwiderte Hartmann.

»So bestimme ich«, sagte der Herzog, »dass sich die Kontrahenten sogleich beim Richtplatz einzufinden haben.«

11.

Auf dem Weg dorthin erzählte Agnes Hartmann, dass August seinen Vater getötet hätte. Natürlich wollte sie ihm einen weiteren Grund zum Kampf liefern und seinen Zorn schüren, aber Hartmann konnte die Kunde kaum verarbeiten. In ihm war kein Hass, in ihm war auch keine Wut, er war vollkommen ruhig und wusste nur einmal mehr um die Notwendigkeit seines Tuns.

Er blickte in den blauen Himmel, der ihm in seiner unendlichen Weite immer so verheißungsvoll erschienen war. Er sah den Vögeln zu, die ihre Schwingen ausbreiteten und über der Landschaft dahinsegelten. Er sah auf das goldgelbe Korn, das sich sanft im Wind wiegte, als würde es einer geheimen Melodie folgen. In der Natur steckte so viel Schönheit und Übereinstimmung und trotzdem war das Leben der Menschen ein ständiges Ringen. Überall stieß man auf widerstreitende Interessen.

Hartmann war der festen Überzeugung, dass ein Mann alle Möglichkeiten ausschöpfen musste, ehe er zu den Waffen greifen durfte. Eine friedliche Einigung war einem Kampf stets vorzuziehen, auch wenn man Zugeständnisse machen musste. Er verabscheute jegliches Töten und Abschlachten, aber die Erfahrung hatte ihn gelehrt, dass manchmal nur die Gewalt blieb – und heute war so ein Tag.

»Wenn du zurücktreten willst«, sagte Judith, »würde ich dir keinen Vorwurf machen. August ist voller Heimtücke und …«

Hartmann griff nach ihren gefesselten Händen und schaute ihr liebevoll in die Augen. »Ich weiß schon lange, dass ich ohne dich nicht mehr sein will. Wenn ich August unterliege, wird ihnen das als Beweis dienen, dass du gelogen hast, und wir werden uns im himmlischen Jerusalem wiedersehen. Aber wenn ich siege, wird uns niemand mehr trennen können.«

»August würde keinen Moment zögern, um dich zu töten«, sagte Judith. »Wenn du schon gegen ihn antrittst, dann sei ohne Gnade.«

»Ich verspreche es dir!«

Zahlreiche Zuschauer hatten sich auf dem Kampfplatz, der durch Pflöcke und Seile begrenzt wurde, eingefunden. Er maß zwanzig mal zwanzig Schritte und hatte einen ebenen Untergrund. August und Hartmann nahmen in der Mitte Aufstellung. Die Entfernung zwischen ihnen betrug drei Pferdelängen. Den Dolch verstauten sie im Gürtel; den Schild band man ihnen an den linken Unterarm; das Schwert gab man ihnen in die rechte Hand.

Der Marschall stellte sich hinter Hartmann und massierte ihm den Nacken. »Erinnerst du dich noch, wie du gegen Friedrich den Schwarzen gekämpft hast?«, raunte er ihm ins Ohr. »Damals hast du auf deine Schnelligkeit vertraut und ihn übertölpelt. Das könnte auch heute die richtige Taktik sein. Lass dich nicht auf einen Schlagabtausch ein. Mit wenigen Hieben könnte August deinen Schild zertrümmern und du wärest schutzlos. Bewege dich so flink, wie du kannst, und biete ihm keine Angriffsfläche. Weiche aus, bis du eine Lücke gefunden hast, und dann stich zu.«

Der Herzog baute sich zwischen den Kämpfern auf und verkündete die Regeln: »Der Kampf beginnt beim Schall der Posaune. Gekämpft wird bis zur Niederlage eines Mannes. Als besiegt gilt, wer tot oder kampfunfähig ist, wer über die Begrenzung des Kampfplatzes ausweicht oder wer sich für besiegt erklärt. Ist der unterlegene Mann noch am Leben, so ist er der Strafe zuzuführen, die für das vorgeworfene Delikt angedroht wurde. Das Gleiche gilt für Frauen, die sich von einem Kämpfer vertreten ließen. Möge Gott die ganze Wahrheit offenbaren.«

Hartmann konzentrierte sich auf die vor ihm liegende Aufgabe. Der Marschall hatte Recht: Einem längeren Schlagabtausch würde er nicht standhalten. In seinem Zustand fehlten ihm die Kraft und die Ausdauer. Deshalb musste er schnell und unerbittlich eine Entscheidung herbeiführen – möglicherweise hatte er nur einen Versuch, um diesen Kampf zu gewinnen. Seine Augen verengten sich zu schmalen Schlitzen. Er beobachtete genau, wie der Herzog sich entfernte und August sich zu seinem Kameraden umdrehte, einen Scherz zum Besten gab und alle dröhnend loslachten; wie der Herzog dem Blechbläser ein Handzeichen gab, wie August ihn grimmig anstarrte und eine Beleidigung bellte, wie der Blechbläser das Mundstück an die Lippen setzte und in die Posaune blies. Bis zu diesem Zeitpunkt hatte Hartmann nicht gewusst, wie er den Kampf führen würde. Er hatte ganz auf seinen Instinkt vertraut und plötzlich sah er den Verlauf ganz deutlich vor sich.

Als das Signal ertönte, geschah alles so schnell, dass sich einige Zuschauer die Ereignisse hinterher schildern lassen mussten, weil sie für einen Moment abgelenkt gewesen waren. Hartmann ließ das Schwert fallen, überwand die Distanz in wenigen Schritten und drückte sich kraftvoll vom Boden ab. Im Sprung lenkte er das gegnerische

Schwert seitlich ab, zog den Dolch aus dem Gürtel und prallte auf Augusts linke Flanke. Mit aller Kraft stieß er zu und konnte spüren, wie die Klinge an den harten Rippen vorbeikratzte und schließlich bis zum Heft in das weiche Gewebe des Herzens drang. Der Marktgeschworene riss die Augen auf und schnappte mit dem Mund, als wollte er noch etwas sagen. Zwei taumelnde Schritte machte er noch nach vorne, dann fiel ihm das Schwert aus der Hand und er schlug der Länge nach auf den trockenen Grund. Rings um seinen gedrungen Leib stäubte eine bräunliche Wolke auf. Es war Augusts letztes Lebenszeichen. Der herbeigerufene Gotteskampf war in wenigen Augenblicken entschieden worden.

Über den Platz senkte sich eine Stille, wie sie die Zuschauer immer ergriff, wenn sie Zeugen davon wurden, wie schnell sich die Verwandlung zum Tode vollziehen konnte. Für einen kurzen Moment gedachten sie der eigenen Sterblichkeit, dann spürten sie wieder den Strom des Blutes, der noch mit unverminderter Kraft durch ihre Adern pulste. Sie brachen in frenetischen Jubel aus, so als könnten sie dadurch dem eigenen Schicksal entgehen. Der Herzog trat vor und hob die Hände, um der Menge Einhalt zu gebieten.

»Vom heutigen Tag an ist die Heilerin Judith als unschuldig anzusehen«, rief der Zähringer. »Das Haus des Mörders ist zu zerstören und darf binnen eines Jahres nicht wieder aufgebaut werden …«

Hartmann hörte nicht mehr hin. Er wollte so schnell wie möglich zu Judith, sie in seine Arme schließen und ihr sagen, dass nichts und niemand sie jetzt noch auseinanderbringen könnte, aber seine Füße waren so schwer, als würden sie im Morast versinken. Sein Kopf pochte auf einmal so stark, als könnte er jederzeit platzen. Ein heftiger Schwindel erfasste ihn und riss ihn zu Boden …

12.

Vor der Zerstörung des Turmhauses ließ Judith den gesamten Warenbestand versteigern, zahlte sechzig Schillinge Blutgeld an den Stadtvogt und übergab die restlichen Gold- und Silbermünzen an die beiden Kirchdiener aus Wiehre, die das Spital in Vater Lothars Sinne weiterführen wollten.

Judith kehrte nach Aue zurück und widmete sich ganz der Pflege Hartmanns. Sein Zustand war ernst, aber nicht lebensbedrohlich. In den Nächten wachte sie an seiner Seite und legte ihm die heilende Hand auf die Stirn.

Alles hatte sich nach so vielen Jahren doch noch gefügt. Trotzdem fragte sie sich zuweilen, warum dieser Mann so viel auf sich genommen hatte, um sein Leben mit ihr zu verbringen. Was machte ihren Reiz aus? Eine einfache Erklärung wollte sich nicht einstellen. Sie wusste nur, dass sich die Liebe den Menschen in ganz unterschiedlicher Gestalt offenbarte. Für Hartmann und sie hatte sie sich einfach ereignet. Von Beginn an hatten sie einen Sinn für den anderen gehabt.

Mitte August war Hartmann endlich stark genug, um sich vom Bett zu erheben. Nachdem ihn sein älterer Bruder in die Amtsgeschäfte eingeführt hatte, griff Heinrich nach seinem Pilgerstab und begab sich wie angekündigt auf die lange Reise nach Santiago de Compostela.

Die Ernte war längst eingebracht, so dass Judith und

Hartmann an den lauen Abenden genügend Zeit fanden, um Spaziergänge in die Umgebung zu unternehmen. Manchmal huschte noch ein Schatten über sein Gesicht, so als würden schlimme Erinnerungen ihn heimsuchen, aber mit der Zeit wurde er immer mehr zu dem Mann, der er vor seiner Abreise ins Heilige Land gewesen war. Mit jedem Tag wurde ihr Umgang vertrauter und der Austausch an Gedanken reger. An seiner Seite fühlte sie sich wie eine Frau. Sie musste nicht länger Durchsetzungskraft zeigen, vielmehr durfte sie auch mal schwach sein. Sie wusste, dass es nur eines Winkes von ihr bedurfte, damit er sich drohend neben ihr aufbaute, um sie gegen jede Gefahr zu verteidigen. Es fühlte sich so gut an, ihren Kopf an seine Schulter zu lehnen und seine Männlichkeit zu spüren. Überhaupt suchte sie immer häufiger seine körperliche Nähe. Mal nahm sie seine Hand und mal küsste sie ihn zärtlich auf den Nacken. Wenn sie ihm andeutete, was ihr widerfahren war, schien er ihre Nöte zu verstehen und gab ihr die Zeit, die sie brauchte. Irgendwann wagte sie den nächsten Schritt.

An einem Sonntag Mitte September gelangten sie nach einem langen Marsch an den kleinen Wasserfall. Es war noch warm und sie zogen ihre Wollumhänge aus. Ausgelassen bespritzten sie sich an einer seichten Stelle und ließen sich hinterher im Bassin treiben. Als Judith seine Blicke auf ihrem nackten Leib spürte, entzog sie sich ihm nicht, sondern zeigte ihre Blöße ganz bewusst. Zum ersten Mal genoss sie es, das Begehren in einem Mann zu wecken. Später legte sie sich neben ihn ins Gras und gegenseitig streichelten sie einander. Seine Liebkosungen erregten sie so stark, bis sie es nicht mehr aushielt. Endlich wollte sie ihn in sich spüren, endlich wollte sie ihm ganz nahe sein. Als sie ihm die Schenkel öffnete und er ganz behutsam in sie eindrang, fühlt es sich wunderschön an. Seine Hände waren überall auf ihrem Leib. Seine Küsse bedeckten ihr Gesicht, ihren Hals und ihre Brüste. Als sie spürte, wie seine Bewegungen ruckartiger wurden, schloss sie ihre Beine über seiner Taille. Sie wollte ihn ganz tief in sich spüren, wollte ihn nie mehr loslassen. Sie liebte ihn von ganzem Herzen.

Hinterher lagen sie noch lange beieinander. Zärtlich strich Judith über die Narben, die seinen Oberkörper zeichneten und von einem bewegten Leben kündeten. Hartmann schilderte ihr die Schwierigkeiten, denen er in der Klosterschule und am Hof des Herzogs ausgesetzt gewesen war, und sie erzählte ihm von ihrer Mutter. Seine Fragen und Vermutungen halfen ihr dabei, Mechthilds Verhalten besser zu verstehen.

In den folgenden Monaten stürzten sie sich in einen Sinnesrausch, wie sie es beide noch nicht erlebt hatten. An entlegenen Orten verabredeten sie sich und fielen übereinander her. Gegenseitig fingen sie sich auf dem Heimweg ab und gaben sich ihrer Lust hin. In nur wenigen Wochen holten sie nach, was sie in so vielen Jahren entbehren mussten. Beide waren überrascht, wie sehr die Intimitäten ihre Verbindung bereicherten und wie sehr sich ihre Gefühle noch vertieften. Schon im Winter war ihr Leib mit einem Kind gesegnet. Und genau ein Jahr nach dem Gotteskampf schlossen sie den Bund der Ehe.

Im Jahre des Herrn 1202

1.

Agnes hatte mittlerweile ein stattliches Alter erreicht. Auf Krankenbesuche begleitete sie Judith schon lange nicht mehr – ihre Füße taugten nicht mehr für die langen Märsche. Meistens saß sie vor der Adlerburg und passte auf die Enkel auf. Dann hatte sie auch genügend Zeit, um über ihre eigenen Kinder nachzudenken. Ihre Töchter waren viel zu früh gestorben, und manchmal stellte sie sich vor, was aus den Mädchen geworden wäre, wenn sie mehr Zeit auf Erden gehabt hätten. Die beiden Söhne führten mittlerweile ein gottgefälliges Dasein.

Heinrich hatte auf dem Weg nach Santiago de Compostela im Gästehaus eines Benediktinerklosters übernachtet und durch zahlreiche Gespräche mit dem Bruder Pförtner so viel Trost gefunden, dass er den Entschluss gefasst hatte, sein Geld dem Abt darzubringen und das Gelübde abzulegen. Ein Reisender hatte ihr die frohe Botschaft überbracht, und sie zweifelte nicht daran, dass Heinrich seinen inneren Frieden gefunden hatte.

Hartmann hatte den Hausherrenstuhl übernommen und dem Herzog von Zähringen den Treueid geschworen. Als Dorfschulze wurde er von den Bauern für seine Rechtschaffenheit und Musikalität geachtet. Mit seiner Ehefrau Judith verband ihn eine innige Liebe, aus der insgesamt noch fünf Kinder hervorgegangen waren. Alle Enkel waren bei guter Gesundheit, und Agnes hegte die Hoffnung, dass sie eines Tages selber eine Familie gründen würden.

»Sei gegrüßt, Mutter!«, rief Judith in diesem Moment. Sie kam gerade von der Niederkunft einer Bäuerin zurück und wurde von den beiden jüngsten Kindern stürmisch begrüßt. Die Kleinen klammerten sich an ihre Beine, so dass sie kaum noch vom Fleck kam.

»Wie ist es gelaufen?«, fragte Agnes.

»Keine Komplikationen«, erwiderte Judith. »Die Bäuerin beklagte sich zwar, dass sie noch ein weiteres Maul stopfen müsse, aber man konnte ihr anmerken, wie sehr sie sich freute ... Du siehst erschöpft aus. Haben dir die Quälgeister keine Ruhe gelassen?«

Agnes hatte schon den ganzen Tag das Gefühl gehabt, als würde ihr ein Schatten folgen, aber wann immer sie sich umgedreht hatte, war ihr nichts Ungewöhnliches aufgefallen. »Ich lege mich heute nur früher hin. Auf dem Küchentisch steht eine Schüssel mit Hirsebrei, die ich vorbereitet habe. Und grüß mir meinen Sohn, wenn er heimkehrt.«

»Das werde ich tun«, sagte Judith, blieb jedoch noch stehen. »Ich habe dir das noch nie gesagt, aber du hast einen großen Anteil dazu beigetragen, dass mein Leben eine so glückliche Wendung genommen hat. Es gab eine Zeit, da hatte ich keine Hoffnung mehr, da wäre ich am liebsten ...« Sie brach ab.

»Das liegt lange zurück und braucht dich nicht mehr zu kümmern«, erwiderte Agnes sanft. »Es gibt einen Grund, warum die Zeit immer weiter voranschreitet, weißt du?«

»Wahrscheinlich hast du Recht. Trotzdem werde ich niemals vergessen, was du für mich getan hast. Ich danke dir so sehr.« In Judiths Augen glitzerten Tränen. Dann verschwand sie mit den Kindern im Bruchsteinhaus.

»Der Herr wache über euch«, sagte Agnes leise und ging lächelnd zu der früheren Knechthütte, die ihr Sohn Hartmann mit einem Fenster und einem Ofen für sie ausgestattet hatte. Hier hatte sie mehr Ruhe und konnte auch alleine sein, wenn sie das Bedürfnis danach hatte. Sie schloss die Tür hinter sich, zog den Wollumhang aus und setzte sich auf die Bettkante. Mit dem groben Holzkamm fuhr sie durch ihr weißes Haar, bis es sich glänzend über ihre Schultern legte. Schon als junges Mädchen hatte sie sich so auf die Nachtruhe vorbereitet. Damals hätte sie sich nicht vorstellen können, dass sie eines Tages eine so alte Frau sein würde. Sie hätte niemals für möglich gehalten, dass sie einmal auf ein so erfülltes Leben zurückblicken würde.

Agnes schlüpfte unter die Decke und schlief bald ein. Als der Mond seinen höchsten Stand erreichte, hatte sie einen Traum. Sie ging über eine Wiese und beugte sich hinab, um eine Blume zu pflücken. Da erklang Hufschlag. Sie richtete sich auf und erkannte am Horizont einen Reiter mit hellblondem Haar, der auf einem schwarzen Schlachtross auf sie zugaloppierte. Agnes spürte beinahe sofort, wie sie sich entspannte. Sie hatte sich schon oft gefragt, wann Dankwart endlich kommen würde, um sie zu holen.

Neben ihr brachte er den Hengst zum Stehen und reichte ihr den Arm hinunter. »Kein Tag ist vergangen, an dem ich nicht an dich denken musste«, sagte er. »Ich habe nie aufgehört, dich zu lieben.«

Ohne einen Moment zu zögern, schwang sich Agnes hinter ihm auf das Schlachtross und schloss die Arme um seine Hüften. Als er das Tier antrieb, schmiegte sie das Gesicht an seinen Rücken und atmete tief ein. Beinahe hätte sie vergessen, wie herb er roch …

Im Jahre des Herrn 1203

1.

Hartmann war mittlerweile dreiundvierzig Jahre alt. Mit *Gregorius, Der arme Heinrich* und *Iwein* hatte er weitere bedeutende Dichtungen geschaffen, die sich im ganzen Reich verbreitet hatten. Wenn er Burkhard von Schlatt und den Marschall traf, überkam ihn das beruhigende Gefühl, dass er Gefährten hatte, auf die er sich in der Gefahr verlassen konnte. In regelmäßigen Abständen fand er sich auf der Burg seines Dienstherrn ein, um seinen Pflichten nachzukommen, aber dem höfischen Leben konnte er nichts mehr abgewinnen. Lieber verbrachte er seine Zeit im Kreis der Familie.

Eines Abends saß er am Tisch und beobachtete, wie Judith aus einem Kochkessel Brei schöpfte. Sie füllte zuerst ihm, dann den Kindern und schließlich sich selbst den Napf. Nachdem sie sich gesetzt hatte, falteten alle die Hände und sprachen das Tischgebet.

Hartmann musste daran denken, dass auch seine Eltern einmal so dagesessen hatten wie sie beide jetzt. Wahrscheinlich hatten sie sich mit den gleichen Dingen beschäftigt wie er und seine Ehefrau heute. In einigen Jahren würde vermutlich sein eigener Sohn hier sitzen und sich an Judith und ihn erinnern. Das Leben würde sich weiter fortsetzen, auch wenn er längst nicht mehr da wäre, und er fand in diesem Gedanken einen gewissen Trost.

»Wir müssen noch überlegen«, sagte Judith in dem Moment, »was aus Dankwart werden soll.«

»Wieso?«, fragte ein Dreikäsehoch von fünf Jahren. Er war der jüngere der beiden Söhne und würde in der Erbfolge leer ausgehen. Mit seiner sehnigen Statur, dem weißblonden Haar und der schnellen Auffassungsgabe kam er ganz nach seinem Vater und Großvater. »Was ist mit mir?«

»Das Klosterleben ist hart«, sagte Hartmann. »Aber es ist die einzige Möglichkeit, damit er es zu etwas bringen kann. Ulrich, ein früherer Freund von mir, ist mittlerweile der Abt von Sankt Georgen. Er schuldet mir noch einen Gefallen. Ich werde ihm nächste Woche einen Besuch abstatten und um Dankwarts Unterbringung in der externen Schule bitten.«

»Ja«, sagte Judith, »das solltest du tun. Wenn der Junge nicht zurechtkommt, holen wir ihn einfach wieder nach Hause.«

Nachdem sie den Tisch abgeräumt und die Kinder zu Bett gebracht hatten, begaben sie sich nach draußen und setzten sich auf die Bank vor dem Bruchsteinhaus. Die Nacht war bis auf das vereinzelte Rufen eines Waldkauzes ruhig. Ein leichter Wind strich über die Kronen der Ahornbäume und zahllose Sterne funkelten am Firmament. Als Judith den Kopf an ihn schmiegte, legte er seinen Arm um ihre Schultern und zog sie fest an sich.

»Was wird die Zukunft uns wohl bringen?«, fragte sie.

Hartmann entdeckte eine Sternschnuppe und folgte mit den Augen ihrer Flugbahn. Für einen kurzen Zeitraum erstrahlte sie heller als alle anderen Himmelskörper, dann erlosch sie und tauchte in der Finsternis unter, als hätte es sie niemals gegeben. »Ich weiß es nicht«, sagte er, »aber was es auch sein wird – wir werden zusammen sein.«

Quellenangaben

Die Übersetzungen von mittelhochdeutschen Texten wurden ganz oder teilweise übernommen. Die Zitate stammen aus:

1 »Das Lied vom Falken«, aus: Hans Herbert S. Räkel, Der deutsche Minnesang, München 1986, S. 32

2 Passage aus Erec, aus: Hartmann von Aue, Erec, Mittelhochdeutscher Text und Übertragung von Thomas Cramer, Frankfurt 1998, S. 81 ff

3 Passage aus Erec, aus: s. o., S. 85 ff

4 Passage aus Erec, aus: s. o., S. 381

5 »Witwenklage«, aus: Hartmann von Aue, Lieder, Mittelhochdeutsch/Neuhochdeutsch. Herausgegeben, übersetzt und kommentiert von Ernst von Reusner, Stuttgart 1985, S. 75

6 »Minnelied«, aus: s. o., S. 21

7 »Kreuzlied«, aus: s. o., S. 39

Glossar

ARTES LIBERALES auch »septem artes liberales«, lat., »Sieben Freie Künste«; sieben Studienfächer, die nach römischer Vorstellung die einem freien Mann ziemende Bildung darstellten

BRÜNNE Panzerhemd, mittelalterliche Körperpanzerung

BUHURT vom altfranz. bouhourt oder buhurt, »stoßen«; ein auf Geschicklichkeit angelegtes Ritterkampfspiel, bei welchem zwei Gruppen von Rittern mit stumpfen Waffen (Lanzen oder Schlagwaffen) gegeneinander antraten

CELLERAR der für die wirtschaftlichen Belange eines Klosters zuständige Mönch, insbesondere in nach benediktinischen Regeln geführten Klöstern

CODEX Handschriftensammlung, Gesetzesbuch

DORFSCHULZE Gemeindevorsteher

KOMPLET vom lat. completorium, »Abschluss«; Nachtgebet gegen 17.30 Uhr. Anschließend legten sich die Mönche zur Ruhe.

LITTERATI die Lese- und Schreibkundigen

MAGISTER PRINCIPALIS Leiter der Klosterschule

MELATENHAUS vom altfranz. mal ladre, »Krankheit des Lazarus«; Hospital für Leprakranke, auch Gutleutehaus oder Leprosorium genannt

MINISTERIALEN unfreie Dienstleute mit besonderen Rechten und ritterlichen Lebensumständen; durch die Ausübung eines Hofamtes wie Marschall, Mundschenk, Truchsess oder Kämmerer erlangten sie auch politischen Einfluss.

MINNE spezifisch mittelalterliche Vorstellung von gegenseitiger gesellschaftlicher Verpflichtung, ehrendem Angedenken und Liebe, die die adlige Feudalkultur des Hochmittelalters prägte

NEUMEN griech., »Wink«; Notenschrift aus graphischen Zeichen und Symbolen, mithilfe derer seit dem 9. Jahrhundert der Melodieverlauf und die intendierte Interpretation der Gregorianischen Gesänge angedeutet wurde. Meist steht sie über dem Text.

Non vom lat. nona hora; neunte Stunde nach röm. Tageseinteilung (15 Uhr)

Palas vom spätlat. palatium, »kaiserlicher Hof«, und vom altfranz. pales bzw. palais; repräsentativer Saalbau einer mittelalterlichen Pfalz oder Burg im 11. bis 13. Jahrhundert

Prim vom lat. hora prima: erste Stunde nach röm. Tageseinteilung (6 Uhr)

Pueri oblati die Schüler der inneren Klosterschule, in der künftige Priester und Mönche ausgebildet wurden

Schwertleite ursprüngliche Form der Ritterpromotion, die später meist vom Ritterschlag verdrängt wurde; sie geht wahrscheinlich auf ältere germanische Initiationsriten zurück, entwickelte sich aber im Hochmittelalter zur tatsächlichen Standeserhöhung.

Simonie Kauf oder Verkauf von geistlichen Ämtern

Skriptorium meist in Klöstern befindliche Schreibstuben, in denen Texte dupliziert wurden

Solidus römische Goldmünze; wurde in mittelalterlichen Dokumenten auch zur Bezeichnung des Schillings verwendet

Terz dritte Stunde nach röm. Tageseinteilung (9 Uhr)

Tjost ritterliches Zweikampfspiel zu Pferd, bei dem zwei Ritter in voller Rüstung und mit stumpfen oder anderweitig präparierten Lanzen aufeinander zugaloppierten, um durch einen gezielten Lanzenstoß den Gegner aus dem Sattel zu werfen oder zumindest einen Treffer an dessen Schild oder Helm zu landen

Truchsess vom althochdt. truhtsâzo; Vorgesetzter der truht, des Trosses; in der mittelalterlichen Hofgesellschaft ursprünglich die Amtsbezeichnung für den Küchenmeister, der die Speisen auftrug

Wittum vom lat. vidualitium; bezeichnete im Mittelalter eine vom Mann getroffene Fürsorge, die der Ehefrau im Witwenstand den Unterhalt sichern sollte